玉臺新詠彙校

吴冠文 談蓓芳 章培恒 彙校

上

上海古籍出版社

圖書在版編目(CIP)數據

玉臺新咏彙校 /吴冠文，談蓓芳，章培恒彙校. —上海：上海古籍出版社，2014.1(2023.6重印)
(中國古典文學叢書)
ISBN 978-7-5325-6913-7

Ⅰ.①玉… Ⅱ.①吴… ②談… ③章… Ⅲ.①古典詩歌—詩集—中國 Ⅳ.①I222

中國版本圖書館CIP數據核字(2013)第162255號

中國古典文學叢書
玉臺新咏彙校
(全二册)
吴冠文　談蓓芳　章培恒　彙校
上海古籍出版社出版發行
(上海市閔行區號景路159弄1-5號A座5F　郵政編碼201101)
(1) 網址：www.guji.com.cn
(2) E-mail：gujil@guji.com.cn
(3) 易文網網址：www.ewen.co
上海展强印刷有限公司印刷
開本 850×1168　1/32　印張 27.625　插頁 12　字數 557,000
2014 年 1 月第 1 版　2023 年 6 月第 5 次印刷
印數：3,301-3,900
ISBN 978-7-5325-6913-7

I·2698　平裝定價：88.00 元

如發生質量問題，請與承印公司聯系
電話：021-66366565

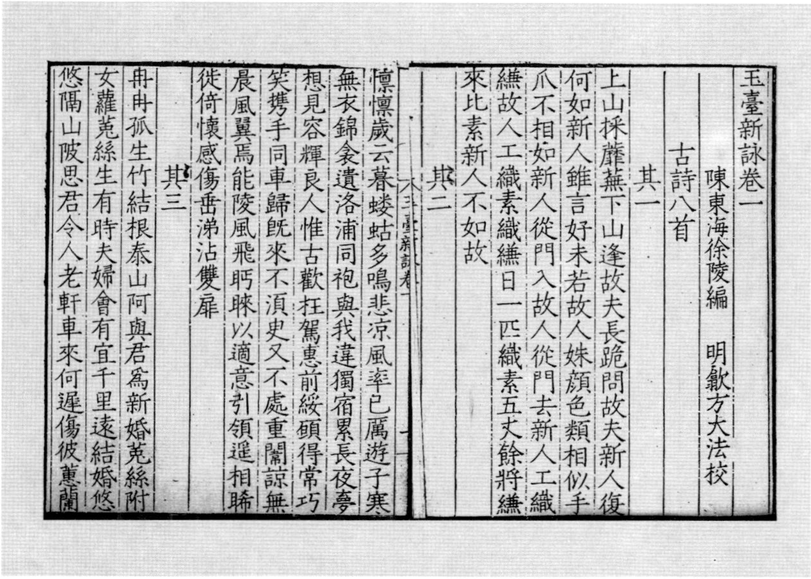
玉臺新詠卷一

陳東海徐陵編　明歙方大法校

古詩八首

其一

上山採蘼蕪下山逢故夫長跪問故夫新人復何如新人雖言好未若故人姝顏色類相似手爪不相如新人從門入故人從門去新人工織縑故人工織素織縑日一匹織素五丈餘將縑來比素新人不如故

其二

凜凜歲云暮螻蛄多鳴悲涼風率已厲遊子寒無衣錦衾遺洛浦同袍與我違獨宿累長夜夢想見容輝良人惟古歡枉駕惠前綏願得常巧笑攜手同車歸既來不須臾又不處重闈諒無晨風翼焉能陵風飛眄睞以適意引領遥相睎徙倚懷感傷垂涕沾雙扉

其三

冉冉孤生竹結根泰山阿與君爲新婚菟絲附女蘿菟絲生有時夫婦會有宜千里遠結婚悠悠隔山陂思君令人老軒車來何遲傷彼蕙蘭

明嘉靖十九年鄭玄撫刊本《玉臺新咏》

法 Pel.chin.2503　玉臺新詠　（3−1）

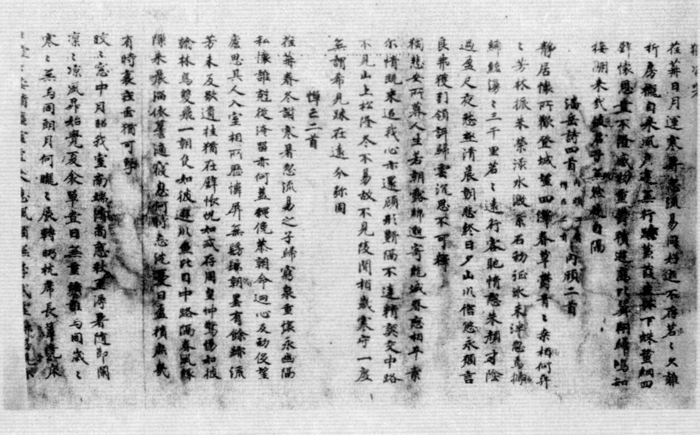

敦煌唐寫本《玉臺新咏》殘卷

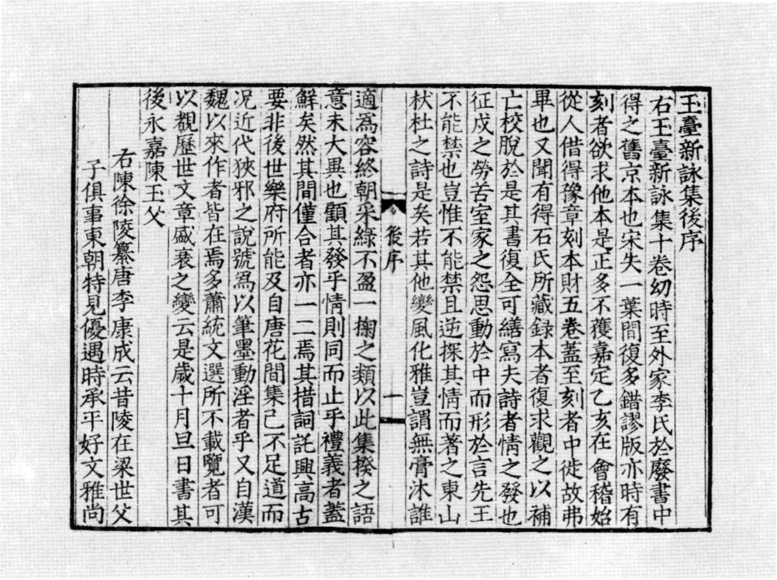
玉臺新詠集後序
右玉臺新詠集十卷幼時至外家李氏於廢書中
得之舊京本也宋失一葉間復多錯謬版亦時有
刻者欲求他本是正多不獲嘉定乙亥在會稽始
從人借得豫章刻本財五卷蓋至刻者中徙故弗
畢也又聞有得石氏所藏録本者復求觀之以補
亡校脫於是其書復全可繕寫夫詩者情之發也
征戍之勞苦室家之怨思動於中而形於言先王
不能禁也豈惟不能禁且逆探其情而著之東山
杕杜之詩是矣若其他變風化雅豈謂無膏沐誰
後序 一
適爲容終朝采綠不盈一掬之類以此集揆之語
意未大異也顧其發乎情則同而止乎禮義者蓋
鮮矣然其間僅合者亦一二焉其措詞託興高古
要非後世樂府所能及自唐花間集已不足道而
況近代狹邪之說號爲以筆墨動淫者乎又自漢
魏以來作者皆在焉多蕭統文選所不載覽者可
以覩歷世文章盛衰之變云是歲十月旦日書其
後永嘉陳玉父
右陳徐陵纂唐李康成云昔陵在梁世父
子俱事東朝特見優遇時承平好文雅尚

明五雲溪館活字本《玉臺新咏》

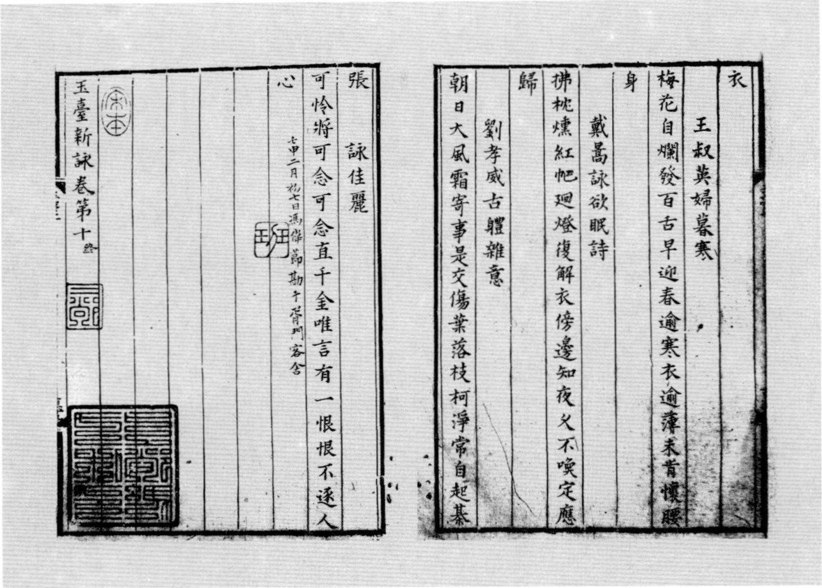

衣

王叔英婦暑寒

梅花自爛發百古早迎春逾寒衣逾薄未肯懷腰

身

戴暠詠欲眠詩

拂枕熏紅帊迴燈復解衣傍邊知夜久不喚定應

歸

劉孝威古體雜意

朝日大風霜寄事是文傷葉落枝柯淨常自起碁

張

詠佳麗

可憐將可念可念直千金唯言有一恨恨不逐人

心

壬申二月初七日馮班節勘于胥門客舍

玉臺新詠卷第十終

明崇禎二年馮班抄本《玉臺新咏》

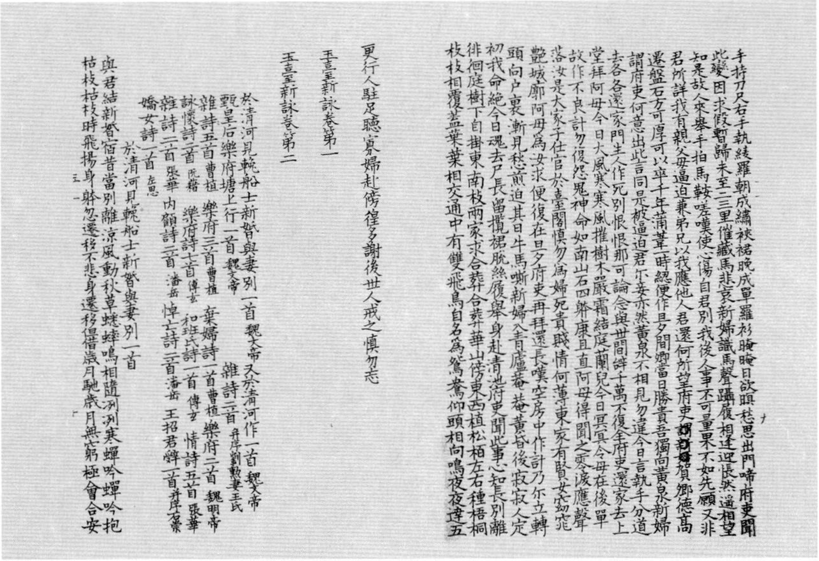

手持刀尺右手執綾羅朝成繡裌裙晚成單羅衫晻晻日欲暝愁思出門啼府吏聞
此變因求假暫歸未至二三里摧藏馬悲哀新婦識馬聲躡履相逢迎悵然遥相望
知是故人來舉手拍馬鞍嗟嘆使心傷自君別我後人事不可量果不如先願又非
君所詳我有親父母逼迫兼弟兄以我應他人君還何所望府吏謂新婦賀卿得高
遷盤石方可厚可以卒千年蒲葦一時紉便作旦夕間卿當日勝貴吾獨向黃泉新婦
謂府吏何意出此言同是被逼迫君爾妾亦然黃泉下相見勿違今日言執手分道
去各各還家門生人作死別恨恨那可論念與世間辭千萬不復全府吏還家去上
堂拜阿母今日大風寒寒風摧樹木嚴霜結庭蘭兒今日冥冥令母在後單
故作不良計勿復怨鬼神命如南山石四體康且直阿母得聞之零淚應聲
落汝是大家子仕宦於臺閣慎勿為婦死貴賤情何薄東家有賢女窈窕
艷城郭阿母為汝求便復在旦夕府吏再拜還長嘆空房中作計乃爾立轉
頭向戶裏漸見愁煎迫其日牛馬嘶新婦入青廬菴菴黃昏後寂寂人定
初我命絕今日魂去尸長留攬裙脫絲履舉身赴清池府吏聞此事心知長別離
徘徊庭樹下自掛東南枝兩家求合葬合葬華山傍東西植松柏左右種梧桐
枝枝相覆蓋葉葉相交通中有雙飛鳥自名為鴛鴦仰頭相向鳴夜夜達五
更行人駐足聽寡婦起彷徨多謝後世人戒之慎勿忘

玉臺新詠卷第一

玉臺新詠卷第二

於清河見輓船士新婚與妻別一首 魏文帝 又於清河作一首 魏文帝
甄皇后樂府塘上行一首 魏文帝 雜詩二首 并序 劉勳妻王氏
雜詩五首 曹植 樂府三首 曹植 棄婦詩一首 曹植 樂府二首 魏明帝
詠懷詩二首 阮籍 樂府詩七首 傅玄 和班氏詩一首 傅玄 情詩五首 張華
雜詩二首 張華 內顧詩二首 潘岳 悼亡詩二首 潘岳 王招君辭一首 并序 石崇
嬌女詩一首 左思

於清河見輓船士新婚與妻別一首

與君結新婚宿昔當別離涼風動秋草蟋蟀鳴相隨冽冽寒蟬吟蟬吟抱
枯枝枯枝時飛揚身軀忽遷移不悲身遷移但惜歲月馳歲月無窮極會合安

清翁心存抄本《玉臺新咏》

前言

玉臺新咏是我國文學遺産中的瑰寶之一。它是現存繼詩經、楚辭後中國最早的詩歌總集，其中不僅保存了大量漢魏六朝珍貴的詩歌材料，而且集中體現了當時女性題材文學的特色，對於研究中國詩歌的演變、研究中世文學思想的發展和中國古代女性文學都具有重要的價值。

但是長期以來，人們對玉臺新咏一直評價不高。南宋文學家劉克莊就曾説：「徐陵所序玉臺新咏十卷，皆文選所棄餘也。六朝人少全集，雖賴此書略見一二，然賞好不出月露，氣骨不脱脂粉，雅人壯士，見之廢卷。昔坡公笑蕭統之陋，以陵觀之，愈陋於統。……自國風、楚詞而後，故當繼以選詩，不易之論也。」（後村詩話前集卷一）這種對南朝文學整體評價不高的觀點并不是從宋代開始的，但在宋代得以進一步强化并具有相當的代表性，這只要從文選和玉臺新咏這兩部南朝僅存的文學總集在長期流傳過程及研究領域中完全不同的地位和命運就可以看出：文選雖「陋」，但因尚可爲詩經、楚辭後繼，故歷來受研究者重視，甚至成爲顯學；玉臺新咏則至宋代就已難見全本，不僅其高度的藝術性和卓有價值的文學觀歷遭貶斥，有待於進一步闡發，甚至連對其編者、編纂時間和版本優劣等一系列基本事實的認識都存在很大的問題，有必要重加探討。

一、玉臺新咏的編者及編纂時間

長期以來，玉臺新咏被認爲是徐陵在梁代奉蕭綱之命而編的。趙均在其崇禎六年玉臺新咏刊本跋中説：「今案劉肅大唐新語云：梁簡文爲太子時，好作艷詩，境内化之，浸以成俗。晚欲改作，追之不及。乃令徐陵撰玉臺新咏，以大其體。」但是根據現有資料，在所謂的「劉肅大唐新語」之前，從没人説過玉臺新咏是梁簡文帝命徐陵所編。劉肅是唐元和間人，距陳亡已二百年，書中并未就此説所自作任何説明，其説本不可輕信。何况趙均所引、流行於明末的這部大唐新語屬於小説家，并非唐代劉肅所撰、著録於新唐書藝文志史部雜史類的原書，而是從明代中後期才出現的唐世説新語一書更名而來（唐世説新語雖也署劉肅撰，但在明代以前從未見著録，其書不出於劉肅可知），是明人參考太平御覽等類書所引劉肅大唐新語并加以增竄而成的僞書。出自此類書籍的并無任何論證、又不提出任何確鑿資料依據的片言隻語，顯然不能作爲梁簡文爲太子時令徐陵撰玉臺新咏的依據①。

而從歷代史志著録和諸家文獻記載來看，這種認爲玉臺新咏爲徐陵在梁代奉簡文帝命編纂的説法也很有問題。

首先，唐宋時期撰成的史志中就有玉臺新咏非徐陵編的著録。儘管現可見最早著録玉臺新咏的隋書經籍志作「徐陵撰」，新唐書藝文志著録同；但舊唐書經籍志則作「徐淩撰」。從三種史志的成書時間和現存版本來看，舊唐書經籍志的著録玉臺新咏作「徐淩撰」，很容易被認爲是明代翻刻時出現的錯誤。但是，第一，舊唐書經籍志著録「徐淩」所撰的總集除玉臺新咏外，尚有「六代詩集鈔四卷」，如果説是翻刻致誤，則分列兩處的兩個「陵」字都誤刻成「淩」，未免太過湊巧而難以置信；而且舊唐書經籍志除「徐淩」的上述兩書外，還著録了「徐陵集三十卷」，可見是把「徐陵」與「徐淩」作爲兩個人分别著録的。第二，新唐書「意主文章而疏於考證」（四庫全書總目提要新唐書糾謬），一般認爲其史學價值不如舊唐書，其中的藝文志還存在任意改動前代著録的情況。例如在隋書經籍志和舊唐書經籍志中都著録的南朝晉傅毅的集子，隋書經籍志還特地注明其爲「鎮東從事中郎」，但新唐書藝文志却因東漢有傅毅集，便輕率地認爲南朝晉的傅毅集是重出而擅自把它删除了。據此，其因玉臺新咏有徐陵序，徐陵爲南朝末年文壇重鎮，「徐淩」則名不見經傳，而擅自改「徐淩」作「徐陵」并非不可能；而且新唐書藝文志除著録「徐陵」撰的六代詩集鈔外，又著録了一部「許淩」撰的六代詩集鈔，一般研究者都認爲這兩種實爲一書[2]，可見此書撰者之名本也作「淩」，則舊唐書經籍志著録此書爲「徐淩撰」不爲無據。第三，儘管今所見隋書經籍志以宋刻宋遞修本爲最早（見中華再造善本），但其中「桓」字已避諱，可知在北宋末年已經過修改，不能排除其受宋嘉祐年間成書并刊刻的新唐書藝文志影響而將玉臺新咏撰者改作「徐陵」的可能[3]。另外，撰成於日本宇多天皇寬平三年（八九一）的藤原佐世日本國見在書目録，其編寫時間約當中國的唐昭宗時，日本現存此書抄本的時代也相當於中國的宋代，其中於玉臺新咏即著録爲「徐瑗撰」，這也可與舊唐書經籍志以「徐淩」爲玉臺新詠編者的著録相印證，説明唐昭宗時期或之前的玉臺新詠本就不署「徐陵撰」④，這種情形很可能一直延續至新唐書藝文志。

其次，唐宋兩代文人也多以徐陵爲玉臺新詠撰序者而非編者。此處謹舉數例如下：唐代韓偓香奩集敍曰：「遐思宮體，未降稱庾信攻文；却誚玉臺，何必倩徐陵作序。」可見徐陵根本不是玉臺新詠的編者，而只是受編者之請作序而已。又，劉克莊後村詩話前集曰：「徐陵所序玉臺新詠十卷。」嚴羽滄浪詩話詩體亦曰：「玉臺集乃徐陵所序。」二人均只説徐陵爲玉臺新詠寫序，而不及其編者⑤。至於南宋周紫芝則不僅認爲徐陵只是玉臺新詠的作序者，且明言其在陳後主時；他在太倉稊米集卷五十一古今諸家樂府序中説：「陳後主時，東海徐陵序玉臺新詠十卷，謂之艷歌詞。」

再者，就玉臺新詠原書的題署而言，現存玉臺新詠主要版本大多刊印、傳抄於明代中期之後（詳下），儘管這些本子絶大部分都已署爲徐陵編，但唯一有可能出於南宋陳玉父本的明五雲溪館活字本（以下簡稱「活字本」）除卷首玉臺新詠集序題下署明「徐陵」撰外，其正文各卷皆不署編者或撰録者，足徵宋刻玉臺新詠原本不署編者（由活字本卷末陳玉父玉臺新詠集後序可知，陳玉父本係糅合玉臺新詠的三種版本而成，其中至少有一種北宋本），這也就難怪周紫芝、嚴羽、劉克莊等人在提到玉臺新詠時都只説「徐陵序」而不及其編者，因爲他們很可能確實不知道編者爲何人⑥。

而最能説明玉臺新詠非徐陵所編的證據，莫過於徐陵自己所撰的玉臺新詠序。此序不僅見於現存玉臺新詠各本卷首和宋初所編文苑英華，而且唐初所編的藝文類聚也已收録，故絶非後人竄入的僞作。序文一開頭就説：「淩雲概日，由余之所未窺；千門萬户，張衡之所曾賦。周王璧臺之上，漢帝金屋之中，玉樹以珊瑚作枝，珠簾以玳瑁爲押。其中有麗人焉。」意思是説：在皇帝後宮之中，有一位享有皇后似的待遇、在妃子中地位最高的美人。此序在對這位宮人的美麗和才情大大稱讚了一番後説：她「無怡神於暇景，唯屬意於新詩」，「但往世名篇，當今巧制，分諸麟閣，散在鴻都，不藉連章，無由披覽。於是燃脂暝寫，弄墨晨書，撰録艷歌，凡爲十卷」。可見此書實是皇帝的這位寵妃所編的。而且，玉臺新咏所收作品的詩人署名，除皇帝、太子和情況特殊的王融外，均直書姓名，却稱徐陵爲「徐孝穆」，這也是玉臺新咏不可能爲徐陵所編的有力内證[7]。

最後再簡要論述一下玉臺新咏的編纂時間及其可能的編者。玉臺新咏所收蕭衍、蕭綱的詩，分別署爲梁武帝和梁簡文[8]，可見其時兩人皆已去世，否則不會以謚號相稱。而「簡文」謚號的確定距梁亡只有五年，其時戰亂頻仍，很難想像梁代皇帝的妃子會在這種時候編纂玉臺新咏這樣的「艷歌」集，即使編了，也不可能請遠在北魏、至梁元帝死後才回梁地的徐陵寫序。綜合上述各種情況，玉臺新咏應當編於陳代。而在陳代後妃中，如此美麗而有才情、并極受皇帝寵愛的妃子，除張麗華外，很難找到第二個，所以玉臺新咏很可能就是她編的[9]。

二、玉臺新咏的版本及其所收作品

現存玉臺新咏最早的本子爲唐寫本殘卷，其文字頗有可正今存各本者，故王國維譽稱「絶勝諸本」⑩，羅振玉敦煌本玉臺新咏殘卷跋亦謂「舊例賴此本存之」⑪，但殘損嚴重，僅存卷二完整的五十一行及殘字七行，雖窺一斑，難知全貌。其宋元善本，則久已失傳。南宋陳玉父即曰：「右玉臺新咏集十卷，幼時至外家李氏，於廢書中得之，舊京本也。宋失一葉，間複多錯謬，版亦時有刓者，欲求他本是正，多不獲。嘉定乙亥，在會稽，始從人借得豫章刻本，財五卷，蓋刻者中徙，故弗畢也。又聞有得石氏所藏録本者，復求觀之，以補亡校脱，於是其書復全，可繕寫。」⑫陳玉父，有學者考證其爲宋代著名藏書家和目録學家陳振孫⑬。如是則可知南宋嘉定年間求一玉臺新咏完本之難。也正因此，後人言宋本玉臺新咏者，均標榜陳玉父本，惜此本今亦未見。

今所見玉臺新咏以明嘉靖十九年鄭玄撫刻本（以下簡稱「鄭本」）和明五雲溪館銅活字本爲最早，這兩個本子也分別代表了現存玉臺新咏的兩大版本系統：屬於前者的尚有明嘉靖二十二年楊玄錫刻本、萬曆七年茅元禎刻本和天啟二年沈逢春刻本等；屬於後者的則以明崇禎二年馮班抄本、崇禎六年趙均刻本、清翁心存抄本爲最要。

通過對現存玉臺新咏各主要版本的校勘和查核，可知現存諸本中唯一有可能出於南宋陳玉父本的實爲明五雲溪館活字本；寒山趙均刻本卷末雖有陳玉父玉臺新咏集後敘，并因此而被清初以來的學者尊奉爲最忠實於陳玉父本的覆宋刻本，然核以同出一源的崇禎二年馮班抄本、清翁心存抄本可知，趙均刻本不僅對所據底本擅自妄改，而且從別處移入了其底本原來沒有的陳玉父玉臺新咏集後敘，其實是一個弄虛作假的本子。就現存兩大系統本子的翻刻情形來説，在崇禎六年趙均刻本出現以前，明代通行的玉臺新咏主要爲鄭玄撫刻本系統的本子；　但趙均本刊出以後，這一系統的本子即被作爲「俗本」而遭抹煞了[14]。

上述玉臺新咏兩大版本系統的差異主要有以下幾點[15]：　一、鄭本系統收詩數量較陳玉父本系統多出近二百首。對此，趙均玉臺新咏跋指謫其爲「妄增」，但無論是趙均本人，還是後來相信此話的研究者，均未提出任何可信的證據來證明此點；　相反，北宋晏殊類要所節引的皇太子龍笛曲僅保存於鄭本而在另一系統的本子中佚失，足徵鄭本多出的詩并非全無依據。二、鄭本系統收有「梁昭明太子」詩和「梁簡文帝」詩，陳玉父本系統僅有「皇太子」詩，趙均且認定「皇太子」爲梁簡文，從而在研究者中普遍産生了玉臺新咏原本只收梁簡文詩而不收昭明太子詩的誤解。然據晏殊類要所引玉臺新咏可知，北宋前期的玉臺新咏中是既有梁簡文帝詩、又有皇太子（即昭明太子蕭統）詩的，陳玉父本一系的本子在卷首目録和正文作者署名上比較簡率，很可能是導致梁簡文帝署名消失、其詩混入列於其前的「皇太子」名下的原因。三、鄭本系統稱蕭繹爲梁元帝，陳玉父本系統稱之爲湘東王；　四、鄭本系統以盤中詩爲蘇伯玉妻作，陳玉父本系統以此詩爲傅玄作。同樣由晏殊類要可知，後者稱蕭繹爲「湘東王」、以盤中詩爲傅玄作，均保存了玉臺新咏舊本原貌。五、現存玉臺新咏各本雖均爲十卷，但兩大版本系統在卷帙編次上有很大的差異，這種差異從第一、二卷開始，自第五卷起更大[16]，由晏殊類要所引陳琳飲馬長城窟行和傅玄豫章行詩句著録的卷數來看，陳玉父本系統在第一、二卷的編次上似較鄭玄撫本符合玉臺新咏原貌。六、鄭本系統明確標出此書爲徐陵所編，而不像今存唯一出於南宋陳玉父本的五雲溪館活字本那樣，僅引郡齋讀書志之説以交代編者。如前所述，玉臺新咏并非徐陵所編，故活字本的不署編者恰恰保存了玉臺新咏舊本的原貌；而與活字本同屬一系的趙均刻本，於第一卷卷首擅自加上了「陳尚書左僕射太子少傅東海徐陵字孝穆撰」，已失却原貌，不可信據。

就上舉異同及簡要辨析可知，兩個版本系統各有得失，大致説來，鄭玄撫刻本系統實得多於失。正因如此，章培恒先生在玉臺新咏新論與彙校序中曾經説過：「我們認爲，玉臺新咏是張麗華在陳代所編；傳世諸本中，嘉靖鄭玄撫本雖已經過後人改動，但在保存原本面貌上仍最值得重視，五雲溪館銅活字本及馮班抄本也有若干保存原貌之處，倘與鄭玄撫本互參，尚可使我們在一定程度上接近——僅僅是接近——玉臺新咏的本來面目；至於長期以來被認爲玉臺新咏最佳之本的崇禎趙均刻本，則頗有弄虚作假之處，連其卷末的陳玉父後敘也非它的底本原有，而是從他處剿襲而得。我們之作此書，就是爲了闡明這些看法。」⑰

三、玉臺新咏的文獻和文學價值

在對玉臺新咏編者、編纂時間和版本等一系列基本事實作了如上的辨析之後，我們簡要探討一下玉臺新咏的文獻和文學價值。大致説來，這主要表現在如下幾個方面：

第一，保存了大量漢魏六朝時期的歌詩，爲探討中國詩歌發展的軌迹提供了重要的文獻。

我們知道，隋書經籍志著録漢魏六朝别集有四百三十七部，但隨著年代遷徙，流傳至今，存者寥寥；至於總集一百餘部，留存下來的就只有文選和玉臺新咏兩種了。而在玉臺新咏中，不僅保存了不少可資補闕、考證的材料，「如曹植棄婦篇、庾信七夕詩，今本集皆失載，據此可補闕佚。又如馮惟訥詩紀載蘇伯玉妻盤中詩作漢人，據此知爲晉代；梅鼎祚詩乘載蘇武妻答外詩，據此知爲魏文帝作；古詩西北有高樓等九首，文選無名氏，據此知爲枚乘作；飲馬長城窟行，文選亦無名氏，據此知爲蔡邕作；其有資考證者亦不一」（四庫全書總目提要玉臺新咏）；而且由於其獨特的選録標準，集中地保存了大量文選不收的詩歌，其中最值得注意的是我國現存最早的長篇叙事詩古詩爲焦仲卿妻作（詳下）。

在玉臺新咏所選録的詩歌中，有兩種類型值得注意：其一是樂府歌辭及文人擬樂府。如卷一的古樂府六首，其中的雙白鵠僅存於玉臺新咏；卷九所録不同時期的童謠，卷十收録的近代西曲歌五首、近代吴歌九首、近代雜歌六首等；至於文人擬作的樂府詩則所在皆是，不勝枚舉。其二是除五言歌詩（卷一至八）外的七言體詩（卷九）和五言四句的短詩（卷十）；這些作品除卷九個别幾首外，均不見於文選，且相當一部分詩歌僅存於玉臺新咏。漢魏六朝是中國詩歌由古體向近體演變的重要時期，其演變的根本原因是由於詩歌逐漸脱離樂曲而向語言本身尋求詩的音樂性，具體則表現爲聲律論的提出和運用、新體詩在篇制長短上的逐漸定格等等。所以玉臺新咏追求「新詩」、「艶歌」的旨趣及相應的編排方式，客觀上爲我們保存了那個時代新體詩創作過渡期的各種形態：從樂府歌辭到逐漸離樂的擬樂府到文人詩，從五言詩到七言詩，從長篇到短制，就某種意義上來説，也正保存了探討中國詩歌由古體向近體轉變軌迹的具體文本。

第二，集中體現了漢魏六朝女性文學的特色。

玉臺新咏最大的特色在於它是一部以婦女問題（包括男女愛情）爲中心而選録的詩歌總集。儘管編選者是一位上層女性，但其所録作品却體現出了當時各種類型女性對自己處境、命運的若干看法，包括她們的追求、歡樂、悲慨和不平，也包括她們的藝術趣味。在選録標準上顯示出明顯的女性視角和女性特色。這種視角和特色大致可以概括爲以下三個方面⑱：

首先，玉臺新咏所選作品的題材幾乎都涉及女性，這些詩作不僅抒寫了愛情的歡樂（如張衡的同聲詩），而且集中地表現了因性别不平等所導致的女性的痛苦和怨恨（如傅玄的豫章行），以及女性由於婚姻戀愛關係、政治壓迫和家長制淫威等所造成的各種孤凄、痛苦和絶望（如曹植種葛篇、陸機塘上行、王微雜詩二首其一、劉鑠代行行重行行、繁欽定情詩、烏孫公主悲歌、石崇王昭君辭、陳琳飲馬長城窟行，以及無名氏古詩爲焦仲卿妻作等）。其中尤其值得一提的是古詩爲焦仲卿妻作。這首詩在東漢即已開始流傳，其雛形保存於藝文類聚中，經過魏晉至南朝的不斷加工而成爲見於玉臺新咏這樣的傑構。它生動地敘述了劉蘭芝從反抗到死亡的曲折過程及其思想感情的具體演變，從她對個人尊嚴的執著與焦仲卿對她的態度中，我們可以看到個人意識在那個時代的增長。詩人對劉蘭芝與這一愛情悲劇的描寫，不但體現出豐沛的激情，也顯示了高度的技巧，從而把我國的敘事詩提到了一個新的水準，同時也意味著我國虛構文學已達到了一個新的階段。

其次是對女性能力、品質及反抗傳統禮教精神的讚揚和歌頌，如古樂府詩隴西行對女性持家能力的歌頌，艷歌行對女主人光明磊落、樂於助人品質的讚揚，辛延年羽林郎對女子不以貧富變心、激烈抗拒財勢者調笑的頌揚，皚如山上雪更是把「聞君有兩意，故來相決絶」的女子寫得光明磊落、理直氣壯，表現出對其反抗禮教的精神的肯定；而且這種對女性的讚揚和歌頌，往往是在與男性相對照中呈現的。

再者，玉臺新咏收録了不少女性詩人的詩歌，如烏孫公主、班婕妤、鮑令暉、范靖婦、王叔英妻、劉令嫻等；其中既有劉令嫻那樣寫其與丈夫離别的悲哀，也有王叔英妻那樣寫女性對美的渴望和追求，雖然内容不同，但表現女性的心理都相當細膩；而鮑令暉古意贈今人之寫女性對所愛者的刻骨相思，范靖婦咏燈之寫女性既喜歡受到人的愛慕、又怕遭受讒言的複雜心理，都很深刻而有特色，顯示出編者對女性作家的重視以及對她們作品的共鳴。

第三，爲探討梁陳文學思想的實際提供了有價值的例證。

在梁代文學研究者中，有一種頗具影響的看法：蕭綱及其弟弟蕭繹的文學思想是與蕭統對立的，蕭綱代表著一種新的文學思潮，蕭統則比較保守⑲。作爲這種看法支撑的是通常認爲由蕭綱令徐陵所編的玉臺新咏；此書的選録標準不但顯然有别於文選，而且多被認爲不收蕭統的詩歌。但是由上文論述我們可以知道，玉臺新咏實際上成書於南朝陳代，是由一位才貌雙全的宫廷寵妃撰録而成的，徐陵只是爲此書寫了一篇序而已，故玉臺新咏雖然收入了不少蕭綱的詩歌，但其編選本身却與蕭綱毫無關係；而且玉臺新咏這部「艷歌」集不僅收録蕭綱的詩，也收録蕭統的詩。也就是説，他們兩人都寫「艷歌」，玉臺新咏的編者對他們的「艷歌」也都持肯定的態度。也正因此，我們不能以文選與玉臺新咏的差異爲依據來議論蕭統與蕭綱文學思想的矛盾或對立。

但是，文選和玉臺新咏的編選標準確實有比較大的不同，從中也確實體現了這兩部書的編者在文學思想上的差别。大致説來，玉臺新咏編者的文學思想不但較之蕭統，而且較之蕭綱和蕭繹的也有了重大的發展。其突出的表現就在於對「艷歌」的大力張揚。三蕭雖然也寫「艷歌」，但從現有的材料來看，却并未正面加以鼓吹；而玉臺新咏的編者却選了一部完整的「艷歌」集，這至少表明了此人公然承認其對「艷歌」的喜愛超過其他類型的詩歌。這本是我國文學史上一種大膽的行爲；而更需要注意的是：其所謂的「艷歌」，不但是對愛情的幾乎全面的肯定，而且包含著對於女性高度的讚美和對於她們的悲慘命運的無限憤懣。與此相應，在文學批評的標準上也就有了較大的變化。例如傅玄詩，文選只收了一首雜詩，鍾嶸詩品將他的詩列入下品，其評價只有簡單的一句話：「繁富可嘉。」但玉臺新咏收他的詩至少有十五首（還不包括作者問題有兩説的盤中詩），且其中并無文選所收的雜詩，可見其批評標準與蕭統的固然很不相同，與鍾嶸的也大有區别。而其所選入的傅玄詩中，許多都是讚美女性、爲女性鳴不平的。把這些詩作爲「艷歌」收入，也意味著編者認爲這些詩是美的。所以玉臺新咏的出現，意味著一種有利於梁代的文學思想、文學批評標準和審美標準的形式。這一方面反映了梁、陳文學思想的變異，另一方面也是女性文學觀與男性文學觀違戾的表現⑳。

鑒於上述玉臺新咏所具有的文獻和文學價值，同時也爲了保存玉臺新咏流傳過程中彌足珍貴的傳本，我們以鄭玄撫本爲底本，對玉臺新咏進行了細緻的校勘。除了校以敦煌唐寫本殘卷、五雲溪館活字本、馮班抄本、趙均刻本、翁心存抄本玉臺新咏外，并參校了漢書、説苑、文選、北堂書鈔、藝文類聚、初學記、白氏六帖、事類賦、太平御覽、晏元獻公類要、樂府詩集等相關的史書、總集和類書，以期爲讀者提供盡可能接近原貌的玉臺新咏本子。但校書是一項極其艱難的工作，雖然我們儘量努力，但限於水準和能力，錯誤在所難免，敬請讀者批評指正。

最後需要説明的是，玉臺新咏彙校是我的老師章培恒先生生前主持、教育部全國高等院校古籍整理工作委員會重點資助的「玉臺新咏與女性文學」項目的重要組成部分，這一項目的另一成果是玉臺新咏新論，兩書作爲復旦大學古籍整理研究所編輯的光華文史文獻研究叢書中的兩種，已先後由上海古籍出版社於二〇一一年和二〇一二年出版。但是二〇一一年出版的玉臺新咏彙校從保存日漸湮没的鄭玄撫刻本的原貌出發，採取了影印底本加校點的方式。出於對玉臺新咏的重視和便利讀者的考慮，此次上海古籍出版社以排印的方式重新出版，并擬收入其中國古典文學叢書。作爲玉臺新咏研究項目的參加者和影印本的彙校者，吴冠文博士和我按照叢書體例的有關要求，對原先的影印本作了必要的處理，加標專名、書名綫，同時改正了影印本中的一些錯誤。刊印之前，奉出版社之命，執筆概述和引録本研究成果中的主要觀點和論據如上，聊爲前言。同時對在本書出版過程中給予大力支持和幫助的教育部全國高校古籍整理委員會、中國國家圖書館、北京大學圖書館、中國社科院文研所圖書館、中國科學院圖書館、浙江圖書館、南京圖書館、上海圖書館、復旦大學圖書館、興業基金管理有限公司、上海古籍出版社的有關先生和女士表示衷心的感謝。

談蓓芳

① 見章培恒先生玉臺新詠爲張麗華所「撰録」考，談蓓芳、吴冠文、章培恒著玉臺新詠新論（上海古籍出版社二〇一二年六月版）第一八一—二一〇頁。又，關於今本大唐新語真僞問題的考證，詳吴冠文關於今本「大唐新語」的真僞問題、再談今本大唐新語的真僞問題和三談今本大唐新語的真僞問題，均見玉臺新詠新論第一二一—一七八頁。

② 見武秀成舊唐書辯證中的有關論述。上海古籍出版社二〇〇三年版

③ 關於史志著録玉臺新詠撰者的考證，詳吴冠文、章培恒玉臺新詠撰人討論的幾個遺留問題，見玉臺新詠新論第五四—五九頁。

④ 關於藤原佐世日本國見在書目録的考證和介紹，詳章培恒玉臺新詠爲張麗華所「撰録」考、孫猛藤原佐世與日本國見在書目録，分別見玉臺新詠新論第二一、四六—四七、一七九—二〇七頁。

⑤ 此舉各例，均詳章培恒玉臺新詠爲張麗華所「撰録」考和玉臺新詠的編者與梁陳文學思想的實際，見玉臺新詠新論第二二、二一一頁。

⑥詳談蓓芳玉臺新咏版本考——兼論此書的編纂時間和編者問題，見玉臺新咏新論第八一—九六頁。

⑦關於徐陵玉臺新咏序的詳細解讀及相關考證，詳章培恒玉臺新咏爲張麗華所「撰録」考、再談玉臺新咏的撰録者問題，均見玉臺新咏新論第一—五三頁。

⑧今見玉臺新咏的版本有兩個系統，均稱蕭衍爲梁武帝； 但對蕭綱，則一個系統的本子稱「梁簡文帝」，另一種本子却有的僅署「皇太子」而没有梁簡文之名，有的署「皇太子」并注明其爲「簡文」，但實際上這種本子只是在「皇太子」（指昭明太子蕭統）之後佚失了梁簡文的作者署名而已，其被視作昭明太子或梁簡文的「皇太子」名下的詩中，實包含了蕭統、蕭綱兩人的作品。 具體論證詳談蓓芳玉臺新咏版本考，見玉臺新咏新論第八二—八九頁。

⑨見章培恒、駱玉明主編中國文學史新著（增訂本）（復旦大學出版社、上海文藝出版總社二〇〇七年版）第三七四頁。 關於張麗華爲玉臺新咏編纂者的具體論證，詳章培恒玉臺新咏爲張麗華所「撰録」考、再談玉臺新咏的撰録者問題，見玉臺新咏新論第一—五三頁。

⑩見王國維批校四部叢刊所收五雲溪館活字本玉臺新咏中語。

⑪見鳴沙石室古籍叢殘所收玉臺新咏殘卷後。

⑫見明五雲溪館活字本玉臺新咏卷末所附玉臺新咏集後序，其中個别文字有誤植，據文意改正。

⑬詳陳樂素直齋書録解題作者陳振孫，見徐小蠻、顧美華點校直齋書録解題附録，上海古籍出版社一九八七年版。

⑭關於趙均刻本弄虛作假等的具體論證，詳談蓓芳玉臺新咏版本考、玉臺新咏版本補考中的有關論述。 關於玉臺新咏各主要版本之間的異同情況，參見本書及玉臺新咏彙校（上海古籍出版社二〇一一年影印版）校記。

⑮關於今存玉臺新咏兩大版本系統的差異及優劣，詳談蓓芳玉臺新咏版本考，見玉臺新咏新論第八一—九六頁，此處僅擇其要而列之。

⑯參見本書相關校記及影印本玉臺新咏彙校各卷卷首目録校勘之列表。

⑰見玉臺新咏彙校（影印版）和玉臺新咏新論卷首。

⑱關於玉臺新咏選録標準的有關論述，詳談蓓芳玉臺新咏選録標準所體現的女性特色，見玉臺新咏新論第二二一—二三三頁。

⑲參見日本林田慎之助撰、曹旭譯文選和玉臺新咏編纂的文學思想，載上海師範大學學報二〇〇六年第一期。林田教授是研究六朝文學成就突出的專家，在日本的中國古代文學研究者中持有這種看法的不止林田教授一人。

⑳見章培恒玉臺新咏的編者與梁陳文學思想的實際，玉臺新咏新論第二一九—二二〇頁。

玉臺新咏彙校目録

卷二

卷三

卷四

卷五

卷六

卷七

卷八

卷九

卷十

校勘凡例

一、玉臺新咏版本之現存於世者雖衆，大别之則爲兩系。其一爲明嘉靖十九年鄭玄撫刊本（以下簡稱鄭本）；後於此者有萬曆七年茅元禎刻本，與之同系，又有嘉靖二十二年楊玄鑰刻本、天啓二年沈逢春刻本等，則與之大同小異。其二爲明五雲溪館銅活字本（以下簡稱活字本），與之同出一系者以明崇禎二年馮班抄本、崇禎六年趙均刻本、清翁心存抄本（以下分别簡稱馮抄本、趙本、翁抄本）爲最要。昔人惑以趙均之作僞，以鄭玄撫本爲後人增竄之「俗本」，而以趙本爲出於宋刊、合於玉臺原貌之善本。玉臺新咏新論所收玉臺新咏版本考、玉臺新咏版本補考已詳論之矣。至鄭本多於活字本及馮抄本、趙本、翁抄本之各篇，不僅無以證明其爲竄入，且有顯係玉臺原本所有者。其文字及作者題署之可正此四玉臺本之譌者亦自不乏。故鄭本於傳世玉臺諸本中殊足重視。今即以之爲彙校底本，以活字本、馮抄本、趙本、翁抄本四玉臺本爲校本，參校唐寫本玉臺新咏（以下簡稱唐寫本，法藏敦煌西域文獻伯希和二五〇三，上海古籍出版社二〇〇五年影印）及下列數部史書、總集、類書（以成書時間爲序）：

（一）漢書，宋景祐刊本，商务印书馆一九五八年影印百衲本二十四史。

（二）後漢書，宋紹興刊本配補元覆宋刊本，商务印书馆一九五八年影印百衲本二十四史。

（三）説苑，明抄本，四部丛刊初编影印。

（四）文選，奎章閣藏六臣注本，韓國一九八三年影印。

（五）北堂書鈔（以下簡稱書鈔），光緒十四年南海孔廣陶三十有三萬卷堂校注陶宗儀傳鈔宋本，清華大學出版社二〇〇三年影印唐代四大類書。

（六）藝文類聚（以下簡稱類聚），中華書局影印南宋紹興刊本，清華大學出版社二〇〇三年影印唐代四大類書。

（七）初學記，日本宫内廳書陵部藏南宋紹興十七年刊本，綫裝書局二〇〇一年影印。

（八）白氏六帖（以下簡稱白帖），一九三三年吴興張芹伯影印南宋紹興間明州刻本，清華大學出版社二〇〇三年影印唐代四大類書。

（九）事類賦，南宋紹興十六年刻本，書目文獻出版社一九九七年版北京圖書館古籍珍本叢刊。

（一〇）太平御覽（以下簡稱御覽），宋刊本，四部叢刊三編影印中華學藝社借照日本帝室圖書寮京都東福寺東京巖崎氏静嘉堂文庫藏本。

（一一）文苑英華（以下簡稱英華），宋刻配明刻本，中華書局一九六六年影印。

（一二）晏元獻公類要（以下簡稱類要），清抄本，齊魯書社一九九七年影印四庫全書存目叢書。

（一三）樂府詩集，宋本配元刊本或舊抄本，文學古籍刊行社一九五五年影印。

二、鄭本凡玉臺新咏（署徐陵編）十卷、玉臺新咏續編（方敬明輯）五卷，其卷首「名家世序」則合正編、續編作者而成，今之校點排印者僅正編十卷，其「名家世序」亦只列正編作者。

三、本書目録主體部分係據底本鄭本卷首目録彙聚而成，對於主校四玉臺本目録之重要異文，則於每首詩歌標題校記中作出説明（玉臺諸本卷首目錄之樣式差異頗大，此於上海古籍出版社二〇一一年版玉臺新咏彙校影印本各卷卷首目録之校記中已列表明之）。

四、玉臺諸本各詩題目、署名、正文等具體排列方式差異較大，頗能顯示各本版式特徵及諸本間關係，校記中對此類版式特徵擇要描述，以便比較；　但如「春別四首」作「春別四首」類僅存字體大小差異者，不一一説明。

五、本書底本及參校之玉臺諸本作者題署多署作者之名，總集、類書則或署作者之名，或署作者之字、號；　除名、字如「陸厥」與「陸韓卿」之類爲人較陌生者，本書校記予以特别注出外，其他如「江淹」作「江文通」之類，概不出校。

六、參校總集如文選、樂府詩集，以及類書、史書所收作品小序、解題類文字，與玉臺各本迥不相侔者，多由其書性質相異所致，限於校記篇幅，此類文字概不出校。

七、本書校記一般僅注明某本作某字，由讀者自行抉擇，不作主觀片面的改動。

八、底本俗字較多，排印時除保留必要者外，不復照寫；　校本與底本寫法不同之俗字及常見之誤字而無大關係者，一般不出校；　其能顯示玉臺諸本中某一版本之特色的少量俗字、誤字，則於其初見時出校，再次出現時徑改成正字。

九、異體字除少量反映底本與參校本間訛變源流者保留外，其他均據文化部和中國文字改革委員會聯合公佈的第一批異體字整理表及現代漢語詞典（第六版）徑改，一般不出校。

刻玉臺新咏序

新安吴世忠撰

有陳東海徐陵，以綺靡之材，會風人之體。長於製作，厠列陰何。曄如斐如，鶩立江表。金石所流，望之有餘，綽而可喜。俾摛藻之徒，偶以賈餘，遂仍失故。以是知陵其天縱麗容，精妙無雙者也。陵才類傾城，又性好色，因以捧心自媚，巧笑殊工，攄懷吐實，於斯特切。雖閑放者肆其滑稽，馴雅者申其□法；正變無常，愉怨各指。概得規之大道，不愧於風人。核其微旨，獨何略焉？管鍵潛通，此秘幸睹；群籍具在，釋而不删。後有作者，其不以我爲迷乎？直代非一人，人非一咏；事不要撮，音本雜懸。菁蕪混塞，復有可説。匪斷其禁臠，族而理之，亦難升于鼎俎之場，膾炙人口也。則參以師涓之耳，裁以王爾之斤，翰墨填委，曷契予衷。彙其尤者，播爲新咏。

義屬宫禁，片言而必録；事□□妾，累牘而不遺。間或以結褵膠漆，或以異地參商，乖協千狀，淫則兩途而已。曰士曰女，無分剛柔；亦有君臣，堂陛靡較：

儻在善鳴，舉入其選。履端炎漢，卒以齊梁，六百餘年。文姬墨卿，弱婦哲夫，追琢之美，文綉不如，輦聚于兹，煌煌乎充上乘矣。

若夫柏梁甘泉之製，芝房寶鼎之歌，被之律吕，塞耳鏗鍧，與此殊科，姑未暇論。自陵漁獵滋博，殆盡秋毫，考類屋半，瑜瑾倍之。縱不純德，比騁妙林，陶冶之匠，珍爲藝模。而中更樸學，繩之過當。以爲文動萬乘，辯却三軍；力可排山，氣能貫日。斯人皆文武挺出，并有剛腸者也，而俄然心摧，化爲繞指。歷九折而不悔，顧一笑而私憐；出擁節旄，入沈衽席。何以聲明潤于金石，功烈炳于丹青乎？柔從不覺，浸以成俗，士氣下衰，王迹陵夷，稽之二南，奚啻千里哉？折衷先典，異乎所聞。昔齊王好色，孟軻廣之；武公善謔，衛國頌焉。詩貴譎諫，道通委巷，必欲操竽絶瑟，庸得其平？且靈修美人，以媲國君，宓妃佚女，賢臣是譬，文固有托，視我靈均。此而莫保，彼爲作俑。下逮徐淑寄遠，辭隱以端；班女幽宫，志哀而婉。婦言尚爾，餘可輕之？總其大都，婚媾之際，嗟嘆嬋媛，是不一致。故每當座而情飛，或驅鋒而辭利。窮日以思，繼若有餘；崇朝立就，咸謂警策。國風以懷春作劇，楚臣以東鄰自持。獲附娥眉，纔盡薄技。持以擅場，來自疇昔。屢致意而不厭，連巨篇而爲短，苟親筆札，未之能釋。豈如郊廟玄幽，鐘鼎質木，既削繁文，安所潤色者乎？

陵之是編，備采宮商，好醜不掩，寧納下流，將貽大匠。故置之席上，焕若奇珍；奏之房中，聿興化國。方今五緯順軌，三事修文；乘運躍鱗，優游金馬；奏御且千，踵風宗雅。將復古道，必先異書。而是編殘簡甚訛，曾莫校讎。頃有方生敬明，挾策遠游，購此閲市。厥交梧野鄭君，受以鋟布，廣之四方。甫竣而生已長逝，窅爲異物，悲夫！鄭君又沿陵以下，益之陳隋，披卷寓目，海不捐珠。昔史記緝于少孫，班表終于大家。前事未忘，君復匹之，非徐氏之子雲千載同聲而何哉？嘉靖己亥十二月八日。

刻玉臺新咏序

新安 方弘静撰

夫詩，緣情而作者也。情莫近乎妃匹之間，故三百篇首關雎，寤寐窈窕，發乎情，止乎禮義。是以知先王之澤，風化之本也。及王迹既熄，鄭衛競鳴，詞人之作，恣乎麗艷，有異是焉。乃若北方佳人，一顧傾國；邯鄲少女，獨立無雙。浣紗溪邊，千人爲之嘆息；采桑道側，五馬以之踟躕。漢帝阿嬌，貯之黄金之屋；石家娉婷，買以十斛之珠。吁，可動乎其天下之至靡也！至夫春華方艷，秋月俄輝，白日未移，紅顔將斂，君王不御，蕩子忘歸。長信宫深，羞乞大夫之賦；昭陽風起，忽聞弦管之聲。玉階苔生，菱鏡長掩。又何寥乎其幽瘁也！

夫文魚比之比目，則歡愛可知；匹鳥辟之孤栖，若離愁何盡。樂莫樂焉，憂莫憂焉。是以文人才子，咏其美艷之情；忠臣烈士，痛其枯槁之狀。語冶容，宛仙人來下；言寂寞，雖戾夫歔欷。作者接軌，咸歸二途，彩筆盈懷，錦帙溢篋矣。有陳東海徐君，於是搜諸藝府，無慮百家；萃彼艷歌，類爲十卷。千花競映，掩赤城之春霞；萬寶皆縣，燦玄圃之玉樹。挾蔡枕之奇，有如重璧；貴洛紙之價，何啻三都。若乃揆之風人，格以雅訓，殆有可言者矣。爾若霍家馮都之篇，秦氏羅敷之咏，秋胡之妻，玉壺比潔，隴西之婦，齊姜不如，婕好托意於紈扇，蘭芝委體於清池，抱貞白而莫渝，與皎月而争色。漢廣行露，又何過焉？蓋亦什一千百矣。至如相如求鳳，貽辱於清評；繁欽定情，無閑於貞則。子夜吴歌，盡寫放蕩之思；江南雜弄，率多淫佚之詞。桃葉團扇，縱情於内篝；舸郎溪女，相調於中流。王謝高踪，於斯貶矣。故采其合雅，象流金之在沙；究其離經，異白璧之微玷。昔尼父删詩，疵嬿并著，桑間濮上，存而不棄，所以明風刺、示懲誡也。述者之意，豈類斯乎？且擒藻風雲，動情心目，勸風百一，其來遠矣。夫道無二津，情則萬委；詞波類海，各指所之。若文考其世，是則頌列女也；若德放其辭，固非訓内則也。亦何譏哉？故知留連彤管，信有賢於博弈；彈誚閑情，諒見非於來哲矣。

鄭君梧野以名家公子，綽有雅懷，揖當代才流，馳其高駕。得抄本於上都，撫殘篇而動色。爰乃廣逸拾遺，續爲外集。并刻山堂，傳諸寰内。使芸閣栖遲，將無勞於柏葉；巾箱展玩，何自苦於蠅頭。其不負徐君之用心矣乎。嘉靖己亥十二月二十日。

玉臺新咏序

陳尚書左僕射太子少傅東海徐陵撰〔一〕

陵雲概日〔二〕，由余之所未窺；千門萬户，張衡之所曾賦。周王璧臺之上〔三〕，漢帝金屋之中；玉樹以珊瑚作枝，珠簾以玳瑁爲柙〔四〕。其中有麗人焉。其人五陵豪族〔五〕，充選掖庭；四姓良家，馳名永巷。亦有潁川〔六〕、新市、河間〔七〕、觀津，本號嬌娥〔八〕，曾名巧笑。楚王宮内〔九〕，無不推其細腰；衛國佳人，俱言訝其纖手。閱詩敦禮〔一〇〕，非直東鄰之自媒〔一一〕；婉約風流，無異西施之被教〔一二〕。弟兄協律〔一三〕，自小學歌〔一四〕；少長河陽〔一五〕，由來能舞。琵琶新曲，無待石崇；箜篌雜引〔一六〕，非因曹植〔一七〕。傳鼓瑟於楊家，得吹簫於秦女。至若寵聞長樂〔一八〕，陳后知而不平〔一九〕；畫出天仙〔二〇〕，閼氏覽而遥妒。至如東鄰巧笑〔二一〕，來侍寢於更衣；西子微顰〔二二〕，將横陳於甲帳〔二三〕。陪游馺娑〔二四〕，騁纖腰於結風；長樂鴛鴦〔二五〕，奏新聲於度曲。裝鳴蟬之薄鬢〔二六〕，照墮馬之垂鬟〔二七〕；反插金鈿〔二八〕，横抽寶樹〔二九〕。南都石黛，最發雙蛾；北地燕脂〔三〇〕，偏開兩靨〔三一〕。亦有嶺上仙童，分丸魏帝；腰中寶鳳，授曆軒轅。金星與婺女爭華〔三二〕，麝月共嫦娥競爽〔三三〕。驚鸞冶袖，時飄韓掾之香〔三四〕；飛燕長裾〔三五〕，宜結陳王之佩。雖非圖畫，入甘泉而不分；言異神仙，戲陽臺而無別〔三六〕。真可謂傾國傾城，無對無雙者也。

加以天時開朗〔三七〕，逸思雕華，妙解文章，尤工詩賦。琉璃硯匣〔三八〕，終日隨身；翡翠筆床〔三九〕，無時離手。清文蒲篋，非唯芍藥之花〔四〇〕；新製連篇，寧止蒲萄之樹〔四一〕？九日登高〔四二〕，時有緣情之作；萬年公主，非無累德之辭〔四三〕。其佳麗也如彼，其才情也如此。

既而椒房宛轉〔四四〕，柘館陰岑〔四五〕，絳鶴晨嚴〔四六〕，銅蠡晝靜〔四七〕。三星未夕，不事懷衾；五日猶余〔四八〕，誰能理曲？優游少托，寂寞多閑。厭長樂之疏鍾，勞中宮之緩箭〔四九〕。輕身無力〔五〇〕，怯南陽之擣衣〔五一〕；生長深宮〔五二〕，笑扶風之織錦。雖復投壺玉女〔五三〕，爲歡盡於百嬌〔五四〕；爭博齊姬，心賞窮於六著〔五五〕。無怡神於暇景，唯屬意於新詩。可得代彼萱蘇〔五六〕，微蠲愁疾〔五七〕。

但往世名篇，當今巧製，分諸麟閣〔五八〕，散在鴻都。不藉篇章〔五九〕，無由披覽。於是燃脂暝寫〔六〇〕，弄墨晨書〔六一〕，撰録艷歌〔六二〕，凡爲十卷。曾無參於雅頌，亦靡濫於風人。涇渭之間，若斯而已〔六三〕。

於是麗以金箱〔六四〕，裝之寶軸〔六五〕。三臺妙迹〔六六〕，龍伸蠖屈之書〔六七〕；五色花牋〔六八〕，河北膠東之紙〔六九〕。高樓紅粉〔七〇〕，仍定魚魯之文〔七一〕；辟惡生香，聊防羽陵之蠹。雲飛六甲〔七二〕，高擅玉函〔七三〕；鴻烈仙方〔七四〕，長推丹枕。

至如青牛帳裏，餘曲未終〔七五〕；朱鳥窗前〔七六〕，新裝已竟。方當開兹縹帙〔七七〕，散此縧繩〔七八〕，永對玩於書帷〔七九〕，長循環於纖手〔八〇〕。豈如鄧學春秋〔八一〕，儒者之功難習；竇專黄老〔八二〕，金丹之術不成。固勝西蜀豪家〔八三〕，托情窮於魯殿〔八四〕；東儲甲觀〔八五〕，流咏止於洞簫。孌彼諸姬，聊同棄日；猗與彤管〔八六〕，無或譏焉〔八七〕。

【校記】

〔一〕此序類聚五五雜文部一集序録「陵雲概日」至「馳名永巷」、「閱詩敦禮」至「閼氏覽而遥妒」、「陪游馺娑」至「戲陽臺而無别」、「加以天時開朗」至「非無累德之辭」、「既而椒房宛轉」至「銅蠡畫静」、「優游少托」至「唯屬意於新詩」、「但往世名篇」至「若斯而已」、「至如青牛帳裏」至「長循環於纖手」等句。英華七一二序十四詩第一録全篇，題作「玉臺新咏集序」。「序」，活字本作

「集序」，兩抄本均作「集卷第一并序」，趙本作「集并序」。　「陵」，活字本此下有「孝穆」二字，兩抄本、趙本此下均有「字孝穆」三字。

〔二〕「陵」，四玉臺本均作「夫凌」。

〔三〕「璧」，英華作「壁」。

〔四〕「玭」，趙本作「瑇」；　按，此字同類異文，以下不再出校。　「柙」，兩抄本、英華均作「匣」，趙本、類聚均作「押」；　又，英華其下注「一作柙」。

〔五〕「人」，英華此下有「也」字。

〔六〕「頴」，活字本、趙本均作「穎」，馮抄本作「穎」，翁抄本作「頴」。　按，凡「頴」、「穎」、「穎」一類異文，以下不再出校。

〔七〕「澗」，活字本作「間」，兩抄本、趙本均作「閒」。　按，凡「間」、「閒」一類異文，以下不再出校。

〔八〕「本號」，英華作「大家」。

〔九〕「內」，四玉臺本均作「裏」。

〔一〇〕「閱」，類聚作「說」，英華此字下注「一作說」。　「敦」，趙本作「敨」，類聚、英華均作「明」；　按，趙本此係避諱字寫法，由此而造成的同類異文，以下不再出校。

〔一一〕「非直」，四玉臺本、類聚均作「豈」，英華此下注「二字一作豈」。

〔一二〕「無」，四玉臺本、類聚均無此字，英華此字下注「一無此字」。

〔三〕「弟兄」，類聚作「兄弟」。

〔四〕「自」，活字本作「少」，兩抄本、趙本、類聚均作「生」，英華此字下注「一作生」。

〔五〕「少長」，活字本作「長生」。

〔六〕「篌」，兩抄本均作「篌」，趙本作「篌」，類聚作「篌」；按，此字同類異文，以下徑改作繁體正字，不再出校。

〔七〕「因」，活字本、馮抄本、趙本、類聚均作「關」，翁抄本作「開」，英華此字下注「一作關」。

〔八〕「至若」，類聚無此二字，英華作「以至」。

〔九〕「后」，馮抄本此字係塗改而成，有「宋本」印。

〔一〇〕「仙」，趙本作「僊」；按，此字同類異文，以下不再出校。

〔一一〕「至」，英華作「且」。

〔一二〕「顰」，四玉臺本均作「嚬」。

〔一三〕「將」，四玉臺本均作「得」。

〔一四〕「娑」，馮抄本此字係塗改而成，有「宋本」印。

〔一五〕「長」，類聚作「張」。

〔一六〕「裝」，活字本、英華均作「粧」，兩抄本均作「糚」，趙本作「粧」，類聚作「壯」；按，凡「粧」、「糚」、「妝」一類異文，以下不再出校。「鳴」，英華作「明」，其下注「一作鳴」。

〔二七〕「墮」，英華作「墜」，其下注「一作墮」。
〔二八〕「鈿」，類聚、英華均作「蓮」。
〔二九〕「抽」，趙本作「搯」；按，此字同類異文，以下不再出校。「寶」，活字本作「瑶」，兩抄本均作「珤」，趙本作「寶」。按，凡「寶」、「寶」一類異文，以下徑改作繁體正字，不再出校。
〔三〇〕「燕脂」，四玉臺本、英華均作「燕支」；又，英華其下注「一作胭脂」。
〔三一〕「靨」，趙本、翁抄本均作「⿱厭酉」；按，此字同類異文，以下不再出校。
〔三二〕「與」，四玉臺本均作「將」。「婺」，活字本作「婺」。
〔三三〕「共」，四玉臺本、類聚均作「與」。「嫦」，活字本、類聚、英華均作「姮」，兩抄本、趙本均作「常」。「競」，活字本作「兢」。
〔三四〕「椽」，活字本、類聚、英華均作「掾」。
〔三五〕「裾」，類聚作「裙」。
〔三六〕「而」，活字本無此字。
〔三七〕「時」，類聚作「情」，英華作「晴」。
〔三八〕「琉」，趙本作「瑠」；按，此字同類異文，以下不再出校。
〔三九〕「⿱非卒」，四玉臺本、英華均作「翠」。
〔四〇〕「唯」，趙本作「惟」；按，此字同類異文，以下不再出校。

〔四一〕「蒲」，活字本作「葡」。

〔四二〕「日」，類聚作「月」。

〔四三〕「辭」，兩抄本均作「辤」，趙本作「辭」，類聚作「詞」。按，凡「辭」、「辤」、「辭」一類異文，以下徑改作繁體正字，不再出校。

〔四四〕「房」，四玉臺本、類聚、英華均作「宫」；又，英華其下注「一作房」。

〔四五〕「館」，四玉臺本均作「觀」。

〔四六〕「絳」，類聚作「木」。「鶴」，翁抄本作「隺」，英華作「劍」。

〔四七〕「銅蠡晝静」，類聚作「銅梁晝靖」；英華作「銅鋪晝浄」，其下注「一作銅梁晝靖」。

〔四八〕「余」，四玉臺本均作「賒」，英華此字下注「一作疑」。

〔四九〕「中宫」，英華作「宫中」，其下注「一作中宫」。

〔五〇〕「輕身」，四玉臺本均作「纖腰」，類聚作「身輕」。

〔五一〕「陽」，英華作「宫」。

〔五二〕「深」，趙本作「滚」；按，此字同類異文，以下不再出校。

〔五三〕「壼」，活字本、趙本均作「壺」，兩抄本均作「壸」，類聚作「壼」，英華作「壺」；按，凡「壼」、「壺」和「壺」、「壸」、「壼」一類異文，以下径改作繁体正字，不再出校。

〔五四〕「歡」，兩抄本、趙本均作「觀」。

〔五五〕「窮」，趙本作「竆」；按，此字同類異文，以下不再出校。「著」，活字本、趙本均作「箸」；英華作「齒」，其下注「一作著」。按，凡「著」、「箸」一類異文，以下不再出校。

〔五六〕「可」，四玉臺本均作「庶」。「萱」，四玉臺本均作「皋」。

〔五七〕「微蠲」，四玉臺本均作「蠲茲」。「疾」，馮抄本此字係塗改而成，有「宋本」印。

〔五八〕「諸」，類聚作「封」，英華此字下注「一作封」。

〔五九〕「藉」，活字本、兩抄本、類聚均作「籍」；英華作「務」，其下注「一作籍」。

〔六〇〕「燃」，四玉臺本、英華均作「然」。「瞑」，活字本、兩抄本、類聚均作「暝」。

〔六一〕「墨」，四玉臺本、英華均作「筆」；又，英華其下注「一作墨」。

〔六二〕「撰」，四玉臺本、英華均作「選」；又，英華其下注「一作撰」。「艷」，趙本作「豔」，類聚作「豔」；此字同類異文，以下不再出校。

〔六三〕「已」，類聚、英華此下均有「也」字。

〔六四〕「於是」，英華無此二字。「箱」，英華作「緗」。

〔六五〕「寶」，活字本作「瑶」，兩抄本均作「琁」。

〔六六〕「迹」，英華作「札」。

〔六七〕「龍」，英華此前有「亦」字。

〔六八〕「花牋」，趙本作「華箋」；此二字同類異文，以下徑改作繁體正字，不再出校。

〔六九〕「河」，英華此前有「皆」字。　「紅」，英華作「鉛」。

〔七〇〕「樓」，英華作「按」，其下注一「疑」字。

〔七一〕「魚魯」，英華作「魯魚」。

〔七二〕「雲」，四玉臺本均作「靈」。　「六」，四玉臺本均作「太」。

〔七三〕「擅」，兩抄本、趙本均作「檀」，英華作「禪」。

〔七四〕「烈」，兩抄本均作「列」。

〔七五〕「未」，四玉臺本、英華均作「既」；又，英華其下注「一作未」。

〔七六〕「窓」，兩抄本、類聚、英華均作「窻」，趙本作「窻」；此字同類異文，以下徑改作繁體正字，不再出校。

〔七七〕「帙」，馮抄本作「帙」。

〔七八〕「緜繩」，英華作「緗編」，其下注「一作緜繩」。

〔七九〕「帷」，四玉臺本均作「幃」。

〔八〇〕「環」，兩抄本、趙本均作「環」；按，此字同類異文，以下不再出校。

〔八一〕「豈」，英華無此字。

〔八二〕「專」，英華作「傳」。　「黄」，英華作「却」。

〔八三〕「固」，兩抄本、趙本均作「因」。

〔八四〕「殿」，趙本作「殿」；按，此字同類異文，以下不再出校。

〔八五〕「儲」，英華作「臺」。「觀」，英華作「館」。

〔八六〕「與」，四玉臺本均作「歟」。「彤」，活字本作「彤」。

〔八七〕英華此序末注「一作皆藝文類聚」。

名家世序〔一〕

漢

枚乘①　司馬相如②　李延年③

蘇武④　辛延年⑤　烏孫公主⑥

蘇伯玉妻⑦　班婕妤⑧　宋子侯⑨

張衡⑩　秦嘉⑪　徐淑⑫

蔡邕⑬　繁欽⑭

魏

武帝⑮　文帝⑯　陳思王⑰

明帝⑱　陳琳⑲　徐幹⑳

王宋㉑

晋

阮籍㉒
賈充㉓
張載㉔
孫綽㉕
傅玄㉖
張華㉗
潘岳㉘
石崇㉙
左思㉚
陸機㉛
陸雲㉜
王獻之㉝
桃葉㉞
張協㉟
楊方㊱
王鑑㊲
李充㊳
曹毗㊴
陶潛㊵

宋

孝武帝㊶
荀昶㊷
王徽㊸
謝靈運㊹
謝惠連㊺
劉鑠㊻

王僧達㊼

顏延年㊽

鮑昭㊾

湯惠休㊿

張融(51)

王素(52)

吴邁遠(53)

許瑶(54)

鮑令輝(55)

齊

丘巨源(56)

王融(57)

謝朓(58)

陸厥(59)

虞炎(60)

邢邵(61)

虞羲(62)

釋寶月(63)

梁

武帝(64)

昭明太子(65)

簡文帝(66)

元帝(67)

邵陵王(68)

武陵王(69)

范雲(70)

江淹(71)

丘遲(72)

沈約(73)

柳惲(74)

施泰榮(75)

【校記】

〔一〕「名家世序」及下列時代、作者，四玉臺本均無。又，鄭本名家世序包括該本正、續編所列各家，今僅録正編部分，而附注各家所在卷目及作品數量於後，以便於檢覈。

〔二〕鄭本卷十録劉義恭詩一題一首，名家世序漏列。

①枚乘，卷一録一題九首。

②司馬相如，卷九録一題二首。

③李延年，卷一録一題一首。

④蘇武，卷一録一題一首。

⑤辛延年，卷一録一題一首。

⑥烏孫公主，卷九録一題一首。

⑦蘇伯玉妻，卷九録一題一首。

⑧班婕妤，卷一録一題一首。

⑨宋子侯，卷一録一題一首。

⑩張衡，卷一録一題一首、卷九録二題五首。

⑪秦嘉，卷一録一題三首、卷九録一題一首。

⑫徐淑，卷一録一題一首。

⑬蔡邕，卷一録一題一首。

⑭繁欽，卷一録一題一首。

⑮武帝，卷二録一題一首。

⑯文帝，卷二録二題二首、卷九録一題二首。
⑰陳思王，卷二録五題九首、卷九録一題一首。
⑱明帝，卷二録一題二首。
⑲陳琳，卷二録一題一首。
⑳徐幹，卷二録三題七首。
㉑王宋，卷二録一題二首。
㉒阮籍，卷三録一題二首。
㉓賈充，卷十録一題一首。
㉔張載，卷九録一題四首。
㉕孫綽，卷十録一題二首。
㉖傅玄，卷三録八題八首、卷九録四題八首。
㉗張華，卷三録三題七首。
㉘潘岳，卷三録二題四首。
㉙石崇，卷三録一題一首。
㉚左思，卷三録一題一首。
㉛陸機，卷三録十三題十四首、卷九録一題一首。

㉜陸雲，卷三録一題四首。
㉝王獻之，卷十録一題二首。
㉞桃葉，卷十録一題三首。
㉟張協，卷三録一題一首。
㊱楊方，卷三録二題五首。
㊲王鑑，卷三録一題一首。
㊳李充，卷三録一題一首。
㊴曹毗，卷三録一題一首。
㊵陶潛，卷三録一題一首。
㊶孝武帝，卷十録一題二首。
㊷荀昶，卷四録二題二首。
㊸王徽，卷四録一題二首。
㊹謝靈運，卷十録一題二首。
㊺謝惠連，卷四録三題三首。
㊻劉鑠，卷四録五題五首、卷九録一題一首。
㊼王僧達，卷四録一題一首。

㊽顔延年，卷四録二題十首。

㊾鮑昭，卷四録十題十一首、卷九録四題九首。

㊿湯惠休，卷九録四題四首、卷十録一題一首。

(51)張融，卷十録一題一首。

(52)王素，卷四録一題二首。

(53)吴邁遠，卷四録四題四首。

(54)許瑶，卷十録三題三首。

(55)鮑令輝，卷四録五題六首、卷十録一題一首。

(56)丘巨源，卷四録二題二首。

(57)王融，卷四録七題八首、卷十録六題六首。

(58)謝眺，卷四録十五題十七首、卷十録五題五首。

(59)陸厥，卷四録二題二首、卷九録一題一首。

(60)虞炎，卷十録一題一首。

(61)邢邵，卷十録一題一首。

(62)虞羲，卷四録一題一首。

(63)釋寶月，卷九録一題一首。

⑥④武帝，卷五録十三題十四首、卷九録七題八首、卷十録十六題三十二首。
⑥⑤昭明太子，卷五録五題五首、卷九録三題三首。
⑥⑥簡文帝，卷五録五十五題五十五首、卷九録八題二十四首、卷十録二十一題二十五首。
⑥⑦元帝，卷五録十七題十七首、卷九録四題十一首。
⑥⑧邵陵王，卷五録三題三首。
⑥⑨武陵王，卷五録三題三首、卷十録一題一首。
⑦⓪范雲，卷六録四題四首、卷十録二題二首。
⑦①江淹，卷六録八題八首。
⑦②丘遲，卷六録二題二首。
⑦③沈約，卷六録二十三題二十六首、卷九録十三題十三首、卷十録三題三首。
⑦④柳惲，卷六録十題十四首。
⑦⑤施泰榮，卷十録一題一首。
⑦⑥江洪，卷六録四題四首、卷十録四題七首。
⑦⑦高爽，卷六録二題二首、卷十録二題二首。
⑦⑧何子朗，卷六録三題三首。
⑦⑨虞騫，卷六録一題一首。

⑳ 范静婦沈氏，卷六録四題四首、卷九録一題一首、卷十録四題五首。
㉑ 何遜，卷六録十一題十一首，卷十録五題五首。
㉒ 王樞，卷六録三題三首。
㉓ 吴筠，卷七録十六題二十三首、卷九録一題二首、卷十録二題五首。
㉔ 庾丹，卷七録二題二首。
㉕ 王僧孺，卷七録十六題十六首、卷十録一題一首。
㉖ 張率，卷七録三題三首、卷九録二題七首。
㉗ 徐悱，卷七録二題二首。
㉘ 徐悱妻劉氏，卷七録五題五首、卷十録六題六首。
㉙ 費昶，卷七録十一題十二首、卷九録一題二首。
㉚ 姚翻，卷七録一題一首。
㉛ 孔翁歸，卷七録一題一首。
㉜ 何思澄，卷七録三題三首。
㉝ 湯僧濟，卷七録一題一首。
㉞ 王環，卷十録一題一首。
㉟ 徐勉，卷七録一題一首。

⑯ 楊皦，卷七録一題一首。

⑰ 蕭子顯，卷八録二題二首、卷九録三題八首、卷十録六題七首。

⑱ 蕭子雲，卷八録一題一首。

⑲ 蕭子輝，卷八録一題一首。

⑳ 蕭子範，卷八録一題一首。

(101) 蕭慤，卷八録一題一首。

(102) 王筠，卷八録八題十一首、卷九録一題一首。

(103) 劉孝綽，卷八録十題十首、卷九録一題一首、卷十録二題二首。

(104) 劉孝儀，卷八録一題一首、卷十録二題二首。

(105) 劉孝威，卷八録六題六首、卷九録一題一首、卷十録三題三首。

(106) 劉遵，卷八録三題三首。

(107) 王訓，卷八録二題二首。

(108) 庾肩吾，卷八録十二題十三首、卷十録四題四首。

(109) 王臺卿，卷十録三題六首。

(110) 庾成師，卷八録一題一首。

(111) 徐君蒨，卷八録二題二首。

⑫鮑泉，卷八録五題五首。
⑬劉緩，卷八録四題四首。
⑭鄧鏗，卷八録三題三首。
⑮陰鏗，卷八録五題五首。
⑯甄固，卷八録一題一首。
⑰劉邈，卷八録四題四首。
⑱江伯瑶，卷十録一題一首。
⑲紀少喻，卷八録二題二首，卷十録一題一首。
⑳聞人蒨，卷八録一題二首。
㉑吴孜，卷八録一題一首。
㉒王叔英妻劉氏，卷八録一題一首、卷九録一題一首、卷十録一題一首。
㉓戴嵩，卷十録一題一首。
㉔朱超道，卷八録一題一首。
㉕裴子野，卷八録一題一首。
㉖房篆，卷八録一題一首。
㉗陸罩，卷八録一題一首。

⑱徐陵，卷八録四題四首、卷九録二題二首。

⑲蕭驎，卷十録一題一首。

⑳何曼才，卷十録一題一首。

㉑庾信，卷八録八題八首、卷九録四題四首。

卷一

古詩八首

其一〔一〕

上山采蘼蕪，下山逢故夫。長跪問故夫〔二〕：新人復何如？新人雖言好〔三〕，未若故人姝。顔色類相似〔四〕，手爪不相如。新人從門入，故人從門去〔五〕。新人工織縑〔六〕，故人工織素。織縑日一匹，織素五丈餘〔七〕。將縑來比素〔八〕，新人不如故！

【校記】

〔一〕此首類聚三二人部十六閨情録全篇。類聚八五布帛部素、白帖二絹、御覽八一四布帛部一素均録「素」、「餘」、「故」三韻。白帖六離、御覽九八三香部三蘼蕪均録「夫」一韻。白帖六后妻録「素」一韻，同書二三織紝録「素」、「餘」二韻。御覽五二一宗親部十一出婦録「夫」、「(復何)如」二韻，題作「古樂府詩」。「其一」二字，兩抄本、趙本均無；其下七首，兩抄本、趙本亦均無「其×」字樣，不再分别出校。

〔二〕「長跪」，御覽作「迴首」。

〔三〕「言」，類聚作「云」。

〔四〕「顔色類相似」，類聚作「其色似相類」。

〔五〕「門」，四玉臺本、類聚均作「閤」。

〔六〕「工」，御覽作「能」。

〔七〕「五」，白帖二三作「日」。

〔八〕「將」，類聚三二、白帖均作「持」，類聚八五、御覽均作「以」。「來」，類聚三二、白帖均作「將」，類聚八五作「持」，御覽作「特」。

其二〔一〕

懍懍歲云暮〔二〕，螻蛄多鳴悲〔三〕。涼風率已厲〔四〕，游子寒無衣。錦衾遺洛浦，同袍與我違。獨宿累長夜，夢想見容輝〔五〕。良人惟古歡，枉駕惠前綏。願得常巧笑〔六〕，携手同車歸。既來不須臾〔七〕，又不處重闈。諒無晨風翼〔八〕，焉能陵風飛〔九〕。眄睞以適意，引領遥相睎。徙倚懷感傷，垂涕沾雙扉〔一〇〕。

【校記】

〔一〕此首文選二九録全篇，爲古詩十九首之第十六首。

〔二〕「懔懔」，趙本作「癝癝」，文選作「凜凜」；此字同類異文，以下不再出校。

〔三〕「多」，文選此字下注「善本作夕」。

〔四〕「卒」，兩抄本均作「卆」；此字同類異文，以下不再出校。

〔五〕「夣」，活字本、兩抄本、文選均作「夢」，趙本作「寱」。「輝」，趙本作「煇」。此二字同類異文，以下徑改作繁體正字，不再出校。

〔六〕「常」，馮抄本作「長」。

〔七〕「湏」，活字本、馮抄本、趙本、文選均作「須」。按，「湏」、「須」不同，作「須」是，然鄭本常誤「須」爲「湏」，以下徑改，不再出校。

〔八〕「諒」，文選作「亮」。「晨」，趙本作「鷐」；此字同類異文，以下不再出校。

〔九〕「能」，四玉臺本均作「得」。「陵」，活字本、趙本均作「凌」，文選此字下注「善本作凌」。

〔一〇〕「沾」，趙本、文選均作「霑」；此字同類異文，以下不再出校。

其三〔一〕

冉冉孤生竹，結根泰山阿。與君爲新婚〔二〕，菟絲附女蘿〔三〕。菟絲生有時，夫婦會有宜。千里遠結婚，悠悠隔山陂。思君令人老，軒車來何遲。傷彼蕙蘭花〔四〕，含英揚光暉〔五〕。過時而不采，將隨秋草萎〔六〕。君亮執高節〔七〕，賤妾亦何爲！

【校記】

〔一〕此首文選二九録全篇，爲古詩十九首之第八首。白帖六夫婦門録「蘿」一韻。類要三四士未遇録「暉」、「萎」二韻，題作「古句」。樂府詩集七四録全篇，題作「冉冉孤生竹　古辭」。

〔二〕「爲」，白帖作「結」。

〔三〕「菟」，文選此字下注「善本作兔」。

〔四〕「彼」，兩抄本均作「披」。「花」，類要作「化」。

〔五〕「暉」，四玉臺本、文選、類要、樂府詩集均作「輝」。

〔六〕「將」，活字本作「捋」。

〔七〕「君亮」，樂府詩集作「亮君」。「執」，活字本作「報」。

其四〔一〕

孟冬寒氣至，北風何慘栗〔二〕。愁多知夜長，仰觀衆星列。三五明月滿，四五蟾兔缺〔三〕。客從遠方來〔四〕，遺我一書札〔五〕。上言長相思，下言久離別〔六〕。置書懷袖中〔七〕，三歲字不滅。一心抱區區，懼君不識察。

【校記】

〔一〕此首文選二九録全篇，爲古詩十九首之第十七首。書鈔一五〇天部二月四録「缺」一韻。白帖一〇書信、御覽五九五文部十一書均録「札」、「滅」二韻。御覽四八九人事部一百三十別離録「札」、「別」、「滅」三韻。御覽六〇六文部二十二札録「札」、「別」二韻，題作「詩」。

〔二〕「栗」，兩抄本均作「慓」，趙本作「慄」。

〔三〕「蟾」，書鈔作「詹」，文選此字下注「善本作詹」。

〔四〕「客從遠方」，御覽六〇六作「有客從南」。

〔五〕「遺」，御覽六〇六作「貽」。「札」，活字本作「扎」。

〔六〕「言」，御覽四八九作「有」，御覽六〇六作「敘」。

〔七〕「書」，白帖、御覽五九五均作「之」。

其五〔一〕

客從遠方來，遺我一端綺〔二〕。相去萬餘里，故人心尚爾。文彩雙鴛鴦〔三〕，裁爲合歡被〔四〕。着以長相思〔五〕，緣以結不解。以膠投漆中〔六〕，誰能別離此？

【校記】

〔一〕此首文選二九録全篇，爲古詩十九首之第十八首。白帖二綺、四衾，御覽四七八人事部一百一十九贈遺，均録「綺」、「被」二韻。

〔二〕「遺」，御覽作「贈」。

〔三〕「彩」，御覽作「作」。

〔四〕「被」，白帖二作「扇」。

〔五〕「着」，馮抄本、趙本、文選均作「著」，翁抄本作「箸」。按，此字同類異文，以下不再出校。
〔六〕「漆」，馮抄本原作「膝」，经塗改後作「漆」，有「宋本」印。

其六〔一〕

四坐且莫喧〔二〕，願聽歌一言。請説銅爐器〔三〕，崔嵬象南山〔四〕。上枝似松柏〔五〕，下根據銅盤。雕文各異類，離婁自相聯〔六〕。誰能爲此器？公輸與魯班。朱火然其中，青烟揚其間〔七〕。從風入君懷〔八〕，四坐且莫歡〔九〕。香風難久居，空令蕙草殘。

【校記】

〔一〕此首類聚七〇服飾部下香爐録全篇。初學記二五香爐録全篇，題作「古詩咏香爐」。御覽七〇三服用部五香爐録「言」、「山」、「盤」、「聯」、「間」、「歡」、「殘」七韻。
〔二〕「坐」，活字本、初學記均作「座」。
〔三〕「銅」，初學記作「香」。
〔四〕「嵬」，初學記作「嵬」。

〔五〕「枝似」，兩抄本、趙本均作「枝以」，御覽作「以植」。

〔六〕「離婁自相聯」，類聚、御覽均作「離婁自相連」，初學記作「婁自相□□」。

〔七〕「青」，初學記作「清」。

〔八〕「從」，類聚、御覽均作「順」，初學記此字空缺。

〔九〕「坐」，活字本作「座」。「且莫歡」，兩抄本、趙本、御覽均作「莫不嘆」，類聚、初學記均作「莫不歡」。

其七〔一〕

悲與親友別，氣結不能言。贈子以自愛〔二〕，道遠會見難。人生無幾時，顛沛在其間。念子棄我去，新心有所歡。結志青雲上，何時復來還。

【校記】

〔一〕此首兩抄本均與上一首連抄，馮抄本以黃綫相隔，無「宋本」印。

〔二〕「愛」，趙本作「㤅」；此字同類異文，以下不再出校。

其八〔一〕

穆穆清風至〔二〕，吹我羅裳裾。青袍似春草，長條隨風舒〔三〕。朝登津梁山，褰裳望所思。安得抱柱信〔四〕，皎日以爲期？

【校記】

〔一〕此首類聚八一藥香草部上草、事類賦二四草部草賦、御覽九九四百卉部一草均録「裾」、「舒」二韻。

〔二〕「風」，活字本作「夙」。「至」，御覽作「止」。

〔三〕「隨」，類聚、事類賦、御覽均作「從」。

〔四〕「安」，馮抄本此字原漏抄，以小字補於本詩末，無「宋本」印。

日出東南隅行

古樂府〔一〕

日出東南隅〔二〕，照我秦氏樓。秦氏有好女，自言名羅敷〔三〕。羅敷善蠶桑〔四〕，采桑城南隅。青絲爲籠繩〔五〕，桂枝爲籠鈎。頭上倭墮髻〔六〕，耳中明月珠。緑綺爲下裳〔七〕，紫綺爲上襦〔八〕。行者見羅敷〔九〕，下檐捋髭鬚〔一〇〕。少年見羅敷〔一一〕，脱帽著帩頭〔一二〕。耕者忘其耕〔一三〕，鋤者忘其鋤。來歸相怨怒〔一四〕，但坐觀羅敷。使君從南來，五馬立踟躕〔一五〕。使君遣吏往〔一六〕，問此誰家姝〔一七〕。答云秦氏女〔一八〕，且言名羅敷〔一九〕。羅敷年幾何？二十尚未滿〔二〇〕，十五頗有餘。使君謝羅敷：寧可共載不？羅敷前置辭〔二一〕：使君一何愚！使君自有婦，羅敷自有夫。東方千餘騎，夫婿居上頭〔二二〕。何以識夫婿〔二三〕？白馬從驪駒〔二四〕。青絲繫馬尾〔二五〕，黄金絡馬頭〔二六〕。腰間鹿盧劍〔二七〕，可直千萬餘。十五府小吏〔二八〕，二十朝大夫。三十侍中郎，四十專城居。爲人潔白晰，鬑鬑頗有鬚〔二九〕。盈盈公府步，冉冉府中趨。坐中數千人，皆言夫婿殊。

【校記】

〔一〕此首書鈔一二九衣冠部下襦二十四、白帖二均録「襦」一韻，白帖二三録「隅」、「鈎」二韻，御覽三四四兵部七十五劍下録「(千萬)餘」一韻，御覽六八八服章部五幓頭録「隅」、「(著帩)頭」二韻，御覽六九五服章部十二襦録「隅」、「襦」二韻，均題作「古詩」。類聚四一樂部一論樂録「樓」、「(自言名羅)敷」、「隅」、「鈎」、「珠」、「襦」、「躕」、「姝」、「(頗有)餘」、「不」、「愚」、「(自有)夫」、「(居上)頭」、「駒」、「(絡馬)頭」、「(千萬)餘」、「(朝大)夫」、「居」、「(頗有)鬚」、「趍」二十韻，題作「古陌上桑羅敷行」。初學記一九美婦人録「樓」、「(自言名羅)敷」、「隅」、「鈎」、「珠」、「襦」、「(捋髭)鬚」、「(著帩)頭」、「鋤」、「(觀羅)敷」、「躕」十一韻，御覽三八一人事部二十二美婦人下録「樓」、「(自言名羅)敷」、「隅」、「鈎」、「珠」五韻，均題作「古樂府陌上桑行」。初學記二六裙，御覽六九六服章部十三裳録「(自言名羅)敷」、「襦」二韻，均題作「古樂府陌上桑」。御覽八一四布帛部一絲録「隅」、「鈎」、「駒」、「(絡馬)頭」四韻，題作「古樂府歌詩」。御覽八一六布帛部三綺録「襦」一韻，御覽八二五資産部五蠶録「樓」、「(自言名羅)敷」、「隅」三韻，均無題。類要一南安軍録「(絡馬)頭」一韻，題作「古羅敷行」。樂府詩集二八録全篇，題作「陌上桑　古辭」。

「日出東南隅行　古樂府」，活字本、兩抄本此詩均題作兩行，其首行題「古樂府詩六首」，次行題「日出東南隅行」(活字本「東」作「束」)。趙本總題作「古樂府詩六首」，而置「日出東南隅行」之題於本詩正文末。按，活字本目録中「六首」下有「枚乘」二字，四玉臺本目録古樂府詩六首下均無具體詩題。

〔二〕「南」，類聚作「海」，御覽八二五作「方」。

〔三〕「言名」，類聚、初學記二六、御覽六九六、八二五、樂府詩集均作「名爲」。

〔四〕「善蠶桑」，類聚作「喜蠶桑」，初學記、白帖作「善采桑」，御覽六八八作「好養蠶」，御覽六九五作「好蠶桑」，樂府詩集作「憙蠶桑」。其中「蠶」字，活字本作「蚕」，馮抄本作「𧖣」，趙本作「蠶」，翁抄本原作「𧖣」，紅筆改作「蚕」；此字同類異文，以下不再出校。

〔五〕「繩」，樂府詩集作「係」。

〔六〕「倭墮」，活字本作「倭隨」，類聚作「緌墮」，初學記作「髮墜」，御覽作「髮墮」。

〔七〕「緑」，書鈔、類聚、初學記一九、白帖、御覽六九六、八一六、樂府詩集均作「湘」，御覽六九五作「紺」。　「裳」，兩抄本、趙本、類聚、初學記一九均作「裾」，書鈔、樂府詩集均作「裙」。

〔八〕「紫」，初學記二六作「湘」。　「綺」，白帖作「錦」。

〔九〕「行」，四玉臺本、初學記均作「觀」。

〔一〇〕「檐」，兩抄本、趙本、樂府詩集均作「擔」。　「捋」，樂府詩集作「將」。

〔一一〕「少」，初學記作「小」。

〔一二〕「帽」，四玉臺本、初學記、御覽均作「巾」。　「帩」，活字本作「幧」，初學記作「帽」，御覽作「綃」。

〔一三〕「其耕」，初學記、樂府詩集均作「其犁」。

〔一四〕「相怨怒」，活字本作「自相喜」，兩抄本、趙本、初學記均作「相喜怒」，樂府詩集作「相怒怨」。

〔一五〕「踟蹰」，趙本作「峙𡾰」；此字總集、類書内異文從略，此二字同類異文，以下不再出校。

〔一六〕「吏」，類聚作「使」。

〔一七〕「此」，類聚、樂府詩集均作「是」。

〔一八〕「答云秦氏女」，兩抄本、趙本、樂府詩集均作「秦氏有好女」。

〔一九〕「且言名」，兩抄本、趙本、樂府詩集均作「自名爲」。

〔二〇〕「未滿」，類聚作「未然」，樂府詩集作「不足」。

〔二一〕「置辭」，類聚作「致詞」。

〔二二〕「婿」，活字本、趙本、樂府詩集均作「壻」，馮抄本作「壻」，翁抄本作「聟」，類聚作「聓」；此字同類異文，以下不再出校。

〔二三〕「以」，類聚、御覽、樂府詩集均作「用」。

〔二四〕「從」，御覽作「紫」。

〔二五〕「青」，活字本、兩抄本均作「素」。

〔二六〕「絡」，兩抄本、趙本均作「駱」。

〔二七〕「間」，類聚、御覽、樂府詩集均作「中」。

〔二八〕「吏」，樂府詩集作「史」。

〔二九〕「鬑鬑」，四玉臺本均作「髯髯」，類聚作「鬢鬢」。

相逢狹路間〔一〕

相逢狹路間，道隘不容車。如何兩少年〔二〕，挾轂問君家〔三〕。君家誠易知，易知復難忘。黄金爲君門，白玉爲君堂〔四〕。堂上置樽酒〔五〕，使作邯鄲倡〔六〕。中庭生桂樹〔七〕，華燭何煌煌〔八〕。兄弟兩三人，中子爲侍郎。五日一來游〔九〕，道上自生光。黄金絡馬頭，觀者滿路傍〔一〇〕。入門時左顧〔一一〕，但見雙鴛鴦。鴛鴦七十二，羅列自成行。音聲何噰噰，鶴鳴東西廂。大婦織羅綺〔一二〕，中婦織流黄。小婦無所作〔一三〕，挾瑟上高堂。丈人且安坐，調絲方未央〔一四〕。

【校記】

〔一〕此首類聚四一樂部一論樂録「車」、「家」、「忘」、「（爲君）堂」、「煌」、「郎」、「光」、「傍」、「鴦」、「黄」、「（上高）堂」、「央」十二韻，題作「古相逢行」。初學記一八貴録「忘」、「（爲君）堂」、「倡」、「煌」、「郎」、「光」、「傍」七韻，題作「古樂府」。御覽一七〇居处部四堂録「（爲君）堂」、「煌」二韻，題作「古詩」。樂府詩集三四録全篇，題作「相逢行　古辭」。按，活字本於詩題下空三格有「與樂府極異爲」六字。趙本此題置於本詩正文末；以下四首格式同，不再分别出校。

〔二〕「如何兩少年」，類聚、樂府詩集均作「不知何年少」。

〔三〕「挾」，類聚、樂府詩集均作「夾」。

〔四〕「白」，類聚作「璧」。

〔五〕「置樽酒」，初學記作「羅酒樽」。

〔六〕「使作」，樂府詩集作「作使」。「倡」，活字本作「娼」；此字同類異文，以下不再出校。

〔七〕「中庭」，御覽作「庭中」。「桂」，初學記作「奇」。

〔八〕「燭」，兩抄本、類聚、御覽、樂府詩集均作「燈」，趙本作「鐙」，初學記作「灯」。按，凡「灯」、「燈」、「鐙」一類異文，以下不再出校。

〔九〕「一」，類聚作「因」。「游」，兩抄本、趙本、類聚、初學記、樂府詩集均作「歸」。

〔一〇〕「滿路」，類聚、樂府詩集均作「盈道」。

〔一一〕「時」，類聚作「一」。

〔一二〕「羅綺」，類聚、樂府詩集均作「綺羅」。

〔一三〕「作」，類聚、樂府詩集均作「爲」。

〔一四〕「調絲方未央」，四玉臺本、類聚均作「調絲未遽央」，樂府詩集此句下注「一作調絲未遽央」。

隴西行〔一〕

天上何所有？歷歷種白榆〔二〕。桂樹夾道生，青龍對道隅。鳳凰鳴啾啾〔三〕，一母將九鶵〔四〕。顧視世間人，爲樂甚獨殊。好婦出迎客，顔色正敷愉。伸腰再拜跪，問客平安不？請客北堂上〔五〕，坐客氈氍毹〔六〕。清白各異樽，酒止正華疏〔七〕。酌酒持與客〔八〕，客言主人持。却略再拜跪，然後持一盃〔九〕。談笑未及竟，左顧敕中厨：促令辨麄飯〔一〇〕，慎莫使稽留。廢禮送客出，盈盈府中趍。送客亦不遠，足不過門樞。取婦得如此，齊姜亦不如。健婦持門户，勝一大丈夫〔一一〕。

【校記】

〔一〕此首白帖二九瑞官三録「鶵」一韻，題作「古詩」。事類賦一天部一天賦、御覽二天部二天部下均録「榆」一韻，御覽七〇八服用部十氍毾録「毾(毹)」一韻，均題作「古樂府」。樂府詩集三七録全篇，題作「隴西行　古辭」。

〔二〕「種」，趙本作「穜」；此字同類異文，以下不再出校。

〔三〕「凰」，白帖作「皇」。「鳴」，白帖作「何」。

〔四〕「一」，白帖作「三」。

〔五〕「北堂上」，御覽作「上北堂」。

〔六〕「坐客氈氍毹」，御覽作「坐氈及氍毺」。

〔七〕「止」，四玉臺本、樂府詩集均作「上」。

〔八〕「酌」，馮抄本作「的」。

〔九〕「盃」，活字本、樂府詩集均作「杯」，兩抄本均作「抔」，趙本作「桮」。按，凡「盃」、「杯」、「桮」一類異文，以下徑改作繁體正字，不再出校。

〔一〇〕「辨麄飯」，兩抄本均作「辨麁飰」，趙本作「辨粗飯」，樂府詩集作「辨麤飰」；按，凡「麄」、「麁」、「粗」、「麤」和「飯」、「飰」一類異文，以下徑改作繁體正字，不再出校。

〔一一〕「勝一大」，樂府詩集作「一勝一」。

艷歌行〔一〕

翩翩堂前燕，冬藏夏來見。兄弟兩三人，流蕩在他縣〔二〕。故衣誰爲補〔三〕，新衣誰當綻〔四〕？賴得賢主人，覽取爲吾組〔五〕。夫婿從門來，斜倚西北眄〔六〕。語卿且勿眄，水清石自見。石見何纍纍〔七〕，遠行不如歸。

〔一〕此首樂府詩集三九録全篇，題作「艷歌行　古辭」。
〔二〕「蕩」，樂府詩集作「宕」。
〔三〕「衣」，活字本作「人」。「爲」，兩抄本、趙本、樂府詩集均作「當」。
〔四〕「綻」，活字本作「袒」。
〔五〕「組」，四玉臺本均作「綻」。
〔六〕「倚」，兩抄本、趙本、樂府詩集均作「柯」。
〔七〕「石」，活字本作「不」。

皚如山上雪〔一〕

皚如山上雪，皎若雲間月。聞君有兩意〔二〕，故來相訣絶〔三〕。平生共城中，何嘗斗酒會〔四〕。今日斗酒會〔五〕，明旦溝水頭〔六〕。蹀躞御溝上〔七〕，溝水東西流〔八〕。

郭東亦有樵，郭西亦有樵。兩樵相推與，無親爲誰驕〔九〕？凄凄復凄凄〔一〇〕，嫁娶不須啼〔一一〕。願得一心人，白頭不相離。竹竿何嫋嫋，魚尾何蓰蓰〔一二〕。男兒重意氣〔一三〕，何用錢刀爲！齩如馬噉箕，川上高士嬉。今日相對樂，延年萬歲期〔一四〕。

【校記】

〔一〕此首御覽七五地部四十溝録「頭」、「流」二韻，題作「古詩」。類要二四離別録「絶」、「頭」、「流」三韻，題作「譬如山上雲」。樂府詩集四一録全篇，題作「白頭吟　古辭」。「皚」，兩抄本均作「皓」；此字同類異文，以下不再出校。

〔二〕「兩」，類要作「二」。

〔三〕「訣絶」，四玉臺本、樂府詩集均作「决絶」，類要作「决式」。

〔四〕「平生共城中何嘗斗酒會」十字，四玉臺本均無。

〔五〕「斗」，類要作「觴」。「會」，御覽作「別」。

〔六〕「旦」，御覽作「日」。

〔七〕「蹀躞」，兩抄本、趙本均作「躞蹀」，類要作「躑跦」。

〔八〕「溝」，類要作「清」。

〔九〕「郭東亦有樵郭西亦有樵兩樵相推與無親爲誰驕」二十字，四玉臺本均無。

〔一〇〕「復」，樂府詩集作「重」。

〔一一〕「不須」，樂府詩集作「亦不」。

〔一二〕「蓰蓰」，樂府詩集作「離蓰」。

〔一三〕「重意氣」，樂府詩集作「欲相知」。

〔一四〕「畝如馬噉箕川上高士嬉今日相對樂延年萬歲期」二十字，四玉臺本均無。樂府詩集「箕」作「萁」，「如」下有「如字下或有五字」七字注。

雙白鵠

飛來雙白鵠，乃從西北來。十十將五五，羅列行不齊。忽然卒疲病，不能飛相隨。五里一反顧，六里一徘徊。吾欲銜汝去，口噤不能開。吾欲負汝去，羽毛日摧頹〔一〕。樂哉新相知，憂來生別離〔二〕。躑躅顧群侶〔三〕，淚落縱横垂。今日樂相樂，延年萬歲期。

【校記】

〔一〕「頹」，兩抄本均作「頽」，趙本作「穨」；此字同類異文，以下不再出校。

〔二〕「來」，活字本作「耒」。

〔三〕「顧」，馮抄本此字原漏抄，以小字補于本詩末，有「宋本」印。

雜詩九首

枚乘〔一〕

【校記】

〔一〕「雜詩九首　枚乘」，兩抄本、趙本均作「枚乘雜詩九首」。按，活字本目録中無「枚乘」署名，兩抄本目録均題作「雜詩九首枚乘」。

其一〔二〕

西北有高樓，上與浮雲齊。交疏結綺窗〔三〕，阿閣三重階〔三〕。上有弦歌聲，音響一何悲。誰能爲此曲？無乃杞梁妻。清商隨風發，中曲正徘徊。一彈再三嘆，慷慨有餘哀。不惜歌者苦，但傷知音稀。願爲雙鴻鵠，奮翅起高飛。

【校記】

〔一〕此首文選二九録全篇，無署名，爲古詩十九首之第五首。御覽一八八居處部十六窗録「階」一韻，無署名，題作「古詩」。「其一」二字，兩抄本、趙本均無；其下八首，兩抄本、趙本亦均無「其×」字樣，不再分别出校。

〔二〕「交」，御覽作「文」。

〔三〕「阿」，御覽作「何」。

其二〔一〕

東城高且長，逶迤自相屬。迴風動地起，秋草萋已緑〔二〕。四時更變化，歲暮一何速！晨風懷苦心，蟋蟀傷局促。蕩滌放情志，何爲自結束？燕趙多佳人，美者顔如玉。被服羅裳衣〔三〕，當户理清曲。音響一何悲，弦急知柱促。馳情整巾帶〔四〕，沉吟聊躑躅。思爲雙飛燕〔五〕，銜泥巢君屋。

【校記】

〔一〕此首文選二九録全篇，無署名，爲古詩十九首之第十二首。御覽三八一人事部二十二美婦人下録「玉」、「曲」、「(知柱)促」、「屋」四韻，無署名，題作「古詩」。

〔二〕「已」，活字本作「且」。

〔三〕「裳衣」，活字本、御覽均作「衣裳」，馮抄本作「褭衣」。按，凡「裳」、「褭」一類異文，以下不再出校。

〔四〕「巾」，兩抄本、趙本均作「中」，文選此字下注「善本作中」。

〔五〕「思」，御覽作「愿」。

其三〔一〕

行行重行行，與君生别離。相去萬餘里，各在天一涯〔二〕。道路阻且長，會面安可知〔三〕？胡馬嘶北風〔四〕，越鳥巢南枝。相去日已遠，衣帶日已緩。浮雲蔽白日，游子不顧返〔五〕。思君令人老，歲月忽已晚。棄捐勿復道，努力加飡飯〔六〕。

【校記】

〔一〕此首活字本自「相去日已遠」句起爲第四首，詩前一行題「其四」二字。文選二九録全篇，無署名，爲古詩十九首之第一首。類聚二九人部十三别上録全篇，御覽四八九人事部一百三十别離録「離」、「涯」、「知」、「枝」、「緩」、「飯」六韻，均無署名，題作「古詩」。

〔二〕「天一」，類聚作「一天」。

〔三〕「知」，御覽作「期」。

〔四〕「嘶」，文選、類聚均作「依」。

〔五〕「顧」，活字本作「復」。「返」，趙本、類聚均作「反」；此字同類異文，以下不再出校。

〔六〕「努」，御覽作「弩」。「飡」，活字本作「飧」，趙本作「飱」，文選作「餐」；按，凡「飡」、「飧」、「飱」、「餐」一類異文，以下徑改作繁體正字，不再出校。又，兩抄本此首與下一首連抄，馮抄本以紅綫相隔，有「宋本」印，翁抄本此首末字與下首首字間空半格。

其四〔一〕

涉江采芙蓉，蘭澤多芳草。采之欲遺誰？所思在遠道〔二〕。還顧望舊鄉，長路漫浩浩。同心而離居，憂傷以終老〔三〕。

【校記】

〔一〕此首文選二九録全篇，無署名，爲古詩十九首之第六首。類聚二九人部十三別上録全篇，御覽九九九百卉部六芙蕖録「草」、「道」二韻，均無署名，題作「古詩」。「其四」二字，活字本作「其五」。

〔二〕「所思」，御覽作「思之」。

〔三〕「憂傷」，活字本、趙本、翁抄本均作「傷憂」。「以」，類聚作「已」。

其五〔一〕

青青河畔草，鬱鬱園中柳。盈盈樓上女，皎皎當窗牖。娥娥紅粉妝〔二〕，纖纖出素手。昔爲倡家女〔三〕，今爲蕩子婦〔四〕。蕩子行不歸〔五〕，空床難獨守。

【校記】

〔一〕此首文選二九録全篇，無署名，爲古詩十九首之第二首。類聚三二人部十六閨情、初學記一九美婦人均録全篇，白帖六録「守」一韻，御覽三八一人事部二十二美婦人下録「柳」、「牖」、「手」三韻，均無署名，題作「古詩」。「其五」二字，活字本作「其六」。

〔二〕「娥娥」，類聚作「峨峨」。

〔三〕「昔爲」，初學記作「自云」。

〔四〕「今」，初學記作「嫁」。

〔五〕「行」，白帖作「去」。

其六〔一〕

蘭若生春陽，涉冬猶盛滋。願言追昔愛，情款感四時。美人在雲端，天路隔無期。夜光照玄陰，長嘆戀所思。誰謂我無憂？積念發狂癡。

【校記】

〔一〕此首類聚三二人部十六閨情録「滋」、「時」、「期」三韻，無署名，題作「古詩」。「其六」二字，活字本作「其七」。

其七〔一〕

庭前有奇樹〔二〕，緑葉發華滋〔三〕。攀條折其榮，將以遺所思。馨香盈懷袖，路遠莫致之。此物何足貴？但感别經時〔四〕。

【校記】

〔一〕此首活字本與上首合而爲「其七」。文選二九録全篇，無署名，爲古詩十九首之第九首。類聚二九人部十三别上録全篇，無署名，題作「古詩」。

〔二〕「前」，類聚作「中」，文選此字下注「善本作中」。

〔三〕「緑」，活字本作「緣」。

〔四〕「但」，趙本作「但」。

其八〔一〕

迢迢牽牛星〔二〕，皎皎河漢女。纖纖擢素手〔三〕，札札弄機杼〔四〕。終日不成章，泣涕零如雨〔五〕。河漢清且淺，相去復幾許〔六〕。盈盈一水間〔七〕，脉脉不得語〔八〕。

【校記】

〔一〕此首文選二九録全篇，無署名，爲古詩十九首之第十首。書鈔一五〇天部二漢六、御覽八天部八漢均録「許」、「語」二韻，類聚四歲時中七月七日、初學記四七月七日、御覽三一時序部十六七月七日均録全篇，類聚六五織録「女」、「杼」二韻，白帖二三織紝録「皎皎河漢女」一句、「札札弄機杼」一句及「雨」一韻，均無署名，題作「古詩」。

〔二〕「迢迢」，兩抄本均作「沼沼」。

〔三〕「擢」，活字本、類聚六五均作「濯」。

〔四〕「札札」，類聚四作「扎扎」，初學記、御覽均作「軋軋」。

〔五〕「泣涕」，類聚作「涕泣」。「零」，白帖作「漣」。

〔六〕「復」，書鈔作「知」，類聚、御覽八均作「詎」。

〔七〕「一」，馮抄本作「二」。

〔八〕「脉脉」，文選作「眽眽」；又，文選，其下注「善本作脉」。

其九〔一〕

明月何皎皎，照我羅裳幃〔二〕。憂愁不能寐，攬衣起徘徊〔三〕。行客雖云樂〔四〕，不如早旋歸〔五〕。出户獨彷徨，愁思當告誰？引領還入房，泪下沾裳衣〔六〕。

【校記】

〔一〕此首文選二九録全篇，無署名，爲古詩十九首之第十九首。類聚二九人部十三別上録「幃」、「徊」、「歸」三韻，御覽八一六布帛部三羅録「幃」一韻，類要二四離別録「歸」一韻，均無署名，題作「古詩」。

〔二〕「裳幃」，兩抄本、趙本、文選、類聚、御覽均作「牀帷」。

〔三〕「攬」，兩抄本、趙本均作「覽」。「徘徊」，馮抄本作「俳佪」，翁抄本作「俳佪」；此二字同類異文，以下不再出校。

〔四〕「行客」，兩抄本、趙本、文選、類要均作「客行」。

〔五〕「旋」，類要作「旅」。

〔六〕「泪下」，文選作「下泪」，其下注「善本作泪下」。

歌詩一首并序

李延年〔一〕

李延年知音，善歌舞，每爲漢武帝作新歌變曲，聞者莫不感動〔二〕。延年侍坐上起舞〔三〕，歌曰：

北方有佳人〔四〕，絶世而獨立〔五〕。一顧傾人城〔六〕，再顧傾人國。傾城復傾國〔七〕，佳人難再得〔八〕。

【校記】

〔一〕此首漢書外戚傳，類聚一八人部二美婦人、四三樂部三舞，初學記一〇妃嬪事對、一九美婦人事對，事類賦一一樂部十二舞，御覽一三六皇親部二孝武李皇后、一四四皇親部十夫人、三八〇人事部二十一美婦人上、三八一人事部二十二美婦人下、五一七宗親部七妹妹、五七四樂部十二舞，均録全篇。白帖七録「立」、「國」二韻。「歌詩一首并序　李延年」，兩抄本、趙本均作「李延年歌詩一首并序」。按，活字本目録中無「并序」二字。

〔二〕「感」，馮抄本此字係塗改而成，有「宋本」印。

〔三〕「坐」，活字本作「座」。

〔四〕「佳」，兩抄本均作「隹」。

〔五〕「世」，兩抄本、趙本均作「出」，白帖作「代」。

〔六〕「傾」，初學記一九作「顧」。

〔七〕「傾城復傾國」，漢書、事類賦、御覽一四四及三八〇均作「寧不知傾城與傾國」，類聚一八、初學記一〇均作「寧不知傾城國」，類聚四三作「寧不知傾國與傾城」，初學記一九作「寧不知何城國」，御覽一三六作「寧知傾城傾國」，御覽三八一作「豈不言傾城國」，御覽五一七作「不惜傾城傾國」，御覽五七四作「寧不知傾城傾國」。

〔八〕「難」，類聚一八，御覽一三六、一四四、三八〇均作「不可」，初學記一〇作「不」。

留别妻一首

蘇武〔一〕

結髮爲夫妻〔二〕，恩愛兩不疑。歡娱在今夕〔三〕，嬿婉及良時。征夫懷遠路〔四〕，起視夜何其。參辰皆已没，去去從此辭〔五〕。行役在戰場〔六〕，相見未有期。握手一長嘆〔七〕，泪爲生别滋〔八〕。努力愛春華，莫忘歡樂時。生當復來歸，死當長相思。

【校記】

〔一〕此首文選二九録全篇，爲蘇武「詩四首」之第三首。類聚二九人部十三别上録「其」、「辭」、「期」、「滋」、「時」、「思」六韻，題作「别李陵詩」。「留别妻一首　蘇武」，活字本作「詩一首蘇武」，兩抄本、趙本均作「蘇武詩一首」。按，鄭本目録中「一首」作「作」。

〔二〕「妻」，四玉臺本均作「婦」。

〔三〕「娱」，馮抄本原似同，經塗改後作「悮」，無「宋本」印；翁抄本作「悮」。

〔四〕「遠」，文選、類聚均作「往」。

〔五〕「此辭」，兩抄本均作「夫避」。

〔六〕「行」，兩抄本、趙本均作「征」。

〔七〕「長」，文選作「場」。按，明州本文選作「長」。「嘆」，類聚作「歎」。

〔八〕「生別」，兩抄本、趙本均作「別生」。

羽林郎

辛延年〔一〕

昔有霍家奴〔二〕，姓馮名子都。依倚將軍勢，調笑酒家胡。胡姬年十五，春日獨當壚〔三〕。長裾連理帶，廣袖合歡襦。頭上藍田玉，耳後大秦珠。兩鬟何窈窕〔四〕，一世良所無。一鬟五百萬，兩鬟千萬餘。不意金吾子，娉婷過我廬〔五〕。銀鞍何煜爚〔六〕，翠蓋空踟躕。就我求清酒〔七〕，絲繩提玉壺〔八〕。就我求珍肴〔九〕，金盤鱠鯉魚〔一〇〕。貽我清銅鏡〔一一〕，結我紅羅裾。不惜紅羅裂，何論輕賤軀。男兒愛後婦，女子重前夫。人生有新故，貴賤不相逾。多謝金吾子，私愛徒區區。

【校記】

〔一〕此首書鈔一四二酒食部一惣篇一録「廬」、「魚」二韻，署「辛延壽」，題作「羽林郎歌」。類要二八酒録「廬」、「壺」、「魚」三韻，署「卒延壽」，題作「羽林郎詩」；按，「卒」當爲「辛」之訛。樂府詩集六三録全篇。「羽林郎　辛延年」，活字本作「羽林郎詩　辛延年」，兩抄本均作「辛延年詩一首羽林郎」，趙本作「辛延年羽林郎詩一首」。按，活字本目録中「詩」下有「一首」二字，兩抄本目録題作「羽林郎詩一首辛延年」。

〔二〕「奴」，馮抄本、趙本、樂府詩集均作「姝」；翁抄本原作「朱」，紅筆添「女」旁作「姝」。

〔三〕「壚」，活字本、馮抄本均作「鑪」，趙本、翁抄本均作「鑪」。

〔四〕「鬟」，馮抄本此字係塗改而成，有「宋本」印。「窈窕」，兩抄本、樂府詩集均作「窕窕」，趙本作「窕窕」。按，凡「窕」、「窕」一類異文，以下不再出校。

〔五〕「娉婷過我廬」，翁抄本作「娉婷過我廬」，書鈔作「娉婷至我廬」，類要作「傳停過我壚」。

〔六〕「煜」，兩抄本、趙本均作「昱」。
〔七〕「清」，類要作「美」。
〔八〕「絲」，類要作「青」。
〔九〕「肴」，類要作「有」。
〔一〇〕「鱠」，兩抄本、趙本、書鈔、類要均作「膾」。
〔一一〕「清」，活字本、趙本、樂府詩集均作「青」。

怨詩并序

班婕妤〔一〕

昔漢成帝班婕妤失寵，供養於長信宮。乃作賦自傷，并爲怨詩一首〔二〕：

新裂齊紈素〔三〕，鮮潔如霜雪〔四〕。裁爲合歡扇〔五〕，團圓似明月〔六〕。出入君懷袖，動摇微風發〔七〕。常恐秋節至，涼風奪炎熱。棄捐篋笥中，恩情中道絶〔八〕。

【校記】

〔一〕此首文選二七、類聚四一樂部一論樂、樂府詩集四二均録全篇，初學記一月部、二雪部均録

「雪」、「月」二韻，同書二霜部録「雪」一韻，均題作「怨歌行」。類聚六九服飾部上扇、白帖四均録全篇，事類賦一四服用下扇賦注于兩處分別録「雪」、「月」、「發」三韻和「熱」、「絶」二韻，御覽七〇二服飾部四扇録「雪」、「月」、「發」三韻，均題作「扇詩」。初學記一風部録「雪」、「月」、「發」三韻，御覽八一四布帛部一素録「雪」、「月」二韻，均署「班婕妤」，無題。「怨詩并序　班婕妤」，活字本作「怨詩一首并序　班婕妤」，兩抄本、趙本均作「班婕妤怨詩一首并序」。按，活字本目録中無「并序」二字。

〔二〕「一首」二字，活字本無。

〔三〕「裂」，活字本、事類賦均作「製」。　「紈」，初學記二霜部作「約」。

〔四〕「鮮」，類聚四一、初學記二、白帖、事類賦均作「皎」，文選此字下注「善本作皎」。

〔五〕「爲」，文選、類聚六九均作「成」；又，文選其下注「善本作爲」。

〔六〕「圓」，兩抄本、趙本、文選、類聚、初學記一風部、白帖、事類賦、御覽七〇二及八一四、樂府詩集均作「團」。　「似」，御覽八一四作「象」。

〔七〕「風」，活字本、文選、類聚六九、白帖、事類賦、樂府詩集均作「飆」。

〔八〕「道」，事類賦作「斷」。

董嬌嬈

宋子侯〔一〕

洛陽城東路，桃李生路傍。花花自相對，葉葉自相當。春風東北起〔二〕，花葉正低昂〔三〕。不知誰家子，提籠行采桑。纖手折其枝，花落何飄揚〔四〕。請謝彼姝子：何爲見損傷？高秋八九月，白露變爲霜。終年會飄墮，安得久馨香？秋時自零落，春月復芬芳。何時盛年去〔五〕，歡愛永相忘〔六〕。吾欲竟此曲，此曲愁人腸。歸來酌美酒，挾瑟上高堂〔七〕。

【校記】

〔一〕此首類聚八八草部下桑、樂府詩集七三均録全篇，初學記二八桃、御覽九六七果部四桃録「傍」、「當」、「昂」三韻，均題作「董嬌饒」。「董嬌嬈　宋子侯」，活字本作「董嬌饒詩一首　宋子侯」，兩抄本、趙本均作「宋子侯董嬌饒詩一首」；又，兩抄本「饒」字均係塗改而成，馮抄本有「宋本」印。按，鄭本、活字本目録中「侯」均作「候」，活字本目録中「饒」作「嬈」。

〔二〕「東」，初學記、御覽均作「南」。

〔三〕「正」，初學記、御覽均作「自」。
〔四〕「飄揚」，馮抄本此二字係塗改而成，無「宋本」印。
〔五〕「時」，類聚作「如」。
〔六〕「愛」，類聚作「如」。
〔七〕「瑟」，類聚作「琴」。

童謡歌一首　漢時〔一〕

城中好高髻〔二〕，四方高一尺〔三〕。城中好大眉〔四〕，四方皆半額〔五〕。城中好廣袖〔六〕，四方用匹帛〔七〕。

【校記】

〔一〕此首類聚四三樂部三歌録全篇，題作「後漢章帝時童謡」。御覽三六四人事部五頂録「額」一韻，四九五諺上録全篇，同書八一八布帛部五帛録「帛」一韻，均題作「長安語」。類要三二譬諭録「尺」、「額」二韻，無題。樂府詩集八七録全篇，題作「城中謡」。「童謡歌一首　漢時」，四玉臺本均作「漢時童謠歌一首」。按，鄭本目録題作「漢時童謠歌一首」。

〔二〕「髻」，類要作「結」。

〔三〕「高」，御覽作「且」。

〔四〕「大」，御覽、類要、樂府詩集均作「廣」。

〔五〕「皆」，兩抄本均作「眉」，趙本作「睂」，類聚、類要、樂府詩集均作「且」，御覽三六四作「過」，御覽四九五作「畫」。按，凡「眉」、「睂」一類異文，以下不再出校。

〔六〕「廣」，御覽四九五、樂府詩集均作「大」。

〔七〕「用」，御覽四九五、樂府詩集均作「全」。

同聲歌

張衡〔一〕

邂逅承際會，得充君後房〔二〕。情好新交接，恐慄若探湯〔三〕。不才勉自竭，賤妾職所當〔四〕。綢繆主中饋，奉禮助蒸嘗。思爲莞蒻席〔五〕，在下蔽匡床；願爲羅衾幬，在上衛風霜。灑掃清枕席〔六〕，鞮芬以秋香〔七〕。重户結金扃，高下華燈光。衣解巾粉御〔八〕，列圖陳枕張。素女爲我師，儀態盈萬方。衆夫所希見，天老教軒皇。樂莫斯夜樂，没齒焉可忘！

【校記】

〔一〕此首樂府詩集七六録全篇。「同聲歌　張衡」，活字本作「同聲詩一首　張衡」，兩抄本、趙本均作「張衡同聲歌一首」。

〔二〕「得充」，活字本作「偶得」，兩抄本、趙本均作「遇得」。「君」，四玉臺本均作「充」。

〔三〕「栗」，兩抄本、趙本均作「慓」。「探」，趙本作「揬」；此字同類異文，以下不再出校。

〔四〕「職所當」，兩抄本均作「織所雷」，但翁抄本紅筆改「雷」作「當」，其眉端紅筆寫一「當」字。

〔五〕「莞」，兩抄本、趙本、樂府詩集均作「苑」。

〔六〕「掃」，趙本作「埽」；此字同類異文，以下不再出校。

〔七〕「秋」，兩抄本、趙本、樂府詩集均作「狄」。

〔八〕「衣解」，活字本作「解衣」。「御」，活字本作「卸」。

贈婦詩三首并序　秦嘉〔一〕

秦嘉字士會，隴西人也。爲郡上掾〔二〕。其妻徐淑，寢疾還家，不獲面别，贈詩云爾。

【校記】

〔一〕「贈婦詩三首并序　秦嘉」，兩抄本、趙本均作「秦嘉贈婦詩三首并序」。按，鄭本、活字本目録中均無「并序」二字。

〔二〕「掾」，兩抄本、趙本均作「椽」。

其一〔一〕

人生譬朝露，居世多屯蹇。憂艱常早至，歡會常苦晚。念當奉時役〔二〕，去爾日遥遠。遣車迎子還，空往復空返。省書情凄愴，臨食不能飯。獨坐空房中，誰與相勸勉？長夜不能眠，伏枕獨展轉。憂來如尋環，匪席不可卷。

【校記】

〔一〕「其一」二字，兩抄本、趙本均無；其下二首，兩抄本、趙本亦均無「其×」字樣，不再分别出校。又，馮抄本此詩與序連抄，中以紅綫分隔，有「宋本」印；翁抄本序正好結束于一行末字，正文另行頂格。

〔二〕「役」，兩抄本均作「伇」；此字同類異文，以下不再出校。

其二

皇靈無私親，爲善荷天禄。傷我與爾身，少小罹煢獨。既得結大義，歡樂苦不足〔一〕。念當遠離别，思念叙款曲。河廣無舟梁，道近隔丘陸。臨路懷惆悵，中駕正躑躅。浮雲起高山，悲風激深谷。良馬不迴鞍，輕車不轉轂。針藥可屢進，愁思難爲數。貞士篤終始，恩義不可促〔二〕。

【校記】

〔一〕「苦」，兩抄本、趙本均作「若」。

〔二〕「恩」，兩抄本、趙本均作「思」。「促」，兩抄本、趙本均作「屬」。

其三

肅肅僕夫征，鏘鏘揚和鈴〔一〕。清晨當引邁，束帶侍鷄鳴〔二〕。顧看空室中，仿佛想姿形。一別懷萬恨，起坐爲不寧。何用叙我心，遺思致款誠。寶釵好耀首〔三〕，明鏡可鑒形。芳香去垢穢，素琴有清聲。詩人感木瓜，乃欲答瑶瓊。愧彼贈我厚〔四〕，慚此往物輕。雖知未足報，貴用叙我情。

【校記】

〔一〕「揚」，馮抄本作「楊」；翁抄本原作「楊」，紅筆描改作「揚」。

〔二〕「侍」，四玉臺本均作「待」。

〔三〕「好」，兩抄本、趙本均作「可」。

〔四〕「愧」，趙本作「媿」；此字同類異文，以下不再出校。

答夫秦嘉一首

徐淑〔一〕

妾身兮不令，嬰疾兮來歸。沉滯兮家門，歷時兮不差。曠廢兮侍覲，情敬兮有違。君今兮奉命，遠適兮京師〔二〕。悠悠兮離別，無因兮叙懷。瞻望兮踴躍，佇立兮徘徊。思君兮感結，夢想兮容輝。君發兮引邁，去我兮日乖。恨無兮羽翼，高飛兮相追。長吟兮永嘆，泪下兮沾衣。

【校記】

〔一〕「答夫秦嘉一首　徐淑」，活字本作「秦嘉答妻詩　徐淑」，兩抄本、趙本均作「秦嘉妻徐淑答詩一首」。按，活字本目録中「答妻詩」作「妻答一首」。

〔二〕「適」，活字本作「邇」。

飲馬長城窟行一首　蔡邕〔一〕

青青河邊草〔二〕，綿綿思遠道。遠道不可思，宿昔夢見之〔三〕。夢見在我旁〔四〕，忽覺在他鄉。他鄉各異縣，展轉不相見。枯桑知天風，海水知天寒。入門各自媚，誰肯相爲言〔五〕？客從遠方來，遺我雙鯉魚〔六〕。呼兒烹鯉魚，中有尺素書〔七〕。長跪讀素書〔八〕，書中竟何如〔九〕？上有加餐食〔一〇〕，下有長相憶〔一一〕。

【校記】

〔一〕此首文選二七、樂府詩集三八録全篇，均無署名，題作「古辭」。類聚四一樂部一論樂録全篇，無署名。白帖一〇書信、事類賦二九鱗介二魚賦、御覽五九五文部十一書録「魚」、「書」、「如」、「憶」四韻，均無署名，題作「古詩」。御覽九三六録「魚」、「書」二韻，無署名，題作「歌辭」。類要二四書題上録「魚」、「書」、「如」三韻，無題、名。「飲馬長城窟行一首　蔡邕」，活字本作「飲馬長城窟行　蔡邕」，兩抄本、趙本均作「蔡邕飲馬長城窟行一首」。按，鄭本目録中無「一首」二字，活字本目録中「行」下有「一首」二字。

〔二〕「邊」，文選、類聚、樂府詩集均作「畔」；又，文選其下注「善本作邊」。

〔三〕「宿」，文選作「夙」。

〔四〕「旁」，馮抄本、文選、樂府詩集均作「傍」。

〔五〕「相爲」，文選作「爲相」，類聚作「相與」。

〔六〕「遺」，御覽九三六作「贈」。「我」，類要作「吾」。

〔七〕「中」，四玉臺本均作「上」。

〔八〕「讀素書」，類要作「捧書讀」。

〔九〕「書中竟」，白帖作「素書意」，事類賦、御覽均作「書中意」，類要作「問君相守意」。

〔一〇〕「有」，白帖、御覽、樂府詩集均作「言」。「食」，類聚、白帖、事類賦、樂府詩集均作「飯」。

〔一一〕「有」，白帖、御覽、樂府詩集均作「言」。「憶」，活字本、白帖、事類賦均作「思」。按，四玉臺本於此後另有陳琳、徐幹詩，鄭本皆置於卷二魏明帝詩之後；參見該卷校記。

定情詩篇一首　繁欽〔一〕

我出東門游，邂逅承清塵〔二〕。思君即幽房，侍寢執衣巾〔三〕。時無桑中契，迫此路側人。我既媚君姿〔四〕，君亦悦我顔。何以致拳拳〔五〕？綰臂雙金鐶〔六〕。何以致殷勤？約指一雙銀。何以致區區？耳中雙明珠。何以致叩叩？香囊繫肘後〔七〕。何以致契闊？繞腕雙跳脱〔八〕。何以結恩情？美玉綴羅纓〔九〕。何以結中心？素縷連雙針。何以結相投〔一〇〕？金薄畫搔頭〔一一〕。何以慰別離〔一二〕？耳後玳瑁釵〔一三〕。何以答歡悦〔一四〕？紈素三條裾〔一五〕。何以結愁悲？白絹雙中衣。與我期何所？乃期東山隅。日旰兮不來〔一六〕，谷風吹我襦。遠望無所見，涕泣起踟躕。與我期何所？乃期山南陽。日中兮不來，凱風吹我裳〔一七〕。逍遥莫誰睹，望君愁我腸。與我期何所？乃期西山側。日夕兮不來，躑躅長嘆息〔一八〕。遠望涼風至，俯仰正衣服。與我期何所〔一九〕？乃期山北岑。日暮兮不來，淒風吹我衿。望君不能坐，悲苦愁我心。愛身以何爲？惜我華色時。中情既款款，然後克密期。褰衣躡茂草〔二〇〕，謂君不我欺。厠此醜陋質，徙倚無所之。自傷失所欲〔二一〕，泪下如連絲。

【校記】

〔一〕此首書鈔一二九衣冠部下裳二十一，初學記二六裙，御覽六九六服章部十三裙、八一九布帛部六紈均録「裾」一韻；書鈔一三五服飾部三跳脱五十八、御覽七一八服用部二十釧跳脱附均録「脱」一韻；書鈔一三六服飾部三釧七十一録「環（鐶）」一韻；御覽六八八服章部五幓頭録「頭」一韻；御覽七一八服用部二十璫珥録「珠」一韻；樂府詩集七六録全篇。書鈔一三六服飾部三釵六十九，類聚八四寶部下玳瑁均録「釵」一韻，無題。白帖四囊橐録「珠」、「後」二韻，題作「古詩」。御覽八〇七珍寶部六玳瑁録「釵」一韻，題作「寄情詩」。「定情詩篇一首　繁欽」，活字本作「定情詩　繁欽」，兩抄本、趙本均作「繁欽定情詩一首」。按，鄭本目録中無「詩」字和「一首」二字，活字本目録中「詩」下有「一首」二字。

〔二〕「承」，兩抄本均作「丞」。

〔三〕「執」，活字本作「埶」。

〔四〕「既」，兩抄本、趙本、樂府詩集均作「即」。

〔五〕「拳拳」，書鈔作「奉意」。

〔六〕「鐶」，書鈔、樂府詩集均作「環」。

〔七〕「繫」，白帖作「懸」。

〔八〕「腕」，書鈔、御覽均作「臂」。　「雙」，御覽作「金」。

〔九〕「美」，兩抄本、趙本、樂府詩集均作「珮」。

〔一〇〕「投」，兩抄本、趙本、御覽、樂府詩集均作「於」。

〔一一〕「搔」，御覽作「幓」。

〔一二〕「慰」，書鈔、類聚、御覽均作「表」。

〔一三〕「耳」，御覽作「取」。

〔一四〕「答歡悦」，書鈔作「答歡欣」，初學記、御覽均作「合歡欣」。按，「悦」，馮抄本原同，經塗改後作「忻」，無「宋本」印；翁抄本原作「忻」，紅筆改作「悦」，其眉端紅筆又寫一「悦」字。

〔一五〕「三」，書鈔作「二」。　「裾」，馮抄本原同，經塗改後作「裙」，無「宋本」印；翁抄本、初學記、御覽八一九均作「裙」。

〔一六〕「兮」，活字本作「子」。　「來」，兩抄本、趙本、樂府詩集均作「至」。

〔一七〕「凱」，兩抄本均作「颽」，樂府詩集作「飄」。按，凡「凱」、「颽」一類異文，以下不再出校。

〔一八〕「嘆」，活字本作「歡」。

〔一九〕「期」，馮抄本此字原漏抄，以紅筆補入，有「宋本」印。

〔二〇〕「茂」，兩抄本均作「茷」，樂府詩集作「花」。

〔二一〕「傷」，馮抄本此字係塗改而成，有「宋本」印。

古詩爲焦仲卿妻作并序

無名氏〔一〕

漢末建安中，廬江府小吏焦仲卿妻劉氏，爲仲卿母所遣，自誓不嫁，其家逼之，乃没水而死。仲卿聞之，亦自縊於庭樹。時傷之，爲詩云爾。

古詩〔二〕

孔雀東南飛，五里一徘徊。十三能織素〔三〕，十四學裁衣。十五彈箜篌，十六誦詩書〔四〕。十七爲君婦〔五〕，心中常苦悲。君既爲府吏，守節情不移。賤妾留空房，相見常日稀〔六〕。鷄鳴入機織，夜夜不得息。三日斷五匹，大人故嫌遲〔七〕。非爲織作遲，君家婦難爲。妾不堪驅使，徒留無所施。便可白公姥，及時相遣歸。

府吏得聞之，堂上啓阿母：兒已薄禄相，幸復得此婦。結髮同枕席，黄泉共爲友。共事二三年〔八〕，始爾未爲久。女行無偏斜，何意致不厚？阿母謂府吏〔九〕：何乃太區區！此婦無禮節，舉動自專由〔一○〕。吾意久懷忿，汝豈得自由？東家有賢女，自名秦羅敷。可憐體無比，阿母爲汝求。便可速遣之，遣去慎莫留〔一一〕。府吏長跪告〔一二〕：伏惟啓阿母，今若遣此婦，終老不復取！阿母得聞之，槌床便大怒〔一三〕：小子無所畏，何敢助婦語！吾已失恩義，會不相從許。府吏默無聲，再拜還入户。舉言謂新婦〔一四〕，哽咽不能語：我自不驅卿〔一五〕，逼迫有阿母。卿但暫還家，吾今且報府。不久當歸還，還必相迎取。以此下心意，慎勿違吾語。新婦謂府吏：勿復重紛紜！往昔初陽歲〔一六〕，謝家來貴門。奉事循公姥，進止敢自專〔一七〕？晝夜勤作息，伶俜縈苦辛。謂言無罪過，供養卒大恩。仍更被驅遣，何言復來還！妾有繡腰襦，葳蕤自生光〔一八〕。紅羅複斗帳〔一九〕，四角垂香囊。箱簾六七十〔二○〕，緑碧青絲繩〔二一〕。物物各自異，種種在其中。人賤物亦鄙〔二二〕，不足迎後人〔二三〕。留待作遺施〔二四〕，於今無會因。時時爲安慰，久久莫相忘。鷄鳴外欲曙，新婦起嚴妝。着我繡裌裙，事事四五通。足下躡絲履，頭上玳瑁光。腰若流紈素，耳著明月璫。指如削葱根，口如含朱丹。纖纖作細步，精妙世無雙。上堂拜阿母，阿母怒不止〔二五〕。昔作女兒時，生小出野里。本自無教訓，兼愧貴家子。受母錢帛多，不堪母驅使。今日還家去，念母勞家裏。却與小姑別，泪落連珠子：新婦初來時〔二六〕，小姑始扶床。今日被驅遣〔二七〕，小姑如我長。勤心養公姥，好自相扶將。初七及下九，嬉戲莫相忘〔二八〕。出門登車去，涕落百餘行。府吏馬在前，新婦車在後。隱隱何甸甸，俱會大道口。下馬入車中，低頭共耳語：誓不相隔鄉，且暫歸家去〔二九〕。吾今且赴府，不久當還歸，誓天不相負。新婦謂府吏：感君區區懷。君既若見録，不久望君來。君當作盤石〔三〇〕，妾當作蒲葦。蒲葦紉如絲〔三一〕，盤石無轉移。我有親父兄，性行暴如雷。恐不任我意〔三二〕，逆以煎我懷。舉手長勞勞，二情同依依。入門上家堂，進退無顔儀。阿母大拊掌：不圖子自歸！十三教汝織，十四能裁衣。十五彈箜篌，十六知禮儀。十七遣汝嫁，謂言無誓違。汝今何罪過〔三三〕，不迎而自歸？蘭芝慚阿母：兒實無罪過。阿母大悲摧。還家十餘日，縣令遣媒來。云有第三郎，窈窕世無雙。年始十八九，便言多令才。阿母謂阿女：汝可去應之。阿女含泪答〔三四〕：蘭芝初還時，府吏見丁寧，結誓不別離。

今日違情義，恐此事非奇。自可斷來信，徐徐更謂之。阿母白媒人：貧賤有此女，始適還家門。不堪吏人婦，豈合令郎君？幸可廣問訊，不可便相許〔三五〕。媒人去數日，尋遣丞請還〔三六〕。説有蘭家女〔三七〕，承籍有宦官〔三八〕。云有第五郎，嬌逸未有婚。遣丞爲媒人〔三九〕，主簿通語言。直説太守家，有此令郎君。既欲結大義，故遣來貴門。阿母謝媒人：女子先有誓，老姥豈敢言？阿兄得聞之，悵然心中煩。舉言謂阿妹：作計何不量！先嫁得府吏，後嫁得郎君。否泰如天地，足以榮汝身。不嫁義郎體〔四〇〕，其任欲何云？蘭芝仰頭答：理實如兄言。謝家事夫婿，中道還兄門。處分適兄意，那得自任專？雖與府吏要，渠會永無緣。登即相許和，便可作婚姻。媒人下床去，諾諾復爾爾。還部白府君：下官奉使命，言談大有緣。府君得聞之，心中大歡喜〔四一〕。視曆復開書〔四二〕，便利此月内，六合正相應。良吉三十日，今已二十七，卿可去成婚。交語速裝束〔四三〕，絡繹如浮雲〔四四〕。青雀白鵠舫，四角龍子幡。婀娜隨風轉，金車玉作輪。躑躅青驄馬，流蘇金鏤鞍。齎錢三百萬〔四五〕，皆用青絲穿。雜彩三百匹，交用市鮭珍〔四六〕。從人四五百，鬱鬱登郡門。阿母謂阿女：適得府君書，明日來迎汝。何不作衣裳？莫令事不舉。阿女默無聲，手巾掩口啼，泪落便如瀉。移我琉璃榻〔四七〕，出置前窗下。左手持刀尺，右手執綾羅。朝成繡裌裙，晚成單羅衫。晻晻日欲瞑〔四八〕，愁思出門啼。府吏聞此變，因求假暫歸。未至二三里，摧藏馬悲哀〔四九〕。新婦識馬聲，躡履相逢迎。悵然遥相望，知是故人來。舉手拍馬鞍，嗟嘆使心傷：自君别我後，人事不可量。果不如先願，又非君所詳。我有親父母，逼迫兼弟兄。以我應他人，君還何所望？府吏謂新婦〔五〇〕：賀卿得高遷〔五一〕！盤石方且厚〔五二〕，可以卒千年；蒲葦一時紉，便作旦夕間。卿當日勝貴〔五三〕，吾獨向黄泉。新婦謂府吏：何意出此言！同是被逼迫〔五四〕，君爾妾亦然。黄泉下相見〔五五〕，勿違今日言〔五六〕。執手分道去，各各還家門。生人作死别，恨恨那可論！念與世間辭，千萬不復全。府吏還家去，上堂拜阿母：今日大風寒，寒風摧樹木，嚴霜結庭蘭。兒今日冥冥，令母在後單〔五七〕。故作不良計，勿復怨鬼神。命如南山石，四體康且直。阿母得聞之，零泪應聲落。汝是大家子，仕宦於臺閣〔五八〕。慎勿爲婦死，貴賤情何薄〔五九〕。東家有賢女，窈窕艷城郭。阿母爲汝求，便復在旦夕。府吏再拜還，長嘆空房中。作計乃爾立，轉頭向户裏，漸見愁煎迫。其日牛馬嘶，新婦入青廬〔六〇〕。庵庵黄昏後〔六一〕，寂寂人定初。我命絶今日，魂去尸長留。攬裙脱絲履，舉身赴清池〔六二〕。府吏聞此事，心知長別離。徘徊顧樹下〔六三〕，自挂東南枝。兩家求合葬，合葬華山傍。東西植松柏，左右種梧桐。枝枝相覆蓋〔六四〕，葉葉相交通。中有雙飛鳥，自名爲鴛鴦。仰頭相向鳴，夜夜達五更。行人駐足聽，寡婦起傍徨〔六五〕。多謝後世人，戒之慎勿忘。

【校記】

〔一〕此首類聚三二人部十六閨情録「徊」、「衣」、「書」、「悲」、「移」、「息」、「遲」、「爲」、「光」、「囊」、「繩」、「人」十二韻，無題、名。御覽六九五服章部十二襦録「光」一韻，無署名，題作「古詩」。類要一三臺榭録「喜」一韻及「交語速裝束」、「四角龍子幡」兩句，無署名，題作「焦仲卿詩」；同書二二總叙幼年録「床」、「長」二韻，無署名，題作「集仲卿詩」，按，「集」當爲「焦」之訛；同書二四離別録「依」一韻，無署名，題作「焦伯句」。樂府詩集七三録全篇，無署名，題作「焦仲卿妻　古辭」。「古詩爲焦仲卿妻作并序　無名氏」，兩抄本、趙本均作「古詩無名人爲焦仲卿妻作并序」。按，鄭本目録中無「古詩」和「并序」四字，兩抄本、趙本目録中「無名人」均作「無人名」。

〔二〕「古詩」二字，四玉臺本、類聚、御覽、類要、樂府詩集均無。

〔三〕「素」，類聚作「綺」。

〔四〕「詩書」，類聚作「書詩」。
〔五〕「爲君」，類聚作「嫁爲」。
〔六〕「賤妾留空房相見常日稀」，活字本「日」作「自」，兩抄本、趙本、類聚、樂府詩集均無此十字。又，活字本此下另有「彼意常依依」五字，爲其他各本所無。
〔七〕「嫌」，類聚作「言」。「遲」，活字本作「責」。
〔八〕「三二」，兩抄本、趙本均作「二三」。
〔九〕「謂」，兩抄本均作「爲」。
〔一〇〕「由」，活字本作「諸」。
〔一一〕「去」，兩抄本、趙本均作「之」。
〔一二〕「告」，兩抄本、趙本均作「答」。
〔一三〕「槌」，兩抄本、趙本均作「搥」。
〔一四〕「謂」，兩抄本、趙本均作「爲」。
〔一五〕「驅」，兩抄本均作「駈」；此字同類異文，以下不再出校。
〔一六〕「昔」，兩抄本均作「習」。
〔一七〕「止」，活字本、翁抄本均作「心」，馮抄本幾經塗改後作「心」，無「宋本」印。
〔一八〕「葳」，四玉臺本均作「萎」。「自生」，類聚、御覽均作「金縷」。

〔一九〕「複」，活字本作「復」。

〔二〇〕「箱簾六七十」，類聚作「交交象牙簟」。

〔二一〕「緑碧青」，類聚作「宛轉素」。

〔二二〕「人賤物亦鄙」，類聚作「鄙賤雖可薄」。

〔二三〕「不足」，類聚作「猶中」。

〔二四〕「遣」，兩抄本、趙本、樂府詩集均作「遺」。

〔二五〕「上堂拜阿母阿母怒不止」，兩抄本均僅有「不止」二字，而於「不」字上空兩格，馮抄本有「宋本」印；趙本作「上堂拜阿母母聽去不止」，樂府詩集作「上堂謝阿母母聽去不止」。

〔二六〕「初來時」，馮抄本原作「來時初」，經塗改後作「初來時」，有「宋本」印。

〔二七〕「小姑始扶床今日被驅遣」十字，兩抄本、趙本、樂府詩集均無。

〔二八〕「嬉」，兩抄本均作「喜」。

〔二九〕「歸」，兩抄本、趙本、樂府詩集均作「還」。

〔三〇〕「盤」，樂府詩集作「磐」。

〔三一〕「紉」，兩抄本均作「綛」。

〔三二〕「任」，活字本作「忍」。

〔三三〕「何」，兩抄本、趙本、樂府詩集均作「無」。

〔三四〕「含」，兩抄本、趙本、樂府詩集均作「銜」。

〔三五〕「可」，兩抄本、趙本、樂府詩集均作「得」。

〔三六〕「丞」，兩抄本、樂府詩集均作「承」。

〔三七〕「説」，樂府詩集作「誰」。

〔三八〕「宧」，翁抄本作「宧」；此字同類異文，以下不再出校。

〔三九〕「丞」，兩抄本均作「承」。

〔四〇〕「郎」，四玉臺本、樂府詩集均作「即」。

〔四一〕「歡喜」，類要作「喜歡」。

〔四二〕「開」，活字本作「閲」。

〔四三〕「語」，馮抄本作「女」。「速裝束」，類要作「連裝束」。

〔四四〕「絡驛」，活字本、樂府詩集均作「絡繹」，兩抄本、趙本均作「駱驛」。

〔四五〕「賷」，兩抄本均作「賫」，趙本作「賫」，樂府詩集作「賷」；此字同類異文，以下不再出校。

〔四六〕「用」，四玉臺本、樂府詩集均作「廣」。

〔四七〕「榻」，活字本作「搨」，兩抄本均作「塌」，趙本作「塌」。

〔四八〕「晻晻」，兩抄本、趙本、樂府詩集均作「晻晻」。「瞑」，活字本、兩抄本、樂府詩集均作「暝」。

〔四九〕「摧」，兩抄本、趙本均作「催」。

〔五〇〕「謂新婦」，馮抄本原同，後以黄色塗没，無「宋本」印；翁抄本此三字上均有紅圈。樂府詩集「謂」作「爲」。

〔五一〕「得」，兩抄本、樂府詩集均作「德」。

〔五二〕「盤」，樂府詩集作「磐」。「石」，活字本作「召」。「且」，兩抄本、趙本、樂府詩集均作「可」。

〔五三〕「曰」，四玉臺本、樂府詩集均作「日」。

〔五四〕「逼迫」，活字本作「迫逼」。

〔五五〕「下」，兩抄本、趙本、樂府詩集均作「不」。

〔五六〕「匆」，樂府詩集作「忽」。

〔五七〕「令」，活字本作「今」。

〔五八〕「宦」，兩抄本均作「官」。

〔五九〕「何」，活字本作「可」。

〔六〇〕「青」，活字本作「清」。

〔六一〕「庵庵」，活字本作「淹淹」。

〔六二〕「清」，活字本、趙本均作「青」。

〔六三〕「顧」，兩抄本、趙本、樂府詩集均作「庭」。

〔六四〕「覆」，活字本作「復」。

〔六五〕「起」，兩抄本、趙本、樂府詩集均作「赴」。

卷二〔一〕

【校記】

〔一〕此卷作者及其詩作，四玉臺本除不收者外，均分見於卷二和卷一，其排列次序和作者署名相異者見各詩校記。

塘上行

魏武帝〔一〕

蒲生我池中〔二〕，其葉何離離〔三〕。傍能行仁義〔四〕，莫若妾自知〔五〕。衆口鑠黄金〔六〕，使君生别離〔七〕。念君去我時，獨愁常苦悲。想見君顏色，感結傷心脾。念君常苦悲，夜夜不能寐〔八〕。莫以豪賢故〔九〕，棄捐素所愛。莫以魚肉賤〔一〇〕，棄捐葱與薤。莫以麻枲賤〔一一〕，棄捐菅與蒯〔一二〕。出亦復苦愁〔一三〕，入亦復苦愁。邊地多悲風，樹木何修修〔一四〕。從君致獨樂〔一五〕，延年壽千秋。

【校記】

〔一〕此首宋書二一樂志三、樂府詩集三五均録全篇。類聚四一樂部一論樂録「(何離)離」、「知」、「(生別)離」、「愛」、「薤」、「蒯」六韻，署「魏文帝甄皇后」。「塘上行　魏武帝」，活字本作「塘上行　甄皇后」，兩抄本均作「甄皇后樂府塘上行一首」，趙本作「又甄皇后樂府塘上行一首」。按，活字本目録中「塘上行」作「樂府塘上行一首」，兩抄本目録題下均署「魏文帝」。又，四玉臺本此首均置於魏文帝又清河作(活字本作「清河一首」，兩抄本、趙本均作「又清河作一首」)之後。

〔二〕「蒲生我池中」，樂府詩集此句重復。

〔三〕「其」，類聚作「蒲」。

〔四〕「仁義」，宋書作「儀儀」，樂府詩集作「人儀」。

〔五〕「若妾」，宋書、樂府詩集均作「能縷」。

〔六〕「鑠」，類聚作「爍」。

〔七〕「別離」，樂府詩集作「離別」。

〔八〕「念君常苦悲夜夜不能寐」，宋書、樂府詩集均作「今悉夜夜愁不寐」。

〔九〕「以」，宋書、樂府詩集均作「用」。「豪賢」，活字本作「賢豪」，類聚作「毫髮」。按，馮抄本「豪」字係塗改而成，有「宋本」印。又，樂府詩集此句重復。

〔一〇〕「以」，宋書、樂府詩集均作「用」。「賤」，宋書、樂府詩集均作「貴」。

〔二〕「以」，宋書、樂府詩集均作「用」。

〔三〕「捐」，樂府詩集作「損」。「菅」，活字本作「營」，兩抄本、趙本均作「管」。

〔三〕「出亦復苦愁」，宋書、樂府詩集此句前均有「倍恩者苦」等數句，今從略。另，樂府詩集此句重復。

〔四〕「修修」，宋書、樂府詩集均作「蕭蕭」。

〔五〕「從君致獨樂」，兩抄本、趙本均作「從軍致獨樂」，宋書、樂府詩集均作「今日樂相樂」。

清河見挽船士新婚與妻別作

魏文帝〔一〕

與君結新婚，宿昔當別離。涼風動秋草，蟋蟀鳴相隨。冽冽寒蟬吟〔二〕，蟬吟抱枯枝。枯枝時飛揚，身體忽遷移。不悲身遷移〔三〕，但惜歲月馳〔四〕。歲月無窮極〔五〕，會合安可知？願爲雙黄鵠，比翼戲清池〔六〕。

【校記】

〔一〕此首類聚二九人部十三别上録全篇，署「徐幹」，題作「爲挽舡士　與新娶妻别詩」。「清河見挽船士新婚與妻別作」和「魏文帝」原爲兩行，四玉臺本均作一行。活字本作「於清河見挽船士新婚別妻　魏文帝」；兩抄本均作「於清河見挽船士新婚與妻別一首」，其中馮抄本「妻」塗改作「妾」，無「宋本」印；趙本作「魏文帝於清河見挽船士新婚與妻別一首」。按，活字本目録中「別妻」作「與妻別一首」，兩抄本目録題下均署「魏文帝」，馮抄本目録「妾」作「妻」。四玉臺本此詩均爲本卷第一首。

〔二〕「洌洌」，類聚作「蛚蛚」。

〔三〕「遷」，類聚作「體」。

〔四〕「但」，類聚作「當」。「惜」，兩抄本均作「借」。

〔五〕「歲月」，類聚作「月馳」。

〔六〕「比翼」，類聚作「悲鳴」。

又清河作〔一〕

方舟戲長水，湛淡自浮沉〔二〕。弦歌發中流，悲響有餘音〔三〕。音聲入君懷，凄愴傷人心。心傷安所念？但願恩情深〔四〕。願爲晨風鳥，雙飛翔北林。

【校記】

〔一〕此首類聚二八人部十二游覽録「沉」、「音」二韻，題作「又於清河作」。「又清河作」，活字本作「清河一首」，兩抄本、趙本均作「又清河作一首」。按，鄭本目録中「作」下有「一首」二字，活字本目録中「一首」下有「又」字，兩抄本、趙本目録「又」下均有「於」字，兩抄本目録題下均署「魏文帝」。

〔二〕「湛淡」，趙本作「湛澹」，類聚作「澹澹」。

〔三〕「響」，類聚作「風」。「有」，類聚作「漂」。

〔四〕「恩」，兩抄本均作「思」。

雜詩五首

陳思王〔一〕

【校記】

〔一〕「雜詩五首　陳思王」，活字本、翁抄本均作「雜詩五首　曹植」，但翁抄本「曹植」二字上均有紅圈，馮抄本作「雜詩五首」，趙本作「曹植雜詩五首」。按，鄭本目録中「陳」前有「魏」字，馮抄本目録中題下有「曹植」署名。又，四玉臺本此詩均置於劉勳妻王宋雜詩二首之後。

其一〔一〕

明月照高樓，流光正徘徊。上有愁思婦，悲嘆有餘哀。借問嘆者誰？言是宕子妻〔二〕。君行逾十年，孤妾常獨栖〔三〕。君若清路塵〔四〕，妾若濁水泥〔五〕。浮沉各異勢〔六〕，會合何時諧？願爲西南風，長逝入君懷〔七〕。君懷良不開〔八〕，妾心當何依〔九〕！

【校記】

〔一〕此首文選二三録全篇，題作「七哀詩」。類聚三二人部十六閨情録全篇，無題。白帖一塵録「泥」一韻及「浮沉各異勢」一句，御覽三七地部二塵録「泥」一韻，均無署名，題作「古詩」。白帖六別録「泥」一韻，無題、名。類要二二佳麗、三一詩均録「徊」一韻，均無題。樂府詩集四一録全篇，題作「怨詩行」。「其一」二字，兩抄本、趙本均無；其下三首，兩抄本、趙本亦均無「其×」字樣，不再分別出校。

〔二〕「言」，類聚作「云」。「宕子」，活字本、趙本、類聚、樂府詩集均作「客子」，兩抄本均作「客予」，但翁抄本「予」字係由「子」字描改而成，其眉端紅筆寫一「予」字；文選「宕」字下注「善本作客」。

〔三〕「常」，活字本作「當」。

〔四〕「若」，白帖、御覽均作「爲」。

〔五〕「若」，白帖一、御覽均作「爲」，白帖六作「作」。

〔六〕「浮沉」，白帖作「沉浮」。

〔七〕「逝」，類聚作「游」。

〔八〕「良」，四玉臺本、類聚、樂府詩集均作「時」。

〔九〕「妾心」，文選作「賤妾」。「當」，類聚作「將」。

其二〔一〕

西北有織婦，綺縞何繽紛。明晨秉機杼〔二〕，日昃不成文〔三〕。太息終長夜〔四〕，悲嘯入清雲〔五〕。妾身守空房〔六〕，良人行從軍〔七〕。自期三年歸，今已歷九春。孤鳥繞林翔〔八〕，噭噭鳴索群〔九〕。願爲南流景，馳光見我君。

【校記】

〔一〕此首文選二九録全篇。類聚三二人部十六閨情録全篇，御覽八一六布帛部三綺録「紛」、「文」

二韻，均無題。

〔二〕「明」，御覽作「清」。

〔三〕「昃」，活字本作「莫」，兩抄本、趙本均作「昊」，類聚作「晏」，御覽作「暮」。

〔四〕「太」，趙本、翁抄本均作「大」。

〔五〕「清」，四玉臺本、文選、類聚均作「青」。

〔六〕「房」，文選作「闈」。

〔七〕「行從」，類聚作「從行」。

〔八〕「孤」，文選作「飛」。「林」，兩抄本、趙本、文選、類聚均作「樹」。

〔九〕「嗷嗷」，文選、類聚均作「噭噭」。

其三〔一〕

微陰翳陽景，清風飄我衣。游魚潛綠水〔二〕，翔鳥薄天飛〔三〕。眇眇客行士〔四〕，遥役不得歸〔五〕。始出嚴霜結，今來白露晞〔六〕。游子嘆黍離，處者歌式微。慷慨對嘉賓，凄愴内傷悲。

【校記】

〔一〕此首文選二九録全篇，題作「情詩」。類聚二七人部十一行旅録「飛」、「晞」二韻。類聚二九人部十三別上録全篇，無題。

〔二〕「緑」，活字本、兩抄本、類聚均作「渌」。

〔三〕「鳥」，類聚二七作「鸞」。

〔四〕「士」，活字本作「去」，文選作「日」；按，明州本文選作「士」。

〔五〕「遥」，類聚作「徭」。

〔六〕「來」，活字本作「夜」。「晞」，類聚二七作「稀」。

其四〔一〕

攬衣出中閨，逍遥步兩楹。閑房何寂寞〔二〕，緑草被階庭〔三〕。空室自生風〔四〕，百鳥翩南征〔五〕。春思安可忘？憂戚與我并〔六〕。佳人在遠道，妾身單且煢〔七〕。歡會難再遇，蘭芝不重榮〔八〕。人皆棄舊愛，君豈若平生？寄松爲女蘿，依水如浮萍。束身奉衿帶〔九〕，朝夕不墮傾。儻能終顧眄〔一〇〕，永副我中情。

【校記】

〔一〕此首類聚三一人部十六閨情録全篇，無題。

〔二〕「寞」，類聚作「寥」。

〔三〕「袚」，活字本作「破」。

〔四〕「室」，類聚作「穴」。

〔五〕「翩」，兩抄本、趙本均作「翔」。

〔六〕「我」，類聚作「君」。

〔七〕「單且」，四玉臺本均作「獨單」。

〔八〕「不」，活字本作「可」。

〔九〕「束」，類聚作「賚」。

〔一〇〕「儻能終顧盼」，活字本作「儻願終盼盼」，兩抄本、趙本均作「儻願終盼眄」，類聚作「儻終顧眄恩」。

其五〔一〕

南國有佳人，容華若桃李〔二〕。朝游江北岸〔三〕，夕宿湘川沚〔四〕。時俗薄朱顔，誰爲發皓齒？俯仰歲將暮，榮曜難永恃〔五〕。

【校記】

〔一〕此首文選二九、類聚一八人部二美婦人均録全篇。類聚二六人部十言志録「李」、「沚」、「齒」三韻，署「阮籍」，題作「咏懷詩」。「其五」二字，兩抄本均作「又」，馮抄本又以白色塗去，無「宋本」印；趙本無。

〔二〕「桃李」，活字本作「李朝」。

〔三〕「朝游」，活字本作「游桃」。「北」，類聚一八作「海」。

〔四〕「湘川」，馮抄本作「湘州」，文選、類聚均作「瀟湘」。又，文選此句下注「善本作日夕宿湘沚」。

〔五〕「難永」，兩抄本、趙本、文選均作「難久」，類聚作「寧久」。

姜女篇〔一〕

姜女妖且閑〔二〕，采桑岐路間〔三〕。柔條紛冉冉〔四〕，落葉何翩翩〔五〕。攘袖見素手，皓腕約金環〔六〕。頭上金雀釵〔七〕，腰佩翠琅玕。明珠交玉體，珊瑚間木難〔八〕。

羅衣何飄飄〔九〕，輕裾隨風還〔一〇〕。顧盼遺光彩〔一一〕，長嘯氣若蘭〔一二〕。行徒用息駕，休者以忘餐〔一三〕。借問女安居〔一四〕？乃在城南端。青樓臨大路，高門結重關。容華輝朝日〔一五〕，誰不希令顔！媒氏何所營？玉帛不時安。佳人慕高義，求賢良獨難。衆人徒嗷嗷〔一六〕，安知彼所歡〔一七〕？盛年處幽室〔一八〕，中夜起長嘆。

【校記】

〔一〕此首文選二七録全篇；書鈔一三六服飾部三釵六十九録「玕」一韻；類聚一八人部二美婦人録「間」、「環」、「玕」、「難」、「還」、「蘭」、「餐」、「端」、「關」、「顔」十韻；初學記一九美婦人録「間」、「翩」、「鐶」、「玕」、「難」、「還」、「蘭」、「餐」八韻；御覽三八一人事部二十三美婦人下録「間」、「翩」、「鐶」、「玕」四韻，七一八服用部二十釵兩處分别録「頭上金雀釵」一句和「玕」一韻；均題作「美女篇」，其中御覽七一八録「玕」韻處署「陳司馬」。「姜」，四玉臺本均作「美」。按，鄭本目録中「姜」作「美」。四玉臺本目録均總題曹植此下三首作「樂府三首」，而不列具體詩題。

〔二〕「姜」，四玉臺本、文選、類聚、初學記、御覽均作「美」。

〔三〕「岐」，文選作「歧」。

〔四〕「柔」，四玉臺本均作「長」，御覽作「桑」。「紛冉冉」，初學記作「芬冉冉」，御覽作「芬苒苒」。

〔五〕「落葉」，文選、初學記均作「葉落」。

〔六〕「環」，初學記、御覽均作「鐶」。

〔七〕「上」，書鈔、御覽七一八均作「戴」。「金雀」，兩抄本、文選均作「金爵」，趙本作「金𣪘」，類聚作「二爵」，御覽七一八録「玕」韻處作「合歡」。按，凡「爵」、「𣪘」一類異文，以下不再出校。

〔八〕「木難」，活字本、兩抄本均作「朱顔」，初學記作「大難」。

〔九〕「飄飄」，兩抄本、文選、類聚均作「飄颻」；又，文選其下注「善本作飄飄」。

〔一〇〕「裾」，活字本作「裙」。

〔一一〕「盼」，兩抄本、趙本、初學記均作「眄」，文選作「盱」。「遺」，活字本作「爲」。「彩」，兩抄本均作「采」。

〔一二〕「嘯」，初學記、類聚均作「笑」。

〔一三〕「休」，馮抄本作「体」。「忘」，初學記作「志」。

〔一四〕「安」，類聚作「何」。

〔一五〕「輝」，文選作「耀」，類聚作「暉」。「朝」，活字本作「朗」。

〔一六〕「徒」，四玉臺本均作「何」，文選此字下注「善本作何」。

〔一七〕「歡」，文選作「觀」。

〔一八〕「幽」，四玉臺本、文選均作「房」。

種葛篇〔一〕

種葛南山下，葛蔓自成陰〔二〕。與君初婚時〔三〕，結髮恩義深。歡愛在枕席，宿昔同衣衾。竊慕棠棣篇〔四〕，好樂如瑟琴〔五〕。行年將晚暮，佳人懷異心。恩紀曠不接〔六〕，我情遂抑沉〔七〕。出門當何顧？徘徊步北林。下有交頸獸，仰見雙栖禽。攀枝長嘆息，泪下沾羅衿。良馬知我愁〔八〕，延頸對我吟〔九〕。昔爲同池魚，今若商與參〔一〇〕。往古皆歡遇，我獨困于今。棄置委天命，悲愁安可任〔一一〕！

【校記】

〔一〕此首類聚四一樂部二樂府録「陰」、「深」、「心」、「沉」四韻，樂府詩集六四録全篇。按，鄭本目録中「種」作「采」。

〔二〕「蔓」，樂府詩集作「纍」。

〔三〕「初婚時」，類聚作「初定婚」，樂府詩集此三字下注「一作初定婚」。

〔四〕「暮」，四玉臺本、樂府詩集均作「慕」。

〔五〕「如」，兩抄本、趙本、樂府詩集均作「和」。

〔六〕「紀」，四玉臺本均作「絶」。

〔七〕「遂」，活字本作「逐」。

〔八〕「馬」，兩抄本、趙本均作「鳥」。　「愁」，兩抄本、趙本、樂府詩集均作「悲」。

〔九〕「對」，樂府詩集作「代」。

〔一〇〕「若」，樂府詩集作「爲」。

〔一一〕「悲愁」，兩抄本、趙本均作「愁愁」，樂府詩集作「悠悠」。

浮萍篇〔一〕

浮萍寄清水〔二〕，隨風東西流。結髪辭嚴親，來爲君子仇。恪勤在朝夕，無端獲罪尤〔三〕。在昔蒙恩惠，和樂如瑟琴。何意今摧頹，曠若商與參。茱萸自有芳〔四〕，不若桂與蘭。新人雖可愛〔五〕，無若故人歡〔六〕。行雲有返期，君恩儻中還。慊慊仰天嘆，愁心將何訴〔七〕？日月不常處〔八〕，人生忽若寓〔九〕。悲風來入懷，泪落如垂露〔一〇〕。發篋造新衣〔一一〕，裁縫紈與素。

【校記】

〔一〕此首類聚四一樂部一論樂録「流」、「仇」、「尤」、「蘭」、「歡」、「還」六韻，題作「蒲生行」。樂府詩集三五録全篇，題作「蒲生行浮萍篇」。

〔二〕「清」，類聚作「緑」。

〔三〕「無端」，類聚作「中年」。「罪」，類聚作「愆」。

〔四〕「有」，類聚作「内」。

〔五〕「新人雖可愛」，類聚作「佳人雖成列」。

〔六〕「無」，類聚作「不」。「人」，兩抄本、趙本、類聚、樂府詩集均作「所」。

〔七〕「心」，兩抄本、趙本均作「愁」。

〔八〕「常」，樂府詩集作「恒」。

〔九〕「寓」，兩抄本、趙本均作「遇」。

〔一〇〕「落」，兩抄本、趙本、樂府詩集均作「下」。

〔一一〕「發」，活字本作「小」，趙本作「𤼵」。按，凡「發」、「𤼵」一類異文，以下不再出校。「新」，四玉臺本、樂府詩集均作「裳」。

棄婦篇〔一〕

石榴直前庭〔二〕，緑葉摇縹青。丹華灼烈烈，帷彩有光榮〔三〕。光榮曄流離〔四〕，可以處淑靈〔五〕。有鳥來集樹〔六〕，飛翼以悲鳴〔七〕。夫何爲丹華〔八〕，丹華實不成。拊心長嘆息，無子當歸寧。有子月經天，無子若流星。天月相終始，流星没無精。棲遲失所宜，下與瓦石并。憂懷從中來，嘆息通鷄鳴。反側不能寐，逍遥於前庭。踟蹰還入房，肅肅帷幕聲。搴幃更攝帶〔九〕，撫弦彈素筝。慷慨有餘音，要妙悲且清。收泪長嘆息，何以負神靈。招摇待霜露，何必春夏成。晚獲爲良實，願君且安寧。

【校記】

〔一〕此首御覽九七〇果部七石榴録「青」、「(以悲)鳴」二韻，題作「棄妻詩」。「棄婦篇」，活字本作「棄婦詩　曹植」，兩抄本、趙本均作「棄婦詩一首」。按，活字本目録中「詩」作「一首」，「曹植」作「又」，兩抄本目録中題下均署「曹植」。

〔二〕「直」，四玉臺本、御覽均作「植」。

〔三〕「帷」，活字本、兩抄本均作「惟」。

〔四〕「榮」，四玉臺本均作「好」。

〔五〕「處」，兩抄本、趙本均作「戲」。「靈」，趙本作「霊」，翁抄本作「靈」；此字同類異文，以下不再出校。

〔六〕「有」，御覽作「翠」。「來集樹」，四玉臺本、御覽均作「飛來集」。

〔七〕「飛」，四玉臺本均作「樹」，御覽作「拊」。

〔八〕「夫何爲丹華」，兩抄本、趙本均作「悲鳴夫何爲」。

〔九〕「搴」，四玉臺本均作「褰」。「幃」，兩抄本、趙本均作「帷」。

樂府二首　魏明帝〔一〕

【校記】

〔一〕「樂府二首　魏明帝」，兩抄本均作「樂府詩二首」，趙本作「魏明帝樂府詩二首」。按，兩抄本目録中題下均署「魏明帝」。

其一〔一〕

昭昭素明月〔二〕，輝光燭我床。憂人不能寐〔三〕，耿耿夜何長。微風衝閨闥〔四〕，羅帷自飄揚。攬衣曳長帶，縱屣下高堂〔五〕。東西安所之？徘徊以彷徨。春鳥何南飛〔六〕，翩翩獨翺翔。悲聲命儔匹，哀鳴傷我腸。感物懷所思，泣涕忽沾裳。佇立吐高吟，舒憤訴穹蒼〔七〕。

【校記】

〔一〕此首文選二七録全篇，無署名，爲「樂府四首古辭」之第三首，題作「傷歌行」。類聚四二樂部二樂府録「床」、「長」、「揚」、「堂」四韻，無署名，題作「古長歌行」。類要二四獨深録「長」一韻，無題、名。樂府詩集六二録全篇，無署名，題作「傷歌行　古辭」。「其一」二字，兩抄本、趙本均無。

〔二〕「素」，類聚作「清」。

〔三〕「憂人」，類要作「幽衷」。

〔四〕「衝」，文選、樂府詩集均作「吹」。

〔五〕「縱屣」，兩抄本、趙本均作「縱履」，文選、類聚、樂府詩集均作「屣履」。

〔六〕「何」，兩抄本、趙本均作「向」，文選、樂府詩集均作「翻」；又，樂府詩集其下注「一作向」。

〔七〕「穹」，活字本作「窮」。「佇立吐高吟舒憤訴穹蒼」十字，兩抄本、趙本均無。

其二〔一〕

種瓜東井上〔二〕，冉冉自逾垣。與君新爲婚，瓜葛相結連。寄托不肖軀，有如倚太山。菟絲無根株〔三〕，蔓延自登緣。萍藻托清流，常恐身不全。被蒙丘山惠，賤妾執拳拳。天日照知之〔四〕，想君亦俱然〔五〕。

【校記】

〔一〕此首樂府詩集七七録全篇。「其二」二字，兩抄本、趙本均無。

〔二〕「上」，馮抄本原同，墨筆塗改作「土」，無「宋本」印。

〔三〕「菟」，樂府詩集作「兔」。「根」，活字本作「枝」。

〔四〕「照」，活字本作「昭」。

〔五〕四玉臺本此後另有阮籍、傅玄、張華、潘岳、石崇、左思詩，鄭本皆置於卷三陸機詩之前，參見該卷校記。

飲馬長城窟行

陳琳〔一〕

飲馬長城窟，水寒傷馬骨〔二〕。往謂長城吏〔三〕：慎莫稽留太原卒。官作自有程，舉築諧汝聲〔四〕。男兒寧當格鬥死，何能怫鬱築長城〔五〕？長城何連連，連連三千里。邊城多健兒〔六〕，内舍多寡婦。作書與内舍：便嫁莫留住，善事新姑嫜〔七〕，時時念我故夫子。報書與邊地〔八〕：君今出語一何鄙〔九〕！身在禍難中，何爲稽留他家子！生兒慎莫舉〔一〇〕，生女哺用脯〔一一〕。君獨不見長城下〔一二〕，死人骸骨相撐拄〔一三〕！結髮行事君，慊慊心意閒〔一四〕。明知邊地苦〔一五〕，賤妾何能久自全？

【校記】

〔一〕此首書鈔一四五酒食部四脯篇十六録「脯」一韻，無署名，題作「古樂府」。類要三六邊塞風景録「骨」、「聲」、「城」、「里」、「婦」、「拄」六韻，無題；同書三六總叙邊備録「脯」、「拄」二韻，題作「飲馬長城窟侍大」。樂府詩集三八録全篇。「飲馬長城窟行　陳琳」，兩抄本、趙本均作「陳琳飲馬長城窟行一首」，其中翁抄本「城」作「成」。按，活字本目錄中「行」下有「一首」二字。四玉臺本此首均置於卷一蔡邕飲馬長城窟行之後。

〔二〕「水」，馮抄本作「冰」。「寒」，類要作「塞」。

〔三〕「往」，活字本作「請」。

〔四〕「諧」，類要作「詣」。「聲」，類要作「反」。

〔五〕「何」，類要作「不」。

〔六〕「兒」，兩抄本、趙本、類要、樂府詩集均作「少」。

〔七〕「婷」，兩抄本、趙本均作「章」。

〔八〕「與」，兩抄本、趙本、樂府詩集均作「往」。

〔九〕「一」，馮抄本原作「太」，經塗改後作「一」，無「宋本」印。

〔一〇〕「兒」，四玉臺本、書鈔、類要、樂府詩集均作「男」。

〔一一〕「脯」，類要作「腑」。

〔一二〕「君」，類要無此字。「下」，類要作「不」。

〔一三〕「撑」，兩抄本均作「樘」，趙本作「撐」；此字同類異文，以下不再出校。「拄」，類要作「柱」。

〔一四〕「閒」，活字本作「間」，兩抄本、趙本、樂府詩集均作「關」。

〔一五〕「明知」二字，兩抄本、趙本、樂府詩集均無。

雜詩五首

徐幹〔一〕

【校記】

〔一〕「雜詩五首　徐幹」，兩抄本均作「徐幹詩五首室思一首」，其中馮抄本「幹」之「仐」部似經塗改而成，無「宋本」印，翁抄本「幹」作「斡」；趙本作「徐幹室思一首」。按，活字本目録中無「雜」字，兩抄本目録中均無「徐幹」署名，趙本目録中「徐幹」下有「詩二首」三字。又，四玉臺本徐幹詩均置於卷一陳琳飲馬長城窟行之後。

其一〔一〕

沉陰結愁憂，愁憂爲誰興？念與君相别〔二〕，各在天一方。良會未有期，中心摧且傷。不聊憂餐食，慊慊常饑空。端坐而無爲，仿佛君容光。

【校記】

〔一〕「其一」二字，兩抄本均無，以下四首，兩抄本亦均無「其×」字樣，不再分别出校。按，鄭本、活字本、兩抄本徐幹名下以下六首詩，趙本作一首六章，各章相連不换行，章末分别注以「其一」、「其二」等字。

〔二〕「相」，兩抄本、趙本均作「生」。

其二

峨峨高山首，悠悠萬里道。君去日已遠〔一〕，鬱結令人老。人生一世間，忽若暮春草。時不可再得，何爲自愁惱？每誦昔鴻恩，賤軀焉足保！

【校記】

〔一〕「日已」，兩抄本、趙本均作「已日」。

其三〔一〕

浮雲何洋洋，願因通我辭。飄飄不可寄〔二〕，徙倚徒相思〔三〕。人離皆復會，君獨無返期〔四〕。自君之出矣，明鏡暗不治〔五〕。思君如流水，何有窮已時。

【校記】

〔一〕此首類聚三二人部十六閨情録全篇，題作「室思」。

〔二〕「飄飄」，兩抄本均作「飄颻」，趙本作「飄颻」，類聚作「一逝」。按，凡「飄」、「颻」一類異文，以下不再出校。

〔三〕「徙倚徒相思」，類聚作「嘯歌久踟蹰」。

〔四〕「君」，類聚作「我」。

〔五〕「暗」，類聚作「開」。

其四

慘慘時節盡，蘭華凋復零。喟然長嘆息〔一〕，君期慰我情〔二〕。展轉不能寐，長夜何綿綿。躡履起出户，仰觀三星連。自恨志不遂，泣涕如涌泉。

【校記】

〔一〕「息」，活字本作「君」。

〔二〕「君」，活字本作「息」。

其五〔一〕

思君見巾櫛〔二〕，以益我勞勤〔三〕。安得鴻鸞羽，覯此心中人！誠心亮不遂〔四〕，搔首立悁悁。何言一不見〔五〕，復會無因緣〔六〕。故然比目魚〔七〕，今隔如參辰。

【校記】

〔一〕此首御覽七一四服用部十六梳篦録「勤」一韻，題作「涂岑詩」。

〔二〕「君見」，御覽作「見君」。

〔三〕「益」，御覽作「弭」。「勞勤」，兩抄本均作「勤勞」。

〔四〕「亮」，兩抄本均作「高」。

〔五〕「見」，兩抄本均作「復」。

〔六〕「復」，兩抄本均作「見」。

〔七〕「然」，兩抄本、趙本均作「如」。

室思〔一〕

人靡不有初，想君能終之。別來歷年歲，舊恩何可期〔二〕？重新而忘故，君子所猶譏〔三〕。寄身雖在遠，豈忘君須臾！既厚不爲薄，想君時見思。

【校記】

〔一〕「室思」，兩抄本、趙本均無此行。按，活字本目録中「思」下有「詩一首又」四字。兩抄本「室思一首」之題置於「徐幹詩五首」之下，其詩亦置於該題下五首詩之後。趙本則以鄭本徐幹名下雜詩五首和室思一首爲一詩六章，題作「室思一首」；參見此前「雜詩五首 徐幹」題注。

〔二〕「恩」，四玉臺本均作「思」。

〔三〕「猶」，兩抄本、趙本均作「尤」。

情詩〔一〕

高殿鬱崇崇，廣厦凄冷冷〔二〕。微風起閨闥，落日照階庭。踟躕雲屋下，笑歌倚華楹〔三〕。君行殊不返，我飾爲誰榮〔四〕？爐薰闔不用，鏡匣上塵生。綺羅失常色，金翠暗無精。嘉肴既忘御，旨酒亦常停。顧瞻空寂寂，惟聞燕雀聲。憂思連相屬〔五〕，中心如宿酲。

【校記】

〔一〕「情詩」，兩抄本、趙本均作「情詩一首」。按，活字本目録中「詩」下有「一首又」三字，兩抄本目録中題下均署「徐幹」。

〔二〕「泠泠」，活字本、趙本、翁抄本均作「泠泠」，馮抄本作「泠泠」。

〔三〕「笑」，兩抄本、趙本均作「嘯」。

〔四〕「餙」，四玉臺本均作「飾」；按，此字同類異文，以下徑改作繁體正字，不再出校。

〔五〕「屬」，兩抄本、趙本均作「囑」。

雜詩二首并序

王宋〔一〕

王宋者，平虜將軍劉勳妻也〔二〕。後勳悦山陽司馬氏女，以宋無子，出之。

還，于道中賦此〔三〕。

【校記】

〔一〕「雜詩二首并序　王宋」，兩抄本、趙本均作「劉勳妻王氏雜詩二首并序」。按，鄭本目錄中無「并序」二字，活字本目錄中「王」前有「劉勳妻」三字。又，四玉臺本此詩均置於曹植詩之前。

〔二〕「也」，活字本此字下有「入門二十年」五字，兩抄本、趙本均有「入門二十餘年」六字。

〔三〕「賦此」，活字本作「作詩」，兩抄本、趙本均作「作詩二首」。

其一〔一〕

翩翩床前帳〔二〕，張以蔽光暉〔三〕。昔將爾同去〔四〕，今將爾同歸〔五〕。緘藏篋笥裏，當復何時披？

【校記】

〔一〕此首類聚一九人部十三別上録全篇，署「魏文帝」，題作「代劉勳出妻王氏詩」。「其一」二字，兩抄本、趙本均無。

〔二〕「翩翩」，馮抄本原似作「翩翩」，經塗改後作「翩翩」，無「宋本」印；翁抄本作「翩翩」。

〔三〕「張」，類聚作「可」。

〔四〕「同」，兩抄本、趙本均作「共」。

〔五〕「同」，類聚作「共」。

其二〔一〕

誰言去婦薄？去婦情更重。千里不唾井，况乃昔所奉。遠望未爲遥，踟蹰不得并〔二〕。

【校記】

〔一〕「其二」二字，兩抄本、趙本均無。按，兩抄本此首均與上首連抄，馮抄本以黑黄色綫相隔，無「宋本」印。

〔二〕「并」，活字本作「住」，兩抄本、趙本均作「往」。

卷三〔一〕

【校記】

〔一〕此卷作者及其詩作，四玉臺本除不收者外，均分見於卷二和卷三，其排列次序和作者署名相異者見各詩校記。

咏懷詩二首

阮籍〔一〕

【校記】

〔一〕「咏懷詩二首　阮籍」，兩抄本、趙本均作「阮籍咏懷詩二首」，其中兩抄本「籍」作「藉」。按，四玉臺本阮籍此題下二詩均置於卷二魏明帝詩之後。

其一〔一〕

二妃游江濱，逍遥從風翔〔二〕。交甫解環佩〔三〕，婉孌有芬芳〔四〕。猗靡情歡愛〔五〕，千載不相忘〔六〕。傾城迷下蔡，容好結中腸〔七〕。感激生憂思，萱草樹蘭房。膏沐爲誰施？其雨怨朝陽。如何金石交〔八〕，一旦更離傷〔九〕！

【校記】

〔一〕此首文選二三録全篇，爲咏懷詩十七首之第二首。類聚一八人部二美婦人録「翔」、「芳」、「忘」、「腸」、「房」五韻，初學記一九美婦人下蔡分别于兩處録「翔」、「芳」、「腸」三韻和「翔」、「芳」、「忘」、「腸」、「房」五韻，御覽三八一人事部二十二美婦人下録「翔」、「芳」二韻，均無題。

「其二」二字，兩抄本、趙本均無。

〔二〕「逍」，初學記第二處作「適」。「從」，文選、初學記、御覽均作「順」。

〔三〕「解環」，文選、類聚均作「懷環」，初學記、御覽均作「懷玉」。

〔四〕「變」，類聚作「婉」。

〔五〕「猗」，類聚、初學記均作「綺」。

〔六〕「載」，類聚作「歲」。

〔七〕「容好」，兩抄本均作「客好」，類聚作「容華」。「中」，初學記第二處作「衷」。

〔八〕「石」，兩抄本、趙本均作「磬」。

〔九〕「更」，活字本作「便」。

其二〔一〕

昔日繁華子，安陵與龍陽。夭夭桃李花，灼灼有輝光。悦懌若九春〔二〕，磬拆似秋霜〔三〕。流盻發媚姿〔四〕，言笑吐芬芳。携手等歡愛〔五〕，宿昔同衾裳〔六〕。願爲雙飛鳥，比翼共翱翔。丹青著明誓，永世不相忘〔七〕。

【校記】

〔一〕此首文選二三録全篇，爲咏懷詩十七首之第四首。「其二」二字，兩抄本、趙本均無。

〔二〕「悦」，兩抄本均作「恱」。

〔三〕「磬拆」，活字本、趙本、文選均作「磬折」，兩抄本均作「聲折」。

〔四〕「盻」，四玉臺本、文選均作「眄」。「媚姿」，文選作「姿媚」。

〔五〕「歡」，兩抄本均作「懽」。

〔六〕「衾」，文選作「衣」。

〔七〕「永世」，文選作「千載」，其下注「善本作永世」。

青青河邊草篇

傅玄〔一〕

青青河邊草，悠悠萬里道。草生在春時，遠道還有期〔二〕。春至草不生〔三〕，期盡嘆無聲〔四〕。感物懷思心，夢想發中情。夢君如鴛鴦〔五〕，比翼雲間翔。既覺寂無見，曠如參與商。夢君結同心，比翼游北林。既覺寂無見，曠如商與參〔六〕。河洛自用固，不如中岳安。回流不及返〔七〕，浮雲往自還。悲風動思心，悠悠誰知者？懸景無停居，忽如馳駟馬。傾耳懷音響，轉日泪雙墮〔八〕。生存無會期，要君黄泉下。

【校記】

〔一〕此首類聚四一樂部一論樂録「道」、「期」、「聲」、「情」、「翔」、「商」六韻，樂府詩集三八録全篇，均題作「飲馬長城窟行」。「青青河邊草篇　傅玄」，活字本此詩題作兩行，其首行題「樂府七首　傅玄」，次行題「青青河邊草篇」；兩抄本均作「青青河邊草篇　傅玄樂府七首」；趙本作「傅玄青青河邊草篇」。按，鄭本目録中「邊」作「畔」，活字本、兩抄本目録中「樂府」下有「詩」字，趙本目録中「傅玄」下有「樂府詩七首」五字，四玉臺本目録傅玄樂府詩七首下均無具體詩題。又，四玉臺本傅玄此下各詩均置於卷二阮籍詩之後。

〔二〕「遠」，類聚作「還」。

〔三〕「草不」，活字本作「不草」。

〔四〕「嘆」，類聚作「漠」。

〔五〕「如」，類聚作「若」。

〔六〕「夢君結同心比翼游北林既覺寂無見曠如商與參」二十字，兩抄本、趙本、樂府詩集均無。

〔七〕「及返」，活字本作「汲汲」，兩抄本、趙本均作「及反」。

〔八〕「日」，四玉臺本、樂府詩集均作「目」。

苦相篇〔一〕

苦相身爲女〔二〕，卑陋難再陳〔三〕。男兒當門户〔四〕，墮地自生神。雄心志四海，萬里望風塵。女育無欣愛〔五〕，不爲家所珍。長大逃深室，藏頭羞見人。垂泪適他鄉〔六〕，忽如雨絶雲。低頭和顔色，素頰結朱脣〔七〕。跪拜無復數，婢妾如嚴賓。情合雙雲漢〔八〕，葵藿仰陽春〔九〕。心乖甚水火〔一〇〕，百惡集其身。玉顔隨年變，丈夫多好新。昔爲形與影，今爲胡與秦。胡秦時相見，一絶逾參辰。

【校記】

〔一〕此首類聚四一樂部一論樂録「陳」、「神」、「塵」、「珍」、「新」、「秦」六韻，題作「豫章行」。類要二二總叙初生録「陳」、「神」二韻，無題。樂府詩集三四録全篇，題作「豫章行苦相篇」。「苦相篇」，活字本作「豫章行」，兩抄本、趙本均作「苦相篇　豫章行」。

〔二〕「苦相」，類要作「若根」。

〔三〕「卑」，類聚作「早」。

〔四〕「男兒」，四玉臺本、樂府詩集均作「兒男」；又，樂府詩集其下注「一作男兒」。

〔五〕「愛」，類聚作「慶」。

〔六〕「垂」，兩抄本、趙本、樂府詩集均作「無」。

〔七〕「頰」，兩抄本、趙本、樂府詩集均作「齒」。

〔八〕「雙」，兩抄本、趙本、樂府詩集均作「同」。

〔九〕「仰」，活字本作「傾」。

〔一〇〕「水」，活字本作「冰」。

有女篇〔一〕

有女懷芬芳，提提步東廂〔二〕。蛾眉分翠羽〔三〕，明目發清揚〔四〕。丹唇翳皓齒，秀色若珪璋〔五〕。巧笑露歡靨〔六〕，衆媚不可詳。容儀希世出〔七〕，無乃古毛嬙。頭安金步摇〔八〕，耳繫明月璫。珠環約素腕，翠爵垂鮮光〔九〕。文袍綴藻黼，玉體映羅裳。容華既以艷〔一〇〕，志節擬秋霜。徽音冠青雲〔一一〕，聲響流四方。妙哉英媛德，宜配侯與王。靈應萬世合，日月時相望。媒氏陳束帛，羔雁鳴前堂。百兩盈中路，起若鸞鳳翔。凡夫徒踴躍〔一二〕，望絶殊參商〔一三〕。

【校記】

〔一〕此首書鈔一三五録「璫」一韻，題作「樂府艷歌行」。類聚一八人部二美婦人録「廂」、「揚」、「璋」、「嬙」、「璫」、「光」、「霜」七韻，無題；同書四二樂部二樂府録「揚」、「璋」、「霜」三韻，題作「艷歌行」。初學記一九美婦人、御覽三八一人事部二十二美婦人下録「廂」、「揚」、「璋」、「詳」、

「嫱」、「瑠」六韻，均無題。樂府詩集三九録全篇，題作「艷歌行有女篇」。「有女篇」，活字本作「艷歌行」，兩抄本、趙本均作「有女篇　艷歌行」。

〔二〕「提提」，兩抄本、趙本、類聚、初學記、御覽、樂府詩集均作「媞媞」。「厢」，兩抄本、趙本均作「箱」。

〔三〕「分翠羽」，類聚一八作「若雙翠」，初學記、御覽均作「雙翠羽」。

〔四〕「目」，活字本作「發」，類聚一八、初學記、御覽、樂府詩集均作「眸」，類聚四二作「月」。「發」，活字本作「目」。「揚」，活字本、兩抄本、類聚均作「陽」，初學記、御覽均作「光」。

〔五〕「色」，類聚一八、初學記、御覽均作「顔」。

〔六〕「露歡靨」，兩抄本、趙本均作「露權靨」，初學記、御覽均作「露靨輔」，樂府詩集作「雲權靨」。

〔七〕「容」，類聚、初學記、御覽、樂府詩集均作「令」。

〔八〕「頭安」，書鈔、類聚、初學記、御覽均作「首戴」；又，樂府詩集此句下注「一作首戴金步摇」。

〔九〕「爵」，類聚、樂府詩集均作「羽」。

〔一〇〕「以」，類聚一八、樂府詩集均作「已」。

〔一一〕「徽」，樂府詩集作「微」。「青」，兩抄本均作「清」。

〔一二〕「凡」，兩抄本、趙本均作「兄」。

〔一三〕「殊」，馮抄本原作「如」，經塗改後作「殊」，有「宋本」印。

朝時篇〔一〕

昭昭朝時日，皎皎晨明月〔二〕。十五入君門，一别終華髮。同心忽異離，曠若胡與越〔三〕。胡越有會時，參辰遼且闊。形影雖仿佛〔四〕，音聲寂無達。纖弦感促柱，觸之哀聲發。情思如循環，憂來不可遏。塗山有餘恨，詩人咏采葛。蜻蛚吟床下〔五〕，回風起幽闥。春榮隨露落〔六〕，芙蓉生木末。自傷命不遇，良辰永乖别。已爾可奈何，譬如紈素裂。孤雌翔故巢，星流光景絶。魂神馳萬里，甘心要同穴。

【校記】

〔一〕此首樂府詩集四二録全篇，題作「怨歌行朝時篇」。「朝時篇」，活字本作「怨歌行」，兩抄本、趙本均作「朝時篇　怨歌行」。

〔二〕「晨」，樂府詩集作「最」。

〔三〕「若」，四玉臺本、樂府詩集均作「如」。

〔四〕「雖」，兩抄本、趙本、樂府詩集均作「無」。

〔五〕「蛚」，活字本作「蚓」。

〔六〕「露」，樂府詩集作「路」。

明月篇〔一〕

皎皎明月光，灼灼朝日輝。昔爲春蠶絲〔二〕，今爲秋女衣。丹唇列素齒〔三〕，翠彩發蛾眉〔四〕。嬌子多好言，歡合易爲姿。玉顔盛有時〔五〕，秀色隨年衰。常恐新間舊，變故興細微。浮萍無根本〔六〕，非水將何依？憂喜更相接，樂極還自悲〔七〕。

【校記】

〔一〕此首類聚四一樂部一論樂録「衣」、「眉」、「衰」、「微」、「依」五韻，題作「怨詩」。樂府詩集六五録全篇。

〔二〕「蠶」，活字本、馮抄本均作「蠒」，趙本作「繭」，翁抄本作「璽」。「絲」，類聚作「緒」。

〔三〕「列」，類聚作「形」。

〔四〕「蛾」，兩抄本、趙本、類聚均作「娥」。

〔五〕「玉」，活字本作「王」。「盛」，類聚作「虧」。

〔六〕「無根本」，類聚、樂府詩集均作「本無端」；又，樂府詩集此句下注「一作浮萍無根本」。

〔七〕「還自」，兩抄本、趙本均作「自還」。

秋蘭篇〔一〕

秋蘭蔭玉池，池水清且芳〔二〕。芙蓉隨風發，中有雙鴛鴦。雙魚自踴躍〔三〕，兩鳥時回翔〔四〕。君期歷九秋〔五〕，與妾同衣裳。

【校記】

〔一〕此首類聚八一藥香草部蘭、初學記二七蘭、御覽九八三香部三蘭香均録「芳」、「翔」二韻，題作「咏秋蘭詩」。樂府詩集六四録全篇。

〔二〕「清且芳」，類聚作「清其芳」，樂府詩集作「且芳香」。

〔三〕「踴躍」，樂府詩集作「湧濯」。

〔四〕「回」，類聚、樂府詩集均作「迴」，初學記、御覽均作「徊」。

〔五〕「期」，樂府詩集作「其」，其下注「一作期」。

西長安行

所思兮何在？乃在西長安。何用存問妾？香襆雙珠環〔一〕。何用重存問？羽爵翠琅玕。今我兮聞君，更有兮異心。香亦不可燒，環亦不可沉。香燒日有歇，環沈日自深。

【校記】

〔一〕「襆」，馮抄本原似同，經塗改後作「橙」，無「宋本」印。

和秋胡行〔一〕

秋胡納令室，三日宦他鄉〔二〕。皎皎潔婦姿，冷冷守空房〔三〕。嬿婉不終夕〔四〕，別如參與商。憂來猶四海，易感難可防。人言生日短，愁者苦夜長。百草揚春華〔五〕，攘腕采柔桑。素手尋繁枝，落葉不盈筐。羅衣翳玉體，迴目流彩章。君子倦任歸〔六〕，車馬如龍驤。精誠馳萬里，既去兩相忘〔七〕。行人悦令色〔八〕，借息此路傍〔九〕。誘以逢卿喻〔一〇〕，遂下黄金裝。烈烈貞女忿，言辭厲秋霜。長驅及居室〔一一〕，奉金升北堂。母立呼婦來，歡情樂未央。秋胡見此婦，惕然懷探湯。負心豈不慚？永誓非所望。清濁自異源〔一二〕，鳬鳳不并翔。引身赴長流，果哉潔婦腸！彼夫既不淑，此婦亦太剛〔一三〕。

【校記】

〔一〕此首類聚一八人部二賢婦人録「鄉」、「房」、「商」、「忘」、「傍」、「裝」六韻，題作「秋胡詩」。樂府詩集三六録全篇，題作「秋胡行」。「和秋胡行」，活字本作「和班氏詩一首　傅玄」，兩抄本、趙本均作「和班氏詩一首」。按，活字本目録中「傅玄」作「又」，兩抄本目録中題下均署「傅玄」。

〔二〕「宦」，樂府詩集作「官」。

〔三〕「冷冷」，活字本、趙本、翁抄本、類聚、樂府詩集均作「泠泠」，馮抄本作「泠冷」。

〔四〕「嫶婉」，類聚作「嫶娩」，樂府詩集作「燕婉」。「夕」，活字本作「久」。

〔五〕「揚」，翁抄本作「楊」。
〔六〕「任」，兩抄本、趙本、樂府詩集均作「仕」。
〔七〕「去」，四玉臺本、類聚、樂府詩集均作「至」。
〔八〕「令色」，兩抄本均作「令顔」，趙本、類聚、樂府詩集均作「令顔」。
〔九〕「借」，四玉臺本均作「請」；樂府詩集作「情」，其下注「一作借」。「路」，兩抄本、趙本、類聚、樂府詩集均作「樹」。
〔一〇〕「誘」，類聚作「言」。「卿」，四玉臺本均作「郎」。
〔一一〕「居」，活字本作「君」。
〔一二〕「自」，兩抄本、趙本、樂府詩集均作「必」。
〔一三〕「太」，兩抄本、趙本均作「大」。

情詩五首　張華〔一〕

【校記】

〔一〕「情詩五首　張華」，趙本作「張華情詩五首」。按，四玉臺本張華此下各詩均置於卷二傅玄詩之後。

其一〔一〕

北方有佳人，端坐鼓鳴琴。終晨撫管弦，日夕不成音〔二〕。憂來結不解，我思存所欽。君子尋時役，幽妾懷苦辛〔三〕。初爲三載別，於今久滯淫。昔耶生户牖〔四〕，庭内自成陰〔五〕。翔鳥鳴翠隅〔六〕，草蟲相和吟〔七〕。心悲易感激，俯仰泪流衿。願托晨風翼，束帶侍衣衾。

【校記】

〔一〕此首書鈔一〇九樂部九琴録「琴」、「音」二韻，無題。類聚三二人部十六閨情録「琴」、「音」、「欽」三韻。「其一」二字，兩抄本、趙本均無；其下四首，兩抄本、趙本亦均無「其×」字樣，不再分别出校。

〔二〕「日」，書鈔作「旦」。

〔三〕「辛」，四玉臺本均作「心」。

〔四〕「耶」，活字本、兩抄本均作「柳」，趙本作「邪」。

〔五〕「陰」，兩抄本、趙本均作「林」。

〔六〕「隅」，活字本、兩抄本均作「偶」。

〔七〕「蟲」，趙本作「蝨」；此字同類異文，以下不再出校。

其二〔一〕

明月曜清景，曨光照玄墀〔二〕。幽人守静夜，迴身入空惟〔三〕。束帶俟將朝，廓落晨星稀。寢假交精爽〔四〕，覿我佳人姿。巧笑媚歡靨〔五〕，聯娟眸與眉〔六〕。寐言增長嘆，凄然心獨悲。

【校記】

〔一〕「其二」二首，馮抄本與第一、第三首連抄，之間以紅綫相隔，有「宋本」印。翁抄本第一、二首均結束于一行末字。

〔二〕「曨」，趙本作「朧」。

〔三〕「惟」，四玉臺本均作「帷」。

〔四〕「寢」，活字本作「寐」，兩抄本均作「寐」，趙本作「寐」；按，凡「寐」、「寐」、「寐」一類異文，以下不再出校。「精」，兩抄本均作「情」。

〔五〕「歡」，兩抄本、趙本均作「權」。

〔六〕「娟」，趙本作「媚」。

其三〔一〕

清風動帷簾，晨月燭幽房〔二〕。佳人處遐遠，蘭室無容光。衿懷擁虛景〔三〕，輕衾覆空床。居歡惜夜促〔四〕，在戚怨宵長。撫枕獨吟嘆〔五〕，綿綿心內傷〔六〕。

【校記】

〔一〕此首唐寫本殘存「覆空床」、「心內」五字。文選二九録全篇。

〔二〕「燭」，文選此字下注「善本作照」。

〔三〕「虛」，文選此字下注「善本作靈」。

〔四〕「歡」，兩抄本均作「權」。「惜」，兩抄本均作「借」，文選此字下注「善本作惕」。

〔五〕「撫」，文選此字下注「善本作拊」。「吟」，文選作「嘯」。

〔六〕「綿綿」，文選作「感慨」。

其四〔一〕

君居北海陽，妾在江南陰〔二〕。懸邈修塗遠〔三〕，山川阻且深。承歡注隆愛，結分投所欽。銜恩篤守義〔四〕，萬里托微心〔五〕。

【校記】

〔一〕此首唐寫本殘存「綿邈修」、「銜思守」六字。類聚三二人部十六閨情録全篇。

〔二〕「江南」，兩抄本、趙本均作「南江」。

〔三〕「懸邈修塗遠」，唐寫本殘存此句前三字作「綿邈修」，類聚作「懸貌極修途」。

〔四〕「銜恩篤守義」，唐寫本殘存此句前三字作「銜思守」，活字本、類聚均作「銜恩守篤義」，馮抄本、趙本均作「銜思守篤義」，翁抄本作「銜思守蔦義」。

〔五〕「微」，活字本作「徵」。

其五〔一〕

游目四野外〔二〕，逍遥獨延佇。蘭蕙緣清渠〔三〕，繁華蔭緑渚〔四〕。佳人不在兹，取此欲誰與〔五〕？巢居覺風寒〔六〕，穴處識陰雨〔七〕。未曾遠別離〔八〕，安知慕儔侶？

【校記】

〔一〕此首唐寫本殘存「蘭蕙」二字及「渚」以下三十一字。文選二九、類聚三二人部十六閨情均録全篇。

〔二〕「目」，兩抄本、趙本均作「自」。

〔三〕「清渠」，兩抄本均作「情蕖」，趙本作「清蕖」。

〔四〕「繁」，活字本作「繫」。「蔭」，類聚作「陰」。「緑」，類聚作「渌」。「渚」，活字本作「墅」，翁抄本此字原同，後用紅筆抹去「氵」旁作「者」。

〔五〕「此」，類聚作「之」。

〔六〕「覺風寒」，唐寫本作「覺風飆」，四玉臺本均作「覺風飄」，文選作「知風寒」，類聚作「知寒風」。

〔七〕「識」，類聚作「知」。

〔八〕「未」，文選、類聚均作「不」。

雜詩二首

其一〔一〕

逍遥游春空〔二〕，容與緑池阿〔三〕。白蘋開素葉〔四〕，朱草茂丹華。微風摇茝若〔五〕，增波動芰荷〔六〕。榮彩曜中林〔七〕，流馨入綺羅〔八〕。王孫游不歸，修路邈以遐〔九〕。誰與玩遺芳，佇立獨咨嗟。

【校記】

〔一〕此首唐寫本存全篇。「其一」二字，唐寫本、兩抄本、趙本均無，活字本作「其一　張華」。

〔二〕「空」，唐寫本、兩抄本、趙本均作「宮」。

〔三〕「緑池阿」，唐寫本作「緣池河」，活字本作「緑流阿」。

〔四〕「開」，唐寫本、兩抄本、趙本均作「齊」。

〔五〕「茝」，唐寫本作「蕖」。

〔六〕「增」，活字本作「層」。

〔七〕「榮彩」，馮抄本作「榮榮」，翁抄本作「榮采」；按，兩抄本第二字均係紅筆補入，馮抄本無「宋本」印。

〔八〕「馨」，唐寫本作「聲」。

〔九〕「邈以」，唐寫本作「以邈」。

其二〔一〕

荏苒日月運，寒暑忽流易。同好逝不存〔二〕，迢迢遠離析〔三〕。房櫳自來風〔四〕，户庭無行迹。蒹葭生床下，蛛蝥網四壁〔五〕。懷思豈不隆？感物重鬱積。游雁比翼翔，歸鴻知接翮。來哉彼君子，無愁徒自隔〔六〕。

【校記】

〔一〕此首唐寫本存全篇。　「其二」二字，唐寫本、兩抄本、趙本均無。

〔二〕「逝」，四玉臺本均作「游」。

〔三〕「迢迢」，唐寫本作「茗茗」，四玉臺本均作「苕苕」。　「遠」，唐寫本作「久」。　「析」，唐寫本、活字本、趙本均作「析」，兩抄本均作「扸」。

〔四〕「櫳」，兩抄本均作「攏」。

〔五〕「網」，唐寫本作「䋄」，活字本作「綱」，兩抄本、趙本均作「納」。「璧」，兩抄本、趙本均作「壁」。

〔六〕「愁」，唐寫本作「然」。「隔」，兩抄本均作「隔」，趙本作「隔」；此字同類異文，以下不再出校。

内顧詩二首　潘岳〔一〕

【校記】

〔一〕「内顧詩二首　潘岳」，唐寫本作「潘岳詩四首（内顧二首　悼亡二首）内顧二首」。兩抄本均作「内顧詩二首」，馮抄本下端原有「潘岳」二字，後被紅黑色塗圈，無「宋本」印；趙本作「潘岳内顧詩二首」。按，兩抄本目録中題下均署「潘岳」。四玉臺本潘岳此下各詩均置於卷二張華詩之後。

其一〔一〕

靜居懷所歡，登城望四澤。春草鬱青青，桑柘何奕奕〔二〕。芳林振朱榮〔三〕，淥水激素石〔四〕。初征冰未泮，忽然袗絺綌〔五〕。漫漫三千里，迢迢遠行客〔六〕。馳情戀朱顔，寸陰過盈尺。夜愁極清晨，朝悲終日夕。山川信悠永〔七〕，願言良弗獲〔八〕。引領訊歸雲〔九〕，沉思不可釋。

【校記】

〔一〕此首唐寫本存全篇。類聚三二人部十六閨情録全篇。「其一」二字，唐寫本、兩抄本、趙本均無。

〔二〕「柘」，唐寫本作「柏」，類聚作「者」。「奕奕」，唐寫本作「弈弈」，兩抄本、類聚均作「弈弈」。

〔三〕「芳」，類聚作「丹」。

〔四〕「渌」，趙本作「緑」。

〔五〕「然」，唐寫本、四玉臺本、類聚均作「焉」。「袗」，唐寫本作「搙」，兩抄本、趙本、類聚均作「振」。「綌」，唐寫本作「絃」，兩抄本均作「綋」。

〔六〕「迢迢」，唐寫本作「若若」，四玉臺本均作「苕苕」。

〔七〕「信」，類聚作「自」。

〔八〕「弗」，類聚作「不」。

〔九〕「引領訊歸雲」，唐寫本作「引領訴歸雲」，類聚作「别嶺訴歸期」。

其二〔一〕

獨悲安所慕〔二〕，人生若朝露。綿邈寄絶域，眷戀想平素〔三〕。爾情既來追，我心亦還顧。形體隔不達，精爽交中路。不見山下松〔四〕，隆冬不易故？不見澗邊柏〔五〕，歲寒守一度〔六〕？無謂希見疏〔七〕，在遠分彌固。

【校記】

〔一〕此首唐寫本存全篇。「其二」二字，唐寫本、兩抄本、趙本均無。

〔二〕「慕」，唐寫本作「暮」。

〔三〕「想」，唐寫本作「相」。

〔四〕「下」，唐寫本、兩抄本、趙本均作「上」。

〔五〕「澗邊」，唐寫本作「陵間」，四玉臺本均作「陵澗」。

〔六〕「歲寒」一句，兩抄本與前一句之間分別空兩格和三格，并另行頂格，馮抄本無「宋本」印。

〔七〕「見」，兩抄本、趙本均作「是」。

悼亡詩二首〔一〕

【校記】

〔一〕「悼亡詩二首」，唐寫本作「悼亡二首」，活字本作「悼亡詩二首　潘岳」。按，活字本目録中「潘岳」作「又」，兩抄本目録中題下均署「潘岳」。

其一〔一〕

荏苒冬春謝〔二〕，寒暑忽流易。之子歸窮泉，重壤永幽隔。私懷誰克從〔三〕？淹留亦何益！僶俛恭朝命，迴心返初役〔四〕。望廬思其人，入室想所歷。幃屏無仿佛〔五〕，翰墨有餘迹〔六〕。流芳未及歇，遺挂猶在壁〔七〕。悵怳如或存〔八〕，周遑忡驚惕〔九〕。如彼翰林鳥，雙栖一朝隻〔一〇〕。如彼游川魚，比目中路析〔一一〕。春風緣隙來〔一二〕，晨溜依檐滴〔一三〕。寢息何時忘，沈憂日盈積。庶幾有時衰〔一四〕，莊缶猶可擊。

【校記】

〔一〕此首唐寫本存全篇。文選二三録全篇，類聚三四人部十八哀傷録「易」、「隔」、「歷」、「迹」、「壁

（璧）」、「惕」、「隻」、「析」八韻。「其一」二字，唐寫本、兩抄本、趙本均無。

〔二〕「荏苒」，活字本作「苒荏」。「冬春」，唐寫本作「春冬」。

〔三〕「克」，唐寫本作「尅」；文選作「剋」，其下注「善本作克」。

〔四〕「迥」，唐寫本作「迴」。

〔五〕「幃」，唐寫本作「愇」，類聚作「帷」。

〔六〕「翰」，唐寫本作「朝」。

〔七〕「挂」，唐寫本作「桂」。「璧」，唐寫本、四玉臺本、文選、類聚均作「壁」。

〔八〕「悵恍」，馮抄本作「帳⿰巾旁」，趙本、翁抄本均作「帳幔」，類聚作「悵脱」。按，翁抄本「幔」右邊有一小紅圈，其頁底紅筆寫一「帆」字。

〔九〕「周遑」，唐寫本作「周皇」，四玉臺本均作「回遑」，文選作「周惶」，類聚作「迴遑」。

〔一〇〕「栖」，唐寫本、文選均作「飛」；又，文選其下注「善本作栖」。

〔一一〕「析」，唐寫本、類聚均作「隔」，兩抄本均作「拆」。

〔一二〕「隙」，唐寫本、活字本、兩抄本均作「隟」；此字同類異文，以下不再出校。

〔一三〕「依檐滴」，唐寫本作「依簷滴」，文選作「承檐滴」。

〔一四〕「哀」，唐寫本、兩抄本、趙本、文選均作「衰」。

其二〔一〕

皎皎窗中月〔二〕，照我室南端〔三〕。清商應秋至，溽暑隨節闌。凜凜涼風升〔四〕，始覺夏衾單。豈曰無重纊〔五〕？誰與同歲寒〔六〕！歲寒無與同〔七〕，朗月何朧朧〔八〕。展轉眄枕席〔九〕，長簟竟床空〔一〇〕。床空委清塵，室虚來悲風。獨無李氏靈，彷彿睹爾容〔一一〕。撫衿長嘆息〔一二〕，不覺涕沾胸〔一三〕。沾胸安能已〔一四〕？悲嘆從中起〔一五〕。寢興目存形〔一六〕，遺音猶在耳。上慚東門吴，下愧蒙莊子。賦詩欲言志，零落具難紀〔一七〕。命也可奈何〔一八〕，長戚自令鄙〔一九〕。

【校記】

〔一〕此首唐寫本存全篇。文選二三録全篇，類聚三四人部十八哀傷録「端」、「闌」、「單」、「寒」、「朧」、「空」、「風」、「起」、「耳」九韻，御覽七〇七服用部九被録「單」、「寒」二韻，同書七〇八服用部十簟録「空」一韻。書鈔一五〇天部二月四録「朧」一韻，無題。事類賦五歲時部二秋賦録「端」、「闌」二韻，題作「古詩」。御覽二五時序部十秋下録「端」、「闌」、「單」三韻，署「陸機」。

「其二」二字，唐寫本、兩抄本、趙本均無。

〔二〕「皎皎」，兩抄本、趙本均作「皦皦」，事類賦、御覽均作「皦皦」。「月」，事類賦作「日」。

〔三〕「照」，唐寫本作「昭」。

〔四〕「風」，御覽二五作「氣」。

〔五〕「纊」，御覽作「瀇」。

〔六〕「誰」，御覽作「詩」。

〔七〕「無」，書鈔作「先」。

〔八〕「朧朧」，唐寫本作「曨曨」。

〔九〕「展」，文選作「輾」，其下注「善本作展」。「眄」，御覽作「睇」。

〔一〇〕「簟」，活字本作「簞」。

〔一一〕「睹」，唐寫本作「見」。

〔一二〕「衿」，馮抄本原似作「琴」，經塗改後作「衿」，有「宋本」印。

〔一三〕「胸」，唐寫本作「匈」。

〔一四〕「胸」，唐寫本作「匈」。「能」，文選作「寧」。按，明州本文選作「能」。

〔一五〕「嘆」，唐寫本、四玉臺本、文選、類聚均作「懷」。「起」，趙本作「起」；此字同類異文，以下不再出校。

〔一六〕「目」，唐寫本、四玉臺本、文選均作「自」；又，文選其下注「善本作目」。

〔一七〕「零落」，文選作「此志」。「具難」，唐寫本、四玉臺本、文選均作「難具」。

〔一八〕「命也」，唐寫本作「今世」。「可」，兩抄本、趙本均作「詩」。

〔一九〕「自令」，唐寫本作「令自」。

王昭君辭并序

石崇〔一〕

王明君者，本名王昭君〔二〕，以觸文帝諱，故改〔三〕。匈奴盛請婚於漢，元帝詔以後宫良家子明君配焉〔四〕。昔公主嫁烏孫，令琵琶馬上作樂〔五〕，以慰其道路之思。其送明君，亦必爾也〔六〕。其新造之曲多哀聲〔七〕，故叙之于紙云爾。

我本漢家子，將適單于庭。辭决未及終〔八〕，前驅已抗旌〔九〕。僕御涕流離，轅馬悲且鳴〔一〇〕。哀鬱傷五内，泣泪沾朱纓〔一一〕。行行日已遠，遂造匈奴城〔一二〕。延我于窮廬〔一三〕，加我閼氏名〔一四〕。殊類非所安〔一五〕，雖貴非所榮〔一六〕。父子見陵辱，對之慚且驚。殺身良未易〔一七〕，默默以苟生。苟生亦何聊〔一八〕，積思常憤盈〔一九〕。願假飛鴻翼〔一〇〕，乘之以遐征〔一一〕。飛鴻不我顧〔一二〕，佇立以屏營。昔爲匣中玉〔一三〕，今爲糞上英。朝華不足歡〔一四〕，甘與秋草并〔一五〕。傳語後世人，遠嫁難爲情。

【校記】

〔一〕此首唐寫本存全篇。文選二七録全篇，題作「王明君辭」。類聚四二樂部二樂府録「庭」、「旌」、「鳴」、「城」、「名」、「生」、「征」、「英」、「并」、「情」十韻，題作「明君辭」。樂府詩集二九録全篇，題作「王明君」。「王昭君辭并序　石崇」，唐寫本、趙本均作「石崇王昭君辭一首并序」，活字本、馮抄本均作「王昭君辭一首并序　石崇」，翁抄本作「王昭君辭一首并序」。按，兩抄本目録中「昭」均作「招」，其中馮抄本此字係塗改而成，有「宋本」印；翁抄本目録中題下署「石崇」。又，四玉臺本石崇此詩均置於卷二潘岳詩之後。

〔二〕「名」，唐寫本、四玉臺本均作「爲」。「昭」，唐寫本作「照」。

〔三〕「改」，唐寫本作「改改也」。

〔四〕「詔」，唐寫本、兩抄本、趙本均無此字。「子」，唐寫本、兩抄本、趙本均作「女子」。「君」，唐寫本無此字。

〔五〕「琵琶」，唐寫本作「琶琵」，兩抄本均作「琵琶」。「樂」，唐寫本作「曲」。

〔六〕「必」，唐寫本無此字。

〔七〕「新造」，唐寫本、兩抄本、趙本均作「造新」。「哀聲」，唐寫本作「悲哀之聲」，兩抄本均作「哀之聲」，趙本作「哀怨之聲」。又，兩抄本「其」字下均另行，馮抄本有「宋本」印。

〔八〕「決」，唐寫本、四玉臺本、文選、類聚、樂府詩集均作「訣」。

〔九〕「抗旌」，唐寫本作「杭旍」，兩抄本、趙本均作「抗旍」，類聚作「杭旌」。

〔一〇〕「悲且鳴」，唐寫本、四玉臺本均作「爲悲鳴」。

〔一一〕「泪」，唐寫本作「涕」。「沾」，文選此字下注「善本作濕」。「朱纓」，唐寫本、四玉臺本均作「珠瓔」，文選作「珠纓」。

〔一二〕「遂造」，唐寫本作「遂入」，四玉臺本均作「乃造」。「匈」，唐寫本作「凶」。

〔一三〕「窮廬」，唐寫本、兩抄本、趙本、文選、類聚、樂府詩集均作「穹廬」，活字本作「穹盧」。

〔一四〕「閼」，唐寫本作「闤」。

〔一五〕「非」，唐寫本作「悲」。

〔一六〕「雖」，唐寫本作「非」。

〔一七〕「殺」，活字本作「熬」，兩抄本均作「煞」。「未」，唐寫本、文選、類聚、樂府詩集均作「不」。

〔一八〕「苟生亦何聊」，活字本作「苟生亦聊積」。

〔一九〕「積」，活字本作「何」。

〔二〇〕「鴻」，唐寫本作「鳴」。

〔二一〕「乘」，唐寫本、類聚均作「弃」，四玉臺本、文選、樂府詩集均作「棄」。按，明州本文選作「乘」。

〔二二〕「鴻」，唐寫本作「鳴」。

〔二三〕「玉」，類聚作「琴」。

〔二四〕「朝」，唐寫本作「英」。「歡」，樂府詩集作「嘉」，其下注「一作歡」。

〔二五〕「與」，四玉臺本均作「爲」。「秋草」，活字本作「草秋」。

嬌女詩

左思〔一〕

吾家有嬌女〔二〕，皎皎頗白晳〔三〕。小字爲織素〔四〕，口齒自清歷〔五〕。鬢髮覆廣額〔六〕，雙耳似連璧。明朝弄梳臺，黛眉類掃迹。濃朱衍丹脣，黄吻瀾漫赤〔七〕。嬌女若連瑣〔八〕，忿速乃明愃。握筆利彤管，篆刻未期益。執書愛綈素，誦習矜所獲。其姊字惠芳〔九〕，兩目燦如畫〔一〇〕。輕妝喜樓邊〔一一〕，臨鏡忘紡績。舉觶擬京兆，立的成復易。玩弄眉頰間〔一二〕，劇兼機杼役。從容好趙舞，延袖像飛翮。上下弦柱際，文史輒卷襞。顧眄屏風畫〔一三〕，如見已指擿。丹青日塵暗，明義爲隱賾。馳騖翔園林〔一四〕，果下皆生摘〔一五〕。紅葩掇紫蔕〔一六〕，萍實驟抵擲〔一七〕。貪華風雨中〔一八〕，倏忽數百適〔一九〕。務躡霜雪戲，重綦常累積。并心注肴饌，端坐理盤槅。翰墨戢閑按〔二〇〕，相與數離逖。動爲罏鉦屈，屣履任之適〔二一〕。止爲荼菽據〔二二〕，吹噓對鼎䥶〔二三〕。脂膩漫白袖，烟薰染阿錫〔二四〕。衣破皆重施〔二五〕，難與沈水碧〔二六〕。任其孺子意，羞受長者責。瞥聞當與杖，淚掩俱向壁〔二七〕。

【校記】

〔一〕此首唐寫本殘存「吾家」及「齒自青歷」共六字。事類賦一七飲食部茶賦録「晣」、「歷」、「（數百）適」、「䥶」四韻，御覽三八一人事部二十二美婦人下録「晣」、「歷」、「壁」、「迹」四韻，同書八六七飲食部二十五茗録「晣」、「歷」、「畫」、「摘」、「（數百）適」、「䥶」六韻。「嬌女詩　左思」，活字本、兩抄本均作「嬌女詩一首　左思」，趙本作「左思嬌女詩一首」。按，四玉臺本左思詩均置於卷二石崇詩之後。

〔二〕「嬌」，事類賦、御覽八六七均作「好」。

〔三〕「皎皎」，御覽三八一作「嬌女」。「頰」，御覽三八一作「皦」，事類賦、御覽八六七均作「常」。「晣」，活字本、兩抄本均作「晢」。

〔四〕「織」，四玉臺本、事類賦、御覽均作「紈」。

〔五〕「清」，唐寫本作「青」。

〔六〕「鬢」，御覽作「髻」。「覆」，翁抄本作「覆」。

〔七〕「吻」，兩抄本、趙本均作「吻」。

〔八〕「女」，四玉臺本均作「語」。

〔九〕「姊」，御覽作「始」。「惠」，御覽作「蕙」。

〔一〇〕「兩」，兩抄本、趙本均作「面」，御覽作「眉」。「燦」，兩抄本均作「睬」，趙本作「瞭」，御覽作「粲」。

〔一一〕「妝」，兩抄本、趙本均作「莊」。「樓」，兩抄本、趙本均作「縷」。「邊」，趙本作「邉」；此字同類異文，以下不再出校。

〔一二〕「頰」，兩抄本均作「頬」。

〔一三〕「盻」，四玉臺本均作「眄」。

〔一四〕「鶩」，御覽作「鶩」。

〔一五〕「果下」，御覽作「草木」。「摘」，兩抄本均作「樀」。

〔一六〕「蒂」，活字本作「蓱」。

〔一七〕「蓱」，活字本作「蒂」。「抵」，兩抄本、趙本均作「抵」；此字同類異文，以下不再出校。

〔一八〕「華」，事類賦、御覽均作「走」。

〔一九〕「忽」，兩抄本、趙本均作「眒」。

〔二〇〕「閑」，兩抄本、趙本均作「函」。

〔二一〕「屣」，兩抄本均作「屜」。「任」，活字本、兩抄本均作「往」。

〔二二〕「止爲荼菽據」，事類賦、御覽均作「心爲荼荈劇」。

〔二三〕「嘘」，四玉臺本均作「吁」。

〔二四〕「薰」，兩抄本、趙本均作「勲」。「阿」，四玉臺本均作「珂」。

〔二五〕「破」，四玉臺本均作「被」。「施」，兩抄本均作「地」，趙本作「池」。

〔二六〕「沈」，兩抄本、趙本均作「次」。

〔二七〕「泪淹」，活字本作「泪掩」，兩抄本、趙本均作「掩泪」。

擬行行重行行

陸機〔一〕

悠悠行邁遠，戚戚憂思深。此思亦何思？思君徽與音。音徽日夜離，緬邈若飛沉。王鮪懷河岫，晨風思北林。游子眇天末，還期不可尋〔二〕。驚飆褰反信，歸雲難寄音。佇立想萬里，沈憂萃我心。攬衣有餘帶，循形不盈衿。去去遺情累，安處撫清琴。

【校記】

〔一〕陸機擬行行重行行一首，四玉臺本均無。文選三〇録全篇。

〔二〕「還」，文選作「遠」，其下注「善本作還」。

擬迢迢牽牛星〔一〕

昭昭清漢暉〔二〕，粲粲光天步。牽牛西北迴，織女東南顧。華容一何冶〔三〕，揮手如振素〔四〕。怨彼河無梁，悲此年歲暮。跂彼無良緣，睆焉不得度〔五〕。引領望大川，雙涕如沾露。

【校記】

〔一〕此首文選三〇録全篇。「擬迢迢牽牛星」，兩抄本、趙本均作「擬苕苕牽牛星」，其中趙本此題置於本詩正文末。按，四玉臺本目録均僅有總題「擬古七首」，而不列具體詩題。又，四玉臺本卷三均始於陸機擬古七首，此詩爲擬古七首之第四首。

〔二〕「昭昭」，四玉臺本均作「炤炤」。「清」，四玉臺本均作「天」。

〔三〕「冶」，四玉臺本均作「綺」。

〔四〕「素」，馮抄本作「索」，翁抄本原作「索」，紅筆描改作「素」，其頁眉相應處紅筆寫「素」字。

〔五〕「皖」，活字本作「皖」，馮抄本作「皖」，趙本作「睆」，翁抄本原作「皖」，紅筆描改作「皖」。

擬明月何皎皎〔一〕

安寢北堂上，明月入我牖。照之有餘暉，攬之不盈手〔二〕。涼風繞曲房，寒蟬鳴高柳。踟蹰感節物，我行永已久。游宦會無成，離思難常守。

【校記】

〔一〕擬明月何皎皎一首，四玉臺本均無。文選三〇録全篇。書鈔一五〇天部二月四録「牖」一韻，事類賦一天部一月賦、御覽一八八居處部十六窗録「牖」、「手」二韻，均無題。按，鄭本目録中

「皎皎」作「皓皓」。

〔二〕「攬」，御覽作「覽」。

擬蘭若生朝陽〔一〕

嘉樹生朝陽，凝霜封其條〔二〕。執心守時信，歲寒終不雕〔三〕。美人何其曠，灼灼在雲霄〔四〕。隆想彌年月〔五〕，長嘯入飛飆〔六〕。引領望天末，譬彼向陽翹。

【校記】

〔一〕此首文選三〇録全篇。類聚三二人部十六閨情録「條」、「雕」、「霄」三韻，題作「擬蘭若生春陽」。「擬蘭若生朝陽」，四玉臺本均作「擬蘭若生春陽」，其中趙本此題置於本詩正文末；以下四題格式同，不再分別出校。按，四玉臺本此詩均爲陸機擬古七首之第三首。

〔二〕「霜」，類聚作「想」。

〔三〕「終不雕」，四玉臺本均作「不敢凋」，文選、類聚均作「終不凋」。

〔四〕「灼灼」，類聚作「的的」。

〔五〕「月」，四玉臺本均作「時」。

〔六〕「飛飆」，四玉臺本均作「風飄」。

擬東城一何高〔一〕

西山何其峻，曾曲鬱崔嵬〔二〕。零露彌天墜，蕙葉憑林衰。寒暑相因襲，時逝忽如頽〔三〕。三閭結飛轡〔四〕，大耋嗟落暉〔五〕。曷爲牽世務，中心若有違〔六〕。京洛多妖麗，玉顔侔瓊蕤〔七〕。閑夜撫鳴琴，惠音清且悲〔八〕。長歌赴促節，哀響逐高徽〔九〕。一唱萬夫嘆〔一〇〕，再唱梁塵飛。思爲河曲鳥，雙游豐水湄〔一一〕。

【校記】

〔一〕此首文選三〇録全篇。類要二六老耄兩處録「暉」一韻，第一處題作「雜擬詩」，第二處題作「擬東城高且長」；同書二九歌録「飛」一韻，無題。「一何高」，四玉臺本均作「高且長」。按，四玉臺本此詩均爲陸機擬古七首之第二首。

〔二〕「曾」，活字本作「層」。

〔三〕「頽」，四玉臺本均作「遺」，文選作「穨」，其下注「善本作頽」。

〔四〕「三」，兩抄本均作「一」。「間」，類要二六第一處作「閣」。

〔五〕「大」，四玉臺本均作「太」。「嗟」，四玉臺本均作「悲」。

〔六〕「若」，四玉臺本均作「悵」。

〔七〕「蕤」，馮抄本作「甤」，翁抄本作「甤」；此字同類異文，以下不再出校。

〔八〕「惠音」，兩抄本均作「專言」。

〔九〕「逐」，活字本作「遂」。

〔一〇〕「嘆」，四玉臺本均作「歎」。

〔一一〕「豐」，活字本、文選均作「澧」；又，文選其下注「善本作豐」。

擬庭中有奇樹〔一〕

歡交蘭時往〔二〕，迢迢匿音徽〔三〕。虞淵引絶景，四節逝若飛〔四〕。芳草久已茂〔五〕，佳人竟不歸。躑躅遵林渚，惠風入我懷。感物戀所歡，采此欲貽誰〔六〕？

【校記】

〔一〕此首文選三〇録全篇，類聚二九人部十三別上録「歸」、「誰」二韻。按，活字本此詩爲陸機擬古七首之第五首，兩抄本、趙本均爲其第六首。

〔二〕「交」，兩抄本、趙本、文選均作「友」。

〔三〕「迢迢」，兩抄本、趙本均作「苕苕」，文選此二字下注「善本作苕苕」。

〔四〕「逝」，兩抄本、趙本均作「游」。

〔五〕「久」，類聚作「忽」。

〔六〕「欲貽」，類聚作「當遺」。

擬青青河畔草〔一〕

靡靡江蘺草〔二〕，耀耀生河側〔三〕。皎皎彼妹女〔四〕，阿那當軒織〔五〕。粲粲妖容姿〔六〕，灼灼華美色〔七〕。良人游不歸，偏栖常隻翼〔八〕。空室來悲風〔九〕，中夜起嘆息。

【校記】

〔一〕此首文選三〇、類聚三二人部十六閨情均録全篇。按，活字本此詩爲陸機擬古七首之第六首，兩抄本、趙本均爲其第五首。

〔二〕「蘺」，兩抄本、趙本、類聚均作「離」，文選此字下注「善本作離」。

〔三〕「耀耀」，活字本作「熠熠」，兩抄本、趙本、文選均作「熠耀」，類聚作「熠爍」。

〔四〕「姝」，四玉臺本、文選均作「姝」。

〔五〕「阿那」，文選作「阿郍」，類聚作「婀娜」。

〔六〕「妖」，類聚作「嬌」。

〔七〕「華美」，文選、類聚均作「美顔」。

〔八〕「常」，四玉臺本、文選、類聚均作「獨」。

〔九〕「室」，四玉臺本、文選、類聚均作「房」。

擬涉江采芙蓉〔一〕

上山采瓊蕊〔二〕，窮谷饒芳蘭〔三〕。采采不盈掬，悠悠懷所歡。故鄉一何曠，山川阻且難。沈思鍾萬里〔四〕，躑躅獨吟嘆〔五〕。

【校記】

〔一〕此首文選三〇録全篇。按，四玉臺本此詩均爲陸機擬古七首之第七首。

〔二〕「蕊」，趙本作「繠」；此字同類異文，以下不再出校。

〔三〕「窮」，四玉臺本、文選均作「穹」。

〔四〕「鍾」，趙本作「鐘」；此字同類異文，以下不再出校。

〔五〕按，四玉臺本陸機擬古七首之第一首擬西北有高樓，爲鄭本所無，現據活字本補録於左，并校以其他各本。

擬古七首　陸機①

擬西北有高樓②

高樓一何峻③，迢迢峻而安。綺窗出塵冥，飛階躡雲端④。佳人撫琴瑟⑤，纖手清且閑。芳草隨風結⑥，哀響馥若蘭。玉容誰能顧⑦？傾城在一彈。佇立望日昃⑧，躑躅再三嘆。不怨佇立久，但願歌者歡。思駕歸鴻羽，比翼雙飛翰。

①「擬古七首　陸機」，兩抄本均無此行，趙本作「陸機擬古七首」。按，兩抄本目録中有「擬古七首陸

機」總題。

②此首文選三〇録全篇。類聚六二居處部二臺録「安」、「端」、「閑」、「蘭」、「彈」五韻，題作「擬古」。「擬西北有高樓」之題，趙本置於本詩正文末。按，四玉臺本目録陸機擬古七首下均無具體詩題。又，四玉臺本卷三均始於此詩。

③「樓」，類聚作「臺」。

④「階」，文選作「陛」。

⑤「琴」，類聚作「瑶」。

⑥「草」，文選作「氣」，類聚作「音」。

⑦「能」，文選此字下注「善本作得」。

⑧「昃」，兩抄本、趙本均作「昊」。

爲顧彦先贈婦二首〔一〕

【校記】

〔一〕「爲顧彦先贈婦二首」，活字本作「爲顧彦先贈婦二首　陸雲」。

其一〔一〕

辭家遠行游，悠悠三千里。京洛多風塵，素衣化爲緇。修身悼憂苦〔二〕，感念同懷子。隆思亂心曲，沈歡滯不起。歡沈難克興〔三〕，心亂誰爲理？願假歸鴻翼，翻飛浙江汜〔四〕。

【校記】

〔一〕此首文選二四録全篇。「其一」二字，兩抄本、趙本均無。

〔二〕「修」，兩抄本均作「偱」，趙本作「循」。

〔三〕「克」，文選作「剋」。

〔四〕「浙」，文選作「游」，其下注「善本作浙」。

其二〔一〕

東南有思婦〔二〕，長嘆充幽闥。借問嘆何爲？佳人眇天末。游宦久不歸〔三〕，山川修且闊。形影參商乖〔四〕，音息曠不達〔五〕。離合非有常〔六〕，譬彼弦與筈〔七〕。願保金石軀〔八〕，慰妾長飢渴。

【校記】

〔一〕此首文選二四録全篇，初學記一八離别録「達」、「筈」二韻。類要二四書題上録「達」一韻，無題。「其二」二字，兩抄本、趙本均無。

〔二〕「婦」，活字本作「歸」。

〔三〕「宦」，馮抄本經塗改後作「窅」，無「宋本」印；翁抄本原作「官」，紅筆添作「宦」。

〔四〕「商」，兩抄本均作「高」。「乖」，類要無此字。

〔五〕「息」，初學記作「信」。「曠不達」，類要作「不違」。

〔六〕「非」，初學記作「豈」。

〔七〕「筈」，初學記作「括」。

〔八〕「軀」，四玉臺本均作「志」。

周夫人贈車騎〔一〕

碎碎織細練〔二〕，當爲君作襦〔三〕。君行豈有顧？憶君是妾夫。昔者得君書，聞君在高平。今時得君書，聞君在京城。京城華麗鄉〔四〕，璀粲多異端。男兒多遠志，豈知妾念君〔五〕。昔者與君別，歲律薄將暮〔六〕。日月一何速，素秋墜湛露。湛露何冉冉，思君隨歲晚〔七〕。對食不能餐，臨觴不能飯〔八〕。

【校記】

〔一〕「周夫人贈車騎」，活字本作「贈車騎一首　周夫人」，兩抄本、趙本均作「周夫人贈車騎一首」。

〔二〕「織細」，活字本作「細織」。

〔三〕「當爲君作襦」，兩抄本均作「當爲君作縟襦」，趙本作「爲君作縟襦」。

〔四〕「鄉」，兩抄本、趙本均作「所」。

〔五〕「妾」，兩抄本均作「委」。

〔六〕「律」，兩抄本、趙本均作「聿」。

〔七〕「晚」，馮抄本原作「曉」，經塗改後作「晚」，有「宋本」印；翁抄本作「曉」。

〔八〕「飯」，活字本作「飲」。

艷歌行〔一〕

扶桑升朝暉〔二〕，照我高臺端〔三〕。臺端多艷麗〔四〕，浚房出清顔〔五〕。淑貌耀皎日〔六〕，惠心清且閑〔七〕。美目揚玉澤〔八〕，蛾眉象翠翰〔九〕。鮮膚一何潤，秀色若可餐〔一〇〕。窈窕多容儀〔一一〕，婉美巧笑言〔一二〕。暮春春服成〔一三〕，粲粲綺與紈〔一四〕。金雀垂藻翹，瓊佩結瑶璠。方駕揚清塵〔一五〕，濯足洛水瀾。藹藹風雲會，佳人一何繁。南崖充羅幕，北渚盈軿軒。清川含藻景〔一六〕，高岸被華丹〔一七〕。馥馥芳袖揮，泠泠纖指彈〔一八〕。悲歌吐清音〔一九〕，雅韻播幽蘭〔二〇〕。丹脣含九秋，妍迹凌七盤〔二一〕。赴曲迅驚鴻，蹈節如集鸞。綺態隨顔變，沈姿無定源〔二二〕。俯仰紛阿那，顧步咸可歡。遺芳結飛飆〔二三〕，浮景映清湍。冶容不足咏〔二四〕，春游良可嘆。

【校記】

〔一〕此首文選二八録全篇，題作「日出東南隅行」，其下注「或曰羅敷艷歌」。書鈔一〇六樂部二歌篇二録「端」、「顔」二韻，題作「艷歌詩」；同書同篇另一處録「悲歌吐清響」一句，無題。類聚四一樂部一論樂録「端」、「閑」、「翰」、「紈」、「璠」、「瀾」、「蘭」、「鸞」、「歡」九韻，樂府詩集二八録全篇，均題作「日出東南隅行」。事類賦一一樂部歌賦録「蘭」、「盤」二韻，題作「古樂府日出東南隅行」。御覽三八一人事部二十二美婦人下録「翰」一韻。「艷歌行」，活字本此詩題作兩行，其首行題「樂府三首」，次行題「艷歌行」；趙本總題作「樂府三首」，其「艷歌行」之題置於本詩正文末，以下二首格式同，不再分别出校。按，兩抄本目録均有「樂府三首」總題，四玉臺本目録總題下均不列具體詩題。

〔二〕「扶」，趙本作「榑」。

〔三〕「我」，四玉臺本、文選、書鈔、類聚、樂府詩集均作「此」。「臺」，活字本作「樓」。

〔四〕「臺端」，活字本作「高堂」，兩抄本、趙本、文選、書鈔、樂府詩集均作「高臺」。「艷」，兩抄本、趙本、文選、書鈔、樂府詩集均作「妖」。

〔五〕「浚」，四玉臺本均作「洞」。

〔六〕「淑」，類聚作「涉」。「耀」，趙本、類聚均作「曜」。

〔七〕「惠」，類聚作「蕙」。

〔八〕「揚」，御覽作「楊」。

〔九〕「蛾」，類聚作「娥」，樂府詩集作「峨」。

〔一〇〕「秀」，兩抄本均作「采」，趙本作「彩」。

〔一一〕「窈窕」，兩抄本均作「窕窈」。

〔一二〕「美」，兩抄本、趙本、文選、樂府詩集均作「媚」。「巧」，樂府詩集作「乃」。

〔一三〕「暮」，樂府詩集作「莫」。

〔一四〕「粲粲」，類聚作「霞粲」。

〔一五〕「揚」，兩抄本均作「楊」。

〔一六〕「景」，兩抄本、趙本均作「影」。

〔一七〕「岸」，文選此字下注「善本作崖」，樂府詩集此字下注「一作崖」。

〔一八〕「泠泠」，馮抄本作「泠冷」。

〔一九〕「音」，文選、書鈔、類聚、事類賦、樂府詩集均作「響」。

〔二〇〕「韻」，四玉臺本、文選、事類賦均作「舞」。

〔二一〕「迹」，事類賦作「節」。「凌」，文選、事類賦均作「陵」。

〔二二〕「定」，文選此字下注「善本作乏」。

〔二三〕「飆」，兩抄本均作「焱」，趙本作「猋」。

〔二四〕「治」，兩抄本均作「治」。

前緩聲歌〔一〕

游仙聚靈族〔二〕，高會曾城阿〔三〕。長風萬里舉〔四〕，慶雲鬱嵯峨。宓妃興洛浦〔五〕，王韓起泰華〔六〕。北徵瑶臺女，南要湘川娥。肅肅霄駕動〔七〕，翩翩翠蓋羅。羽旗栖瓊鸞〔八〕，玉衡吐鳴和。太容揮高弦〔九〕，洪崖發清歌〔一〇〕。獻酬既已周〔一一〕，輕軒乘紫霞〔一二〕。揔轡扶桑枝〔一三〕，濯足暘谷波〔一四〕。清暉溢天門，垂慶惠皇家。

【校記】

〔一〕此首文選二八、樂府詩集六五均録全篇。類聚四二樂部二樂府録「阿」、「峨」、「娥」、「羅」、「歌」、「霞」六韻，題作「前緩聲歌行」。御覽五六地部二十一阿録「阿」、「峨」二韻，題作「緩齊歌行」。

〔二〕「游」，御覽作「遨」。

〔三〕「會」，類聚作「宴」，御覽作「讌」。「城」，兩抄本、趙本均作「山」。

〔四〕「舉」，類聚作「急」。

〔五〕「宓」，文選作「虙」。「興」，兩抄本均作「與」。

〔六〕「泰」，文選、樂府詩集均作「太」。

〔七〕「霄」，四玉臺本、類聚均作「宵」。

〔八〕「瓊」，兩抄本、趙本均作「瑣」。「鸞」，文選作「鑾」。

〔九〕「容」，類聚作「客」。

〔一〇〕「崖」，類聚作「涯」。

〔一一〕「周」，類聚作「終」。

〔一二〕「軒」，文選、類聚、樂府詩集均作「舉」。「乘」，四玉臺本均作「垂」。

〔一三〕「揔」，活字本作「捴」，趙本作「總」。按，此字同類異文，以下不再出校。「枝」，文選作「底」，其下注「善本作枝」；樂府詩集此字下注「一作底」。

〔一四〕「暘」，四玉臺本均作「湯」，文選此字下注「善本作湯」。

塘上行〔一〕

江籬生幽渚〔二〕，微芳不足宣。被蒙風雲會〔三〕，移居華池邊〔四〕。發藻玉臺下，垂影滄浪淵〔五〕。沾潤既已渥，結根奥且堅。四節逝不處〔六〕，繁華難久鮮〔七〕。淑氣與時殞〔八〕，餘芳隨風捐。天道有遷易，人理無常全。男歡智傾愚〔九〕，女愛衰避妍。不惜微軀退〔一〇〕，但懼蒼蠅前〔一一〕。願君廣末光，照妾薄暮年。

【校記】

〔一〕此首文選二八、樂府詩集三五均録全篇，類聚四一樂部一論樂録「宣」、「邊」、「全」、「妍」、「前」、「年」六韻。

〔二〕「籬」，活字本、趙本、文選、樂府詩集均作「蘺」。

〔三〕「雲」，四玉臺本、樂府詩集均作「雨」。

〔四〕「居」，四玉臺本均作「君」。

〔五〕「淵」，文選、樂府詩集均作「泉」；又，樂府詩集其下注「一作淵」。

〔六〕「逝」，四玉臺本均作「游」。

〔七〕「繁華」，四玉臺本均作「華繁」，文選此二字下注「善本作華繁」。

〔八〕「殞」，文選作「隕」。

〔九〕「男歡」，兩抄本均作「南權」，類聚作「男稚」。

〔一〇〕「軀」，類聚作「驅」。「退」，兩抄本均作「𨓜」，趙本作「𨓜」；此字同類異文，以下不再出校。

〔二〕「但」，樂府詩集作「恒」。「懼」，活字本作「嘆」，兩抄本均作「歡」。

爲顧彦先贈婦四首

陸雲〔一〕

【校記】

〔一〕「爲顧彦先贈婦四首　陸雲」，活字本作「爲顧彦先贈婦往反四首　陸雲」，兩抄本均作「爲顧彦先贈婦往反四首」，趙本作「陸雲爲顧彦先贈婦往反四首」。按，鄭本目録中「四」作「二」，活字本目録中「雲」作「云」，兩抄本目録題下均署「陸雲」。

其一〔一〕

我在三川陽，子居五湖陰〔二〕。山海一何曠，譬彼飛與沉。目想清惠姿，耳存淑媚音。獨寐多遠念，寢言撫空衿〔三〕。彼美同懷子，非爾誰爲心？

【校記】

〔一〕此首類要一兩浙路湖録「陰」一韻，題作「贈顧先詩」。「其一」二字，兩抄本、趙本均無；其下三首，兩抄本、趙本亦均無「其×」字樣，不再分別出校。

〔二〕「我在三川陽子居五湖陰」十字，類要作「我家四合陰君住三山陽」。

〔三〕「寢」，兩抄本、趙本均作「寤」。

其二〔一〕

悠悠君行邁，煢煢妾獨止。山河安可逾？永路隔萬里〔二〕。京室多妖冶，粲粲都人子。雅步擢纖腰〔三〕，巧笑發皓齒。佳麗良可羨，衰賤焉足紀！遠蒙眷顧言，銜恩非望始。

【校記】

〔一〕此首文選二五録全篇。

〔二〕「路隔」，四玉臺本均作「隔路」。

〔三〕「擢」，四玉臺本均作「裊」。

其三

翩翩飛蓬征，郁郁寒木榮。游止固殊性〔一〕，浮沉豈一情〔二〕。隆愛結在昔，信誓貫三靈。秉心金石固，豈從時俗傾。美目逝不顧〔三〕，纖腰徒盈盈。何用結中款〔四〕，仰指北辰星。

【校記】

〔一〕「止」，馮抄本原作「子」，經塗改後作「止」，有「宋本」印。

〔二〕「情」，兩抄本均作「清」。

〔三〕「美」，活字本作「笑」。

〔四〕「款」，趙本作「欵」；此字同類異文，以下不再出校。

其四〔一〕

浮海難爲水，游林難爲觀。容色貴及時，朝華忌日晏〔二〕。皎皎彼姝子〔三〕，灼灼懷春粲。西城善雅舞，總章饒清彈。鳴簧發丹脣，朱弦繞素腕〔四〕。輕裾猶電揮〔五〕，雙袂如霞散〔六〕。華容溢藻幄，哀響入雲漢〔七〕。知音世所稀〔八〕，非君誰能贊？棄置北辰星，問此玄龍煥〔九〕。時暮復何言〔一〇〕，華落理必賤。

【校記】

〔一〕此首類要二九舞録「彈」一韻，署「舞雲」，題作「爲顧彥先贈婦詩」；按，「舞雲」當爲「陸雲」之訛。

〔二〕「忌」，活字本、兩抄本均作「忘」。

〔三〕「妹」，四玉臺本均作「姝」。

〔四〕「弦」，兩抄本均作「紡」。

〔五〕「裾」，活字本作「裙」。

〔六〕「霞」，文選作「霧」。

〔七〕「響」，文選作「哀」，其下注「善本作響」。

〔八〕「稀」，四玉臺本文選均作「希」。

〔九〕「問」，活字本作「聞」。

〔一〇〕「復何」，四玉臺本均作「勿復」。

雜詩

張協〔一〕

秋夜涼風起，清氣蕩暄濁。蜻蛚吟階下〔二〕，飛蛾拂明燭。君子從遠役，佳人守煢獨。離居幾何時，鑽燧忽改木。房櫳無行迹〔三〕，庭草萋已緑〔四〕。青苔依空墻〔五〕，蜘蛛網四屋〔六〕。感物多所懷〔七〕，沈憂結心曲。

【校記】

〔一〕此首文選二九録全篇。類要二四時序録「木」一韻，無題。「雜詩　張協」，活字本作「雜詩一首　楊方」，兩抄本均作「雜詩一首」，趙本作「張協雜詩一首」。

〔二〕「蜊」，活字本作「蝌」。

〔三〕「櫳」，馮抄本作「攏」。

〔四〕「已」，文選此字下注「善本作以」。

〔五〕「苔」，趙本作「菭」；此字同類異文，以下不再出校。

〔六〕「網」，活字本作「綱」，趙本作「網」；翁抄本原作「綱」，紅筆改作「網」。

〔七〕「物」，活字本作「好」。

合歡詩二首

楊方〔一〕

【校記】

〔一〕「合歡詩二首　楊方」，活字本、兩抄本均作「合歡詩五首」，趙本作「楊方合歡詩五首」。按，兩抄本目録中題下均署「楊方」。四玉臺本合歡詩五首均包括鄭本此題二首及其後之雜詩三首。

其一〔一〕

虎嘯谷風起〔二〕，龍躍景雲浮。同聲好相應，同氣自相求。我情與子親，譬如形追軀〔三〕。食共并根穗〔四〕，飲共連理杯〔五〕。衣共雙絲絹，寢共無縫裯〔六〕。居願接膝坐〔七〕，行願携手游〔八〕。子静我不動〔九〕，子游我無留〔一〇〕。齊彼同心鳥，譬此比目魚〔一一〕。情至斷金石，膠漆未爲牢〔一二〕。但願長無别，合形作一軀。生爲并身物，死爲同槨灰〔一三〕。秦氏自言至，我情不可儔。

【校記】

〔一〕此首樂府詩集七六録全篇。「其一」二字，兩抄本、趙本均無。

〔二〕「嘯」，活字本作「肅」。

〔三〕「形」，四玉臺本、樂府詩集均作「影」。

〔四〕「并」，樂府詩集作「同」。

〔五〕「共」，四玉臺本均作「用」。

〔六〕「裯」，四玉臺本均作「綯」。

〔七〕「膝」，兩抄本均作「脥」。

〔八〕「携」，活字本作「儁」。「游」，四玉臺本、樂府詩集均作「趨」。

〔九〕「静」，活字本、兩抄本均作「靖」。

〔一〇〕「無」，樂府詩集作「不」。

〔一一〕「此」，樂府詩集作「彼」。

〔一二〕「漆」，馮抄本作「膝」。

〔一三〕「槨」，兩抄本、趙本、樂府詩集均作「棺」。

其二〔一〕

磁石引長針〔二〕，陽燧下炎烟。宫商聲相和，心同自相親。我情與子合，亦如影追身〔三〕。寢共織成彼〔四〕，絮用同功綿〔五〕。暑摇比翼扇，寒坐并肩氈。子笑我必哂，子戚我無歡〔六〕。來與子共迹，去與子同塵。齊彼蛩蛩獸，舉動不相捐。唯願長無别，合形作一身〔七〕。生有同室好，死成并棺民。徐氏自言至，我情不可陳。

【校記】

〔一〕此首樂府詩集七六録全篇。「其二」二字，兩抄本、趙本均無。又，馮抄本此首與上首連抄，中間以紅綫相隔，有「宋本」印；翁抄本上首結束於一行末字。

〔二〕「磁」，兩抄本、趙本均作「礠」。「引」，四玉臺本均作「招」。

〔三〕「追」，馮抄本原作「隨」，經塗改後作「追」，有「宋本」印。

〔四〕「織」，兩抄本均作「纖」。「彼」，四玉臺本、樂府詩集均作「被」。

〔五〕「用」，樂府詩集作「共」。

〔六〕「戚」，樂府詩集作「蹙」。

〔七〕「形」，兩抄本均作「刑」。

雜詩三首〔一〕

【校記】

〔一〕「雜詩三首」，四玉臺本均無此行。按，鄭本此題下三首依次爲四玉臺本合歡詩五首之第三、四、五首。

其一〔一〕

獨坐空室中，愁有數千端。悲響答愁嘆，哀涕應苦心〔二〕。彷徨四顧望，白日入西山。不睹佳人來，但見飛鳥還。飛鳥亦何樂，夕宿自作群〔三〕。

【校記】

〔一〕此首樂府詩集七六録全篇，爲楊方合歡詩五首之第三首。「其一」二字，活字本作「其三」，兩抄本、趙本均無。

〔二〕「心」，四玉臺本、樂府詩集均作「言」。

〔三〕「夕」，翁抄本此前衍一「亦」字。

其二〔一〕

飛黄銜長轡，翼翼回輕輪。俯涉渌水澗〔二〕，仰過九層山。修途曲且險，秋草生兩邊。黄華如沓金，白花如散銀。青敷羅翠彩〔三〕，絳葩象赤雲。爰有承露枝，紫榮合素芬。扶疏垂清藻〔四〕，布翹芳且鮮。目爲艶彩迴，心爲奇色旋。撫心悼孤客，俯仰還自憐。踟躕向壁嘆，攬筆作此文。

【校記】

〔一〕此首樂府詩集七六録全篇，爲楊方合歡詩五首之第四首。「其二」二字，活字本作「其四」，兩抄本、趙本均無。

〔二〕「淥」，趙本作「緑」。

〔三〕「敷」，活字本作「敷」，趙本作「敷」；此字同類異文，以下不再出校。

〔四〕「疏」，兩抄本、樂府詩集均作「路」。「垂」，兩抄本、樂府詩集均作「重」。

其三〔一〕

南林有奇樹〔二〕，承春挺素華。豐翹被長條，緑葉蔽朱柯。因風吐徽音〔三〕，芳氣入紫霞。我心羡此木，願徙著余家〔四〕。夕得游其下，朝得弄其葩。爾根深且堅〔五〕，余宅淺且洿〔六〕。移植無良期〔七〕，嘆息將何如〔八〕！

【校記】

〔一〕此首類聚八九木部下合歡録全篇。樂府詩集七六録全篇，爲楊方合歡詩五首之第五首。「其三」二字，活字本作「其五」，兩抄本、趙本均無。

〔二〕「林」，兩抄本、趙本、類聚、樂府詩集均作「鄰」。
〔三〕「吐」，樂府詩集作「吹」。「徽」，兩抄本、趙本、類聚、樂府詩集均作「微」。
〔四〕「芳氣入紫霞我心羡此木願徙著余家」十五字，兩抄本均作「芳霞我心羡柴氣入紫顯從着余家」；按，馮抄本「柴」字經塗改後，以紅綫分隔作「此木」，有「宋本」印。
〔五〕「堅」，類聚作「固」。
〔六〕「余」，樂府詩集作「予」。
〔七〕「無良」，兩抄本、趙本、類聚、樂府詩集均作「良無」。
〔八〕「嘆」，樂府詩集作「欲」。「何如」，四玉臺本、類聚、樂府詩集均作「如何」。

七夕觀織女

王鑑〔一〕

牽牛悲殊館，織女怨離家〔二〕。一稔期一宵〔三〕，此期良可嘉。赫弈玄門開〔四〕，飛閣鬱嵯峨。隱隱驅千乘，闐闐越星河。六龍奮瑶轡，文螭負瓊車。火丹秉瑰燭〔五〕，素女執瓊華。絳旗若吐電〔六〕，朱蓋如振霞〔七〕。雲韶何嘈嗷，靈鼓鳴相和〔八〕。亭軒佇高畛〔九〕，眷予在岌峨。澤因芳露沾〔一〇〕，恩附蘭風加。明發相從游，翩翩鸞鶱羅。同游不同觀，念子游怨多〔二〕。敬因三祝末，以爾屬皇娥。

【校記】

〔一〕「七夕觀織女　王鑑」，活字本作「七夕觀織女詩一首　王鑒」，兩抄本均作「七夕觀織女一首　王鑒」，趙本作「王鑒七夕觀織女一首」。按，活字本目録中「王鑒」作「鑒王」，兩抄本、趙本目録中「女」下均有「詩」字。

〔二〕「怨」，兩抄本、趙本均作「悼」。

〔三〕「霄」，四玉臺本均作「宵」。

〔四〕「弈」，活字本、趙本均作「奕」。

〔五〕「乘」，兩抄本、趙本均作「秉」。　「塊」，四玉臺本均作「瑰」。

〔六〕「吐電」，兩抄本均作「出吐」。

〔七〕「朱」，兩抄本均作「失」。

〔八〕「和」，兩抄本此字均空缺，馮抄本於空缺處有「宋本」印。

〔九〕「伫」，兩抄本、趙本均作「紆」。　「眄」，活字本作「眄」，兩抄本均作「盻」，趙本作「盼」。

〔一〇〕「因」，馮抄本此字係漏抄後補入，有「宋本」印。

〔二〕「游」，四玉臺本均作「憂」。

嘲友人

李充〔一〕

同好齊歡愛，纏綿一何深。子既識我情，我亦知子心。嬿婉歷年歲〔二〕，和樂如瑟琴。良辰不我俱，中闊似商參。爾隔北山陽，我分南川陰。嘉會罔克從，積思安可任？目想妍麗姿，耳存清媚音。修晝興永念，遥夜獨悲吟。逝將尋行役，言別涕沾襟〔三〕。願爾降玉趾〔四〕，一顧重千金。

【校記】

〔一〕此首類聚二五人部九嘲戲録全篇。「嘲友人　李充」，活字本、兩抄本均作「嘲友人一首　李充」，趙本作「李充嘲友人一首」。

〔二〕「嬿」，類聚作「燕」。

〔三〕「襟」，兩抄本均作「衿」，趙本作「裣」；此字同類異文，以下不再出校。

〔四〕「爾」，類聚作「尒」。

夜聽擣衣

曹毗〔一〕

寒興御紈素，佳人理衣衾〔二〕。冬夜清且永，皓月照堂陰。纖手疊輕素，朗杵叩鳴砧〔三〕。清風流繁節，迴飆灑微吟。嗟此嘉運速〔四〕，悼彼幽滯心。二物感余懷，豈但聲與音。

【校記】

〔一〕此首類聚六七衣冠部衣裳録全篇。「夜聽擣衣　曹毗」，活字本、兩抄本均作「夜聽擣衣一首　曹毗」，趙本作「曹毗夜聽擣衣一首」。

〔二〕「理」，類聚作「治」。「衾」，兩抄本、趙本、類聚均作「襟」。

〔三〕「朗」，翁抄本原同，後紅筆劃去「月」中間兩横。「砧」，類聚作「碪」。

〔四〕「嘉」，四玉臺本均作「往」。

擬古詩

陶潛〔一〕

日暮天無雲，春風扇微和。佳人美清夜，達曙酣且歌。歌竟長嘆息，持此感人多。明明雲間月，灼灼葉中花。豈無一時好，不久當如何〔二〕？

【校記】

〔一〕此首文選三〇録全篇。「擬古詩　陶潛」，活字本作「擬古詩一首　陶潛」，兩抄本均作「明擬古一首　陶潛」，趙本作「陶潛擬古一首」。按，兩抄本目録中「明擬古」均作「擬古詩」，翁抄本目録中紅筆改「潛」作「涾」。趙本目録中「古」下有「詩」字。

〔二〕四玉臺本此後另有荀昶、王微、謝惠連、劉鑠詩，鄭本皆置於卷四王僧達詩之前，參見該卷校記。

卷　四〔一〕

【校記】

〔一〕此卷作者及其詩作，四玉臺本除不收者外，均分見於卷三和卷四，其排列次序和作者署名相異者見各詩校記。

擬相逢狹路間

荀昶〔一〕

朝發邯鄲邑，暮宿井陘間。井陘一何狹，車馬不得旋。邂逅相逢值，崎嶇交一言。一言不容多，伏軾問君家。君家誠易知〔二〕，易知復易博。南面平原居，北趣相如閣〔三〕。飛樓臨名都〔四〕，通門枕華郭〔五〕。入門無所見，但見雙栖鶴。栖鶴數十雙，鴛鴦群相追。大兄珥金璫〔六〕，中兄振纓緌〔七〕。伏臘一來歸〔八〕，鄰里生光輝。小弟無所作〔九〕，鬥鷄東陌逵。大婦織紈綺，中婦縫羅衣。小婦無所作，挾瑟弄音徽。丈人且却坐，梁塵將欲飛。

【校記】

〔一〕此首樂府詩集三五録全篇，題作「長安有狹斜行」。「擬相逢狹路間　荀昶」，活字本此詩題作兩行，其首行題「樂府詩二首　荀昶」，次行題「擬相逢狹路間」；兩抄本均作「擬相逢狹路間　荀昶樂府二首」；趙本總題作「荀昶樂府二首」，而置「擬相逢狹路間」之題於本詩正文末。按，兩抄本目録中「二」均作「一」，四玉臺本目録荀昶名下均無具體詩題。又，四玉臺本荀昶詩均置於卷三陶潛詩之後。

〔二〕「易知」，四玉臺本均作「難知」。下句「易知」異文同，不另出校。

〔三〕「趣」，趙本作「趨」。

〔四〕「名」，四玉臺本、樂府詩集均作「夕」。

〔五〕「郭」，兩抄本均作「廓」。又，兩抄本於「華」字前均衍「樓臨夕都通門枕」七字，翁抄本此七字上均有紅圈，其眉端紅筆寫「原本有」三字。

〔六〕「珥」，活字本、兩抄本均作「弭」。「璫」，兩抄本、趙本均作「鐺」。

〔七〕「緌」，活字本作「綉」。又，樂府詩集此句下注「一作中兄纓玉蕤」。

〔八〕「一」，兩抄本、趙本均作「二」。

〔九〕「作」，樂府詩集作「爲」。

擬青青河邊草〔一〕

熒熒山上火，苕苕隔隴左〔二〕。隴左不可至，精爽通寤寐。寤寐衾幬同〔三〕，忽覺在他邦。他邦各異邑，相逐不相及〔四〕。迷墟在望烟，木落知冰堅。升朝各自進〔五〕，誰肯相攀牽？客從北方來，遺我端弋綈〔六〕。命僕開弋綈，中有隱起珪。長跪讀隱珪，辭苦聲亦凄。上言各努力〔七〕，下言長相懷。

【校記】

〔一〕此首類要二四書題上録「綈」、「珪」、「凄」、「懷」四韻，題作「疑台議何畔草」。樂府詩集三八録全篇，題作「青青河畔草」。「擬青青河邊草」之題，趙本置於本詩正文末。

〔二〕「苕苕」，活字本作「迢迢」。

〔三〕「幬」，兩抄本、趙本、樂府詩集均作「幬」。

〔四〕「逐」，活字本作「遂」。

〔五〕「各」，活字本作「冬」。

〔六〕「遺我」，類要作「遺吾」。

〔七〕「努」，類要作「弩」。

雜詩二首

王徽〔一〕

【校記】

〔一〕「雜詩二首　王徽」，活字本作「雜詩二首」，其「王徽」署名置於次行「其一」下端；馮抄本作「雜詩三首　王微」，趙本作「王微雜詩二首」，翁抄本作「雜詩二首　王微」。按，馮抄本目録中「三」作「二」。四玉臺本王微詩均置於卷三荀昶詩之後。

其一〔一〕

桑妾獨何懷，傾筐未盈把〔二〕。自言悲苦多，排却不肯捨〔三〕。妾悲四陳訴〔四〕，填憂不銷冶〔五〕。寒雁歸所從，半塗失憑假。壯情抃驅馳〔六〕，猛氣捍朝社〔七〕。常懷雲漢慚，常欲復周雅。重名好銘勒，輕軀願圖寫。萬里度沙漠，懸師蹈朔野。傳聞兵失利，不見來歸者。奚處埋旍麾〔八〕，何處喪車馬？拊心悼恭人，零泪覆面下。徒謂久別離，不見長孤寡。寂寂掩高門〔九〕，寥寥空廣厦。待君竟不歸，收顔今就價〔一〇〕。

【校記】

〔一〕「其一」二字，兩抄本、趙本均無。

〔二〕「把」，馮抄本原似作「扎」，經塗改後作「把」，有「宋本」印。

〔三〕「肯」，趙本作「肻」；此字同類異文，以下不再出校。

〔四〕「四」，兩抄本、趙本均作「亘」。

〔五〕「銷」，兩抄本、趙本均作「消」。

〔六〕「抃」，活字本作「忭」。

〔七〕「社」，翁抄本作「杜」。

〔八〕「旍麾」，活字本作「旍摩」。

〔九〕「掩」，四玉臺本均作「揜」。

〔一〇〕「價」，兩抄本、趙本均作「櫝」。

其二〔一〕

思婦臨高臺，長想憑華軒。弄弦不成曲，哀歌送苦言〔二〕。箕帚留江介，良人處雁門〔三〕。詎憶無衣苦〔四〕，但知狐白温〔五〕。日暗牛羊下，野雀滿空園。孟冬寒風起〔六〕，東壁正中昏。朱火獨照人，抱景自愁怨。誰知心曲亂，所思不可論。

【校記】

〔一〕此首文選三〇録全篇，署「王景玄」，題作「雜詩一首」。「其二」二字，兩抄本、趙本均無。

〔二〕「送苦」，四玉臺本均作「若送」。

〔三〕「良」，馮抄本原不知作何字，經塗改後作「長」，有「宋本」印，翁抄本作「長」。

〔四〕「衣」，活字本作「夜」。

〔五〕「但」，文選作「粗」，其下注「善本作但」。「知」，活字本作「和」。

〔六〕「孟」，文選作「猛」；按，明州本文選作「孟」。

七月七日咏牛女

謝惠連〔一〕

落日隱櫩楹，升月照房櫳〔二〕。團團滿葉露，淅淅振條風〔三〕。蹀足循廣塗〔四〕，瞬目矖曾穹〔五〕。雲漢有靈匹，彌年闕相從。遐川阻昵愛，修渚曠清容。弄杼不成藻〔六〕，聳轡騖前蹤〔七〕。昔離秋已兩，今聚夕無雙。傾河易迴斡〔八〕，款顔難久悰〔九〕。沃若靈駕旋，寂寥雲幄空〔一〇〕。留情顧華寢〔一一〕，遥心逐奔龍〔一二〕。沈吟爲爾感，情深意彌重。

【校記】

〔一〕此首文選三〇録全篇，題作「七月七日夜咏牛女」。類聚四歲時中七月七日、初學記四七月七日均録「櫳」、「風」、「窮」、「從」、「容」、「縱」、「雙」、「悰」、「空」、「龍」十韻，均題作「七夕咏牛女」。初學記三秋録「風」一韻，無題。事類賦五歲時部秋賦録「從」一韻，題作「七夕詩」。御覽三一時序部十六七月七日録「櫳」、「風」、「窮」、「從」、「容」、「縱」、「雙」、「悰」、「空」、「龍」十韻，題作「咏牛女詩」。「七月七日咏牛女　謝惠連」，活字本此詩題作兩行，其首行題「雜詩三首謝惠連」，次行題「七月七日咏牛女」，兩抄本均作「七月七日咏牛女　謝惠連三首」，趙本作「謝惠連七月七日咏牛女」。按，兩抄本目録中「三」前有「雜詩」二字，趙本目録中「連」下有「雜詩三首」四字，四玉臺本目録謝惠連名下均無具體詩題。又，四玉臺本謝惠連詩均置於卷三王微詩之後。

〔二〕「升」，初學記作「斜」。　「房櫳」，翁抄本作「房攏」，文選、類聚、初學記、御覽均作「簾櫳」。

〔三〕「淅淅」，兩抄本均作「㭊㭊」，趙本、文選均作「析析」，初學記、御覽均作「淅淅」。

〔四〕「塗」，文選、類聚、初學記均作「除」。按，御覽無「循廣塗瞬目矖曾穹雲漢有靈匹彌」十四字，自「足」至「年」間空四格左右。

〔五〕「矖」，活字本、趙本均作「曬」。　「窮」，四玉臺本、文選、類聚、初學記均作「穹」。

〔六〕「弄」，初學記作「投」。　「藻」，活字本、兩抄本均作「采」，趙本作「彩」。

〔七〕「鶩」，四玉臺本均作「鶩」。　「縱」，四玉臺本、文選、類聚、初學記、御覽均作「蹤」。

〔八〕「河易迴」，馮抄本原作「迴易河」，經塗改後作「河易迴」，有「宋本」印。　「斡」，活字本、初學記、御覽均作「幹」。

〔九〕「顔」，文選、御覽均作「情」，初學記作「倩」；又，文選其下注「善本作顔」。

〔一〇〕「寥」，初學記、御覽均作「寞」。　「幄」，御覽作「幄」。

〔一一〕「寢」，趙本作「寑」；此字同類異文，以下不再出校。

〔二三〕「逐奔」，活字本作「遂奔」，兩抄本均作「逐本」。

擣衣〔一〕

衡紀無淹度〔二〕，晷運倏如催。白露滋園菊，秋風落庭槐。肅肅莎鷄羽〔三〕，烈烈寒螿啼〔四〕。夕陰結空幕，霄月皓中閨〔五〕。美人戒裳服〔六〕，端飾相招携〔七〕。簪玉出北房〔八〕，鳴金步南階。櫚高砧響發〔九〕，楹長杵聲哀。微芳起兩袖〔一〇〕，輕汗染雙題〔一一〕。紈素既已成，君子行未歸〔一二〕。裁用笥中刀，縫爲萬里衣。盈篋自予手〔一三〕，幽緘俟君開〔一四〕。腰帶准疇昔〔一五〕，不知今是非。

【校記】

〔一〕此首文選三〇録全篇，類聚六七衣冠部衣裳録「催」、「槐」、「啼」、「閨」、「携」、「階」、「哀」、「題」八韻，事類賦五歲時部二秋賦注録「催」、「槐」二韻，御覽二五時序部十秋下録「催」、「槐」、「啼」、「閨」、「携」、「階」、「哀」七韻。

〔二〕「紀」，馮抄本此字係塗改而成，有「宋本」印。

〔三〕「莎」，兩抄本、趙本均作「沙」。

〔四〕「烈烈」，類聚作「冽冽」。

〔五〕「宵」，活字本、趙本、文選、類聚均作「宵」；又，文選其下注「善本作宵」。「中」，類聚作「空」。

〔六〕「戒裳」，活字本作「成常」，兩抄本、趙本均作「戒常」，御覽作「式常」。

〔七〕「飾」，活字本、趙本均作「飭」，馮抄本作「飭」，翁抄本作「餝」，御覽作「餝」。「携」，馮抄本此字係塗改而成，有「宋本」印。

〔八〕「房」，活字本作「方」。

〔九〕「檷」，四玉臺本均作「欄」，類聚、御覽均作「檐」。

〔一〇〕「起」，類聚作「發」。

〔一一〕「汗」，類聚作「汙」。

〔一二〕「未」，兩抄本、趙本均作「不」。

〔一三〕「筐」，四玉臺本、文選均作「篋」。「予」，文選作「余」。

〔一四〕「俟」，馮抄本作「俟」，但其右上角係塗改而成，無「宋本」印；翁抄本作「俟」，文選此字下注「善本作俟」。

〔一五〕「准」，趙本作「準」。

代古〔一〕

客從遠方來，贈我鵠文綾〔二〕。貯以相思篋〔三〕，緘以同心繩。裁爲親身服，着以俱寢興〔四〕。别來經年歲，歡心不可凌〔五〕。瀉酒置井中〔六〕，誰能辯斗升？合如杯中水，誰能判淄澠？

【校記】

〔一〕此首白帖二綾録「綾」一韻，御覽四七八人事部一百一十九贈遺録「綾」、「興」二韻，均無題。

〔二〕「鵠」，白帖、御覽均作「鶴」。

〔三〕「篋」，活字本作「筴」。

〔四〕「俱」，御覽作「便」。

〔五〕「凌」，馮抄本原作「綾」，經塗改後作「凌」，有「宋本」印；翁抄本作「綾」。

〔六〕「瀉」，四玉臺本均作「寫」。

擬行行重行行

劉鑠〔一〕

眇眇淩長道〔二〕，遥遥行遠之。迴車背京邑〔三〕，揮手從此辭〔四〕。堂上流塵生，庭中緑草滋。寒螿翔水曲，秋兔依山基。芳年有華月，佳人無還期。日夕涼風起，對酒長相思。悲發江南調，憂委子衿詩。卧看明燈晦〔五〕，坐見輕紈緇。泪容不可飾〔六〕，幽鏡難復治〔七〕。願垂薄暮景，照妾桑榆時。

【校記】

〔一〕此首文選三一録全篇，署「劉休玄」。「擬行行重行行　劉鑠」，活字本題作「代行行重行行　劉鑠」；馮抄本此詩題作兩行，其首行題「雜詩五首」，次行題「代行行重行行　劉鑠」；趙本總題作「劉鑠雜詩五首」，而置「代行行重行行」之題於本詩正文末；翁抄本此詩題作兩行，其首行題「雜詩五首　劉鑠」，次行題「代行行重行行」。按，活字本目録中有「雜詩五首」總題，四玉臺本目録劉鑠名下均無具體詩題。又，四玉臺本劉鑠詩均置於卷三謝惠連詩之後。

〔二〕「長」，兩抄本、趙本均作「羡」。

〔三〕「邑」，兩抄本、趙本、文選均作「里」。

〔四〕「從」，兩抄本、趙本均作「於」。

〔五〕「看」，文選作「覺」。

〔六〕「不可」，兩抄本、趙本均作「曠不」。

〔七〕「治」，活字本作「持」。

擬明月何皎皎〔一〕

落宿半遥城，浮雲藹曾闕〔二〕。玉宇來清風〔三〕，羅帳延秋月。結思想伊人，沉憂懷明發。誰謂行客久〔四〕，屢見流芳歇〔五〕。河廣川無梁，山高路難越。

【校記】

〔一〕此首文選三一録全篇。「擬明月何皎皎」，四玉臺本均作「代明月何皎皎」；其中趙本此題置於本詩正文末，以下三首格式同，不再分别出校。

〔二〕「闕」，兩抄本均作「闤」。

〔三〕「玉」，翁抄本作「五」。

〔四〕「行客」，文選作「客行」。「久」，四玉臺本均作「游」。

〔五〕「流芳」，活字本作「芳流」。

擬孟冬寒氣至〔一〕

白露秋風始〔二〕，秋風明月初。明月照高樓，白露皎玄除。迨及涼風起〔三〕，行見寒林疏。客從遠方至，贈我千里書。先敍懷舊愛，末陳久離居〔四〕。一章意不盡，三復情有餘。願遂平生志〔五〕，無使甘言虚。

【校記】

〔一〕「擬」，四玉臺本均作「代」。「氣」，馮抄本作「風」。

〔二〕「露」，翁抄本作「露」。

〔三〕「迨」，翁抄本作「迨」。「風」，兩抄本、趙本均作「雲」。

〔四〕「久」，活字本作「夕」。

〔五〕「志」，兩抄本、趙本均作「眷」。

擬青青河邊草〔一〕

凄凄含露臺，肅肅迎風館。思女御櫺軒，哀心徹雲漢。端撫悲弦泣，獨對明燈嘆。良人久遥役〔二〕，耿介終昏旦〔三〕。楚楚秋水歌〔四〕，依依采菱彈〔五〕。

【校記】

〔一〕「擬」，四玉臺本均作「代」。「邊」，兩抄本、趙本均作「畔」。

〔二〕「遥」，四玉臺本均作「徭」。

〔三〕「介」，活字本、兩抄本均作「分」。「旦」，翁抄本作「且」。

〔四〕「水」，兩抄本均作「木」。

〔五〕「采菱」，活字本作「授菱」，趙本作「采蔆」；按，凡「菱」、「蔆」一類異文，以下不再出校。

咏牛女〔一〕

秋動清風扇〔二〕，火移炎氣歇。廣欄含夜陰〔三〕，高軒通夕月。安步巡芳林，傾望極雲闕〔四〕。組幕縈漢陳，龍駕凌霄發。誰云長河遥？頗覺促筵悦〔五〕。沉情未申寫，飛光已飄忽。來對眇難期〔六〕，今歡自兹没。

【校記】

〔一〕此首類聚四歲時中七月七日、初學記四七月七日均録「歇」、「月」、「闕」、「發」、「忽」、「没」六韻，均題作「七夕咏牛女」。

〔二〕「風」，四玉臺本均作「氛」，但馮抄本原作「气」，經塗改後作「氛」，有「宋本」印。

〔三〕「欄」，類聚、初學記均作「檐」。

〔四〕「傾」，初學記作「仰」。

〔五〕「覺」，兩抄本、趙本均作「劇」。「悦」，兩抄本、趙本均作「越」。

〔六〕「來」，馮抄本此字原似作「未」，經塗改後作「来」，無「宋本」印；翁抄本作「未」。

七夕月下

王僧達〔一〕

遠山斂氛祲，廣庭揚月波。氣往風集隙〔二〕，秋還露泫柯。節氣既已孱〔三〕，中霄振綺羅〔四〕。來歡詎終夕，收泪泣分河。

【校記】

〔一〕此首類聚四歲時中七月七日、初學記四七月七日均録全篇。「七夕月下　王僧達」，兩抄本均作「七夕月下　王僧達一首」，趙本作「王僧達七夕月下一首」。按，活字本目録中「下」下有「一首」二字，兩抄本目録中「一首」二字均置於詩題下。又，四玉臺本卷四均始於此詩。

〔二〕「氣」，四玉臺本均作「期」。

〔三〕「氣」，初學記作「期」。「孱」，初學記作「屏」。

〔四〕「霄」，活字本作「宵」。

爲織女贈牽牛

顏延年〔一〕

婺女儷經星〔二〕，嫦娥栖飛月〔三〕。慚無二媛靈〔四〕，托身侍天闕。閶闔殊朱暉〔五〕，咸池豈沐髮〔六〕。漢陰不夕張〔七〕，長河爲誰越？雖有促讌期〔八〕，方須凉風發〔九〕。虛計雙曜周〔一〇〕，空遲三星没。非怨杼軸勞〔一一〕，但念芳菲歇。

【校記】

〔一〕此首類聚四歲時中七月七日録「月」、「闕」、「髮」、「越」、「發」五韻。初學記四七月七日録「月」一韻，御覽三一時序部十六七月七日録「月」、「闕」、「髮」、「越」、「發」、「歇」六韻，均題作「織女贈牽牛」。「爲織女贈牽年　顏延年」，活字本作「爲織女贈牽牛　顏延之」，兩抄本均作「爲織女贈牽牛　顏延之二首」，趙本作「顏延之爲織女贈牽牛」。按，活字本目録中「顏」作「彦」，兩抄本目録中無「二首」二字，兩抄本、趙本目録中「牛」下均有「七夕一首」四字。

〔二〕「儷」，初學記、御覽均作「麗」。

〔三〕「嫦」，活字本、類聚、御覽均作「姮」，兩抄本作「常」，初學記作「恒」。「娥」，趙本作「娍」。

「栖」，兩抄本、初學記、御覽均作「捿」。

〔四〕「二」，御覽作「一」。

〔五〕「閶闔殊朱暉」，四玉臺本、類聚均作「閶闔殊未暉」，御覽作「閶殊闔未央」。

〔六〕「咸池」，兩抄本均作「成池」，御覽作「銀河」。

〔七〕「夕張」，趙本、翁抄本均作「久張」，御覽作「夕悵」。

〔八〕「雖有促讌」，類聚作「雖有促宴」，御覽作「有促讌歸」。

〔九〕「方須」，御覽作「萬頃」。

〔一〇〕「曜」，四玉臺本均作「曜」。

〔一一〕「軸」，御覽作「柚」。

秋胡九首〔一〕

【校記】

〔一〕「秋胡九首」，活字本、兩抄本均作「秋胡」，趙本作「秋胡詩一首」。按，活字本目錄中題下有「詩九首又」四字，兩抄本目錄中題下均有「詩一首顏延之」六字。

其一〔一〕

椅梧傾高鳳，寒谷待鳴律。影響豈不懷？自遠每相匹〔二〕。婉彼幽閑女，作嬪君子室。峻節貫秋霜，明艷侔朝日。嘉運既我從，欣願自此畢。

【校記】

〔一〕此首文選二一録全篇，題作「秋胡詩一首」；按，文選所録本題下九首前後相連作一首。事類賦二四木部一木賦録「律」一韻。樂府詩集三六録全篇，爲秋胡行九首之第一首。「其一」二字，活字本無，其下八首，活字本亦均無「其×」字樣；兩抄本、趙本均以雙行小字注於該章末，其下八章亦均注有「其×」字樣；不再分別出校。

〔二〕「遠」，活字本作「達」。

其二〔一〕

燕居未及歡〔二〕，良人顧有違。脱巾千里外，結綬登王畿。戒塗在昧旦〔三〕，左右來相依〔四〕。驅車出郊郭，行路正威遲〔五〕。存爲久離别，没爲長不歸。

【校記】

〔一〕此首文選二一録全篇，題作「秋胡詩一首」。類聚一八人部二賢婦人録「違」、「幾」、「依」三韻；按，類聚所録本題下其二三韻、其五三韻、其六二韻、其九二韻前後相連作一首。樂府詩集三六録全篇，爲秋胡行九首之第二首。

〔二〕「歡」，馮抄本此字空缺，有「宋本」印；趙本、類聚均作「好」；翁抄本此字原空缺，紅筆補入「歡」字，其眉端紅筆注「歡字遵王摹出」六字；文選此字下注「善本作好」。

〔三〕「塗」，四玉臺本、文選、類聚、樂府詩集均作「徒」。

〔四〕「來相」，樂府詩集作「相來」。

〔五〕「威」，活字本作「倭」。「遲」，兩抄本均作「遟」。

其三〔一〕

嗟余怨行役，三陟窮晨暮。嚴駕越風寒，解鞍犯霜露。原隰多悲涼，迴飆卷高樹。離獸起荒蹊，驚鳥縱横去〔二〕。悲哉游宦子〔三〕，勞此山川路〔四〕。

【校記】

〔一〕此首文選二一録全篇，題作「秋胡詩一首」。樂府詩集三六録全篇，爲秋胡行九首之第三首。

〔二〕「縱」，文選作「從」。
〔三〕「宧」，樂府詩集作「宦」。
〔四〕「勞」，活字本作「榮」。

其四〔一〕

迢遥行人遠〔二〕，婉轉年運徂〔三〕。良時爲此别〔四〕，日月方向除。孰知寒暑積，僶俛見榮枯。歲暮臨空房，凉風起坐隅。寢興日已寒，白露生庭蕪。

【校記】

〔一〕此首文選二一録全篇，題作「秋胡詩一首」。樂府詩集三六録全篇，爲秋胡行九首之第四首。
〔二〕「迢」，文選、樂府詩集均作「超」。
〔三〕「婉」，文選、樂府詩集均作「宛」。
〔四〕「時」，文選作「人」。

其五〔一〕

勤役從歸願〔二〕，反路遵山河。昔辭秋未素〔三〕，今也歲載華。蠶月觀時暇〔四〕，桑野多經過。佳人從所務〔五〕，窈窕援高柯。傾城誰不顧？彌節停中阿〔六〕。

【校記】

〔一〕此首文選二一録全篇，題作「秋胡詩一首」。類聚一八人部二賢婦人録「過」、「柯」、「阿」三韻。樂府詩集三六録全篇，爲秋胡行九首之第五首。

〔二〕「願」，趙本作「顧」。

〔三〕「辭」，文選此字下注「善本作醉」。

〔四〕「觀」，活字本作「歡」；兩抄本原同，後均改作「歡」，馮抄本有「宋本」印。

〔五〕「所」，文選此字下注「善本作此」。

〔六〕「彌」，四玉臺本、文選、類聚、樂府詩集均作「弭」。

其六〔一〕

年往誠思勞，路遠闊音形〔二〕。雖爲五載別，相與昧平生。捨車遵往路，鳧藻馳目成〔三〕。南金豈不重？聊自意所輕。義心多苦調，密比金玉聲〔四〕。

【校記】

〔一〕此首文選二一録全篇，題作「秋胡詩一首」。類聚一八人部二賢婦人録「輕」、「聲」二韻。樂府詩集三六録全篇，爲秋胡行九首之第六首。

〔二〕「路」，四玉臺本均作「事」，文選此字下注「善本作事」。

〔三〕「皃」，馮抄本作「皃」。「目」，活字本作「日」。「成」，兩抄本均作「誠」。

〔四〕「比」，兩抄本、趙本、文選、樂府詩集均作「此」。

其七〔一〕

高節難久淹，朅來空復辭。遲遲前途盡，依依造門基。上堂拜嘉慶，入室問所之〔二〕。日暮行采歸，物色桑榆時。美人望昏至，慚嘆前相持。

【校記】

〔一〕此首文選二一録全篇，題作「秋胡詩一首」。樂府詩集三六録全篇，爲秋胡行九首之第七首。

〔二〕「所」，四玉臺本、文選、樂府詩集均作「何」。

其八〔一〕

有懷誰能已？聊用申苦難。離居殊年歲〔二〕，一别阻河關〔三〕。春來無時豫，秋至恒早寒〔四〕。明發動愁心，閨中起長嘆〔五〕。慘凄歲方晏〔六〕，日落游子顔〔七〕。

【校記】

〔一〕此首文選二一録全篇，題作「秋胡詩一首」。類要二四行旅下、羈旅均録「顔」一韻。樂府詩集三六録全篇，爲秋胡行九首之第八首。

〔二〕「歲」，文選、樂府詩集均作「載」。

〔三〕「關」，翁抄本作「開」。

〔四〕「恒」，四玉臺本均作「應」。

〔五〕「起」，樂府詩集作「夜」。

〔六〕「凄」，類要羈旅作「復」。「方」，類要行旅下作「月」。

〔七〕「日落」，活字本作「落日」。

其九〔一〕

高張生絶弦，聲急由調起。自昔枉光塵，結言固終始〔二〕。如何久爲别〔三〕，百行愆諸己〔四〕。君子失明義〔五〕，誰與偕没齒？愧彼行露詩〔六〕，甘之長川汜〔七〕。

【校記】

〔一〕此首文選二一録全篇，題作「秋胡詩一首」。類聚一八人部二賢婦人録「己」、「汜」二韻。樂府詩集三六録全篇，爲秋胡行九首之第九首。

〔二〕「始」，活字本作「如」。

〔三〕「如」，活字本作「始」。

〔四〕「愆」，文選此字下注「善本作諐」。

〔五〕「明」，四玉臺本均作「時」。

〔六〕「露」，活字本作「路」。

〔七〕「汜」，類聚作「涘」。

玩月城西門廨中

鮑昭〔一〕

始見西南樓〔二〕，纖纖如玉鈎。末映東北墀〔三〕，娟娟似蛾眉〔四〕。蛾眉蔽朱櫳〔五〕，玉鈎隔綺窗〔六〕。三五二八時，千里與君同。夜移衡漢落，徘徊帷幌中〔七〕。歸華先委露，别葉早辭風。客游厭辛苦〔八〕，仕子倦飄塵。休澣自公日〔九〕，宴慰及私晨〔一〇〕。蜀琴抽白雪，郢曲繞陽春〔一一〕。肴乾酒未缺〔一二〕，金壺啓夕淪〔一三〕。迴軒駐輕蓋，留酌待情人。

【校記】

〔一〕此首文選三〇録全篇，「廨」字下注「善本作解」。類聚一天部上月録「窗」、「同」、「中」三韻，署「鮑照」，題作「玩月詩」。初學記一月録「鈎」、「眉」二韻，署「鮑」，無題。事類賦一天部一月賦、御覽四天部四月録「鈎」、「眉」、「窗」、「同」、「中」五韻，均題作「玩月詩」。「玩月城西門廨中　鮑昭」，兩抄本均作「玩月城西門　鮑昭九首」，趙本作「鮑昭玩月城西門」。按，活字本目録於「鮑昭」前、趙本目録於「鮑昭」後分别有「雜詩九首」四字，兩抄本目録中「昭」下有「雜詩」二字，四玉臺本目録鮑昭名下均無具體詩題。

〔二〕「見」，文選作「出」，其下注「善本作見」。「西」，事類賦作「東」。

〔三〕「末」，活字本、文選、初學記、御覽均作「未」，馮抄本原作「未」，經塗改後作「末」，無「宋本」印。「東」，初學記、事類賦均作「西」。

〔四〕「蛾」，兩抄本、趙本、初學記均作「娥」。

〔五〕「蛾」，兩抄本、趙本均作「娥」。「朱櫳」，兩抄本、趙本均作「珠籠」，文選、類聚、事類賦均作「珠櫳」，御覽作「珠攏」。

〔六〕「綺」，文選、類聚、事類賦、御覽均作「瑣」。「窗」，翁抄本原同，紅筆描改作「恕」，其頁底紅筆又寫一「恕」字。

〔七〕「帷幌」，趙本作「帷櫎」，文選作「入户」，事類賦作「庭户」，御覽作「帷户」；又，文選「入」字下注「善本作帷」。

〔八〕「厭」，兩抄本均作「倦」。「辛苦」，文選作「苦辛」。

〔九〕「休瀚」，活字本作「沐瀚」，兩抄本均作「沐瀚」，趙本作「沐澣」。

〔一〇〕「宴」，趙本作「晏」。「晨」，四玉臺本、文選均作「辰」。

〔一一〕「繞」，文選此字下注「善本作發」。

〔一二〕「缺」，兩抄本均作「鈌」；文選作「闕」，其下注「善本作缺」。

〔一三〕「壺」，四玉臺本、文選均作「壺」；又，文選其下注「善本作臺」。「淪」，四玉臺本均作「輪」。

煌煌京洛行〔一〕

鳳樓十二重〔二〕，四户八綺窗。繡桷金蓮花〔三〕，桂柱玉盤龍。珠簾無隔露〔四〕，羅幌不勝風〔五〕。寶帳三千所〔六〕，爲爾一朝容。揚芬紫烟上〔七〕，垂彩緑雲中。春吹迴白日，霜歌落塞鴻。但懼秋塵起，盛愛逐衰蓬〔八〕。坐視青苔滿，臥對錦筵空。琴瑟縱横散〔九〕，舞衣不復縫。古來皆歇薄〔一〇〕，君意豈獨濃？唯見雙黄鵠，千里一相從。

【校記】

〔一〕此首類聚四三樂部三歌録「窗」、「龍」、「風」、「鴻」、「蓬」、「空」、「縫」七韻，初學記一八貴録「窗」、「龍」、「風」、「容」四韻，均題作「代京洛篇」。類要一三總叙宫掖録首三句、二九歌録「鴻」一韻，均題作「京洛篇」。類要一三總叙皇居録「窗」、「龍」、「風」三韻，題作「京路篇」。樂府詩集三九録全篇，署「鮑照」。「煌煌京洛行」，四玉臺本均作「代京雒篇」。

〔二〕「鳳樓十二重」，類聚作「鳳臺十二重」，類要一三總叙皇居作「風臺十二重」，同卷總叙宮掖作「風樓十二裏」。

〔三〕「桷」，初學記、類要一三總叙宮掖均作「角」，類要一三總叙皇居作「補」。「蓮」，類要一三總叙宮掖作「連」。

〔四〕「露」，樂府詩集作「路」。

〔五〕「幌」，類要作「晃」。

〔六〕「千所」，兩抄本、趙本均作「千萬」，初學記作「十萬」。

〔七〕「揚」，兩抄本均作「楊」。

〔八〕「逐」，活字本作「遂」。「蓬」，活字本作「篷」。

〔九〕「瑟」，兩抄本、趙本、類聚均作「筑」。

〔一〇〕「皆」，樂府詩集作「兵」。

擬白頭吟〔一〕

直如朱絲繩〔二〕，清如玉壺冰〔三〕。何慚宿昔意，猜恨坐相仍。人情賤恩舊，世議逐衰興〔四〕。毫髮一爲瑕，丘山不可勝。食苗實碩鼠，點白信蒼蠅〔五〕。鳧鵠遠成美〔六〕，薪蒭前見凌〔七〕。申黜褒女進〔八〕，班去趙姬升〔九〕。周王日淪惑，漢帝益嗟稱。心賞猶難恃，貌恭豈易憑？古來共如此，非君獨撫膺。

【校記】

〔一〕此首文選二八、樂府詩集四一均録全篇，題作「白頭吟」。類聚四一樂部一論樂録「冰」、「仍」、「興」、「勝」、「凌」、「升」、「膺」七韻，題作「白頭行吟」。御覽七六六雜物部一繩録「冰」一韻，無署名，題作「古詩」。「擬白頭吟」，四玉臺本均作「擬樂府白頭吟」。

〔二〕「絲」，御覽作「弦」。

〔三〕「壺」，四玉臺本、文選、樂府詩集均作「壼」。「冰」，御覽作「水」。

〔四〕「議」，四玉臺本均作「義」，樂府詩集作「路」。

〔五〕「點」，文選此字下注「善本作玷」。

〔六〕「鵠」，類聚作「鶴」。

〔七〕「蒭」，四玉臺本、文選、類聚均作「芻」。

〔八〕「褒」，兩抄本、趙本均作「裒」。

〔九〕「趙」，活字本作「信」。

朗月行〔一〕

朗月出東山，照我綺窗前。窗中多佳人，被服妖且妍。靚妝坐帷袖〔二〕，當户弄清弦。鬟奮衛女迅，體絶飛燕先。爲君歌一曲，當作朗月篇〔三〕。酒至顔自解，聲和心亦宣。千金何足重，所存意氣間。

【校記】

〔一〕朗月行一首，四玉臺本均無。樂府詩集六五録全篇，署名「鮑照」。

〔二〕「袖」，樂府詩集作「裏」。

〔三〕「當作朗月篇」，樂府詩集此句下注「一作堂上朗月篇」。

東門行〔一〕

傷禽惡弦驚〔二〕，倦客惡離聲〔三〕。離聲斷客情，賓御皆涕零。涕零心斷絶，將去還復訣〔四〕。一息不相知，何况異鄉别。遥遥征駕遠〔五〕，杳杳白日晚〔六〕。居人掩閨卧，行子中夜飯〔七〕。野風吹草木〔八〕，行子心腸斷〔九〕。食梅常苦酸〔一〇〕，衣葛常苦寒〔一一〕。絲竹徒滿座〔一二〕，憂人不解顔〔一三〕。長歌欲自慰，彌起長恨端。

【校記】

〔一〕東門行一首，四玉臺本均無。文選二八録全篇，署「鮑明遠」。類聚四一樂部一論樂録「聲」、「零」、「訣」、「别」、「晚」、「飯」、「寒」、「顔」、「端」九韻，題作「驅馬上東門行」。類要二四離别録「聲」、「零」、「訣」、「别」、「晚」、「飯」、「斷」、「寒」、「顔」九韻，題作「東門行運」；同書二五被罪録「聲」一韻，無題。樂府詩集三七録全篇，署名「鮑照」。

〔二〕「惡」，類聚作「見」。

〔三〕「惡」，類要二四無此字。

〔四〕「還復」，文選、類聚、類要、樂府詩集均作「復還」。又，類要「訣」一韻置於「别」韻後。

〔五〕「駕」，類要作「届」。

〔六〕「白」，文選、類聚、類要均作「落」，樂府詩集此字下注「一作落」。

〔七〕「行」，類要作「竹」。「中夜」，文選、類聚、類要、樂府詩集均作「夜中」，類聚作「野中」。

〔八〕「吹草木」，文選作「吹秋木」，類要作「秋吹木」。

〔九〕「腸斷」，類要作「斷腸」。

〔一〇〕「常」，類要作「嘗」。

〔一一〕「常」，類要作「嘗」。「苦」，類要作「若」。

〔一二〕「座」，文選作「坐」。

〔一三〕「憂」，類要作「愛」。

采桑詩〔一〕

季春梅始落，女工事蠶作〔二〕。采桑淇洧間〔三〕，還戲上宮閣。早蒲時結陰，晚篁初解籜〔四〕。藹藹霧滿閨，融融景盈幕〔五〕。乳燕逐草蟲，巢蜂拾花萼〔六〕。景節最暄妍〔七〕，佳服又新爍。歛嘆對迴塗〔八〕，揚歌弄場藿〔九〕。抽琴拭紵思〔一〇〕，薦佩果成托〔一一〕。承君郢中美，服義久心諾。衛風古愉艷，鄭俗舊浮薄。虛願悲渡湘〔一二〕，宓賦笑瀍洛〔一三〕。盛明難重來，淵意爲誰涸？君其且調弦，桂酒妾行酌〔一四〕。

【校記】

〔一〕此首樂府詩集二八録全篇，署名「鮑照」。

〔二〕「女工」，樂府詩集作「工女」。

〔三〕「洧」，樂府詩集作「澳」。

〔四〕「篁」，樂府詩集此字下注「一作竹」。

〔五〕「景」，兩抄本均作「京」。

〔六〕「蕚」，兩抄本、趙本、樂府詩集均作「藥」。

〔七〕「景」，四玉臺本、樂府詩集均作「是」。　「暄」，樂府詩集作「喧」。

〔八〕「斂」，活字本、樂府詩集均作「欽」；馮抄本原作「斂」，經塗改後作「欽」，有「宋本」印；翁抄本原作「斂」，紅筆描改作「欽」。　「迴」，兩抄本均作「迴」，趙本、樂府詩集均作「回」。

〔九〕「楊」，活字本、兩抄本均作「陽」，趙本、樂府詩集均作「揚」。

〔一〇〕「抽琴拭紵思」，四玉臺本均作「抽琴試佇思」，樂府詩集作「琴抽試紆思」。

〔一一〕「薦」，兩抄本均作「鳫」。　「果」，活字本作「杲」。　「成」，四玉臺本均作「誠」。

〔一二〕「虛」，樂府詩集作「靈」。

〔一三〕「宓」，四玉臺本均作「空」。　「瀍」，兩抄本均作「漄」，樂府詩集此字下注「一作景」。

〔一四〕「酌」，馮抄本原同，經塗改後作「□」，無「宋本」印；翁抄本此字上有一紅圈。

夢還詩

銜淚出郭門，撫劍無人逵〔一〕。沙風暗塞起，離心眷鄉畿。夜分就孤枕，夢想暫言歸。孀婦當户嘆〔二〕，繰絲復鳴機〔三〕。慊款論久别，相將還綺幃。歷歷檐下涼〔四〕，朧朧窗裏暉。刈蘭争芬芳，采菊競葳蕤。開奩集香蘇〔五〕，探袖解纓徽。寐中長路近，覺後大江違。驚起空嘆息，恍惚神魂飛〔六〕。白水漫浩浩，高山壯巍巍。波潮異往復〔七〕，風雲改榮衰〔八〕。此土非吾土，慷慨當訴誰！

【校記】

〔一〕「劍」，活字本、趙本均作「劎」，兩抄本均作「釼」；此字同類異文，以下不再出校。

〔二〕「嘆」，兩抄本、趙本均作「笑」。

〔三〕「繰」，兩抄本、趙本均作「搔」。

〔四〕「歷歷」，四玉臺本均作「靡靡」。「檐」，兩抄本均作「簷」。

〔五〕「奩」，兩抄本均作「奩」，趙本作「匳」；此字同類異文，以下不再出校。

〔六〕「惚」，趙本作「忽」。又，兩抄本此字下均衍一「目」字。

〔七〕「潮」，翁抄本作「湖」。

〔八〕「雲」，兩抄本、趙本均作「霜」。

擬古

河畔草未黃，胡鷹已矯翼〔一〕。秋蟲挾户吟〔二〕，寒婦成夜織〔三〕。去歲征人還，流傳舊相識。聞君上隴時〔四〕，東望久嘆息。宿昔改衣帶〔五〕，旦暮異容色。念此憂如何？夜長愁更多〔六〕。明鏡塵匣中〔七〕，寶瑟生網羅〔八〕。

【校記】

〔一〕「鷹」，兩抄本、趙本均作「雁」。

〔二〕「蟲」，兩抄本、趙本均作「蛩」。「挾」，馮抄本、趙本均作「扶」；翁抄本原作「挾」，紅筆描改作「狀」，其頁眉紅筆寫「狀」字。

〔三〕「成」，四玉臺本均作「晨」。

〔四〕「隴」，四玉臺本均作「壟」。

〔五〕「改衣帶」，兩抄本、趙本均作「衣帶改」。

〔六〕「愁更多」，兩抄本均作「憂向身」，趙本作「憂向多」。

〔七〕「明鏡」，兩抄本均作「人金」。

〔八〕「瑟」，四玉臺本均作「琴」。

咏雙燕〔一〕

雙燕戲雲崖，羽翮始差池。出入南閨裏，經過北堂陲〔二〕。意欲巢君幕〔三〕，層楹不可窺。沉吟芳歲晚，徘徊韶景移〔四〕。悲歌辭舊愛，銜泥覓新知〔五〕。

【校記】

〔一〕此首類聚九二鳥部下燕録全篇。「咏雙燕」，兩抄本、趙本均作「咏燕」。

〔二〕「陲」，活字本、兩抄本均作「垂」，趙本作「垂」。

〔三〕「君」，馮抄本作「居」。

〔四〕「徘徊」，兩抄本均作「俳佪」，趙本作「徘回」。

〔五〕「泥」，類聚作「泪」。「新」，類聚作「所」。

贈故人馬子喬二首〔一〕

【校記】

〔一〕「贈故人馬子喬二首」，活字本無「二首」二字，兩抄本、趙本均作「贈故人」。

其一〔一〕

寒灰滅更燃，夕華晨更鮮。春冰雖暫解，冬冰還復堅〔二〕。佳人捨我去〔三〕，賞愛長絕緣。歡至不留時，每念輒傷年〔四〕。

【校記】

〔一〕「其一」二字，四玉臺本均無。

〔二〕「還復」，兩抄本、趙本均作「復還」。

〔三〕「捨」，馮抄本作「拾」。
〔四〕「念」，兩抄本、趙本均作「感」。

其二〔一〕

雙劍將别離，先在匣中鳴。烟雨交將夕，從此遂分形。雌沉吴江水〔二〕，雄飛入楚城。吴江深無底，楚闕有崇扃〔三〕。一爲天地别，豈直限幽明〔四〕？神物終不隔，千祀儻還并〔五〕。

【校記】

〔一〕此首類聚六〇軍器部劍、御覽三四四兵部七十五劍下均録「鳴」、「城」、「扃」、「明」、「并」五韻，均無題。「其二」二字，四玉臺本均無。
〔二〕「水」，類聚、御覽均作「裏」。
〔三〕「闕」，兩抄本、趙本均作「城」。
〔四〕「限」，馮抄本原作「阻」，經塗改後作「且」，有「宋本」印；趙本作「阻」；翁抄本原作「阻」，紅筆圈去「阝」旁。

〔五〕「儻」，兩抄本均作「償」。

學阮步兵體

王素〔一〕

沉情發遐慮，紆鬱懷所思。仿佛聞簫管〔二〕，鳴鳳接嬴姬。聯綿共雲翼〔三〕，嫣婉相攜持。寄言芳華士，寵利不常期。涇渭分清濁，視彼國風詩〔四〕。

【校記】

〔一〕「學阮步兵體　王素」，兩抄本「王」均作「玉」，趙本作「王素學阮步兵體」。按，兩抄本目録中「玉」作「王」，四玉臺本目録中「體」下均有「一首」二字。

〔二〕「聞簫」，兩抄本此二字均空缺，馮抄本於空缺處有「宋本」印。「管」，翁抄本原同，紅筆塗改作「官」，此行下端紅筆寫一「官」字。

〔三〕「綿」，兩抄本均作「錦」。

〔四〕「國」，兩抄本、趙本均作「谷」。

飛來雙白鵠

吴邁遠〔一〕

可憐雙白鵠〔二〕，雙雙絶塵氛。連翩弄光景，交頸游青雲。逢羅復逢繳，雌雄一旦分。哀聲流海曲，孤叫絶江濆〔三〕。豈不慕前侣，爲爾不及群。步步一零泪，千里猶待君。樂哉新相知，悲矣生别離〔四〕。持此百年命〔五〕，共逐寸陰移。譬如空山草〔六〕，零落心自知。

【校記】

〔一〕此首樂府詩集三九録全篇。「飛來雙白鵠　吴邁遠」，兩抄本均作「飛來雙白鵠　吴邁遠擬樂府四首」；趙本總題作「吴邁遠擬樂府四首」，而置「飛來雙白鵠」之題於本詩正文末。按，活字本目録中有「擬樂府四首」總題，四玉臺本目録吴邁遠擬樂府四首下均無具體詩題。

〔二〕「鵠」，兩抄本、趙本均作「鶴」。

〔三〕「絶」，四玉臺本均作「出」，樂府詩集作「去」。

〔四〕「矣」，樂府詩集作「來」。

〔五〕「持」，兩抄本、趙本均作「恃」。

〔六〕「譬」，兩抄本均作「辟」。

陽春曲〔一〕

百里望咸陽，知是帝京邑〔二〕。綠樹搖雲光，春城起風色。佳人愛華景〔三〕，流靡園塘側。妍姿艷月映，羅衣飄蟬翼。宋玉歌陽春〔四〕，巴人長嘆息。雅鄭不同賞，那令君愴惻？生平重愛惠〔五〕，私自憐何極。

【校記】

〔一〕此首類聚四二樂部二樂府錄「色」、「側」、「息」、「極」四韻。樂府詩集五二錄全篇，題作「陽春歌」。「陽春曲」之題，趙本置於本詩正文末；以下二首格式同，不再分別出校。

〔二〕「邑」，兩抄本、趙本、樂府詩集均作「域」。

〔三〕「華景」，四玉臺本均作「景華」。

〔四〕「玉」，活字本作「王」。

〔五〕「生平重愛惠」，類聚作「生重愛惠輕」，樂府詩集作「生重受惠輕」。

長別離〔一〕

生離不可聞，況復長相思。如何與君別，當我盛年時〔二〕。蕙花每搖蕩，妾心空自持〔三〕。榮乏草木歡，悴極霜露悲。富貴貌難變〔四〕，貧賤顔易衰〔五〕。持此斷君腸，君亦且自疑〔六〕。淮陰有逸將，折羽謝翻飛〔七〕。楚有扛鼎士〔八〕，出門不得歸。正爲隆準公，杖劍入紫微〔九〕。君才定何如，白日不争暉〔一〇〕。

【校記】

〔一〕此首類聚四二樂部二樂府録「思」、「時」、「持」三韻，題作「長離別」。樂府詩集七二録全篇。

〔二〕「盛」，樂府詩集作「少」。

〔三〕「空」，樂府詩集作「長」，其下注「一作空」。

〔四〕「貌難變」，四玉臺本均作「身難老」，樂府詩集作「皃難變」；又，樂府詩集「皃」字下注「一作身」。

〔五〕「顏」，兩抄本、趙本均作「年」。

〔六〕「且」，四玉臺本、樂府詩集均作「宜」。

〔七〕「折」，活字本作「拆」，樂府詩集作「析」。「羽」，兩抄本、趙本均作「翮」。「謝翻」，樂府詩集作「不曾」。

〔八〕「有」，四玉臺本均作「亦」。

〔九〕「杖」，樂府詩集作「仗」。

〔一〇〕「不」，四玉臺本、樂府詩集均作「下」。

長相思〔一〕

晨有行路客〔二〕，依依造門端。人馬風塵色，知從河塞還〔三〕。時我有同栖，結宦游邯鄲〔四〕。將不異客子，分飢復共寒。煩君尺帛書〔五〕，寸心從此殫〔六〕。道妾長憔悴〔七〕，豈復歌笑顏〔八〕。檐隱千霜樹〔九〕，庭枯十載蘭〔一〇〕。經春不舉袖，秋落寧復看？一見願道意，君門已九關。虞卿棄相印，檐笠爲同歡〔一一〕。閨陰欲早霜，何事空盤桓。

【校記】

〔一〕此首類聚四二樂部二樂府録「端」、「還」、「殫」、「顔」、「蘭」、「看」六韻，樂府詩集六九録全篇。

〔二〕「行路」，類聚作「遠道」。

〔三〕「河」，類聚作「關」。

〔四〕「宦」，活字本作「官」。

〔五〕「帛」，類聚作「錦」。

〔六〕「殫」，兩抄本、趙本均作「單」。

〔七〕「道」，兩抄本、趙本、樂府詩集均作「遺」。

〔八〕「豈」，類聚作「無」。

〔九〕「檐」，類聚作「攔」。

〔一〇〕「載」，類聚作「年」。

〔一一〕「檐笠」，兩抄本均作「擔登」，趙本、樂府詩集均作「擔簦」。

擬青青河畔草　鮑令暉〔一〕

褭褭臨窗竹〔二〕，藹藹垂門桐。灼灼青軒女，泠泠高堂中〔三〕。明志逸秋霜，玉顔掩春紅〔四〕。人生誰不别，恨君早從戎。鳴弦慚夜月，紺黛羞春風。

【校記】

〔一〕「擬青青河畔草　鮑令輝」，活字本作「擬青青河畔草　鮑令暉」，兩抄本均作「擬青青河畔草鮑令暉六首」，趙本作「鮑令暉擬青青河畔草」。按，活字本目録中有「雜詩六首」總題，兩抄本目録中「六」前有「雜詩」二字，趙本目録中「暉」下有「雜詩六首」四字，四玉臺本目録鮑令暉雜詩六首下均無具體詩題。

〔二〕「褭褭」，活字本作「裹裹」，兩抄本均作「褭褭」，趙本作「裊裊」。

〔三〕「泠泠」，馮抄本作「冷冷」。「堂」，兩抄本、趙本均作「臺」。

〔四〕「掩」，兩抄本、趙本均作「豔」。

擬客從遠方來

客從遠方來，贈我漆鳴琴。木有相思文，弦有别離音。終身執此調，歲寒不改心。願作陽春曲，宮商長相尋。

寄人行〔一〕

自君之出矣，臨軒不解顏。砧杵夜不發，高門晝常關〔二〕。帳中流熠耀〔三〕，庭前華紫蘭〔四〕。楊枯識節異〔五〕，鴻來知客寒〔六〕。游暮冬盡月〔七〕，除春待君還〔八〕。

【校記】

〔一〕此首類聚三一人部十五贈答録「顏」、「關」、「蘭」、「寒」四韻，題作「題書寄行人」；樂府詩集六九録全篇，題作「自君之出矣」，均署「鮑令暉」。「寄人行」，四玉臺本均作「題書後寄行人」。按，鄭本目録中「人行」作「行人」。

〔二〕「常」，馮抄本原作「長」，經塗改後作「常」，有「宋本」印；類聚、樂府詩集均作「恒」。

〔三〕「帳」，樂府詩集作「帷」。「熠耀」，兩抄本均作「耀熠」。

〔四〕「庭」，翁抄本原同，紅筆描改作「夜」，其頁眉紅筆寫「夜」字。

〔五〕「楊」，兩抄本、趙本、類聚、樂府詩集均作「物」。「識」，兩抄本、趙本均作「謝」。

〔六〕「來」，樂府詩集作「歸」。

〔七〕「游暮冬盡月」，活字本作「游月暮冬盡」，兩抄本、趙本均作「游用暮冬盡」，樂府詩集作「游取暮春盡」。

〔八〕「除春」，樂府詩集作「餘思」。

古意贈今人〔一〕

寒鄉無異服，氈褐代文練〔二〕。月月望君歸，年年不解綖〔三〕。荊楊春早和〔四〕，幽冀猶霜霰〔五〕。北寒妾已知，南心君不見。誰爲道辛苦？寄情雙飛燕。形迫杼煎絲〔六〕，顏落風催電。容華一朝改〔七〕，唯餘心不變。

【校記】

〔一〕此首類聚四二樂部二樂府、樂府詩集七六均録「練」、「綖」、「霰」、「見」四韻，均署「吴邁遠」，類聚題作「秋風曲」，樂府詩集題作「秋風」。

〔二〕「氈褐」，兩抄本、趙本、類聚、樂府詩集均作「衣氈」。

〔三〕「綎」，類聚、樂府詩集均作「腺」。

〔四〕「楊」，活字本作「揚」。「春早」，兩抄本、類聚、樂府詩集均作「早春」。

〔五〕「冀」，類聚、樂府詩集均作「地」。

〔六〕「煎」，兩抄本均作「前」。

〔七〕「改」，兩抄本、趙本均作「盡」。

代葛沙門妻郭小玉作二首〔一〕

【校記】

〔一〕「作二首」，活字本作「詩二首」，兩抄本、趙本均作「詩」。又，翁抄本黃筆描「玉」作「五」。

其一〔一〕

明月何皎皎，垂幌照羅茵〔二〕。若共相思夜，知同憂怨晨。芳華豈矜貌，霜露不憐人。君非青雲逝，飄迹事咸秦。妾持一生淚，經秋復度春。

【校記】

〔一〕「其一」二字，兩抄本、趙本均無。

〔二〕「幌」，趙本作「櫎」。

其二〔一〕

君子將遥役〔二〕，遺我雙題錦。臨當欲去時，復留相思枕。題用常著心，枕以憶同寢。行行日已遠，轉覺思彌甚。

【校記】

〔一〕「其二」二字，兩抄本、趙本均無。

〔二〕「遥」，活字本、趙本均作「徭」，兩抄本均作「傜」。

詠七寶扇

丘巨源〔一〕

妙縞貴東夏〔二〕，巧媛出吴闉〔三〕。裁如白玉璧〔四〕，縫似明月輪〔五〕。表裏鏤七寶，中銜駭鷄珍。晝作景山樹〔六〕，圖爲河洛神。來延揮握玩，入與鐶釧親。生風長袖際，晞華紅粉津〔七〕。拂眄迎嬌意〔八〕，隱映含歌人。時移務忘故，節改競存新。卷情隨象簟，舒心謝錦茵。厭歇何足道〔九〕，敬哉先後晨。

【校記】

〔一〕此首類聚六九服飾部上扇録「輪」、「珍」、「神」、「津」、「人」五韻，題作「咏七寶團扇」。初學記二五扇録全篇，題作「咏七寶畫圖扇」。「咏七寶扇　丘巨源」，兩抄本均作「咏七寶扇　丘巨源二首」，趙本作「丘巨源咏七寶扇」。按，活字本目録中有「雜詩五首」總題，兩抄本目録中「二」前有「雜詩」二字，趙本目録中「源」下有「雜詩二首」四字，四玉臺本目録丘巨源雜詩二首（活字本「二」誤作「五」）下均無具體詩題。

〔二〕「縞」，初學記作「經」。「東」，初學記作「冬」。

〔三〕「媛」，初學記作「僞」。

〔四〕「如」，四玉臺本、類聚、初學記均作「狀」。

〔五〕「月」，馮抄本無此字。

〔六〕「晝」，初學記作「畫」。

〔七〕「粉」，類聚作「柳」。

〔八〕「拂」初學記作「清」。「眄」，類聚作「盼」。「嬌」，初學記作「驕」。

〔九〕「厭歇」，兩抄本、趙本均作「懕歇」，初學記作「歇歌」。

聽鄰妓

披衽乏游術，憑軾寡文才。蓬門長自寂，虚席視生埃〔一〕。貴里臨倡館〔二〕，東鄰歌吹臺。雲間嬌響徹，風末艷聲來。飛華瑶翠幄，揚芬金碧杯〔三〕。久絶中州美，從念尸鄉灰。遺情悲近世，中山安在哉！

【校記】

〔一〕「埃」，兩抄本均作「竢」。

〔二〕「倡」，兩抄本、趙本均作「妝」。

〔三〕「揚」，兩抄本均作「楊」。

古意二首　王融〔一〕

【校記】

〔一〕「古意二首　王融」，活字本作「古意　元長王氏」，兩抄本均作「古意　王長元五首」，趙本作「王元長古意」。按，活字本目録中「元長王氏」作「王元長」，兩抄本目録中「王長元」作「王元長」，四玉臺本目録王融雜詩五首下均無具體詩題。

其一〔一〕

游禽暮知返，行人獨不歸。坐銷芳草氣，空度明月輝。嚬容入朝鏡，思泪點春衣。巫山綉雲没〔二〕，淇上緑楊稀〔三〕。待君竟不至，秋雁雙雙飛。

【校記】

〔一〕「其一」二字，四玉臺本均無。

〔二〕「綉」，四玉臺本均作「彩」。

〔三〕「楊」，兩抄本、趙本均作「條」。

其二〔一〕

霜氣下孟津，秋風度函谷。念君凄已寒，當軒卷羅縠。纖手廢裁縫，曲鬢罷膏沐。千里不相聞，寸心鬱氛氳。况復飛螢夜，木葉亂紛紛〔二〕。

【校記】

〔一〕「其二」二字，四玉臺本均無。

〔二〕「木」，活字本作「水」。

咏琵琶〔一〕

抱月如可明〔二〕，懷風殊復清。絲中傳意緒，花裏寄春情。掩抑有奇態，凄鏘多好聲。芳袖幸時拂，龍門空自生。

【校記】

〔一〕此首類聚四四樂部四琵琶、初學記一六琵琶均録全篇。

〔二〕「月」，類聚作「目」。

咏幔〔一〕

幸得與珠綴〔二〕，羃䍥君之楹〔三〕。月映不辭卷〔四〕，風來輒自輕。每聚金爐氣，時駐玉琴聲。但願置尊酒〔五〕，蘭釭當夜明〔六〕。

【校記】

〔一〕此首類聚六九服飾部上幔、初學記二五幃幕、御覽六九九服用部一幔均録全篇。

〔二〕「綴」，初學記作「級」。

〔三〕「君」，初學記作「看」。

〔四〕「月」，御覽作「日」。

〔五〕「但」，兩抄本、趙本均作「俱」。　「置」，兩抄本、趙本、類聚均作「致」。　「尊」，兩抄本、類聚、初學記均作「樽」，御覽作「搏」。

〔六〕「缸」，活字本作「缸」，馮抄本作「釭」，初學記作「鉀」。

巫山高〔一〕

想像巫山高〔二〕，薄暮陽臺曲。烟霞乍舒卷〔三〕，蘅芳自斷續〔四〕。彼美如可期，寤言紛在矚〔五〕。憮然坐相思〔六〕，秋風下庭緑。

【校記】

〔一〕此首類聚四二樂部二樂府録「曲」、「續」、「緑」三韻。樂府詩集一七録全篇。

〔二〕「想像」，四玉臺本均作「響像」，類聚作「仿象」，樂府詩集此二字下注「一作仿佛」。

〔三〕「霞」，類聚作「華」，樂府詩集作「雲」。　「舒卷」，類聚作「卷舒」。

〔四〕「蘅芳自」，兩抄本、類聚均作「行芳時」，趙本作「蘅芳時」，樂府詩集作「猿鳥時」。又，樂府詩集此韻下注「一作烟華乍卷舒行芳時斷續」。

〔五〕「矚」，四玉臺本均作「屬」。

〔六〕「憮然」，類聚作「無忘」。「思」，類聚、樂府詩集均作「望」。

芳樹〔一〕

相望早春日，烟華雜如霧。復此佳麗人，含情結芳樹。綺羅已自憐，萱風多有趣。去來徘徊者，佳人不可遇。

【校記】

〔一〕芳樹一首，四玉臺本均無。樂府詩集一七録全篇。

迴文詩〔一〕

枝大柳塞北，葉暗榆關東。垂條逐絮轉，落蕊散花叢。池蓮照曉月，幔錦拂朝風。低吹雜綸羽〔二〕，薄粉艷妝紅。離情隔遠道，嘆結深閨中。

【校記】

〔一〕迴文詩一首，四玉臺本均無。類聚五六雜文部二詩録全篇。

〔二〕「低吹雜綸羽」，類聚作「曉吹綸雜羽」。

蕭諮議西上夜禁〔一〕

徘徊將所愛〔二〕，惜別在河梁〔三〕。衿袖三春隔，江山千里長。寸心無遠近，邊地有風霜〔四〕。勉哉勤歲暮，敬矣慎容光。山中殊未懌〔五〕，杜若空自芳。

【校記】

〔一〕蕭諮議西上夜禁一首，四玉臺本均無。類聚二九人部十三別上、初學記一八離別録全篇，均題作「蕭諮議西上夜集」。

〔二〕「愛」，類聚作「憂」。

〔三〕「惜」，初學記作「昔」。

〔四〕「邊」，初學記作「兩」。

〔五〕「懌」，初學記作「澤」。

贈王主簿二首　謝朓〔一〕

【校記】

〔一〕「贈王主簿二首　謝朓」，兩抄本均作「贈王主簿　謝朓一十二首」，趙本作「謝朓贈王主簿」；其中，馮抄本原作「十二首」，經塗改後作「一十二首」，有「宋本」印。按，活字本、趙本目録中均有「雜詩十二首」總題，兩抄本目録中「一」作「雜詩」，四玉臺本目録謝朓雜詩十二首下均無具體詩題。

其一〔一〕

日落窗中坐，紅妝好顔色。舞衣襞未縫，流黄覆不織。蜻蛉草際飛，游蜂花上食。一遇長相思〔二〕，願寄連翩翼。

【校記】

〔一〕「其一」二字，四玉臺本均無。

〔二〕「相思」，活字本作「思相」。

其二〔一〕

清吹要碧玉，調弦命緑珠。輕歌急綺帶，含笑解羅襦。餘曲詎幾許〔二〕，高駕且踟躕。徘徊憐暮景〔三〕，惟有洛城隅。

【校記】

〔一〕「其二」二字，四玉臺本均無。

〔二〕「詎」，兩抄本均作「巨」。

〔三〕「憐暮景」，兩抄本、趙本均作「韶景暮」。

和王主簿怨情〔一〕

掖庭聘絶國〔二〕，長門失歡讌〔三〕。相逢咏蘼蕪〔四〕，辭寵悲團扇〔五〕。花叢亂數蝶，風簾入雙燕〔六〕。徒使春帶賒，坐惜紅妝變〔七〕。平生一顧重〔八〕，夙昔千金賤〔九〕。故人心尚爾〔一〇〕，故心人不見〔一一〕。

【校記】

〔一〕此首文選三〇録全篇。　「和」，四玉臺本均作「同」。

〔二〕「聘」，活字本、兩抄本均作「娉」。

〔三〕「讌」，文選作「宴」。

〔四〕「咏蘼蕪」，兩抄本均作「詠蘪蕪」；按，翁抄本紅筆圈去「詠」之「言」部和「蘪」之「麻」部，且紅筆描了「詠」之「永」部，其眉端紅筆寫「原本僅存氵」；又，文選「蘼」下注「善本作糜」。

〔五〕「團」，文選此字下注「善本作班」。

〔六〕「雙」，文選作「飛」，其下注「善本作雙」。

〔七〕「妝」，四玉臺本均作「顔」，文選作「裝」。

〔八〕「平生」，文選此二字下注「善本作生平」。

〔九〕「夙」，文選作「宿」。

〔一〇〕「爾」，兩抄本、趙本均作「永」。

〔一一〕「心人」，文選此二字下注「善本作人心」。

夜聽妓二首〔一〕

【校記】

〔一〕「二首」二字，四玉臺本均無。

其一〔一〕

瓊閨釧響聞，瑶席芳塵滿。要取洛陽人，共命江南管。情多舞態遲，意傾歌弄緩。知君密見親，寸心傳玉腕〔二〕。

【校記】

〔一〕「其一」二字，四玉臺本均無。

〔二〕「傳」，活字本作「傅」。「腕」，四玉臺本均作「鋺」。

其二〔一〕

上客光四座，佳麗直千金。挂釵報纓絕〔二〕，墮珥答琴心。蛾眉已共笑，清香復入衿〔三〕。歡樂夜方静〔四〕，翠帳垂沉沉。

【校記】

〔一〕「其二」二字，四玉臺本均無。

〔二〕「報」，兩抄本原同，馮抄本經塗改後作「服」，有「宋本」印；翁抄本紅筆描改作「服」，其右邊紅筆又寫「服」字。

〔三〕「入」，兩抄本均作「人」。

〔四〕「歡」，兩抄本、趙本均作「夜」。

銅雀臺妓〔一〕

繐緯飄井幹，樽酒若平生。鬱鬱西陵樹，詎聞歌吹聲。芳襟染泪迹，嬋媛空復情。玉座猶寂寞，况乃妾身輕。

【校記】

〔一〕銅雀臺妓一首，四玉臺本均無。

咏邯鄲故才人嫁爲厮養卒婦〔一〕

生平宫閣裏，出入侍丹墀。開笥方羅縠，窺鏡比蛾眉。初别意未解，去久日生悲。憔悴不自識，嬌羞餘故姿。夢中忽仿佛，猶言承讌私。

【校記】

〔一〕此首樂府詩集七三録全篇，題作「邯鄲才人嫁爲厮養卒婦」。

秋夜

秋夜促織鳴，南鄰擣衣急。思君隔九重，夜夜空佇立。北窗輕幔垂，西户月光入。何知白露下，坐視前階濕。誰能長分居，秋盡冬復及！

贈故人〔一〕

芳洲有杜若，可以慰佳期〔二〕。望望忽超遠，何由見所思。我行未千里，山川已間之〔三〕。離居方歲月，佳人不在兹〔四〕。清風動簾夜，孤月照窗時。安得同携手，酌酒賦新詩？

【校記】

〔一〕贈故人一首，四玉臺本均無。類聚二一人部五交友録全篇，題作「贈友人」。同書二九人部十三別上録全篇，題作「懷故人」。類要二四離别録「時」、「詩」二韻，無署名，題作「懷故人」。

〔二〕「慰」，類聚作「贈」。

〔三〕「已」，類聚二一作「以」。

〔四〕「佳」，類聚作「故」。

别江水曹〔一〕

山中上芳月，故人清樽賞。遠山翠百重，迴流映千丈。花枝聚如雪，垂藤散似網〔二〕。别後能相思，何嗟異風壤。

【校記】

〔一〕别江水曹一首，四玉臺本均無。類聚二九人部十三别上録全篇，題作「與江水曹」。

〔二〕「似」，類聚作「猶」。

離夜詩〔一〕

玉繩隱高樹，斜漢映層臺。離堂華燭盡，别幌清琴哀〔二〕。翻潮尚知恨〔三〕，客思眇難裁〔四〕。山川不可盡〔五〕，况乃故人杯。

【校記】

〔一〕離夜詩一首，四玉臺本均無。類聚二九人部十三别上録全篇。類要二四離别録「哀」、「裁」、「杯」三韻，無題。

〔二〕「幌」，類要作「愰」。「琴」，類要作「瑟」。

〔三〕「恨」，類聚作「限」，類要作「浪」。

〔四〕「眇」，類要作「渺」。

〔五〕「盡」，類聚、類要均作「夢」。

咏燈〔一〕

發翠斜漢裏〔二〕，蓄寶宕山峰〔三〕。抽莖數仙掌〔四〕，銜光似燭龍。飛蛾再三繞，輕花四五重。孤對相思夕，空照舞衣縫〔五〕。

【校記】

〔一〕此首類聚八〇火部燈、初學記二五燈均録全篇。「咏燈」，活字本此詩題作兩行，其首行題

「雜詩五首」，次行題「燈」；馮抄本作「雜咏五首　燈」；趙本總題作「雜咏五首」，而置「鐙」之題於本詩正文末；翁抄本題作兩行，其首行題「雜咏五首」，次行題「燈」。按，活字本目録無「雜詩五首」之題，兩抄本、趙本目録均無「雜咏五首」之題。

〔二〕「漢」，類聚、初學記均作「溪」。

〔三〕「寶」，類聚作「實」。

〔四〕「數」，四玉臺本、類聚、初學記均作「類」。

〔五〕「舞」，兩抄本、趙本均作「儛」。「縫」，初學記作「絳」。

咏燭〔一〕

杏梁賓未散，桂宫明欲沉。曖色輕帷裏，低光照寳琴。徘徊雲髻影，灼爍綺疏金。恨君秋月夜，遺我洞房陰。

【校記】

〔一〕此首類聚八〇火部燭録全篇。「咏燭」，四玉臺本均作「燭」，其中馮抄本此題置於其前一首詩正文末，趙本置於本詩正文末；以下三首格式同，不再分别出校。

咏席〔一〕

本生朝夕池〔二〕，落景照參差〔三〕。汀洲蔽杜若〔四〕，幽渚奪江離〔五〕。遇君時采擷，玉座奉金巵〔六〕。但願羅衣拂，無使素塵彌。

【校記】

〔一〕此首類聚六九服飾部上薦席録全篇。初學記二五席録全篇，題作「賦咏席」。「咏席」，四玉臺本均作「席」。

〔二〕「池」，初學記作「地」。

〔三〕「參差」，馮抄本作「𠂔茬」。

〔四〕「汀」，類聚作「河」。

〔五〕「籬」，兩抄本、趙本、類聚、初學記均作「離」。

〔六〕「座」，類聚作「坐」。

咏鏡臺〔一〕

玲瓏類丹檻〔二〕，苕亭似玄闕〔三〕。對鳳懸清冰〔四〕，垂龍挂明月〔五〕。照粉拂紅妝，插花理雲髮〔六〕。玉顏徒自見，常畏君情歇〔七〕。

【校記】

〔一〕此首初學記二五鏡臺録全篇。御覽七一七服用部十九鏡録全篇，無題。「咏鏡臺」，四玉臺本均作「鏡臺」。

〔二〕「檻」，初學記作「楹」。

〔三〕「苕亭」，初學記作「迢亭」，御覽作「孤高」。

〔四〕「懸」，活字本作「縣」，初學記、御覽均作「臨」。「冰」，初學記、御覽均作「水」。

〔五〕「垂」，御覽作「乘」。

〔六〕「理」，兩抄本原同，經塗改後均作「埋」，馮抄本有「宋本」印，翁抄本於頁此字右邊一小紅「△」，此行眉紅筆寫一「埋」字；趙本作「埋」。

〔七〕「常畏」，御覽作「畏見」。

咏竹火籠〔一〕

庭雪亂如花，井冰粲成玉。因炎入貂袖〔二〕，懷温奉芳蓐。體密用宜通，文斜性非曲。暫承君王旨〔三〕，請謝陽春旭。

【校記】

〔一〕咏竹火籠一首，四玉臺本均無。類聚七〇服飾部下火籠録全篇。御覽七一一服用部十三火籠録「玉」、「蓐」、「曲」三韻。

〔二〕「貂」，御覽作「豹」。

〔三〕「旨」，類聚作「指」。

落梅

新葉何冉冉〔一〕，初蕊新霏霏。逢君後園讌，相隨巧笑歸。親勞君王指〔二〕，擿以贈南威。用持插雲髻，翡翠比光輝。日暮長零落，君恩不可追〔三〕。

【校記】

〔一〕「何冉冉」，四玉臺本均作「初苒苒」。

〔二〕「王」，兩抄本、趙本均作「玉」。

〔三〕「恩」，活字本作「思」。

中山王孺子妾歌

陸厥〔一〕

如姬卧寢内〔二〕，班妾坐同車〔三〕。洪波陪飲帳〔四〕，林光宴秦餘〔五〕。歲暮寒飆及，秋水落芙蕖。子瑕矯後駕，安陵泣前魚〔六〕。賤妾終已矣〔七〕，君子定焉如。

【校記】

〔一〕此首文選二八録全篇，署「陸韓卿」。類要一〇總叙衆嬪録「車」、「餘」二韻，無題、名；同書一三内苑録「車」、「餘」二韻，題作「山中王孺子宴歌」。樂府詩集八四録全篇，題作「中山孺子妾歌」。「中山王孺子妾歌　陸厥」，兩抄本「孺」均作「⿰子焉」，趙本作「陸厥中山王孺子妾歌」。按，活字本目録中「中山王孺子」作「子山王孺中」，兩抄本目録「⿰子焉」下無「子」字，兩抄本、趙本目録中「歌」下均有「二首」二字。

〔二〕「卧寢内」，四玉臺本、文選、樂府詩集均作「寢卧内」，類要一〇作「寢寣内」，類要一三作「寢内卧」。

〔三〕「妾」，文選、類要一〇、樂府詩集均作「婕」；又，樂府詩集其下注「一作妾」。「車」，類要一〇作「奉」。

〔四〕「飲」，類要一三作「陰」。「帳」，翁抄本作「悵」。

〔五〕「宴秦餘」，活字本作「宴春餘」，兩抄本均作「宴泰餘」，趙本作「晏秦餘」，類要一三作「晏秦余」。

〔六〕「安陵」，兩抄本均作「陵安」。

〔七〕「終」，文選作「恩」，其下注「善本作終」。「矣」，文選作「畢」，其下注「善本作矣」。又，樂府詩集此句下注「一作賤妾恩已畢」。

邯鄲行〔一〕

趙女擫鳴琴，邯鄲紛躧步。長袖曳三街，兼金輕一顧。有美獨臨風，佳人在遐路。相思欲褰衽，叢臺日已暮。

【校記】

〔一〕邯鄲行一首，四玉臺本均無。樂府詩集七六録全篇。

自君之出矣

虞羲〔一〕

自君之出矣〔二〕，楊柳正依依。君出無消息，惟見黄鶴飛。關山多險阻，士馬少光輝。流年無止極，君去何時歸〔三〕？

【校記】

〔一〕虞羲自君之出矣一首，四玉臺本均無。樂府詩集六九録全篇。

〔二〕「出」，樂府詩集作「去」。

〔三〕按，四玉臺本卷四末陸厥詩後均尚有施榮泰雜詩一首，爲鄭本所無。現據活字本補録於左，并校以其他各本。

雜詩 施榮泰①

趙女修麗姿②，燕姬正容飾。妝成桃毀紅，黛起草慚色。羅裙數十重，猶輕一蟬翼。不言穀袖軟③，專嘆風多力。鏘佩玉池邊，弄笑銀臺側。折柳貽目成，采蒲贈心識④。來時嬌未盡⑤，還去媚何極。

①「雜詩　施榮泰」，趙本作「施榮泰雜詩」。

②「姿」，兩抄本均作「委」。

③「穀」，兩抄本、趙本均作「穀」。　「軟」，兩抄本、趙本均作「輕」。

④「采」，兩抄本、趙本均作「插」。

⑤「未」，翁抄本作「不」。

卷　五〔一〕

【校記】

〔一〕此卷作者及其詩作，四玉臺本除不收者外，均見於卷七，其排列次序及作者署名相異者見各詩校記。

擣衣

梁武帝〔一〕

駕言易水北，送别河之陽。沉思慘行鑣〔二〕，結夢在空床。既寤丹緑謬，始知紈素傷。中州木葉下〔三〕，邊城應早霜。陰蟲日慘烈，庭草復云黄〔四〕。金風徂清夜〔五〕，明月懸洞房〔六〕。裊裊同宫女，助我理衣裳。參差夕杵引，哀怨秋砧揚。輕羅飛玉腕，弱翠低紅妝。朱顔日已興〔七〕，眄睇色增光〔八〕。擣以一匪石，文成雙鴛鴦〔九〕。制握斷金刀，薰用如蘭芳〔一〇〕。佳期久不歸，持此寄寒鄉。妾身誰與容〔一一〕，思君苦入腸〔二〕。

【校記】

〔一〕「擣衣　梁武帝」，兩抄本均作「梁武帝一十四首　擣衣」，其中馮抄本「梁武」二字係塗改而成，有「宋本」印，翁抄本「擣衣」之題另起一行；趙本作「梁武帝擣衣」。按，趙本目録中「帝」下有「一十四首」四字，兩抄本、趙本目録梁武帝名下均無具體詩題。

〔二〕「鏕」，四玉臺本均作「鑣」。

〔三〕「州」，活字本、兩抄本均作「洲」。

〔四〕「草」，趙本作「艸」；此字同類異文，以下不再出校。

〔五〕「金」，兩抄本、趙本均作「冷」。「徂」，活字本、趙本均作「但」，馮抄本作「伹」，翁抄本作「伹」。

〔六〕「懸」，活字本作「縣」。

〔七〕「日」，兩抄本、趙本均作「色」。

〔八〕「眄」，兩抄本均作「緜」，趙本作「眄」。「色」，兩抄本、趙本均作「目」。

〔九〕「成」，兩抄本均作「武」。「鴛鴦」，活字本作「夗央」；此字同類異文，以下不再出校。

〔一〇〕「芳」，活字本、兩抄本均作「房」。

〔一一〕「與」，兩抄本、趙本均作「爲」。

〔一二〕「苦人」，四玉臺本均作「苦人」；按，馮抄本「苦」字係塗改而成，原作「若」，有「宋本」印。

擬長安有狹斜〔一〕

洛陽有曲陌〔二〕，陌曲不通驛。忽逢二少童〔三〕，扶轡問君宅。君宅邯鄲右〔四〕，易憶復可知。大息組綑緼，中息佩陸離。小息尚青綺，總轡游南皮〔五〕。三息俱入門，家臣拜門垂。三息俱升堂，旨酒盈千卮。三息俱入户，户内有光儀。大婦理金翠，中婦事玉觴〔六〕。少婦獨閑暇〔七〕，調笙游曲池。丈夫少徘徊〔八〕，鳳吹方參差。

【校記】

〔一〕此首樂府詩集三五録全篇，題作「長安有狹斜行」。「擬長安有狹斜」，四玉臺本均作「擬長安有狹斜十韻」，其中兩抄本此題均置於其前一首詩正文末。按，活字本目録中題下有「又」字。

〔二〕「陌」，樂府詩集作「曲」。

〔三〕「逢」，樂府詩集作「遇」。「二」，活字本作「一」。

〔四〕「君」，樂府詩集作「我」。

〔五〕「轡」，兩抄本均作「𦍒」，趙本作「𠂹」，樂府詩集作「角」。

〔六〕「玉」，兩抄本、趙本均作「么」。

〔七〕「少」，兩抄本、趙本、樂府詩集均作「小」。

〔八〕「夫」，兩抄本、趙本、樂府詩集均作「人」。「徘徊」，樂府詩集作「裴回」。

擬明月照高樓〔一〕

圓魄當虛闥，清光流思筵。筵思對孤影〔二〕，凄怨還自憐。臺鏡早生塵〔三〕，匣琴又無弦。悲慕屢傷節，離憂亟華年。君如東扶景〔四〕，妾似西柳烟。相去既路迥，明晦亦殊懸。願爲銅鐵轡，以感長樂前。

【校記】

〔一〕此首樂府詩集四五録全篇，題作「明月照高樓」。按，活字本目録中題下有「又」字。

〔二〕「對」，兩抄本均作「煚」，趙本、樂府詩集均作「照」。
〔三〕「早」，活字本作「旱」。
〔四〕「東」，活字本作「朿」。

擬青青河邊草〔一〕

幕幕綉户絲，悠悠懷昔期。昔期久不歸，鄉國曠音徽〔二〕。音徽空結遲，半寢覺如至〔三〕。既寤了無形，與君隔死生〔四〕。月以雲掩光〔五〕，葉以霜催老〔六〕。當塗競自容〔七〕，莫肯與妾道〔八〕。

【校記】

〔一〕此首樂府詩集三八録全篇，題作「青青河畔草」。
〔二〕「徽」，四玉臺本、樂府詩集均作「輝」。下句「徽」字情況同，不再出校。
〔三〕「覺如」，活字本作「覺知」，兩抄本均作「覺如」。
〔四〕「死」，兩抄本、趙本、樂府詩集均作「平」。

〔五〕「以」，活字本作「似」。

〔六〕「以」，四玉臺本、樂府詩集均作「似」。「催」，兩抄本、趙本、樂府詩集均作「摧」。

〔七〕「兢」，四玉臺本均作「競」。

〔八〕「與」，兩抄本、趙本、樂府詩集均作「爲」。

代蘇屬國婦〔一〕

良人如我期〔二〕，不謂當過時。秋風忽送節，白露凝前基。愴愴獨凉枕，慅慅孤月帷〔三〕。忽聽西北雁〔四〕，似從東海湄〔五〕。果銜萬里書，中有生離辭〔六〕。惟言長别矣，不復道相思。胡羊久剽奪〔七〕，漢節故支持。帛上看未終，臉下泪如絲。空懷之死誓，遠勞同穴詩。

【校記】

〔一〕「代蘇屬國婦」之題，馮抄本置於其前一首詩正文末。

〔二〕「如」，四玉臺本均作「與」。

〔三〕「慅慅」，四玉臺本均作「搔搔」。

〔四〕「忽」，四玉臺本均作「或」。

〔五〕「東」，四玉臺本均作「寒」。

〔六〕「辭」，兩抄本、趙本均作「詞」。

〔七〕「剽」，馮抄本作「漂」，趙本作「瀏」，翁抄本僅寫此字左邊作「票」。

古意二首〔一〕

【校記】

〔一〕「古意二首」，活字本、兩抄本均作「古意」。按，鄭本、趙本之古意二首，活字本、兩抄本分置兩處，均題作「古意」，參見下文校記。

其一〔一〕

飛鳥起離離，驚散忽差池。嗷嘈繞樹上，翩翻集寒枝〔二〕。既悲征役久〔三〕，偏傷壠上兒。寄言閨中妾〔四〕，此心詎能知？不見松蘿上〔五〕，葉落根不移！

【校記】

〔一〕「其一」二字，四玉臺本均無。

〔二〕「翻」，活字本、兩抄本均作「翾」，趙本作「翾」。

〔三〕「悲」，馮抄本作「彼」。

〔四〕「妾」，四玉臺本均作「愛」。

〔五〕「蘿上」，兩抄本、趙本均作「上蘿」。

其二〔一〕

當春有一草，緑花復垂枝〔二〕。云是忘憂物，生在北堂陲〔三〕。飛飛雙蛺蝶〔四〕，低低兩差池。差池低復起，此芳性不移。飛蝶雙復隻，此心人莫知。

【校記】

〔一〕「其二」二字，四玉臺本均無。按，活字本、兩抄本此詩均置於有所思之後，題作「古意」，其中兩抄本此題均置於其前一首詩正文末。

〔二〕「垂」，兩抄本、趙本均作「重」。

〔三〕「陲」，四玉臺本均作「垂」。

〔四〕「蝶」，趙本作「蜨」；此字同類異文，以下不再出校。

芳樹〔一〕

緑樹始摇芳，芳生非一葉。一葉度春風，芳華自相接〔二〕。雜色亂參差〔三〕，衆花紛重疊。重疊不可思，思此誰能愜！

【校記】

〔一〕此首樂府詩集一七録全篇。「芳樹」之題，馮抄本置於其前一首詩正文末。按，活字本、兩抄本此詩均置於古意（飛鳥起離離）之後。

〔二〕「華」，兩抄本、趙本均作「芳」，樂府詩集作「花」。

〔三〕「雜色」，兩抄本、趙本、樂府詩集均作「色雜」。

臨高臺〔一〕

高臺半行雲，望望高不極。草樹無參差，山河同一色。仿佛洛陽道，道遠難別識。玉階故情人，情來共相憶。

【校記】

〔一〕此首樂府詩集一八録全篇，署「梁簡文帝」。「臨高臺」之題，兩抄本均置於其前一首詩正文末；以下一首格式同，不再出校。

有所思〔一〕

誰言生離久，適意與君別。衣上芳猶在，握裏書未滅。腰間雙綺帶〔二〕，夢爲同心結。常恐所思露，瑶花未忍折。

【校記】

〔一〕此首樂府詩集一七録全篇。

〔二〕「間」，兩抄本、趙本、樂府詩集均作「中」。

紫蘭始萌

種蘭玉臺下，氣暖蘭始萌。芬芳與時發，婉轉迎節生。獨使金翠嬌〔一〕，偏動紅綺情。二游何足壞〔二〕，一顧非傾城。羞將苓芝侶，豈畏鶗鴂鳴！

【校記】

〔一〕「嬌」，活字本作「矯」。

〔二〕「壞」，活字本作「瓌」。

織婦〔一〕

送別出南軒，離思沉幽室。調梭輟寒夜，鳴機罷秋月〔二〕。良人在萬里，誰與共成匹？願得一迴光，照此憂與疾。君情倘未忘，妾心長自畢。

【校記】

〔一〕「織婦」之題，馮抄本置於其前一首詩正文末；以下二首格式同，不再分别出校。

〔二〕「月」，兩抄本、趙本均作「日」。

七夕〔一〕

白露月下團〔二〕，秋風枝上鮮。瑶臺生碧霧〔三〕，瓊幕含紫烟〔四〕。奇會非妙節〔五〕，佳期乃良年〔六〕。玉壺承夜急〔七〕，蘭膏依曉煎〔八〕。昔悲漢難越〔九〕，今傷河易旋〔一〇〕。怨咽雙念斷，凄切兩情懸〔一一〕。

【校記】

〔一〕此首類聚四歲時中七月七日録全篇。

〔二〕「團」，兩抄本、趙本、類聚均作「圓」。

〔三〕「生」，兩抄本、趙本均作「函」，類聚作「含」。按，馮抄本此字係塗改而成，有「宋本」印；翁抄本此字原作「函」，紅筆描改作「函」。

〔四〕「瓊」，類聚作「羅」。「含」，活字本作「亟」，兩抄本、趙本、類聚均作「生」。

〔五〕「奇」，活字本作「綺」，兩抄本、趙本、類聚均作「妙」。「妙」，兩抄本、趙本、類聚均作「綺」。

〔六〕「良」，類聚作「凉」。

〔七〕「壺」，活字本、兩抄本均作「壼」。

〔八〕「膏」，活字本作「油」。

〔九〕「悲」，四玉臺本均作「時」。「漢」，四玉臺本均作「悲」。

〔一〇〕「河」，四玉臺本均作「何」。

〔一一〕「切」，兩抄本、趙本均作「草」，類聚作「悼」。

戲作

宓妃生洛浦，游女出漢陽。妖閑逾下蔡，神妙絶高唐。綿駒且變俗〔一〕，王豹復移鄉。況兹集靈異，豈得無方將？長袂必留客，清哇咸繞梁。燕趙羞容止〔二〕，西施慚芬芳〔三〕。徒聞殊可弄，定自乏明璫〔五〕。

【校記】

〔一〕「綿」，活字本作「錦」。

〔二〕「止」，活字本作「正」。

〔三〕「施」，活字本作「姐」，兩抄本、趙本均作「妲」。

〔四〕「乏」，活字本作「之」。

蓮舟買荷度

梁昭明太子〔一〕

采蓮前岸隈〔二〕，舟子屢徘徊。披衣可識風，疏荷香不來〔三〕。欲知當度處〔四〕，當看荷葉開。

【校記】

〔一〕「蓮舟買荷度　梁昭明太子」，活字本此詩題作兩行，其首行題「同庾肩吾四咏二首」，次行題

「蓮舟買荷度」；兩抄本均作「同庾肩吾四咏二首　蓮舟買荷度」；趙本總題作「同庾肩吾四咏二首」，其「蓮舟買荷度」之題置於本詩正文末。按，四玉臺本均無梁昭明太子署名。鄭本梁昭明太子、梁簡文帝名下之詩，四玉臺本除少數不收者外，皆置於皇太子（兩抄本、趙本均於其下注「簡文」）名下。此詩四玉臺本目録均無「同庾肩吾四咏二首」之題，兩抄本、趙本目録并無其下具體詩題。又，四玉臺本此詩均置於雍州曲三首之後。

〔二〕「岸」，活字本作「岍」。

〔三〕「披衣可識風疏荷香不來」十字，活字本「識」作「織」，兩抄本、趙本均作「荷披衣可識風疏香不來」。

〔四〕「當」，兩抄本、趙本均作「船」。

照流看落釵〔一〕

相隨照緑水〔二〕，意欲重凉風〔三〕。梳摇妝影壞〔四〕，釵落鬢花空。佳期在何許〔五〕，徒傷心不同。

【校記】

〔一〕此首類聚一八人部二美婦人録全篇，題作「咏照流看落釵」。「照流看落釵」之題，馮抄本置於其前一首詩正文末，趙本置於本詩正文末。

〔二〕「緑」，兩抄本、類聚均作「渌」。

〔三〕「欲」，類聚作「是」。

〔四〕「梳」，兩抄本、趙本、類聚均作「流」。

〔五〕「佳」，翁抄本作「住」。

長相思〔一〕

相思無終極，長夜起嘆息。徒見貌嬋娟〔二〕，寧知心有憶？寸心無以因，願附歸飛翼。

【校記】

〔一〕長相思一首，四玉臺本均無。樂府詩集六九録全篇。

〔一〕「婢」，樂府詩集此字下注「一作婕」。

名士悦傾城〔一〕

美人稱絶世，麗色譬花叢。雖居李城北〔二〕，來往宋家東〔三〕。教歌公主第，學舞漢成宫〔四〕。多游淇水上〔五〕，好在鳳樓中。履高疑上砌，裾開特畏風〔六〕。衫輕見跳脱，珠概雜青蟲〔七〕。垂絲繞帷幔，落日度房櫳〔八〕。妝窗隔柳色，井水照桃紅。非憐交甫佩〔九〕，羞使春閨空。

【校記】

〔一〕此首類聚一八人部二美婦人録全篇。「名士」，活字本作「士名」；又，四玉臺本題前均有「和湘東王」四字。按，活字本目録中「士名」作「名士」。四玉臺本此詩均置於秋閨夜思之後。

〔二〕「雖」，類聚作「經」。

〔三〕「來往」，四玉臺本均作「住在」。

〔四〕「成」，類聚作「城」。

〔五〕「上」，類聚作「曲」。
〔六〕「特」，兩抄本、趙本均作「持」；又，馮抄本此字係塗改而成，有「宋本」印。
〔七〕「概」，類聚作「摡」。
〔八〕「櫳」，兩抄本均作「攏」。
〔九〕「交甫」，四玉臺本均作「江浦」。

美人晨妝〔一〕

北窗向朝鏡〔二〕，錦帳復斜縈〔三〕。嬌羞不肯出，猶言妝未成。散黛隨眉廣，燕脂逐臉生〔四〕。試將持出衆，定得可憐名〔五〕。

【校記】

〔一〕此首類聚一八人部二美婦人録全篇。按，四玉臺本此詩均置於「率爾爲咏」之後。
〔二〕「窗向朝」，活字本作「向窗朝」，類聚作「窗朝向」。
〔三〕「帳」，類聚作「障」。

〔四〕「燕脂」，類聚作「烟支」。

〔五〕「可」，類聚作「向」。

有女篇

梁簡文帝〔一〕

凌晨光景麗，倡女鳳樓中。前瞻削成小，傍望卷旌空〔二〕。分妝開淺靨〔三〕，繞臉傅斜紅。張瑟未調軫〔四〕，飲吹不全終。自知心所愛，出入仕秦宮。誰言連尹屈〔五〕，更是莫敖通。輕軺綴皂蓋，飛轡轢雲驄。金鞍隨繫尾，銜璅映躔騣〔六〕。戈鏤荆山玉，劍飾丹陽銅。左把蘇合彈〔七〕，傍持大屈弓〔八〕。控弦因鵲血，挽繮用牛螉〔九〕。弋獵多登隴〔一〇〕，酣歌每入豐〔一一〕。暉暉隱落日，冉冉還房櫳。燈生陽燧火，塵散鯉魚風。流蘇時下帳，象簟復韜筒。霧暗窗前柳，寒疏井上桐。女蘿托松際，甘瓜蔓井東〔一二〕。拳拳恃君愛〔一三〕，歲暮望無窮〔一四〕。

【校記】

〔一〕此首類要二九雜博戲録「弓」、「螉」二韻，署「皇太子」，無題。樂府詩集三九録全篇，題作「艷歌行」。「有女篇　梁簡文帝」，活字本、兩抄本此詩均題作兩行，活字本首行題「樂府三首　皇太子」，次行題「艷歌篇十八韻」，兩抄本首行題「皇太子聖製四十三首　簡文」，次行題「樂府三首　艷歌篇十八韻」；趙本總題作「皇太子聖製樂府三首　簡文」，其「艷歌篇十八韻」之題置於本詩正文末。按，活字本目録中「子」下有「製」字，「篇」下無「十八韻」三字；兩抄本、趙本目録中均無「樂府三首」四字和「簡文」題署，其皇太子名下亦均無具體詩題；趙本目録中「製」下有「四十三首」四字。又，四玉臺本樂府三首爲皇太子名下第一題，此詩爲該題之第一首。

〔二〕「卷」，活字本作「春」。

〔三〕「開」，活字本作「間」，兩抄本、趙本、樂府詩集均作「閒」。「靨」，活字本作「壓」，趙本作「靨」。

〔四〕「瑟」，兩抄本、趙本、樂府詩集均作「琴」。

〔五〕「尹」，四玉臺本均作「伊」。

〔六〕「璅」，活字本作「璅」，趙本作「瑣」；此字同類異文，以下不再出校。「躔」，樂府詩集作「纏」。「駿」，活字本作「駿」，趙本、翁抄本均作「駿」。

〔七〕「彈」，類要作「弭」。

〔八〕「大」，活字本作「犬」。

〔九〕「纏」，四玉臺本、類要、樂府詩集均作「强」。

〔一〇〕「弋」，兩抄本均作「戈」，趙本作「戈」。

〔一一〕「入」，活字本作「八」。

〔一二〕「甘瓜蔓」，活字本作「瓜蔓甘」。

〔一三〕「恃」，馮抄本、趙本均作「特」，翁抄本原作「時」，描改作「特」。「愛」，兩抄本、趙本、樂府詩集均作「寵」。

〔一四〕「暮」，活字本作「莫」。

美女篇〔一〕

佳麗盡關情，風流最有名。約黄能效月，裁金巧作星。粉光勝玉靚，衫薄擬蟬輕。密態隨羞臉〔二〕，嬌歌逐軟聲。朱顔半已醉，微笑隱香屏。

【校記】

〔一〕美女篇一首，四玉臺本均無。樂府詩集六三録全篇。

〔二〕「羞」，樂府詩集作「流」。

艶歌行〔一〕

雲楣桂成户，飛棟杏爲梁。斜窗通蕊氣〔二〕，細隙引塵光。裁衣魏后尺，汲水淮南床。青驪暮當返〔三〕，預使羅裙香〔四〕。

【校記】

〔一〕此首類聚四二樂部二樂府、樂府詩集三九均録全篇。「艶歌行」，四玉臺本均作「艶歌曲」，其中馮抄本此題置於其前一首詩正文末。按，鄭本目録中「行」作「曲」。四玉臺本此詩均置於執筆戲書之後。

〔二〕「蕊」，類聚作「藥」。

〔三〕「當返」，類聚作「已及」。

〔四〕「預」，類聚作「豫」。「裙」，兩抄本、趙本均作「裾」。

蜀國弦歌〔一〕

銅梁望絶國〔二〕，劍道望中區。通星上分野，作固下爲都〔三〕。雅歌因良守，妙舞自巴渝。陽城嬉樂所，劍騎鬱相趍。五婦行難至，百兩好游娱。牲祈望帝祀，酒酬蜀侯姝〔四〕。江妃納重聘〔五〕，卓女愛將雛〔六〕。停弦時繫爪，息吹理脣朱〔七〕。脱衫湔錦浪〔八〕，迴扇避陽烏〔九〕。聞君旌節返〔一〇〕，賤妾下城隅。

【校記】

〔一〕「蜀國弦歌」，活字本作「蜀國弦歌十韻」，兩抄本、趙本均作「蜀國弦歌篇十韻」；其中趙本此題置於本詩正文末，以下一首格式同，不再出校。按，四玉臺本此詩均置於艷歌篇十八韻之後，爲樂府三首之第二首。

〔二〕「望絶國」，兩抄本、趙本均作「指斜谷」。

〔三〕「下爲」，四玉臺本均作「爲下」。

〔四〕「酬」，四玉臺本均作「酹」。「侯」，活字本作「俟」，翁抄本作「侠」。「姝」，兩抄本、趙本均作

「誅」。

〔五〕「聘」，活字本、兩抄本均作「娉」。

〔六〕「卓」，翁抄本原作「皁」，黄筆描改作「卓」。「愛」，兩抄本、趙本均作「受」。

〔七〕「理」，活字本作「治」，兩抄本、趙本均作「更」。「脣」，兩抄本、趙本均作「治」。

〔八〕「脱」，四玉臺本均作「春」。

〔九〕「烏」，活字本作「魚」，兩抄本、趙本均作「烏」。

〔一〇〕「旌」，兩抄本、趙本均作「握」。

妾薄命篇〔一〕

名都多麗質〔二〕，本自恃容姿。蕩子行未至〔三〕，秋胡無定期。玉貌歇紅臉〔四〕，長顰串翠眉〔五〕。奩鏡迷朝色〔六〕，縫針脆故絲。本異搖舟咎，何關竊席疑。生離誰撫背〔七〕，溘死詎來遲〔八〕。王嫱貌本絶〔九〕，踉蹌入氈帷。盧姬嫁日晚，非復好年時〔一〇〕。轉山猶可遂〔一一〕，烏白望難追〔一二〕。妾心徒自苦，傍人會見嗤。

【校記】

〔一〕此首類聚四一樂部一論樂録「姿」、「期」、「眉」、「帷」、「時」五韻，題作「妾薄命行」。樂府詩集六二録全篇，題作「妾薄命」。「妾薄命篇」，四玉臺本均作「妾薄命篇十韻」。按，活字本目録中「薄命」作「命薄」。四玉臺本此詩均爲樂府三首之第三首。

〔二〕「麗」，類聚作「雅」。

〔三〕「未」，類聚作「不」。

〔四〕「臉」，類聚作「縷」。

〔五〕「顰」，兩抄本均作「頻」，類聚、樂府詩集均作「嚬」。

〔六〕「奩」，趙本作「斂」；此字同類異文，以下不再出校。

〔七〕「撫背」，活字本作「撫肓」，樂府詩集作「拊背」。

〔八〕「來」，四玉臺本均作「成」。

〔九〕「王」，四玉臺本、類聚均作「毛」。

〔一〇〕「好年」，類聚、樂府詩集均作「少年」；又，樂府詩集此二字下注「一作年少」。

〔一一〕「轉」，兩抄本、趙本均作「傳」。「遂」，四玉臺本均作「逐」。

〔一二〕「追」，兩抄本、趙本均作「期」。

楚妃嘆〔一〕

閨幽情脉脉〔二〕，漏長宵寂寂。草螢飛夜户，絲蟲繞秋壁〔三〕。薄笑未爲欣，微嘆還成戚。金簪鬢下垂，玉筯衣前滴。

【校記】

〔一〕此首類聚四三樂部三樂府録全篇，題作「悲楚妃嘆」。樂府詩集二九録全篇。「楚妃嘆」之題，馮抄本置於其前一首詩正文末，趙本置於本詩正文末。按，四玉臺本此詩均置於雙桐生空井之後，爲代樂府三首之第三首。

〔二〕「閨幽情脉脉」，活字本作「幽閨情脉脉」，兩抄本、趙本、類聚、樂府詩集均作「閨閑漏永永」。

〔三〕「壁」，樂府詩集作「屋」。

倡婦怨情〔一〕

綺窗臨畫閣，飛閣繞長廊。風散同心草〔二〕，月散可憐光。仿佛簾中出，妖麗特非常。恥學秦羅髻，羞爲樓上妝。散誕披紅帔，生情新約黄。斜燈入錦帳，微烟出玉房〔三〕。六安雙玳瑁，八幅兩鴛鴦。猶是别時許，留值解心傷〔四〕。含情生度日〔五〕，俄頃變炎涼。玉關驅夜雪，金氣落嚴霜。飛狐驛使斷，交河川路長。蕩子無消息，朱脣徒自傷〔六〕。

【校記】

〔一〕「倡婦怨情」，四玉臺本均作「倡婦怨情十二韻」。按，四玉臺本此詩均置於戲作謝惠連體十三韻之後。

〔二〕「散」，兩抄本、趙本均作「送」。

〔三〕「房」，兩抄本、趙本均作「牀」。

〔四〕「值」，兩抄本、趙本均作「致」。

〔五〕「情」，兩抄本、趙本均作「涕」。「生」，兩抄本、趙本均作「坐」。

〔六〕「傷」，兩抄本、趙本均作「香」。

怨歌行〔一〕

十五頗有餘，日照杳粱初。蛾眉本多嫉，掩鼻特成虚。持此傾城貌，翻爲不肖軀。秋風吹海水，寒霜依玉除。月光臨户駛〔二〕，荷花依浪舒。望檐悲雙翼，窺沼泣王餘。苔生履處没，草合行人疏。裂紈傷不盡，歸骨恨難祛。早知長信别，不避后園輿。

【校記】

〔一〕怨歌行一首，四玉臺本均無。乐府诗集四二録全篇。按，鄭本目録中「行」下有「二首」二字。

〔二〕「駛」，乐府诗集作「駃」。

獨處怨〔一〕

獨處恒多怨，開幕試臨風。彈棋鏡奩上，傅粉高樓中。自從征馬去〔二〕，音信不曾通。只恐金屏掩，明年已復空。

【校記】

〔一〕獨處怨一首，四玉臺本均無。樂府詩集七六録全篇。

〔二〕「從」，樂府詩集作「君」。

傷美人〔一〕

昔聞倡女別，蕩子無歸期。今似陳王嘆，流風難重思。翠帶留餘結，苔階没故基。圖形更非是，夢見反成疑。熏爐含好氣，庭樹吐華滋。香燒日有歇，花落無還時。

【校記】

〔一〕傷美人一首，四玉臺本均無。類聚三四人部十八哀傷録全篇。

新成安樂宮〔一〕

遥看雲霧中，耿耿映丹紅〔二〕。珠簾通曉日〔三〕，金花拂夜風。欲知歌管處〔四〕，來過安樂宮。

【校記】

〔一〕此首類聚六二居處部二宫、初學記二四宫均録全篇。樂府詩集三八録全篇，題作「新城安樂宫」。「新成安樂宫」，活字本此詩題作兩行，其首行題「代樂府三首」，次行題「新成安樂宫」；兩抄本作「代樂府三首　新城安樂宫」，馮抄本「城」字係塗改而成，原作「成」，有「宋本」印，翁抄本「城」作「成」；趙本總題作「代樂府三首」，其「新成安樂宫」之題置於本詩正文末。按，兩抄本、趙本目録均無「代樂府三首」總題及其下具體詩題。四玉臺本此詩均置於樂府三首之後，爲代樂府三首之第一首。

〔二〕「耿耿」，兩抄本、趙本、初學記、樂府詩集均作「刻桷」，類聚作「刻角」。「映」，初學記作「朠」。「紅」，類聚作「虹」。

〔三〕「曉」，兩抄本、樂府詩集均作「晚」。
〔四〕「歌」，四玉臺本、初學記均作「聲」，類聚作「弦」。

雙桐生空井〔一〕

季月雙桐井〔二〕，新枝雜舊株〔三〕。晚葉藏栖鳳，朝花拂曙烏。還看西子照〔四〕，銀床牽轆轤〔五〕。

【校記】

〔一〕此首樂府詩集三一録全篇，無署名。「雙桐生空井」之題，趙本置於本詩正文末。按，活字本目録中「桐」作「梧」。四玉臺本此詩均爲代樂府三首之第二首。
〔二〕「雙」，樂府詩集作「對」。
〔三〕「雜」，活字本作「復」。
〔四〕「西」，樂府詩集作「稚」。
〔五〕「轆轤」，兩抄本、趙本均作「鹿盧」。

鷄鳴高樹顛〔一〕

碧玉好名倡，夫婿侍中郎。桃花全覆井，金門半隱堂。時欣一來下，復此雙鴛鴦〔二〕。鷄鳴天尚早，東烏定未光。

【校記】

〔一〕鷄鳴高樹顛一首，四玉臺本均無。樂府詩集二八録全篇，題作「鷄鳴高樹巔」。

〔二〕「此」，樂府詩集作「比」。

擬落日窗中坐〔一〕

杏梁斜日照，餘暉映美人。開函脱寶釧〔二〕，向鏡理紈巾。游魚動池葉，舞鶴散階塵。空嗟千歲久，願得及陽春。

【校記】

〔一〕「擬落日窗中坐」，活字本「坐」下有「開」字，兩抄本此題均置於其前一首詩正文末。按，活字本目録中無「開」字。四玉臺本此詩均置於林下妓之後。

〔二〕「函」，活字本作「亟」，兩抄本、趙本均作「函」。

洛陽道〔一〕

洛陽佳麗所，大道滿春光。游童初挾彈〔二〕，蠶妾始提筐。金鞍照龍馬，羅袂拂春桑〔三〕。王車争晚入〔四〕，潘果溢高箱〔五〕。

【校記】

〔一〕此首類聚四二樂部二樂府、樂府詩集二三均録全篇。「洛陽道」，活字本此詩題作兩行，其首行題「和湘東王横吹曲三首」，次行題「洛陽道」；兩抄本均作「和湘東王横吹曲三首　洛陽道」，但翁抄本「湘」作「相」；趙本總題作「和湘東王横吹曲三首」，其「洛陽道」之題置於本詩正文末。按，活字本目録中「三」作「四」。兩抄本、趙本目録均無「和湘東王横吹曲三首」總題及其下具體詩題。又，四玉臺本此詩均置於代樂府三首之後，爲和湘東王横吹曲三首之第一首。

〔二〕「初」，類聚、樂府詩集均作「時」；又，樂府詩集其下注「一作初」。

〔三〕「袂」，類聚作「袖」。

〔四〕「王」，樂府詩集作「玉」。「晚」，類聚、樂府詩集均作「曉」。

〔五〕「潘」，類聚作「滿」。

折楊柳〔一〕

楊柳亂成絲，攀折上春時。葉密鳥飛礙，風輕花落遲。城高短簫發〔二〕，林空畫角悲〔三〕。曲中無別意〔四〕，并是爲相思〔五〕。

【校記】

〔一〕此首類聚八九木部下楊柳録全篇。樂府詩集二二録全篇，署名「柳惲」。「折楊柳」之題，兩抄本均置於其前一首詩正文末，趙本置於本詩正文末；以下一首格式同，不再出校。按，四玉臺本此詩均爲和湘東王横吹曲三首之第二首。

〔二〕「簫」，兩抄本均作「蕭」。
〔三〕「晝」，兩抄本作「盡」。
〔四〕「無別」，樂府詩集作「別無」。
〔五〕「是」，四玉臺本均作「爲」。「爲相思」，活字本作「久思相」，兩抄本、趙本均作「久相思」。

紫騮馬〔一〕

賤妾朝下機，正值良人歸〔二〕。青絲懸玉鐙〔三〕，朱汗染香衣。驟急珂彌響〔四〕，跳多塵亂飛〔五〕。雕胡幸可薦〔六〕，故心君莫違〔七〕。

【校記】

〔一〕此首類聚九三獸部上馬、樂府詩集二四均録全篇。類要二八總叙食録「違」一韻，署「皇太子」，題作「紫驪馬」。「紫騮馬」，活字本作「騮紫馬」。按，活字本目録中「騮紫」作「紫騮」。四玉臺本此詩均爲和湘東王横吹曲三首之第三首。
〔二〕「值」，樂府詩集此字下注「一作遇」。

〔三〕「鐙」，趙本、類聚均作「蹬」。
〔四〕「珂彌」，兩抄本、趙本均作「珍珂」。
〔五〕「跳」，四玉臺本、樂府詩集均作「踊」。
〔六〕「胡」，樂府詩集作「菰」。
〔七〕「違」，類要作「達」；又，樂府詩集此句下注「一作故人心莫違」。

南湖〔一〕

南湖荇葉浮，復有佳期游。銀綸翡翠釣〔二〕，玉管芙蓉舟〔三〕。荷香亂衣麝，棹聲隨急流〔四〕。

【校記】

〔一〕此首類要二九魚釣録「舟」一韻，署「皇太子」，題作「南湖」。樂府詩集四八録全篇，無題，爲雍州曲三首之第一首。「南湖」，活字本此詩題作兩行，其首行題「雍州曲三首」，次行題「南湖」；兩抄本均作「雍州十曲抄三首是襄州　南湖」；趙本總題作「雍州十曲抄三首是襄州」，其

「南湖」之題置於本詩正文末。按，活字本目録無「雍州曲三首」總題，兩鈔本、趙本目録均無「雍州十曲抄三首」總題及其下具體詩題。

〔二〕「釣」，活字本、樂府詩集均作「鉤」。

〔三〕「管」，兩抄本、趙本、樂府詩集均作「舳」，類要作「舡」。

〔四〕「棹」，活字本作「枕」，兩抄本、趙本、樂府詩集均作「橈」。「隨」，樂府詩集作「送」。

北渚〔一〕

岸陰垂柳葉，平江含粉蝶〔二〕。好值城傍人，多逢蕩舟妾。緑水濺長袖〔三〕，浮苔染輕楫。

【校記】

〔一〕此首樂府詩集四八録全篇，爲雍州曲三首之第二首。「北渚」之題，趙本置於本詩正文末。

〔二〕「蝶」，趙本作「堞」。

〔三〕「緑」，兩抄本均作「淥」。「袖」，兩抄本均作「神」。

大堤〔一〕

宜城斷中道，行旅極流連〔二〕。出妻工織素〔三〕，妖姬慣數錢。炊雕留上客〔四〕，貰酒逐神仙。

【校記】

〔一〕此首樂府詩集四八録全篇，爲雍州曲三首之第三首。「大堤」之題，馮抄本置於其前一首詩正文末，趙本置於本詩正文末。按，活字本目録中「大」作「太」。

〔二〕「極」，兩抄本、趙本均作「亟」。「流」，樂府詩集作「留」。

〔三〕「妻」，活字本作「妾」。

〔四〕「炊」，兩抄本、趙本均作「吹」。「上」，活字本、兩抄本、樂府詩集均作「吐」。

春日〔一〕

年還樂應滿，春歸思復生。桃含可憐紫，柳發斷腸青〔二〕。落花隨燕入，游絲帶蝶驚。邯鄲歌管地，見許欲留情。

【校記】

〔一〕春日一首，四玉臺本均無。類聚三歲時上春録全篇。

〔二〕「青」，類聚作「情」。

春宵〔一〕

花樹含春叢，羅幃夜長空〔二〕。風聲隨筱韻，月色與池同。彩箋徒自襞，無信往雲中。

【校記】

〔一〕此首類聚三二人部十六閨情録全篇。「春宵」，活字本此詩題作兩行，其首行題「和湘東王三韻二首」，次行題「春宵」；兩抄本均作「和湘東王三韻二首　春宵」，趙本總題作「和湘東王三韻二首」，而置「春宵」之題於本詩正文末。按，四玉臺本目録均無「和湘東王三韻二首」總題，兩抄本、趙本目録并無該總題下具體詩題。又，四玉臺本此詩均置於照流看落釵之後。

〔一〕「幃夜」，活字本作「夜幃」，類聚作「帳夜」。

秋夜〔一〕

高秋度幽谷〔二〕，墜露下芳枝。緑潭倒雲氣，青山銜月眉〔三〕。花心風上轉，葉影樹中移〔四〕。外游獨千里，夕嘆誰共知〔五〕？

【校記】

〔一〕秋夜一首，四玉臺本均無。類聚三歲時上秋録全篇。初學記三秋録全篇，署「梁文帝」，題作「初秋詩」。

〔二〕「高秋度幽谷」，類聚作「高秋渡函谷」，初學記作「盲度函谷」。

〔三〕「眉」，類聚、初學記均作「規」。

〔四〕「移」，類聚作「危」。

〔五〕「誰共」，初學記作「共誰」。

冬曉〔一〕

冬朝日照梁，含怨下前床〔二〕。帳褰竹葉帶〔三〕，鏡轉菱花光。會是無人見〔四〕，何用早紅妝。

【校記】

〔一〕此首類聚三二人部十六閨情録全篇。「冬曉」之題，馮抄本置於其前一首詩正文末，趙本置於本詩正文末。按，活字本目録中「曉」下有「韻」字。四玉臺本此詩均爲和湘東王三韻二首之第二首。

〔二〕「怨」，類聚作「愁」。

〔三〕「帳」，類聚作「帷」。

〔四〕「見」，類聚作「覺」。

春閨情〔一〕

楊柳葉纖纖，佳人懶織縑〔二〕。正衣還向鏡，迎春試捲簾〔三〕。摘梅多繞樹，覓燕好窺檐。只言逐花草，計較應非嫌〔四〕。

【校記】

〔一〕「春閨情」之題，馮抄本置於其前一首詩正文末；以下一首格式同，不再出校。按，四玉臺本此詩均置於咏舞之後。

〔二〕「懶」，兩抄本均作「嬾」，趙本作「嬾」；此字同類異文，以下不再出校。

〔三〕「捲」，兩抄本、趙本均作「舉」。

〔四〕「較」，馮抄本作「挍」，趙本、翁抄本均作「校」。

咏晚閨〔一〕

珠簾向暮下，妖姿不可追。花風暗裏覺，蘭燭帳中飛。何時玉窗裏，夜夜更縫衣。

【校記】

〔一〕「咏晚閨」，四玉臺本均作「又三韻」。

秋閨夜思〔一〕

非關長信別，詎是良人征。九重忽不見，萬恨滿心生。夕門掩魚鑰，宵床悲畫屏。迴月臨窗度〔二〕，吟蟲繞砌鳴。初霜霣細葉〔三〕，秋風驅亂螢〔四〕。故妝猶累日〔五〕，新衣襞未成〔六〕。欲知妾不寐，城外擣衣聲〔七〕。

【校記】

〔一〕此首類聚三二人部十六閨情録全篇。按，四玉臺本此詩均置於戲贈麗人之後。

〔二〕「迴」，兩抄本、趙本均作「迴」。「窗」，類聚作「階」。

〔三〕「霣」，類聚作「實」。

〔四〕「驅」，類聚作「吹」。

〔五〕「猶」，活字本作「酒」。

〔六〕「襞」，類聚作「裂」。

〔七〕「衣」，類聚作「砧」。

和湘東王陽雲臺檐柳〔一〕

曖曖陽雲臺，春柳發新梅。柳枝無極軟，春風隨意來。潭沲青帷閉〔二〕，玲瓏朱扇開。佳人有所望，車聲非是雷。

【校記】

〔一〕和湘東王陽雲臺檐柳一首，四玉臺本均無。類聚八九木部下楊柳録全篇，題作「和湘東王陽雲樓檐柳」。

〔二〕「沲」，類聚作「拖」。

和徐録事見内人作卧具〔一〕

密房寒日晚〔二〕，落照度窗邊。紅簾遥不隔，輕帷半捲懸。方知纖手製，詎滅縫裳妍。龍刀横膝上〔三〕，畫尺墮衣前〔四〕。熨斗金塗色〔五〕，簪管白牙纏〔六〕。衣裁合歡攝〔七〕，文作鴛鴦連。針用雙縫縷〔八〕，絮用八蠶綿〔九〕。香和麗丘密〔一〇〕，麝吐中臺烟。已入琉璃帳〔一一〕，兼雜太華氈〔一二〕。且向雕爐暖〔一三〕，非同團扇捐。更恐從軍別，空床徒自憐。

【校記】

〔一〕和徐録事見内人作卧具一首，四玉臺本均置於倡婦怨情十二韻之後。

〔二〕「晚」，兩抄本均作「叱」。

〔三〕「膝上」，活字本作「脉脉」，兩抄本均作「脉上」，趙本作「刴上」。

〔四〕「晝」，兩抄本均作「盡」。

〔五〕「熨」，趙本作「慰」；此字同類異文，以下不再出校。

〔六〕「躔」，活字本作「躔」，兩抄本均作「纒」，趙本作「纏」。

〔七〕「衣裁」，兩抄本均作「裁衣」。「攝」，兩抄本、趙本均作「褔」。

〔八〕「針」，兩抄本、趙本均作「縫」。「縫」，兩抄本、趙本均作「針」。

〔九〕「用」，四玉臺本均作「是」。

〔一〇〕「密」，兩抄本、趙本均作「蜜」。

〔二〕「帳」，兩抄本均作「張」。

〔三〕「太」，趙本作「泰」。

〔三〕「且向」，活字本作「且句」，兩抄本、趙本均作「具共」。

戲贈麗人〔一〕

麗姬與妖嬙〔二〕，共拂可憐妝。同安鬟裏撥，異作額間黄。羅裙宜細簡〔三〕，畫屧重高墻。含羞來上砌〔四〕，微笑出長廊。取花争間色〔五〕，扳枝念蕊香〔六〕。但歌聊一曲，鳴弦未肯張〔七〕。自矜心所愛，三十侍中郎。

【校記】

〔一〕此首類聚一八人部二美婦人録全篇，無題。

〔二〕「姬」，兩抄本均作「姐」，趙本作「姐」，類聚作「且」。

〔三〕「裙」，類聚作「裾」。

〔四〕「來」，類聚作「未」。

〔五〕「問色」，馮抄本、趙本均作「開鑷」，翁抄本作「間鑷」，類聚作「寶鑷」。
〔六〕「扳」，兩抄本、趙本均作「攀」。
〔七〕「肯」，四玉臺本均作「息」。

聽夜妓〔一〕

合歡蠲忿葉，萱草忘憂條。何如明月夜，流風拂舞腰。朱脣隨吹動〔二〕，玉釧逐弦摇。留賓惜殘弄，負態動餘嬌。

【校記】

〔一〕聽夜妓一首，四玉臺本均無。類聚四二樂部二樂府録全篇。
〔二〕「動」，類聚作「盡」。

林下妓〔一〕

炎光向夕斂，促宴臨前池〔二〕。泉同聲相得〔三〕，花與面相宜。管聲引鳥哢〔四〕，舞狀寫風枝〔五〕。歡樂不知醉，千秋長若斯。

【校記】

〔一〕此首初學記一五歌録全篇，署「昭明太子」，題作「林下作妓詩」。「林下妓」之題，兩抄本均置於其前一首詩正文末。按，四玉臺本此詩均置於賦得當爐之後。

〔二〕「促」，初學記作「徙」。

〔三〕「同聲」，活字本作「聲影」，兩抄本、趙本均作「深影」，初學記作「將影」。

〔四〕「管」，馮抄本作「箒」，趙本作「篪」，翁抄本、初學記均作「篪」。「引」，活字本作「長」，兩抄本、趙本、初學記均作「如」。「哢」，初學記作「弄」。

〔五〕「狀」，活字本作「扶」，兩抄本、趙本均作「袂」，初學記作「袖」。

咏内人晝眠〔一〕

北窗聊就枕，南檐日未斜。攀鈎落倚障，插捩舉琵琶。夢笑開嬌靨，眠鬟壓落花。簟文生玉腕，香汗浸紅紗。夫婿恒相伴，莫誤是倡家。

【校記】

〔一〕咏内人晝眠一首，四玉臺本均無。類聚一八人部二美婦人録全篇。

咏美人觀畫〔一〕

殿上圖神女，宫裏出佳人〔二〕。可憐俱是畫，誰能辨僞真〔三〕？分明净眉目〔四〕，一種細腰身。所有特爲異〔五〕，長有好精神。

【校記】

〔一〕此首類聚一八人部二美婦人録全篇，題作「咏美人看畫」。「咏美人觀畫」，四玉臺本均作「美人觀畫」，其中兩抄本此題均置於其前一首詩正文末。按，四玉臺本此詩均置於擬落日窗中坐之後。

〔二〕「宫」，類聚作「殿」。

〔三〕「辨」，兩抄本、趙本均作「辦」，類聚作「辯」。「僞」，類聚作「寫」。

〔四〕「目」，兩抄本、趙本、類聚均作「眼」。

〔五〕「有」，兩抄本、趙本、類聚均作「可」。「特」，兩抄本、趙本、類聚均作「持」。

咏中婦織流黄〔一〕

翻花滿階砌，愁人獨上機。浮雲西北起，孔雀東南飛。調絲時繞腕，易躡乍牽衣〔二〕。鳴梭逐動釧，紅妝映落暉。

【校記】

〔一〕咏中婦織流黄一首，四玉臺本均無。類聚六五産業部上織録全篇。樂府詩集三五録全篇，題作「中婦織流黄」。

〔二〕「躡」，樂府詩集作「鑷」。

孌童〔一〕

孌童嬌麗質，踐董復超瑕〔二〕。羽帳晨香滿，珠簾夕漏賒。翠被含鴛色，雕床鏤象牙。妙年同小史，姝貌似朝霞〔三〕。袖裁連璧錦，箋織細橦花。攬袴輕紅出，迴頭雙鬢斜。懶眼時含笑，玉手乍攀花。懷猜非後約〔四〕，密愛似前車。定使燕姬妒〔五〕，彌令鄭女嗟。

【校記】

〔一〕變童一首，活字本有目無詩。「變」，馮抄本此字幾經塗改而成，無「宋本」印；翁抄本此字原同，紅筆描改作「變」；兩抄本此題均置於其前一首詩正文末。按，兩抄本、趙本此詩均置於美人觀畫之後。

〔二〕「踐董」，兩抄本均作「賤董」，趙本作「賤蕫」。

〔三〕「姝」，兩抄本、趙本均作「姝」。「似」，兩抄本、趙本均作「比」。

〔四〕「約」，兩抄本、趙本均作「釣」。

〔五〕「定」，兩抄本、趙本均作「足」。

棹歌行〔一〕

妾家住湘川，菱歌本自便。風生解刺浪〔二〕，水深能捉船。葉亂由牽荇，絲飄爲折蓮。濺妝疑薄汗，沾衣似故湔〔三〕。浣紗流暫濁，汰錦色還鮮。參同趙飛燕，借問李延年。從來入弦管，誰在棹歌前？

【校記】

〔一〕棹歌行一首，四玉臺本均無。類聚四二樂部二樂府、樂府詩集四〇均録全篇。

〔二〕「刺」，類聚作「榜」，樂府詩集作「刺」。

〔三〕「湔」，類聚作「濺」。

夜夜曲〔一〕

靄靄夜中霜〔二〕，河開向曉光〔三〕。枕啼常帶粉〔四〕，身眠不着床。蘭膏斷更益〔五〕，薰爐滅復香。但問愁多少，便知夜短長。

【校記】

〔一〕此首樂府詩集七六録全篇。「夜夜曲」，活字本作「擬沈隱侯夜夜曲」，兩抄本、趙本均作「擬沈隱侯夜夜曲」，其中兩抄本此題均置於其前一首詩正文末；以下一首格式同，不再出校。按，四玉臺本此詩均置於怨之後。

〔二〕「靄靄」，四玉臺本均作「藹藹」。

〔三〕「河」，四玉臺本均作「何」。「開」，活字本作「關」，馮抄本作「閞」，趙本作「關」；翁抄本原同，紅筆描改作「閞」。

〔四〕「常」，活字本作「當」。

〔五〕「斷」，兩抄本、趙本、樂府詩集均作「盡」。

當壚曲〔一〕

十五正團圓〔二〕，流光滿上蘭。當壚設夜酒〔三〕，宿客解金鞍。迎來挾瑟易，送別唱歌難〔四〕。欲知心恨急〔五〕，翻令衣帶寬。

【校記】

〔一〕此首樂府詩集六三録全篇。「當壚曲」，活字本作「賦得當壚」，兩抄本、趙本均作「賦得咏當爐」。按，鄭本目録中「爐」作「壚」。四玉臺本此詩均置於美人晨妝之後。

〔二〕「團圓」，兩抄本、趙本、樂府詩集均作「團團」。

〔三〕「上蘭當爐設夜」六字，兩抄本均無；按，兩抄本此處均空七格，馮抄本無「宋本」印。

〔四〕「唱」，四玉臺本均作「但」。

〔五〕「欲」，四玉臺本均作「詎」。「急」，活字本作「意」。

從頓還南城〔一〕

漢渚水初緑〔二〕，江南草復黄。日曖蒲心發〔三〕，風吹梅蕊香〔四〕。征艫艤湯塹，歸騎息金隍〔五〕。舞觀衣常襞〔六〕，歌臺弦未張。持此横行去〔七〕，誰念守空床！

【校記】

〔一〕此首類聚六三居處部三城、初學記二四城郭録全篇，均題作「從頓還城」。「還南」，四玉臺本均作「暫還」。按，四玉臺本此詩均置於和湘東王名士悦傾城之後。

〔二〕「緑」，兩抄本、類聚均作「渌」。

〔三〕「曖」，活字本作「暖」，兩抄本、趙本、類聚、初學記均作「照」。「發」，兩抄本、趙本、類聚、初學記均作「暖」。

〔四〕「蕊」，類聚作「枝」，初學記作「樹」。

〔五〕「息」，初學記作「皃」。

〔六〕「衣」，活字本作「依」。「常」，活字本、馮抄本均作「裳」，類聚、初學記均作「恒」。

〔七〕「持」，活字本作「特」。

晚景出行〔一〕

細樹含殘影，春閨散晚香。輕花鬢邊墮〔二〕，微汗粉中光。飛夐初罷曲，啼烏忽度行〔三〕。羞令白日暮，車騎鬱相望〔四〕。

【校記】

〔一〕此首類聚一八人部二一美婦人録全篇。「晚景出行」之題，兩抄本均置於其前一首詩正文末。按，四玉臺本此詩均置於同劉諮議咏春雪之後。

〔二〕「邊」，類聚作「畔」。

〔三〕「烏」，兩抄本、趙本均作「烏」。

〔四〕「騎」，兩抄本、趙本、類聚均作「馬」。

和人以妾换馬〔一〕

功名幸多種，何事苦生離。誰言似白玉，定是愧青驪。必取匣中釧，迴作飾金羈。真成恨不已，願得路傍兒。

【校記】

〔一〕和人以妾换馬一首，四玉臺本均無。類聚九三獸部上馬録全篇，題作「和人愛妾换馬」。樂府詩集七三録全篇，題作「愛妾换馬」。

咏人去妾〔一〕

昔時嬌玉步，含羞花燭邊。豈言心愛斷，銜啼私自憐。常見歡成怨〔二〕，非關醜易姸。獨鵠罷中路，孤鸞死鏡前〔三〕。

【校記】

〔一〕此首類聚三二人部十六閨情録全篇，題作「咏人棄妾」。「去」，兩抄本、趙本均作「棄」。按，活字本目録中「去」作「棄」。四玉臺本此詩均置於從頓暫還城之後。

〔二〕「常見」，類聚作「但覺」。「怨」，類聚作「愁」。

〔三〕「鸞」，活字本作「鴛」。「死」，活字本作「鸞」。

戲作謝惠連體〔一〕

雜蕊映南庭，庭中光影媚〔二〕。可憐枝上花，早得春風意。春風復有情，拂幔且開楹〔三〕。盈盈開碧烟〔四〕，拂幔復垂蓮〔五〕。偏使紅花散，飄揚落眼前。眼前多無況〔六〕，參差鬱相望〔七〕。珠繩翡翠帷，綺幕芙蓉帳。香烟出窗裏，落月斜階上〔八〕。月影去遲遲〔九〕，節花咸在兹。桃枝紅若點〔一〇〕，柳葉亂如絲。絲條轉暮光〔一一〕，影落暮光長。春燕雙雙舞，春心處處揚〔一二〕。酒滿心聊足，萱枝愁不忘。

【校記】

〔一〕「戲作謝惠連體」，四玉臺本「體」下均有「十三韻」三字。按，活字本目録中無「韻」字。四玉臺本此詩均置於和湘東王三韻二首之後。

〔二〕「影」，四玉臺本均作「景」。

〔三〕「幔」，翁抄本作「慢」。

〔四〕「盈盈」，兩抄本、趙本均作「開楹」。

〔五〕「復」，四玉臺本均作「拂」。

〔六〕「前」，四玉臺本均作「亦」。

〔七〕「相」，兩抄本、趙本均作「可」。

〔八〕「月」，兩抄本、趙本均作「日」。

〔九〕「月」，四玉臺本均作「日」。

〔一〇〕「枝」，兩抄本、趙本均作「花」。

〔一一〕「光」，兩抄本、趙本均作「陰」。

〔一二〕「揚」，兩抄本作「塲」，趙本作「場」；按，凡「塲」、「場」一類異文，以下不再出校。

執筆戲書〔一〕

舞女及燕姬，倡樓復蕩婦。參差大戾發，摇曳小垂手。釣竿蜀國彈，新城折楊柳〔二〕。玉案西王桃〔三〕，蠡杯石榴酒。甲乙羅帳異，辛壬房户暉。夜夜有明月，時時憐更衣。

【校記】

〔一〕「執筆戲書」之題，兩抄本均置於其前一首詩正文末；以下一首格式同，不再出校。按，四玉臺本此詩均置於咏人棄妾之後。

〔二〕「折」，四玉臺本均作「折」。

〔三〕「案」，活字本作「按」。

率爾成咏〔一〕

借問仙將畫〔二〕，詎有此佳人？傾城且傾國，如雨復如神。漢后憐飛燕〔三〕，周王重姓申。挾瑟曾游趙〔四〕，吹蕭屢入秦〔五〕。玉階偏望樹，長廊每逐春。約黃出意巧，纏弦用法新〔六〕。迎風時引袖〔七〕，避日暫披巾。疏花映髻插〔八〕，細佩繞衫身〔九〕。誰知日欲薄〔一〇〕，含羞不自陳〔一一〕。

【校記】

〔一〕「成」，兩抄本、趙本均作「爲」。按，四玉臺本此詩均置於春閨情又三韻之後。

〔二〕「問」，活字本作「聞」。

〔三〕「飛」，四玉臺本均作「名」。

〔四〕「曾」，活字本作「會」。

〔五〕「蕭」，活字本、趙本均作「簫」。

〔六〕「法」，活字本作「去」。

〔七〕「袖」，活字本作「神」。

〔八〕「髻」，兩抄本、趙本均作「鬟」。

〔九〕「細」，活字本作「紬」。「繞」，活字本作「逸」。

〔一〇〕「日」，活字本作「口」。「薄」，兩抄本、趙本均作「暮」。

〔二〕「羞」，活字本作「差」。

咏舞〔一〕

戚里多妖麗，重聘蔑燕余〔二〕。逐節工新舞，嬌態似凌虚。納花承襵概，垂翠逐璫舒。扇開衫影亂，巾度履行疏。徒勞交甫憶，自有專城居。

【校記】

〔一〕咏舞一首，四玉臺本均無。類聚四三樂部三舞録全篇，初學記一五舞樂録「餘（余）」、「虚」、「疏」、「居」四韻。

〔二〕「余」，類聚、初學記均作「餘」。

七夕〔一〕

秋期此時浹〔二〕，長夜從河靈〔三〕。紫烟凌鳳羽，紅光隨玉軿〔四〕。洛陽疑劍氣〔五〕，成都怪客星。天梭織來久，方逢今夜停。

【校記】

〔一〕「七夕」之題，兩抄本均置於其前一首詩正文末；以下一首格式同，不再出校。按，四玉臺本此詩均置於擬沈隱侯夜夜曲之後。

〔二〕「浹」，活字本作「夫」，兩抄本、趙本均作「浹」。

〔三〕「從」，兩抄本、趙本均作「徙」。

〔四〕「紅」，四玉臺本均作「奔」。

〔五〕「陽」，活字本作「湯」。

咏雪〔一〕

晚霰飛銀礫〔二〕，浮雲暗未開。入池消不積，因風墮復來〔三〕。思婦流黄素，温姬玉鏡臺。看花言可折〔四〕，定自非春梅〔五〕。

【校記】

〔一〕此首類聚二天部下雪録全篇。「咏雪」，四玉臺本均作「同劉諮議咏春雪」。

〔二〕「霰」，活字本作「霞」。

〔三〕「墮」，類聚作「隨」。

〔四〕「折」，四玉臺本均作「插」。

〔五〕「自」，活字本作「有」。

采蓮〔一〕

晚日照空磯，采蓮承晚暉。風起湖難度，蓮多摘未稀。棹動芙蓉落，船移白鷺飛。荷絲傍繞腕，菱角遠牽衣。常聞蕖可愛，采擷欲爲裙。葉滑不留綖，心忙無假薰。千春誰與樂？唯有妾隨君。

【校記】

〔一〕采蓮一首，四玉臺本均無。類聚八二草部下芙蕖録「暉」、「稀」、「飛」、「衣」四韻。樂府詩集五

○録全篇，題作「采蓮曲二首」，自首韻至「衣」韻爲第一首，餘爲第二首。

采桑〔一〕

春色映空來，先發院邊梅。細萍重疊長，新花歷亂開。連珂往淇上，接幰至叢臺〔二〕。叢臺可憐妾，當窗望飛蝶。忌跌行衫領〔三〕，熨斗成褫褶。下床著珠佩，捉鏡安花鑷。薄晚畏蠶饑，競采春桑葉。寄語采桑伴，訝今春日短。枝高攀不及，葉細籠難滿。年年將使君，歷亂遣相聞。欲知琴裏意，還贈錦中文。何當照梁日，還作入山雲。重門皆已閉，方知客留袂。可憐黄金絡，複以青絲繫。必也爲人時，誰令畏夫婿。

【校記】

〔一〕采桑一首，四玉臺本均無。類聚八八草部下桑、樂府詩集二八均録「梅」、「開」、「臺」、「蝶」、「褶」、「短」、「滿」七韻。

〔二〕「幰」，類聚作「憾」。

〔三〕「趺」，類聚、樂府詩集均作「趺」。

半路溪〔一〕

相逢半路溪，隔溪猶不渡。望望判知是，翩翩識行步。摘贈蘭澤芳，欲表同心句。先將動舊情〔二〕，恐君疑妾妒。

【校記】

〔一〕半路溪一首，四玉臺本均無。樂府詩集七四録全篇，署「梁元帝」。

〔二〕「將」，樂府詩集此字下注「一作持」。

大垂手〔一〕

垂手忽苕苕，飛燕掌中嬌〔二〕。羅衣恣風引〔三〕，輕帶任情摇。詎似長沙地，促舞不迴腰。

【校記】

〔一〕此首類要二九舞録「嬌」、「腰」二韻，題作「賦得大垂手」。樂府詩集七六録全篇，署名「吴均」。「大垂手」，四玉臺本均作「賦樂府得大垂手」，其中兩抄本此題均置於其前一首詩正文末。按，四玉臺本此詩均置於晚景出行之後。

〔二〕「燕」，類要作「鷰」。

〔三〕「衣」，樂府詩集作「衫」。

小垂手〔一〕

舞女出西秦，躡影舞陽春。且復小垂手，廣袖拂紅塵。折腰應兩笛，頓足轉雙巾。蛾眉與慢臉〔二〕，見此空愁人。

【校記】

〔一〕小垂手一首，四玉臺本均無。樂府詩集七六録全篇，署名「吴均」。

〔二〕「幔」，樂府詩集作「慢」。

賦樂名得箜篌〔一〕

捩遲初挑吹，弄急時催舞〔二〕。釧響逐弦鳴，私迴半障柱〔三〕。欲知心不平〔四〕，君看黛眉聚〔五〕。

【校記】

〔一〕此首類聚四四樂部四箜篌、初學記一六箜篌均録全篇，均題作「賦得箜篌」。「樂」，兩抄本、趙本均作「樂器」。按，活字本目録中「名」作「器」。

〔二〕「時催」，初學記作「持摧」。

〔三〕「私」，類聚、初學記均作「衫」。

〔四〕「欲知」，初學記作「知君」。

〔五〕按，活字本於皇太子名下，兩抄本、趙本於簡文帝名下，尚有怨、咏舞二首，爲鄭本所無。現據活字本補録於左，并校以其他各本。

怨①

秋風與白團，本自不相安。新人反故愛②，意氣豈能寬！黄金肘後印③，白玉案前盤。誰堪空對此，還成無歲寒？

①此首樂府詩集四一録全篇，署「梁簡文帝」，題作「怨詩」。「怨」之題，兩抄本均置於其前一首詩正文末；以下二首格式同，不再分别出校。按，四玉臺本此詩均置於艷歌曲之後。

②「反」，兩抄本、趙本均作「及」。

③「印」，兩抄本、趙本均作「鈴」。

咏舞①

可憐初二八②，逐節似飛鴻。懸勝河陽妓，暗與淮揚同③。入行看履進④，轉面望鬟空。腕動苕華王⑤，袖隨如意風⑥。上客何須起，啼烏曲未終⑦。

①此首類聚四三樂部三舞、初學記一五舞樂録全篇，均署「梁簡文帝」。類要二九舞録「風」一韻，署「梁簡文」。按，四玉臺本此詩均置於賦樂(器)名得箜篌之後。

②「初二八」，類聚作「稱二八」，初學記作「二八初」。

③「揚」，兩抄本、趙本均作「南」。

④「履」，趙本作「屨」。

⑤「苕」，初學記、類要均作「昭」。

⑥「袖」，類聚、初學記、類要均作「衫」。

⑦「烏」，初學記作「鳥」。「曲未」，類聚作「未肯」。

代舊姬有怨

梁元帝〔一〕

寧爲萬里別〔二〕，乍作死生離〔三〕。那堪眼前見，故愛逐新移〔四〕。未展春花落〔五〕，遽被秋風吹〔六〕。怨黛舒還斂〔七〕，啼妝拭更垂〔八〕。誰能巧爲賦，黄金妾不資〔九〕。

【校記】

〔一〕此首類聚三二人部十六閨情録全篇。按，四玉臺本均無「梁元帝」署名，此詩均置於車中見美人之後，爲邵陵王綸名下第三首。

〔二〕「别」，類聚作「隔」。

〔三〕「作」，四玉臺本均作「此」。「死生」，活字本作「生别」。

〔四〕「新」，活字本作「所」。

〔五〕「展」，趙本作「展」；此字同類異文，以下不再出校。「花」，四玉臺本均作「光」。
〔六〕「被」，活字本作「起」。「秋」，類聚作「凉」。
〔七〕「舒」，活字本作「愁」。
〔八〕「妝」，類聚作「紅」。「更」，類聚作「復」。
〔九〕「不」，四玉臺本均作「自」。

傷別離〔一〕

朝望青波道〔二〕，夜上白登臺。月中含桂樹，流影自徘徊。寒沙逐風起，春花犯雪開。夜長無與悟〔三〕，衣單爲誰裁〔四〕？

【校記】

〔一〕傷別離一首，四玉臺本均無。類聚四二樂部二樂府、樂府詩集二三録全篇，均題作「關山月」。
〔二〕「青」，類聚、樂府詩集均作「清」。
〔三〕「悟」，類聚、樂府詩集均作「晤」。

〔四〕「爲誰」，類聚、樂府詩集均作「誰爲」。

春夜看妓〔一〕

蛾眉漸成光〔二〕，燕姬戲小堂〔三〕。朝舞開春閣〔四〕，鈴盤出步廊〔五〕。起龍調節奏〔六〕，却鳳點笙簧〔七〕。樹交臨舞席，荷生夾妓航〔八〕。竹密無分影，花疏有異香。舉杯聊轉笑〔九〕，歡茲樂未央〔一〇〕。

【校記】

〔一〕春夜看妓一首，四玉臺本均無。類聚四二樂部二樂府録全篇。初學記一五歌録全篇，題作「夕出通波閣下觀妓」。類要二荆湖北路江陵府録「堂」、「廊」二韻，署「湘東集」，題作「道波閣觀妓」。

〔二〕「蛾眉漸」，初學記作「娥點笙」，類要作「□月漸」。

〔三〕「姬」，類要此字空缺。　「小」，類要作「水」。

〔四〕「朝舞」，類聚作「胡舞」，初學記似作「胡舞」，類要作「胡□」。　「春」，初學記、類要均作「斉」。

〔五〕「鈴盤出步廊」，初學記作「盤出出步廊」，類要作「百尺廊」。

〔六〕「奏」，初學記作「鼓」。

〔七〕「點笙簧」，類聚作「點笙篁」，初學記作「月漸簧」。

〔八〕「航」，類聚作「行」。

〔九〕「舉杯聊轉笑」，初學記作「捉杯時笑語」。

〔一〇〕「歡」，類聚作「嘆」。

戲作艷詩〔一〕

入堂值小婦，出門逢故夫。含辭未返吐〔二〕，絞袖且踟躕。摇兹扇似月，掩此泪如珠。今懷同無已〔三〕，故情今有餘。

【校記】

〔一〕「戲作艷詩」之題，翁抄本置於其前一首詩正文末。按，四玉臺本此詩均置於登顔園故閣之後，爲湘東王繹名下第二首。

〔二〕「返吐」，活字本作「反吐」，馮抄本作「吐及」，趙本、翁抄本均作「及吐」。

〔三〕「同」，兩抄本、趙本均作「固」。

登顔園故閣〔一〕

高樓三五夜，流影入丹墀。先時留上客，夫婿芙蓉姿〔二〕。妝成理蟬鬢，笑罷斂蛾眉〔三〕。衣香知步近，釧動覺行遲。如何舞館樂，翻見歌梁悲？猶懸北窗幌〔四〕，未捲南軒帷。寂寂空郊暮，非復少年時。

【校記】

〔一〕「登顔園故閣」，活字本作「登顔園故閣　湘東王繹」，兩抄本均作「湘東王繹詩七首　登顔園故閣」，趙本作「湘東王繹登顔園故閣」。按，趙本目録中「繹」下有「詩七首」三字，兩抄本、趙本湘東王繹名下均無具體詩題。又，四玉臺本此詩均置於邵陵王綸詩之後，爲湘東王釋名下第一首。

〔二〕「婿」，活字本、趙本均作「壻」，馮抄本作「埍」，翁抄本原作「埍」，紅筆描改作「壻」。「芙蓉」，兩抄本、趙本均作「美容」。

〔三〕「蛾」，趙本作「娥」。

〔四〕「幌」，趙本作「櫎」。

夜宿柏齋〔一〕

燭暗行人静，簾開雲影入。風細雨聲遲，夜短更籌急。能下班姬泪，復使倡樓泣。况此客游人，中宵空伫立〔二〕。

【校記】

〔一〕此首類要一一王才藝柏齋録全篇，署「湘東王」，題作「夜宿詩」。「夜宿柏齋」，四玉臺本均作「夜游柏齋」，其中兩抄本此題均置於其前一首詩正文末；以下一首格式同，不再出校。按，鄭本目録中「宿」作「游」。四玉臺本此詩均置於戲作艷詩之後，爲湘東王繹名下第三首。

〔二〕「伫」，活字本作「停」。

和劉上黄〔一〕

新鶯隱葉囀〔二〕，新燕向窗飛。柳絮時依酒，梅花乍入衣。玉珂輕風度〔三〕，金鞍映日暉〔四〕。無令春色晚，獨望行人歸。

【校記】

〔一〕此首初學記三春録全篇，題作「春詩」。按，四玉臺本此詩均爲湘東王繹名下第四首。

〔二〕「葉」，初學記作「入」。

〔三〕「玉」，初學記作「王」。「輕」，兩抄本、趙本、初學記均作「逐」。

〔四〕「映」，初學記作「照」。

咏風〔一〕

樓上起朝妝，風花下砌傍。入鏡先飄粉，翻衫好染香。度舞飛長袖，傳歌共繞梁。欲因吹少女，還將拂大王〔二〕。

【校記】

〔一〕咏風一首，四玉臺本均無。類聚一天部上風、初學記一風均録全篇。

〔二〕「將」，類聚似作「捋」。

咏晚栖烏〔一〕

日暮連翩翼〔二〕，俱向上林栖〔三〕。風多前鳥駛〔四〕，雲暗後群迷。路遠聲難徹，飛斜行未齊。應從故鄉返〔五〕，幾過入蘭閨〔六〕。借問倡樓妾〔七〕，何如蕩子妻〔八〕？

【校記】

〔一〕此首類聚九二鳥部烏録全篇，題作「晚栖烏」。「烏」，活字本作「鳥」。按，兩抄本此題均置於其前一首詩正文末。活字本目録中「烏」作「鳥」。四玉臺本此詩均爲湘東王繹名下第五首。

〔二〕「翩」，活字本作「翻」。

〔三〕「向上」，類聚作「上向」。

〔四〕「駚」，四玉臺本均作「駛」，類聚作「駃」。

〔五〕「鄉」，活字本作「卿」。

〔六〕「闌」，四玉臺本、類聚均作「蘭」。

〔七〕「樓」，馮抄本此字係塗改而成，有「宋本」印。

〔八〕「妻」，類聚作「啼」。

看摘薔薇〔一〕

倡女倦春閨〔二〕，迎風戲玉除。近叢看影密，隔樹望釵疏。横枝斜綰袖，嫩葉下牽裾。墻高舉不及，花新摘未舒。莫疑插鬢少，分人猶有餘。

【校記】

〔一〕看摘薔薇一首，四玉臺本均無。類聚八一藥香草部上薔薇録全篇。

〔二〕「倦春閨」，類聚作「卷春裾」。

洛陽道〔一〕

洛陽開大道，城北達城西。青槐隨幔拂，綠柳逐風低。玉珂鳴戰馬，金爪鬥場鷄。桑萎日行暮，多逢秦氏妻〔二〕。

【校記】

〔一〕洛陽道一首，四玉臺本均無。類聚四二樂部二樂府、樂府詩集二三均録全篇。

〔二〕「逢」，樂府詩集作「途」。「氏」，樂府詩集作「女」。

折楊柳〔一〕

巫山巫峽長〔二〕，垂柳復垂楊。同心宜同折〔三〕，故人懷故鄉。山似蓮花艷，流如明月光。寒夜猿鳴徹〔四〕，游人泪沾裳〔五〕。

【校記】

〔一〕折楊柳一首，四玉臺本均無。類聚八九木部下楊柳、樂府詩集二二均録全篇。

〔二〕「巫山」，樂府詩集作「山高」。

〔三〕「宜」，樂府詩集作「且」。

〔四〕「鳴」，樂府詩集作「聲」。「徹」，類聚作「澈」。

〔五〕「人」，類聚、樂府詩集均作「子」。

金樂歌〔一〕

啼烏怨別偶〔二〕，曙鳥憶誰家〔三〕？石厥題書字〔四〕，金燈飄落花。東方曉星没〔五〕，西山落日斜〔六〕。縠衫迴廣袖，團扇掩輕紗。暫借青驄馬，來送黄牛車。

【校記】

〔一〕金樂歌一首，四玉臺本均無。類聚五六雜文部二詩録全篇，題作「歌曲名詩」。樂府詩集七四録全篇。

〔二〕「偶」，類聚、樂府詩集均作「鶴」。
〔三〕「誰」，類聚作「離」。
〔四〕「厥」，類聚、樂府詩集均作「闕」。
〔五〕「没」，類聚作「度」。
〔六〕「落」，類聚、樂府詩集均作「晚」。

古意〔一〕

妾在成都縣，願作高塘雲〔二〕。樽中石榴酒，機上蒲萄裙〔三〕。停梭還斂色，何時勸使君。

【校記】

〔一〕古意一首，四玉臺本均無。類聚一八人部二美婦人録全篇。
〔二〕「塘」，類聚作「唐」。
〔三〕「裙」，類聚作「紋」。

春日〔一〕

春還春節美，春日春風過。春心日日異，春情處處多。處處春芳動，日日春禽變。春意春已繁，春人春不見。不見懷春人，徒望春光新。春愁春自結，春結誰能申〔二〕？欲道春園趣，復憶春時人。春人竟何在？空爽上春期。獨念春花落，還似昔春時。

【校記】

〔一〕春日一首，四玉臺本均無。類聚三歲時上春録全篇。

〔二〕「誰」，類聚作「詎」。

寒宵〔一〕

烏鵲夜南飛，良人行未歸。池水浮明月，寒風送擣衣。願織迴文錦〔二〕，因君寄武威。

【校記】

〔一〕此首類聚三二人部十六閨情録全篇，題作「寒閨」。「寒宵」，兩抄本、趙本均作「寒宵三韻」。按，鄭本目録中「寒」作「春」。四玉臺本此詩均爲湘東王繹名下第六首。

〔二〕「織」，翁抄本作「識」。

秋夜〔一〕

秋夜九重空，蕩子怨房櫳〔二〕。燈光入綺帷，簾影穿屏風〔三〕。金徽調玉軫〔四〕，茲夜撫離鴻。

【校記】

〔一〕「秋夜」，兩抄本、趙本均作「咏秋夜」。按，活字本目録題作「咏秋夜」。四玉臺本此詩均爲湘東王繹名下第七首。

〔二〕「櫳」，兩抄本均作「攏」。

〔三〕「穿」，四玉臺本均作「進」。

〔四〕「徽」，活字本作「徹」。

代秋胡婦閨怨

梁邵陵王綸〔一〕

蕩子從游宦，思妾守房櫳〔二〕。塵鏡朝朝掩，寒衾夜夜空〔三〕。若非新有悦〔四〕，何事久西東！知人相憶否〔五〕？泪盡夢啼中〔六〕。

【校記】

〔一〕此首類聚三二人部十六閨情録全篇，署「梁元帝」，題作「閨怨詩」。「代秋胡婦閨怨　梁邵陵王綸」，活字本無「梁」字，兩抄本均作「邵陵王綸詩三首　代秋胡婦閨怨」，趙本作「邵陵王綸代秋胡婦閨怨」。按，趙本目録中「綸」下有「詩三首」三字，兩抄本、趙本目録邵陵王綸名下均無具體詩題。又，四玉臺本邵陵王綸詩均置於皇太子或簡文詩之後、湘東王繹詩之前。

〔二〕「櫳」，翁抄本作「攏」。

〔三〕「衾」，兩抄本、趙本、類聚均作「床」。

〔四〕「新有」，類聚作「有歡」。

〔五〕「憶否」，活字本作「憶不」，類聚作「望否」。

車中見美人〔一〕

關情出眉眼，軟媚着腰肢〔二〕。語笑能嬌嬟〔三〕，行步絶逶迤。空中自迷惑，渠傍會不知。懸念猶如此，得時應若爲。

【校記】

〔一〕「車中見美人」之題，兩抄本均置於其前一首詩正文末。按，四玉臺本此詩均爲邵陵王綸名下第二首。

〔二〕「肢」，兩抄本、趙本均作「支」。

〔三〕「嬟」，兩抄本、趙本均作「媄」。

見姬人〔一〕

春來不復賒，入苑駐行車。比來妝點異，今世撥鬟斜。却扇承枝影，舒衫受落花。狂夫不妒妾，隨意晚還家。

【校記】

〔一〕見姬人一首，四玉臺本均無。類聚一八人部二美婦人録全篇。

同蕭長史看妓

梁武陵王紀〔一〕

燕姬奏妙舞〔二〕，鄭女發清歌。迴羞出慢臉〔三〕，送態入嚬娥〔四〕。寧殊值行雨〔五〕，詎減見凌波？想君愁日暮〔六〕，應羨魯陽戈。

【校記】

〔一〕此首初學記一五歌録全篇，署名「劉孝綽」，題作「同武陵殿下看妓」。「同蕭長史看妓　梁武陵王紀」，活字本作「同蕭長史看妓　武陵王」，兩抄本均作「武陵王詩四首　同蕭長史看妓」，趙本作「武陵王紀同蕭長史看妓」。按，活字本目録中無「武陵王」題署，兩抄本目録中「四」作「三」，趙本目録中「紀」下有「詩三首」三字，兩抄本、趙本目録武陵王名下均無具體詩題。又，四玉臺本武陵王紀詩均置於湘東王繹詩之後。

〔二〕「奏」，活字本作「秦」，馮抄本此字係塗改而成，無「宋本」印。

〔三〕「慢」，活字本作「幔」。

〔四〕「送」，初學記作「迭」。「入」，初學記作「表」。「娥」，活字本作「哦」，兩抄本、趙本、初學記均作「蛾」。

〔五〕「值」，初學記作「遏」。

〔六〕「暮」，初學記作「落」。

和湘東王夜夢應令〔一〕

昨夜夢君歸，賤妾下鳴機。懸知君意薄〔二〕，不着去時衣。故言如夢裏，賴得雁書飛。

【校記】

〔一〕此首類聚三二人部十六閨情録全篇，題作「蕭妃夜夢詩」。「和湘東王夜夢應令」，兩抄本均作「和湘東王夜夢　應令」。

〔二〕「懸」，活字本作「意」，類聚作「極」。「君意」，類聚作「意氣」。

曉色〔一〕

晨禽争學囀，朝花亂欲開。爐烟入斗帳，屏風隱鏡臺。紅妝隨泪盡〔二〕，蕩子何時迴〔三〕？

【校記】

〔一〕此首類聚三二人部十六閨情録全篇，署「梁簡文帝」，題作「曉思」。「曉色」，兩抄本、趙本均作「曉思」。

〔二〕「隨泪盡」，類聚作「幾盡泪」。

〔三〕「何時迴」，類聚作「何當來」。按，四玉臺本此後於武陵王紀名下均有閨妾寄征（人）一首，爲鄭本所無。現據活字本補録於左，并校以其他各本。

閨妾寄征①

斂色金星聚，縈悲玉箸流。願君看海氣，憶妾上高樓②。

①「征」，兩抄本、趙本均作「征人」。

②趙本此下有「目作三首此首疑衍」八小字注。

卷六

【校記】

〔一〕此卷作者及其詩作，四玉臺本除不收者外，均見於卷五，其排列次序及作者署名相異者見各詩校記。

巫山高

范雲〔一〕

巫山高不極，白日隱光輝。靄靄朝雲去，冥冥暮雨歸〔二〕。巖懸獸無迹，林暗鳥疑飛。枕席竟誰薦？相望徒依依〔三〕。

【校記】

〔一〕范雲巫山高一首，四玉臺本均無。類聚四二樂部二樂府、樂府詩集一七均録全篇。

〔二〕「冥冥」，樂府詩集作「溟溟」。

〔三〕「徒」，類聚空缺，樂府詩集作「空」。

望織女〔一〕

盈盈一水邊，夜夜空自憐。不辭精衛苦，河流未可填。寸情百重結，一心萬處懸。願作雙青鳥，共舒明鏡前。

【校記】

〔一〕望織女一首，四玉臺本均無。類聚四歲時中七月七日録全篇。

閨思〔一〕

春草醉春烟，深閨人獨眠。積恨顔將老，相思心欲燃。幾回明月夜，飛夢到郎邊。

【校記】

〔一〕閨思一首，四玉臺本均無。

送別〔一〕

東風柳綫長，送郎上河梁。未盡樽前酒，妾泪已千行。不愁書難寄，但恐鬢將霜。望懷白首約，江上早歸航。

【校記】

〔一〕送別一首，四玉臺本均無。

征怨〔一〕

江淹

蕩子從征久，鳳樓簫管閑。獨枕凋雲鬢，孤燈損玉顔。何日邊塵净，庭前征馬還？

【校記】

〔一〕江淹征怨一首，四玉臺本均無。

咏美人春游〔一〕

江南二月春，東風轉緑蘋。不知誰家子，看花桃李津。白雪凝瓊貌，明珠點絳唇。行人咸息駕，争擬洛川神。

【校記】

〔一〕咏美人春游一首，四玉臺本均無。

西洲曲〔一〕

憶梅下西洲，折梅寄江北。單衫杏子紅，雙鬢鴉雛色。西洲在何處？兩槳橋頭渡〔二〕。日暮伯勞飛，風吹烏臼樹。樹下即門前，門中露翠鈿。開門郎不至，出門采紅蓮。采蓮南塘秋，蓮花過人頭。低頭弄蓮子，蓮子青如水。置蓮懷袖中，蓮心徹底紅。憶郎郎不至，仰首望飛鴻。鴻飛滿西洲，望郎上青樓。樓高望不見，盡日欄干頭。欄干十二曲，垂手明如玉。卷簾天自高，海水摇空緑。海水夢悠悠，君愁我亦愁。南風知我意，吹夢到西洲。

【校記】

〔一〕西洲曲一首，四玉臺本均無。樂府詩集七二録全篇，無署名，題下有「古辭」二字。

〔二〕「漿」，樂府詩集作「槳」。

古別離〔一〕

遠與君別者，乃至雁門關。黃雲蔽千里，游子何時還？送君如昨日，檐前露已團。不惜蕙草晚，所悲道路寒〔二〕。君在天一涯〔三〕，妾心久別離〔四〕。願一見顔色，不異瓊樹枝。兔絲及水萍〔五〕，所寄終不移。

【校記】

〔一〕此首文選三一録全篇，「別離」二字下注「善本作離別」。類聚二九人部十三別上録全篇，題作「擬古雜體詩」。樂府詩集七一録全篇。「古別離」，活字本作「古體　江淹」，兩抄本均作「古體　江淹四首」，趙本作「江淹古體」。按，活字本、趙本目録中「江淹」下均有「四首」二字，四玉臺本目録江淹名下均無具體詩題。又，四玉臺本卷五均始於江淹古體詩。

〔二〕「路」，四玉臺本、文選、類聚、樂府詩集均作「里」。

〔三〕「君在天一涯」，活字本、文選、類聚均作「君行在天涯」，兩抄本、趙本均作「君子在天涯」；又，文選此句下注「君在天一涯」。

〔四〕「心久」，文選、類聚、樂府詩集均作「身長」。

〔五〕「及」，馮抄本作「不」，翁抄本原作「不」，紅筆描改作「及」。

班婕妤扇〔一〕

紈扇如團月〔二〕，出自機中素。畫作秦王女，乘鸞向烟霧。彩色世所重，雖新不代故。竊悲涼風至〔三〕，吹我玉階樹。君子恩未畢，零落在中路〔四〕。

【校記】

〔一〕此首文選三一録全篇，題作「班婕妤咏扇」。類聚四一樂部一論樂録「素」、「霧」、「樹」、「路」四韻，題作「擬班婕妤咏扇」。樂府詩集四二録全篇，題作「怨歌行」。「班婕妤扇」，兩抄本、趙本均作「班婕妤」。

〔二〕「紈」，兩抄本、趙本均作「綾」。「團」，文選作「圓」。

〔三〕「悲」，文選、類聚均作「愁」。「涼風」，類聚作「秋涼」。

〔四〕「在」，類聚、樂府詩集均作「委」。

張司空離情〔一〕

秋月映簾櫳〔二〕，懸光入丹墀。佳人撫鳴琴，清夜守空帷。蘭徑少行迹，玉臺生網絲。庭樹發紅彩〔三〕，閨草含碧滋。羅綺爲君整〔四〕，萬里贈所思。願垂湛露惠，信我皎日期。

【校記】

〔一〕此首文選三一録全篇，題作「張司空離情華」。「張司空離情」，活字本作「張司空離情華」。

〔二〕「映」，文選此字下注「善本作照」。「櫳」，兩抄本均作「攏」。
〔三〕「庭」，兩抄本、趙本均作「夜」。
〔四〕「羅綺爲君整」，文選作「延佇整綾綺」。

潘黄門述哀〔一〕

青春速天機，素秋馳白日。美人歸重泉，凄愴無終畢。殯宮已肅清，松柏轉蕭瑟〔二〕。俯仰未能弭，尋念非但一。拊衿悼寂寞〔三〕，恍然若有失。明月入綺窗，仿佛想蕙質。消憂非萱草〔四〕，永懷寄夢寐〔五〕。夢寐復冥冥，何由覿爾形？我慚北海術，爾無帝女靈。願言出遠山〔六〕，徘徊泣松銘。雨絶無還雲，花落豈留英？日月方代序，寢興何時平？

【校記】

〔一〕潘黄門述哀一首，兩抄本、趙本均無。文選三一録全篇，題作「潘黄門述哀岳」。類要三一墓誌録「銘」一韻，無署名。「潘黄門」，活字本作「潘岳黄門」。按，活字本此詩置於卷五（鄭本爲卷七）庾丹夜夢還家之後，爲庾丹名下第三首。

〔二〕「瑟」，活字本作「索」。

〔三〕「拊」，文選作「撫」。

〔四〕「消」，文選作「銷」。

〔五〕「寄」，文選此字下注「善本作寧」。

〔六〕「願」，文選、類要均作「駕」。

休上人怨別〔一〕

西北秋風至，楚客心悠哉。日暮碧雲合，佳人殊未來。露彩方泛艷〔二〕，月華始徘徊。寶書爲君掩〔三〕，瑶瑟詎能開〔四〕。相思巫山渚，悵望陽雲臺〔五〕。金爐絶沈燎〔六〕，綺席遍浮埃〔七〕。桂水日千里，因之平生懷。

【校記】

〔一〕此首文選三一録全篇。類要二四獨深録「埃」一韻，無題、名。「休上人怨別」，活字本作「休

上人怨別　惠休」。

〔二〕「露彩方泛艷」，翁抄本「彩」字處紅筆寫作「彡」，「方」字左半邊及「泛」字之「氵」旁均有紅圈，且「方」字右半邊經紅筆描一遍；該行頁眉紅筆寫「原本僅存彡丂乏」七字或字符。

〔三〕「爲君掩」，兩抄本均作「金名捧」。

〔四〕「瑟」，四玉臺本、文選均作「琴」。

〔五〕「陽雲」，趙本作「雲陽」。

〔六〕「金」，文選、類要均作「膏」。

〔七〕「遍」，文選、類要均作「生」。　「埃」，翁抄本作「瑛」。

敬酬柳僕射征怨　丘遲〔一〕

清歌自信妍〔二〕，雅舞空仙仙。耳中解明月，頭上落金鈿。雀飛且近遠，暮入綺羅前〔三〕。魚戲雖南北，終還荷葉邊。惟見君行久，新年非故年。

【校記】

〔一〕「敬酬柳僕射征怨　丘遲」，兩抄本均作「敬酬柳僕射征怨　丘遲二首」，趙本作「丘遲敬酬柳僕射征怨」。按，活字本、趙本目録中「丘遲」下均有「二首」二字，四玉臺本目録丘遲名下均無具體詩題。

〔二〕「信」，四玉臺本均作「言」。

〔三〕「羅」，兩抄本、趙本均作「窗」。

答徐侍中爲人贈婦

丈夫吐然諾，受命本遺家。糟糠且棄置，蓬首亂如麻。側聞洛陽客，金蓋翼高車。謁帝時來下，光景不可奢。幽房一洞啓，二八盡芳華〔一〕。羅裙有長短〔二〕，翠鬢無低斜。長眉横玉臉，皓腕卷輕紗。俱看依井蝶，共取落檐花。何言征戍苦〔三〕，抱膝空咨嗟〔四〕。

【校記】

〔一〕「芳」，兩抄本、趙本均作「芬」。

〔二〕「裙」，四玉臺本均作「裾」。

〔三〕「戌」，活字本作「戍」；馮抄本此字係塗改而成，有「宋本」印。

〔四〕「膝」，活字本作「脉」。

登高望春〔一〕

沈約〔一〕

登高眺京洛，街巷何紛紛〔二〕。迴首望長安，城闕鬱盤桓。日出照鈿黛，風過動羅紈〔三〕。齊童躡朱履〔四〕，趙女揚翠翰〔五〕。春風摇雜樹，葳蕤緑且丹。寶瑟玫瑰柱〔六〕，金羈玳瑁鞍。淹留宿下蔡，置酒過上蘭。解眉還復斂，方知巧笑難。佳期空靡靡，含睇未成歡。嘉客不可見，因君寄長嘆。

【校記】

〔一〕此首類聚二八人部十二游覽録「紛」、「桓」、「翰」、「丹」、「鞍」、「蘭」、「紈」七韻。類要二九絲音録「鞍」一韻。「登高望春　沈約」，兩抄本均作「登高望春　沈約二十四首」，趙本作「沈約登高望春」。按，活字本、趙本目録中「沈約」下均有「二十四首」四字，四玉臺本目録沈約名下均無具體詩題。

〔二〕「何紛紛」，四玉臺本均作「紛漠漠」。

〔三〕「紈」一韻，類聚置於「蘭」一韻後。

〔四〕「朱」，類聚作「珠」。

〔五〕「揚」，類聚作「楊」。

〔六〕「玟」，活字本作「玟」。

春思〔一〕

楊柳亂如絲，綺羅不自持。春草黄復緑〔二〕，客心傷此時。翠苔已結洧〔三〕，碧水復盈淇。日華照趙瑟，風色動燕姬〔四〕。衿前萬行泪〔五〕，故是一相思。

【校記】

〔一〕此首類聚三歲時上春録全篇，題作「春咏」。「春思」，活字本作「咏春」，兩抄本均作「雜咏五首 春咏」，趙本總題作「雜咏五首」，而置「春咏」之題於本詩正文末。按，四玉臺本此詩均置於沈約夜夜曲之後，兩抄本、趙本均爲雜咏五首之第一首。

〔二〕「黄復」，四玉臺本均作「青復」，類聚作「復黄」。
〔三〕「翠」，類聚作「青」。
〔四〕「色」，兩抄本、趙本、類聚均作「心」。
〔五〕「前」，兩抄本、趙本、類聚均作「中」。

初春〔一〕

夾道覓陽春〔二〕，佳人共携手〔三〕。草色猶自菲〔四〕，林中都未有。無事逐梅花〔五〕，空教信楊柳〔六〕。且復共歸來〔七〕，含情寄杯酒。

【校記】

〔一〕此首類聚三歲時上春録全篇，題作「咏春初詩」。初學記三春録全篇。「初春」之題，馮抄本置於其前一首詩正文末。按，四玉臺本此詩均置於沈約效古之後。
〔二〕「夾」，活字本作「挾」，兩抄本、趙本、類聚均作「扶」，初學記作「扠」。
〔三〕「佳人」，類聚、初學記均作「相將」。

〔四〕「猶」，兩抄本、趙本均作「獨」。　「非」，四玉臺本、初學記均作「非」，類聚作「腓」。

〔五〕「無事」，初學記作「無叓」。

〔六〕「教」，四玉臺本均作「中」，類聚作「交」。

〔七〕「共歸」，兩抄本、趙本、類聚均作「歸去」，初學記作「共去」。

昭君辭〔一〕

朝發披香殿，夕濟汾陰河。於茲懷九逝〔二〕，自此斂雙蛾。沾妝疑湛露〔三〕，繞臆狀流波〔四〕。日見奔沙起，稍覺轉蓬多。胡風犯肌骨，非直傷綺羅。銜涕試南望〔五〕，關山鬱嵯峨。始作陽春曲〔六〕，終成苦寒歌。惟有三五夜，明月暫經過。

【校記】

〔一〕此首類聚四二樂部二樂府録「河」、「蛾」、「波」、「多」、「過」五韻。樂府詩集二九録全篇，題作「明君詞」。按，四玉臺本此詩均置於沈約登高望春之後。

〔二〕「逝」，類聚、樂府詩集均作「折」。

〔三〕「妝」，兩抄本、趙本均作「莊」。「疑」，類聚作「如」。

〔四〕「臆」，類聚作「臉」。

〔五〕「試」，活字本作「强」。

〔六〕「始」，活字本作「試」。

塘上行〔一〕

澤蘭被荒徑，孤芳豈自通。幸逢瑶池曠，得與金芝叢。朝承紫臺露，夕潤緑池風〔二〕。既美修嫮女，復悦繁華童〔三〕。夙昔玉霜滿，旦暮翠條空〔四〕。葉飄儲胥右，芳歇露寒東。紀化尚盈昃〔五〕，俗志信頹隆。財殫交易絶，華落愛難終〔六〕。所惜改歡眄〔七〕，豈恨逐征蓬？顧回昭陽景〔八〕，持照長門宮〔九〕。

【校記】

〔一〕塘上行一首，四玉臺本均無。類聚四一樂部一論樂録「通」、「叢」、「童」、「空」、「終」、「宮」六韻。樂府詩集三五録全篇，題作「江離生幽渚」。

〔二〕「綠」，樂府詩集作「淥」。
〔三〕「悦」，類聚作「恍」。
〔四〕「旦」，類聚作「且」。
〔五〕「昃」，樂府詩集作「昊」。
〔六〕「愛」，類聚作「色」。
〔七〕「盻」，樂府詩集作「眄」。
〔八〕「顧回」，類聚作「所顧」。
〔九〕「持」，類聚、樂府詩集均作「時」。

携手曲〔一〕

捨纚下雕輅，更衣奉玉床。斜簪映秋水〔二〕，開鏡比春妝。所畏紅顔促，君恩不可長。鵁冠且容裔〔三〕，豈吝桂枝亡〔四〕！

【校記】

〔一〕此首樂府詩集七六録全篇。「携手曲」，兩抄本均作「雜曲三首　携手曲」，趙本總題作「雜曲三首」，其「携手曲」之題置於本詩正文末。按，四玉臺本此詩均置於沈約少年新婚爲之咏之後，兩抄本、趙本爲雜曲三首之第一首。

〔二〕「斜」，樂府詩集作「聯」。

〔三〕「鳰」，四玉臺本均作「鷄」。

〔四〕「各」，活字本、兩抄本均作「忩」；此字同類異文，以下不再出校。

夜夜曲〔一〕

河漢縱且橫〔二〕，北斗橫復直。星漢空如此，寧知心有憶〔三〕。孤燈曖不明，寒機曉猶織〔四〕。零泪向誰道〔五〕？鷄鳴徒嘆息。

【校記】

〔一〕此首類聚四二樂部二樂府、樂府詩集七六均録全篇。「夜夜曲」之題，馮抄本置於其前一首詩正文末，趙本置於本詩正文末。按，四玉臺本此詩均置於沈約有所思之後，兩抄本、趙本爲雜曲三首之第三首。

〔二〕「縱且」，類聚作「蹤復」，樂府詩集作「縱復」。

〔三〕「有」，類聚作「所」。

〔四〕「曉猶」，類聚作「猶更」。

〔五〕「泪」，類聚作「涕」。

有所思〔一〕

西征登隴首，東望不見家。關樹抽紫葉，塞草發青芽〔二〕。昆明池欲滿〔三〕，蒲萄應作花。流泪對漢使〔四〕，因書寄狹斜〔五〕。

【校記】

〔一〕此首樂府詩集一七録全篇。「有所思」之題，兩抄本均置於其前一首詩正文末，趙本置於本詩正文末。按，四玉臺本此詩均置於沈約携手曲之後，兩抄本、趙本爲雜曲三首之第二首。

〔二〕「芽」，兩抄本、趙本、樂府詩集均作「牙」。

〔三〕「池」，兩抄本、趙本、樂府詩集均作「當」。

〔四〕「流」，樂府詩集作「垂」。

〔五〕「狹斜」，活字本作「斜狹」，兩抄本、趙本均作「狹邪」。

領邊繡〔一〕

纖手製新奇，刺作可憐儀〔二〕。縈絲飛鳳子，結縷坐花兒。不聲如動吹，無風自裊枝〔三〕。麗色儻未歇，聊承雲鬢垂。

【校記】

〔一〕「領邊繡」，兩抄本均題作「十咏二首　領邊繡」，趙本總題作「十咏二首」，其「領邊繡」之題置於本詩正文末。按，四玉臺本此詩均置於沈約六憶詩四首之後。

〔二〕「刺」，馮抄本、趙本均作「剌」。

〔三〕「裊枝」，兩抄本均作「褭栘」，趙本作「裊栘」。

脚下履〔一〕

丹墀上颯沓，玉殿下趍鏘〔二〕。逆轉珠佩響，先表綉袿香。裾開臨舞席，袖拂繞歌堂〔三〕。所嘆忩懷妾〔四〕，見委入羅床。

【校記】

〔一〕「脚下履」之題，馮抄本置於其前一首詩正文末，趙本置於本詩正文末。按，兩抄本、趙本此詩均爲十咏二首之第二首。

〔二〕「玉」，翁抄本作「五」。

〔三〕「袖拂」，兩抄本、趙本均作「拂袖」。

〔四〕「忩」，活字本作「亡」，兩抄本、趙本均作「忘」；按，凡「忩」、「忘」一類異文，以下徑改作繁體正字，不再分别出校。

擬青青河邊草〔一〕

漠漠床上塵，中心憶故人〔二〕。故人不可憶〔三〕，中夜長嘆息。嘆息想容儀，不言長别離〔四〕。别離稍已久，空床寄杯酒〔五〕。

【校記】

〔一〕此首樂府詩集三八録全篇，題作「擬青青河畔草」。

〔二〕「中心」，樂府詩集作「心中」。

〔三〕「可」，活字本作「肯」。

〔四〕「言」，四玉臺本均作「欲」。

〔五〕「杯酒」，樂府詩集作「酒杯」。

擬三婦〔一〕

大婦掃玉墀〔二〕，中婦結羅幃〔三〕。小婦獨無事，對鏡畫娥眉〔四〕。良人且安卧，夜長方自私。

【校記】

〔一〕此首樂府詩集三五録全篇，題作「三婦艷」。「擬三婦」之題，馮抄本置於其前一首詩正文末；以下三首格式同，不再分別出校。

〔二〕「掃玉墀」，樂府詩集作「拂玉匣」。

〔三〕「羅」，樂府詩集作「珠」。　「幃」，兩抄本、趙本均作「帷」。

〔四〕「畫」，樂府詩集作「理」。　「娥」，兩抄本、趙本、樂府詩集均作「蛾」。

古意

挾瑟叢臺下，徙倚愛容光。佇立日已暮，戚戚苦人腸。露葵已堪摘，淇水未沾裳〔一〕。錦衾無獨曖〔二〕，羅衣空自香〔三〕。明月雖外照，寧知心內傷？

【校記】

〔一〕「淇」，四玉臺本均作「湛」。

〔二〕「曖」，四玉臺本均作「暖」。

〔三〕「香」，翁抄本作「杳」。

效古〔一〕

可憐桂樹枝，單雄憶故雌。歲暮異栖宿，春至猶別離。山河隔長路，路遠絶容儀。豈云無我匹？寸心終不移〔二〕。

【校記】

〔一〕效古一首，四玉臺本均置於沈約夢見美人之後。

夢見美人〔一〕

夜聞長嘆息，知君心有憶。果自閶闔開，魂交睹顔色〔二〕。既薦巫山枕，又奉齊眉食。立望復横陳，忽覺非在側。那知神傷者〔三〕，潺湲泪沾臆！

【校記】

〔一〕「夢見美人」一首，四玉臺本均置於沈約古意之後。

〔二〕「顏」，四玉臺本均作「容」。

〔三〕「知」，兩抄本、趙本均作「惡」。

少年新婚爲之咏〔一〕

山陰柳家女，薄言出田墅〔二〕。丰容好姿顏〔三〕，便僻巧言語〔四〕。腰肢既軟弱，衣服亦華楚〔五〕。紅輪映早寒，畫扇迎初暑。錦履并花紋，綉帶同心苣。羅襦金薄廁，雲鬢花釵舉。我情已鬱紆，何用表崎嶇？托意眉間黛〔六〕，申心口上朱。莫爭三春價，坐喪千金軀。盈尺青銅鏡，徑寸合浦珠〔七〕。無因達往意〔八〕，欲寄雙飛鳧〔九〕。裾開見玉趾，衫薄映凝膚〔一〇〕。羞言趙飛燕，笑殺秦羅敷。自顧雖悴薄，冠蓋曜城隅。高門列騶駕，廣路從驪駒〔一一〕。何慚鹿盧劍，詎減府中趍。還家問鄉里，詎堪特作夫〔一二〕。

【校記】

〔一〕此首類要二四書題上録「珠」、「鳬」二韻，題作「雜詩」。按，四玉臺本此詩均置於沈約昭君辭之後。

〔二〕「薄」，兩抄本、趙本均作「莫」。

〔三〕「丰」，翁抄本原作「丯」，黄筆添作「半」。

〔四〕「巧」，兩抄本、趙本均作「工」。

〔五〕「楚」，兩抄本均作「顔」。

〔六〕「意」，馮抄本原同，經塗改後作「言」，無「宋本」印。

〔七〕「徑」，活字本作「九」，類要作「經」。

〔八〕「無」，類要作「元」。

〔九〕「雙」，類要作「東」。

〔一〇〕「凝」，兩抄本均作「疑」。

〔一一〕「驪」，兩抄本均作「驟」。

〔一二〕「特」，四玉臺本均作「持」。

咏桃〔一〕

風來吹葉動，風去畏花傷。紅映已照灼〔二〕，况復含日光。歌童暗理曲，游女夜縫裳。詎減當春泪，能斷思人腸。

【校記】

〔一〕「咏桃」之題，馮抄本置於其前一首詩正文末，趙本置於本詩正文末；以下三首格式同，不再分別出校。按，四玉臺本此詩均置於沈約春思（活字本作「咏春」）之後，兩抄本、趙本爲雜咏五首之第二首。

〔二〕「映」，兩抄本、趙本均作「英」。

咏柳〔一〕

輕陰拂建章，夾道連未央。因風結復解，沾露柔且長。楚妃思欲絶，班女泪成行。游人未應去〔二〕，爲此歸故鄉〔三〕。

【校記】

〔一〕咏柳一首，活字本無。類聚八九木部下楊柳録全篇，題作「玩庭柳」。按，兩抄本、趙本此詩均爲雜咏五首之第四首。

〔二〕「游」，兩抄本、趙本均作「流」，類聚作「留」。

〔三〕「歸」，類聚作「還」。

咏篪〔一〕

江南簫管地，妙響發孫枝。殷勤寄玉指，含情舉復垂。雕梁再三繞，輕塵四五移。曲中有深意，丹誠君詎知？

【校記】

〔一〕咏篪一首，活字本置於沈約咏月之後；兩抄本、趙本均置於沈約咏柳之後，爲雜咏五首之第五首。

咏月〔一〕

月華臨静夜〔二〕，夜静滅氛埃。方暉竟户入〔三〕，圓影隙中來。高樓切思婦，西園游上才。網軒映珠綴〔四〕，應門照緑苔。洞房殊未曉〔五〕，清光信悠哉。

【校記】

〔一〕此首文選三〇録全篇，題作「應王中丞思遠咏月」。類聚一天部上月、初學記一月、御覽四天部四月均録全篇。事類賦一天部月賦録「埃」、「來」二韻。按，四玉臺本此詩均置於沈約咏桃之後，兩抄本、趙本爲雜咏五首之第三首。

〔二〕「静」，兩抄本、趙本均作「靖」。

〔三〕「户入」，初學記、御覽均作「入户」。

〔四〕「網」，御覽作「臨」。

〔五〕「房」，初學記作「戻」。「殊」，初學記作「珠」。

秋夜〔一〕

月落霄向分，紫烟鬱氛氲。噎噎螢入霧，離離雁度雲〔二〕。巴童暗理瑟，漢女夜縫裙。新知樂如是，久要詎相聞？

【校記】

〔一〕秋夜一首，四玉臺本均無。類聚三歲時上秋、初學記三秋均録全篇。

〔二〕「度」，類聚、初學記均作「出」。

悼往〔一〕

去秋三五月，今秋還照房。今春蘭蕙草，春來復吐芳〔二〕。悲哉人道異，一謝永銷亡。屏筵空有設，帷席更施張。游塵掩虚座，孤帳覆空床。萬事無不盡，徒令存者傷〔三〕。

【校記】

〔一〕「悼往」，兩抄本、趙本均作「悼亡」，其中馮抄本此題置於其前一首詩正文末。按，四玉臺本此詩均置於沈約初春之後。

〔二〕「春來」，四玉臺本均作「來春」。

〔三〕「令」，馮抄本作「今」。

六憶詩四首〔一〕

【校記】

〔一〕「六憶詩四首」，四玉臺本此題下均有「三言五言」四字。按，四玉臺本此詩均置於沈約詠篪之後。

其一〔一〕

憶來時，灼灼上階墀〔二〕。勤勤叙別離〔三〕，慊慊道相思。相看常不足，相見乃亡饑〔四〕。

【校記】

〔一〕「其一」二字，四玉臺本均無；其下三首，四玉臺本亦均無「其×」字樣，不再分別出校。

〔二〕「灼灼」，兩抄本、趙本均作「的的」。

〔三〕「別離」，兩抄本、趙本均作「離別」。

〔四〕「亡饑」，四玉臺本均作「忘飢」。

其二

憶坐時，點點羅帳前〔一〕。或歌四五曲，或弄兩三弦。笑時應無比，嗔時更可憐。

【校記】

〔一〕「點點」，活字本作「黯黯」。「帳」，翁抄本作「悵」。

其三

憶食時，臨盤動容色。欲坐復羞坐，欲食復羞食。含哺如不饑〔一〕，擎甌似無力。

【校記】

〔一〕「哺」，兩抄本、趙本均作「唯」。　「如不」，活字本作「不如」。

其四

憶眠時，人眠彊未眠。解羅不待勸，就枕更須牽。復恐傍人見，嬌羞在燭前。

搗衣五首

柳惲〔一〕

【校記】

〔一〕「搗衣五首　柳惲」，活字本作「搗衣詩」，兩抄本均作「搗衣詩　柳惲」，趙本作「柳惲搗衣詩一首」。按，活字本目録中有「柳惲」署名；四玉臺本目録「柳惲」下均有「九首」二字，而無柳惲名下具體詩題。又，鄭本、活字本擣衣詩五首，兩抄本、趙本均作一首五章，各章相連。

其一〔一〕

孤衾引思緒〔二〕，獨枕愴憂端〔三〕。深庭秋草緑，高門白露寒。思君起清夜，促柱奏幽蘭。不怨飛蓬苦，待傷蕙草殘〔四〕。

【校記】

〔一〕此首類聚六七衣冠部衣裳録全篇；按，類聚所録鄭本此題下其一全篇與其二二韻、其三三韻、其四二韻，前後依次相連作一首。「其一」二字，活字本無，其下四首，活字本亦均無「其×」字樣，不再分別出校；兩抄本、趙本以雙行小字置於該章末，其下四章，兩抄本、趙本亦均注有「其×」字樣，不再分別出校。

〔二〕「引」，活字本作「紛」。

〔三〕「愴」，類聚作「悵」。

〔四〕「待」，四玉臺本、類聚均作「徒」。

其二〔一〕

行役滯風波，游人淹不歸。亭皋木葉下，壠首秋雲飛〔二〕。寒園夕鳥集，思牖草蟲悲。嗟矣當春服，安見禦冬衣！

【校記】

〔一〕此首類聚六七衣冠部衣裳録「歸」、「飛」二韻。類要三一詩録「飛」一韻，署名「柳渾」。

〔二〕「雲」，類聚作「蓬」。

其三〔一〕

鶴鳴勞永嘆，采菉傷時暮。念君方遠游〔二〕，望妾理紈素〔三〕。秋風吹緑潭〔四〕，明月懸高樹。佳人飾净容，招攜從所務。

【校記】

〔一〕此首類聚六七衣冠部衣裳録「暮」、「素」、「樹」三韻。

〔二〕「游」，四玉臺本均作「徭」。
〔三〕「望」，類聚作「賤」。
〔四〕「菉」，類聚作「渌」。

其四〔一〕

步欄杳不極〔二〕，離堂肅已扃〔三〕。軒高夕杵散，氣爽夜砧鳴。瑶筝隨步響〔四〕，幽蘭逐袂生。踟躕理金翠，容與納宵清。

【校記】

〔一〕此首類聚六七衣冠部衣裳録「鳴」、「生」二韻。
〔二〕「欄」，馮抄本、趙本均作「欄」，翁抄本作「襴」。
〔三〕「堂」，兩抄本、趙本均作「家」。
〔四〕「筝」，活字本作「草」，兩抄本、趙本、類聚均作「華」。

其五

泛艷迴烟彩，淵旋龜鶴文〔一〕。凄凄合歡袖，冉冉蘭麝芬〔二〕。不怨杼軸苦，所悲千里分。垂泣送行李，傾首遲歸雲。

【校記】

〔一〕「冉冉」，兩抄本、趙本均作「苒苒」。

獨不見〔一〕

別島望風臺〔二〕，天淵臨水殿。芳草生未積，春花落如霰〔三〕。出從張公子，還過趙飛燕。奉帚長信宮，誰知獨不見〔四〕！

【校記】

〔一〕此首類聚四二樂部二樂府録「霰」、「燕」、「見」三韻。類要一〇總叙衆嬪録「見」一韻。樂府詩集七五録全篇。類要一〇總叙衆嬪又一處録「燕」、「見」二韻，題作「鼓吹曲獨不見」；同書一三內苑録全篇，題作「鉄吹曰獨不見」，「鉄吹曰」當爲「鼓吹曲」之訛。「獨不見」，活字本此詩題作兩行，其首行題「鼓吹曲二首」，次行題「獨不見」；兩抄本均題作「鼓吹曲二首獨不見」；

趙本總題作「鼓吹曲二首」，其「獨不見」之題置於本詩正文末。
〔二〕「風」，樂府詩集作「雲」。
〔三〕「落」，類要作「㚖」，且此句末注「㚖一作落」。
〔四〕「知」，類要一〇第二處此字空缺。

度關山〔一〕

長信倡家女〔二〕，出入燕南垂。惟持德自美〔三〕，本以容見知。舊聞關山遠〔四〕，何事揔金羈。妾心日已亂，秋風鳴細枝。

【校記】

〔一〕此首樂府詩集二七録全篇。「度關山」之題，馮抄本置於其前一首詩正文末，趙本置於本詩正文末。按，四玉臺本此詩均爲鼓吹曲二首之第二首。
〔二〕「長信」，四玉臺本均作「少長」，樂府詩集作「長安」。
〔三〕「惟」，樂府詩集作「與」。

〔四〕「遠」，樂府詩集作「道」。

長門怨〔一〕

玉户夜愔愔〔二〕，應門重且深。秋風動桂樹，流月摇輕陰。綺檐清露滴〔三〕，網户思蟲吟。嘆息下蘭閣，含愁奏雅琴。何由鳴曉佩，復得抱宵衾。無復金屋念，豈照長門心。

【校記】

〔一〕此首類要一三總叙宫掖録「深」一韻，署「柳渾」，無題。樂府詩集四二録全篇。「長門怨」之題，馮抄本置於其前一首詩正文末；以下六首格式同，不再分别出校。按，四玉臺本此詩均置於柳惲雜詩之後。

〔二〕「户」，兩抄本、趙本均作「壺」，類要、樂府詩集均作「壺」。

〔三〕「滴」，兩抄本、趙本、樂府詩集均作「滒」。

江南曲〔一〕

汀洲采白蘋，日暖江南春〔二〕。洞庭有歸客，瀟湘逢故人。故人何不返〔三〕，春華復將晚〔四〕。不道新知樂，秖言行路遠〔五〕。

【校記】

〔一〕此首類聚四二樂部二樂府、樂府詩集二六均録全篇。

〔二〕「暖」，兩抄本、趙本、類聚、樂府詩集均作「落」。

〔三〕「何」，類聚作「久」。

〔四〕「將」，兩抄本、趙本、類聚、樂府詩集均作「應」。

〔五〕「秖」，兩抄本、趙本均作「且」，類聚作「空」，樂府詩集作「口」。

起夜來〔一〕

城南斷車騎〔二〕，閣道覆清埃〔三〕。露華光翠網，月影入蘭臺。洞房且暮掩〔四〕，應門或復開。颯颯秋桂響，悲君起夜來〔五〕。

【校記】

〔一〕此首樂府詩集七五録全篇。

〔二〕「車」，樂府詩集作「兵」。

〔三〕「清」，樂府詩集作「青」。

〔四〕「暮」，四玉臺本、樂府詩集均作「莫」。

〔五〕「悲」，四玉臺本、樂府詩集均作「非」。

七夕穿針〔一〕

代馬秋不歸〔二〕，緇紈無復緒〔三〕。迎寒理衣縫〔四〕，映月抽纖縷。的皪愁睇光，連娟思眉聚。清露下羅衣，秋風吹玉柱〔五〕。流陰稍已多〔六〕，餘光欲難取〔七〕。

【校記】

〔一〕此首類聚四歲時中七月七日、初學記四七月七日均録「緒」、「縷」、「柱」、「取」四韻。

〔二〕「代」，兩抄本、趙本均作「黛」。
〔三〕「緇」，初學記作「細」。
〔四〕「衣」，四玉臺本、類聚、初學記均作「夜」。
〔五〕「秋」，活字本作「三」。
〔六〕「流陰稍已多」，類聚、初學記均作「流景對秋夕」。
〔七〕「取」，翁抄本作「耴」，類聚作「駐」。

雜詩〔一〕

雲輕暮色轉〔二〕，草緑晨芳歸。山墟罷寒晦，園澤閏朝暉〔三〕。春心多感動，睹物情復悲。自君之去矣〔四〕，蘭堂罷鳴機。徒知游宦是，不念別離非。

【校記】

〔一〕雜詩一首，四玉臺本均置於鼓吹曲二首之二度關山之後。
〔二〕「暮色轉」，兩抄本、趙本均作「色轉暖」。

〔三〕「閏」，四玉臺本均作「潤」。

〔四〕「去」，兩抄本、趙本均作「出」。

咏席〔一〕

照日汀洲際，摇風緑潭側〔二〕。雖無獨繭輕〔三〕，幸有青袍色。羅袖少輕塵，象床多麗飾〔四〕。願君夜闌飲〔五〕，佳人時宴息〔六〕。

【校記】

〔一〕此首類聚七〇服飾部下薦席、初學記二五席均録全篇。按，四玉臺本此詩均置於七夕穿針之後。

〔二〕「緑」，類聚、初學記均作「渌」。

〔三〕「輕」，初學記作「絲」。

〔四〕「飾」，活字本作「節」。

〔五〕「夜闌」，四玉臺本、初學記均作「蘭夜」。

〔六〕「宴」，類聚作「安」。

咏薔薇〔一〕

當户種薔薇，枝葉太葳蕤。不摇香已亂，無風花自飛。春閨不能静，開匣理明妃〔二〕。曲池浮采采，斜岸列依依。或聞好音度，時見銜泥歸。且對清觴湛〔三〕，其餘任是非。

【校記】

〔一〕此首類聚八一藥香草部上薔薇録全篇。按，四玉臺本此詩均置於江洪咏紅箋之後，爲其名下第四首。

〔二〕「理」，兩抄本、趙本均作「對」。

〔三〕「觴」，類聚作「酤」。

咏歌姬

江洪〔一〕

寶鑷間珠花，分明靚妝點〔二〕。薄鬢約微黄，輕紅澹鉛臉。發言芳已馳，復加蘭蕙染。浮聲易傷嘆，沈唱安而險。孤轉忽徘徊，雙蛾乍舒斂〔三〕。不持全示人，半用輕紗掩。

【校記】

〔一〕「咏歌姬　江洪」，兩抄本均作「咏歌姬　江洪四首」，趙本作「江洪咏歌姬」。按，活字本、趙本目録中「江洪」下均有「四首」二字，四玉臺本目録江洪名下均無具體詩題。又，四玉臺本此詩均置於柳惲咏席之後。

〔二〕「妝」，兩抄本、趙本均作「莊」。

〔三〕「乍」，兩抄本均作「作」。

咏舞女〔一〕

腰纖蔑楚媛〔二〕，體輕非趙姬。映襟闐寶粟〔三〕，緣肘挂珠絲。發袖已成態，動足復含姿。斜睛若不眄〔四〕，嬌轉復遲疑〔五〕。何慚雲鶴起，詎減鳳鶯時〔六〕。

【校記】

〔一〕「咏舞女」，四玉臺本均作「舞女」，其中馮抄本此題置於其前一首詩正文末；以下一首格式同，不再出校。

〔二〕「蔑」，兩抄本均作「篾」。

〔三〕「闃」，活字本作「閴」。

〔四〕「晴」，兩抄本、趙本均作「精」。

〔五〕「嬌」，四玉臺本均作「當」。

〔六〕「鶯」，兩抄本、趙本均作「鸞」。

咏紅箋〔一〕

雜彩何足奇，惟紅偏作可〔二〕。灼爍類蕖開〔三〕，輕明似霞破〔四〕。鏤質卷芳脂，裁花承百和。且傳别離心，復是相思座〔五〕。不値情牽人〔六〕，豈識風流座〔七〕？

【校記】

〔一〕此首初學記二一紙録「可」、「破」、「和」、「（風流）坐（座）」四韻，題作「爲傅建康咏紅箋」。

〔二〕「作可」，初學記作「可作」。

〔三〕「蕖」，初學記作「渠」。

〔四〕「霞」，初學記作「叢」。

〔五〕「座」，活字本作「裏」，兩抄本、趙本均作「裏」。

〔六〕「值情牽」，兩抄本、趙本均作「值情幸」，初學記作「過精華」。

〔七〕「識」，初學記作「入」。「座」，初學記作「坐」。

咏鶴〔一〕

閑園有孤鶴，摧藏信可憐。寧望春臯下，刷羽玩花鈿。何時秋海上，照影弄長川。曉鳴動遥怨，夕唳感孀眠。哀咽芳林右〔二〕，惘默華池邊。猶冀凌霄志〔三〕，萬里共翩翩。

【校記】

〔一〕咏鶴一首，四玉臺本均無。類聚九〇鳥部上玄鵠録全篇，題作「和新浦侯咏鶴」。

〔二〕「右」，類聚作「君」。

〔三〕「霄」，類聚作「雲」。

咏鏡

高爽〔一〕

初上鳳凰墀〔二〕，此鏡照蛾眉〔三〕。言照長相守，不照長相思。虚心會不采，貞明空自欺。無言此故物〔四〕，更復照新期〔五〕。

【校記】

〔一〕此首類聚七〇服飾部下鏡録全篇。類要一三總叙宮掖録「眉」、「思」二韻。「咏鏡　高爽」，趙本作「高爽咏鏡」。按，四玉臺本目録中「高爽」下均有「一首」二字，而無「咏鏡」之題。

〔二〕「鳳凰」，活字本、兩抄本、類聚均作「鳳皇」，趙本作「鳳皇」，類要作「風皇」。按，凡「皇」、「皇」一類異文，以下不再出校。

〔三〕「照蛾」，類要作「昭娥」。

〔四〕「此故」，四玉臺本均作「故此」。

〔五〕「照」，兩抄本、趙本、類聚均作「對」。

咏畫扇〔一〕

新絲本自輕〔二〕，弱彩何足眄。直爲發紅顔，謬成握中扇〔三〕。乍奉長門泣，時承柏梁宴。思妝開已掩〔四〕，歌容隱而見〔五〕。但畫雙黄鵠〔六〕，莫作孤飛燕。

【校記】

〔一〕此首類聚六九服飾部上扇録全篇。「咏畫扇」，活字本、兩抄本均作「咏畫扇　鮑子卿」，趙本作「鮑子卿咏畫扇」。按，四玉臺本目録中「鮑子卿」下均有「二首」二字，而無具體詩題。

〔二〕「新」，兩抄本、趙本、類聚均作「細」。

〔三〕「握」，類聚作「幄」。

〔四〕「妝」，兩抄本、趙本均作「莊」。「掩」，活字本作「歌」。

〔五〕「歌」，活字本作「掩」。

〔六〕「鵠」，兩抄本、趙本均作「鶴」。

咏玉階

何子朗〔一〕

玉階已夸麗，復得臨紫微。北户接翠幄〔二〕，南路抵金扉〔三〕。重叠通日影，參差藏月輝。輕苔染珠履，微澂拂羅衣〔四〕。獨笑昆山曲，空見青鳬飛。

【校記】

〔一〕「咏玉階　何子朗」，四玉臺本均作「咏玉階」，其中馮抄本此題置於其前一首詩正文末。按，四玉臺本此詩均爲鮑子卿名下第二首。

〔二〕「幄」，兩抄本均作「握」。

〔三〕「抵」，兩抄本、趙本均作「低」。

〔四〕「澂」，兩抄本均作「殿」，趙本作「澱」。「拂」，馮抄本原作「沸」，經塗改後作「弗」，無「宋本」印；翁抄本原作「沸」，紅筆圈去「氵」旁，其頁眉紅筆寫「原本僅存殿弗」六字。

學謝體〔一〕

桂臺清露拂，銅陛落花沾〔二〕。美人紅妝罷〔三〕，攀鉤捲細簾。思君暫促柱〔四〕，玉指何纖纖。未應爲此別，無故坐相嫌。

【校記】

〔一〕「學謝體」，活字本作「學謝體　何子朗」；馮抄本作「學○○　何子朗」，其紅圈傍有「宋本」印；趙本作「何子朗學謝體」；翁抄本作「學」，其下紅筆寫「有二字不明」五字。按，四玉臺本目録中「何子朗」下均有「三首」二字，而無具體詩題。

〔二〕「陛」，馮抄本原作「陲」，經涂改後作「陛」，有「宋本」印；翁抄本原作「陸」，紅筆描改作「陛」。

〔三〕「罷」，活字本作「羅」。

〔四〕「暫」，兩抄本、趙本均作「擊」。「柱」，趙本作「織」。

和虞記室騰古意〔一〕

美人弄白日〔二〕，灼灼當春牖。清鏡對蛾眉，新花弄玉手。燕下拾池泥，風來吹細柳。君子何時歸，與我酌樽酒〔三〕？

【校記】

〔一〕「和虞記室騰古意」，兩抄本、趙本均作「和虞記室騫古意」，其中馮抄本此題置於其前一首詩正文末；以下二首格式同，不再分別出校。

〔二〕「弄」，四玉臺本均作「映」。

〔三〕「樽」，兩抄本均作「罇」，趙本作「尊」。

和繆郎視月

虞騫〔一〕

清夜未云疲〔二〕，珠簾聊可發〔三〕。冷冷玉潭水〔四〕，映見蛾眉月〔五〕。靡靡露方垂，輝輝光稍没。佳人復千里，餘影徒揮忽。

【校記】

〔一〕此首類聚一天部上月録全篇，題作「視月」。「虞騫」二字，四玉臺本均無。按，鄭本目録中「郎」作「朗」。四玉臺本此詩均爲何子朗名下第三首。

〔二〕「云」，活字本作「亡」。

〔三〕「珠」，四玉臺本均作「細」。

〔四〕「冷冷」，活字本、類聚均作「泠泠」，兩抄本、趙本均作「玲玲」。

〔五〕「見」，活字本作「我」。

戲綉娘

范静婦〔一〕

明珠翠羽帳，金薄緑綃帷。因風時暫舉，想像見芳姿〔二〕。清晨插步摇，向晚解羅衣〔三〕。托意風流子，佳情詎可私〔四〕！

【校記】

〔一〕此首類聚一八人部二美婦人録全篇，署「范静妻沈」，題作「戲蕭娘」。「戲綉娘　范静婦」，活字本作「戲綉娘」，兩抄本、趙本均作「戲蕭娘」。按，鄭本目録中「婦」下有「沈氏」二字。四玉臺本此詩均置於咏步摇花之後，爲范靖婦名下第二首。

〔二〕「像」，四玉臺本均作「象」。

〔三〕「向」，類聚作「薄」。

〔四〕「詎可」，兩抄本、趙本均作「詎肯」，類聚作「肯自」。

咏步摇花〔一〕

珠華縈翡翠〔二〕，寶葉間金瓊。剪荷不似製〔三〕，爲花如自生。低枝拂綉領〔四〕，微步動瑶瑛〔五〕。但令雲髻插，蛾眉本易成。

【校記】

〔一〕此首類聚七〇服飾部下步摇録「瓊」、「生」、「瑛」三韻，署「范靖妻沈」。御覽七一五服用部十七步摇録「瓊」、「生」、「瑛」三韻，署「沈靖妻沈氏」，題作「步摇花」。「咏步摇花」，活字本、兩抄本均作「咏步摇花　范靖婦」，趙本作「范靖婦咏步摇花」。按，活字本目録中「靖」作「倩」，四玉臺本目録「范靖（倩）婦」下均有「四首」二字，而無具體詩題。又，四玉臺本此詩均置於何子朗和繆郎視月之後，爲范靖婦名下第一首。

〔二〕「華」，御覽作「花」。

〔三〕「剪」，御覽作「翦」。

〔四〕「綉」，御覽作「衣」。

〔五〕「瑶瑛」，活字本作「瑶玦」，類聚作「瑶瓊」，御覽作「摇英」。

咏五彩竹火籠〔一〕

可憐閨霜質〔二〕，纖剖復豪分〔三〕。織作迴風苣〔四〕，制爲縈綺文〔五〕。含芳出珠被，曜彩接湘裙〔六〕。徒嗟今麗飾〔七〕，豈念昔凌雲？

【校記】

〔一〕此首類聚七〇服飾部下火籠、御覽七一一服用部十三火籠均録全篇，均署「范静妻沈」。「咏五彩竹火籠」之題，馮抄本置於其前一首詩正文末；以下一首格式同，不再出校。按，四玉臺本此詩均置於戲綉娘之後，爲范靖婦名下第三首。

〔二〕「閏」，四玉臺本、類聚、御覽均作「潤」。「質」，御覽作「雪」。

〔三〕「復」，御覽作「後」。「豪」，類聚、御覽均作「毫」。

〔四〕「苣」，翁抄本作「苜」，類聚作「苴」，御覽作「莒」。

〔五〕「縈」，翁抄本此字殘缺不全。「綺文」，兩抄本均殘作「糸又」，御覽作「騎文」。

〔六〕「曜彩」，類聚、御覽均作「耀綠」。「湘」，四玉臺本、類聚、御覽均作「緗」。

〔七〕「今」，兩抄本、趙本均作「金」。

咏燈〔一〕

綺筵日已暮，羅帷月未歸〔二〕。開花散鵲采〔三〕，含光出九微。風軒動丹焰，冰宇澹清暉〔四〕。不畏輕蛾繞〔五〕，惟恐曉蠅飛。

【校記】

〔一〕此首類聚八〇火部燈録全篇，署「范靖妻沈氏」。初學記二五燈録全篇，署「范靖妻沈」。

〔二〕「帷」，類聚作「帳」。

〔三〕「鵠」，類聚、初學記均作「鶴」。

〔四〕「冰」，類聚、初學記均作「水」。　「澮」，類聚作「淡」。　「清」，初學記作「青」。

〔五〕「畏」，兩抄本均作「忝」，趙本作「吝」，類聚作「忝」，初學記作「若」。

日夕望江贈魚司馬

何遜〔一〕

溢城帶溢水，溢水縈如帶。日夕望高城〔二〕，眇眇青雲外〔三〕。城中多宴賞，絲竹常繁會。管聲已流悦，弦聲復淒切。歌黛慘如愁，舞腰疑欲絶。仲秋黄葉下，長風正騷屑。早雁出雲飛〔四〕，故燕辭檐別。晝悲在異縣，夜夢還洛汭。洛汭何悠悠，起望登西樓〔五〕。的的帆向浦〔六〕，團團日隱洲〔七〕。誰能一羽化，輕舉逐飛浮？

【校記】

〔一〕此首類聚三一人部十五贈答録全篇。類要二四水行録「樓」、「洲」二韻，題作「日夕望江贈曾司馬」。「日夕望江贈魚司馬　何遜」，趙本作「何遜日夕望江贈魚司馬」。按，四玉臺本目録中

「何遜」下均有「二十一首」（活字本「十一」之「二」誤植於「遜」下）四字，而無具體詩題。

〔二〕「城」，類聚作「樓」。

〔三〕「眇眇」，兩抄本、趙本、類聚均作「耿耿」。

〔四〕「早」，翁抄本作「皂」。「飛」，兩抄本、趙本、類聚均作「歸」。

〔五〕「西」，類要作「玉」。

〔六〕「帆」，馮抄本此字原無，以小字補於詩末，有「宋本」印；趙本作「颿」。

〔七〕「洲」，類要作「州」。

嘲劉諮議孝綽〔一〕

房櫳滅夜火，窗户映朝光。妖女褰幃出〔二〕，躞蹀初下床。雀釵横曉鬢，蛾眉艷宿妝。稍聞玉釧遠〔三〕，猶憐翠被香。寧知早朝客，差池已雁行？

【校記】

〔一〕「諮議」二字，兩抄本、趙本均無。「孝」，馮抄本作「李」。按，馮抄本此題置於其前一首詩正文末。四玉臺本此詩均置於何遜學青青河邊草之後。

〔二〕「幃」，兩抄本、趙本均作「帷」。

〔三〕「釧」，馮抄本此字係塗改而成，有「宋本」印。「遠」，活字本作「逮」。

擬輕薄篇〔一〕

城東美少年〔二〕，重身輕萬億。柘彈隨珠丸〔三〕，白馬黄金勒〔四〕。長安九逵上，青槐蔭道植〔五〕。轂擊晨已喧，肩排暝不息〔六〕。走狗通西望〔七〕，牽牛亘南直〔八〕。相期百戲傍，去來三市側。象床沓綉被，玉盤傳綺食〔九〕。大婦掩扇歌〔一〇〕，小婦開簾織〔一一〕。相看獨隱笑，見人還斂色。黄鶴悲故群〔一二〕，山枝咏新識〔一三〕。烏飛過客盡，雀聚行龍匿。酌羽方厭厭〔一四〕，此時歡未極。

【校記】

〔一〕此首類聚三三人部十七游俠録「億」、「勒」、「植」、「息」、「直」、「側」、「食」七韻。同書四二樂部二樂府録「億」、「勒」、「側」、「食」、「織」、「色」六韻，樂府詩集六七録全篇，均題作「輕薄篇」。

「薄」，活字本作「蒲」。按，四玉臺本此詩均置於何遜日夕望江贈魚司馬之後。

〔二〕「城東」，類聚四二作「長安」，樂府詩集此二字下注「一作長安」。「少年」，類聚四二作「年少」。

〔三〕「柘」，類聚三三作「拓」。「丸」，翁抄本、類聚三三均作「九」。

〔四〕「勒」，兩抄本、趙本、類聚、樂府詩集均作「飾」。

〔五〕「蔭」，類聚作「陰」。

〔六〕「排」，類聚作「摩」。「暝」，兩抄本、趙本、類聚均作「暗」。

〔七〕「通」，樂府詩集作「東」。

〔八〕「亘」，樂府詩集作「向」。

〔九〕「傳」，活字本作「傅」。

〔一〇〕「大婦」，兩抄本、趙本、類聚均作「倡女」，樂府詩集作「大姊」，其下注「一作娼女」。

〔一一〕「婦」，樂府詩集作「妹」，其下注「一作婦」。

〔一二〕「群」，兩抄本均作「郡」。

〔一三〕「新」，四玉臺本均作「初」。

〔一四〕「方」，兩抄本、趙本均作「前」。「厭厭」，活字本、趙本、翁抄本均作「猒猒」；此字同類異文，以下不再出校。

學青青河邊草〔一〕

春園日應好，拆花望遠道〔二〕。秋夜苦復長，抱枕向空床。吹樓下促節，不言于此別。歌筵掩團扇，何時一相見？弦絶猶依軫，葉落裁下枝。即此雖云別，方我未成離。

【校記】

〔一〕「學青青河邊草」之題，馮抄本置於其前一首詩正文末；以下三首格式同，不再分別出校。按，四玉臺本此詩均置於何遜詠白鷗嘲別者之後。

〔二〕「拆」，四玉臺本均作「折」。

閨怨〔一〕

曉河没高棟，斜月半空庭。窗中度落葉，簾外隔飛螢。含情下翠帳，掩涕閉金屏。昔期今未反〔二〕，春草寒復青。思君無轉易，何異北辰星。

【校記】

〔一〕此首類聚三二人部十六閨情録全篇。按，四玉臺本此詩均置於何遜咏照鏡之後。

〔二〕「未」，活字本作「末」。

看新婚〔一〕

霧夕蓮出水〔二〕，霞朝日照梁。何如花燭夜，輕扇掩紅妝。良人復灼灼〔三〕，席上自生光。所悲高駕動，環佩出長廊。

【校記】

〔一〕此首類聚四〇禮部下婚、初學記一四婚姻均録全篇。「婚」，四玉臺本均作「婦」。按，鄭本目録中「婚」作「婦」。四玉臺本此詩均置於何遜咏妓之後。

〔二〕「蓮出」，初學記作「連山」。

〔三〕「復」，類聚作「已」，初學記作「以」。

咏七夕〔一〕

仙車駐七驤〔二〕，鳳駕出天潢。月照九微火〔三〕，風吹百和香。來歡暫巧笑〔四〕，還泪已啼妝。依稀猶洛汭〔五〕，倐忽似高唐〔六〕。別離不得語〔七〕，河漢漸湯湯。

【校記】

〔一〕此首類聚四歲時中七月七日、初學記四七月七日均録「潢」、「香」、「妝」、「湯」四韻，均題作「七夕」。按，四玉臺本此詩均置於何遜閨怨之後。

〔二〕「驤」，四玉臺本、初學記均作「襄」。

〔三〕「照」，兩抄本、趙本、類聚、初學記均作「映」。

〔四〕「來」，初學記作「逢」。

〔五〕「稀」，兩抄本均作「俙」。

〔六〕「倐」，活字本作「侯」。

〔七〕「語」，四玉臺本均作「見」。

咏照鏡〔一〕

珠簾旦初捲〔二〕，綺羅朝未織〔三〕。玉匣開鑒形〔四〕，寶臺臨净飾。對影獨含笑，看花空轉側〔五〕。聊爲出繭眉，試染妖桃色〔六〕。羽釵如可問，金鈿畏相逼〔七〕。蕩子行未歸，啼妝坐沾臆〔八〕。

【校記】

〔一〕此首類聚七〇服飾部下鏡録全篇，題作「咏鏡」。按，四玉臺本此詩均置於何遜擬輕薄篇之後。

〔二〕「旦」，翁抄本作「且」。

〔三〕「綺羅朝」，兩抄本、趙本均作「綺機朝」，類聚作「停機晨」。

〔四〕「鑒」，類聚作「覽」。

〔五〕「花」，類聚作「光」。「空」，類聚作「時」。

〔六〕「妖桃」，活字本作「桃夭」，兩抄本均作「花夭」，趙本作「夭㐌」，類聚作「夭桃」。

〔七〕「畏」，趙本作「長」。

〔八〕「沾臆」，類聚作「相憶」。

咏妓〔一〕

管清羅薦合〔二〕，弦驚雪袖遲〔三〕。逐唱迴纖手，聽曲轉蛾眉〔四〕。凝情眄墮珥〔五〕，微睇托含辭。日暮留嘉客〔六〕，相看愛此時〔七〕。

【校記】

〔一〕此首類聚四二樂部二樂府録全篇。初學記一五舞録「眉」、「時」二韻，類要二九舞録「遲」一韻，均題作「咏舞」。「咏妓」，活字本、兩抄本均作「咏舞」；其中馮抄本此題置於其前一首詩正文末，以下二首格式同，不再分别出校；趙本作「咏舞妓」。按，四玉臺本此詩均置於何遜咏七夕之後。

〔二〕「清」，類聚作「隨」。「薦」，兩抄本均作「鳫」。

〔三〕「弦」，類聚作「絲」。「雪」，翁抄本作「雲」，類要此字無。

〔四〕「轉」，兩抄本、趙本、類聚、初學記均作「動」。「蛾」，初學記作「娥」。
〔五〕「眄墮珥」，活字本、趙本均作「盻墮珥」，兩抄本均作「盻墮珂」，類聚作「顧眄墮」。
〔六〕「留嘉」，類聚作「留佳」，初學記作「能留」。
〔七〕「愛」，初學記作「詎」。

咏倡家〔一〕

皎皎高樓暮〔二〕，華燭帳前明〔三〕。羅帷雀釵影，寶瑟鳳雛聲。夜花枝上發〔四〕，新月霧中生。誰念當窗牖，相望獨盈盈〔五〕！

【校記】

〔一〕此首類聚三二人部十六閨情録全篇，題作「咏倡婦」。按，四玉臺本此詩均置於何遜看新婦之後。
〔二〕「皎皎」，類聚作「曖曖」。
〔三〕「燭」，馮抄本作「燭」。
〔四〕「花」，活字本作「光」。

咏白鷗嘲别者〔一〕

可憐雙白鷗，朝夕水上浮〔二〕。何言異栖息〔三〕，雌住雄不留。孤飛出嶼浦〔四〕，獨宿下滄洲。東西從此去，影響絶無由。

【校記】

〔一〕此首類聚九二鳥部下鷗録全篇，題作「咏白鷗」。

〔二〕「浮」，兩抄本、趙本、類聚均作「游」。

〔三〕「息」，類聚作「鳥」。

〔四〕「嶼浦」，類聚作「浦漵」。

古意應蕭信武歌

王樞〔一〕

朝取饑蠶食，夜縫千里衣。復聞南陌上，日暮采蓮歸。青苔覆寒井，紅藥閒青薇。人生樂自極，良時徒見違。何由及新燕，雙雙還共飛。

【校記】

〔一〕「古意應蕭信武歌　王樞」，兩抄本均作「古意應蕭信武教」，趙本作「王樞古意應蕭信武教」。按，兩抄本目録中有「王樞」署名，四玉臺本「王樞」下均有「三首」二字，而無具體詩題。

徐尚書座賦得阿鄰〔一〕

紅蓮披早露，玉貌映朝霞。飛燕啼妝罷，顧插步摇花〔二〕。溘匝金鈿滿〔三〕，參差綉領斜。暮還垂瑶帳〔四〕，香燈照九華。

【校記】

〔一〕「阿鄰」，活字本作「阿憐」，兩抄本、趙本均作「可憐」。按，鄭本目録中「鄰」作「憐」。四玉臺本此詩均置於至烏林村見采桑者因有贈之後。

〔二〕「插步摇」，四玉臺本均作「步插餘」。

〔三〕「匝」，兩抄本、趙本均作「帀」。

〔四〕「帳」，馮抄本原似作「悵」，描改後作「帳」，無「宋本」印；翁抄本作「悵」。

至烏林村見采桑者因有贈〔一〕

遥見提筐下，翩妍實端妙。將去復迴身，欲語先爲笑。閨中初别離，不許覓新知。空結茱萸帶，敢報木蘭枝〔二〕？

【校記】

〔一〕「因有贈」，兩抄本、趙本均作「聊以贈之」。

〔二〕四玉臺本於王樞詩之後另有庾丹詩二首，鄭本置於卷七吴筠詩之後，參見該卷校記。

卷七〔一〕

【校記】

〔一〕此卷作者及其詩作，四玉臺本除庾丹置於卷五、湯僧濟置於卷八及不收者外，均見於卷六，其排列次序和作者署名相異者見各詩校記。

采桑

吴筠〔一〕

賤妾思不堪，采桑渭城南。帶減連枝綉，髮亂鳳凰簪〔二〕。花舞依長薄〔三〕，蛾飛愛緑潭〔四〕。無由報君信〔五〕，流涕向春蠶〔六〕。

【校記】

〔一〕此首類聚三二人部十六閨情録全篇，題作「古意」。類聚八八木部上桑録全篇。樂府詩集二八録全篇，署名「吴均」。「采桑　吴筠」，活字本作「采桑」，兩抄本均作「和蕭洗馬子顯古意六

首　吴均」，趙本作「吴均和蕭洗馬子顯古意六首」。按，活字本目録有「吴均」署名，其下有「三十四首」四字；　兩抄本、趙本目録「吴均」下均有「二十首」三字。四玉臺本目録吴均名下均無具體詩題。又，活字本此詩置於古意（匈奴數欲盡）之後。兩抄本、趙本此詩均爲和蕭洗馬子顯古意六首之第一首。

〔二〕「簪」，活字本、兩抄本均作「[illegible]」，趙本、類聚八八均作「篸」。

〔三〕「依長」，兩抄本、趙本均作「衣裳」。

〔四〕「蛾」，類聚三二作「鵝」。　「緑」，類聚三二作「渌」。

〔五〕「信」，兩抄本、趙本均作「此」。

〔六〕兩抄本、趙本此下均以雙行小字注有「其一」二字。

梅花落〔一〕

終冬十二月，寒風西北吹。獨有梅花落，飄蕩不依枝。流連逐霜彩，散漫下冰澌。何當與君日〔二〕，共映芙蓉池〔三〕。

【校記】

〔一〕梅花落一首，兩抄本、趙本均無。樂府詩集二四録全篇，署名「吴均」。

〔二〕「君」，樂府詩集作「春」。

〔三〕「芙蓉」，樂府詩集作「夫容」。

與柳惲相贈答六首〔一〕

【校記】

〔一〕與柳惲相贈答六首，兩抄本、趙本均置於吴均和蕭洗馬子顯古意六首之後。

其一〔一〕

黄鸝飛上苑，緑蕊出河洲〔二〕。日映昆明水，春生乾鵲樓〔三〕。飄揚白花舞，瀾漫紫萍流。書織迴文錦，無因寄隴頭〔四〕。思君甚瓊樹，不見方離憂。

【校記】

〔一〕「其一」二字，四玉臺本均無；其下五首，四玉臺本亦均無「其×」字樣，不再分别出校。

〔二〕「蕊」，四玉臺本均作「芷」。「河」，兩抄本、趙本均作「汀」。

〔三〕「乾」，兩抄本、趙本均作「⿰乂鳥」。

〔四〕「隴」，兩抄本均作「瓏」。

其二

鳴鞭適大阿，聯翩渡漳河〔一〕。燕姬及趙女，挾瑟夜經過。纖腰曳廣袖，半額畫長蛾。客本倦游者，箕帚在江沱。故人不可棄，新知空復何。

【校記】

〔一〕「河」，活字本作「湇」。

其三

離居苦無樂〔一〕，回慕心凄凄〔二〕。要途訪趙使，聞君仕執珪。杜蘅色已發，菖蒲葉未齊〔三〕。羃䍦蠶餌繭，差池燕吐泥。願逐東風去〔四〕，飄蕩至遼西。

【校記】

〔一〕「居」，四玉臺本均作「君」。

〔二〕「回慕」，活字本作「回暮」，兩抄本、趙本均作「向暮」。

〔三〕「菖」，趙本作「昌」。

〔四〕「逐」，活字本作「遂」。「東」，兩抄本、趙本均作「春」。

其四

白日隱城樓，勁風掃寒木。離析隔東西〔一〕，執手異涼燠〔二〕。相思咽不言，洞房清且肅。歲去甚流烟，時來如轉軸〔三〕。别鶴千里飛，孤雌夜未宿。

【校記】

〔一〕「析」，活字本作「杍」，兩抄本均作「枬」，趙本作「析」。「東西」，兩抄本、趙本均作「西東」。

〔二〕「執」，活字本作「埶」。

〔三〕「時」，兩抄本、趙本均作「年」。

其五〔一〕

閒房宿已静〔二〕，落月有餘輝。寒蟲隱壁思，秋蛾繞燭飛。絶雲斷更合，離鴻去復歸〔三〕。佳人今何在〔四〕？迢遞江之沂。一爲别鶴弄〔五〕，千里泪沾衣。

【校記】

〔一〕此首類聚三二人部十五贈答録全篇，題作「答柳惲」。

〔二〕「閒」，四玉臺本均作「闃」。「宿」，類聚作「肅」。

〔三〕「鴻」，兩抄本、趙本、類聚均作「禽」。

〔四〕「今」，翁抄本作「令」。

〔五〕「弄」，活字本、兩抄本均作「棄」。

其六

秋雲静晚天，寒夜方綿綿。聞君吹急管，相思雜采蓮。别離未幾日，高月三成弦。蹀疊黄河浪，嘶唱隴頭弦〔一〕。寄書蘼蕪葉〔二〕，插着叢臺邊〔三〕。

【校記】

〔一〕「唱」，活字本作「昌」；馮抄本原同，經塗改後作「喝」，無「宋本」印；趙本、翁抄本均作「喝」。「弦」，四玉臺本均作「蟬」。

〔二〕「書」，兩抄本、趙本均作「君」。

古意二首〔一〕

【校記】

〔一〕「古意二首」，活字本作「古意　吴均」，兩抄本、趙本均無此題。按，活字本卷六始於此詩。

其一〔一〕

匈奴數欲盡，僕在玉門關。蓮花穿劍鍔，秋月掩刀環。春機鳴窈窕〔二〕，夏鳥思綿蠻〔三〕。中人坐相望，狂夫終未還〔四〕。

【校記】

〔一〕此首類聚五九武部將帥録全篇。類要三六北狄録「關」一韻，題目模糊不清，所録兩句後空一格作「内詩」。「其一」二字，活字本無，兩抄本、趙本均作「其六」，以雙行小字注於本詩正文末。按，兩抄本、趙本此詩均爲和蕭洗馬子顯古意六首之第六首。

〔二〕「鳴」，類聚作「思」。

〔三〕「思」，類聚作「鳴」。

〔四〕「未」，類聚作「不」。

其二〔一〕

妾家横塘北，發艷小長安〔二〕。花釵玉宛轉，珠繩金絡紈〔三〕。羃䍥懸丹鳳〔四〕，逶迤摇白團。誰能分見此〔五〕？含恨不能言〔六〕。

【校記】

〔一〕「其二」一首，活字本無。類聚一八人部二美婦人録全篇。「其二」二字，兩抄本、趙本均作「其五」，以雙行小字注於本詩正文末。按，兩抄本、趙本此詩均爲和蕭洗馬子顯古意六首之第五首。

〔二〕「安」，兩抄本、趙本均作「干」。

〔三〕「紈」，兩抄本、趙本均作「丸」。

〔四〕「丹」，兩抄本、趙本、類聚均作「青」。

〔五〕「能」，兩抄本、趙本均作「堪」。「分」，兩抄本、趙本均作「久」。

〔六〕「能言」，兩抄本、趙本、類聚均作「相看」。按，兩抄本此下接以第六首，中間不另行空格。

陌上桑〔一〕

裊裊陌上桑，蔭陌復垂塘。長條映白日，細葉隱鸝黄。蠶饑妾復思〔二〕，拭泪且提筐。故人寧知此〔三〕，離恨煎人腸。

【校記】

〔一〕此首類聚八八木部上桑録「塘」、「黄」、「筐」三韻。樂府詩集二八録全篇，署名「吴均」。「陌上桑」，活字本此詩題作兩行，其首行題「擬古四首」，次行題「陌上桑」，兩抄本題作「擬古四首陌上桑」，趙本總題作「擬古四首」，其「陌上桑」之題置於本詩正文末。按，四玉臺本此詩均置於與柳惲相贈答六首之後。

〔二〕「饑」，活字本、類聚、樂府詩集均作「飢」，兩抄本、趙本均作「飽」。

〔三〕「故人寧知此」，樂府詩集此句下注「一作古人去如此」。

秦王捲衣〔一〕

咸陽春草芳，秦帝捲衣裳〔二〕。玉檢茱萸匣〔三〕，金泥蘇合香。初芳薰複帳〔四〕，餘輝曜玉堂〔五〕。當須宴朝罷〔六〕，持此贈華陽〔七〕。

【校記】

〔一〕此首類聚四二樂部二樂府録「裳」、「香」、「陽」三韻，題作「秦王捲衣曲」。類要一三總叙宫掖、樂府詩集七三録全篇，均署名「吴均」。「秦王捲衣」之題，趙本置於本詩正文末。

〔二〕「帝」，類要作「王」。

〔三〕「檢」，兩抄本均作「撿」。「茱」，類要作「朱」。

〔四〕「芳薰」，兩抄本、趙本均作「芳熏」，類要作「方熏」，樂府詩集作「芳董」。「悵」，四玉臺本、類要、樂府詩集均作「帳」。

〔五〕「玉堂」，兩抄本、趙本、樂府詩集均作「玉床」，類要作「珍床」。

〔六〕「當須」，類聚作「須臾」，類要作「須當」。「宴朝」，類聚作「朝宴」，樂府詩集作「晏朝」。

〔七〕「華」，樂府詩集作「龍」，其下注「一作華」。

采蓮〔一〕

錦帶雜花鈿，羅衣垂緑川。問子今何去〔二〕？出采江南蓮。遼西三千里，欲寄無因緣。願君早旋返，及此荷葉鮮〔三〕。

【校記】

〔一〕此首類聚八二草部下芙蕖録全篇。樂府詩集五〇録全篇，爲吴均采蓮曲二首之第一首。「采蓮」之題，馮抄本置於其前一首詩正文末，趙本置於本詩正文末；以下一首格式同，不再出校。

〔二〕「今」，翁抄本作「令」。「去」，馮抄本作「在」。

〔三〕「葉」，兩抄本、趙本、類聚、樂府詩集均作「花」。

携手〔一〕

艷裔陽之春〔二〕，携手清洛濱。鷄鳴上林苑〔三〕，薄暮小平津。長裾藻白日〔四〕，廣袖帶芳塵〔五〕。故交一如此〔六〕，新知詎憶人！

【校記】

〔一〕此首類聚一八人部二美婦人録全篇，題作「擬古詩」。同書四二樂部二樂府録全篇，題作「携手曲」。樂府詩集七六録全篇，署名「沈約」，題作「携手曲」。

〔二〕「裔」，兩抄本均作「褒」。

〔三〕「苑」，活字本作「花」。

〔四〕「裾」，活字本作「裙」。「藻」，活字本作「薄」，類聚四二作「掃」。

〔五〕「帶」，活字本作「葉」。

〔六〕「交」，類聚四二作「友」。

春日〔一〕

春從何處來，拂水復驚梅〔二〕。雲障青瑣闥〔三〕，風吹承露臺〔四〕。美人隔千里，羅幃閉不開〔五〕。無由得共語，空對相思杯。

【校記】

〔一〕此首類聚三歲時上春録全篇，題作「春詩」。「春日」，四玉臺本均作「春咏」，其中馮抄本此題置於其前一首詩正文末；以下兩首格式同，不再分别出校。按，四玉臺本此詩均置於贈杜容成（即鄭本雙燕詩）之後。

〔二〕「水」，四玉臺本均作「衣」。

〔三〕「障」，類聚作「彰」。「瑣」，兩抄本均作「嗩」。「闥」，翁抄本原作「圍」，紅筆描改作「闥」，其頁眉紅筆寫「闥字原本不明」六字。

〔四〕「露」，活字本作「霧」。

〔五〕「幃」，兩抄本、趙本均作「帷」。「閉」，活字本作「關」。

雙燕〔一〕

一燕海上來，一燕高臺息〔二〕。一朝相逢遇〔三〕，依然舊所識〔四〕。問我來何遲〔五〕，山川幾紆直〔六〕？答言海路長，風多飛無力〔七〕。昔別縫羅衣〔八〕，春風初入帷〔九〕。今來夏欲晚〔一〇〕，桑蛾薄樹飛。

【校記】

〔一〕此首類聚九二鳥部下燕録「息」、「識」、「直」、「力」四韻，題作「咏燕」。「雙燕」，活字本作「贈杜容成」，兩抄本、趙本均作「贈杜容成一首」。按，四玉臺本此詩均置於擬古四首之後。

〔二〕「臺」，類聚作「堂」。

〔三〕「相」，四玉臺本均作「所」。「遇」，活字本作「過」。

〔四〕「所」，類聚作「相」。

〔五〕「我」，類聚作「余」。

〔六〕「山川」，兩抄本、趙本均作「關山」。「紆」，兩抄本均作「迃」，趙本作「迂」。

〔七〕「多」，類聚作「駚」。
〔八〕「衣」，活字本作「春」。
〔九〕「春」，活字本作「衣」。
〔一〇〕「令」，翁抄本作「令」。「晚」，活字本作「曉」。

春怨〔一〕

四時如湍水，奔飛競迴復〔二〕。夜鳥響嚶嚶，朝花照煜煜〔三〕。厭見花成子〔四〕，多看笋成竹。萬里斷音書，十載異栖宿。積怨落芳鬢〔五〕，長啼壞美目〔六〕。君去住榆關〔七〕，妾留住函谷〔八〕。唯對昔耶房〔九〕，如愧蜘蛛屋〔一〇〕。獨喚響相酬〔一一〕，還將影自逐〔一二〕。象床易氈簟〔一三〕，羅衣變單複。幾度過風霜〔一四〕，猶能保煢獨〔一五〕。

【校記】

〔一〕「春怨」，趙本作「王僧孺春怨」。按，趙本目録中「王僧孺」下有「一十七首」四字。四玉臺本此詩均置於咏少年之後，趙本此詩爲王僧孺名下第一首。

〔二〕「奔飛」，兩抄本、趙本均作「飛奔」。

〔三〕「花」，兩抄本、趙本均作「光」。

〔四〕「成」，兩抄本、趙本均作「爲」。

〔五〕「怨」，四玉臺本均作「愁」。

〔六〕「壞」，兩抄本均作「壤」。

〔七〕「住」，活字本作「往」，兩抄本、趙本均作「在」。

〔八〕「凾」，活字本作「亟」，兩抄本、趙本均作「函」。

〔九〕「耶」，趙本作「邪」。

〔一〇〕「愧」，活字本作「鬼」，兩抄本、趙本均作「見」。

〔一一〕「喚」，兩抄本、趙本均作「與」。

〔一二〕「將」，活字本作「時」。

〔一三〕「異」，四玉臺本均作「易」。

〔一四〕「度過」，兩抄本、趙本均作「過度」。

〔一五〕「能」，馮抄本此字係塗改而成，有「宋本」印。

閨怨二首〔一〕

【校記】

〔一〕「閨怨二首」之題，四玉臺本均無。

其一〔一〕

胡笳屢凄斷，征蓬未肯還。妾坐江之介，君戍小長安。相去三千里，參商書信難〔二〕。四時無人見，誰復重羅紈？

【校記】

〔一〕「其一」一首，四玉臺本均無。類聚三二人部十六閨情録全篇。

〔二〕「商」，類聚作「差」。

其二〔一〕

春草可攬結〔二〕，妾心正斷絶。緑鬢愁中改，紅顔啼裏滅。非獨泪如絲〔三〕，亦見珠成血。願爲雙鵠鏡〔四〕，翩翩照離別〔五〕。

【校記】

〔一〕「其二」一首，活字本無。類聚三二人部十六閨情録全篇。「其二」，兩抄本、趙本均作「其三」，以雙行小字注於本詩正文末。按，兩抄本、趙本此詩均爲和蕭洗馬子顯古意六首之第三首。

〔二〕「可攬」，兩抄本、趙本均作「攏可」。

〔三〕「如絲」，兩抄本、趙本、類聚均作「成珠」。

〔四〕「雙鵠」，兩抄本、趙本、類聚均作「飛鵠」。

〔五〕兩抄本此下接以第四首，中間不另行空格。按，兩抄本、趙本和蕭洗馬子顯古意六首之第二、第四首，鄭本、活字本均無，現據馮抄本補録於左，并校以其他各本。

妾本倡家女①，出入魏王宫。既得承雕輦②，亦在更衣中。蓮花銜青雀，寶粟鈿金蟲。猶言不得意，流涕憶遼東。其二

何處報君書，隴右五歧路。泪研兔枝墨，筆染鵝毛素。碧浮孟渚水，香下洞庭路。應歸遂不歸，芳春空擲度。其四

① 此首類要一〇總叙衆嬪録「宫」、「中」二韻，無題。

② 「雕」，類要作「凋」。

去妾贈前夫〔一〕

棄妾在河橋，相思復相遼。鳳凰簪落髮〔二〕，蓮花帶緩腰。腸從別處斷，貌在泪中消。願君憶疇昔，片言時見饒。

【校記】

〔一〕「去妾贈前夫」之題，馮抄本置於其前一首詩正文末。按，四玉臺本此詩均置於春咏（鄭本作「春日」）之後。

〔二〕「髮」，兩抄本、趙本均作「鬢」。

妾安所居〔一〕

賤妾先有寵，蛾眉進不遲。一從西北麗，無復城南期。何用暫艷逸〔二〕，豈爲乏妍姿？徒有黄昏望，寧遇青樓時！惟惜應門掩，方餘永巷悲。匡床終不共，何由横自私〔三〕？

【校記】

〔一〕妾安所居一首，四玉臺本均無。樂府詩集七四録全篇，署名「吴均」。

〔二〕「用」，樂府詩集作「因」。

〔三〕「私」，樂府詩集作「思」。

三婦艷〔一〕

大婦弦初切，中婦管方吹。小婦多姿態，含笑逼清卮。佳人勿餘及，殷勤妾自知。

【校記】

〔一〕三婦艷一首，四玉臺本均無。樂府詩集三五録全篇，署名「吴均」。

咏少年〔一〕

董生唯巧笑〔二〕，子都信美目。百萬市一言，千金買相逐。不道參差菜，誰論窈窕淑〔三〕？願君捧綉被〔四〕，來就越人宿。

【校記】

〔一〕此首類聚三三人部十七寵幸録全篇。樂府詩集六六録全篇，署名「吴均」，題作「少年子」。「少」，活字本作「小」。按，馮抄本此題置於其前一首詩正文末。

〔二〕「唯」，樂府詩集作「能」。

〔三〕「誰」，活字本作「詌」。「論」，兩抄本、趙本、類聚、樂府詩集均作「論」。

〔四〕「君」，樂府詩集作「言」。「捧」，樂府詩集作「奉」。

秋閨有望

庾丹〔一〕

眇眇横天漢〔二〕，飄飄出岫雲〔三〕。月斜樹倒影，風至水迴文。已泣機中婦，復悲堂上君〔四〕。羅襦曉長襞，翠被夜徒薰〔五〕。空汲銀床井，誰縫金縷裙〔六〕？所思竟不至，持酒清夜分〔七〕。

【校記】

〔一〕「秋閨有望　庾丹」，趙本作「庾丹秋閨有望」。按，庾丹之詩，四玉臺本均置於卷五（鄭本爲卷六）王樞詩之後。

〔二〕「眇眇」，四玉臺本均作「耿耿」。

〔三〕「岫」，兩抄本均作「袖」。

〔四〕「堂」，兩抄本、趙本均作「床」。「上君」，活字本作「君上」。

〔五〕「徒」，馮抄本原同，經塗改後作「徙」，有「宋本」印；翁抄本原作「徙」，紅筆描改作「徒」。

〔六〕「縫」，活字本作「逢」。

〔七〕「持酒」，兩抄本、趙本均作「空持」。

夜夢還家

歸飛夢所憶，共子汲寒漿。銅瓶素絲綆，綺井白銀床〔一〕。雀出丰葺樹〔二〕，蟲飛玳瑁梁。離人不相見，爭忍對春光〔三〕！

【校記】

〔一〕「井」，翁抄本作「并」。

〔二〕「葺」，四玉臺本均作「茸」。

〔三〕「爭」，兩抄本、趙本均作「難」。

月夜咏陳南康新有所納

王僧孺〔一〕

二八人如花，三五月如鏡。開簾一種色，當户兩相映〔二〕。重價出秦韓，高名入燕鄭。十城屢請易〔三〕，千金幾争聘〔四〕。君意自能專，妾心本無兢〔五〕。

【校記】

〔一〕此首類聚一八人部二美婦人録「鏡」、「映」二韻，題作「陳南康新納詩」。「月夜咏陳南康新有所納　王僧孺」，馮抄本此題置於其前一首詩正文末，四玉臺本均無「王僧孺」署名。按，四玉臺本此詩均置於春怨之後，趙本爲王僧孺名下第二首。又，鄭本王僧孺名下各詩，活字本、兩抄本均歸於吴均名下。

〔二〕「當户」，類聚作「還將」。

〔三〕「易」，活字本作「笏」。

〔四〕「聘」，活字本作「騁」，兩抄本均作「娉」。

〔五〕「兢」，四玉臺本均作「競」。

見貴者初迎盛姬聊爲之咏

久想專房麗，未見傾城者。千金訪繁華，一朝遇容冶。家本薊門外，來戲叢臺下。長卿幸未匹，文君復新寡。

與司馬治書同聞鄰婦夜織〔一〕

洞房風已激，長廊月復清〔二〕。藹藹夜庭廣，飄飄曉帳清。雜聞百蟲思，偏傷一鳥聲〔三〕。鳥聲長不息，妾心復何極。猶恐君無衣，夜夜當窗織。

【校記】

〔一〕「與司馬治書同聞鄰婦夜織」之題，馮抄本置於其前一首詩正文末。

〔二〕「清」，兩抄本、趙本均作「輕」。

〔三〕「鳥」，四玉臺本均作「息」。

爲何庫部舊姬擬蘼蕪之句〔一〕

出户望蘭薰，褰簾正逢君〔二〕。斂容纔一訪〔三〕，新知詎可聞〔四〕？新人含笑近，故人含泪隱〔五〕。妾意在寒松，君心逐朝槿。

【校記】

〔一〕此首類聚三三人部十六閨情録全篇，題作「爲何遜舊姬擬上山采蘼蕪」。「爲何庫部舊姬擬靡蕪之句」，兩抄本「擬蘼」二字均空缺，翁抄本於「庫部舊姬」四字及「蕪」、「句」二字上均有紅圈，其頁眉紅筆寫「原本不明」四字。按，四玉臺本此詩均置於爲人傷近不見之後。

〔二〕「正逢」二字，兩抄本均空缺。

〔三〕「斂容」二字，兩抄本均空缺。「纔」，類聚作「裁」。按，翁抄本於上句「君」字、此句「纔一訪」三字、下句「新」字上均有紅圈，其頁眉紅筆寫「原本不明」四字。

〔四〕「新」，馮抄本此字原漏抄，以小字補於「知」字右上角，有「宋本」印。「知」，類聚作「人」。

〔五〕「泪」，類聚作「笑」。

在王晉安酒席數韻〔一〕

窈窕宋華容〔二〕，但歌有清曲〔三〕。轉眄非無以〔四〕，斜眉幸相矚〔五〕。不減許飛瓊〔六〕，絶勝劉碧玉〔七〕。何因送款款，伴飲杯中醁〔八〕。

【校記】

〔一〕此首類聚三二人部十六閨情録全篇，題作「□□咏姬人」。

〔二〕「宋華容」，趙本作「宋容華」，類聚作「守容華」。

〔三〕「清」，類聚作「情」。

〔四〕「昤」，兩抄本、趙本、類聚均作「眄」。

〔五〕「眉」，四玉臺本均作「扇」。「幸」，活字本作「遠」，兩抄本、趙本均作「還」。「矚」，類聚作「屬」。

〔六〕「不」，四玉臺本均作「詎」。

〔七〕「絶」，兩抄本、趙本、類聚均作「多」。「碧」，類聚作「璧」。

〔八〕「伴」，類聚作「半」。

何生姬有怨〔一〕

寒樹栖羇此〔二〕，月映風復吹。逐臣與棄妾，零落心可知。寶琴徒七弦，蘭燈空百枝〔三〕。顰容不足效〔四〕，啼妝拭復垂〔五〕。同衾非楚越〔六〕，異國非此離。

【校記】

〔一〕「何生姬有怨」，兩抄本、趙本均作「何生姬人有怨」，其中馮抄本此題置於其前一首詩正文末。按，四玉臺本此詩均置於爲人有贈之後。

〔二〕「栭羇此」，兩抄本均作「栖羈雌」，趙本作「栖羈雌」。

〔三〕「百」，活字本作「柏」。

〔四〕「顰」，兩抄本均作「頻」。

〔五〕「拭」，馮抄本作「栻」。

〔六〕「非」，兩抄本、趙本均作「成」。

爲人寵姬有怨〔一〕

可憐獨立樹，枝輕根亦摇〔二〕。已爲露所浥〔三〕，復爲風所飄。錦衾襞不開〔四〕，端坐夜及朝。是妾愁成瘦，非君重細腰。

【校記】

〔一〕爲人寵姬有怨一首，四玉臺本均置於鼓瑟曲有所思（趙本作「鼓瑟曲　有所思」）之後。

〔二〕「亦」，兩抄本、趙本均作「易」。

〔三〕「浥」，兩抄本均作「挹」。

〔四〕「開」，兩抄本、趙本均作「卧」。

咏寵姬〔一〕

及君高堂還，值妾妍妝罷。曲房褰錦帳，迴廊步珠屣。玉釵時可挂，羅襦詎難解。再顧連城易，一笑千金買〔二〕。

【校記】

〔一〕咏寵姬一首，四玉臺本均無。類聚三二人部十六閨情録全篇，題作「寵姬」。

〔二〕「買」，類聚作「眄」。

爲姬人自傷〔一〕

自知心裏恨，還向影中羞。迴持昔慊慊，變作今悠悠〔二〕。還君與妾扇〔三〕，歸妾奉君裘〔四〕。斷弦猶可續〔五〕，心去最難留。

【校記】

〔一〕此首類聚三二人部十六閨情録全篇，題作「爲姬人怨」。「爲姬人自傷」，四玉臺本均作「爲人自傷」，其中馮抄本此題置於其前一首詩正文末；以下二首格式同，不再分別出校。

〔二〕「今」，翁抄本作「令」。

〔三〕「扇」，四玉臺本均作「珥」。

〔四〕「奉」，類聚作「與」。

〔五〕「斷弦」，兩抄本、趙本、類聚均作「弦斷」。

爲人有贈〔一〕

碧玉與綠珠〔二〕，張盧復雙女。曼聲古難匹，長袂世無侶。似出鳳凰樓，言發瀟湘渚。幸有褰衣便〔三〕，含情寄一語。

【校記】

〔一〕爲人有贈一首，四玉臺本均置於在王晉安酒席數韻之後。

〔二〕「綠」，活字本作「緣」。

〔三〕「衣」，兩抄本、趙本均作「裳」。

爲人傷近不見〔一〕

嬴女鳳凰樓〔二〕，漢姬柏梁殿〔三〕。詎過仙將死〔四〕，音容猶可見。我有一心人〔五〕，同鄉不異縣。異縣不成隔，同鄉更脉脉。脉脉如牛女，何由得一語〔六〕。

【校記】

〔一〕此首類聚三二人部十六閨情録全篇，題作「爲人傷近而不見」。按，此詩活字本置於搗衣之後，兩抄本、趙本均置於爲人述夢之後。

〔二〕「嬴」，兩抄本、類聚均作「羸」。

〔三〕「殿」，馮抄本此字經塗改後作「殿」，有「宋本」印，趙本作「殿」，翁抄本此字空缺。

〔四〕「詎」，兩抄本此字均空缺；按，馮抄本此字與上句「殿」字并有「宋本」印。「過」，活字本作「將」，兩抄本、趙本均作「勝」。「仙將」，活字本作「勝仙」。

〔五〕「我有」，類聚作「獨我」。

〔六〕「何由得一語」，馮抄本原作「無妨爲何語」，經塗改後作「〇〇〇一語」，有「宋本」印，趙本作「無妨年一語」，翁抄本「何由得」三字空缺，類聚作「□□寄一語」。

有所思〔一〕

夜風吹熠燿〔二〕，朝光照昔耶〔三〕。幾銷蘼蕪葉，空落蒲桃花〔四〕。不堪長織素，誰能獨浣紗〔五〕？光陰復何極，望促反成賒。知君自蕩子〔六〕，奈妾亦倡家〔七〕。

【校記】

〔一〕此首類聚四一樂部一論樂録全篇，題作「有所思行」。樂府詩集一七録全篇。「有所思」，活字本、兩抄本均作「鼓瑟曲有所思」，趙本作「鼓瑟曲　有所思」。按，四玉臺本此詩均置於何生姬（人）有怨之後。

〔二〕「耀」，活字本作「熠」。

〔三〕「耶」，趙本、類聚均作「邪」。

〔四〕「落」，活字本作「見」。

〔五〕「能」，類聚作「嗟」。「紗」，活字本作「妙」，樂府詩集作「沙」。

〔六〕「自」，活字本作「亦」。

〔七〕「亦」，活字本作「自」。

春閨怨〔一〕

怨來不理鬢〔二〕，春至更攢眉〔三〕。悲看蛺蝶粉，泣望蜘蛛絲。月映寒蛩褥，風吹翡翠帷。飛鱗難托意，駚翼不綴思〔四〕。

【校記】

〔一〕「春閨怨」，四玉臺本均作「春閨有怨」，其中馮抄本此題置於其前一首詩正文末；以下三首格式同，不再分别出校。按，四玉臺本此詩均置於夜愁之後。

〔二〕「怨」，四玉臺本均作「愁」。

〔三〕「攢」，趙本作「欑」。

〔四〕「駚」，四玉臺本均作「駃」。「綴思」，兩抄本、趙本均作「銜辭」。

秋閨怨〔一〕

斜光隱西壁，暮雀上南枝。風來秋扇屏，月出夜燈吹。深心起百際，遥泪非一垂。徒勞妾辛苦〔二〕，終言君不知。

【校記】

〔一〕「秋」，兩抄本均作「愁」。按，四玉臺本此詩均置於爲人自傷之後。

〔二〕「徒」，兩抄本均作「徙」。

夜愁〔一〕

檐露滴爲珠〔二〕，池水合成璧〔三〕。萬行朝泪瀉，千里夜愁積〔四〕。孤帳閉不開，寒膏盡復益。誰知心眼亂，看朱忽成碧。

【校記】

〔一〕此首類聚三五人部十九愁録全篇，題作「夜愁示諸賓」。按，四玉臺本此詩均置於與司馬治書同聞鄰婦夜織之後。

〔二〕「檐」，兩抄本、趙本均作「櫩」。

〔三〕「水」，兩抄本、趙本均作「冰」。「成」，類聚作「如」。

〔四〕「積」，四玉臺本均作「極」。

搗衣〔一〕

足傷金管遽〔二〕，多愴緹光促。露團池上紫，風飄庭裏緑〔三〕。下機鶱西眺〔四〕，鳴砧遽東旭。芳汗似蘭湯，雕金辟龍燭。散度廣陵音，摻寫漁陽曲〔五〕。别鶴悲不已〔六〕，離鸞斷更續〔七〕。尺素在魚腸，寸心憑雁足〔八〕。

【校記】

〔一〕此首類聚六七衣冠部衣裳録「促」、「緑」、「曲」、「續」、「足」五韻，題作「咏搗衣」。按，四玉臺本此詩均置於春閨有怨之後。

〔二〕「遽」，四玉臺本均作「處」。

〔三〕「露團池上紫風飄庭裏緑」十字，四玉臺本均無。

〔四〕「鶱」，四玉臺本均作「騫」。

〔五〕「摻」，活字本作「槮」，兩抄本、類聚均作「參」，趙本作「操」。

〔六〕「鶴」，類聚作「鵠」。

〔七〕「更」，類聚作「還」。

〔八〕兩抄本、趙本此後均有爲人述夢一首，爲鄭本、活字本所無，現據馮抄本補録於左，并校以其他各本。

爲人述夢①

工知想成夢，未信夢如此。皎皎無片非，的的一皆是。以親芙蓉褥，方開合歡被。雅步極嫣妍，含辭恣委靡②。如言非倏忽，不意成俄爾。及寤盡空無，方知悉虚詭。

①「爲人述夢」之題，馮抄本置於其前一首詩正文末。

②「恣」，馮抄本此字係塗改而成，有「宋本」印；翁抄本原作「姿」，紅筆描改作「恣」。「委」，馮抄本此字係塗改而成，無「宋本」印；翁抄本此字原空缺，紅筆添作「柔」字。

相逢行

張率〔一〕

相逢夕陰街〔二〕，獨趍向冠里〔三〕。高門既如一，甲第復相似。憑軾日欲昏，何處訪公子？公子之所在，所在良易知〔四〕。青樓出上路，漸臺臨曲池。堂上撫流徽，罍樽朝夕施〔五〕。橘柚分寶葉〔六〕，朱火燎金枝。兄弟兩三人，冠珮紛陸離〔七〕。

朝從禁門出〔八〕，車騎并驅馳。金鞍瑪瑙勒〔九〕，聚觀路傍兒。入門一顧望，鳧鵠有雄雌。雄雌各數千，相鳴戲羽儀。并在東西立，群次何離離。大婦刺方領〔一〇〕，中婦抱嬰兒〔一一〕。小婦尚嬌稚，端坐吹參差。丈人無遽起〔一二〕，神鳳且來儀。

【校記】

〔一〕此首類聚四一樂部一論樂録「里」、「似」、「子」、「知」、「池」、「離」、「馳」、「（路傍）兒」、「（抱嬰）兒」、「差」、「儀」十一韻。樂府詩集三四録全篇。「相逢行　張率」，趙本作「張率相逢行」。按，活字本目録中「張率」下有「三首」二字，兩抄本、趙本目録中「張率」下有「擬樂府三首」五字，四玉臺本目録張率名下均無具體詩題。又，四玉臺本此詩均置於秋（愁）閨怨之後。

〔二〕「街」，四玉臺本均作「階」。

〔三〕「向」，兩抄本、趙本、類聚、樂府詩集均作「尚」。

〔四〕「易」，活字本作「未」。

〔五〕「罍樽」，兩抄本均作「雷罇」，趙本作「雷尊」，樂府詩集作「雷樽」。

〔六〕「柚」，翁抄本作「袖」。「分寶葉」，兩抄本、趙本均作「芬華實」，樂府詩集作「分華實」。

〔七〕「冠」，兩抄本均作「君」，趙本作「裾」。

〔八〕「門」，兩抄本、趙本、類聚、樂府詩集均作「中」。

〔九〕「瑪瑙」，兩抄本、樂府詩集均作「馬腦」，趙本作「馬瑙」，類聚作「馬腦」。

〔一〇〕「剌」，兩抄本均作「剌」，趙本作「剌」。

〔一一〕「抱」，馮抄本右半字空缺，無「宋本」印，翁抄本此字空缺。

〔一二〕「人」，活字本作「夫」。「無遽起」，類聚作「幸無遽」。

對酒〔一〕

對酒誠可樂，此酒復芳醇〔二〕。如華良可貴，非乳更非珍〔三〕。何當留上客〔四〕，爲寄掌中人。金尊清復滿〔五〕，玉碗亟來親〔六〕。誰能共遲暮，對酒惜芳晨〔七〕。君歌尚未罷〔八〕，却坐避梁塵〔九〕。

【校記】

〔一〕此首類聚四二樂部二樂府録「醇」、「珍」、「晨」、「塵」四韻，題作「當對酒」。樂府詩集二七録全篇。「對酒」之題，馮抄本置於其前一首詩正文末；以下一首格式同，不再出校。

〔二〕「芳」，四玉臺本、類聚均作「能」。

〔三〕「非」，四玉臺本均作「如」，類聚、樂府詩集均作「似」。「乳」，活字本作「浮」。「非」，樂府詩集作「甘」。

〔四〕「當」，四玉臺本均作「以」。

〔五〕「尊」，馮抄本作「罇」，翁抄本作「罇」，樂府詩集作「樽」。

〔六〕「亟」，兩抄本均作「函」。

〔七〕「惜」，四玉臺本均作「及」。「晨」，類聚、樂府詩集均作「辰」；又，樂府詩集其下注「一作晨」。

〔八〕「歌」，活字本作「當」。「尚」，活字本作「歌」，兩抄本、趙本均作「當」。

〔九〕「坐」，活字本作「座」。

遠期〔一〕

遠期終不歸，節物坐將變〔二〕。白露濕單衣〔三〕，秋風息團扇。誰能久別離〔四〕，他鄉且異縣〔五〕。浮雲蔽重山，相望何時見〔六〕！寄言遠行者〔七〕，空閨淚如霰。

【校記】

〔一〕此首類聚四二樂部二樂府録「變」、「縣」、「見」三韻，題作「遠期篇」。樂府詩集一八録全篇。

〔二〕「物」，類聚作「華」。「將」，樂府詩集此字下注「一作還」。

〔三〕「濕」，兩抄本、趙本、樂府詩集均作「愴」。「衣」，兩抄本、趙本均作「栖」，樂府詩集作「衫」。

〔四〕「能」，類聚作「將」。「久」，活字本作「少」。「别離」，四玉臺本、類聚、樂府詩集均作「離别」。

〔五〕「他」，樂府詩集作「佗」。

〔六〕「何時」，類聚作「不可」。

〔七〕「行」，樂府詩集作「期」。

對房前桃樹咏佳期贈内

徐悱〔一〕

相思上北閣，徙倚望東家。忽有當窗樹〔二〕，兼含映日花。芳鮮類紅粉〔三〕，比素若鉛華。更使心增意〔四〕，彌令想狹斜〔五〕。無如一路阻，脉脉似雲霞〔六〕。嚴城不可越，言折伐疏麻〔七〕。

【校記】

〔一〕「徐悱」二字，四玉臺本均無。按，四玉臺本此詩均置於贈内之後，爲徐悱名下第二首。

〔二〕「窗」，兩抄本、趙本均作「軒」。

〔三〕「芳」，兩抄本、趙本均作「方」。

〔四〕「心增意」，兩抄本、趙本均作「增心憶」。

〔五〕「想」，馮抄本原同，經塗改後作「相」，無「宋本」印。

〔六〕「脉脉」，趙本作「衇衇」。

〔七〕「伐」，兩抄本、趙本均作「代」。

贈内〔一〕

日暮想青陽〔二〕，躡履出椒房。網蟲生錦薦〔三〕，游塵掩玉床。不見可憐影，空聞黼帳香〔四〕。彼美情多樂，挾瑟坐高堂。豈忘離憂者，向隅獨心傷〔五〕。聊因一書札，以代九迴腸。

【校記】

〔一〕「贈内」，活字本、兩抄本均作「贈内　徐悱」，趙本作「徐悱贈内」。按，活字本目録中「徐悱」下有「三首」二字，兩抄本、趙本目録中「徐悱」下有「詩二首」三字，四玉臺本目録徐悱名下均無具體詩題。又，四玉臺本此詩均置於張率遠期之後，爲徐悱名下第一首。

〔二〕「青」，兩抄本、趙本均作「清」。

〔三〕「綱」，活字本作「綱」。

〔四〕「空」，馮抄本原似作「里」，經塗改後作「空」，有「宋本」印；翁抄本原作「望」，紅筆圈去，於右邊寫一「空」字。「聞」，兩抄本、趙本均作「餘」。

〔五〕「獨心」，兩抄本、趙本均作「心獨」。

答唐娘七夕所穿針

徐悱妻〔一〕

倡人助漢女，靚妝臨月華。連針學并蒂〔二〕，縈縷作開花。孀閨絶綺羅，攬贈自傷嗟。雖言未相識，聞道出良家。曾停霍君騎，經過柳惠車。無由一共語，暫看日升霞。

【校記】

〔一〕「答唐娘七夕所穿針　徐悱妻」，活字本作「答唐娘七夕所穿針　徐悱」，兩抄本、趙本均作「徐悱答唐娘七夕所穿針」。按，鄭本目録中「妻」下有「劉氏」二字，活字本目録中無「徐悱」署名，兩抄本、趙本「針」下均有「一首」二字。又，四玉臺本此詩均置於何思澄南苑逢美人之後。

〔二〕「蔕」，兩抄本均作「帶」。

聽百舌〔一〕

庭樹旦新晴，臨鏡出雕楹。風吹桃李氣，過傳春鳥聲。静寫山陽笛〔二〕，全作洛濱笙。注意歡留聽，誤令妝不成。

【校記】

〔一〕聽百舌一首，四玉臺本均無。類聚九二鳥部下反舌録全篇。

〔二〕「静」，類聚作「浄」。

春閨怨〔一〕

花庭麗景斜，蘭牖輕風度。落日更新妝，開簾對春樹〔二〕。鳴鸝葉中舞〔三〕，戲蝶花開鶩〔四〕。調琴本要歡〔五〕，心愁不成趣。良會誠非遠，佳期今不遇〔六〕。欲知幽怨多，春閨深且暮。

【校記】

〔一〕此首類聚一八人部二美婦人録「度」、「樹」二韻，無題，署「徐悱妻劉□」。「春閨怨」，活字本作「劉令嫻詩二首　徐悱妻」，兩抄本均作「徐悱劉令嫻詩二首　答外」，其中翁抄本「嫻」作「嫺」，趙本作「徐悱妻劉令嫻答外詩二首」。按，活字本目録中無「詩」字和「徐悱妻」三字；兩抄本目録中「悱」下有「妻」字，「令」作「氏」，「二首答外」作「答外二首」；趙本目録中無「詩」字。又，四玉臺本此詩均置於孔翁歸詩之後，爲劉令嫻詩二首之第一首。

〔二〕「春」，類聚作「芳」。

〔三〕「舞」，兩抄本、趙本均作「轡」。

〔四〕「花開」，活字本作「花間」，兩抄本、趙本均作「枝邊」。「鶱」，活字本、馮抄本均作「鶱」。

〔五〕「琴」，四玉臺本均作「瑟」。

〔六〕「今」，翁抄本作「令」。

咏佳人〔一〕

東家挺奇麗，南國擅容輝。夜月方神女，朝霞喻洛妃。還看鏡中色，比艷似知非〔二〕。摛辭徒妙好，連類頓乖違。智夫雖已麗，傾城未敢希。

【校記】

〔一〕此首類聚一八人部二美婦人録「輝」、「妃」二韻，無題，署「徐悱妻劉□」。「咏佳人」之題，四玉臺本均無。按，四玉臺本此詩均爲劉令嫻詩二首之第二首。

〔二〕「似」，兩抄本、趙本均作「自」。

班婕妤怨〔一〕

日落應門閉〔二〕，愁思百端生。况復昭陽近〔三〕，風傳歌吹聲〔四〕。寵移真不恨〔五〕，讒枉太無情。只言争分理〔六〕，非妒舞腰輕〔七〕。

【校記】

〔一〕此首類聚三〇人部十四怨録全篇。樂府詩集四三録全篇，署「王叔英妻沈氏」，題作「班婕妤」。「班婕妤怨」，活字本作「和班妤婕　徐悱妻劉氏」，兩抄本均作「和婕妤怨　徐悱妻劉氏」，趙本作「徐悱妻劉氏和婕妤怨」。按，活字本目録中題作「劉令嫻一首」；兩抄本、趙本目録中「和婕妤怨」均作「雜詩一首」，「妻」下均無「劉氏」二字；又，四玉臺本此詩均置於卷八湯僧濟（咏）渫井得金釵之後。

〔二〕「落」，類聚作「没」。

〔三〕「況」，馮抄本此字係塗改而成，有「宋本」印；翁抄本原作「泥」，紅筆描改作「況」，其頁眉紅筆寫一「況」字。「昭」，馮抄本作「朝」。

〔四〕「傳」，活字本作「傳」。

〔五〕「真」，四玉臺本、樂府詩集均作「終」。

〔六〕「只」，類聚作「祇」。

〔七〕「妒」，樂府詩集作「獨」。

華觀省中夜聞城外搗衣二首〔一〕

【校記】

〔一〕「華觀省中夜聞城外搗衣二首」，活字本作「華觀省中夜聞城外搗衣」，兩抄本均作「華觀省中夜聞城外搗衣　費昶」，趙本作「費昶華觀省中夜聞城外搗衣」。按，活字本目録中有「費昶」署名；四玉臺本目録中「費昶」下均有「一十首」（活字本無「一」字）三字，而無具體詩題。又，四玉臺本此詩均置於徐悱對房前桃樹咏佳期贈内之後。

其一

費昶〔一〕

閶闔下重關〔二〕，丹墀吐明月。秋氣城中冷〔三〕，秋砧城外發。浮聲繞雀臺〔四〕，飄響度龍闕。宛轉何藏摧〔五〕，當從上路來〔六〕。藏摧意不已〔七〕，定自乘軒裏。乘軒盡世家，佳麗似朝霞〔八〕。圓璫耳上照〔九〕，方綉領間斜。衣薰百和屑〔一〇〕，鬢插九枝花〔一一〕。昨暮庭槐落，今朝羅綺薄〔一二〕。拂席捲鴛鴦，開緼舒龜鶴〔一三〕。金波正容與，玉步依砧杵。紅袖往還縈，素腕參差舉。徒聞不得見〔一四〕，獨夜空愁佇。

【校記】

〔一〕此首類聚六七衣冠部衣裳録全篇，題作「華光省中夜聽城外擣衣」。類要一三官署僅引此詩題署，作「玉臺咏費昶有華光省中夜德城外擣衣詩」；按，「德」當爲「聽」之訛。「其一　費昶」，四玉臺本均無此行。

〔二〕「閶闔」，翁抄本作「閶闔」，類聚作「闔閶」。

〔三〕「冷」，活字本作「令」。

〔四〕「雀臺」，活字本作「臺雀」。

〔五〕「宛」，四玉臺本均作「婉」。

〔六〕「從」，活字本作「佳」。

〔七〕「意」，類聚作「方」。「不」，四玉臺本、類聚均作「未」。

〔八〕「佳」，活字本作「從」。

〔九〕「圓」，類聚作「員」。

〔一〇〕「薰」，類聚作「熏」。

〔一一〕「插」，四玉臺本均作「揺」。

〔一二〕「令」，翁抄本作「令」。　「綺」，活字本作「縞」。

〔一三〕「縕」，活字本作「幔」，兩抄本、趙本均作「縵」。　「鶴」，類聚作「鵠」。

〔一四〕「聞」，翁抄本作「閒」。

其二〔一〕

獨夜何窮極，懷之在心惻〔二〕。階垂玉衡露，庭舞松風翼〔三〕。瀝滴流星輝，燦爛長河色〔四〕。三冬誠足用，五日無糧食。揚雲已寂寥，今君復弦直〔五〕。

【校記】

〔一〕「其二」二字，四玉臺本均無。按，四玉臺本此首與上一首相連作一詩。

〔二〕「惻」，四玉臺本均作「側」。

〔三〕「松」，兩抄本、趙本均作「相」。
〔四〕「燦」，兩抄本、趙本均作「粲」。
〔五〕「令」，翁抄本作「令」。

和蕭記室春日有所思〔一〕

芳樹發春輝，蔡子望青衣。水逐桃花去，春隨楊柳歸。楊柳何時歸，裊裊復依依〔二〕。已蔭章臺陌，復掃長門扉。獨知離心者，坐惜春光違〔三〕。洛陽遠如日，何由見宓妃？

【校記】

〔一〕「記」，鄭本目録、活字本均作「紀」。
〔二〕「裊裊」，兩抄本均作「褭褭」。
〔三〕「惜」，活字本作「愭」。

春郊見美人〔一〕

芳郊拾翠人，迴袖捲芳春〔二〕。金輝起步摇，紅彩發吹輪〔三〕。揚揚蓋項日〔四〕，飄飄馬足塵。薄暮高樓下，當知妾姓秦〔五〕。

【校記】

〔一〕此首類聚一八人部二美婦人録全篇，題作「春郊望美人」。「見」，兩抄本、趙本均作「望」。按，馮抄本此題置於其前一首詩正文末；以下一首格式同，不再出校。

〔二〕「捲」，兩抄本、趙本均作「掩」，類聚作「探」。

〔三〕「彩」，活字本作「米」，兩抄本均作「采」。「輪」，兩抄本、趙本、類聚均作「綸」。

〔四〕「揚揚」，四玉臺本均作「湯湯」，類聚作「陽陽」。「項」，兩抄本、趙本均作「頂」，類聚作「傾」。

詠照鏡

晨輝照杏梁，飛燕起朝妝。留心散廣黛，輕手約花黄。正釵時念影，拂絮且憐香。方嫌翠色故，乍道玉無光。城中皆半額，非妾畫眉長。

陽春發和氣〔一〕

日静班姬門〔二〕，風輕董賢館。卷耳緣家出〔三〕，反舌登墻唤〔四〕。蠶女桂枝鈎〔五〕，游童蘇合彈。拂袖當留客，相逢莫相難。

【校記】

〔一〕此首類要一三諸門録「館」一韻，無題名。「陽春發和氣」，兩抄本均作「和蕭洗馬畫屏風二首陽春發和氣」，趙本總題作「和蕭洗馬畫屏風二首」，而置「陽春發和氣」之題於本詩正文末。

〔二〕「静」，四玉臺本均作「净」。「班姬」，類要作「魯班」。

〔三〕「家」，兩抄本、趙本均作「階」。

〔四〕「唤」，翁抄本作「喚」。

〔五〕「鈎」，四玉臺本均作「鉤」。

秋夜涼風起〔一〕

佳人在河内，征夫鎮馬邑。零露一朝團，中夜兩垂泣〔二〕。氣爽床帳冷，天寒針縷澀。紅顔本暫時，君還詎相及？

【校記】

〔一〕「秋夜涼風起」之題，兩抄本均置於其前一首詩正文末，趙本置於本詩正文末。按，兩抄本以下一首格式同，不再出校。

〔二〕「兩」，活字本作「雨」。「泣」，馮抄本原作「泪」，經塗改後作「泣」，有「宋本」印。

采菱〔一〕

妾家五湖口，采菱五湖側。玉面不關妝，雙眉本翠色。日斜天欲暮〔二〕，風生浪未息。宛在水中央，空作兩相憶。

【校記】

〔一〕此首類聚八二草部下菱録「側」、「色」、「息」三韻。樂府詩集五一録全篇，題作「采菱曲」。

〔二〕「夭」，活字本作「夭」。

芳樹〔一〕

幸被夕風吹，屢得朝光照。枝低疑欲舞〔二〕，花開似含笑。長夜踏悠悠，所思不可召。行人早旋返，賤妾猶年少〔三〕。

【校記】

〔一〕芳樹一首，四玉臺本均無。樂府詩集一七録全篇。

〔二〕「低」，樂府詩集作「偃」，其下注「一作低」。

〔三〕「猶年少」，樂府詩集此三字下注「一作年猶少」。

長門怨〔一〕

向夕千愁起〔二〕，自悔何嗟及〔三〕！愁思且歸床，羅襦方掩泣。絳樹摇風軟，黄鳥弄聲急。金屋貯嬌時，不言君不入。

【校記】

〔一〕長門怨一首，活字本無。類聚三二人部十六閨情、樂府詩集四二均録全篇。「長門怨」，兩抄本、趙本均作「長門后怨」，其中兩抄本此題置於其前一首詩正文末。

〔二〕「愁」，類聚作「悲」。

〔三〕「自悔」，類聚作「百恨」。

巫山高〔一〕

巫山光欲晚〔二〕，陽臺色依依。彼美巖之曲，寧知心是非？朝雲觸石起〔三〕，暮雨潤羅衣。願解千金珮，請逐大王歸。

【校記】

〔一〕此首樂府詩集一八録全篇。「巫山高」，活字本此詩題作兩行，其首行題「鼓吹曲二首」，次行題「高巫山」，兩抄本均題作「鼓吹曲二首　巫山高」，趙本總題作「鼓吹曲二首」，而置「巫山高」之題於本詩正文末。

〔二〕「晚」，樂府詩集此字下注「一作曉」。

〔三〕「雲」，活字本作「霽」。

有所思〔一〕

上林烏欲栖〔二〕，長安日行暮〔三〕。所思鬱不見，空想丹墀步〔四〕。簾動意君來〔五〕，雷聲似車度。北方佳麗子，窈窕能迴顧。夫君自迷惑〔六〕，非爲妾心妒。

【校記】

〔一〕此首樂府詩集一八録全篇。「有所思」之題，兩抄本均置於其前一首詩正文末，趙本置於本詩正文末。

〔二〕「烏」，活字本、兩抄本、樂府詩集均作「鳥」。「栖」，樂府詩集作「飛」。

〔三〕「安」，樂府詩集作「門」。「行」，樂府詩集此字下注「一作將」。

〔四〕「丹」，活字本作「舟」。

〔五〕「意」，四玉臺本均作「憶」。

〔六〕「惑」，活字本作「感」。

采桑

姚翻〔一〕

雁還高柳北，春歸洛水南。日照茱萸領，風摇翡翠簪〔二〕。桑間視欲暮，閨裏遽饑蠶。相思君助取〔三〕，相望妾那堪！

【校記】

〔一〕此首樂府詩集二八録全篇。「采桑　姚翻」，活字本作「同郭侍郎采桑　姚翻」，兩抄本均作「同郭侍郎采桑　姚翻一首」，趙本作「姚翻同郭侍郎采桑一首」。按，活字本目録中「姚翻」下有「二首」二字，而無姚翻名下具體詩題；兩抄本目録均題作「姚翻同郭侍郎采桑一首」。

〔二〕「簪」，活字本作「蔘」，兩抄本均作「簝」，趙本、樂府詩集均作「篸」。

〔三〕「助」，活字本作「肋」。「取」，翁抄本作「耴」。

班婕妤怨

孔翁歸〔一〕

長門與長信，日暮九重空。雷聲聽隱隱〔二〕，車響絶瓏瓏〔三〕。恩光隨妙舞，團扇逐秋風。鉛華誰不慕〔四〕？人意自艱終〔五〕。

【校記】

〔一〕此首類聚三〇人部十四怨録全篇。樂府詩集四三録全篇，題作「班婕妤」。「班婕妤怨　孔翁歸」，活字本作「孔翁歸和湘東王班姬一首」，兩抄本均作「奉和湘東王班婕妤　孔翁歸一首」，趙本作「孔翁歸奉和湘東王教班婕妤一首」。按，活字本目録中無「孔翁歸」署名及其詩題，兩抄本、趙本目録均題作「孔翁歸和湘東王班姬一首」。

〔二〕「聽隱」，活字本作「隱聽」。

〔三〕「瓏瓏」，活字本、兩抄本、類聚均作「籠籠」。

〔四〕「慕」，類聚作「見」。

〔五〕「艱」，兩抄本、趙本、類聚、樂府詩集均作「難」。　「終」，類聚作「同」。

班婕妤怨

何思澄〔一〕

寂寂長信晚，雀聲愁洞房〔二〕。蜘蛛網高閣〔三〕，駁蘚被長廊。虚殿簾帷静，閑階花蕊香。悠悠視日暮〔四〕，還復拂空床〔五〕。

【校記】

〔一〕此首類聚三〇人部十四怨、樂府詩集四三均録全篇，均題作「班婕妤」。　「班婕妤怨　何思澄」，活字本作「何思澄三首」，兩抄本均作「奉和湘東王教班婕妤　何思澄三首」，趙本作「何思澂奉和湘東王教班婕妤」。按，趙本目録中「澂」作「澄」，其下有「三首」二字，四玉臺本目録何思澄（澂）名下均無具體詩題。又，四玉臺本此詩均置於劉令嫻詩二首之後。

〔二〕「愁」，四玉臺本均作「哦」，樂府詩集作「喧」。

〔三〕「網」，活字本作「綱」。

〔四〕「悠悠」，類聚作「愁愁」。

〔五〕「拂」，類聚作「守」。

擬古〔一〕

故交不可忘，猶如蘭桂芳。新知雖可悦，不異茱萸香。妾有鳳雛曲〔二〕，非無陌上桑〔三〕。薦君君不御，抱瑟自悲凉。

【校記】

〔一〕此首類聚三二人部十六閨情録全篇，題作「古意」。「擬古」之題，兩抄本均置於其前一首詩正文末；以下一首格式同，不再出校。

〔二〕「雛」，類聚作「皇」。

〔三〕「無」，四玉臺本均作「爲」。

南苑逢美人〔一〕

洛浦疑迴雪，巫山似旦雲。傾城今始見〔二〕，傾國昔曾聞。娟眼隨羞合〔三〕，丹唇逐笑分〔四〕。風捲蒲桃帶〔五〕，日照石榴裙。自有狂夫在，空持勞使君。

【校記】

〔一〕此首類聚一八人部二美婦人録全篇。

〔二〕「今」，翁抄本作「令」。「始」，活字本作「所」。

〔三〕「娟眼」，活字本作「婿服」，兩抄本、趙本均作「媚服」，類聚作「媚眼」。「羞」，四玉臺本均作「嬌」。

〔四〕「丹」，活字本作「舟」。

〔五〕「桃」，兩抄本、趙本、類聚均作「萄」。

渫井得金釵

湯僧濟〔一〕

昔日倡家女，摘花露井邊。摘花還自插〔二〕，照井還自憐〔三〕。窺窺終不罷，笑笑自成妍。寶釵于此落，從來非一年〔四〕。翠羽成泥去，金色尚如鮮〔五〕。此人今何在〔六〕？此物今空傳〔七〕。

【校記】

〔一〕此首類聚七〇服飾部下釵録全篇。初學記七井録全篇，題作「深井得金釵」。御覽七一八服用部二十釵録全篇，署「陽濟」。「渫井得金釵　湯僧濟」，兩抄本均作「咏渫井得金釵　湯僧濟」，趙本作「湯僧濟咏渫井得金釵」。按，活字本目録中「湯僧濟」下有「一首」二字，兩抄本目録於「湯僧濟」前、趙本目録於「湯僧濟」後分别有「雜詩一首」四字，四玉臺本目録湯僧濟名下均無具體詩題。又，四玉臺本此詩均置於卷八吴孜春閨怨之後。

〔二〕「插」，類聚、初學記、御覽均作「比」。

〔三〕「照井」，類聚、初學記、御覽均作「插映」。「憐」，初學記作「天」。

〔四〕「窺窺終不罷笑笑自成妍寶釵于此落從來非一年」二十字，活字本無。其中「罷」，御覽作「已」。「于」，初學記作「從」。「非一」，兩抄本、趙本均作「不憶」。
〔五〕「金」，初學記作「命」。「色」，活字本作「釵」。「鮮」，四玉臺本、初學記、御覽均作「先」。
〔六〕「何」，四玉臺本、初學記、御覽均作「不」。
〔七〕「傳」，活字本作「傅」。

采菱曲

徐勉〔一〕

相攜及佳月〔二〕，采菱渡北渚。微風吹棹歌，日暮相容與。采采不能歸，望望方延佇。儻逢遺珮人，預以心相許。

【校記】

〔一〕徐勉采菱曲一首，四玉臺本均無。樂府詩集五一録全篇。
〔二〕「佳」，樂府詩集作「嘉」。

咏舞

楊皦〔一〕

紅顏自燕趙，妙妓邁陽阿。就行齊逐唱，赴節暗相和。折腰送餘曲，斂袖待新歌。嚬容生翠羽〔二〕，曼睇出横波〔三〕。雖稱趙飛燕，比此詎成多。

【校記】

〔一〕楊皦咏舞一首，四玉臺本均無。類聚四三樂部三舞、初學記一五舞樂均録全篇。

〔二〕「嚬」，初學記作「頻」。

〔三〕「曼」，初學記作「慢」。

卷八

日出東南隅行

蕭子顯〔一〕

大明上苕苕，陽城射凌霄。光照窗中婦，絶世同阿嬌。明鏡盤龍刻〔二〕，簪羽鳳凰雕〔三〕。逶迤梁家髻，冉弱楚宫腰。輕紈拂重錦〔四〕，薄縠間飛綃〔五〕。三六前年暮，四五今年朝。蠶園拾芳繭〔六〕，桑陌采柔條。出入東城里，上下洛西橋〔七〕。忽逢車馬客〔八〕，飛蓋動襜軺。單衣鼠毛織，寶劍羊頭鞘〔九〕。丈夫疲應對〔一〇〕，御者輟銜鑣〔一一〕。樹間徒脉脉〔一二〕，垣上幾翹翹。女本西家宿，君自上宫要〔一三〕。漢馬三萬匹〔一四〕，夫婿仕嫖姚〔一五〕。鞶囊虎頭綬，左珥鼂盧貂。横吹龍鍾管〔一六〕，奏鼓象牙簫〔一七〕。十五張内侍，十八賈登朝。皆笑顔郎老〔一八〕，盡訝董生超〔一九〕。

【校記】

〔一〕此首類聚四一樂部一論樂録「霄」、「嬌」、「腰」、「條」、「軺」、「鞘」、「鑣」、「要」、「姚」、「朝」十韻，樂府詩集二八録全篇。類要二二早達録「姚」、「朝」、「超」三韻，署「蕭于昱」，題作「樂府代少年行」；同書二九竹音録「姚」、「簫」二韻，署「蕭子題」，題作「樂府少年行」。「日出東南隅行蕭子顯」，活字本作「古樂府　蕭子顯」，兩抄本、趙本均作「蕭子顯樂府二首」。按，馮抄本「樂府」二字字迹似與其他文字不同，有「宋本」印；趙本置「日出東南隅行」之題於本詩正文末。又，活字本目録中「顯」下有「二首」二字，兩抄本、趙本目録中「樂府」作「雜詩」，四玉臺本目録蕭子顯名下均無具體詩題。

〔二〕「刻」，活字本作「簪」。

〔三〕「簪」，活字本作「刻」。

〔四〕「拂」，兩抄本、趙本、樂府詩集均作「雜」。

〔五〕「間」，翁抄本作「聞」。

〔六〕「園」，類聚作「籠」，樂府詩集作「龍」。「繭」，類聚、樂府詩集均作「翠」。

〔七〕「落」，四玉臺本、樂府詩集均作「洛」。

〔八〕「忽」，類聚作「路」。

〔九〕「鞘」，兩抄本、趙本、類聚、樂府詩集均作「銷」。

〔一〇〕「丈」，類聚作「大」。

〔一一〕「銜」，樂府詩集作「從」。

〔一二〕「樹」，活字本、翁抄本作「桂」，馮抄本、趙本、樂府詩集均作「柱」。

〔一三〕「宮」，活字本作「官」。

〔一四〕「匹」，類要二二作「騎」。

〔一五〕「仕」，活字本、類要二九、樂府詩集均作「任」。「嫖姚」，活字本、兩抄本均作「飄颻」，類要二二作「驃姚」。

〔一六〕「横」，類要作「权」。

〔一七〕「簫」，類要作「蕭」。

〔一八〕「皆笑顔郎」，類要作「莫笑郎顔」。

〔一九〕「董生超」，兩抄本、趙本、樂府詩集均作「董公超」，類要作「妖嬈」。

代美女篇〔一〕

邯鄲暫輟舞〔二〕，巴姬請罷弦。佳人溱洧上〔三〕，艷趙復傾燕。繁穠既爲李，照水亦成蓮。朝沽成都酒〔四〕，暝數河間錢〔五〕。餘光幸未惜〔六〕，蘭膏空自煎。

【校記】

〔一〕此首類聚一八人部二美婦人、樂府詩集六三録全篇，均題作「美女篇」。「代美女篇」，兩抄本、趙本均作「代樂府美女篇」，其中趙本此題置於本詩正文末。

〔二〕「邯鄲」，類聚、樂府詩集均作「章丹」。

〔三〕「溱」，兩抄本、趙本、類聚、樂府詩集均作「淇」。「上」，類聚、樂府詩集均作「出」。

〔四〕「沽」，類聚、樂府詩集均作「酤」。「成」，兩抄本均作「城」。

〔五〕「河」，兩抄本均作「何」。

〔六〕「惜」，兩抄本、趙本均作「借」。

春思

蕭子雲〔一〕

春風蕩羅帳，餘花落鏡奩。池荷正捲葉，庭柳復垂檐。竹柏君自改，團扇妾方嫌。誰能憐故素〔二〕，終爲泣新縑。

【校記】

〔一〕蕭子雲春思一首，四玉臺本均無。類聚三二人部十六閨情録全篇。

〔二〕「谁」，類聚作「詎」。

春宵

蕭子輝〔一〕

夜夜妾偏栖，百花含露低。蟲聲繞春岸，月色思空閨。傳語長安驛〔二〕，辛苦寄遼西。

【校記】

〔一〕蕭子輝春宵一首，四玉臺本均無。類聚三二人部十六閨情録全篇。

〔二〕「傳」，類聚作「倩」。

春望古意

蕭子範〔一〕

光景斜漢宮，横梁照采虹。春情寄柳色，鳥語出梅中。氛氲閨裏思，逶迤水上風。落花徒入户，何解妾床空！

【校記】

〔一〕蕭子範春望古意一首，四玉臺本均無。類聚三歲時上春録全篇。

秋思

蕭慤〔一〕

清波收潦日，華林鳴籟初。芙蓉露下落，楊柳月中疏。燕幃湘綺被，趙帶流黄裾。相思阻音信，結夢感離居。

【校記】

〔一〕蕭慤秋思一首，四玉臺本均無。

春日二首　王筠〔一〕

【校記】

〔一〕「春日二首　王筠」，活字本作「春月　王筠」，兩抄本均作「和吴主簿六首　王筠　春月二首」，趙本總題作「王筠和吴主簿六首」，而置「春月二首」之題於本題詩正文末。按，鄭本目録中「筠」作「筠」，活字本目録中「筠」下有「六首」二字，四玉臺本目録王筠名下均無具體詩題。

其一〔一〕

日照鴛鴦殿，萍生雁鶩池〔二〕。游塵隨影入，弱柳帶風垂。青鶴逐黄口〔三〕，别鶴慘羈雌〔四〕。同衾遠游説，結愛久相離〔五〕。於今方溘死，寧須萱草枝！

【校記】

〔一〕此首類要一三諸殿録「池」一韻，署「王筠」，題作「春月」。「其一」二字，四玉臺本均無。

〔二〕「鶩」，活字本、馮抄本均作「鶩」。

〔三〕「鶻」，兩抄本、趙本均作「骹」。

〔四〕「别」，兩抄本、趙本均作「獨」。

〔五〕「相」，四玉臺本均作「生」。

其二〔一〕

菤葹心未發〔二〕，蘼蕪葉欲齊〔三〕。春蠶方曳緒，新燕正銜泥。野雉呼雌雊，庭禽挾子栖。從君客梁後，方晝掩春閨。山川隔道里〔四〕，芳草徒萋萋。

【校記】

〔一〕「其二」二字，四玉臺本均無。

〔二〕「菤」，四玉臺本均作「卷」。

〔三〕「齊」，活字本作「齋」。

〔四〕「里」，兩抄本均作「理」。

游望二首〔一〕

【校記】

〔一〕「游望二首」之題，趙本置於此題第二首正文末，翁抄本置於其前一題第二首正文末。按，四玉臺本此詩均置於秋夜二首之後。

其一〔一〕

落日照紅妝，挾瑟當窗牖。寧復歌蘼蕪，唯聞嘆楊柳〔二〕。結好在同心，離别由衆口〔三〕。徒設露葵美〔四〕，誰酌蘭英酒〔五〕？會日杳無期，蕣華安得久！

【校記】

〔一〕此首類要二八酒録「酒」一韻，署「王筠」，無題；同卷飯類録「酒」一韻，署「王筠」。「其一」二字，四玉臺本均無。

〔二〕「聞」，兩抄本均作「問」。

〔三〕「口」，翁抄本作「中」。

〔四〕「設」，類要二八飯類作「誣」。「葵」，類要二八酒作「蔡」。「美」，活字本、趙本均作「羨」，馮抄本作「羹」，翁抄本、類要作「羹」。

〔五〕「誰酌」，類要二八飯類作「詎若」。

其二〔一〕

相思不安席，聊至狹斜東〔二〕。愁眉仿戚里〔三〕，高髻學城中。雙眉偏照日〔四〕，獨蕊好縈胸〔五〕。自知心所愛〔六〕，獻賦甘泉宫。博聞方鼎食〔七〕，詎憶春閨容〔八〕？

【校記】

〔一〕「其二」二字，四玉臺本均無。

〔二〕「斜」，兩抄本、趙本均作「邪」。

〔三〕「戚」，活字本作「歲」。

〔四〕「雙」，活字本作「隻」。

〔五〕「胸」，四玉臺本均作「風」。

〔六〕「知」，兩抄本、趙本均作「陳」。「愛」，兩抄本、趙本均作「想」。

〔七〕「博」，兩抄本、趙本均作「傳」。

〔八〕「憶」，活字本作「春」。「春」，活字本作「憶」。「容」，兩抄本、趙本均作「中」。

秋夜二首〔一〕

【校記】

〔一〕「秋夜二首」之題，趙本置於此題第二首詩正文末。四玉臺本此題二首均置於春月二首之後。

其一〔一〕

九重依夜管，四壁慘無暉。招搖顧西落，烏鵲向東飛。流螢漸收火，絡緯欲催機。爾時思錦字，持製行人衣。所望丹心達，嘉客倘能歸。

【校記】

〔一〕「其一」二字，四玉臺本均無。

其二〔一〕

露華初泥泥，桂枝方悚悚〔二〕。煞氣下重軒〔三〕，輕陰拂四座〔四〕。别寵增修夜〔五〕，遠征悲獨宿。愁牽翠羽眉〔六〕，泪滿横波目。長門絶往來，含情空杼軸。

【校記】

〔一〕「其二」二字，四玉臺本均無。

〔二〕「方悚悚」，兩抄本、趙本均作「行棟棟」。

〔三〕「煞」，趙本作「殺」。

〔四〕「拂」，四玉臺本均作「滿」。「座」，四玉臺本均作「屋」。

〔五〕「增」，活字本作「憎」。

〔六〕「牽」，兩抄本、趙本均作「縈」。

閨情〔一〕

北斗行欲没，東方稍已晞。晨鷄初振羽〔二〕，曉露方沾衣〔三〕。錦衾徒有設〔四〕，蘭約果相違〔五〕。誰忍開朝鏡〔六〕，羞恨掩空扉。

【校記】

〔一〕閨情一首，四玉臺本均無。類聚三二人部十六閨情録全篇，署名「王筠」，題作「向曉閨情」。按，鄭本目録題作「向曉閨情」。

〔二〕「振羽」，類聚作「下栖」。

〔三〕「方」，類聚作「上」。

〔四〕「錦衾」，類聚作「衾裯」。

〔五〕「蘭約」，類聚作「信誓」。

〔六〕「谁」，類聚作「詎」。

閨情〔一〕

月出宵將半，星流曉未央。空閨易成響，虚室自生光。嬌羞悦人夢〔二〕，猶言君在傍。

【校記】

〔一〕閨情一首，四玉臺本均無。類聚三二人部十六閨情録全篇，署名「王筠」。

〔二〕「夢」，類聚作「猶」。

有所思〔一〕

丹墀生細草，紫殿納輕陰。曖曖巫山遠，悠悠湘水深。徒歌鹿盧劍，空貽玳瑁簪。望君終不見，屑泪且長吟〔二〕。

【校記】

〔一〕有所思一首，四玉臺本均無。樂府詩集一七録全篇，署名「王筠」。

〔二〕「長」，樂府詩集此字下注「一作微」。

三婦艷〔一〕

大婦留芳褥，中婦對華燭。小婦獨無事，當軒理清曲。丈人且安卧，艷歌方斷續。

【校記】

〔一〕三婦艷一首，四玉臺本均無。樂府詩集三五録全篇，署名「王筠」。

咏燈檠〔一〕

百華耀九枝，鳴鶴映冰池。末光本内照〔二〕，丹花復外垂。流輝悦嘉客，翻影泣生離。自銷良不悔，明白願君知。

【校記】

〔一〕咏燈檠一首，四玉臺本均無。類聚八〇火部燈録全篇，署名「王筠」。

〔二〕「末」，類聚作「未」。

遥見鄰舟主人投一物衆姬争之有客請余爲咏　劉孝綽〔一〕

河流既浼浼，河鳥復關關。落花浮浦出，飛雉度洲還〔二〕。此日倡家女〔三〕，競嬌桃李顔。良人惜美珥，欲以代芳管〔四〕。新縑疑故素，盛趙蔑衰班〔五〕。曳綃争掩縠〔六〕，摇佩奪鳴環〔七〕。客心空振蕩，高枝不可板〔八〕。

【校記】

〔一〕此首類聚一八人部二美婦人録全篇，題作「見鄰舟人投一物衆姬争之」。「遥見鄰舟主人投一物衆姬争之有客請余爲咏　劉孝綽」，趙本作「劉孝綽遥見鄰舟主人投一物衆姬争之有客請余爲咏」。按，活字本目録中「綽」下有「五首」二字，兩抄本目録中於「劉孝綽」前、趙本於「劉孝綽」後分別有「雜詩五首」四字，四玉臺本目録劉孝綽名下均無具體詩題。

〔二〕「度洲」，活字本作「復流」，趙本作「度州」。

〔三〕「此」，類聚作「是」。

〔四〕「管」，兩抄本、趙本、類聚均作「菅」。

〔五〕「蔑」，兩抄本均作「篾」。

〔六〕「争」，四玉臺本均作「事」。

〔七〕「奪」，類聚作「奮」。

〔八〕「高」，類聚作「喬」。　「板」，活字本作「扳」，兩抄本、趙本、類聚均作「攀」。

淇上戲蕩子婦〔一〕

桑中始欒欒〔二〕，淇上未湯湯。美人要雜佩，上客綉明璫〔三〕。日暗人聲静，微步出蘭房〔四〕。露葵不待勸，鳴瑟無暇張〔五〕。翠釵挂已落，羅衣拂更香。如何嫁蕩子，春夜守空床？不見青絲騎〔六〕，徒勞紅粉妝。

【校記】

〔一〕此首類聚一八人部二美婦人録全篇。「淇上戲蕩子婦」，活字本作「淇上人戲蕩子婦示行事」，兩抄本、趙本均作「淇上人戲蕩子婦示行事一首」。按，馮抄本「婦」字經塗改後作「帰」，有「宋本」印。

〔二〕「欒欒」，活字本、趙本均作「奕奕」，兩抄本、類聚均作「弈弈」。

〔三〕「綉」，兩抄本、趙本、類聚均作「誘」。

〔四〕「出」，類聚作「上」。

〔五〕「瑟」，兩抄本、趙本、類聚均作「琴」。

〔六〕「不」，類聚作「未」。

夜聽妓賦得烏夜啼〔一〕

鵾鷄且輟弄〔二〕，鶴操暫停揮〔三〕。別有啼烏曲〔四〕，東西相背飛〔五〕。倡人怨獨守，蕩子游未歸〔六〕。若逢生離唱〔七〕，長夜泣羅衣〔八〕。

【校記】

〔一〕此首類聚四二樂部二樂府録全篇，題作「賦得烏夜啼」。樂府詩集四七録全篇，題作「烏夜啼」。「夜聽妓賦得烏夜啼」之題，兩抄本均置於其前一首詩正文末； 以下一首格式同，不再出校。按，四玉臺本此詩均置於賦得照棋燭刻五分成之後。

〔二〕「鷄」，四玉臺本、類聚、樂府詩集均作「弦」。

〔三〕「操」，類聚作「𢳆」。「揮」，四玉臺本、樂府詩集均作「徽」。

〔四〕「烏」，馮抄本作「鳥」。

〔五〕「東」，活字本作「柬」。「相背」，類聚作「各自」，樂府詩集此二字下注「一作各自」。

〔六〕「游」，類聚作「猶」。

〔七〕「若逢」，類聚、樂府詩集均作「忽聞」。「唱」，四玉臺本、樂府詩集均作「曲」。

〔八〕「長」，類聚作「中」。

賦得遺所思

遺簪雕玳瑁，贈綺織鴛鴦。木若華滋樹〔一〕，交枝蕩子房。別前秋已落，別後春更芳。所思不可寄，唯憐盈袖香。

【校記】

〔一〕「木」，兩抄本、趙本均作「未」。

贈美人〔一〕

巫山薦枕日，洛浦獻珠時。一遇便如此，寧關先有期？幸非使君問，莫作秦羅辭〔二〕。夜長眠復坐，誰知暗斂眉。欲寄同花燭，爲照遥相思。

【校記】

〔一〕贈美人一首，四玉臺本均無。類聚一八人部二美婦人録全篇。

〔二〕「秦羅」，類聚作「羅敷」。

賦得照棋燭刻五分成〔一〕

南皮弦初罷〔二〕，終樂且留賓〔三〕。日下房櫳閉〔四〕，華燭命佳人。側光全照局〔五〕，迴花半隱身。不辭纖手卷〔六〕，羞令夜向晨。

【校記】

〔一〕此首初學記二五燭録全篇，題作「賦照棋燭詩」。「賦得照棋燭刻五分成」，馮抄本作「賦咏得照棋　刻五分成」，趙本、翁抄本均作「賦咏得照棋燭刻五分成」。按，四玉臺本此詩均置於淇上戲蕩子婦之後。

〔二〕「初」，四玉臺本、初學記均作「吹」。

〔三〕「變」，活字本作「奕」，兩抄本、趙本、初學記均作「弈」。

〔四〕「隴」，活字本、趙本、初學記均作「櫳」，兩抄本均作「攏」。「閉」，兩抄本、趙本、初學記均作「暗」。

〔五〕「全」，活字本作「金」。「扃」，兩抄本、趙本均作「局」。

〔六〕「不」，初學記作「莫」。「辭」，活字本作「亂」。「卷」，初學記作「倦」。

古意〔一〕

燕趙多佳麗，白日照紅妝。蕩子十年别，羅衣雙帶長。春樓怨難守，玉階空自傷〔二〕。對此歸飛燕，銜泥繞曲房。差池入綺幕，上下傍雕梁。故居尤可念〔三〕，故人安可忘？相思昏望絶，宿昔夢容光。魂交忽在御，轉側定他鄉。徒然居枕席〔四〕，誰與同衣裳？空使蘭膏夜，炯炯對繁霜。

【校記】

〔一〕古意一首，四玉臺本均無。類聚三二人部十六閨情録「妝」、「長」、「傷」、「房」、「梁」、「忘」、「裳」、「霜」八韻。

〔二〕「空」，類聚作「悲」。

〔三〕「尤可念」，類聚作「猶尚爾」。

〔四〕「居」，類聚作「枕」。

春霄〔一〕

春霄猶自長，春心非一傷。月帶園樓影，風飄花樹香。誰能對雙燕，暝暝守空床？

【校記】

〔一〕春霄一首，四玉臺本均無。類聚三二人部十六閨情録全篇。按，鄭本目録中「霄」作「宵」。

冬曉〔一〕

冬曉風正寒，偏念客衣單。臨妝罷鉛黛，含泪剪綾紈〔二〕。寄語龍城下，詎知書信難。

【校記】

〔一〕冬曉一首，四玉臺本均無。類聚三二人部十六閨情録全篇。

〔二〕「剪」，類聚作「翦」。

三艷婦〔一〕

大婦縫羅裙，中婦料綉文。唯餘最小婦，窈窕舞昭君。丈人慎勿去，聽我駐浮雲。

【校記】

〔一〕三艷婦一首，四玉臺本均無。樂府詩集三五録全篇。按，鄭本目録題作「三婦艷詩」。

閨怨

劉孝儀〔一〕

本無金屋寵，長作玉階悲。一乖西北麗，寧復城南期！永巷愁無盡〔二〕，應門閉有時。空勞織素巧，徒爲團扇詞。匡床終不共，何由横自私？

【校記】

〔一〕劉孝儀閨怨一首，四玉臺本均無。類聚三二人部十六閨情録全篇。

〔二〕「盡」，類聚作「歇」。

侍宴賦得龍沙宵明月

劉孝威〔一〕

鵲飛空繞樹，丹輪殊未圓〔二〕。嫦娥望不出〔三〕，桂枝梢隱殘〔四〕。落照移樓影，浮光動塹瀾。櫪馬悲笳吹〔五〕，城烏啼塞寒〔六〕。傳聞機杼妾，愁余衣服單〔七〕。當愁終已脆，銜啼織復難。斂眉雖不樂，舞劍强爲歡。請謝函關吏〔八〕，行當封一丸〔九〕。

【校記】

〔一〕「侍宴賦得龍沙宵明月　劉孝威」，活字本、兩抄本均作「侍宴賦得龍沙宵月明　劉孝威」，趙本作「劉孝威侍宴賦得龍沙宵月明」。按，鄭本目録中「明月」作「月明」，活字本目録中「威」下有「三首」二字，兩抄本目録中於「劉孝威」前、趙本於「劉孝威」後分別有「雜詩三首」四字，四玉臺本目録劉孝威名下均無具體詩題。又，此詩活字本置於庾肩吾送別於建興苑相逢之後，兩抄本、趙本均置於庾肩吾應令冬曉之後。

〔二〕「丹」，四玉臺本均作「月」。「圓」，兩抄本均作「團」。

〔三〕「嫦」，活字本作「姮」，兩抄本、趙本均作「常」。

〔四〕「梢」，兩抄本、趙本均作「猶」。

〔五〕「笳」，兩抄本、趙本均作「羌」。

〔六〕「烏」，活字本作「鳥」。

〔七〕「愁」，四玉臺本均作「秋」。

〔八〕「凾」，活字本作「亟」，兩抄本、趙本均作「函」。

〔九〕「封」，活字本作「看」，兩抄本、趙本均作「泥」。

奉湘東王應令冬曉〔一〕

妾家邊洛城，慣識曉鍾聲。鍾聲猶未絶〔二〕，漢使報應行。天寒硯冰凍〔三〕，心悲書不成。

【校記】

〔一〕此首類聚三二人部十六閨情録全篇，題作「冬曉」。「奉」，四玉臺本均作「奉和」。按，鄭本目録中「奉」作「奉和」。

〔二〕「絶」，兩抄本、趙本、類聚均作「盡」。

〔三〕「冰」，兩抄本、趙本、類聚均作「水」。

奉和逐涼詩〔一〕

鍾鳴夜未央，避暑起傍徨。長河似曳素，明星若散璫。倚巖欣石冷，臨池愛水涼。月纖張敝畫〔二〕，荷妖韓壽香。對此游清夜，何勞娱洞房。

【校記】

〔一〕奉和逐涼詩一首，四玉臺本均無。類聚五歲時下熱録全篇。

〔二〕「敝」，類聚作「敞」。

郄縣遇見人織率爾成咏〔一〕

妖姬含怨情，織素起秋聲〔二〕。度梭環玉動，踏躡佩珠明〔三〕。經移疑杼澀〔四〕，緯斷恨絲輕。蒲桃始欲罷〔五〕，鴛鴦猶未成。雲棟共徘徊，紗窗相向開。窗疏眉語度，紗輕眼笑來。曨曨隔淺紗〔六〕，的的見妝華〔七〕。鏤玉同心帶〔八〕，列寶連枝花〔九〕。紅衫向後結〔一〇〕，金簪臨鬢斜〔一一〕。機頂挂流蘇，機傍垂結珠。青絲引伏兔〔一二〕，黄金繞轆轤〔一三〕。艷彩裾邊出〔一四〕，芳脂口上渝。百城交問遺〔一五〕，五馬共踟躕。直爲閨中人〔一六〕，守故不要新。夢啼漬花枕〔一七〕，覺泪濕羅巾。獨眠真自難，重衾猶覺寒。逾憶凝脂緩〔一八〕，彌想横陳歡〔一九〕。行驅金絡騎，歸就南城端〔二〇〕。城南稍有期〔二一〕，想子亦勞思。羅衣久應罷〔二二〕，花釵堪更治。新妝莫點黛〔二三〕，余還自畫眉。

【校記】

〔一〕此首類聚六五産業部上織録全篇，題作「在郄縣遇見人織寄婦」。「郄縣遇見人織率爾成咏」，活字本作「都縣遇見人織率爾歌婦」，兩抄本、趙本均作「郗縣遇見人織率爾寄婦」。

〔二〕「素」，類聚作「緯」。

〔三〕「明」，四玉臺本均作「鳴」。

〔四〕「移」，兩抄本、趙本、類聚均作「稀」。

〔五〕「桃」，類聚作「萄」。

〔六〕「紗」，類聚作「沙」。

〔七〕「妝」，兩抄本均作「莊」。

〔八〕「帶」，兩抄本、類聚均作「藕」，趙本作「蕅」。按，凡「藕」、「蕅」一類異文，以下不再出校。

〔九〕「列」，類聚作「雜」。

〔一〇〕「衫」，類聚作「巾」。

〔一一〕「簪」，類聚作「篸」。

〔一二〕「引伏」，活字本作「伏引」。

〔一三〕「轆轤」，兩抄本、趙本、類聚均作「鹿盧」。

〔一四〕「裾」，類聚作「裙」。

〔一五〕「遺」，四玉臺本均作「道」。

〔一六〕「直」，活字本作「真」。

〔一七〕「漬」，兩抄本均作「清」。「枕」，馮抄本作「抌」。

〔一八〕「逾」，類聚作「玄」。「緩」，四玉臺本均作「暖」。

〔一九〕「陳」，類聚作「塵」。

〔一〇〕「歸」，活字本作「蹄」。「南城」，兩抄本、趙本、類聚均作「城南」。

〔一一〕「城南」，類聚作「南端」。

〔一二〕「衣」，兩抄本、趙本、類聚均作「襦」。

〔一三〕「莫」，類聚作「不」。

辛苦篇〔一〕

蒲生伊何陳，曲中多苦辛。黄金坐銷爍〔二〕，白玉遂淄磷。裂衣工毀嫡，掩袖切讒新。嫌成迹易已，愛去理難申。秦雲猶變色，魯日尚迴輪。妾歌已腸斷〔三〕，君心終未親。

【校記】

〔一〕辛苦篇一首，四玉臺本均無。類聚四一樂部一論樂、樂府詩集三五均録全篇，均題作「塘上行苦辛篇」。

〔二〕「爍」，類聚、樂府詩集均作「鑠」。

〔三〕「腸」，類聚、樂府詩集均作「唱」。

怨〔一〕

退寵辭金屋，見譴斥甘泉。枕席秋風起，房櫳明月懸。燭避窗中影，香迴爐上烟。丹庭斜草徑，素壁點苔錢。歌起蒲生曲，樂奏下山弦。新聲昔廣宴，餘杯今自傳。王嬙向絶漠，宗女入祁連。雁書猶未返，角馬無歸年。昭臺省媵御，曾坂無棄捐。後薪隨復積，前魚誰復憐？

【校記】

〔一〕怨一首，四玉臺本均無。樂府詩集四一録全篇。

繁華應令

劉遵〔一〕

可憐周小童，微笑摘蘭叢。鮮膚如粉白〔二〕，曨臉似桃紅〔三〕。挾彈雕陵下，垂鈎蓮葉東〔四〕。腕轉飄香麝〔五〕，衣輕任好風。幸承枕席選〔六〕，得奉畫堂中。金屏障翡翠〔七〕，藍帊覆薰籠〔八〕。本知傷輕薄〔九〕，含辭羞自通〔一〇〕。剪袖恩雖重〔一一〕，殘桃愛未終〔一二〕。蛾眉詎須嫉〔一三〕，新妝迎入宮〔一四〕。

【校記】

〔一〕此首類聚三三人部十七寵幸録「叢」、「紅」、「東」、「風」、「中」、「通」、「終」、「宮」八韻，題作「繁華詩」。「繁華應令　劉遵」，趙本作「劉遵繁華應令」，兩抄本此題、名均置於其前一首詩正文末。按，活字本目録中「遵」下有「二首」二字，兩抄本目録於「劉遵」前、趙本於「劉遵」後分別有「雜詩二首」四字，四玉臺本目録劉遵名下均無具體詩題。又，四玉臺本此詩均置於劉孝綽賦得遺所思之後。

〔二〕「如」，兩抄本、趙本、類聚均作「勝」。

〔三〕「睊」，四玉臺本均作「慢」。「似」，兩抄本、趙本、類聚均作「若」。

〔四〕「鈎」，兩抄本、趙本均作「鈞」。

〔五〕「轉」，兩抄本、趙本、類聚均作「動」。

〔六〕「枕席」，兩抄本、趙本、類聚均作「拂枕」。

〔七〕「翡翠」，活字本作「翠翡」，兩抄本均作「翠彼」，趙本作「翠被」。
〔八〕「藍」，活字本作「籃」。
〔九〕「知」，四玉臺本均作「欲」。
〔一〇〕「辭」，活字本作「亂」。
〔一一〕「剪」，類聚作「翦」。
〔一二〕「未」，類聚作「不」。
〔一三〕「須」，類聚作「誰」。
〔一四〕「妝」，兩抄本均作「莊」，類聚作「姬」。「迎」，兩抄本、趙本均作「遞」，類聚作「近」。

還頓城應令〔一〕

漢水深難渡，深潭見底清。錦笮繫凫舸〔二〕，珠竿懸翠鈴〔三〕。鳴笳芳樹曲，流唱采蓮聲。神游不停駕，日暮返連營。寧顧重房重〔四〕，階下緑苔生〔五〕。

【校記】

〔一〕此首類要一三舟舡録「鈴」一韻，題作「從頓運城应律令詩」。「還頓城應令」，活字本作「頓還城應令」，兩抄本、趙本均作「從頓還城應令」。

〔二〕「筰」，活字本作「笮」。

〔三〕「鈴」，兩抄本、趙本均作「旍」，類要作「務」。

〔四〕「重房重」，兩抄本均作「空房重」，趙本作「空房裏」。

〔五〕「下」，四玉臺本均作「上」。

應令咏舞〔一〕

倡女多艷色，入選盡華年。舉腕嫌衫重，迴腰覺態妍。情繞陽春吹，影逐相思弦。履度開裾褶〔二〕，鬟轉匝花鈿〔三〕。所愁餘曲罷，爲欲在君前。

【校記】

〔一〕應令咏舞一首，四玉臺本均無。類聚四三樂部三舞、初學記一五舞樂均録全篇。

〔二〕「裾」，類聚、初學記均作「裙」。

〔三〕「鬟」，初學記作「鬟」。

奉和率爾有咏

王訓〔一〕

殿内多仙女，從來難比方。别有當窗艷，復是可憐妝。學舞勝飛燕，染粉薄南陽〔二〕。散黄分黛色，薫衣雜棗香。簡釵新輾翠，試履送垣墻〔三〕。一朝侍容色，非復守空房。君恩若可恃，願作雙鴛鴦〔四〕。

【校記】

〔一〕「奉和率爾有咏　王訓」，趙本作「王訓奉和率爾有咏」。按，活字本目録中「王訓」下有「一首」二字，而無「奉和率爾有咏」之題，兩抄本、趙本目録中「咏」下均有「一首」二字。

〔二〕「薄」，活字本作「簿」。

〔三〕「送」，四玉臺本均作「逆」。「垣」，馮抄本、趙本均作「填」，翁抄本作「埧」。

〔四〕「鴦」，活字本作「鴹」。

應令咏舞〔一〕

新妝本絶世，妙舞亦如仙。傾腰逐韻管，斂衽聽張弦〔二〕。袖輕風易入，釵重步難前。笑態千金動，衣香十里傳。時持比飛燕〔三〕，定當誰可憐。

【校記】

〔一〕應令咏舞一首，四玉臺本均無。類聚四三樂部三舞、初學記一五舞樂均録全篇。

〔二〕「衽」，類聚、初學記均作「色」。「張」，類聚、初學記均作「長」。

〔三〕「時持比」，類聚作「將此比」，初學記作「持比雙」。

有所思行二首　庾肩吾〔一〕

【校記】

〔一〕「有所思行二首　庾肩吾」，活字本作「有所思　庾肩吾」，馮抄本作「咏得有所思　庾肩吾七首」，趙本作「庾肩吾咏得有所思」；翁抄本作「咏得有所思　庾堅吾七首」，置於其前一首詩正文末。按，活字本目録中「廋」作「庾」，「吾」下有「六首」二字，兩抄本目録中「吾」下有「雜詩」二字，趙本目録中「吾」下有「雜詩七首」四字，翁抄本目録中「堅」作「肩」，四玉臺本目録庾肩吾名下均無具體詩題。

其一〔一〕

佳期竟不歸〔二〕，春物坐芳菲〔三〕。拂匣看離扇，開箱見别衣〔四〕。井梧生未合〔五〕，宫槐捲復稀。不及銜泥燕，從來相逐飛。

【校記】

〔一〕此首類聚四一樂部一論樂録全篇，題作「賦得有所思行」。樂府詩集一七録全篇，題作「有所思」。「其一」二字，四玉臺本均無。

〔二〕「竟」，樂府詩集此字下注「一作沓」。

〔三〕「物」，樂府詩集作「日」。

〔四〕「衣」，活字本作「離」。

〔五〕「梧」，兩抄本、趙本均作「桐」。

其二〔一〕

佳人遠于隔，乃在天一方。望望江山阻，悠悠道路長。別前秋葉落，別後春花芳。雷嘆一聲響，雨淚忽成行。悵望情無極，傾心還自傷。

【校記】

〔一〕有所思行其二一首，四玉臺本均無。

隴西行〔一〕

借問隴西行，何當驅馬征？草合前迷路，雲濃後暗城。寄語幽閨妾，羅袖勿空縈。

【校記】

〔一〕隴西行一首，四玉臺本均無。

春宵應令〔一〕

征人別來久〔二〕，年芳復臨牖。燭下夜縫衣〔三〕，春寒偏著手。願及歸飛雁〔四〕，因書寄高柳〔五〕。

【校記】

〔一〕此首類聚三二人部十六閨情録全篇，題作「春宵」。「春宵應令」，活字本作「相東王春宵應令」，兩抄本均作「和湘東王　應令春宵」，趙本總題作「和湘東王二首」，而置「應令春宵」之題於本詩正文末。按，此詩活字本置於南苑還看人之後，兩抄本、趙本均置於送別於建興苑相逢之後。

〔二〕「來」，兩抄本、趙本均作「未」。

〔三〕「縫」，活字本作「逢」。

〔四〕「及」，活字本作「返」。

〔五〕「寄」，類聚作「向」。

和徐主簿望月〔一〕

樓上徘徊月，窗中愁思人。照雪光偏冷，臨花色轉春。星流時入暈，桂長欲侵輪。願以重光曲，承君歌扇塵。

【校記】

〔一〕和徐主簿望月一首，四玉臺本均無。

南苑還看人〔一〕

春花競玉顔，俱折復俱攀〔二〕。細腰宜窄衣，長釵巧挾鬟〔三〕。洛橋初度燭〔四〕，青門欲上闗。中人應有望，上客莫前還。

【校記】

〔一〕此首類聚一八人部二美婦人録全篇，題作「南苑看人還」。「南苑還看人」之題，兩抄本均置於其前一首詩正文末；以下二首格式同，不再分别出校。按，四玉臺本此詩均置於賦得横吹曲長安道之後。

〔二〕「攀」，活字本作「扳」。

〔三〕「挾」，類聚作「扶」。

〔四〕「橋」，馮抄本作「陽」。

送别於建興苑相逢〔一〕

相逢小苑北，停車問苑中。梅新雜柳故，粉白映輪紅〔二〕。去影背斜日，香衣臨上風。雲流階漸黑〔三〕，冰開池半通。去馬船難歸〔四〕，啼烏曲未終〔五〕。眷然從此别〔六〕，車西馬復東。

【校記】

〔一〕送别於建興苑相逢一首，活字本置於相東王春宵應令之後。

〔二〕「輪」，四玉臺本均作「綸」。

〔三〕「雲流」，活字本作「雪消」，兩抄本、趙本均作「雪流」。

〔四〕「歸」，兩抄本、趙本均作「駐」。

〔五〕「烏」，兩抄本均作「鳥」。

〔六〕「眷」，兩抄本均作「春」。

賦得横吹曲長安道〔一〕

桂宫横複道〔二〕，黄山開廣路。遠聽平陵鍾，遥識新豐樹。合殿生末光〔三〕，離宫起烟霧。日落歌吹還〔四〕，塵飛車馬度。

【校記】

〔一〕此首類聚四二樂部二樂府録「路」、「樹」、「度」三韻，題作「長安路」。類要二九登臨風景録「樹」

一韻，樂府詩集二三録全篇，均題作「長安道」。按，四玉臺本此詩均置於咏美人自看畫應令之後。

〔二〕「桂」，活字本作「柱」。「横」，兩抄本、趙本均作「連」，類聚、樂府詩集均作「延」。

〔三〕「末光」，活字本、兩抄本均作「光采」，趙本、樂府詩集均作「光彩」。

〔四〕「歌吹還」，類聚作「唱歌還」，樂府詩集作「歌吹回」。

愛妾换馬〔一〕

渥水出騰駒，湘川實應圖。來從西北道，去逐東南隅。琴聲悲玉匣，山路泣蘼蕪。似鹿將含笑，千金會不俱。

【校記】

〔一〕愛妾换馬一首，四玉臺本均無。

咏美人看畫〔一〕

欲知畫能巧，喚取真來映。并出似分身，相看如對鏡〔二〕。安釵等疏密，着領俱周正。不解平城圍，誰與丹青競〔三〕？

【校記】

〔一〕此首類聚一八人部二美婦人録全篇。「咏美人看畫」，四玉臺本均作「咏美人自看畫應令」，其中兩抄本均置於其前一首詩正文末。按，四玉臺本此詩均置於（咏得）有所思之後。

〔二〕「相」，活字本作「分」。「對」，兩抄本、趙本、類聚均作「照」。

〔三〕「青」，活字本作「后」。

咏美人〔一〕

絳樹及西施，俱是好容儀。非關能結束，本自細腰枝。鏡前難并照，相將映緑池〔二〕。看妝畏水動，斂袖避風吹。轉手齊裾亂，横簪歷鬢垂。曲中人未取，誰堪白日移！不分他相識，惟聽使君知。

【校記】

〔一〕咏美人一首，四玉臺本均無。類聚一八人部二美婦人録全篇，無題。

〔二〕「緑」，類聚作「淥」。

七夕〔一〕

玉匣捲懸衣，高樓開夜扉。嫦娥隨月落〔二〕，織女逐星移。離前忿促夜，別後對空機。倩語雕陵鵲，填河未可飛。

【校記】

〔一〕七夕一首，四玉臺本均無。類聚四歲時中七月七日録全篇。

〔二〕「媂」，類聚作「姮」。

冬曉詩〔一〕

鄰鷄聲已傳，愁人竟不眠。月光侵曙後，霜明落曉前。縈鬟起照鏡〔二〕，誰忍整花鈿〔三〕！

【校記】

〔一〕冬曉詩一首，活字本無。類聚三二人部十六閨情録全篇。「冬曉詩」，兩抄本、趙本均作「應令冬曉」，馮抄本「令」字係塗改而成，有「宋本」印，趙本此題置於本詩正文末。按，兩抄本、趙本此詩均置於應令春宵之後，爲和湘東王二首之第二首。

〔二〕「縈」，兩抄本均作「榮」。

〔三〕「整」，兩抄本、趙本均作「插」，類聚作「槧」。

遠期篇

庾成師〔一〕

憶别春花飛，已見秋葉稀。泪粉羞明鏡，愁帶減寬衣。得書言未反〔二〕，夢見道應歸。坐使紅顔歇，獨掩青樓扉。

【校記】

〔一〕庾成師遠期篇一首，四玉臺本均無。類聚四二樂部二樂府録全篇。樂府詩集一八録全篇，題作「遠期」。

〔二〕「反」，類聚、樂府詩集均作「及」。

初春携内人行戲

徐君蒨〔一〕

梳飾多今世，衣着一時新〔二〕。草短猶通屧，梅香漸著人〔三〕。樹斜牽錦帔，風横入紅輪〔五〕。滿酌蘭英酒，對此得娱神〔六〕。

【校記】

〔一〕此首類聚一八人部二美婦人録全篇。類要二八酒録「滿酌蘭英酒」一句，署「徐君倩」，題作「初春詩」。「初春携内人行戲　徐君蒨」，四玉臺本均作「初春携内人行戲」，其中兩抄本此題均置於其前一首詩正文末。按，四玉臺本此詩均置於共内人夜坐守歲之後，爲徐君蒨名下第二首。

〔二〕「衣」，活字本作「不」。

〔三〕「漸」，類聚作「末」。

〔四〕「輪」，四玉臺本、類聚均作「綸」。

共内人夜坐守歲〔一〕

歡多情未極，賞至莫停杯。酒中喜桃子〔二〕，粽裏覓楊梅。簾開風入帳，燭盡炭成灰。勿疑鬢釵重，爲待曉光催〔三〕。

【校記】

〔一〕「共内人夜坐守歲」，活字本作「共内人夜坐守歲　徐君舊」，兩抄本均作「共内人夜坐守歲　徐君蒨」，趙本作「徐君蒨共内人夜坐守歲」。按，活字本目録中「舊」作「蒨」，其下有「二首」二字；兩抄本目録中於「徐君蒨」前、趙本於「徐君蒨」後分别有「雜詩二首」四字；四玉臺本目録徐君蒨名下均無具體詩題。又，四玉臺本此詩均置於劉孝威詩之後，爲徐君蒨名下第一首。

〔二〕「喜桃」，活字本、馮抄本、趙本均作「挑喜」，翁抄本作「桃喜」；按，馮抄本「挑」之「扌」部係塗改而成，無「宋本」印。

〔三〕「催」，兩抄本、趙本均作「來」。

和湘東王春日

鮑泉〔一〕

新燕始新歸，新蝶復新飛。新花滿新樹〔二〕，新月麗新輝。新光新氣早〔三〕，新望新盈抱〔四〕。新水新緑浮，新禽新音好〔五〕。新景自新還，新葉復新攀。新枝雖可結〔六〕，新愁誰解顔〔七〕？新思獨氛氲，新知不可聞〔八〕。新扇如新月，新蓋學新雲。新落連珠泪〔九〕，新點石榴裙。

【校記】

〔一〕鮑泉和湘東王春日一首，四玉臺本均無。類聚三歲時上春、初學記三春録全篇，均題作「奉和湘東王春日」。

〔二〕「滿新樹」，初學記作「新滿樹」。

〔三〕「早」，初學記作「望」。

〔四〕「新望」，初學記無此二字。

〔五〕「音」，類聚作「聽」。

〔六〕「雖」，初學記作「新」。

〔七〕「誰」，類聚、初學記均作「詎」。

〔八〕「知」，初學記作「和」。

〔九〕「新」，初學記無此字。

咏薔薇〔一〕

經植宜春館，霍靡上蘭宫。片舒尤帶紫〔二〕，半捲未全紅。葉疏難蔽日，花密易傷風。佳麗新妝罷，含笑拆芳叢〔三〕。

【校記】

〔一〕咏薔薇一首，四玉臺本均無。類聚八一藥香草部上薔薇録全篇。

〔二〕「尤」，類聚作「猶」。

〔三〕「拆」，類聚作「折」。

南苑看游者〔一〕

洛陽小苑地，車馬盛經過。緣溝駐行幰，傍柳轉鳴珂。履高全響佩〔二〕，襪輕半隱羅〔三〕。浮雲無處所，何用轉横波！

【校記】

〔一〕「南苑看游者」，活字本、翁抄本均作「南苑看游者　鮑泉」，其中翁抄本置此題、名於其前一首詩正文末，馮抄本作「南苑看　鮑泉」，趙本作「鮑泉南苑看游者」。按，活字本目録中「泉」下有

「二首」二字，兩抄本目録中於「鮑泉」前、趙本於「鮑泉」後分別有「雜詩二首」四字，四玉臺本目録鮑泉名下均無具體詩題。又，四玉臺本此詩均置於初春携内人行戲之後。

〔二〕「全」，活字本作「令」，兩抄本、趙本均作「含」。

〔三〕「襪」，活字本、兩抄本均作「莌」。

落日看還〔一〕

妖姬競早春〔二〕，上苑逐名辰〔三〕。苔輕變水色，霞濃掩日輪。雕甍斜落影〔四〕，畫扇拂粱塵〔五〕。衣香遥已度〔六〕，衫紅遠更新。誰家蕩舟妾，何處織縑人。

【校記】

〔一〕此首類聚一八人部二美婦人録全篇。「落日看還」之題，兩抄本均置於其前一首詩正文末。

〔二〕「競」，活字本、趙本、類聚均作「竸」，兩抄本均作「竟」。

〔三〕「辰」，類聚作「臣」。

〔四〕「影」，活字本作「照」，類聚作「景」。

〔五〕「梁」，四玉臺本、類聚均作「游」。

〔六〕「度」，活字本作「盡」。

寒閨詩〔一〕

行人消息斷，空閨静復寒。風急朝機燥，鏡暗晚妝難。從來腰自小，衣帶就中寬。

【校記】

〔一〕寒閨詩一首，四玉臺本均無。類聚三二人部十六閨情録全篇。

咏名士悦傾城

劉緩〔一〕

不信巫山女，不信洛川神。何關别有物〔二〕，還是傾城人。經共陳王戲〔三〕，曾與宋家鄰。未嫁先名玉，來時本姓秦。粉光猶自面〔四〕，朱色不勝唇。遥見疑花發〔五〕，聞香知異春。釵長逐鬟鬟〔六〕，袜小稱腰身〔七〕。夜夜言嬌盡，朝朝態還新〔八〕。已傾荀奉倩〔九〕，能迷石季倫。上客徒留目，不見正横陳。

【校記】

〔一〕此首類聚一八人部二美婦人録「神」、「人」、「鄰」、「秦」、「唇」、「春」、「新」、「倫」、「陳」九韻，題作「咏傾城人」。「咏名士悦傾城　劉緩」，活字本作「敬酬劉長史咏名士悦傾城」，兩抄本均作「敬酬劉長史咏名士悦傾城　劉緩」，趙本作「劉緩敬酬劉長史咏名士悦傾城」。按，活字本目録中有「劉緩四首」總題，兩抄本目録中於「劉緩」前、趙本於「劉緩」後分别有「雜詩四首」四字，四玉臺本目録劉緩名下均無具體詩題。

〔二〕「關」，馮抄本經塗改後作「閞」，無「宋本」印，翁抄本原作「開」，紅筆描改作「閞」。又，活字本於「物」下衍一「别」字。

〔三〕「經」，活字本作「徑」。

〔四〕「自」，四玉臺本均作「似」，類聚作「假」。

〔五〕「見」，類聚作「望」。「疑」，活字本作「凝」。

〔六〕「鬢鬒」，活字本作「鬢髮」，兩抄本、趙本均作「鬒髮」。
〔七〕「袾」，兩抄本、趙本均作「袜」。
〔八〕「朝朝」，兩抄本、趙本、類聚均作「日日」。
〔九〕「已」，四玉臺本均作「工」。「倩」，活字本作「情」，趙本作「倩」。

秋夜〔一〕

樓上起秋風，絶望秋閨中。燭溜花行滿，香燃奩欲空。徒教兩行泪〔二〕，俱浮妝上紅。

【校記】

〔一〕此首類聚三二人部十六閨情録全篇，題作「秋閨」。「秋夜」，兩抄本均作「秋來」。按，四玉臺本於此下三首前均有總題，活字本作「雜咏湘東王三首」，兩抄本均作「雜咏湘東王」，趙本作「雜咏和湘東王三首」，總題下之具體詩題皆置於各詩正文末。又，四玉臺本此詩均爲其總題下之第二首。
〔二〕「徒教」，活字本作「從教」，兩抄本、趙本、類聚均作「徒交」。

冬宵〔一〕

別後春池異，荷盡欲生冰。箱中剪刀冷〔二〕，臺上面脂凝。纖腰轉無力，寒衣恐不勝〔三〕。

【校記】

〔一〕此首類聚三二人部十六閨情録全篇，題作「閨怨」。「冬宵」，兩抄本、趙本均作「寒閨」。按，四玉臺本此題均置於本詩正文末，爲雜咏（和）湘東王三首之第一首。

〔二〕「剪」，類聚作「翦」。

〔三〕「恐」，類聚作「怨」。

寒閨〔一〕

不堪寒夜久，夜夜守空床。衣裾逐痤褶〔二〕，釵影近燈長〔三〕。無憐四幅錦，何須辟惡香！

【校記】

〔一〕「寒閨」，兩抄本、趙本均作「冬宵」。按，四玉臺本此題均置於本詩正文末，爲雜咏(和)湘東王三首之第三首。

〔二〕「痤」，四玉臺本均作「坐」。

〔三〕「燈」，馮抄本原作「澄」，黑筆描改作「燈」，無「宋本」印；翁抄本作「澄」。

奉和夜聽妓聲

鄧鏗〔一〕

燭華似明月，鬢影勝飛橋。妓兒齊鄭樂〔二〕，争妍學楚腰。新歌自作曲，舊瑟不須調。衆中俱不笑，痤上莫相撩〔三〕。

【校記】

〔一〕「奉和夜聽妓聲　鄧鏗」，活字本作「奉和夜聽妓聲　又」，兩抄本、趙本均作「奉和夜聽妓聲」，其中兩抄本此題均置於其前一首詩正文末。按，四玉臺本此詩均置於和陰梁州雜怨之後，爲鄧鏗名下第二首。

〔二〕「樂」，兩抄本、趙本均作「舞」。

〔三〕「痤」，四玉臺本均作「座」。

閨中月夜〔一〕

閨中日已暮，樓上月初華。樹陰緣砌上，窗影向床斜。開帷傷隻鳳，吹燈惜落花〔二〕。誰能當此夕，獨處類倡家？

【校記】

〔一〕閨中月夜一首，四玉臺本均無。類聚三二人部十六閨情録全篇，題作「月夜閨中」。

〔二〕「開帷傷隻鳳吹燈惜落花」，類聚作「開屏寫密書捲帳照垂花」。

和陰梁州雜怨〔一〕

別離雖未久，遂如長別離〔二〕。叢桂頻銷葉，庭樹幾攀枝。君言妾貌改，妾畏君心移。終須一相見〔三〕，并得兩相知。

【校記】

〔一〕此首類聚三二人部十六閨情録全篇，題作「閨怨」。「和陰梁州雜怨」，活字本、兩抄本均作「和陰梁州雜怨　鄧鏗」，趙本作「鄧鏗和陰梁州雜怨」。按，活字本目録中「鄧鏗」下有「二首」二字，兩抄本目録中於「鄧鏗」前、趙本於「鄧鏗」後分别有「雜詩二首」四字，四玉臺本目録鄧鏗名下均無具體詩題。又，四玉臺本此詩均置於劉緩雜咏和湘東王三首之後，爲鄧鏗名下第一首。

〔二〕「别離雖未久遂如長别離」，類聚作「暫别猶添恨何忍别經時」。

〔三〕「相」，類聚作「心」。

侯司空宅咏妓〔一〕

陰鏗

佳人遍綺席，妙曲動鶤弦。樓似陽臺上，池如洛浦邊〔二〕。鶯啼歌扇後，花落舞衫前。翠柳將斜日，偏是晚妝鮮〔三〕。

【校記】

〔一〕陰鏗侯司空宅咏妓一首，四玉臺本均無。類聚四二樂部二樂府録全篇，題作「侯司空第山園咏妓」。初學記一五歌録全篇。

〔二〕「浦」，類聚作「水」。

〔三〕「偏是」，類聚作「俱照」。

侍宴賦得竹〔一〕

夾池一叢竹，青翠不驚寒。葉醞宜城酒，皮裁薛縣冠。湘川染别泪，衡嶺拂仙壇。欲見葳蕤色，當來兔苑看。

【校記】

〔一〕侍宴賦得竹一首，四玉臺本均無。初學記二八竹録全篇。

和樊晉侯傷妾〔一〕

畫梁朝日盡，芳樹落花辭。忽以千金笑，長作九原悲〔二〕。鏡前塵素粉〔三〕，機上網紅絲〔四〕。户餘雙燕入〔五〕，床有一空帷。名香不可得，何見反魂時？

【校記】

〔一〕和樊晉侯傷妾一首，四玉臺本均無。類聚三四人部十八哀傷録全篇，題作「和樊晉陵傷妾」。

〔二〕「原」，類聚作「泉」。

〔三〕「素」，類聚作「劇」。

〔四〕「紅」，類聚作「多」。

〔五〕「燕入」，類聚作「入燕」。

南征閨怨〔一〕

湘水舊言深，征客理難尋。獨愁無處道，長悲不自禁〔二〕。逢人憎解佩〔三〕，幽居懶聽音〔四〕。惟當有夜鵲，南飛似妾心。

【校記】

〔一〕南征閨怨一首，四玉臺本均無。類聚三二人部十六閨情録全篇。

〔二〕「悲」，類聚作「啼」。

〔三〕「逢」，類聚作「作」。

〔四〕「幽居」，類聚作「從來」。

班婕妤怨〔一〕

柏梁新寵盛，長信昔恩傾。誰謂詩書巧〔二〕？翻爲歌扇輕〔三〕。花月分窗進，苔草共階生。妾泪衫前滿〔四〕，單眠夢裏驚。可惜逢秋扇，何用合歡名？

【校記】

〔一〕班婕妤怨一首，四玉臺本均無。類聚三〇人部十四怨、樂府詩集四三録全篇，均題作「班婕妤」。

〔二〕「謂」，樂府詩集作「爲」。

〔三〕「扇」，類聚、樂府詩集均作「舞」。

〔四〕「妾」，類聚作「憶」。

奉和世子春情

甄固〔一〕

昨晚褰簾望，初逢雙燕歸。今朝見桃李，不啻數花飛。已愁春欲度〔二〕，無復寄芳菲。

【校記】

〔一〕「奉和世子春情　甄固」，趙本作「甄固奉和世子春情」，翁抄本置此題、名於其前一首詩正文末。按，活字本目録中「甄固」下有「一首」二字，而無「奉和世子春情」之題，兩抄本、趙本目録中「情」下均有「一首」二字。又，四玉臺本此詩均置於鄧鏗奉和夜聽妓聲之後。

〔二〕「已」，四玉臺本均作「以」。

鼓吹曲折楊柳

劉邈〔一〕

高樓十載别，楊柳擢絲枝〔二〕。摘葉驚開駃〔三〕，攀枝恨别離〔四〕。年年阻音信〔五〕，月月減容儀。春來誰不思〔六〕？相思君自知。

【校記】

〔一〕此首類聚八九木部下楊柳、樂府詩集二二録全篇，均題作「折楊柳」。「鼓吹曲折楊柳　劉邈」，四玉臺本均作「鼓吹曲折楊柳」，其中兩抄本此題均置於其前一首詩正文末。按，四玉臺本此詩均置於秋閨之後，爲劉邈名下第四首。

〔二〕「擢」，兩抄本均作「櫂」，類聚、樂府詩集均作「濯」。

〔三〕「駃」，活字本、兩抄本、類聚均作「駃」，趙本作「駛」。

〔四〕「枝」，兩抄本、趙本、樂府詩集均作「條」。「別」，兩抄本、趙本、類聚、樂府詩集均作「久」。

〔五〕「信」，類聚、樂府詩集均作「息」。

〔六〕「思」，四玉臺本、樂府詩集均作「望」。

萬山見采桑人〔一〕

倡妾不勝愁〔二〕，結束下青樓。逐伴西城路〔三〕，相携南陌頭〔四〕。葉盡時移樹，枝高乍易鈎〔五〕。絲繩挂且脱，金籠寫復收〔六〕。蠶饑日已暮〔七〕，詎爲使君留〔八〕？

【校記】

〔一〕此首類聚八八木部上桑録全篇。樂府詩集二八録全篇，題作「采桑」。「萬山見采桑人」，活字本、兩抄本均作「萬山見采桑人　劉邈」，趙本作「劉邈萬山見采桑人」。按，鄭本目録中「桑」作「藥」，活字本目録中「劉邈」下有「四首」二字，兩抄本目録中於「劉邈」前、趙本於「劉邈」後分別有「雜詩四首」四字，四玉臺本目録劉邈名下均無具體詩題。又，四玉臺本此詩均置於庾信詩之後，爲劉邈名下第一首。

〔二〕「妾」，類聚作「女」。
〔三〕「城」，兩抄本、趙本、類聚均作「蠶」。
〔四〕「南」，四玉臺本均作「東」。
〔五〕「乍」，樂府詩集此字下注「一作任」。
〔六〕「復」，樂府詩集作「仍」。
〔七〕「已」，樂府詩集作「欲」。「暮」，類聚作「暝」。
〔八〕「詎」，樂府詩集作「谁」。

見人織聊爲之咏〔一〕

纖纖運玉指，脉脉正蛾眉。振躡開交鏤〔二〕，停梭續斷絲。檐花照初月〔三〕，洞户垂朱帷〔四〕。弄機行掩泪，翻令織素遲〔五〕。

【校記】

〔一〕此首類聚六五産業部上織録全篇，署「徐陵」，題作「咏織婦詩」。

〔二〕「鏤」，兩抄本、趙本、類聚均作「縷」。
〔三〕「檐花照初月」，類聚作「檐前初月照」。
〔四〕「垂朱」，四玉臺本均作「未垂」，類聚作「朱垂」。
〔五〕「翻」，類聚作「弥」。

秋閨〔一〕

螢飛綺窗外，妾思霍將軍。燈前量獸錦，檐下織花紋。墜露如輕雨〔二〕，長河似薄雲。秋還百種事，衣成未暇薰〔三〕。

【校記】

〔一〕此首類聚三二人部十六閨情録全篇。類要三二雜句録「雲」一韻，無題、名。「秋閨」之題，兩抄本均置於其前一首詩正文末。
〔二〕「露」，類要作「靈」。
〔三〕「未暇薰」，類聚作「不暇熏」。

建興苑

紀少喻〔一〕

丹陵抱天邑〔二〕，紫苑更上林〔三〕。銀臺懸百仞〔四〕，玉樹起千尋〔五〕。水流冠蓋影，風揚歌吹音〔六〕。踟躕憐拾翠，顧步惜遺簪〔七〕。日落庭花轉〔八〕，方幔屢移陰〔九〕。終言樂未極〔一〇〕，不道愛黄金。

【校記】

〔一〕此首初學記二四苑囿、樂府詩集七五喻録全篇，均署名「紀少瑜」。「建興苑　紀少喻」，活字本作「逮興苑　紀少瑜」；兩抄本均作「建興苑　紀少瑜」，但馮抄本「苑」字係塗改而成，有「宋本」印，翁抄本此詩題、名置於其前一首詩正文末；趙本作「紀少瑜建興苑」。按，活字本目録中「瑜」下有「三首」二字，兩抄本目録中於「紀少瑜」前、趙本於「紀少瑜」後分别有「雜詩三首」四字，四玉臺本目録紀少瑜名下均無具體詩題。又，四玉臺本此詩均置於劉邈鼓吹曲折楊柳之後。

〔二〕「丹」，初學記作「舟」。

〔三〕「苑」，兩抄本、趙本、樂府詩集均作「淵」，初學記作「泉」。

〔四〕「銀臺懸百仞」，馮抄本「仞」字係塗改而成，有「宋本」印，初學記作「玉臺極百尺」。
〔五〕「玉」，初學記作「銀」。
〔六〕「揚」，兩抄本均作「楊」。
〔七〕「簪」，活字本作「金」。
〔八〕「庭花」，初學記作「流光」，樂府詩集作「庭光」。
〔九〕「幔」，兩抄本、趙本、初學記、樂府詩集均作「幰」。
〔一〇〕「終」，初學記、樂府詩集均作「願」。

擬吴筠體應教〔一〕

庭樹發春輝，游人競下機。却匣擎歌扇，開箱擇舞衣。桑萎不復惜，看花遽將夕〔二〕。自有專城居，空持迷上客。

【校記】

〔一〕「筠」，兩抄本、趙本均作「均」。

〔二〕「花」，兩抄本、趙本均作「光」。

春日二首　聞人蒨〔一〕

【校記】

〔一〕「春日二首　聞人蒨」，活字本作「春日二首」，兩抄本、趙本均作「春日」，其中兩抄本此題均置於其前一首詩正文末。按，鄭本聞人蒨春日二首，活字本置於紀少瑜名下，兩抄本、趙本及四玉臺本目録均分别置於紀少瑜、聞人蒨名下，參見各詩校記。

其一〔一〕

愁人試出牖，春色定無窮。參差依網日，淡蕩入簾風〔二〕。落花還繞樹，輕飛去隱空。徒令玉箸泣〔三〕，雙垂明鏡中。

【校記】

〔一〕「其一」二字，四玉臺本均無。按，四玉臺本此詩均置於紀少瑜名下。

〔二〕「淡」，兩抄本均作「潭」，趙本作「澹」。

〔三〕「箸」，活字本作「筋」。「泣」，兩抄本、趙本均作「迹」。

其二〔一〕

高臺動春色，清池照日華〔二〕。緑葵向光轉，翠柳逐風斜〔三〕。林有驚心鳥〔四〕，園多奪目花。相與咸知節，嘆子獨離家。人行今不返〔五〕，何勞空折麻〔六〕！

【校記】

〔一〕此首類聚三歲時上春、初學記三春均録「華」、「斜」、「花」、「家」四韻。「其二」，活字本無此二字，馮抄本作「春日　聞人蒨」，趙本作「聞人蒨春日」，翁抄本作「春日　聞人蒨」，其中兩抄本此詩題、名均置於其前一首詩正文末。按，活字本目録題作「聞人蒨一首」，兩抄本、趙本目録中「日」下均有「一首」二字，翁抄本目録中「蒨」作「蒨」。

〔二〕「照」，類聚作「映」，初學記似作「肤」。

〔三〕「斜」，初學記作「叙」。

〔四〕「驚」，類聚、初學記均作「鳴」。

〔五〕「人行」，兩抄本、趙本均作「行人」。

〔六〕「麻」，馮抄本此字係塗改而成，有「宋本」印。

春閨怨

吴孜〔一〕

玉關信使斷，借問不相諳。春光太無意，窺窗來見參。分與光音絶〔二〕，忽值日東南。柳枝皆嬲燕，桑葉復催蠶。物色頓如此，孀居似不堪〔三〕。

【校記】

〔一〕「春閨怨　吴孜」，趙本作「吴孜春閨怨」。按，活字本目録中「孜」下有「一首」二字，兩抄本目録中於「吴孜」前、趙本於「吴孜」後分別有「雜詩一首」四字，四玉臺本目録吴孜名下均無具體詩題。又，四玉臺本此詩均置於徐孝穆爲羊兗州家人答餉鏡之後。

〔二〕「分」，兩抄本、趙本均作「久」。

〔三〕「似」，四玉臺本均作「自」。按，四玉臺本此下另有湯僧濟、徐悱妻劉氏詩各一首，鄭本皆置於卷七；參見該卷校記。

和昭君怨

王叔英妻〔一〕

一生竟何定，萬事良難保。丹青失應圖〔二〕，玉匣成秋草〔三〕。相接辭關泪〔四〕，至今猶未燥。漢使汝南來〔五〕，殷勤爲人道。

【校記】

〔一〕此首類聚三〇人部十四怨録全篇，署「王叔英妻劉氏」，題作「王昭君怨」。「和昭君怨　王叔英妻」，活字本、兩抄本均作「和昭君怨　王叔英妻劉氏」，趙本作「王叔英妻劉氏和昭君怨」。按，鄭本目録中「妻」下有「劉氏」二字，活字本目録中「妻」下有「一首」二字，兩抄本目録中於「王叔英妻」前、趙本於「王叔英妻」後分别有「雜詩一首」四字，四玉臺本目録「王叔英妻」下均無「劉氏」二字，亦無具體詩題。又，四玉臺本此詩均置於本卷末徐悱妻班婕妤怨之後。

〔二〕「失」，活字本作「笑」。「應」，四玉臺本均作「舊」。

〔三〕「玉匣」，類聚作「匣玉」。

〔四〕「相接」，活字本作「想妾」。「關」，翁抄本原作「間」，紅筆描改作「開」。「泪」，活字本作

「路」。

〔五〕「來」，兩抄本、趙本、類聚均作「還」。

賦得蕩子行未歸

朱超道〔一〕

坐樓愁回望〔二〕，息意不思春。無奈園中柳，寒時已報人。捉梳羞理鬢，挑朱懶向脣。何當上路晚，風吹還騎塵。

【校記】

〔一〕朱超道賦得蕩子行未歸一首，四玉臺本均無。類聚三二人部十六閨情録全篇，署「朱越」。

〔二〕「回」，類聚作「出」。

咏雪

裴子野〔一〕

飄遥千里雪〔二〕，倏忽度龍沙〔三〕。從雲合且散，因風捲復斜。拂草如連蝶，落樹似飛花。若贈離居者，折以代瑤華。

【校記】

〔一〕裴子野詠雪一首，四玉臺本均無。類聚二天部下雪、初學記二雪均録全篇。

〔二〕「遥」，類聚作「飆」，初學記作「飄」。

〔三〕「度」，初學記作「渡」。

金樂歌

房篆〔一〕

前溪流碧水，後渚映青天。登臺臨寶鏡，開窗對綺錢。玉顔光粉色，羅袖拂金鈿。春風散輕蝶，明月映新蓮。摘花競時侶，催指及芳年。

【校記】

〔一〕房篆金樂歌一首，四玉臺本均無。樂府詩集七四録全篇。

閨怨

陸罩〔一〕

自憐斷帶日，偏恨分釵時。留步惜餘影，含意結愁眉。徒知今異昔，空使怨成思。欲以别離意，獨向蘼蕪悲。

【校記】

〔一〕陸罩閨怨一首，四玉臺本均無。類聚三二人部十六閨情録全篇，署名「陸罩」，無題。

昭君詞

庾信〔一〕

拭泪辭戚里〔二〕，回顧望昭陽。鏡失菱花影，釵除却日梁〔三〕。圍腰無一尺，垂泪有千行。緑衫承馬汗〔四〕，紅袖拂秋霜。别曲真多恨，哀弦須更長〔五〕。

【校記】

〔一〕庾信昭君詞一首，四玉臺本均無。樂府詩集二九録全篇，題作「王昭君」。

〔二〕「拭泪」，樂府詩集作「試啼」。

〔三〕「徐」，樂府詩集作「除」。　「日」，樂府詩集作「月」。

〔四〕「緑衫」，樂府詩集作「衫身」。

〔五〕「長」，樂府詩集作「張」。

明君詞〔一〕

斂眉光禄塞，遥望夫人城。片片紅顔落，雙雙泪眼生。冰河牽馬度〔二〕，雪路把鞍行〔三〕。胡風入骨冷〔四〕，漢月照心明〔五〕。方調琴上曲，變入胡笳聲。

【校記】

〔一〕明君詞一首，四玉臺本均無。樂府詩集二九録全篇。

〔二〕「度」，樂府詩集作「渡」。

〔三〕「把」，樂府詩集作「抱」。
〔四〕「入」，樂府詩集此字下注「一作作」。
〔五〕「漢」，樂府詩集作「夜」。

結客少年場行〔一〕

結客少年場，春風滿路香。歌撩李都尉，果擲潘河陽。折花遥勸酒〔二〕，就水更移床。今年喜夫婿，新拜羽林郎。定知劉碧玉，偷嫁汝南王。

【校記】

〔一〕結客少年場行一首，四玉臺本均無。樂府詩集六六録全篇。
〔二〕「折」，樂府詩集此字下注「一作隔」。

對酒〔一〕

春水望桃花，春洲藉芳杜。琴從緑珠借，酒就文君取。牽馬向渭橋，日落山頭哺〔二〕。山簡接籬倒〔三〕，王戎如意舞。箏鳴金谷園，笛韻平陽塢。人生一百年，歡笑惟三五。何處覓錢刀，求爲洛陽賈！

【校記】

〔一〕對酒一首，四玉臺本均無。樂府詩集二七録全篇。

〔二〕「落」，樂府詩集作「曝」。「哺」，樂府詩集作「脯」。

〔三〕「籬」，樂府詩集作「羅」。

看妓〔一〕

緑珠歌扇薄，飛燕舞袖長〔二〕。琴曲隨流水，簫聲逐鳳凰。膺風蟬鬢亂，映日鳳釵光〔三〕。懸知曲不誤，無事顧周郎〔四〕。

【校記】

〔一〕看妓一首，四玉臺本均無。類聚四二樂部二樂府録全篇。初學記一五歌録全篇，題作「和趙王看妓」。

〔二〕「袖」，初學記作「衫」。

〔三〕「膺風蟬鬢亂映日鳳釵光」，類聚作「細莖纏鍾板圓花釘鼓床」，初學記作「細縷纏鍾珞圓花釘鼓床」。

〔四〕「顧」，初學記作「畏」。

和何僕射還宅懷故〔一〕

内閣早朝罷〔二〕，中臺夕奏稀〔三〕。無復千金笑，徒勞五日歸。步檐朝未掃，蘭房晝掩扉〔四〕。苔生理曲處，網積迴文機〔五〕。故瑟餘弦斷，歌梁秋燕飛。朝雲雖可望，夜帳定難依。願憑甘露入，方假慧燈輝。寧知洛城晚，還泪獨沾衣。

【校記】

〔一〕「和何僕射還宅懷故」，兩抄本、趙本均作「仰和何僕射還宅懷故」，其中兩抄本此題均置於其前一首詩正文末。按，此詩活字本置於和咏舞之後，據其目録爲庾信名下第二首；兩抄本、趙本均置於七夕之後，爲庾信名下第三首。

〔二〕「內」，四玉臺本均作「紫」。　「早」，四玉臺本均作「旦」。

〔三〕「夕」，兩抄本、趙本均作「文」。

〔四〕「掩」，活字本作「撩」。

〔五〕「絅」，活字本作「綱」。

和咏舞〔一〕

洞房花燭明，燕餘雙舞輕。頓履隨疏節〔二〕，低鬟逐上聲〔三〕。步轉行初進〔四〕，衫飄曲未成〔五〕。鸞迴鏡欲滿〔六〕，鶴顧市應傾〔七〕。已曾天上學，詎似世中生〔八〕？

【校記】

〔一〕此首類聚四三樂部三舞録全篇，題作「咏舞」。初學記一五舞録全篇，題作「舞」。　「和咏舞」，兩抄本均作「奉和咏舞　庾信」，趙本作「庾信奉和咏舞」。按，活字本目録中有「庾信」署名，兩鈔本目録中於「庾信」前、趙本於「庾信」後分別有「雜詩三首」四字，四玉臺本目録庾信名下均無具體詩題。又，四玉臺本此詩均置於甄固奉和世子春情之後，爲庾信名下第一首。
〔二〕「隨疏」，類聚作「疏隨」，初學記作「隨踈」。
〔三〕「逐」，馮抄本此字係塗改而成，無「宋本」印，翁抄本作「遂」。
〔四〕「步」，活字本、初學記均作「伴」，兩抄本、趙本均作「半」。
〔五〕「衫飄」，四玉臺本均作「飄衫」。
〔六〕「鸞迴」，四玉臺本均作「迴鸞」。
〔七〕「鶴」，四玉臺本均作「鵠」。
〔八〕「似」，類聚、初學記均作「是」。「世」，初學記作「地」。按，兩抄本、趙本此後均有七夕一首，爲鄭本、活字本所無。現據馮抄本補録於左，并校以其他各本。

七夕①

牽牛遥映水，織女正登車。星橋通漢使，機石逐仙槎。隔河相望近，經秋離别賒。愁將今夕恨，復著明年花。

①「七夕」之題，兩抄本均置於其前一首詩正文末。

春日題屏風〔一〕

昨夜鳥聲春〔二〕，驚鳴動四鄰〔三〕。今朝花樹下〔四〕，定有咏花人。流星浮酒泛，粟瑱繞杯唇〔五〕。何勞一片雨，喚作陽臺神？

【校記】

〔一〕春日題屏風一首，四玉臺本均無。類聚六九服飾部上屏風録全篇，題作「咏屏風」。初學記三春録「鄰」、「人」二韻，題作「咏春」。

〔二〕「春」，初學記作「幺」。

〔三〕「鳴」，類聚作「啼」。

〔四〕「花」，類聚、初學記均作「梅」。

〔五〕「粟瑱」，類聚作「粟鈿」。

走筆戲書應令

徐孝穆〔一〕

此日乍殷勤，相嫌不如春。今宵花燭泪〔二〕，非是夜迎人。舞席秋來卷，歌筵無數塵。曾經新代故，那惡故迎新？片月窺花簟〔三〕，輕寒入錦巾〔四〕。秋來應瘦盡，偏自著腰身。

【校記】

〔一〕「走筆戲書應令　徐孝穆」，趙本作「徐孝穆走筆戲書應令」。按，活字本目録中「穆」下有「四首」二字，兩抄本目録中於「徐孝穆」前、趙本於「徐孝穆」後分别有「雜詩四首」四字，四玉臺本目録徐孝穆名下均無具體詩題。又，四玉臺本此詩均置於春日（高臺動春色）之後。

〔二〕「燭」，活字本作「燭」。

〔三〕「片」，馮抄本此字係塗改而成，有「宋本」印，翁抄本原作「日」，紅筆描改作「片」。

〔四〕「錦」，四玉臺本均作「帔」。

奉和咏舞〔一〕

十五屬平陽，因來入建章。主家能教舞，城中且巧妝〔二〕。低鬟向綺席，舉袖拂花黄。燭送窗邊影〔三〕，衫傳鈴裏香〔四〕。當關好留客〔五〕，故作舞衣長。

【校記】

〔一〕此首類聚四三樂部三舞、初學記一五舞録全篇，均題作「咏舞」。

〔二〕「且巧」，兩抄本均作「巧旦」，趙本、類聚作「巧且」，初學記作「巧盡」。

〔三〕「送」，初學記作「迭」。「窗邊」，類聚作「空迴」。

〔四〕「鉿」，類聚作「篋」。

〔五〕「關」，類聚作「由」，初學記作「延」。

和王舍人送客未還閨中有望

倡人歌吹罷，對鏡覽紅顔。拭粉留花稱，除釵作小鬟。綺燈停不滅〔一〕，高扉掩未關。良人在何處？光唯見月還〔二〕。

【校記】

〔一〕「滅」，兩抄本、趙本均作「减」。

〔二〕「光唯見月」，兩抄本均作「唯見月光」，趙本作「惟見月光」。

爲羊兖州家人答餉鏡〔一〕

信來贈寶鏡，亭亭似團月〔二〕。鏡久自逾明，人久情愈歇〔三〕。取鏡挂空臺〔四〕，於今莫復開〔五〕。不見孤鸞鳥，香魂何處來〔六〕？

【校記】

〔一〕「兖」，兩抄本均作「充」。

〔二〕「團」，兩抄本、趙本均作「圓」。

〔三〕「愈」，四玉臺本作「逾」。

〔四〕「挂」，兩抄本均作「桂」。

〔五〕「今」，翁抄本作「令」。「莫」，翁抄本作「奠」。

〔六〕「香」，兩抄本、趙本均作「亡」。

卷九

東飛伯勞歌

古詞〔一〕

東飛伯勞西飛燕，黄姑織女時相見。誰家女兒對門居〔二〕，開顔發豔照里閭〔三〕。南窗北牖桂月光〔四〕，羅幃綺帳脂粉香〔五〕。女兒年幾十五六，窈窕無雙顔如玉。三春已暮花從風〔六〕，空留可憐與誰同〔七〕？

【校記】

〔一〕此首類聚四三樂部三歌録全篇，題作「古東飛伯勞等歌」。樂府詩集六八録全篇。「東飛伯勞歌　古詞」，活字本此詩題作兩行，其首行題「古詞」，次行題「東飛伯勞歌」；兩抄本、趙本均作「歌辭二首」。按，活字本目録中「古詞」作「歌辭二首」，而無「東飛伯勞歌」之題。又，兩抄本、趙本及活字本目録歌辭二首之第二首，即鄭本、活字本正文梁武帝河中之水歌，參見該詩校記。

〔二〕「女兒」，樂府詩集作「兒女」。

〔三〕「顔」，兩抄本、趙本、類聚均作「華」。「艷」，兩抄本、趙本、類聚均作「色」。

〔四〕「桂月」，四玉臺本、類聚均作「挂明」。

〔五〕「幃」，兩抄本、趙本均作「帷」。

〔六〕「從」，類聚作「隨」。

〔七〕「與誰」，活字本、樂府詩集均作「誰與」。

越人歌〔一〕

今日何日兮搴舟中流〔二〕，今夕何夕兮得與王子同舟〔三〕。蒙羞被好兮不訾詬耻，心幾頑而不絶兮得知王子〔四〕。山有木兮木有枝〔五〕，心悦君兮君不知〔六〕。

【校記】

〔一〕此首説苑一一善説篇録全篇；書鈔一〇六樂部二歌篇二兩次録「流」、「舟」二韻二句；類聚七一舟車部舟、事類賦一一樂部歌賦、御覽五七二樂部十歌三及七七一舟部四楫均録「流」、「舟」、「枝」、「知」四韻四句；均無題。樂府詩集八三録全篇。「越人歌」，活字本此詩題作兩行，其首行題「古詞一首」，次行題「越人歌」，兩抄本均作「越人歌一首」，趙本作「越人歌一首并序」。按，活字本目録中無「古詞一首」之題，「歌」下有「一首」二字。趙本目録中無「并序」二字。又，四玉臺本詩前均有序，爲鄭本所無，現據活字本補録于左，并校以兩抄本和趙本。

楚鄂君子修者，乘青翰之舟，張翠羽衣蓋①。榜拽越人悦之，擢楫而歌以感②。鄂君歡然，舉綉被而覆之。其辭曰：

①「衣」，兩抄本、趙本均作「之」。

②「擢楫」，馮抄本作「棹檝」，趙本、翁抄本均作「棹楫」。「歌」，兩抄本、趙本均作「越歌」。

〔二〕「今日何日兮搴舟中流」，活字本作「今日何日搴洲中流」，兩抄本均作「今夕何夕搴洲中流」，趙本、書鈔均作「今夕何夕搴舟中流」，説苑作「今夕何夕兮搴中洲流」，類聚作「今兮何兮子褰州水流」，事類賦作「今兮何兮兮搴洲中流」，御覽五七二、樂府詩集均作「今夕何夕兮搴洲中流」，御覽七七一作「今夕何夕兮褰州水流」。

〔三〕「今夕何夕兮得與王子同舟」，活字本作「今夕何夕與王子同舟」，兩抄本、趙本、書鈔第二處均作「今日何日與王子同舟」，説苑、事類賦、樂府詩集均作「今日何日兮得與王子同舟」，書鈔第一處」，類聚均作「今日何日得與王子同舟」，御覽作「今日何日兮得與子同舟」。

〔四〕「蒙羞被好兮不訾詬耻心幾頑而不絶兮得知王子」二十字，四玉臺本均無，説苑「得知」作「知得」。

〔五〕「山有木」，御覽五七二作「山有樹木」。

〔六〕「君不知」，樂府詩集作「知不知」。

琴歌并序

司馬相如〔一〕

司馬相如游臨卭，富人卓王孫有女文君，新寡，竊于壁間窺之。相如鼓琴〔二〕，歌以挑之〔三〕，其歌曰〔四〕：

鳳兮鳳兮歸故鄉，遨游四海求其凰〔五〕。時未遇兮無所將〔六〕，何悟今夕兮升斯堂〔七〕。有艷淑女兮在閨房〔八〕，室近人遐獨我傷〔九〕。何緣交頸爲鴛鴦〔一〇〕，胡頡頏兮共翱翔〔一一〕。

鳳兮鳳兮從我栖〔一二〕，得托孳尾永爲妃〔一三〕。交情通意心和諧〔一四〕，中夜相從知者誰？雙翼俱起翻高飛〔一五〕，無感我心使余悲〔一六〕。

【校記】

〔一〕此題書鈔一〇六樂部二歌篇二録第一首，署「相如」。類聚四三樂部三歌録第一首「鄉」、「凰」、「房」、「鴦」四韻，第二首「栖」、「妃」、「諧」、「誰」、「飛」五韻，御覽五七三樂部十一歌四均録第一首，樂府詩集六〇兩首全録。「琴歌并序　司馬相如」，兩抄本均作「琴歌二首并序　司馬相如」，趙本作「司馬相如琴歌二首并序」。按，活字本目録中無「琴歌并序」之題，兩抄本、趙本目録中均無「并序」二字。

〔二〕「相如」，活字本作「如相」。

〔三〕「以」，兩抄本、趙本均無此字。

〔四〕「其歌」二字，四玉臺本均無。

〔五〕「遨游」，活字本、兩抄本、類聚均作「游遨」。「求其凰」，御覽作「索我凰」。

〔六〕「未遇兮」，兩抄本、趙本、書鈔均作「未通遇」，御覽作「來通遇」。「無」，書鈔作「何」。

〔七〕「何」，書鈔無此字。「兮」，兩抄本、趙本、御覽、樂府詩集均無此字。

〔八〕「兮」，四玉臺本、類聚、書鈔、御覽、樂府詩集均無此字。「閨房」，四玉臺本均作「此方」，類聚、御覽均作「此房」。

〔九〕「室近人遐獨我傷」，兩抄本、趙本均作「室邇人遐獨我腸」，書鈔、御覽、樂府詩集均作「室邇人暇毒我腸」。

〔一〇〕「頸」，書鈔、類聚、御覽均作「接」。

〔一一〕「胡頡頏兮共翺翔」七字，兩抄本、趙本、書鈔、御覽均無，活字本「胡頡頏」作「頡頡頏頏」，樂府詩集「頏」字作「頏」。

〔一二〕「鳳兮鳳兮」，活字本作「鳳兮凰兮」，兩抄本、趙本均作「皇兮皇兮」。

〔一三〕「托」，活字本作「記」。「孳」，兩抄本、趙本、類聚均作「字」。

〔一四〕「意」，兩抄本、趙本、類聚、樂府詩集均作「體」。

〔一五〕「翼」，兩抄本、趙本均作「興」。「翻高」，活字本作「高翻」。

〔一六〕「心」，樂府詩集作「思」。「余」，兩抄本、趙本均作「予」。

悲歌一首并序

烏孫公主〔一〕

漢武帝元封中〔二〕，以江都王女細君爲公主，嫁與烏孫昆彌。至國而自治宫室〔三〕，歲時一再會，言語不通。公主悲愁，自作歌曰：

吾家嫁我兮天一方〔四〕，遠托異國烏孫王〔五〕。穹廬爲室氈爲墻〔六〕，以肉爲食兮酪爲漿〔七〕。常思漢土兮心内傷〔八〕，願爲黄鵠兮歸故鄉〔九〕。

【校記】

〔一〕此首漢書西域傳、書鈔一〇六樂部二歌篇二、事類賦一一樂部歌賦均録全篇，書鈔一三四服飾部三氈録「方」、「王」、「墻」三韻三句，御覽七〇八服用部十氈録「王」、「墻」二韻二句，御覽七九五四夷部十六西戎四烏孫録「方」、「王」、「墻」、「漿」四韻四句均署「細君」，題作「歌」。類聚四三樂部三歌、樂府詩集八四録全篇，均題作「歌」。御覽五七〇樂部八歌一録全篇，署「昭君」，題作「歌」。「悲歌一首并序　烏孫公主」，活字本作「詩一首并序」，兩抄本均作「歌詩一首并序烏孫公主」，趙本作「烏孫公主歌詩一首并序」。按，鄭本、兩抄本、趙本目録中均無「并序」二字。活字本目録中有「烏孫公主」署名，而無「詩一首并序」之題。

〔二〕「帝」，四玉臺本均無此字。

〔三〕「宫室」，兩抄本、趙本均作「室宫」。

〔四〕「嫁我兮」，兩抄本、趙本均作「之嫁我兮」，書鈔一三四作「嫁女」。

〔五〕「托」，書鈔一三四作「通」，御覽七〇八作「適」。「異國」，兩抄本、趙本、漢書、御覽七九五、樂府詩集均作「異國兮」，書鈔一〇六、事類賦、御覽五七〇均作「絶國兮」。

〔六〕「窮蘆爲室」，活字本、御覽七〇八均作「穹廬爲室」，兩抄本、趙本、漢書、書鈔一〇六、類聚、事類賦、御覽五七〇及七九五、樂府詩集均作「穹廬爲室兮」。「氈」，漢書、樂府詩集均作「旃」。「墻」，御覽七〇八作「壇」。

〔七〕「以」，兩抄本、趙本、書鈔、類聚、事類賦均無此字。

〔八〕「常思漢土」，漢書、樂府詩集均作「居常土思」，書鈔、類聚均作「居常思土」，事類賦、御覽均作「居常悲思」。「心内」，御覽作「内感」。

〔九〕「願」，書鈔無此字。「黄鵠」，兩抄本、趙本均作「飛黄鵠」，類聚作「黄鶴」。「兮」，活字本無此字。「歸」，兩抄本、趙本、類聚均作「還」。

盤中詩

蘇伯玉妻〔一〕

山樹高，鳥鳴悲〔二〕。泉水深，鯉魚肥。空倉鵲〔三〕，常苦飢。吏人婦〔四〕，會夫希〔五〕。出門望，見白衣。謂當是，而更非。還入門，中心悲。北上堂〔六〕，西入階。急機絞，杼聲催。長嘆息，當語誰？君有行，妾念之。出有日〔七〕，還無期。結中帶，長相思。君忘妾，未知之〔八〕。妾忘君，罪當治。妾有行，宜知之。黄者金，白者玉〔九〕。高者山，下者谷。姓者蘇，字伯玉。人才多〔一○〕，智謀足。家居長安身在蜀，何惜馬蹄歸不數〔一一〕。羊肉千斤酒百斛〔一二〕，令君馬肥麥與粟〔一三〕。今時人，智四足〔一四〕。與其書〔一五〕，不能讀。當從中央周不角〔一六〕。

【校記】

〔一〕此首書鈔一四五酒食部四肉篇十五録「數」、「斛」、「粟」三韻三句，題作「古詩」。類要二四書題上録「足」、「讀」、「角」三韻五句，署「傳玄」，「傳」當爲「傅」之訛，題作「盘中」；同書二六貧録「飢」、「希」二韻四句，署「傅云」，「云」當爲「玄」之訛。「盤中詩　蘇伯玉妻」，活字本作「盤中詩」，兩抄本、趙本均作「盤中詩一首」。按，蘇伯玉妻之署名，四玉臺本正文、目録均無；四玉臺本此詩均置於傅玄擬四愁詩四首之後，按其體例，爲傅玄名下詩。又，馮抄本詩題下有後人添寫「蘇伯玉妻」四字，無「宋本」印，其書眉有紅筆文字曰：「原本無蘇伯玉妻四字，蓋此詩本休奕擬作，錢跋（指馮班抄本後署名錢後人之跋。——校點者）云俗子改塗失真，此處亦當是俗子妄增也蘇泉。」

〔二〕「鳥」，活字本作「烏」。

〔三〕「鵲」，兩抄本、趙本、類要作「雀」。

〔四〕「人」，類要作「入」。

〔五〕「希」，類要作「稀」。

〔六〕「北」，活字本作「比」。

〔七〕「日」，活字本作「曰」。

〔八〕「未」，兩抄本、趙本均作「天」。

〔九〕「者」，兩抄本、趙本均作「爲」。

〔一〇〕「人」，四玉臺本均作「作人」。

〔一一〕「何惜」，書鈔作「醉借」。又，書鈔此句置于「粟」一韻後。

〔一二〕「肉」，書鈔無此字。

〔一三〕「麥與」，書鈔作「肉興」。

〔一四〕「四」，兩抄本、趙本、類要均作「不」。

〔一五〕「與」，類要作「以用」。

〔一六〕「央」，類要作「言」。「周」，類要作「用」。「不」，兩抄本、趙本、類要均作「四」。

童謡二首并序

漢成帝時〔一〕

成帝趙后名飛燕〔二〕，寵幸冠于後宫，常從帝出游〔三〕。時富平侯張放亦稱佞幸，爲期門之游，故歌云「張公子，時相見」也。飛燕嬌妒，成帝無子，故云「豕皇孫」〔四〕、華而不實。王莽自云代漢德者土〔五〕，色尚黄，故云「黄雀」。飛燕竟以廢死，故「爲人所憐」也〔六〕。

【校記】

〔一〕「童謡二首并序　漢成帝時」，活字本作「漢成帝時童謡二首并序」，兩抄本均作「漢武帝時童謡歌二首并序」，趙本作「漢成帝時童謡歌二首并序」。按，鄭本、四玉臺本目録中均無「并序」二字，兩抄本目録中「武」均作「成」。

〔二〕「成帝趙后」，活字本作「漢成帝趙望后」，兩抄本、趙本均作「漢成帝趙皇后」。

〔三〕「游」，活字本無此字，兩抄本、趙本均作「入」。

〔四〕「豕」，四玉臺本均作「啄」。

〔五〕「德者」，兩抄本、趙本均作「者德」。

〔六〕「也」，兩抄本、趙本均作「者也」。

其一〔一〕

燕燕尾涎涎〔二〕。張公子，時相見。木門倉琅根〔三〕，燕飛來，琢皇孫〔四〕。皇孫死，燕琢夫〔五〕。

【校記】

〔一〕此首漢書外戚傳、漢書五行志均録全篇，類要一二微行録「見」一韻。樂府詩集八八録全篇，題作「漢成帝燕燕童謡」。「其一」二字，四玉臺本均無。

〔二〕「涎涎」，兩抄本、趙本均作「殿殿」，漢書、樂府詩集均作「涎涎」。

〔三〕「倉琅」，兩抄本、趙本均作「蒼狼」。

〔四〕「琢」，四玉臺本、漢書、樂府詩集均作「啄」。

〔五〕「琢夫」，漢書作「啄矢」，樂府詩集作「琢矢」。按，「皇孫死燕琢夫」六字，四玉臺本均無。

其二〔一〕

桂樹花不實〔二〕，黄雀巢其顛〔三〕。昔爲人所愛〔四〕，今爲人所憐。

【校記】

〔一〕此首漢書五行志、樂府詩集八八録全篇，均題作「歌謡」。事類賦一九禽部雀賦、御覽九二二羽族部九黄雀録「顛」一韻，均題作「古詩」。類要三七歷代雜録録「顛」一韻。「其二」二字，四玉臺本均無。

〔二〕「花」，事類賦作「秋」。按，漢書、樂府詩集於「桂」字前均有「邪徑敗良田讒口亂善人」十字，爲其他各本所無。

〔三〕「雀」，漢書、樂府詩集均作「爵」。「顛」，類要作「巔」。

〔四〕「昔」，漢書、樂府詩集均作「故」。「愛」，兩抄本、趙本、樂府詩集均作「羡」。

童謡一首　漢桓帝時〔一〕

小麥青青大麥枯〔二〕，誰當獲者婦與姑〔三〕，丈夫何在西擊胡〔四〕。吏買馬〔五〕，君具車，請爲諸君鼓隴胡〔六〕。城上烏，尾畢逋〔七〕。公爲吏〔八〕，兒爲徒〔九〕。一徒死，百乘車。車班班〔一〇〕，至河間〔一一〕，河間姹女能數錢〔一二〕。以錢爲室金爲堂〔一三〕，石上膴膴舂黃粱〔一四〕。黃粱之下有懸鼓〔一五〕，我欲擊之丞相怒〔一六〕。

【校記】

〔一〕此首後漢書五行志二録全篇，後漢書孝靈帝紀注、類聚四三樂部三歌、御覽八四二百穀部六粱均録「城上烏」及以下各句。初學記三〇鳥部烏、御覽九二〇羽族部七烏均録「城上烏」至「百乘車」數句，類要三二雜句録「小麥青青大麥枯」至「鼓隴胡」數句。白帖二九烏録「城上烏」至「兒爲徒」數句，題作「謡」。樂府詩集八八録全篇，分作兩首，自「小麥青青大麥枯」至「請爲諸君鼓隴胡」作一首，題作「後漢桓帝初小麥童謡」，自「城上烏」至末尾作一首，題作「後漢桓帝初城上烏童謡」。「童謡一首　漢桓帝時」，活字本作「漢桓帝時童謡二首」，但全詩首尾相連爲一首；兩抄本、趙本均作「漢桓帝時童謡歌二首」。其中馮抄本全詩首尾相連，但於「城上烏」之「城」字上以紅綫相隔，有「宋本」印；趙本自「城上烏」起爲第二首；翁抄本全詩首尾相連，其「城上烏」起於一行之首。

〔二〕「小麥青青大麥枯」，兩抄本、趙本、類要均作「大麥青青小麥枯」。

〔三〕「與」，類要作「莫」。

〔四〕「夫」，後漢書、樂府詩集、類要均作「人」。

〔五〕「吏」，類要作「更」。

〔六〕「隴」，活字本作「龍」，兩抄本、趙本、後漢書五行志、類要、樂府詩集均作「嚨」。

〔七〕「尾畢逋」，初學記作「尾畢遇」，白帖無此三字。按，初學記、白帖、御覽九二〇此下均有「一年生九雛」五字。

〔八〕「公」，後漢書孝靈帝紀作「父」。

〔九〕「兒」，後漢書、御覽、樂府詩集均作「子」。

〔一〇〕「班班」，類聚作「蘭」。

〔一一〕「至」，後漢書、御覽、樂府詩集均作「入」。「河間」，兩抄本均作「至河」。

〔一二〕「河間」，活字本作「河間河」，兩抄本均作「河間間」，趙本作「至河間」，類聚無此二字。「姹」，活字本作「婉」。「能」，後漢書、御覽、樂府詩集均作「工」。

〔一三〕「以錢」，兩抄本、趙本均作「錢」，類聚作「銀」。

〔一四〕「石」，兩抄本、趙本、類聚、御覽均作「户」。「膴膴」，兩抄本、趙本均無此二字，後漢書、樂府詩集均作「慊慊」。「舂」，翁抄本、樂府詩集均作「春」。「黄粱」，兩抄本均作「膴粱」，趙本作「膴粱」，類聚、御覽均無此二字。

〔一五〕「黄梁」，活字本、後漢書、樂府詩集均無此二字，馮抄本作「噍春梁」，趙本作「噍梁」，翁抄本作「噍春梁」。「之下有懸鼓」，後漢書、樂府詩集均作「梁下有懸鼓」，類聚作「下有鼓」，御覽作「下有懸鼓」。

〔一六〕「相」，後漢書、樂府詩集均作「卿」。

四愁詩

張衡〔一〕

其一〔一〕

我所思兮在太山〔二〕，欲往從之梁甫艱〔三〕，側身東望涕沾翰。美人贈我金錯刀，何以報之英瓊瑶〔四〕。路遠莫致倚逍遥，何爲懷憂心煩勞。

【校記】

〔一〕「四愁詩　張衡」，兩抄本均作「四愁詩四首　張衡」，趙本作「張衡四愁詩四首」。按，活字本目録中「衡」下有「四首」二字，而無「四愁詩」之題。

【校記】

〔一〕此首文選二九、類聚三五人部十九愁均録全篇。御覽三四六兵部七十七刀下、四七八人事部一百一十九贈遺、八〇九珍寶部八瑶均録「刀」、「瑶」二韻二句。「其一」二字，四玉臺本均無；其下三首，四玉臺本亦均無「其×」字樣，不再分別出校。

〔二〕「太」，類聚作「泰」。按，兩抄本、趙本、文選於句首均有「一思曰」三字。

〔三〕「甫」，文選作「父」。「艱」，活字本作「難」。

〔四〕「英」，御覽三四六作「雙」，御覽八〇九作「美」。

其二〔一〕

我所思兮在桂林〔二〕，欲往從之湘水深〔三〕，側身南望涕沾襟。美人贈我金琅玕〔四〕，何以報之雙玉盤。路遠莫致倚惆悵，何爲懷憂心煩傷〔五〕。

【校記】

〔一〕此首文選二九録全篇。類聚三五人部十九愁録「林」、「深」、「襟」、「玕」、「盤」五韻五句，御覽四七八人事部一百一十九贈遺録「玕」、「盤」二韻二句。

〔二〕「思」，類聚作「望」。按，兩抄本、趙本、文選於句首均有「二思曰」三字。

〔三〕「欲往」，活字本作「我欲」。

〔四〕「金」，兩抄本、趙本、文選、類聚、御覽均作「琴」；又，文選其下注「善本作金」。

〔五〕「煩傷」，兩抄本均作「傷煩怏」，趙本作「煩怏」；按，馮抄本「傷」字上有紅點，無「宋本」印。

其三〔一〕

我所思兮在漢陽〔二〕，欲往從之壟坂長〔三〕，側身西望涕沾裳。美人贈我貂襜褕〔四〕，何以報之明月珠。路遠莫致倚踟躕，何爲懷憂心煩紆。

【校記】

〔一〕此首文選二九録全篇。類聚三五人部十九愁録「陽」、「長」、「裳」、「褕」、「珠」五韻五句，御覽四七八人事部一百一十九贈遺録「毹（褕）」、「珠」二韻二句，御覽七〇八服用部十氍毹録「毹（褕）」一韻一句。

〔二〕兩抄本、趙本、文選於句首均有「三思曰」三字。

〔三〕「欲往」，類聚作「往欲」。「壟坂」，趙本作「隴阪」。

〔四〕「貂襜褕」，御覽作「氈氍毹」。

其四〔一〕

我所思兮在雁門〔二〕，欲往從之雪紛紛，側身北望涕沾巾〔三〕。美人贈我錦綉段〔四〕，何以報之青玉案。路遠莫致倚增嘆，何爲懷憂心煩惋。

【校記】

〔一〕此首文選二九録全篇。書鈔一三三服飾部二案二十、事類賦九寶貨部一玉賦、御覽四七八人事部一百一十九贈遺均録「段（被）」、「案」二韻二句。類聚三五人部十九愁録「門」、「紛」、「巾」、「段」、「案」五韻五句。

〔二〕兩抄本、趙本、文選於句首均有「四思曰」三字。

〔三〕「北」，活字本作「比」。

〔四〕「段」，書鈔作「被」。

定情歌〔一〕

大火流兮草蟲鳴，繁霜降兮草木零。秋爲期兮時已征，思美人兮愁屏營。

【校記】

〔一〕定情歌一首，四玉臺本均無。類聚一八人部二美婦人録全篇，爲定情賦之「嘆曰」部分。

贈婦〔一〕

秦嘉

曖曖白日，引曜西傾。啾啾鶏雀〔二〕，群飛赴楹〔三〕。皎皎明月，煌煌列星。嚴霜凄愴，飛雪覆庭。寂寂獨居，寥寥空室。飄飄帳〔四〕，熒熒華燭〔五〕。爾不是居，帷帳何施〔六〕？爾不是照〔七〕，華燭何爲〔八〕？

【校記】

〔一〕此首類要二四隔闊下録「燭」、「施」、「爲」三韻，署「秦加」，題作「贈歸」。「贈婦　秦嘉」，兩抄本均作「贈婦詩一首四言　秦嘉」，趙本作「秦嘉贈婦詩一首四言」。按，活字本目録中「秦嘉」下有「一首」二字，而無「贈婦」之題。兩抄本、趙本目録中「四言」二字均置於「贈」字之前。

〔二〕「雀」，活字本作「群」。

〔三〕「群飛」，活字本作「飛雀」。

〔四〕「短帳」，活字本作「桂帳」，兩抄本、趙本均作「帷帳」，類要作「惆悵」。

〔五〕「熒熒」，類要作「螢光如」。

〔六〕「爾不是居帷帳何施」八字，兩抄本、趙本「何」均作「焉」，類要作「于焉」。

〔七〕「爾」，類要作「去」。「照」，類要作「昭」。

〔八〕「燭」，類要作「欲」。

燕歌行二首　魏文帝〔一〕

【校記】

〔一〕「燕歌行二首　魏文帝」，活字本作「燕歌行　魏文帝」，兩抄本均作「樂府燕歌行二首　魏文帝」，趙本作「魏文帝樂府燕歌行二首」。按，活字本目録中「帝」下有「二首」二字，而無「燕歌行」之題。

其一〔一〕

秋風蕭瑟天氣凉，草木摇落露爲霜〔二〕，群燕辭歸雁南翔〔三〕。念君客游多思腸〔四〕，慊慊思歸戀故鄉，君何淹留寄他方〔五〕。賤妾煢煢守空房，憂來思君不敢忘〔六〕，不覺泪下沾衣裳。援琴鳴弦發清商〔七〕，短歌微吟不能長。明月皎皎照我床，星漢西流夜未央。牽牛織女遥相望〔八〕，爾獨何辜限河梁〔九〕！

【校記】

〔一〕此首宋書二一樂志、文選二七、樂府詩集三二均録全篇。書鈔一五〇天部二月四録「床」、「央」二韻二句。類聚四二樂部二樂府録「凉」、「霜」、「翔」、「腸」、「鄉」、「方」、「房」、「忘」八韻八句。類要九帝歌詩録「凉」、「霜」二韻二句，同書二四羈旅録「鄉」、「方」二韻二句。初學記三秋録「凉」、「霜」二韻二句，題作「燕飲行」。類要二四羈旅另一處録「腸」、「鄉」二韻二句，題作「樂府」。「其一」二字，四玉臺本均無。

〔二〕「摇」，初學記作「零」。

〔三〕「辭」，活字本作「亂」，類聚作「爭」。「雁」，宋書、樂府詩集均作「鵠」。
〔四〕「君」，樂府詩集作「吾」。「客」，類聚作「遠」。「多思」，文選此二字下注「善本作思斷」。「腸」，類要作「傷」。
〔五〕「君何」，四玉臺本均作「君爲」，文選、類聚、類要均作「何爲」。「寄」，類要作「穿」。
〔六〕「敢」，四玉臺本均作「可」。
〔七〕「援」，活字本作「授」。「琴」，宋書、樂府詩集均作「瑟」。
〔八〕「望」，活字本作「忘」。
〔九〕「辜」，兩抄本、趙本均作「幸」。「限」，文選作「恨」。

其二〔一〕

別日何易會日難，山川悠遠路漫漫〔二〕。鬱陶思君未敢言〔三〕，寄聲浮雲往不還〔四〕。涕零雨面毀容顏〔五〕，誰能懷憂獨不嘆？展詩清歌聊自寬，樂往哀來摧肺肝〔六〕，耿耿伏枕不能眠〔七〕。披衣出户步東西〔八〕，仰看星月觀雲間〔九〕。飛鶬晨鳴聲可憐〔一〇〕，留連顧懷不能存〔一一〕。

【校記】

〔一〕此首宋書二一樂志、樂府詩集三三兩處均録全篇。初學記一五歌、類要二四隔闊下均録「難」、「漫」、「言」、「還」四韻四句。「其二」二字，四玉臺本均無。

〔二〕「路」，初學記作「浮」。

〔三〕「未敢」，初學記作「不敢」，類要作「不可」。

〔四〕「聲」，宋書、樂府詩集第一處均作「書」。「浮」，初學記作「治」。

〔五〕「涕」，活字本作「沾」。「雨」，活字本作「兩」。「容」，宋書、樂府詩集第一處均作「形」。

〔六〕「催」，四玉臺本、宋書、樂府詩集均作「摧」。「肺」，宋書、樂府詩集第一處均作「心」。按，宋書、樂府詩集第一處此句下均有「悲風清厲秋氣寒羅帷徐動經秦軒」十四字，爲諸玉臺本所無。

〔七〕「枕」，兩抄本均作「沈」。

〔八〕「眠」、「西」二韻二句，宋書、樂府詩集第一處依次置于「嘆」一韻後。

〔九〕「看」，宋書、樂府詩集第一處均作「戴」。

〔一〇〕「鵲」，宋書、樂府詩集第一處均作「鳥」。「聲」，宋書、樂府詩集第一處均作「聲氣」。

〔一一〕「能」，宋書、樂府詩集第一處均作「自」。

妾薄命行

陳思王〔一〕

日月既逝西藏〔二〕，更會蘭室洞房。花燭步帳輝煌〔三〕，皎若日出扶桑〔四〕。促樽合坐行觴〔五〕，主人起舞盌盤。能者冗觸别端，騰觚飛爵闌干〔六〕，同量等色齊顔。任意交屬所歡，朱顔發外形蘭。袖隨禮客極情〔七〕，妙舞仙仙體輕〔八〕。裳解履遺絶纓〔九〕，俯仰笑喧無呈。覽持佳人玉顔，齊接金爵翠盤〔一〇〕。手形羅袖良難，腕弱不勝珠環，坐者嘆息舒顔。御巾裛粉君傍〔一一〕，中有霍納都梁〔一二〕。鷄舌五味雜香〔一三〕，進者何人齊姜，恩重愛深難忘。召延親好宴私〔一四〕，但歌杯來何遲。客賦既醉言歸，主人稱露未稀〔一五〕。

【校記】

〔一〕此首書鈔一三五服飾部四粉六十四録「傍」、「梁」二韻二句，題作「樂府歌」。類聚四一樂部一論樂録「藏」、「房」、「煌」、「桑」、「觴」、「輕」、「纓」、「（翠）槃（盤）」、「環」九韻九句。御覽七一九服用部二十一粉録「傍」、「粱」二韻二句，題作「樂府」。樂府詩集六二録全篇。另，類聚于此詩首句前尚有「攜玉手喜同車」等一段文字，兹從略。「妾薄命行　陳思王」，活字本作「妾薄命行六言　曹植」，兩抄本均作「樂府妾薄命行一首六言　曹植」，趙本作「曹植樂府妾薄命行一首六言」。按，活字本目録中「植」下有「首一」（當爲「一首」之訛）二字，而無「妾薄命行六言」之題。兩抄本、趙本目録中均無「六言」二字。

〔二〕「日月既逝」，兩抄本、趙本均作「日月既是」，類聚作「日既逝矣」，樂府詩集此四字下注「一作日既逝矣」。

〔三〕「燭」，兩抄本、類聚、樂府詩集均作「燈」，趙本作「鐙」。「步帳」，活字本作「步幛」，兩抄本、趙本、樂府詩集均作「步障」，類聚作「先置」；又，樂府詩集其下注「一作先置」。「輝煌」，活字本作「輝皎」，兩抄本、趙本、類聚、樂府詩集均作「舒光」。

〔四〕「皎」，活字本作「煌」。

〔五〕「樽」，活字本作「尊」，類聚作「酒」，樂府詩集此字下注「一作酒」。「坐」，類聚作「座」，樂府詩集此字下注「一作座」。

〔六〕「闌」，兩抄本均作「瀾」。

〔七〕「客」，兩抄本、趙本、樂府詩集均作「容」。

〔八〕「妙」，類聚作「屢」，樂府詩集此字下注「一作屢」。

〔九〕「裳解」，類聚作「解裳」，樂府詩集此二字下注「一作解裳」。

〔一〇〕「接」，類聚、樂府詩集均作「舉」。「爵」，活字本作「鬱」。「盤」，類聚作「槃」，樂府詩集此字下注「一作槃」。

〔一一〕「褭粉」，書鈔、御覽均作「粉於」。

〔一二〕「霍」，書鈔、御覽均作「藿」。

〔一三〕「舌」，兩抄本均作「古」。

〔一四〕「親」，活字本作「覓」。

〔一五〕「稀」，四玉臺本、樂府詩集均作「晞」。

童謡一首　晉惠帝時〔一〕

鄴中女子莫千妖，前至三月抱胡腰。

【校記】

〔一〕此首樂府詩集八八録全篇。「童謡一首　晉惠帝時」，活字本作「晉惠帝時童謡」，兩抄本、趙本均作「晉惠帝時童謡歌一首」，其中翁抄本此題置於本詩正文前。按，鄭本目録題作「晉惠帝時童謡一首」，活字本目録題作「晉時童謡一首」。四玉臺本此詩均置於張載擬四愁詩之後。

擬四愁詩 張載〔一〕

【校記】

〔一〕「擬四愁詩　張載」，兩抄本均作「擬四愁詩四首　張載」，趙本作「張載擬四愁詩四首」。按，活字本目録中「載」下有「四首」二字，而無「擬四愁詩」之題。又，四玉臺本此詩均置於傅玄盤中詩之後。

其一〔一〕

我所思兮在南巢，欲往從之巫山高〔二〕。登崖遠望涕泗交，我之懷矣心傷勞。佳人遺我筩中布〔三〕，何以贈之流黄素〔四〕。願因飄風超遠路，終然莫致增永慕〔五〕。

【校記】

〔一〕此首類聚三五人部十九愁録「巢」、「高」、「布」、「素」四韻四句。御覽八一四布帛部一彩、八二

○布帛部七布均録「布」、「素」二韻二句。「其一」二字，活字本無，兩抄本、趙本均以雙行小字注於本詩末；其下三首格式同，不再分別出校。

〔二〕「巫」，活字本作「玉」。

〔三〕「遺」，御覽八一四作「贈」。

〔四〕「贈」，類聚、御覽均作「報」。

〔五〕「永」，兩抄本、趙本均作「想」。

其二〔一〕

我所思兮在朔湄〔二〕，欲往從之白雲霏〔三〕。登崖遠望涕泗垂〔四〕，我之懷矣心傷悲。佳人遺我雲中翮，何以報之連城璧〔五〕。願因歸鴻超遐翮〔六〕，終然莫致增永積。

【校記】

〔一〕此首類聚三五人部十九愁録「湄」、「霏」、「（雲中）翮」、「璧」四韻四句。御覽八〇六珍寶部五璧録「（雲中）翮」、「璧」二韻二句。類要三四方四維北極録「湄」、「霏」二韻二句，題作「四愁詩」。

〔二〕「湄」，活字本作「眉」，類要作「渭」。

〔三〕「雲」，兩抄本、趙本、類聚、類要均作「雪」。「霏」，活字本作「扉」。

〔四〕「遠望」，兩抄本、趙本均作「永眺」。「垂」，兩抄本、趙本均作「頽」。

〔五〕「報」，兩抄本、趙本、類聚、御覽均作「贈」。

〔六〕「超」，兩抄本、趙本均作「起」。「翮」，四玉臺本均作「隔」。

其三〔一〕

我所思兮在隴原〔二〕，欲往從之隔太山〔三〕。登崖遠望涕泗連，我之懷矣心傷煩。佳人遺我雙角端，何以贈之雕玉環。願因行雲超重巒，終然莫致增永嘆。

【校記】

〔一〕此首類聚三五人部十九愁録「原」、「山」、「端」、「環」四韻四句。

〔二〕「隴」，活字本作「龍」。

〔三〕「太」，兩抄本、趙本、類聚均作「泰」。

其四〔一〕

我所思兮在營州，欲往從之路阻修。登崖遠望涕泗流，我之懷矣心傷憂。佳人遺我緑綺琴〔二〕，何以贈之雙南金。願因流波超重深〔三〕，終然莫致增永吟。

【校記】

〔一〕此首文選三〇録全篇。類聚三五人部十九愁録「州」、「修」、「琴」、「金」四韻四句。御覽四七八人事部一百一十九贈遺録「琴」、「金」二韻二句。

〔二〕「佳」，御覽作「美」。

〔三〕「超」，文選作「起」。按，明州本文選此字作「超」。

歷九秋篇董桃行二首

傅玄〔一〕

【校記】

〔一〕「歷九秋篇董桃行二首　傅玄」，活字本作「歷九秋篇薰桃行　傅玄」，所收詩二首，與鄭本同；兩抄本均作「擬北樂府三首　歷九秋篇　傅玄」；趙本總題作「傅玄擬北樂府三首」，而置「歷九秋篇　董桃行」之題於本詩正文末。按，鄭本目録中「傅」作「傳」，「行」下無「二首」二字。活字本目録中「玄」下有「八首」二字。兩抄本目録中於「傅玄」前、趙本於「傅玄」後分别有「雜詩八首」、「雜詩五首」四字，四玉臺本目録傅玄名下均無分題和具體詩題。又，兩抄本、趙本歷九秋篇係一首十二章，其中「其十一」、「其十二」章即鄭本、活字本此題下所收二詩；其「其一」至「其十」章，即鄭本本卷梁簡文帝歷九秋篇十首及活字本本卷皇太子雜詩；參見該題校記。又，四玉臺本此卷傅玄名下詩均置於曹植妾薄命行之後，兩抄本、趙本本題爲擬北樂府三首之第一首。

其一〔一〕

緑綉領兮含暉〔二〕，皎日迴光則微〔三〕。朱華忽爾漸衰〔四〕，影欲捨形高飛，誰言往恩可追〔五〕！

【校記】

〔一〕此首樂府詩集三四録全篇，爲傅玄董桃行歷九秋篇之第十一首。「其一」二字，活字本無，兩抄本、趙本、樂府詩集均作「其十一」，以雙行小字注於本詩末。

〔二〕「緑」，活字本作「緣」，兩抄本、趙本、樂府詩集均作「顧」。
〔三〕「則」，兩抄本、趙本均作「側」。
〔四〕「爾」，樂府詩集作「示」。
〔五〕「恩」，樂府詩集作「思」。

其二〔一〕

薺與麥兮夏零，蘭桂踐霜逾馨〔二〕。禄命緣天難明〔三〕，委心結意丹青〔四〕，何憂君心中傾！

【校記】

〔一〕此首類聚四二樂部二樂府録「零」、「馨」、「青」、「傾」四韻四句，題作「歷九秋篇」，係其末尾數句，詳本卷下文歷九秋篇校記。樂府詩集三四録全篇，爲傅玄董桃行歷九秋篇之第十二首。「其二」二字，活字本、類聚無，兩抄本、趙本、樂府詩集均作「其十二」，以雙行小字注於本詩末。
〔二〕「霜」，樂府詩集作「履」，其下注「一作霜」。
〔三〕「緣」，兩抄本、趙本、樂府詩集均作「懸」。
〔四〕「委」，類聚、樂府詩集作「妄」。

車遥遥篇〔一〕

車遥遥兮馬洋洋，追思君兮不可忘。君安游兮西入秦，願爲影兮隨君身〔二〕。君在陰兮影不見，君依光兮妾所願〔三〕。

【校記】

〔一〕此首類聚四二樂部二樂府録「洋」、「忘」、「秦」、「身」四韻四句，題作「車遥篇」。樂府詩集六九録全篇，署「車轂」，題作「車遥遥」。「車遥遥篇」之題，趙本置於本詩正文末。按，兩抄本、趙本此詩均爲擬北樂府三首之第二首。

〔二〕「爲影兮」，樂府詩集作「將微影」。

〔三〕「依光兮」，樂府詩集作「仰日月」。

燕人美兮歌〔一〕

燕人美兮趙女佳，其室則邇兮限層崖〔二〕。雲爲車兮風爲馬，玉在山兮蘭在野〔三〕。雲無期兮風有止，思心多端兮誰能理〔四〕？

【校記】

〔一〕此首類聚四三樂部三歌録全篇。御覽八天部八雲録「馬」、「野」、「止」、「理」四韻四句，無題。類要三四士未遇録「馬」、「野」二韻二句，題作「美人篇」。樂府詩集八三録全篇，題作「吴楚歌」，解題稱「一作燕美人歌」。「燕人美兮歌」，四玉臺本均作「燕人美篇」，其中兩抄本此題置於其前一首詩正文末，趙本置於本詩正文末。

〔二〕「邇」，活字本、兩抄本均作「遠」。「層」，類聚作「增」，樂府詩集作「曾」。

〔三〕「山」，類聚作「泥」。

〔四〕「心」，類聚無此字。「兮」，御覽無此字。

擬四愁詩 四首并序

張平子作四愁詩〔一〕，體小而俗，七言類也。聊擬而作之，名曰擬四愁詩〔二〕。

【校記】

〔一〕兩抄本、趙本「張」前均有「昔」字。

〔二〕四玉臺本此下均有「其辭曰」三字。

其一〔一〕

我所思兮在瀛洲〔二〕，願爲雙鵠戲中流。牽牛織女期在秋，山高水深路無由，愍余不遘嬰殷憂。佳人貽我明月珠〔三〕，何以要之比目魚〔四〕。海廣無舟悵勞劬，寄言飛龍天馬駒〔五〕。風起雲披飛龍逝，波滔天兮馬不儷〔六〕，何爲多念心憂世！

【校記】

〔一〕此首御覽四七八人事部一百一十九贈遺録「珠」、「魚」二韻二句，題作「四愁詩」。「其一」二字，活字本無，兩抄本、趙本均以雙行小字注於本詩末；其下三首格式同，不再分別出校。按，兩抄本此題下四首前後相連不空格。

〔二〕「瀛」，活字本作「瀛」。

〔三〕「佳」，御覽作「美」。「貽」，御覽作「贈」。

〔四〕「要」，御覽作「報」。

〔五〕「天」，活字本作「大」。

〔六〕「波滔天兮」，兩抄本、趙本均作「驚波滔天」。「儷」，活字本作「麗」，兩抄本、趙本均作「厲」。

其二

我所思兮在珠崖，願爲比翼浮清池。剛柔合德配二儀，形影一絶長别離，愍余不遘情如攜。佳人貽我蘭蕙草，何以要之同心鳥。火熱水深憂盈抱，申以琬琰夜光寶。卞和既没玉不察，存若流光忽電滅，何爲多念獨鬱結〔一〕！

【校記】

〔一〕「鬱」，兩抄本均作「蘊」，趙本作「薀」。

其三〔一〕

我所思兮在昆山，願爲鹿蚩窺虞淵〔二〕。日月迴曜照景天，參辰曠隔會無緣，愍余不遘罹百艱。佳人遺我蘇合香〔三〕，何以要之翠鴛鴦。懸度弱水川無梁〔四〕，申以錦衣文綉裳。三光騁邁景不留，鮮似民生忽若浮〔五〕，何爲多念秖自愁〔六〕。

【校記】

〔一〕此首御覽四七八人事部一百一十九贈遺録「香」、「鴦」二韻二句，題作「四愁詩」。類要三四方四維西極録「梁」一韻一句，署「張載」，題作「四愁詩」。

〔二〕「蚤」，兩抄本、趙本均作「𠩺」。

〔三〕「佳」，御覽作「美」。「遺」，四玉臺本均作「貽」，御覽作「贈」。

〔四〕「度」，類要作「渡」。「川無」，類要作「無舟」。

〔五〕「似」，活字本作「以」，兩抄本、趙本均作「矣」。「若」，兩抄本、趙本均作「如」。

〔六〕「秖」，活字本作「祇」，兩抄本均作「秪」。

其四〔一〕

我所思兮在朔方，願爲飛燕俱南翔〔二〕。焕乎人道著三光，胡越殊心生異鄉，愍余不遘罹百殃〔三〕。佳人遺我葆羽纓〔四〕，何以要之影與形〔五〕。永增憂結繁華零〔六〕，申以日月指明星。星辰有翳日月移，駑馬哀鳴慚不馳，何爲多念心自虧〔七〕！

【校記】

〔一〕此首類要三〇楚殤録「憂結繁華零」五字，題作「四愁詩」。

〔二〕「燕」，兩抄本、趙本均作「雁」。

〔三〕「百」，活字本作「可」。

〔四〕「遺」，兩抄本、趙本均作「貽」。「葆羽」，四玉臺本均作「羽葆」。

〔五〕「與」，活字本作「興」。

〔六〕「永增」，四玉臺本均作「增冰」。

〔七〕「心」，兩抄本、趙本均作「徒」。

燕歌行

陸機〔一〕

四時代序逝不追〔二〕，秋風習習落葉飛〔三〕。蟋蟀在堂露盈墀〔四〕，念君遠游常苦悲〔五〕。君何緬然久不歸，賤妾悠悠心無違。白日既没明燈輝，寒禽赴林匹鳥栖〔六〕，雙鳩關關宿河湄〔七〕。憂來感物涕不晞〔八〕，非君之念思爲誰？別日何早會何遲〔九〕。

【校記】

〔一〕此首類聚四二樂部二樂府録「追」、「飛」、「墀」、「悲」、「歸」五韻五句。樂府詩集三二録全篇。「燕歌行　陸機」，活字本此詩題作兩行，其首行題「樂府」，次行題「燕歌行　陸機」，兩抄本均作「樂府燕歌行一首　陸機」，趙本作「陸機樂府燕歌行一首」。按，活字本目録中「陸機」下有「一首」二字，而無「樂府」「燕歌行」之題。又，四玉臺本此詩均置於晉惠帝時童謡之後。

〔二〕「逝」，樂府詩集此字下注「一作遠」。

〔三〕「秋」，活字本作「春」，兩抄本、趙本、類聚、樂府詩集均作「寒」。

〔四〕「墀」，兩抄本、趙本、類聚均作「階」。

〔五〕「遠」，樂府詩集此字下注「一作客」。「常苦」，類聚作「苦恒」，樂府詩集作「恒苦」。

〔六〕「寒」，樂府詩集作「夜」。「鳥」，兩抄本均作「烏」。

〔七〕「鳩」，活字本作「鴻」，樂府詩集作「鳴」。「關關」，馮抄本原同，後以紅筆圈去，又塗黄後加兩黑框，無「宋本」印；翁抄本作「閞閞」。

〔八〕「涕」，活字本作「睇」，樂府詩集作「泪」。「晞」，兩抄本均作「晞」。

〔九〕「别日」，樂府詩集此二字下注「一作日别」。

白紵曲〔一〕

劉鑠

遷遷徐動何盈盈〔二〕，玉腕俱凝若雲行。佳人舉袖耀清蛾〔三〕，摻摻擢手映鮮羅。狀似明月泛雲河，體如輕風動流波。

【校記】

〔一〕劉鑠白紵曲一首，四玉臺本均無。樂府詩集五五録全篇。

〔二〕「遷遷」，樂府詩集作「仙仙」。

〔三〕「清」，樂府詩集作「青」。

代淮南王二首

鮑昭〔一〕

【校記】

〔一〕「代淮南王二首　鮑昭」，活字本作「代淮南王　鮑照」，趙本作「鮑昭代淮南王二首」。按，活字本目録中「照」作「昭」，其下有「八首」二字。兩抄本、趙本目録中「昭」均作「照」，其「鮑照」前、後分別有「雜詩八首」四字。四玉臺本目録鮑昭（照）名下均無具體詩題。

其一〔一〕

淮南王，好長生，服食煉氣讀仙經〔二〕。琉璃作枕牙作盤〔三〕，金鼎玉七合神丹〔四〕。合神丹〔五〕，戲紫房〔六〕；紫房彩女弄明璫，鸞歌鳳舞斷君腸。

【校記】

〔一〕此首類聚四二樂部二樂府録「經」、「丹」、「璫」三韻八句；按，類聚所録此八句下連「其二」所録五句爲一首。樂府詩集五五録全篇，爲鮑照淮南王二首之第一首。「其一」二字，四玉臺本、類聚、樂府詩集均無。

〔二〕「食」，類聚作「藥」。

〔三〕「作枕」，兩抄本、趙本、類聚、樂府詩集均作「藥碗」。

〔四〕「玉」，樂府詩集作「王」。「七」，兩抄本、趙本均作「匕」；又，馮抄本此字係塗改而成，有「宋本」印。

〔五〕「合神丹」三字，活字本無。

〔六〕「戲」，類聚、樂府詩集均作「賜」。

其二〔一〕

朱城九門門九閨〔二〕，願逐明月入君懷〔三〕。入君懷，結君佩，怨君恨君恃君愛。築城思堅劍思利，同盛同衰莫相棄。

【校記】

〔一〕此首類聚四二樂部二樂府録「懷」、「愛」二韻五句，上接「其一」所録八句爲一首。類要一三諸門録「懷」一韻二句及「入君懷」一句，題作「淮南王」；同卷總叙宫掖録「懷」一韻二句及「入君懷」一句，署「鮑貽」，無題。樂府詩集五五録全篇，爲鮑照淮南王二首之第二首。「其二」二字，四玉臺本、類聚、樂府詩集均無。

〔二〕「朱城九門」，類聚作「朱城九圍」，類要一三諸門作「朱域九門」，同卷總叙宫掖作「九成未城九門」，樂府詩集作「朱門九重」，其下注「一作朱城九門」。「門九閨」，兩抄本、趙本均作「門九開」，其中馮抄本「開」字係塗改而成，有「宋本」印，類聚作「外」。

〔三〕「願逐明月」，類要一三諸門作「顕逐明月」，同卷總叙宫掖作「願遂日明月」。

白紵歌二首〔一〕

【校記】

〔一〕「白紵歌二首」，活字本作「代白紵歌辭」，兩抄本、趙本均作「代白紵歌辭二首」，其中兩抄本此題置於其前一首詩正文末。

其一〔一〕

朱唇動〔二〕、素袖舉〔三〕，洛陽少年邯鄲女〔四〕。古稱緑水今白紵〔五〕，催弦急管爲君舞〔六〕。窮秋九月荷葉黄〔七〕，北風驅雁天雨霜〔八〕，夜長酒多樂未央。

【校記】

〔一〕此首類聚四三樂部三歌録全篇，題作「白紵辭歌」；按，類聚所録此首下連「其二」所録全篇爲一首。類要二九舞録「舉」、「女」、「紵」、「舞」四韻。樂府詩集五五録全篇，爲鮑照白紵歌六首之第五首。「其一」二字，四玉臺本、類聚、樂府詩集均無。

〔二〕「動」，類要作「勤」。

〔三〕「袖」，兩抄本、趙本、樂府詩集均作「腕」，類要作「神」；又，樂府詩集其下注「一作袖」。

〔四〕「年」，兩抄本、趙本、類聚、類要、樂府詩集均作「童」。

〔五〕「緑」，兩抄本、類聚、樂府詩集均作「淥」。

〔六〕「弦」，類要作「紵」。

〔七〕「荷」，活字本作「黄」。

〔八〕「雁」，類聚作「鷹」。

其二〔一〕

春風澹蕩俠思多〔二〕，天色浄緑氣妍和〔三〕。桃含紅萼蘭紫芽〔四〕，朝日灼爍發園葩〔五〕。捲幌結幃盈玉筵〔六〕，齊謳秦吹盧女弦〔七〕，千金顧笑買芳年〔八〕。

【校記】

〔一〕此首類聚四三樂部三歌録全篇，題作「白紵辭歌」；按，類聚所録此首上接「其一」所録全篇爲一首。類要二九私樂録「筵」、「弦」二韻，題作「舞歌詞」。樂府詩集五五録全篇，爲鮑照白紵歌六首之第六首。「其二」二字，四玉臺本、類聚、樂府詩集均無。

〔二〕「澹」，兩抄本均作「淡」。「俠」，兩抄本、趙本、類聚均作「使」。

〔三〕「緑」，兩抄本、類聚均作「淥」。

〔四〕「桃含」，類聚作「含桃」。「萼」，趙本作「萓」。「蘭」，樂府詩集此字下注「一作連」。「芽」，兩抄本、趙本、樂府詩集均作「牙」。

〔五〕「葩」，兩抄本、趙本、類聚、樂府詩集均作「花」。

〔六〕「幌」，趙本作「櫎」，類要作「幰」。「幃」，兩抄本、趙本、類聚、樂府詩集均作「帷」，類要無此字。「盈」，兩抄本、趙本、類聚、類要、樂府詩集均作「羅」。

〔七〕「謳」，活字本作「驅」。「盧」，活字本作「廬」。

〔八〕「顧」，兩抄本、類聚均作「雇」。

行路難四首〔一〕

【校記】

〔一〕「四首」二字，活字本無。

其一〔一〕

中庭五株桃，一株先作花。陽春妖冶二三月〔二〕，從風簸蕩落西家。西家思婦見之惋〔三〕，零泪沾衣撫心嘆。初送我君出户時〔四〕，何意淹留節迴换〔五〕。床席生塵明鏡垢，纖腰瘦削髮蓬亂〔六〕。人生不得常稱意〔七〕，惆悵徙倚至夜半。

【校記】

〔一〕此首樂府詩集七〇録全篇，爲鮑照行路難十九首之第八首。「其一」二字，四玉臺本、樂府詩集均無；其下三首，諸本亦均無「其×」字樣，不再分别出校。

〔二〕「妖冶」，樂府詩集作「沃若」，其下注「一作妖冶」。

〔三〕「見之」，樂府詩集作「見悲」，其下注「一作見之」。

〔四〕「送我」，樂府詩集作「我送」。

〔五〕「意」，活字本作「時」，兩抄本、趙本、樂府詩集均作「言」。

〔六〕「瘦」，趙本作「瘦」。

〔七〕「常」，樂府詩集作「恒」。

其二〔一〕

剉蘗染黄絲〔二〕，黄絲歷亂不可治。昔我與君始相值〔三〕，爾時自謂可君意。結帶與我言，死生好惡不相置〔四〕。今日見我顔色衰，意中索寞與先異〔五〕。還君金釵玳瑁簪〔六〕，不忍見此益愁思〔七〕。

【校記】

〔一〕此首樂府詩集七〇録全篇，爲鮑照行路難十九首之第九首。

〔二〕「蘗」，活字本作「蘖」，兩抄本、趙本、樂府詩集均作「蘗」。

〔三〕「昔我」，樂府詩集作「我昔」。

〔四〕「結帶與我言死生好惡不相置」，樂府詩集此下注「一作結帶與君何死生好惡不擬相棄置」。

〔五〕「索寞」，兩抄本、趙本均作「错漠」，樂府詩集此二字下注「一作錯亂」。

〔六〕「金」，兩抄本、趙本均作「玉」。

〔七〕「此」，兩抄本、趙本、樂府詩集均作「之」。「愁」，兩抄本、趙本均作「悲」。

其三〔一〕

奉君金卮之旨酒〔二〕，玳瑁玉匣之雕琴，七彩芙蓉之羽帳〔三〕，九華葡萄之錦衾〔四〕。紅顔零落歲將暮，寒光宛轉時欲沉〔五〕。願君裁悲且減思〔六〕，聽我抵節行路吟〔七〕。不見柏梁銅雀上，寧聞古時清吹音〔八〕！

【校記】

〔一〕此首樂府詩集七〇録全篇，爲鮑照行路難十九首之第一首。

〔二〕「卮」，樂府詩集此字下注「一作巵」。「旨酒」，兩抄本、趙本均作「酒碗」，樂府詩集作「美酒」。

〔三〕「悵」，四玉臺本、樂府詩集均作「帳」。

〔四〕「葡萄」，兩抄本均作「蒲陶」，趙本、樂府詩集均作「蒲萄」。

〔五〕「光」，兩抄本、趙本均作「花」。

〔六〕「減」，兩抄本、趙本均作「滅」。

〔七〕「抵」，活字本作「折」。

〔八〕「寧」，活字本作「仍」。

其四〔一〕

璇閨玉墀上椒閣〔二〕，文窗綉户垂羅幕〔三〕。中有一人字金蘭，被服纖羅采芳藿〔四〕。春燕差池風散梅，開帷對影弄春爵〔五〕。含歌攬涕不能言〔六〕，人生幾時得爲樂？寧作野中之雙鳧〔七〕，不願雲間之别鶴〔八〕。

【校記】

〔一〕此首類要一〇總叙衆嬪録「幕」、「藿」二韻，署「鮑客」，題作「行路云难」。樂府詩集七〇録全篇，爲鮑照行路難十九首之第三首。

〔二〕「璇」，類要作「旋」。「墀」，活字本、趙本、類要、樂府詩集均作「墀」，兩抄本均作「墀」。

〔三〕「綉」，類要作「牖」。「垂羅幕」，兩抄本、趙本、樂府詩集均作「垂綺幕」，類要作「重奇幕」。

〔四〕「纖」，類要此字空缺。「采」，兩抄本、類要、樂府詩集均作「藴」，趙本作「薀」；又，樂府詩集其下注「一作采」。

〔五〕「影」，樂府詩集作「景」。「春爵」，四玉臺本均作「禽雀」，樂府詩集作「禽爵」；又，樂府詩集「禽」字下注「一作春」。

〔六〕「攬涕」，兩抄本均作「覽泪」，趙本作「攬泪」。「不能言」，樂府詩集作「恒抱愁」。
〔七〕「之雙」，兩抄本、趙本均作「雙飛」。
〔八〕「之别」，兩抄本、趙本均作「别翅」。「鶴」，樂府詩集此字下注「一作鵠」。

北風行〔一〕

北風凉，雨雪雱，京洛女兒多妍妝〔二〕。遥艷帷中自悲傷〔三〕，沉吟不語若爲忘〔四〕。問君何行何當歸，苦使妾坐自傷悲。慮年去〔五〕，慮顔衰，情易復，恨難追。

【校記】

〔一〕北風行一首，四玉臺本均無。樂府詩集六五録全篇，署名「鮑照」。
〔二〕「妍」，樂府詩集作「嚴」。
〔三〕「帷」，樂府詩集作「帷」。
〔四〕「爲」，樂府詩集此字下注「一作有」。

〔五〕「去」，樂府詩集作「至」，其下注「一作去」。

楚明妃曲〔一〕

湯惠休

瓊臺彩楹，桂寢雕甍。金閨流耀，玉牖含英。香芬幽藹，珠彩珍榮。文羅秋翠，紈綺春輕。驂駕鸞鶴，往來仙靈。含姿綿視，微笑相迎。結蘭枝，送目成，當年爲君榮。

【校記】

〔一〕汤惠休楚明妃曲一首，四玉臺本均無。樂府詩集五八録全篇。

白紵歌〔一〕

少年窈窕舞君前，容華艷艷將欲然。爲君嬌凝復遷延，流目送笑不敢言。長袖拂面心自煎，願君流光及盛年。

【校記】

〔一〕白紵歌一首，四玉臺本均無。樂府詩集五五録全篇。

秋風歌〔一〕

秋風裊裊入曲房〔二〕，羅帳含月思心傷。蟋蟀夜鳴斷人腸，長夜思君心飛揚。他人相思君相忘〔三〕，錦衾瑶席爲誰芳〔四〕！

【校記】

〔一〕秋風歌一首，四玉臺本均無。類聚三歲時上秋録全篇，題作「歌詩」。初學記三秋一處録全篇，題作「歌」；又一處録「房」、「傷」二韻二句，題作「白紵詩」。御覽二五時序部十秋下録全篇，題作「白紵舞歌」。樂府詩集六〇録全篇，題作「秋風」。

〔二〕「裊裊」，初學記第二處作「墀慵」。

〔三〕「他」，御覽作「它」。

〔四〕「瑶」，初學記作「摇」。「爲誰」，初學記作「徒爲」。

歌思引〔一〕

秋寒依依風過河，白露蕭蕭洞庭波。思君末光光已滅，眇眇悲望如思何！

【校記】

〔一〕歌思引一首，四玉臺本均無。類聚三歲時上秋録全篇。

李夫人及貴人歌

陸厥〔一〕

屬車桂席塵〔二〕，豹尾香烟滅。彤殿向蘼蕪〔三〕，青蒲復萎絶〔四〕。坐萎絶〔五〕，對蘼蕪〔六〕。臨玉階〔七〕，泣長途〔八〕。寡鶴羈雌飛且止〔九〕，雕梁翠壁網蜘蛛。洞房明月夜，對此泪如珠。

【校記】

〔一〕此首類聚四三樂部三歌録全篇，署「陸■」，其第二字係一墨釘。樂府詩集八四録全篇。「李夫人及貴人歌　陸厥」，兩抄本均作「李夫人及貴人歌一首　陸厥」，趙本作「陸厥李夫人及貴人歌一首」。按，活字本目録中「陸厥」下有「一首」二字，而無「李夫人及貴人歌」之題。又，四玉臺本此詩均置於釋寶月行路難之後。

〔二〕「屬」，類聚作「别」。「桂」，兩抄本、趙本均作「挂」。

〔三〕「彤殿」，活字本作「形影」。

〔四〕「蒲」，類聚作「蒱」。「萎」，兩抄本、趙本均作「委」。

〔五〕「萎」，兩抄本、趙本均作「委」；又，馮抄本「坐委絶」三字原無，係後來補入，有「宋本」印。

〔六〕「蘼」，兩抄本、類聚均作「蘪」。

〔七〕「玉」，四玉臺本、樂府詩集均作「丹」。

〔八〕「長途」，活字本作「樹途」，兩抄本、趙本、樂府詩集均作「椒塗」，類聚作「長塗」。

〔九〕「止」，兩抄本、趙本均作「上」。

行路難

釋寶月〔一〕

君不見孤雁關外發，酸嘶度楊越〔二〕。空城客子心腸斷，幽閨思婦氣欲絶。凝霜夜下拂羅衣，浮雲中斷開明月。夜夜遥遥徒相思，年年望望情不歇〔三〕。寄我匣中青銅鏡〔四〕，倩人爲君除白髮〔五〕。行路難，行路難，夜聞南城漢使度，使我流泪憶長安。

【校記】

〔一〕此首樂府詩集七〇録全篇，署「僧寶月」。「行路難　釋寶月」，兩抄本均作「行路難一首　釋寶月」，其中翁抄本此題置於其前一首詩正文末；趙本作「釋寶月行路難一首」。按，活字本目録中「月」下有「一首」二字，而無「行路難」之題。又，四玉臺本此詩均置於鮑昭（照）行路難四首之後。

〔二〕「楊」，活字本、樂府詩集均作「揚」。

〔三〕「年望」，兩抄本均作「望年」。

〔四〕「青」，兩抄本均作「情」，樂府詩集作「清」。

〔五〕「倩」，兩抄本均作「情」。

河中之水歌

梁武帝〔一〕

河中之水向東流，洛陽女兒名莫愁。莫愁十三能織綺，十四采桑南陌頭〔二〕。

十五嫁爲盧家婦〔三〕，十六生兒字阿侯〔四〕。盧家蘭室桂爲梁，中有鬱金蘇合香。頭上金釵十二行，足下絲履五文章。珊瑚挂鏡爛生光〔五〕，平頭奴子擎履箱〔六〕。人生富貴何所望？恨不早嫁東家王〔七〕。

【校記】

〔一〕此首類聚四三樂部三歌録全篇，無題、名，僅在該詩首句前多一「古」字。初學記一九奴婢録「章」、「箱」二韻，同書二五鏡台録「光」一韻，均題作「古詩」。樂府詩集八五録全篇。「河中之水歌　梁武帝」，活字本此詩題作兩行，其首行題「梁武帝」，次行題「河中之水歌」，兩抄本、趙本均無。按，四玉臺本此詩均置於本卷首東飛伯勞歌之後，兩抄本、趙本爲歌辭二首之第二首。

〔二〕「南」，類聚作「東」。

〔三〕「爲」，活字本作「與」。「家」，樂府詩集作「郎」。

〔四〕「字」，樂府詩集作「似」。「侯」，活字本作「侯」。

〔五〕「爛」，活字本作「爤」；又，樂府詩集「爛生光」下注「一作生輝光」。按，凡「爛」、「爤」一類異文，以下不再出校。

〔六〕「擎」，兩抄本、趙本、類聚、初學記一九均作「提」。「箱」，初學記作「霜」。

〔七〕「早嫁」，兩抄本、趙本、類聚均作「嫁與」。

江南弄〔一〕

衆花雜色滿上林，舒芳耀緑垂輕陰，連手躞蹀舞春心。舞春心，臨歲腴，中人望，獨踟蹰。

【校記】

〔一〕江南弄一首，四玉臺本均無。樂府詩集五〇録全篇。

龍笛曲〔一〕

美人綿眇在雲堂，雕金鏤竹眠玉床，婉愛寥亮繞紅梁。繞紅梁，流月臺。駐狂風，鬱徘徊。

【校記】

〔一〕龍笛曲一首，四玉臺本均無。樂府詩集五〇録全篇。

采菱曲〔一〕

江南稚女珠腕繩，金翠摇首紅顔興，桂棹容與歌采菱。歌采菱，心未怡，翳羅袖，望所思。

【校記】

〔一〕采菱曲一首，四玉臺本均無。樂府詩集五〇録全篇。

游女曲〔一〕

氛氲蘭麝體芳滑，容色玉耀眉如月，珠珮婐姬戲金闕〔二〕。戲金闕，游紫庭，舞飛閣，歌長生。

【校記】

〔一〕游女曲一首，四玉臺本均無。樂府詩集五〇録全篇。

〔二〕「珮」，樂府詩集作「佩」。

朝雲曲〔一〕

張樂陽臺歌上歇〔二〕，如寢如興若晻曖〔三〕，容光既艷復還没。復還没，望不來。巫山高，心徘徊。

【校記】

〔一〕朝雲曲一首，四玉臺本均無。樂府詩集五〇録全篇。

〔二〕「歇」，樂府詩集作「謁」。

〔三〕「若」，樂府詩集作「芳」。

白紵辭二首〔一〕

【校記】

〔一〕白紵辭二首，四玉臺本均無。樂府詩集五五録此題二首。

其一

朱絲玉柱羅象筵，飛琯促節舞少年。短歌流目未肯前，含笑一轉私自憐。

其二

纖腰裊裊不任衣，嬌態獨立特爲誰〔一〕？赴曲君前未忍歸，上聲急調中心飛。

【校記】

〔一〕「態」，樂府詩集作「怨」。

江南曲

昭明太子〔一〕

枝中水上春并歸〔二〕，長揚掃地桃花飛，清風吹人光照衣。光照衣，景將夕，擲黄金，留上客。

【校記】

〔一〕江南曲一首，四玉臺本均無。類聚四二樂部二樂府録全篇，署「梁簡文帝」。樂府詩集五〇録全篇，爲昭明太子江南弄三首之第一首。

〔二〕類聚「枝」字前尚有「陽春路時使佳人度」八字。

龍笛曲〔一〕

金門玉堂臨水居，一嚬一笑千萬餘，游子去還願莫疏。願莫疏，意何極。雙鴛鴦，兩相憶。

【校記】

〔一〕龍笛曲一首，四玉臺本均無。樂府詩集五〇録全篇，爲昭明太子江南弄三首之第二首。

采蓮曲〔一〕

桂楫蘭橈浮碧水，江花玉面兩相似，蓮疏藕折香風起。香風起，白日低，采蓮曲，使君迷。

【校記】

〔一〕采蓮曲一首，四玉臺本均無。樂府詩集五〇録全篇，爲昭明太子江南弄三首之第三首。

烏栖曲四首

梁簡文帝〔一〕

【校記】

〔一〕「烏栖曲四首　梁簡文帝」，活字本作「烏栖曲　皇太子」，兩抄本均作「聖製一十五首皇太子　烏棲曲四首」，趙本作「皇太子聖製烏棲曲四首簡文」。按，活字本目録中「皇太子」下有「一十五首」四字，趙本目録中「聖製」下有「一十六首」四字，四玉臺本目録皇太子名下均無具體詩題，其正文皇太子詩均置於費昶行路難之後。又，此卷正文皇太子名下，活字本有詩二十二首，兩抄本、趙本均有詩十二首，皆與目録不符。

其一〔一〕

芙蓉作船絲作絏〔二〕，北斗横天月將落。采蓮渡頭擬黄河〔三〕，郎今欲度畏風波〔四〕。

【校記】

〔一〕此首類聚四二樂部二樂府、樂府詩集四八均録全篇。類要一三舟舡録第一句，署名「梁文簡」，無題。「其一」二字，四玉臺本、類聚、樂府詩集均無；其下三首，諸本亦均無「其×」字樣，不再分别出校。按，馮抄本四首原連抄，各首之間以紅筆分隔，分别有「宋本」印。

〔二〕「絏」，活字本作「紲」。

〔三〕「蓮」，類聚作「桑」。「擬」，四玉臺本、類聚、樂府詩集均作「礙」。

〔四〕「度」，兩抄本、趙本、樂府詩集均作「渡」。

其二〔一〕

浮雲似帳月如鈎〔二〕，那能夜夜南陌頭〔三〕？宜城醖酒今行熟〔四〕，停鞍繫馬暫棲宿。

【校記】

〔一〕此首類聚四二樂部二樂府、樂府詩集四八均録全篇。類要二八酒兩處録末二句，第一處題作「樂府烏棲曲」，第二處無題、名。

〔二〕「如」，四玉臺本均作「成」。

〔三〕「頭」，類聚作「游」。

〔四〕「醖酒」，兩抄本、趙本均作「醘酒」，類聚、類要均作「投酒」，樂府詩集作「投泊」。「今行熟」，活字本作「今行熱」，類要第一處作「今熟行」、第二處作「今行熟」。

其三〔一〕

青牛丹轂七香車，可憐今夜宿倡家。倡家高樹烏欲棲〔二〕，羅幃翠帳向君低〔三〕。

【校記】

〔一〕此首類聚四二樂部二樂府、樂府詩集四八均録全篇。

〔二〕「倡家」，馮抄本此二字原漏抄，後以紅筆於上一句「倡家」下加重字符，有「宋本」印。

〔三〕「幃」，兩抄本、趙本均作「帷」。「帳」，樂府詩集作「被」。「向」，樂府詩集作「任」。

其四〔一〕

織成屏風金屈膝〔二〕，朱脣玉面燈前出。相看氣息望君憐，誰能含羞不自前！

【校記】

〔一〕此首類聚四二樂部二樂府、樂府詩集四八均録全篇。

〔二〕「金」，兩抄本、趙本、類聚均作「銀」。「膝」，趙本作「鄰」，類聚作「脥」。

從軍行〔一〕

雲中停陣羽檄驚〔二〕，甘泉烽火通夜明〔三〕。貳師將軍新築營〔四〕，嫖姚校尉初出征〔五〕。復有山西將，絶世受雄名〔六〕。三門應遁甲，五壘學神兵。白雲隨陣色〔七〕，蒼山答鼓聲。逶迤觀鵝翼〔八〕，參差睹雁行。先平小月陣，却滅大宛城。善馬還長樂〔九〕，黄金付水衡。小婦趙人能鼓瑟，侍婢初笄解鄭聲。庭前桃花飛已合〔一〇〕，必應紅妝起見迎〔一一〕。

【校記】

〔一〕此首類聚四一樂部一論樂録「驚」、「明」、「營」、「征」、「名」、「兵」、「聲」、「城」、「衡」、「聲」、「迎」十一韻十八句。類要三六邊寇録「驚」、「明」、「營」、「征」四韻四句。樂府詩集三二録全篇。「從軍行」，兩抄本、趙本均作「雜句從軍行一首」。

〔二〕「停陣」，兩抄本均作「亭嶂」，趙本、類聚、類要、樂府詩集作「亭障」；又，樂府詩集其下注「一作障嶂」。「檄」，兩抄本、類聚均作「撽」。

〔三〕「火」，類要此下有「以」字。

〔四〕「貳」，活字本、類要均作「二」。「軍」，類要此下有「以」字。「營」，類要作「之壘」。

〔五〕「出」，活字本作「山」。

〔六〕「受」，類聚、樂府詩集均作「愛」；又，樂府詩集其下注「一作受」。

〔七〕「陣」，類聚作「旆」，樂府詩集此字下注「一作旆」。

〔八〕「逶迤」，兩抄本、趙本均作「邐迤」，樂府詩集作「迤邐」。

〔九〕「樂」，類聚作「道」。

〔一〇〕「桃花」，類聚作「柳絮」，樂府詩集此二字下注「一作柳絮」。「已」，類聚作「欲」，樂府詩集此字下注「一作欲」。

〔一一〕「起見迎」，類聚、樂府詩集均作「來起迎」；又，樂府詩集其下注「一作起見迎」。

和蕭侍中子顯春別四首〔一〕

【校記】

〔一〕「和蕭侍中子顯春別四首」，兩抄本、趙本均作「和蕭侍中子顯春別四首七言」。

其一〔一〕

别觀葡萄帶實垂〔二〕，江南豆蔻生連枝〔三〕。無情無意猶如此〔四〕，有心有恨徒自知〔五〕。

【校記】

〔一〕此首類聚三二人部十六閨情録全篇，題作「春别」。「其一」二字，四玉臺本均無；其下三首，四玉臺本亦均無「其×」字樣，不再分别出校。

〔二〕「葡」，四玉臺本、類聚均作「蒲」。

〔三〕「蔻」，兩抄本均作「蔲」。

〔四〕「猶」，類聚作「又」。

〔五〕「自知」，兩抄本、趙本、類聚均作「别離」。

其二〔一〕

蜘蛛作絲滿帳中，芳草結葉當行路。紅臉脉脉一生啼，黄鳥飛飛有時度。故人雖故昔經新，新人雖新復應故。

【校記】

〔一〕此首類聚三二人部十六閨情録全篇，署「江總」，無題。

其三〔一〕

可憐淮水去來潮，春堤楊柳覆河橋。泪痕未燥詎終朝〔二〕，行聞玉佩已相要。

【校記】

〔一〕此首類聚三二人部十六閨情録全篇，題作「春別」。

〔二〕「痕」，四玉臺本均作「迹」。「未燥」，活字本作「未慘」，趙本、翁抄本均作「未燦」。

其四〔一〕

桃紅李白若朝妝〔二〕，羞持憔悴比新楊〔三〕。不惜暫往君前死〔四〕，愁無西國更生香。

【校記】

〔一〕此首類聚三二人部十六閨情録全篇，題作「春别」。

〔二〕「妝」，兩抄本、趙本均作「莊」。

〔三〕「楊」，類聚作「芳」。

〔四〕「往」，四玉臺本、類聚均作「住」。

歷九秋篇十首〔一〕

【校記】

〔一〕「歷九秋篇十首」，活字本作「雜詩」，置於皇太子名下；兩抄本、趙本作「歷九秋篇　董桃行」（其中兩抄本「董桃行」之題置於本詩正文前），均置於傅玄名下，爲其擬北樂府三首第一首之前十章，參見該題校記。

其一〔一〕

歷九秋兮三春〔二〕，遺貴客兮遠賓〔三〕，顧多君心所親。乃命妙妓才人，炳若日月星辰〔四〕。

【校記】

〔一〕此首類聚四二樂部二樂府録「春」、「賓」、「親」、「人」四韻四句，署名「傅玄」；按，類聚共録本題下其一四韻、其四四韻，并前此傅玄歷九秋篇四韻，前後相連爲一首。樂府詩集三四録全篇，爲傅玄董桃行歷九秋篇之第一首。「其一」二字，活字本無，兩抄本、趙本、樂府詩集均以雙行小字置於本詩末；其下九首格式同，不再分别出校。

〔二〕「春」，四玉臺本此下均有「分」字。

〔三〕「遺」，四玉臺本、類聚均作「遣」。「遠」，類聚作「一」。

〔四〕兩抄本、趙本此詩與下一首詩相連接，中間不另行空格；此下九首格式同，不再分别出校。

其二〔一〕

序金罍兮玉觴，賓主遞起雁行〔二〕，杯若飛電絶光。交觴接卮結裳，慷慨歡笑萬方。

【校記】

〔一〕此首樂府詩集三四録全篇，爲傳玄董桃行歷九秋篇之第二首。

〔二〕「雁」，樂府詩集作「寫」。

其三〔一〕

奏新詩兮夫君〔二〕，爛然虎變龍文，渾如天地未分。齊謳楚舞紛紛，歌聲上嗷青雲〔三〕。

【校記】

〔一〕此首類要二九舞録「紛」、「雲」二韻二句，題作「古樂府力秋妾薄相行」。樂府詩集三四録全篇，爲傳玄董桃行歷九秋篇之第三首。

〔二〕「奏」，活字本作「春」。

〔三〕「歌聲」，類要作「聲歌」。「嗷」，兩抄本、趙本、類要、樂府詩集均作「激」。

其四〔一〕

窮八音兮異倫，奇聲靡靡每新，微笑素齒丹脣〔二〕。逸響飄薄梁塵〔三〕，精爽眇眇入神〔四〕。

【校記】

〔一〕此首類聚四二樂部二樂府録「倫」、「脣」、「塵」、「神」四韻四句，爲傅玄歷九秋篇之第五至第八句。樂府詩集三四録全篇，爲傅玄董桃行歷九秋篇之第四首。

〔二〕「笑」，類聚、樂府詩集均作「披」。

〔三〕「飄」，兩抄本、趙本、類聚、樂府詩集均作「飛」。

〔四〕「爽」，活字本作「美」。

其五〔一〕

坐咸醉兮沾歡，引樽促席臨軒，進爵獻壽翻翻。千秋要君一言〔二〕，願愛不移若山。

【校記】

〔一〕此首樂府詩集三四録全篇，爲傅玄董桃行歷九秋篇之第五首。

〔二〕「要」，兩抄本均作「腰」。

其六〔一〕

君恩愛兮不竭，譬若朝日夕月，此景萬里不絶。長保初醮結髪，何憂坐生胡越〔二〕！

【校記】

〔一〕此首樂府詩集三四録全篇，爲傅玄董桃行歷九秋篇之第六首。

〔二〕「憂」，兩抄本均作「夏」。「坐」，活字本作「生」。「生」，樂府詩集無此字。

其七〔一〕

携弱手兮金環〔二〕，上游飛閣雲間，穆若鴛鳳雙鸞〔三〕。還幸蘭房自安，娱心極樂難原〔四〕。

【校記】

〔一〕此首樂府詩集三四録全篇，爲傅玄董桃行歷九秋篇之第七首。

〔二〕「金」，活字本作「登」。「環」，兩抄本、趙本均作「鐶」。

〔三〕「鸞」，樂府詩集作「燕」，其下注「一作鸞」。

〔四〕「極樂」，樂府詩集作「樂意」。

其八〔一〕

樂既極兮多懷，盛時忽逝若頹，寒暑革御景迴〔二〕。春榮隨風飄摧，感物動心增哀。

【校記】

〔一〕此首樂府詩集三四録全篇，爲傅玄董桃行歷九秋篇之第八首。

〔二〕「革」，活字本作「草」。

其九〔一〕

妾受命兮孤虛〔二〕，男兒墮地稱妹〔三〕，女弱難存若無。骨肉至親更疏，奉事他人托軀。

【校記】

〔一〕此首樂府詩集三四録全篇，爲傅玄董桃行歷九秋篇之第九首。

〔二〕「虚」，活字本作「靈」。

〔三〕「隨」，活字本、樂府詩集均作「隨」；又，樂府詩集其下注「一作墮」。「妹」，四玉臺本、樂府詩集均作「姝」。

其十〔一〕

君如影兮隨形，賤妾如水浮萍，明月不能常盈。誰能無根保榮，良時冉冉代征。

【校記】

〔一〕此首樂府詩集三四録全篇，爲傅玄董桃行歷九秋篇之第十首。

春情〔一〕

蝶黄花紫燕相追，楊低柳合路塵飛。已見垂鈎挂緑樹，誠知淇水沾羅衣〔二〕。兩童夾車問不已，五馬城南猶未歸。鶯啼春欲駛〔三〕，無爲空掩扉。

【校記】

〔一〕「春情」，四玉臺本均作「雜句春情一首」。按，鄭本目録中題下有「一首」二字。

〔二〕「淇」，活字本作「其」。

〔三〕「駛」，活字本作「駃」。

擬古〔一〕

窺紅對鏡斂雙眉，含愁拭泪坐相思，念人一去許多時。眼語笑靨迎來情〔二〕，心懷心想甚分明。憶人不忍語〔三〕，含恨獨吞聲〔四〕。

【校記】

〔一〕「擬古」，四玉臺本均作「擬古一首」。按，鄭本目録中題下有「一首」二字。

〔二〕「眼」，活字本作「服」。「迎」，兩抄本均作「近」。

〔三〕「人」，活字本作「入」。

〔四〕「含」，活字本作「御」，兩抄本、趙本均作「銜」。

倡樓怨節〔一〕

朝日斜來照户，春鳥争飛出林。片光片影皆麗，一聲一囀煎心。上林紛紛花落，淇水漠漠苔浮。年馳節流易盡，何爲忍憶含羞〔二〕！

【校記】

〔一〕此首類聚三二人部十六閨情録全篇。「倡樓怨節」，活字本作「倡樓怨節六言」，兩抄本、趙本均作「倡樓怨節一首六言」。

〔二〕「憶」，類聚作「意」。

東飛伯勞歌二首〔一〕

【校記】

〔一〕東飛伯勞歌二首，四玉臺本均無。

其一〔一〕

翻階蛺蝶戀花情，容華飛燕相逢迎。誰家總角岐路陰，裁紅點翠愁人心。天窗綺井曖徘徊，珠簾玉篋明鏡臺。可憐年幾十三四，工歌巧舞入人意。白日西落楊柳垂，含情弄態兩相知。

【校記】

〔一〕此首樂府詩集六六録全篇。「其一」二字，樂府詩集無。

其二〔一〕

西飛迷雀東羈雉，倡樓秦女乍相值〔二〕。誰家妖麗鄰中止，輕妝薄粉光閭里。網户珠綴曲瓊鈎，芳茵翠被香氣流。少年年幾方三六，含嬌聚態傾人目。餘香落蕊坐相催，可憐絶世誰爲媒？

【校記】

〔一〕此首樂府詩集六六録全篇。「其二」二字，樂府詩集無。

〔二〕「值」，樂府詩集作「隨」。

春别應令四首

梁元帝〔一〕

【校記】

〔一〕「春别應令四首　梁元帝」，活字本作「湘東三春别應令四首」，兩抄本、趙本均作「湘東王春别應令四首七言」。按，活字本目録中「三」作「王」，其下有「繹四首」三字，而無「春别應令四首」之題；兩抄本、趙本「王」下均有「繹」字。

其一〔一〕

昆明夜月光如練，上林朝花色如霰。花朝月夜動春心，誰忍相思不相見〔二〕！

【校記】

〔一〕此首類聚三二人部十六閨情録全篇，題作「别詩」。「其一」二字，四玉臺本均無；其下三首，四玉臺本亦均無「其×」字樣，不再分别出校。

〔二〕「不相見」，類聚作「今不見」。

其二〔一〕

試看機上蛟龍錦〔二〕，還瞻庭裏合歡枝。映日通風隱朱幔〔三〕，飄花摇葉度金池〔四〕。不聞離人當重合，唯悲合罷會成離。

【校記】

〔一〕此首類聚三二人部十六閨情録全篇，題作「別詩」。

〔二〕「蛟」，四玉臺本均作「交」。

〔三〕「隱」，四玉臺本、類聚均作「影」。　「幔」，兩抄本均作「慢」。

〔四〕「花」，活字本作「風」。　「摇」，兩抄本、趙本、類聚均作「拂」。　「葉」，活字本作「華」。

其三〔一〕

門前楊柳亂如絲，直置佳人不自持。適言新作裂紈詩，誰悟今成織素辭！

【校記】

〔一〕此首類聚三二人部十六閨情録全篇，題作「別詩」。

其四〔一〕

日暮徙倚渭橋西，正見流月與雲齊〔二〕。若使月光無近遠，應照離人今夜啼〔三〕。

【校記】

〔一〕此首類聚三二人部十六閨情録全篇，題作「别詩」。

〔二〕「見」，活字本作「月」。「流」，四玉臺本均作「凉」。

〔三〕「今夜」，兩抄本均作「今在」，類聚作「今暝」。

燕歌行〔一〕

燕趙佳人本自多，遼東少婦學春歌。黄龍戍北花如錦，玄兔城前月似蛾〔二〕。如何此時别夫婿，金羈翠毦往交河〔三〕。還聞入漢去燕營，怨妾心中百恨生〔四〕。漫漫悠悠天未曉，遥遥夜夜聽寒更。自從異縣同心别，偏恨同時成異節。横波滿臉萬行啼〔五〕，翠眉漸斂千重結〔六〕。并海連天合不開，那堪春日上春臺！惟見遠舟如落葉，復看遥舸似行杯。沙汀夜鶴嘯羇雌，妾心無趣坐傷離。翻嗟漢使音塵斷，空傷賤妾燕南陲〔七〕。

【校記】

〔一〕燕歌行一首，四玉臺本均無。類聚四二樂部二樂府録全篇。類要二四離别録「横波滿臉萬行啼」一句，同書三六北狄録「蛾」一韻二句。樂府詩集三二録全篇。

〔二〕「兔」，樂府詩集作「菟」。

〔三〕「旄」，類聚作「毦」。

〔四〕「心中」，類聚、樂府詩集均作「愁心」。

〔五〕「横」，類聚作「撗」，類要作「漠」。

〔六〕「漸」，類聚、樂府詩集均作「暫」。

〔七〕「陲」，類聚、樂府詩集均作「垂」。

烏棲曲四首〔一〕

【校記】

〔一〕烏棲曲四首，四玉臺本均無。

其一〔一〕

沙棠作船桂爲楫〔二〕，夜渡江南采蓮葉〔三〕。復值西施新浣紗〔四〕，共泛江干瞻月華〔五〕。

【校記】

〔一〕此首類聚四二樂部二樂府録全篇。類要一三舟舡録「楫」、「葉」二韻二句，署名「梁元」，無題。樂府詩集四八録全篇。

〔二〕「爲」，類要作「作」。

〔三〕「夜渡」，類要作「度夜」。

〔四〕「紗」，樂府詩集作「沙」。

〔五〕「泛」，樂府詩集作「向」。「瞻」，樂府詩集作「眺」。

其二〔一〕

月華似璧星如珮，流影燈明玉堂内〔二〕。邯鄲九投朝始成，金卮銀碗共君傾〔三〕。

【校記】

〔一〕此首類聚四二樂部二樂府録全篇。類要二八酒兩處録「成」、「傾」二韻二句，第一處署「梁元」，題作「烏曲詩」，第二處署「梁元」，無題。樂府詩集四八録全篇。

〔二〕「燈」，類聚、樂府詩集均作「澄」。

〔三〕「巵」，類要作「梔」。「銀」，樂府詩集作「玉」。

其三〔一〕

交龍成錦鬥鳳紋，芙蓉爲帶石榴裙。日下城南兩相望，月没參横掩羅帳。

【校記】

〔一〕此首類聚四二樂部二樂府、樂府詩集四八均録全篇。

其四〔一〕

七彩隋珠九華玉〔二〕，蛺蝶爲歌明星曲。蘭房椒閣夜方開，那知步步香風逐？

【校記】

〔一〕此首類聚四二樂部二樂府、樂府詩集四八均録全篇。

〔二〕「隋」，類聚、樂府詩集均作「隨」。

别詩二首〔一〕

【校記】

〔一〕别詩二首，四玉臺本均無。

其一〔一〕

别罷花枝不共攀，别後書信不相關。欲覓行人寄消息，衣帶潮水暝應還〔二〕。

【校記】

〔一〕此首類聚三二人部十六閨情録全篇。

〔二〕「帶」，類聚作「常」。

其二〔一〕

三月桃花含面脂〔二〕，五月新油好煎澤〔三〕。莫復臨時不寄人，漫道江中無估客。

【校記】

〔一〕此首類聚三二人部十六閨情録全篇。

〔二〕「含」，類聚作「合」。

〔三〕「月」，類聚作「日」。

登臺望秋月

沈約〔一〕

望秋月〔二〕，秋月光如練〔三〕。照耀三爵臺〔四〕，徘徊九華殿。九華玳瑁梁，華欀與璧璫〔五〕。以兹雕麗色，特照明月光〔六〕。凝華入黼帳，清輝懸洞房。先過飛燕户，却照班姬床〔七〕。桂宫裊裊落桂枝〔八〕，早寒凄凄凝白露〔九〕。上林晚葉颯颯鳴〔一〇〕，雁門早鴻離離度。湛秀質兮似規〔一一〕，委清光兮如素。照愁軒之蓬影〔一二〕，映金階之微步〔一三〕。居人臨此笑以歌，别客對之傷且暮〔一四〕。經衰圃〔一五〕，映寒叢。凝清夜，帶秋風。隨庭雪以比素〔一六〕，與池荷而共紅。臨玉階之皎皎〔一七〕，含雪靄之濛濛〔一八〕。轥天衢而從度〔一九〕，轢長漢而飛空〔二〇〕。隱巖崖而半至〔二一〕，隔帷幌而纔通〔二二〕。散朱庭之欒欒〔二三〕，入青瑣而玲瓏〔二四〕。閑階悲寡鵠，沙洲怨别鴻。昭姬泣胡殿〔二五〕，明君思漢宫。余亦何爲者，淹留此山東！

【校記】

〔一〕此首類聚一天部上月録「練」、「殿」、「瑠」、「光」、「房」、「床」、「素」、「步」、「暮」、「叢」、「風」、「紅」、「濛」、「通」、「瓏」十五韻，題作「八咏望秋月」。類要七安陽縣録「殿」一韻，無題。「登臺望秋月　沈約」，兩抄本均作「望秋月」，趙本總題作「沈約八咏二首六首在卷末」，而置「望秋月」之題於本詩正文末；以下一首格式同，不再出校。按，活字本目録中「沈約」下有「八首」二字，兩抄本目録題作「雜詩八咏四首沈約八咏六首在卷末」，趙本目録中「沈約」下有「雜詩」二字，「二」作「四」，四玉臺本目録沈約名下均無具體詩題。又，鄭本沈約名下自此詩至披褐守山東共八首，活字本均置於陸厥詩之後；兩抄本、趙本置前二首於陸厥詩之後，而置後六首於本卷末王叔英婦詩之後。

〔二〕「望秋月」，類聚無此三字。

〔三〕「光」，類聚作「明」。

〔四〕「耀」，四玉臺本均作「曜」。　「爵」，類要作「雀」。

〔五〕「欀」，四玉臺本、類聚均作「榱」。　「璧」，兩抄本、趙本均作「壁」。

〔六〕「特」，兩抄本、趙本、類聚均作「持」。

〔七〕「照」，類聚作「映」。

〔八〕「裊裊」，兩抄本均作「裛裛」。

〔九〕「早」，兩抄本、趙本均作「露」。

〔一〇〕「颯鳴」，活字本作「鳴颯」。

〔一一〕「似」，馮抄本作「以」，但係塗改而成，有「宋本」印；翁抄本原作「似」，後紅筆塗去「亻」旁。

〔一二〕「影」，兩抄本均作「映」，類聚作「髮」。

〔一三〕「映」，兩抄本、類聚均作「影」。　「微」，兩抄本、趙本、類聚均作「輕」。

〔一四〕「且」，馮抄本似作「旦」，但係塗改而成，有「宋本」印，類聚作「旦」。　「暮」，四玉臺本均作「慕」。

〔一五〕「衰」，馮抄本似作「衺」，但係塗改而成，無「宋本」印，翁抄本作「褎」。

〔一六〕「雪」，馮抄本作「雲」，但係塗改而成，有「宋本」印，翁抄本原作「雲」，紅筆描改作「雪」。

「比」，兩抄本、趙本、類聚均作「偕」。

〔一七〕「臨」，類聚作「照」。「階」，兩抄本、趙本、類聚均作「墀」。

〔一八〕「雪靄」，兩抄本均作「霜藹」，趙本、類聚均作「霜靄」。

〔一九〕「從度」，活字本作「徒走」，兩抄本、趙本均作「徒步」。

〔二〇〕「轢」，活字本作「皪」。「漢」，活字本作「潢」。

〔二一〕「至」，兩抄本、趙本均作「出」，類聚作「隔」。

〔二二〕「隔」，類聚作「出」。「幌」，趙本作「櫎」。

〔二三〕「欒欒」，活字本、趙本、類聚均作「奕奕」，兩抄本均作「弈弈」。

〔二四〕「玲瓏」，兩抄本均作「零籠」。

〔二五〕「胡」，活字本無此字。

會圃臨春風〔一〕

臨春風，春風起春樹。游絲曖如網〔二〕，落花雰似霧。先泛天淵池〔三〕，還過細柳枝。蝶逢飛摇揚〔四〕，燕值羽差池〔五〕。揚桂旆〔六〕，動芝蓋。開燕裾〔七〕，吹趙帶。趙帶飛參差〔八〕，燕裾合且離〔九〕。迴簪復轉黛〔一〇〕，顧步惜容儀〔一一〕。容儀已照灼，春風復迴薄。氛氳桃李花〔一二〕，青枝含素蕚〔一三〕。既爲風所開，復爲風所落。摇緑帶，枕紫莖〔一四〕。舞春雪，雜流鶯。曲房開兮金鋪響，金鋪響兮妾思驚〔一五〕。梧桐未陰，淇川始碧〔一六〕。迎行雨于高唐〔一七〕，送歸鴻於碣石。經洞房，響紈素。感幽閨，思帷幓〔一八〕。想芳園兮可以游〔一九〕，念蘭翹兮漸堪摘。拂明鏡之冬塵，解羅衣之秋襞〔二〇〕。既鏗鏘以動佩，又絪緼而流麝〔二一〕。始摇蕩以入閨〔二二〕，終徘徊而緣隙，鳴珠簾於綉户〔二三〕，散芳塵于綺席。是時悵思婦〔二四〕，安能久行役！佳人不在兹，春風與誰惜〔二五〕？

【校記】

〔一〕此首類聚一天部上風録「樹」、「霧」、「枝」、「池」、「蓋」、「帶」、「離」、「薄」、「蕚」、「落」、「莖」、「鶯」、「石」、「襞」、「麝」、「隙」、「席」、「惜」十八韻，題作「八咏」。「會圃臨春風」，兩抄本、趙本均作「臨春風」。

〔二〕「網」，活字本作「烟」。

〔三〕「淵」，類聚作「津」。「池」，兩抄本均作「地」。

〔四〕「揚」，類聚作「漾」。

〔五〕「差池」，類聚作「參差」。

〔六〕「揚」，兩抄本均作「楊」。「桂」，馮抄本此字係塗改而成，有「宋本」印；翁抄本原作「旌」，紅筆描改作「桂」，其眉端紅筆寫「桂」字。

〔七〕「裾」，活字本作「裙」。

〔八〕「差」，活字本作「羞」。

〔九〕「裾」，活字本作「裙」。「且」，類聚作「復」。「離」，活字本作「迴」。

〔一〇〕「迴」，活字本作「離」。

〔一一〕「容」，活字本無此字。

〔一二〕「氛」，兩抄本均作「氲」；按，凡「氛」、「氲」一類異文，以下不再出校。

〔一三〕「枝」，活字本作「祚」，兩抄本均作「附」，趙本作「柎」，類聚作「跗」。

〔一四〕「枕」，兩抄本均作「杋」，趙本作「杭」，類聚作「抗」。

〔一五〕「妾思」，兩抄本均作「思妾」。

〔一六〕「始」，兩抄本、趙本均作「如」。

〔一七〕「唐」，馮抄本作「堂」。

〔一八〕「巒」，活字本作「奕」，兩抄本均作「弈」，趙本作「弈」。

〔一九〕「兮」，兩抄本、趙本均無此字。

〔二〇〕「解」，活字本誤植於「襞」字之後。「襞」，兩抄本均作「裻」。

〔二一〕「絪緼」，兩抄本、趙本、類聚均作「氛氳」。「麝」，類聚作「射」。

〔二二〕「始搖」，活字本作「搖始」。

〔二三〕「鳴」，類聚作「明」。

〔二四〕「時悵」，活字本作「悵時」。

〔二五〕「與」，兩抄本、趙本、類聚均作「爲」。

歲暮愍衰草〔一〕

愍衰草，衰草無容色。憔悴荒徑中，寒荄不可識〔二〕。昔時兮春日，昔日兮春風〔三〕。含華兮佩實〔四〕，垂綠兮散紅。氛氳鳷鵲右，照曜望仙東。送歸顧慕泣淇水〔五〕，嘉客淹留懷上宮。巖陬兮海岸〔六〕，冰多兮霧散〔七〕。爛熳兮巖根〔八〕，攢幽兮石隙〔九〕。布綿密于寒皋，吐纖疏于危石〔一〇〕。既惆悵于君子，倍傷心于行役。露高枝于初旦，霜江天於始夕〔一一〕。雕芳卉之九衢，賓靈茅之三脊〔一二〕。風急崤路難〔一三〕，秋至客衣單〔一四〕。既傷檐下菊，復悲池上蘭。飄落逐風轉〔一五〕，方知歲早寒。流螢暗明燭，雁聲斷纔續。委綴長信宫〔一六〕，蕪穢丹墀曲。霜奪莖上紫，風銷葉中緑〔一七〕。山巒兮水圍〔一八〕，青薇兮黄葦〔一九〕。秋雁嘹兮疏引〔二〇〕，寒鳥聚兮輕飛〔二一〕。徑荒塞草合〔二二〕，桐長舊巖圍〔二三〕。夜漸蘼蕪没〔二四〕，霜露日沾衣〔二五〕。願逐晨征鳥，薄暮共西歸。

【校記】

〔一〕此首類聚八一藥香草部上草録「色」、「識」、「風」、「紅」、「散」、「石」、「春」、「單」、「蘭」、「寒」、「續」、「緑」、「飛」、「圍」、「衣」十五韻，題作「愍衰草賦」。「歲暮愍衰草」，趙本總題作「沈约古詩題六首八咏孝穆止收前二首此皆後人附録故在卷末」，而置「歲暮愍衰草」之題於本詩正文末。按，兩抄本、趙本此六首詩均置於本卷末王叔英婦詩之後。兩抄本目録題作「古詩題六首」，趙本目録題作「沈約古詩題六首」，而均無具體詩題。

〔二〕「萎」，兩抄本、趙本、類聚均作「荄」。

〔三〕「日」，活字本作「時」。
〔四〕「含」，類聚作「銜」。
〔五〕「慕」，活字本作「莫」，兩抄本、趙本均作「暮」。
〔六〕「陬」，活字本作「陣」。
〔七〕「霧散」，兩抄本、趙本、類聚均作「霰積」。
〔八〕「熳」，兩抄本、趙本均作「漫」。「巖」，四玉臺本均作「客」。
〔九〕「攢」，趙本作「欑」。「石」，兩抄本、趙本均作「寓」。又，兩抄本均於「攢」、「幽」二字之間空七格，馮抄本於空格處有「宋本」印。
〔一〇〕「吐」，馮抄本此字係塗改而成，有「宋本」印。「危」，兩抄本均作「色」。
〔一一〕「江」，四玉臺本均作「紅」。
〔一二〕「寶」，兩抄本、趙本、類聚均作「賔」。「脊」，活字本作「眷」。
〔一三〕「路」，兩抄本、趙本、類聚均作「道」。
〔一四〕「客」，馮抄本作「容」，但似由「客」字添筆而成，無「宋本」印，翁抄本作「容」。
〔一五〕「轉」，兩抄本、趙本、類聚均作「盡」。
〔一六〕「委綴」，活字本作「委紀」，兩抄本、趙本均作「萎絶」。
〔一七〕「緑」，活字本作「緣」，馮抄本作「録」，翁抄本原作「緑」，紅筆描改作「録」。

〔一八〕「戀」，活字本作「奕」，兩抄本、趙本均作「變」。「水圍」，活字本無此二字，兩抄本、趙本均作「青薇」。

〔一九〕「青薇」，兩抄本、趙本均作「水折」。「黄」，兩抄本、趙本均作「平」。

〔二〇〕「雁嘹」，四玉臺本、類聚均作「鴻」。

〔二一〕「聚兮」，兩抄本、趙本、類聚均作「兮聚」。「輕飛」，兩抄本均作「飛輕」，趙本、類聚均作「飛」。

〔二二〕「徑」，兩抄本均作「遥」。

〔二三〕「桐」，類聚作「草」。「舊巖圍」，類聚作「荒徑微」。

〔二四〕「夜漸蘼蕪没」，兩抄本均作「夜漸蘼蕪没」，類聚作「園庭漸蕪没」。

〔二五〕「霜」，活字本作「箱」。

霜來悲落桐〔一〕

悲落桐，落桐早霜露〔二〕。燕至葉未抽，鴻來枝已素〔三〕。本出龍門山，長枝仰刺天〔四〕。上峯百丈絶，下趾萬尋懸。幽根已盤結〔五〕，孤株復危絶〔六〕。初不照光景，終年負霜雪。自顧無羽儀，不願生曲池。芬芳本自乏，華實無可施。匠者時留眄〔七〕，王孫少見之。自分孤生卉〔八〕，徒置北堂陲〔九〕。宿莖抽晚幹，新葉生故枝。故枝雖遼遠，新葉頗離離。春風一朝至，榮華坐如斯〔一〇〕。自惟良菲薄，君恩徒照灼〔一一〕。顧已非嘉樹，宜用憑阿閣〔一二〕。願作清廟琴，爲舞雙玄鶴。薜荔可爲裳〔一三〕，文杏可爲梁〔一四〕。勿言草木賤，徒照君末光〔一五〕。末光不徒照〔一六〕，爲君含噉眺〔一七〕。陽阿緑水弦〔一八〕，陰枝苦寒調〔一九〕。厚德不可任〔二〇〕，敢不虛其心〔二一〕？若逢陽春至〔二二〕，吐緑照清潯〔二三〕。

【校記】

〔一〕此首類聚八八木部上桐録「露」、「素」、「絶」、「雪」、「池」、「施」、「之」、「光」、「眺」、「調」、「心」、「潯」十二韻，題作「八咏悲落桐」。「霜來悲落桐」之題，兩抄本均置於其前一首詩正文末，趙本置於本詩正文末。

〔二〕「落」，類聚此前有「悲」字。

〔三〕「枝」，活字本作「波」，兩抄本均作「被」。

〔四〕「刺」，兩抄本均作「剌」。

〔五〕「已盤」，類聚作「未蟠」。

〔六〕「危」，活字本、兩抄本均作「爲」。

〔七〕「時」，兩抄本、趙本均作「特」。「盻」，兩抄本、趙本均作「眄」。

〔八〕「自分孤生卉」，活字本作「分取生孤卉」，兩抄本、趙本均作「分取生孤栟」。

〔九〕「徙」，活字本作「徒」，兩抄本均作「從」。「陲」，四玉臺本均作「垂」。

〔一〇〕「華」，活字本作「啓」，兩抄本、趙本均作「户」。

〔一一〕「恩」，活字本作「思」。

〔一二〕「宜」，兩抄本、趙本均作「空」。

〔一三〕「薜」，活字本作「薛」。

〔一四〕「可爲」，兩抄本、趙本均作「堪作」。

〔一五〕「末」，活字本作「朱」。

〔一六〕「末」，活字本作「朱」。「徒」，活字本作「徙」。

〔一七〕「眺」，類聚作「咷」。

〔一八〕「陽」，活字本作「陰」。「阿」，兩抄本、趙本、類聚均作「柯」。

〔一九〕「調」，類聚作「蜩」。

〔二〇〕「不」，兩抄本、趙本均作「非」，類聚作「悲所」。

〔二一〕「敢不」，類聚作「不敢」。「心」，活字本作「若」。

〔二二〕「若」，活字本作「心」。

〔二三〕「潯」，活字本作「得」。

夕行聞夜鶴〔一〕

聞夜鶴，夜鶴叫南池〔二〕。對此孤明月，臨風振羽儀〔三〕。伊吾人之菲簿〔四〕，無賦命之天爵〔五〕。抱局促而長懷〔六〕，隨冬春而哀樂〔七〕。愍海上之驚鳧〔八〕，傷雲間之離鶴〔九〕。離鶴昔未離〔一〇〕，近發天北垂。忽值疾風起，暫下昆明池〔一一〕。復值冬冰合，水宿非所宜。欲留不可住〔一二〕，欲去飛已疲。勢逐疾風舉，求温向衡楚〔一三〕。復值南飛鴻，參差共成侣。海上多雲霧，蒼茫失洲嶼。自此别故群，獨向瀟湘渚〔一四〕。故群不離散，相依蒼海畔〔一五〕。夜止羽相切〔一六〕，晝飛影相亂。刷羽共浮沉，湛澹泛清潯〔一七〕。既不經離别〔一八〕，安知慕侣心？九冬霜雪苦〔一九〕，六翮飛不任〔二〇〕。且養淩雲翅，俯仰弄清音。所望浮丘子，旦夕來見尋。

【校記】

〔一〕此首類聚九〇鳥部上玄鵠録「(叫南)池」、「儀」、「爵」、「鶴」、「垂」、「(昆明)池」、「疲」、「楚」、「侶」、「嶼」、「渚」、「畔」、「亂」、「潯」、「心」、「任」、「音」十七韻，題作「八咏聞夜鶴篇」。「夕行聞夜鶴」，活字本作「夕行聞」；趙本此題置於本詩正文末，以下三首格式同，不再分别出校。

〔二〕「夜」，活字本無此字。

〔三〕「儀」，活字本作「伊」。

〔四〕「伊吾」，活字本作「吾儀」。「菲薄」，活字本作「薄無」，兩抄本、趙本、類聚均作「菲薄」。

〔五〕「無」，活字本作「菲」。

〔六〕「拖」，活字本、兩抄本均作「拖地」。「而」，活字本、兩抄本均作「之短」，趙本作「之」。

〔七〕「冬春」，兩抄本、趙本均作「春冬」。

〔八〕「愍」，類聚作「惢」。「上」，活字本作「未」。

〔九〕「離」，活字本作「鶴」。

〔一〇〕「鶴」，活字本作「離」。

〔一一〕「池」，類聚作「也」。

〔一二〕「留」，類聚作「棲」。

〔一三〕「向」，兩抄本均作「何」。

〔一四〕「獨」，活字本作「燭」。
〔一五〕「蒼」，兩抄本、趙本均作「滄」，類聚作「江」。
〔一六〕「止」，翁抄本作「上」。
〔一七〕「潯」，兩抄本均作「淥」，類聚作「陰」。
〔一八〕「經」，四玉臺本均作「得」。
〔一九〕「霜雪苦」，類聚作「負霜雪」。
〔二〇〕「飛不」，類聚作「非所」。

晨征聽曉鴻〔一〕

聽曉鴻，曉鴻度將旦。跨弱水之微瀾，發成山之遠岸。怵春歸之未幾〔二〕，驚比歲之云半〔三〕。出海漲之蒼茫〔四〕，入雲途之杳漫。無東西之可辨〔五〕，孰遐邇之能筭。微昔見于洲渚，赴秋期於江漢〔六〕。集勁風於弱軀，負重雪於輕翰。寒溪可以飲〔七〕，荒皋可以竄。溪水徒自清〔八〕，微形豈足玩〔九〕！秋蓬萎兮未絶〔一〇〕，塞草衰兮無色〔一一〕。楚山高兮杳難度〔一二〕，越水深兮不可測〔一三〕。美明月之馳光〔一四〕，顧征禽之騁翼〔一五〕。伊余馬之屢懷〔一六〕，知君行之未極〔一七〕。夜綿綿而難曉，愁參差而盈臆。望山川悉無以，惟星河猶可識。孤雁夜南飛〔一八〕，客泪夜沾衣。春鴻思暮反〔一九〕，客子方未歸〔二〇〕。歲去歡娱盡，年來容貌非〔二一〕。攬衽形雖是，撫臆事多違。青蒲雖長復易解，白雲誠遠詎難依〔二二〕。

【校記】

〔一〕此首類聚九〇鳥部上鴻録「日」、「岸」、「筭」、「色」、「測」、「翼」、「臆」、「衣」、「歸」九韻十八句，題作「八咏聽曉鴻篇」。

〔二〕「怵」，活字本作「牀」。

〔三〕「比」，兩抄本、趙本均作「此」。

〔四〕「茫」，兩抄本均作「忙」，趙本作「芒」。

〔五〕「東」，活字本作「柬」。

〔六〕「赴」，活字本作「越」。

〔七〕「溪」，趙本作「谿」；按，此字同類異文，以下不再出校。

〔八〕「徒自清」，活字本作「自清徒」。

〔九〕「微」，活字本無此字。「形」，兩抄本、趙本均作「容」。「足」，兩抄本均作「之」。

〔一〇〕「萎」，兩抄本、趙本、類聚均作「飛」。「絶」，四玉臺本、類聚均作「極」。

〔一一〕「塞」，四玉臺本均作「寒」。「衰」，兩抄本、趙本均作「萎」，類聚作「寒」。「色」，類聚作「容色」。

〔一二〕「楚」，類聚作「吴」。「杳難」，活字本作「難杳」，類聚作「高難」。

〔一三〕「不可」，類聚作「深不」。

〔一四〕「美」，類聚作「羡」。

〔一五〕「顧」，四玉臺本均作「願」。「騁」，類聚作「駃」。

〔一六〕「馬」，兩抄本均作「鳥」。「屢」，活字本作「屨」。

〔一七〕「君」，兩抄本、趙本均作「吾」。又，兩抄本「極」下均衍一「自」字。

〔一八〕「孤」，四玉臺本均作「聞」。

〔一九〕「思」，類聚作「旦」。「反」，活字本作「交」，馮抄本作「友」，翁抄本原作「反」，紅筆描改作「友」，其眉端紅筆寫一「友」字。

〔二〇〕「客」，翁抄本原作「客」，紅筆描改作「容」。

〔二一〕「容」，活字本作「客」。

〔二二〕「誠」，兩抄本均作「城」。

解佩去朝市〔一〕

去朝市，朝市深歸暮。辭北纓而南徂〔二〕，浮東川而西顧。逢天地之降祥，值日月之重光。伊當仁之菲薄，非余情之信芳。充待詔於金馬，眷齊宴於柏梁〔三〕。觀門鷄于虎圈〔四〕，望窅窕于披香〔五〕。游西園兮登銅雀〔六〕，舉青璅兮眺重陽。講金華兮議宣室〔七〕，晝武帷兮夕文昌〔八〕。佩甘泉兮履五柞，贊枍詣兮紱冕光〔九〕。托后車兮侍華幄〔一〇〕，游渤海兮泛青漳〔一一〕。天道有盈缺，寒暑遞炎涼。一朝賣玉碗〔一二〕，春暮惜餘香〔一三〕。曲池無復處〔一四〕，桂枝亦銷亡。清廟徒肅肅〔一五〕，西陵久茫茫〔一六〕。薄暮餘多幸，嘉運重來昌。忝稽部之南尉〔一七〕，典千里之光貴〔一八〕。形北荒之濁河〔一九〕，惡横橋于清渭〔二〇〕。望前軒之早桐，對南階之初卉。非余情之屢傷，孰寄兹兮能慰〔二一〕？眷昔日兮懷哉〔二二〕，日將暮兮歸去來。

【校記】

〔一〕此首類要一〇嬪右録「亡」一韻，題作「八咏」。

〔一〕「南徂」，兩抄本均無此二字。

〔二〕「眷」，兩抄本均作「春」，趙本作「奉」。「齊」，趙本作「高」。

〔三〕「門」，趙本作「鬬」。「鷄」，四玉臺本均作「獸」。「圈」，兩抄本均作「圖」。

〔五〕「披」，活字本作「坡」。

〔六〕「雀」，兩抄本、趙本均作「爵」。

〔七〕「宣」，兩抄本均作「宫」。

〔八〕「帷」，兩抄本均作「惟」。

〔九〕「杍」，活字本作「朽」。「諧」，兩抄本、趙本均作「詣」。「紴」，活字本作「綬」，兩抄本均作「⿰糸夭」。「冕」，活字本此字空缺，兩抄本、趙本均作「承」。

〔一〇〕「后」，四玉臺本均作「後」。「侍」，兩抄本均作「待」。

〔一一〕「渤」，活字本、趙本均作「勃」，兩抄本均作「教」。「青」，四玉臺本均作「清」。

〔一二〕「碗」，趙本作「琬」。

〔一三〕「春暮」，兩抄本、趙本均作「眷眷」。

〔一四〕「處」，類要作「返」。

〔一五〕「徒」，活字本作「徙」。

〔一六〕「西」，活字本作「四」。

〔一七〕「部」，兩抄本無此字，趙本作「郡」。

〔一八〕「典」，兩抄本、趙本均作「曲」。

〔一九〕「形」，兩抄本、趙本均作「別」。　「之」，兩抄本、趙本均作「於」。

〔二〇〕「惡」，兩抄本、趙本均作「戀」。

〔二一〕「孰」，四玉臺本均無此字。又，趙本於「玆」下有「焉」字。

〔二二〕「眷」，活字本、兩抄本均無此字。

披褐守山東〔一〕

守山東，山東萬里鬱青葱〔二〕。兩漢共一瀉〔三〕，水潔望如空〔四〕。岸側青莎被〔五〕，巖間丹桂叢。上瞻既隱隱〔六〕，下睇亦冥濛〔七〕。遠林響咆獸〔八〕，近樹聒鳴蟲。路出若溪右〔九〕，泉吐金華東〔一〇〕。萬仞倒危石，百丈注懸淙〔一一〕。瀑曳瀉疏電〔一二〕，奔飛似白虹。深洞含清氣〔一三〕，漏穴吐飛風〔一四〕。玉竇膏滴瀝，石室乳空籠〔一五〕。峭崿途彌險，巖岨步纔通〔一六〕。余捨平生之所愛〔一七〕，欻暮年而斯逢此〔一八〕。幸帝願一去而不還〔一九〕，恨邦衣之未褫〔二〇〕。挹林壑之清曠〔二一〕，事氓俗之紛詭〔二二〕。

德之方升，值天綱之未毀〔二三〕。既除舊而就新〔二四〕，故化民而俗徙〔二五〕。播趙俗以南徂〔二六〕，扇齊風以東靡。乳雉方可馴，流蝗庶能弭。清心矯世濁〔二七〕，儉政救民侈〔二八〕。秩滿歸白雲〔二九〕，淹留事芝髓〔三〇〕。

【校記】

〔一〕此首類聚三六人部二十隱逸上録「葱」、「空」、「叢」、「濛」、「蟲」、「東」、「淙」、「虹」、「風」、「籠」、「此」、「褅（褫）」、「髓」十三韻，題作「八咏守山東」。「披褐守山東」，翁抄本作「披褐守山東一首」。

〔二〕「東」，活字本作「柬」。「里」，兩抄本、趙本、類聚均作「嶺」。

〔三〕「漢」，兩抄本、趙本、類聚均作「溪」。「瀉」，四玉臺本均作「寫」。

〔四〕「潔」，類聚作「絜」。

〔五〕「岸」，活字本作「巖」。「被」，活字本、兩抄本均作「披」。

〔六〕「隱隱」，趙本、類聚作「隱軫」。

〔七〕「冥」，兩抄本、趙本均作「溟」。「濛」，類聚作「蒙」。

〔八〕「咆」，活字本作「包」，馮抄本原作「跑」，塗去「足」旁下半部分作「咆」，有「宋本」印，翁抄本原作

「跑」，紅筆圈去「足」旁作「包」。

〔九〕「出」，四玉臺本均作「帶」。「溪」，類聚作「然」。

〔一〇〕「泉」，兩抄本、趙本、類聚均作「澗」。

〔一一〕「注」，活字本作「涇」。「淙」，四玉臺本均作「叢」，類聚作「潀」。

〔一二〕「瀑」，兩抄本均作「製」，趙本、類聚均作「掣」。「瀉」，類聚作「寫」。「疏」，兩抄本、趙本、類聚均作「流」。

〔一三〕「深洞」，活字本作「洞升」，兩抄本、趙本、類聚均作「洞井」。

〔一四〕「穴」，活字本作「宂」。

〔一五〕「室乳」，兩抄本、趙本均作「乳室」。

〔一六〕「巖」，活字本作「豈」，兩抄本、趙本均作「崖」。

〔一七〕「捨」，活字本、兩抄本均作「拾」，類聚無此字。

〔一八〕「斯」，兩抄本、趙本均無此字，類聚作「此」。「此」，類聚無此字。

〔一九〕「願」，類聚作「欲」。

〔二〇〕「邦衣」，趙本作「鄒衣」，類聚作「邦君」。「褫」，兩抄本均作「裭」，趙本作「褫」，類聚作「禘」。

〔二一〕「挹」，馮抄本作「捐」，趙本作「揖」，翁抄本作「肙」；又，馮抄本此字已經塗改，無「宋本」印。

「壑」，兩抄本均作「壂」，趙本作「谿」。

〔二二〕「泯」，兩抄本、趙本均作「氓」。「紛詭」，活字本作「詭紛」。

〔二三〕「綱」，四玉臺本均作「網」。

〔二四〕「就」，兩抄本、趙本均作「布」。

〔二五〕「俗徙」，兩抄本均作「徙□」。

〔二六〕「南」，活字本作「尚」。

〔二七〕「世」，兩抄本此字均空缺，馮抄本於空缺處有「宋本」印。

〔二八〕「救」，兩抄本、趙本均作「革」。

〔二九〕「秩滿」，活字本作「滿秩」。「歸」，兩抄本、趙本、類聚均作「撫」。

〔三〇〕「髓」，活字本、翁抄本均作「體」；馮抄本似作「體」，但已幾經塗改，難以辨認，無「宋本」印。

春日白紵曲〔一〕

蘭葉參差桃半紅，飛芳舞縠戲春風〔二〕。翡翠群飛飛不息，願在雲間長比翼〔三〕。

【校記】

〔一〕此首類聚四三樂部三歌録全篇，題作「春日白紵歌」。樂府詩集五六録全篇，題作「春白紵」。「春日白紵曲」，活字本作「日白紵曲　沈約」，兩抄本、趙本均作「春日白紵曲一首」。按，此首及下一首活字本均置於本卷末王叔英婦詩之後，兩抄本、趙本均置於沈约臨春風之後。

〔二〕類聚、樂府詩集於「春風」下另有二句，兹從略。

〔三〕類聚、樂府詩集於「比翼」下另有二句，兹從略。

秋日白紵曲〔一〕

白露欲凝草色黄〔二〕，金瑄玉桂響洞房〔三〕。雙心一影俱迴翔〔四〕，吐情寄君君莫忘〔五〕。

【校記】

〔一〕此首類聚四三樂部三歌録全篇，題作「秋白紵歌」。樂府詩集五六録全篇，題作「秋白紵」。「秋日白紵曲」，兩抄本、趙本均作「秋日白紵曲一首」。

〔二〕「色」，兩抄本、趙本、類聚、樂府詩集均作「已」。
〔三〕「桂」，兩抄本、趙本、類聚、樂府詩集均作「柱」。
〔四〕「影」，樂府詩集作「意」。「迴」，樂府詩集作「徊」。
〔五〕樂府詩集於「君莫忘」下尚有四句，兹從略。

趙瑟曲〔一〕

邯鄲奇弄出文梓，縈弦急調切流徵，玄鶴徘徊白雲起。白雲起，鬱披香。離復合，曲未央。

【校記】

〔一〕趙瑟曲一首，四玉臺本均無。樂府詩集五〇録全篇，爲沈約江南弄四首之第一首。

秦箏曲〔一〕

羅袖飄纚拂雕桐，促柱高張散輕宮，迎歌度舞遏歸風。遏歸風，止流月。壽萬春，歡無歇。

【校記】

〔一〕秦筝曲一首，四玉臺本均無。樂府詩集五〇録全篇，爲沈約江南弄四首之第二首。

陽春曲〔一〕

楊柳垂地燕差池〔二〕，緘情忍思落容儀，弦傷曲怨心自知。心自知，人不見。動羅裙，拂珠殿。

【校記】

〔一〕陽春曲一首，四玉臺本均無。類聚四二樂部二樂府録全篇，題作「江南行　陽春曲」。樂府詩集五〇録全篇，爲沈約江南弄四首之第三首。

〔二〕「垂」，類聚作「至」。

晨風行

范静妻沈氏〔一〕

理楫令舟人，停艫息旅薄河津。念君劬勞冒風塵，臨路揮袂泪沾巾。飆流勁潤逝若飛，山高帆急絶音徽。留子句句獨言歸，中心煢煢將依誰？風彌葉落永離索，神往形返情錯漠。循帶易緩愁難却，心之憂矣頗銷鑠〔二〕。

【校記】

〔一〕范静妻沈氏晨風行一首，四玉臺本均無。樂府詩集六八録全篇。

〔二〕「頗」，樂府詩集作「叵」。

行路難二首

吴筠〔一〕

【校記】

〔一〕「行路難二首　吴筠」，兩抄本均作「行路難二首　吴均」，趙本作「吴均行路難二首」。按，活字本目録中「吴筠」下有「二首」二字，而無「行路難二首」之題。又，活字本此詩置於沈約披褐守山東之後。

其一〔一〕

君不見上林苑中客，冰羅霧縠象牙席〔二〕，盡是得意忘言者〔三〕，探腸見膽無所惜〔四〕。白酒甜鹽甘如乳〔五〕，緑觴皎鏡華如碧〔六〕。少年持名不肯嘗，安知白駒應過隙！博山爐中百和香〔七〕，鬱金蘇合及都梁。逶迤好氣佳容貌〔八〕，經過青瑣歷紫房。已入中山陰后帳〔九〕，復上皇帝班姬床。班姬失寵顔不開，奉帚供養長信臺。日暮耿耿不能寐〔一〇〕，秋風切切四面來。玉階行路生細草，金爐香炭變成灰。得意失意須臾間〔一一〕，非君方寸逆所裁。

【校記】

〔一〕此首類要一〇總叙衆嬪録「臺」、「來」二韻，同書二八飲酒宴録「碧」一韻，均署名「吴均」，無題。樂府詩集七〇録全篇，爲吴均行路難四首之第四首。「其一」二字，四玉臺本均無。

〔二〕「縠」，翁抄本原同，紅筆描改作「殺」，其眉端紅筆寫一「殺」字。

〔三〕「言」，活字本作「年」。

〔四〕「腸」，翁抄本原同，紅筆添作「暘」。「膽」，翁抄本原同，紅筆添作「瞻」。

〔五〕「甜鹽」，類要作「恬愉」。

〔六〕「觴」，類要作「觥」。

〔七〕「百」，活字本作「清」。

〔八〕「佳」，活字本作「皆」。

〔九〕「陰」，樂府詩集作「馮」。

〔一〇〕「能」，類要無此字。

〔一一〕「間」，兩抄本、趙本、樂府詩集均作「頃」。

其二〔一〕

洞庭水上一株桐，經霜觸浪困嚴風。昔時抽心耀白日，今旦卧死黃沙中〔二〕。洛陽名工見咨嗟〔三〕，一剪一刻作琵琶〔四〕。白璧規心學明月〔五〕，珊瑚映面作風花。帝王見賞不見忘〔六〕，提攜把握登建章。掩抑摧藏張女彈〔七〕，殷勤促柱楚明光〔八〕。年年月月對君王〔九〕，遥遥夜夜宿未央。未央彩女棄鳴篪〔一〇〕，争先拂拭生光儀〔一一〕。茱萸錦衣玉作匣〔一二〕，安念昔日枯樹枝？不學衡山南嶺桂〔一三〕，至今千載猶未知〔一四〕。

【校記】

〔一〕此首類聚三〇人部十四怨録全篇。類要二一九絲音録「琶」、「花」、「光」、「儀」、「枝」五韻，署名「吴均」。樂府詩集七〇録全篇，爲吴均行路難四首之第一首。「其二」二字，四玉臺本均無。按，馮抄本此首與上首連抄，之間以紅綫相隔，有「宋本」印，翁抄本上首結束於一行末字。

〔二〕「旦」，活字本作「且」。「卧」，類聚作「怨」。

〔三〕「工」，樂府詩集作「士」。

〔四〕「一剪一刻」，類聚作「一嗟一剋」。

〔五〕「白璧規心」，類要作「白規碧心」。

〔六〕「王」，兩抄本、趙本均作「子」。

〔七〕「掩抑摧藏」，類要作「掩柳催」。

〔八〕「殷勤促柱」，類要作「繫絲柱」。

〔九〕「王」，類聚作「子」。

〔一〇〕「彩」，兩抄本均作「緑」，類聚作「婇」。「鳴篪」，活字本作「明箎」，類要作「鳴箏」。

〔一一〕「先」，四玉臺本、類聚、類要均作「見」。

〔一二〕「匣」，兩抄本均作「匝」。

〔一三〕「衡」，活字本作「御」。

〔一四〕「千載」，活字本作「載年」，兩抄本、趙本均作「千年」。

長相思二首

張率〔一〕

【校記】

〔一〕「長相思二首　張率」，活字本此詩題作兩行，其首行題「擬樂府」，次行題「長相思　張牽」，兩抄本均作「擬樂府長相思二首　張率」，趙本作「張率擬樂府長相思二首」。按，活字本目録中「牽」作「率」，其下有「四首」二字。兩抄本目録中於「張率」前、趙本於「張率」後分別有「雜詩四首」四字。四玉臺本目録張率名下均無具體詩題。

其一〔一〕

長相思，久離别〔二〕，美人之遠如雨絶。獨延佇，心中結，望雲雲去遠〔三〕，望鳥鳥飛滅〔四〕。空望終若斯，珠淚不能雪。

【校記】

〔一〕此首類聚四二樂部二樂府録「别」、「絶」、「結」、「滅」四韻七句；按，類聚所録此七句下連「其二」所録全篇爲一首。樂府詩集六九録全篇。「其一」二字，四玉臺本均無。

〔二〕「久」，活字本作「名」。

〔三〕「雲去」，趙本、類聚均作「去去」。

〔四〕「鳥飛」，兩抄本、趙本、類聚均作「飛飛」。

其二〔一〕

長相思，久别離，所思何在若天垂〔二〕，鬱陶相望不得知〔三〕。玉階月夕映〔四〕，羅帷風夜吹。長思不能寐〔五〕，坐望天河移。

【校記】

〔一〕此首類聚四二樂部二樂府録全篇，上接「其一」所録七句爲一首。樂府詩集六九録全篇。「其二」二字，四玉臺本均無。

〔二〕「何」，類聚作「所」。「若」，樂府詩集作「苦」。

〔三〕「陶」，類聚作「鬱」。

〔四〕「映」，兩抄本、趙本此下均有「羅帷」二字。

〔五〕「長思」，活字本作「思長」。「寐」，兩抄本、趙本、類聚、樂府詩集均作「寢」。

白紵歌辭五首〔一〕

【校記】

〔一〕「白紵歌辭五首」，活字本作「白紵歌辭」，兩抄本、趙本均作「白紵歌辭二首」。按，鄭本目録無「辭」字。

其一〔一〕

歌兒流唱聲欲清，舞女趁節體自輕，歌舞并妙會人情。依弦度曲婉盈盈，揚蛾爲態誰自成〔二〕？

【校記】

〔一〕此首樂府詩集五五録全篇，爲張率白紵歌九首之第一首。「其一」二字，四玉臺本均無。

〔二〕「誰」，活字本作「謹」。「自成」，兩抄本均作「目誠」，趙本、樂府詩集均作「目成」。

其二〔一〕

妙聲屢唱輕體飛，流津染面散芳菲。舉動齊息不相違〔二〕，令彼佳客澹忘歸〔三〕。時久玩夜月星稀〔四〕。

【校記】

〔一〕此首樂府詩集五五録全篇，爲張率白紵歌九首之第二首。「其二」二字，四玉臺本均無。

〔二〕「舉」，兩抄本、趙本、樂府詩集均作「俱」。

〔三〕「佳」，兩抄本、趙本、樂府詩集均作「嘉」。
〔四〕「月」，兩抄本、趙本、樂府詩集均作「明」。

其三〔一〕

秋風蕭條露垂葉〔二〕，空閨光盡坐愁妾，獨問長安淚承睫〔三〕。山高水遠路難涉〔四〕，望君光景何時接。

【校記】

〔一〕「其三」一首，四玉臺本均無。樂府詩集五五録全篇，爲張率白紵歌九首之第四首。
〔二〕「蕭」，樂府詩集此字下注「一作鳴」。
〔三〕「安」，樂府詩集作「夜」。
〔四〕「遠」，樂府詩集作「照」。

其四〔一〕

日暮搴門望所思，風吹庭樹月入帷，涼陰既滿草蟲悲。誰能離別長夜時，流嘆不寢泪如絲〔二〕，與君之別終何如？

【校記】

〔一〕「其四」一首，四玉臺本均無。樂府詩集五五録全篇，爲張率白紵歌九首之第三首。

〔二〕「如」，樂府詩集作「知」。

其五〔一〕

愁來夜遲猶嘆息〔二〕，撫枕思君終反仄。金翠釵環稍不飾，霧縠流黄不能織。但坐空閨思何極，欲以短書寄飛翼。

【校記】

〔一〕「其五」一首，四玉臺本均無。樂府詩集五五録全篇，爲張率白紵歌九首之第八首。

〔二〕「來」，樂府詩集此字下注「一作多」。

行路難二首

費昶[一]

【校記】

〔一〕「行路難二首　費昶」，活字本作「行路難　費昶」，趙本作「費昶行路難二首」。按，活字本目録中「費昶」下有「二首」二字，而無「行路難」之題。

其一[一]

君不見長安客舍門，倡家少女名桃根。貧窮夜紡無燈燭，何言一朝奉至尊[二]。至尊離宫百餘處[三]，千門萬户不知曙[四]。唯聞啞啞城上烏[五]，玉欄金井牽轆轤[六]。丹梁翠柱飛流蘇[七]，香薪桂火吹雕胡[八]。當年翻覆無常定，薄命爲女何必粗[九]！

【校記】

〔一〕此首類聚三〇人部十四怨録全篇，署名「吴筠」。類要一〇總叙衆嬪録全篇，題作「行路」；同書一三總叙宮掖録「曙」、「轆」、「胡」三韻，署名「吴均費昶」；同書二八總叙食録「香薪桂火吹雕胡」一句，無題、名。樂府詩集七〇録全篇。「其一」二字，四玉臺本均無。

〔二〕「奉」，類要作「本」。

〔三〕「至尊離宮百餘處」，類要一〇作「離宮百出處奈」，類要一三作「至尊余宮不余處」。

〔四〕「曙」，類要一三作「署」。

〔五〕「聞」，類聚、類要、樂府詩集均作「開」。「烏」，類要一〇作「鳥」。

〔六〕「欄」，活字本作「闌」，類聚、類要均作「蘭」。「轆轤」，兩抄本、趙本、類要一三均作「鹿盧」。

〔七〕「流」，四玉臺本、樂府詩集均作「屠」，類要一〇作「塗」；又，樂府詩集其下注「一作流」。

〔八〕「薪」，類要一三作「新」。「火」，類要一〇作「花」。「吹」，四玉臺本、類聚、類要一〇、類要二八、樂府詩集均作「炊」。「雕胡」，類聚作「彫菰」，樂府詩集此二字下注「一作彫菰」。

〔九〕「何必」，類聚作「必已」。

其二〔一〕

君不見人生百年如流電，心中坎壈君不見〔二〕。我昔初入椒房時，詎減班姬與飛燕？朝逾金梯上鳳樓，暮下瓊鉤息鸞殿。柏臺晝夜香，錦帳自飛揚〔三〕。笙歌棗下曲〔四〕，琵琶陌上桑〔五〕。過蒙恩所賜，餘光曲沾被。既逢陰后不自專，復遇班姬有所避〔六〕。黄河千年始一清〔七〕，微軀再逢永無議。蛾眉偃月徒自妍〔八〕，傅粉施朱欲誰爲〔九〕？不如天淵水中鳥，雙去雙歸長比翅〔一〇〕。

【校記】

〔一〕此首樂府詩集七〇録全篇。「其二」二字，四玉臺本均無。

〔二〕「坎壈」，活字本作「坎壇」，馮抄本作「堷壈」，趙本作「埳壈」，翁抄本作「堷壈」。

〔三〕「飛」，兩抄本、趙本、樂府詩集均作「飄」。

〔四〕「棗下曲」，活字本、兩抄本、樂府詩集均作「膝上吹」，趙本作「鄰上吹」。

〔五〕「琵琶」，活字本作「琶琵」。

〔六〕「遇」，四玉臺本、樂府詩集均作「值」。「班」，兩抄本、趙本、樂府詩集均作「程」。

〔七〕「千」，活字本作「十」。

〔八〕「蛾」，樂府詩集作「娥」。

〔九〕「傅」，兩抄本均作「賦」。

〔一〇〕「翅」，四玉臺本均作「翅」。

春別四首

蕭子顯〔一〕

【校記】

〔一〕「春別四首　蕭子顯」，兩抄本均作「蕭子顯六首　春別四首」，趙本作「蕭子顯春別四首」。按，活字本目録中「蕭子顯」下有「六首」二字，兩抄本目録中「蕭子顯」下有「雜詩」二字，趙本目録中「蕭子顯」下有「雜詩七首」四字。四玉臺本目録蕭子顯名下均無具體詩題。又，四玉臺本此卷蕭子顯詩均置於湘東王春別應令之後。

其一〔一〕

翻鶯度燕雙比翼，楊柳千條共一色。但看陌上携手歸，誰能對此空相憶〔二〕！

【校記】

〔一〕此首類聚三二人部十六閨情録全篇，爲蕭子顯春別之第一首。「其一」二字，四玉臺本均無；其下三首，四玉臺本亦均無「其×」字樣，不再分别出校。

〔二〕「相」，四玉臺本、類聚均作「中」。

其二〔一〕

江東大道日華春，垂楊挂柳掃輕塵。淇水昨送泪沾巾，紅妝宿昔已應新。

【校記】

〔一〕「其二」一首，四玉臺本均爲春別四首之第三首。

其三〔一〕

銜悲攬涕別心知〔二〕，桃花李花任風吹〔三〕。本知人心不似樹〔四〕，何意人別似花離〔五〕。

【校記】

〔一〕此首類聚三二人部十六閨情録全篇，爲蕭子顯春別之第三首。「其三」一首，四玉臺本均爲春別四首之第四首。

〔二〕「銜」，活字本作「御」。　「攬」，活字本、兩抄本均作「覽」。

〔三〕「李花」，兩抄本、趙本、類聚均作「李色」。　「任」，活字本作「仁」。

〔四〕「知」，類聚作「如」。

〔五〕「何」，四玉臺本均作「可」。

其四〔一〕

幽宮積草自芳菲〔二〕，黄鳥芳樹情相依。　争風競日常聞響，重花疊葉不通飛。
當知此時動妾思，慚使羅袂拂君衣〔三〕。

【校記】

〔一〕此首類聚三二人部十六閨情録全篇，爲蕭子顯春別之第二首。　「其四」一首，四玉臺本均爲春別四首之第二首。

〔二〕「芳」，活字本作「着」。

〔三〕「慚」，類聚作「暫」。　「羅」，類聚作「罷」。　「君」，類聚作「臣」。

烏栖曲三首〔一〕

【校記】

〔一〕「烏栖曲三首」，活字本作「府栖烏曲應令二首」，兩抄本均作「樂府栖烏曲應令二首」，趙本作「樂府烏栖曲應令二首」。

其一〔一〕

握中清酒碼碯鍾〔二〕，裾邊雜佩琥珀紅〔三〕。欲持寄君心不惜〔四〕，共指三星今何夕。

【校記】

〔一〕此首類要二八飲酒宴録「鍾」、「紅」二韻二句，署「湘東王」，題作「栖烏曲」。樂府詩集四八録全篇，署「梁元帝」，爲其烏栖曲六首之第一首。「其一」二字，四玉臺本均無。

〔二〕「握中」，類要作「掘申」，樂府詩集作「幄中」。「清酒」，四玉臺本均作「酒杯」。「碼碯」，兩抄本均作「馬腦」，趙本作「馬𡿺」，類要、樂府詩集均作「馬腦」。

〔三〕「裾」，樂府詩集作「裙」。「紅」，兩抄本、趙本、類要、樂府詩集均作「龍」。

〔四〕「欲」，樂府詩集作「虚」。

其二〔一〕

濃黛輕紅點花色〔二〕，還欲令人不相識。金壺夜永誰能過〔三〕？莫持賒用比懸河〔四〕。

【校記】

〔一〕此首類聚四二樂部二樂府録全篇。樂府詩集四八録全篇，署「梁元帝」，爲其烏棲曲六首之第二首。「其二」二字，四玉臺本均無。

〔二〕「濃黛輕紅」，四玉臺本均作「泪黛紅輕」。

〔三〕「壺」，四玉臺本、樂府詩集均作「壺」。「永」，兩抄本、趙本、樂府詩集均作「水」。「誰能過」，四玉臺本均作「誰能多」，樂府詩集作「詎能多」。

〔四〕「賒」，樂府詩集作「奢」。

其三〔一〕

芳樹歸飛聚儔匹〔二〕，猶有殘光半山日。莫憚褰裳不相求，漢皋游女習飛流。

【校記】

〔一〕「其三」一首，四玉臺本均無。類聚四二樂部二樂府、樂府詩集四八均録全篇。

〔二〕「飛」，類聚、樂府詩集均作「風」。

燕歌行〔一〕

風光遲舞出青蘋，蘭苕翠鳥鳴發春〔二〕。洛陽梨花落如雪，河邊細柳細如茵〔三〕。桐生井底葉交枝，今看無端雙燕離。五重飛樓入雲漢〔四〕，九華閣道暗清池。遥看白馬津上吏〔五〕，傳道黄龍征戍兒〔六〕。明月金光徒照妾〔七〕，浮雲玉葉君不知。思君昔去柳依依，至今八月避暑歸。明珠蠶繭勉登機〔八〕，鬱金香嗚持香衣〔九〕。洛陽城頭鷄欲曙〔一〇〕，丞相府中烏未飛。夜夢征人縫狐狢〔一一〕，私憐織婦裁錦緋。吴刀鄭綿絡〔一二〕，寒閨夜披薄〔一三〕。芳年海上水中鳧，日暮寒夜空城雀。

【校記】

〔一〕此首類要三六边塞風景録「兒」一韻。樂府詩集三二録全篇。

〔二〕「苕」，兩抄本、趙本、樂府詩集均作「條」。

〔三〕「柳」，四玉臺本、樂府詩集均作「草」。

〔四〕「雲」，兩抄本、趙本、樂府詩集均作「河」。

〔五〕「津」，類要作「律」。

〔六〕「傳」，活字本、翁抄本均作「傅」。

〔七〕「徒」，樂府詩集此字下注「一作從」。

〔八〕「勉登」，活字本、兩抄本、樂府詩集均作「登勉」。

〔九〕「䁷」，活字本、趙本均作「蔫」。「持」，兩抄本、趙本、樂府詩集均作「特」。

〔一〇〕「洛」，活字本作「落」。

〔一一〕「狢」，活字本、樂府詩集均作「貉」，趙本作「貈」。

〔一二〕「綿」，樂府詩集作「錦」。

〔一三〕「披」，兩抄本、趙本、樂府詩集均作「被」。

行路難

王筠〔一〕

千門皆閉夜何央，百憂俱集斷人腸。探揣箱中取刀尺，拂拭機上斷流黄〔二〕。情人逐情雖可恨〔三〕，復畏邊遠乏衣裳〔四〕。已繩一繭催衣縷〔五〕，復擣百和薰衣香〔六〕。猶憶去時腰大小，不知今日身短長。兩襠雙心共一袜〔七〕，衵複兩邊作八襵〔八〕。襻帶雖安不忍縫〔九〕，開孔裁穿猶未達〔一〇〕。胸前却月兩相連，本照君心不照天。願君分明得此意，勿復流蕩不如先。含悲含怨判不死〔一一〕，封情忍思待明年。

【校記】

〔一〕此首樂府詩集七〇録全篇。「行路難　王筠」，兩抄本均作「行路難一首　王筠」，趙本作「王筠行路難「一首」。按，活字本目録中「王筠」下有「一首」二字，而無「行路難」之題。

〔二〕「拂」，兩抄本均作「佛」。

〔三〕「雖」，活字本無此字。

〔四〕「復」，活字本、兩抄本、樂府詩集均作「傷」。「遠」，活字本作「路遠」。「乏」，兩抄本均作「之」。

〔五〕「繩」，趙本作「繅」，樂府詩集作「繰」。「繭」，活字本作「爾」，翁抄本作「璽」。

〔六〕「薰」，四玉臺本均作「裛」。

〔七〕「兩」，活字本作「栭」，兩抄本、趙本、樂府詩集均作「裲」。「袜」，活字本作「袾」。

〔八〕「袙」，趙本作「袹」。「襊」，樂府詩集作「撮」。

〔九〕「不忍縫」，活字本作「孔穿開」。

〔一〇〕「開孔裁穿」，活字本作「裁逢忍不」。

〔一一〕「判」，活字本作「刊」。

代人咏見故姬

劉孝綽〔一〕

留故夫，不踟躕。别待春山上，相看采蘼蕪。

【校記】

〔一〕「代人咏見故姬　劉孝綽」，活字本作「元廣州景仲座見故姬一首　右劉孝綽」，兩抄本、趙本均作「劉孝綽元廣州景仲座見故姬一首」。按，活字本目録中「劉孝綽」前無「右」字，其下有「一首」二字，而無「元廣州景仲座見故姬一首」之題。

東飛伯勞歌

劉孝威〔一〕

雙栖翡翠兩鴛鴦〔二〕，巫雲洛月乍相望〔三〕。誰家妖冶折花枝，蛾眉曼睇使情移〔四〕。青鋪緑瑣琉璃扉〔五〕，瓊筵玉笥金縷衣〔六〕。美人年幾可十餘〔七〕，含羞騁笑斂風裾〔八〕。珠丸出彈不可追〔九〕，空留可憐持與誰？

【校記】

〔一〕此首樂府詩集六六録全篇。「東飛伯勞歌　劉孝威」，活字本作「詩擬古應教　劉孝威」，兩抄本均作「劉孝威詩擬古應教一首」，趙本作「劉孝威擬古應教一首」。按，活字本目録中「劉孝威」下有「一首」二字，而無「詩擬古應教」之題。兩抄本目録中無「詩」字。兩抄本、趙本目録中

「教」均作「令」。

〔二〕「鴛鴦」，活字本作「鴦鴛」。

〔三〕「洛」，四玉臺本均作「落」。　「望」，活字本作「忘」。

〔四〕「蛾眉曼睇使情移」，兩抄本、趙本「蛾」均作「娥」，樂府詩集作「衫長釧動任風吹」。

〔五〕「青」，樂府詩集作「金」。　「緑隟」，兩抄本均作「緑璅」、趙本作「緑瑣」，樂府詩集作「玉鏁」。

「琉」，活字本作「流」。

〔六〕「瓊筵玉笥金縷衣」，樂府詩集作「花鈿寶鏡織成衣」。

〔七〕「人」，活字本作「年」。　「年」，活字本作「人」。　「可」，活字本作「何」。

〔八〕「騁」，四玉臺本均作「轉」。

〔九〕「不」，活字本無此字。

別義陽郡二首

徐君蒨〔一〕

【校記】

〔一〕「別義陽郡二首　徐君蒨」，活字本作「別義陽郡　徐君倩」，兩抄本、趙本均作「徐君蒨別義陽郡二首」。按，活字本目録中「倩」作「蒨」，其下有「二首」二字，而無「別義陽郡」之題。馮抄本目録中「陽」字係塗改而成，無「宋本」印，翁抄本目録中「陽」作「興」。兩抄本、趙本目録中「郡」下均有「詩」字。

其一〔一〕

翔鳳樓，遥望與雲浮。歌聲臨樹出，舞影入江流。葉落看村近〔二〕，天高應向秋。

【校記】

〔一〕「其一」二字，四玉臺本均無。

〔二〕「村」，趙本作「邨」；此字同類異文，以下不再出校。

其二〔一〕

飾面亭，妝成更點星〔二〕。頰上紅疑淺〔三〕，眉心黛不青。故留殘粉絮，挂看箔簾釘。

【校記】

〔一〕「其二」二字，四玉臺本均無。

〔二〕「妝」，兩抄本、趙本均作「莊」。又，兩抄本「成」下有「莊成」二字。

〔三〕「疑」，活字本作「凝」。

贈夫一首

王叔英妻〔一〕

妝鉛點黛拂輕紅，鳴環動佩出房櫳〔二〕。看梅復看柳，泪滿春衫中。

【校記】

〔一〕「贈夫一首　王叔英妻」，四玉臺本均作「王叔英婦贈答一首」。按，鄭本目録中「婦」下有「劉氏」二字。活字本目録中「妻」下有「一首」二字，而無「贈答一首」之題。四玉臺本目録「婦」均作「妻」。

〔二〕「櫳」，兩抄本均作「籠」。

燕歌行

庾信〔一〕

代北雲氣晝夜昏〔二〕，千里飛蓬無復根。寒雁丁丁度遼水〔三〕，桑葉紛紛落薊門〔四〕。晉陽山頭無箭竹，疏勒城中乏水源。屬國征戍久離居，陽關音信絶復疏〔五〕。願得魯連飛一箭，持寄思歸燕將書。渡遼本自有將軍〔六〕，寒風蕭蕭生水紋〔七〕。妾驚甘泉足烽火〔八〕，君訝漁陽少陣雲〔九〕。自從將軍出細柳，蕩子空床難獨守〔一〇〕。盤龍明鏡餉秦嘉，辟惡生香寄韓壽。春分燕來能幾日，二月蠶眠不能食〔一一〕。洛陽游絲百丈連，黄河春冰千片穿。桃花顔色好如馬〔一二〕，榆莢新開巧似錢〔一三〕。蒲萄一杯千日醉〔一四〕，無事九轉學神仙。定取金丹作幾服，能令華表得千年。

【校記】

〔一〕庾信燕歌行一首，四玉臺本均無。類聚四二樂部二樂府録「根」、「門」、「源」、「疏」、「書」、「紋」、

「雲」、「守」、「壽」、「穿」、「錢」、「仙」、「年」十三韻。類要三六邊寇録「門」、「紋」二韻，無題。樂府詩集三二録全篇。

〔二〕「代」，類聚作「岱」。　「夜」，類聚、樂府詩集均作「昏」。

〔三〕「寒」，類要作「孤」。　「丁丁」，類聚作「一一」，類要作「聲聲」，樂府詩集此二字下注「一作嗈嗈」。

〔四〕「薊」，類聚作「蒯」。

〔五〕「復」，類聚、樂府詩集均作「能」。

〔六〕「渡」，類聚、類要均作「度」。

〔七〕「紋」，類聚作「濱」，類要作「雲」。

〔八〕「足」，類聚作「旦」。

〔九〕「少」，類聚作「多」。

〔一〇〕「難獨守」，類聚作「定難」。

〔一一〕「能食」，樂府詩集作「復久」。

〔一二〕「好如」，類聚作「如好」。

〔一三〕「巧似」，類聚作「似細」。

〔一四〕「葡萄」，類聚、樂府詩集均作「蒲桃」。

烏夜啼〔一〕

促柱繁弦非子夜，歌聲舞態異前溪。御史府中何處宿？洛陽城頭那得栖〔二〕！彈琴蜀郡卓家女，織錦秦川竇氏妻。詎不自驚長泪落，到道啼烏恒夜啼〔三〕。

【校記】

〔一〕烏夜啼一首，四玉臺本均無。類聚四二樂部二樂府録全篇，題作「烏夜啼曲」。樂府詩集四七録全篇。

〔二〕「那」，樂府詩集作「郍」。

〔三〕「道」，樂府詩集作「頭」。

怨詩〔一〕

家住金陵縣前，嫁得長安少年〔二〕。回頭望卿泪落，不知何處天邊。胡塵幾日應盡，漢月何時更圓？爲君能歌此曲，不覺心隨斷弦。

【校記】

〔一〕怨詩一首，四玉臺本均無。樂府詩集四二録全篇，題作「怨歌行」。

〔二〕「安」，樂府詩集作「干」。

舞媚娘〔一〕

朝來户前照鏡，含笑盈盈自看。眉心濃黛直點，額角輕黄細安。秖疑落花謾去〔二〕，復道春風不還。少年惟有歡樂，飲酒那得留殘！

【校記】

〔一〕舞媚娘一首，四玉臺本均無。樂府詩集七三録全篇。

〔二〕「秖」，樂府詩集作「祇」。

烏栖曲

徐孝穆〔一〕

綉帳羅幃隱燈燭，一夜千年猶不足。惟憎無賴汝南鷄，天河未落猶争啼。

【校記】

〔一〕徐孝穆烏栖曲一首，四玉臺本均無。樂府詩集四八録全篇。

雜曲〔一〕

傾城得意已無儔，洞房連閣未消愁。宫中本造鴛鴦殿，爲誰新起鳳凰樓？緑黛紅顔兩相發，千嬌百念情無歇。舞衫迴袖勝春風，歌扇當窗似秋月。碧玉宫妓自翩妍〔二〕，絳樹新聲自可憐。張星舊在天河上，從來張姓本連天〔三〕。二八年時不憂度，傍邊得寵誰相妒〔四〕？立春歷日自當新，正月春幡底須故〔五〕。流蘇錦帳挂香囊，織成羅幌隱燈光。只應私將琥珀枕，瞑瞑來上珊瑚床。

【校記】

〔一〕雜曲一首，四玉臺本均無。樂府詩集七七録全篇。

〔二〕「自」，樂府詩集此字下注「一作最」。

〔三〕「從」，樂府詩集作「猶」。

〔四〕「相」，樂府詩集作「應」，其下注「一作相」。

〔五〕「須」，樂府詩集作「頭」。

卷十

古絶句〔一〕

藁砧今何在〔二〕？山上復有山。何當大刀頭，破鏡飛上天〔三〕！

日暮秋雲陰，江水清且深。何用通音信？蓮花玳瑁簪〔四〕。

菟絲從長風，根莖無斷絶。無情尚不離，有情安可别？

南山一樹桂，上有雙鴛鴦。千年長交頸，歡慶不相忘〔五〕。

【校記】

〔一〕此題類聚五六雜文部二詩録第一首全篇，題作「藁砧詩」。初學記一月録第一首全篇，題作「古詩」。御覽七六二器物部七堪録第一首「山」一韻，題作「古樂府」。「古絶句」，四玉臺本均作「古絶句四首」。按，鄭本目録中題下有「四首」二字，兩抄本、趙本目録中「絶」下無「句」字。

〔二〕「藁」，兩抄本均作「蒿」。
〔三〕「上」，初學記作「在」。
〔四〕「蓮」，兩抄本均作「連」。
〔五〕「慶」，兩抄本、趙本均作「愛」。

與妻李夫人聯句

賈充〔一〕

室中是阿誰？歎息聲正悲賈〔二〕。歎息亦何爲？但恐大義虧李〔三〕。大義同膠漆〔四〕，匪石心不移賈。人誰不慮終？日月有合離李。我心子所達，子心我所知〔五〕賈。若能不食言，與君同所宜李。

【校記】

〔一〕「與妻李夫人聯句　賈充」，兩抄本均作「賈充與妻李夫人連句詩」，趙本作「賈充與妻李夫人連句詩三首」。按，活字本目録中「與」作「欣」，「夫」下無「人」字，「聯」下有「首」字。馮抄本目録中「妻」字係後補，有「宋本」印。兩抄本目録中「詩」作「三首」。趙本目録中「句」下無「詩」字。

〔二〕「嘆」，活字本作「難」。「賈」，活字本此字空缺，兩抄本、趙本均以雙行小字作「賈公」。下同不注。

〔三〕「李」，活字本此字空缺，兩抄本、趙本均以雙行小字作「夫人」。又，兩抄本、趙本此下均换行作另一首。下同不注。

〔四〕「漆」，馮抄本作「膝」。

〔五〕「所」，兩抄本、趙本均作「亦」。

情人碧玉歌

孫綽〔一〕

碧玉小家女，不敢攀貴德。感郎千金意，慚無傾城色〔二〕。

碧玉破瓜時，郎爲情顛倒〔三〕。感君不羞赧〔四〕，迴身就郎抱。

【校記】

〔一〕此題類聚四三樂部三歌録第二首全篇，題作「情人」。樂府詩集四五分兩處兩首全録，第一首爲碧玉歌三首之第二首，第二首爲碧玉歌二首之第一首，均無署名，但據其解題，均歸于宋汝南王名下。「情人碧玉歌　孫綽」，兩抄本、趙本均作「孫綽情人碧玉歌二首」。按，鄭本目録中無「情人」二字，題下有「二首」二字。

〔二〕「慚」，兩抄本原同，後均描改作「慙」，馮抄本無「宋本」印。

〔三〕「郎」，兩抄本、趙本、類聚、樂府詩集均作「相」。

〔四〕「君」，兩抄本、趙本、類聚、樂府詩集均作「郎」。「赧」，兩抄本、趙本、類聚均作「難」，樂府詩集作「郎」。

情人桃葉歌

王獻之〔一〕

桃葉復桃葉，渡江不用楫〔二〕。但渡無所苦〔三〕，我自來迎接〔四〕。

桃葉復桃葉，桃樹連桃根〔五〕。相憐兩樂事〔六〕，獨使我殷勤〔七〕。

【校記】

〔一〕此題南史一〇陳本紀下陳后主紀、隋書二二五行志、書鈔一三八舟部下楫十四均録第一首全篇，南史題作「桃葉辭」，隋書題作「桃葉之詞」，書鈔無題。類聚四三樂部三歌兩首全録。樂府詩集四五兩首全録，題作「情人歌」。「情人桃葉歌　王獻之」，活字本作「情人歌　王獻之」，兩抄本、趙本均作「王獻之情人桃葉歌二首」。按，鄭本目録中題下有「二首」二字。活字本目録中「人」下有「桃葉」二字。兩抄本、趙本目録中「情人桃葉歌」均作「詩」。

〔二〕「渡」，南史、隋書均作「度」。

〔三〕「渡」，南史、隋書均作「度」。

〔四〕「來迎接」，兩抄本、趙本、南史、隋書均作「迎接汝」，書鈔、類聚均作「楫迎汝」。又，樂府詩集此句下注「一作我自迎接汝」。

〔五〕「樹」，四玉臺本均作「葉」，類聚作「菜」。

〔六〕「憐」，活字本作「隣」。

〔七〕「殷勤」，類聚作「纏綿」。

答團扇歌　桃葉〔一〕

七寶畫團扇，粲爛明月光〔二〕。與郎却暄暑〔三〕，相憶莫相忘。

青青林中竹，可作白團扇。動摇郎玉手，因風托方便〔四〕。

團扇復團扇〔五〕，許持自障面〔六〕。憔悴無復理，羞與郎相見。

【校記】

〔一〕此題類聚四三樂部三歌三首全録，前後相連作一首，題作「答王團扇歌」。初學記二五扇録第一首，署「王獻之桃葉」，題作「團扇歌」。樂府詩集四五三首全録，其第一、二首爲團扇郎六首之第一、二首。「答團扇歌　桃葉」，活字本作「答扇歌」，兩抄本、趙本均作「桃葉答王團扇歌三首」。按，鄭本目録中題下有「三首」二字。活字本目録中「扇歌」作「團扇歌」，其下有「桃葉」署名。趙本目録中「王」作「玉」。

〔二〕「粲」，樂府詩集作「燦」。

〔三〕「與」，樂府詩集作「餉」。

〔四〕「風」，活字本作「手」。

〔五〕「復團扇」，活字本作「復□扇」，類聚作「復向谁」。

〔六〕「許持」，兩抄本、趙本、樂府詩集均作「持許」，類聚作「侍許」。「障」，兩抄本、趙本均作「鄣」，樂府詩集作「遮」。

東陽漢中贈答

謝靈運〔一〕

可憐誰家婦，緑流洗素足〔二〕。明月在雲間，迢迢不可得。

可憐誰家郎，緑流乘素舸〔三〕。但問情若爲〔四〕，月就雲中墮。

【校記】

〔一〕「東陽漢中贈答　謝靈運」，兩抄本均作「謝靈運詩東陽溪中贈答二首」，趙本作「謝靈運東陽溪中贈答二首」。按，鄭本目録中題下有「二首」二字。活字本目録中無「答」字，「謝靈運」作「靈運謝」。兩抄本目録中無「詩東陽」三字。趙本目録中無「東陽」二字。

〔二〕「緑」，兩抄本、趙本均作「緣」。　「洗」，兩抄本、趙本均作「洒」。

〔三〕「緑」，兩抄本、趙本均作「緣」。

〔四〕「但」，趙本作「伹」。　「若」，活字本作「君」。

丁督護歌

宋孝武〔一〕

督護初征時〔二〕，儂亦惡聞許〔三〕。願作石尤風，四面斷行旅。

黄河流無極，洛陽數千里。坎軻戎旅間〔四〕，何由見歡子？

【校記】

〔一〕此題樂府詩集四五兩首全録，第一首爲宋孝武丁督護歌五首之第四首，第二首署名「王金珠」。「丁督護歌　宋孝武」，活字本作「丁督護歌二首　宋孝武」，兩抄本均作「宋孝武詩三首　丁督護歌二首」，趙本總題作「宋孝武詩三首」，而置「丁督護歌二首」之題於第一首詩正文末。按，鄭本目録中題下有「二首」二字，活字本目録中「督」作「都」，「歌」下無「二首」二字，兩抄本、趙本目録宋孝武名下均無具體詩題。又，兩抄本、趙本宋孝武詩三首之第三首，即鄭本許瑶名下擬自君之出矣和活字本目録許瑶名下擬徐幹詩一首，參見該詩校記。

〔二〕「初征時」，活字本作「征初時」，兩抄本均作「土征去」，趙本作「上征去」。

〔三〕「惡」，兩抄本、趙本均作「思」。

〔四〕「坎軻」，馮抄本作「坎坷」，樂府詩集作「轗軻」。「戎旅」，活字本作「我途」，兩抄本、趙本均作「戎途」。

擬自君之出矣　許瑤〔一〕

自君之出矣，珠翠暗無精〔二〕。思君如日月，迴環晝夜生〔三〕。

【校記】

〔一〕此首類聚三二人部十六閨情録全篇，署「宋孝武帝」，題作「擬空思」。樂府詩集六九録全篇，署「宋孝武帝」，題作「自君之出矣」。「擬自君之出矣　許瑤」，四玉臺本均題作「擬徐幹詩一首」，其中趙本置於本詩正文末。按，活字本目録中題下有「許瑤」署名。兩抄本、趙本此詩均爲宋孝武名下之第三首。

〔二〕「珠」，兩抄本、趙本、類聚、樂府詩集均作「金」。

〔三〕「環」，兩抄本、趙本、類聚、樂府詩集均作「還」。

咏䄐褶枕〔一〕

端木生河側〔二〕，因病遂成妍。朝將雲髻別，夜與蛾眉連。

【校記】

〔一〕此首類要二五宥罪録「妍」一韻，題作「咏枏榴枕」。同書三二譬諭録「妍」一韻，題作「枏榴沈」；按，「沈」當爲「枕」之訛。「咏䄐褶枕」，兩抄本均作「許瑶詩二首　咏枏榴枕」，趙本總題作「許瑶詩二首」，而置「咏枏榴枕」之題於本詩正文末。按，兩抄本、趙本目録中「許瑶」作「許瑶之」，其名下均無具體詩題。

〔二〕「河側」，類要作「何許」。

閨婦答鄰人〔一〕

昔如影與形，今如胡與越。不知行遠近，忘却離年月〔二〕。

【校記】

〔一〕「鄰」，活字本作「憐」。按，活字本目録中「憐」作「隣」。趙本此題置於本詩正文末。

〔二〕「却」，兩抄本、趙本均作「去」。

寄行人　鮑令輝〔一〕

桂吐兩三枝，蘭暗四五葉〔二〕。是時君不歸，春風徒笑妾〔三〕。

【校記】

〔一〕此首類聚三一人部十五贈答録全篇，署名「鮑令暉」。「寄行人　鮑令輝」，活字本作「寄行人」，兩抄本、趙本均作「鮑令輝寄行人一首」。按，活字本目録中題下有「鮑令輝」署名，趙本目録中「輝」作「暉」。

〔二〕「暗」，兩抄本、趙本、類聚均作「開」。

〔三〕「徒」，活字本作「從」。

近代西曲歌五首〔一〕

【校記】

〔一〕「近代西曲歌五首」，鄭本目録中題下無「五首」二字。活字本目録中無此總題。兩抄本、趙本目録中「西曲歌」作「雜歌」，其總題下均無具體詩題。

石城樂〔一〕

生長石城下，開門對城樓〔二〕。城中美少年〔三〕，出入見依投。

【校記】

〔一〕此首樂府詩集四七録全篇。「石城樂」之題，活字本、兩抄本均置於「近代西曲歌五首」同行下端，趙本置於本詩正文末。

〔二〕「門」，樂府詩集作「窗」。

〔三〕「美」，樂府詩集作「諸」。「少年」，兩抄本、趙本均作「年少」。

估客樂〔一〕

有信數寄書〔二〕，無信心相憶。莫作瓶落井，一去無消息。

【校記】

〔一〕此首樂府詩集四八録全篇，署「齊釋寶月」。「估客樂」之題，兩抄本置於其前一首詩正文末，趙本置於本詩正文末；以下三首格式同，不再分别出校。

〔二〕「信」，四玉臺本均作「客」。

烏夜啼〔一〕

歌舞諸年少〔二〕，娉婷無種迹〔三〕。菖蒲花可憐〔四〕，聞名不曾識〔五〕。

【校記】

〔一〕此首樂府詩集四七録全篇。

〔二〕「年少」，樂府詩集作「少年」。

〔三〕「婷」，樂府詩集作「停」。

〔四〕「蒲」，兩抄本均作「蒱」。

〔五〕「名」，活字本作「君」。「識」，活字本作「織」。

襄陽樂〔一〕

朝發襄陽城，暮至大堤宿。大堤諸女兒，花艷驚郎目。

【校記】

〔一〕此首樂府詩集四八録全篇。「襄陽樂」，活字本作「襄陽」。按，活字本目録題作「襄陽樂」。

楊叛兒〔一〕

暫出白門前，楊柳可藏烏。郎作沉水香〔二〕，儂作博山爐。

【校記】

〔一〕此首樂府詩集四九録全篇。「楊」，兩抄本、趙本均作「陽」。

〔二〕「郎」，樂府詩集作「歡」。「水」，活字本作「木」。

近代吳歌九首〔一〕

【校記】

〔一〕「近代吳歌九首」，鄭本目録中題下無「九首」二字。活字本目録中無此總題。兩抄本、趙本目録中均無「近代」二字，其總題下亦均無具體詩題。

春歌〔一〕

朝日照北林〔二〕，初花錦繡色。誰能春不思〔三〕，獨在機中織！

【校記】

〔一〕此首樂府詩集四四録全篇。「春歌」之題，兩抄本均置於總題「近代吳歌九首」同行下端，趙本置於本詩正文末。

〔二〕「朝日」，樂府詩集作「明月」。「北」，樂府詩集作「桂」。

〔三〕「春」，樂府詩集作「不」。「不」，樂府詩集作「相」。

夏歌〔一〕

鬱蒸仲暑月，長嘯北湖邊〔二〕。芙蓉始結葉〔三〕，抛艷未成蓮〔四〕。

【校記】

〔一〕此首樂府詩集四四録全篇。「夏歌」之題，馮抄本置於其前一首詩正文末，趙本置於本詩正文末，翁抄本置於本詩正文前；以下七首格式同，不再分别出校。

〔二〕「北」，樂府詩集作「出」。

〔三〕「始」，兩抄本、趙本均作「如」。

〔四〕「抛」，樂府詩集作「花」。

秋歌〔一〕

秋威入窗裏〔二〕，羅帳起飄揚。仰頭看明月〔三〕，寄情千里光。

【校記】

〔一〕此首樂府詩集四四録全篇。

〔二〕「威」，兩抄本、趙本均作「風」，樂府詩集作「夜」。

〔三〕「明月」，活字本作「月明」。

冬歌〔一〕

淵冰厚三尺，素雪覆千里。我心如松柏，君心復何似〔二〕？

【校記】

〔一〕此首樂府詩集四四録全篇。

〔二〕「心」，樂府詩集作「情」。

前溪〔一〕

黄葛結蒙蘢〔二〕，生在洛溪邊。花落隨流去〔三〕，何見逐流還〔四〕！

【校記】

〔一〕此首樂府詩集四五録全篇。按，鄭本目録中「溪」下有「歌」字。

〔二〕「葛」，四玉臺本均作「鳥」。「蘢」，活字本作「朧」，兩抄本、趙本、樂府詩集均作「籠」。

〔三〕「隨流」，兩抄本、趙本均作「逐流」，樂府詩集作「逐水」。

〔四〕「見逐」，樂府詩集作「當順」。按，樂府詩集此句下尚有「還亦不復鮮」五字。

上聲歌〔一〕

新衫綉兩襠〔二〕，迮著羅裳裏〔三〕。微步動輕塵〔四〕，羅裙從風起〔五〕。

【校記】

〔一〕此首樂府詩集四五録全篇。「歌」，兩抄本、趙本均無此字。按，活字本目録中亦無「歌」字。

〔二〕「新」，兩抄本、趙本均作「留」。「兩」，兩抄本均作「裲」。「襠」，樂府詩集作「端」，其下注「一作襠」。

〔三〕「迮」，活字本作「追」。「著」，四玉臺本均作「置」。「裳」，樂府詩集作「裙」。

〔四〕「微」，樂府詩集作「行」。「輕」，樂府詩集作「微」。

〔五〕「裙」，兩抄本、趙本均作「衣」。「從」，四玉臺本、樂府詩集均作「隨」。

歡聞歌〔一〕

遥遥天無桂〔二〕，流漂萍無根。單身如螢火，持底報郎恩〔三〕。

【校記】

〔一〕此首樂府詩集四五録全篇。「歌」，兩抄本、趙本均無此字。

〔二〕「桂」，四玉臺本、樂府詩集均作「柱」。

〔三〕「恩」，活字本作「君」。

長樂佳〔一〕

紅羅複斗帳，四角垂珠璫〔二〕。玉枕龍鬚席〔三〕，郎眠何處床？

【校記】

〔一〕此首樂府詩集四五録全篇。「佳」，兩抄本均作「作」。按，鄭本目録中「佳」作「歌」。

〔二〕「珠」，兩抄本、趙本、樂府詩集均作「朱」。

〔三〕「鬢」，兩抄本均作「鬢」。

獨曲〔一〕

柳樹得春風，一低復一昂。誰能空相憶，獨眠度三陽？

【校記】

〔一〕此首樂府詩集四六録全篇，題作「讀曲歌」。按，鄭本目録中「曲」下有「歌」字。

近代雜歌六首〔一〕

【校記】

〔一〕「近代雜歌六首」，活字本作「近代雜歌五首」，兩抄本、趙本均作「近代雜歌三首」。按，鄭本目録中題下無「六首」二字。活字本目録中無此總題。兩抄本目録中「三」作「四」。兩抄本、趙本目録中均無「近代」二字，其總題下亦均無具體詩題。

潯陽樂〔一〕

鷄亭故人去〔二〕，九里新人還〔三〕。送一便迎兩〔四〕，無有暫時閑。

【校記】

〔一〕此首樂府詩集四九録全篇，題作「尋陽樂」。「潯」，兩抄本、趙本均作「尋」。按，鄭本目録中「潯」作「尋」。又，此題馮抄本置於總題「近代雜歌三首」同行下端，趙本置於本詩正文末，翁抄本置於本詩正文前。

〔二〕「鷄」，四玉臺本均作「稽」。

〔三〕「人」，樂府詩集作「儂」。

〔四〕「便」，樂府詩集作「却」。

青陽歌曲〔一〕

青荷蓋緑水〔二〕，芙蓉發紅鮮〔三〕。下有並根藕〔四〕，上有同心蓮〔五〕。

【校記】

〔一〕此首樂府詩集四九録全篇，題作「青陽度」。「青陽歌曲」之題，馮抄本置於其前一首詩正文末，趙本置於本詩正文末，翁抄本置於本詩正文前；其下一首格式同，不再出校。

〔二〕「緑」，兩抄本均作「淥」。

〔三〕「發」，樂府詩集作「拔」。

〔四〕「有」，樂府詩集作「生」。

〔五〕「有」，兩抄本、趙本均作「生」。「同心」，樂府詩集作「並目」。

蠶絲歌

春蠶不應老，晝夜常懷絲〔一〕。何惜微軀盡，纏綿自有時。

【校記】

〔一〕「絲」，四玉臺本均作「思」。

雜詩〔一〕

玉釵色未分〔二〕，衫輕似露腕。舉袖欲障羞〔三〕，迴持理髪亂。

【校記】

〔一〕「雜詩」，兩抄本、趙本均作「近代雜詩一首」。按，兩抄本、趙本目録中均無「近代」二字。

〔二〕「釵」，四玉臺本均作「釧」。「未分」，活字本作「分未」。

〔三〕「障」，兩抄本、趙本均作「鄣」。

丹陽孟珠歌〔一〕

陽春二三月，草與水同色。道逢游冶郎〔二〕，恨不早相識。

【校記】

〔一〕此首樂府詩集四九録全篇，題作「孟珠」。「丹陽孟珠歌」，兩抄本、趙本均作「丹陽孟珠歌一首」。

〔二〕「逢」，活字本作「途」。

錢塘蘇小小歌〔一〕

妾乘油壁車〔二〕，郎騎青驄馬〔三〕。何處結同心〔四〕？西陵松柏下。

【校記】

〔一〕此首樂府詩集八五録全篇，題作「蘇小小歌　古辭」。「錢塘蘇小小歌」，活字本作「錢塘蘇小歌」，兩抄本、趙本均作「錢唐蘇小歌一首」。

〔二〕「妾」，樂府詩集作「我」。「壁」，兩抄本、趙本、樂府詩集均作「璧」。

〔三〕「騎」，樂府詩集作「乘」。

〔四〕「結」，活字本作「紅」。

自君之出矣

劉義恭〔一〕

自君之出矣，笥錦廢不開。思君如清風，曉夜常徘徊〔二〕。

【校記】

〔一〕劉義恭自君之出矣一首，四玉臺本均無。類聚三二人部十六閨情録全篇，題作「擬詩」。樂府詩集六九録全篇。按，鄭本目録中題前有「擬」字。

〔二〕「常」，類聚作「嘗」。

楊花曲

湯惠休〔一〕

深堤下生草，高城上入雲。春人心生思，思心長爲君。

【校記】

〔一〕湯惠休楊花曲一首，四玉臺本均無。樂府詩集七七録全篇，其正文此四句前尚有數句，爲鄭本所無，茲從略。

別詩

張融〔一〕

白雲山上盡，清風松下歇。欲識離人愁〔二〕，孤臺見明月。

【校記】

〔一〕張融別詩一首，四玉臺本均無。類聚二九人部十三別上、初學記一八離別均録全篇。

〔二〕「愁」，類聚、初學記均作「想」。

少年子

王融〔一〕

聞有東方騎，遥見上頭人。待君送客返，桂釵當自陳。

【校記】

〔一〕王融少年子一首，四玉臺本均無。樂府詩集六六録全篇。

陽翟新聲〔一〕

懷春發下蔡，含笑向陽城。耻爲飛雉曲，好作鶤鷄聲〔二〕。

【校記】

〔一〕陽翟新聲一首，四玉臺本均無。樂府詩集七四録全篇。

〔二〕「聲」，樂府詩集作「嗚」。

擬古〔一〕

花蒂今何在？亦是林下生〔二〕。何當垂雙髻〔三〕，團扇雲間明。

【校記】

〔一〕此首類聚五六雜文部二詩録全篇，題作「代藁砧」。「擬古」，活字本作「擬古　王元長」；馮抄本作「王元長詩四首　擬古」；趙本、翁抄本均總題作「王元長詩四首」，其「擬古」之題，趙本置於本詩正文末，翁抄本置於本詩正文前。

〔二〕「亦」，兩抄本、趙本均作「示」，類聚作「不」。

〔三〕「雙」，兩抄本、趙本、類聚均作「兩」。

自君之出矣〔一〕

自君之出矣，金爐香不燃。思君如明燭，中宵空自煎。

【校記】

〔一〕此首樂府詩集六九録全篇，無署名。「自君之出矣」，活字本作「徐幹代」，兩抄本、趙本均作「代徐幹」，其中馮抄本此題置於其前一首詩正文末，趙本置於本詩正文末，翁抄本置於本詩正文前；以下兩首格式同，不再分别出校。按，鄭本目録中題前有「擬」字，活字本目録題作「代徐幹」。

秋夜〔一〕

秋夜長復長〔二〕，夜長樂未央。舞袖拂明燭〔三〕，歌聲繞鳳梁。

【校記】

〔一〕此首樂府詩集七〇録全篇，題作「秋夜長」。

〔二〕「復長」，樂府詩集無此二字。

〔三〕「明」，樂府詩集作「花」。

咏火〔一〕

冰容慚遠鑒，水質謝明輝。是照相思夕，早望行人歸〔二〕。

【校記】

〔一〕此首類聚五六雜文部二詩録全篇，題作「離合詩」。

〔二〕兩抄本於本詩正文末、趙本於詩末題下均有「離合賦物爲咏」六小字注。

玉階怨

謝朓〔一〕

夕殿下珠簾，流螢飛復息。長夜縫羅衣，思君此何極。

【校記】

〔一〕此首類聚三〇人部十四怨、樂府詩集四三均録全篇。「玉階怨　謝朓」，馮抄本作「謝朓詩四

首　玉階怨」，趙本、翁抄本總題作「謝眺詩四首」，翁抄本「眺」作「朓」，其「玉階怨」之題，趙本置於本詩正文末，翁抄本置於本詩正文前。按，活字本目録中題下無「謝眺」署名。兩抄本、趙本目録謝眺名下均無具體詩題。

金谷聚〔一〕

璖碗送佳人〔二〕，玉杯要上客。車馬一東西，别後思今夕。

【校記】

〔一〕「金谷聚」之題，馮抄本置於其前一首詩正文末，趙本置於本詩正文末，翁抄本置於本詩正文前；以下兩首格式同，不再分别出校。按，活字本目録中題下有「謝眺」署名。

〔二〕「璖」，活字本、趙本、翁抄本均作「渠」，馮抄本原同，經塗改後作「渠」，有「宋本」印。

王孫游〔一〕

緑草漫如絲〔二〕，雜樹紅英發。無論君不歸，君歸芳已歇。

【校記】

〔一〕此首樂府詩集七四録全篇。

〔二〕「緑」，兩抄本均作「渌」。「漫」，馮抄本作「萬」，趙本、翁抄本、樂府詩集均作「蔓」；又，樂府詩集其下注「一作夢」。

同王主簿有所思〔一〕

佳期期未歸〔二〕，望望下鳴機〔三〕。徘徊東陌上，月出行人稀〔四〕。

【校記】

〔一〕此首樂府詩集一七録全篇，題作「有所思」。

〔二〕「鳴」，四玉臺本、樂府詩集均作「鳴」。

春游〔一〕

置酒登廣殿，開襟望所思。春草行已歇，何事久佳期〔二〕？

【校記】

〔一〕春游一首，四玉臺本均無。樂府詩集七四録全篇，署名「王融」，題作「王孫游」。

〔二〕「何事久佳期」，樂府詩集此五字下注「一本辭同思公子」。

玉階怨

虞炎〔一〕

紫藤拂花樹〔二〕，黄鳥度青枝〔三〕。思君一嘆息，苦淚應言垂。

【校記】

〔一〕此首樂府詩集四三録全篇。「玉階怨　虞炎」，兩抄本均作「虞炎詩一首　有所思」，其中馮抄本「炎」字已經塗改，無「宋本」印，「有所思」三字亦係塗改而成，原作「玉階怨」，有「宋本」印，翁抄本「炎」字紅筆描改作「災」，其眉端紅筆又寫「災」字；趙本作「虞炎有所思一首」。

〔二〕「藤」，趙本作「藤」。

〔三〕「度」，活字本作「間」，兩抄本、趙本均作「閒」。

思公子

邢邵〔一〕

綺羅日減帶，桃李無顔色。思君君未歸，君來豈相識。

【校記】

〔一〕邢邵思公子一首，四玉臺本均無。

邊戍

梁武帝〔一〕

秋月出中天，遠近無偏異。共照一光輝，各懷離別思〔二〕。

【校記】

〔一〕「邊戍　梁武帝」，兩抄本均作「梁武帝邊戍詩」，趙本總題作「梁武帝詩廿七首」，而置「邊戍詩」

之題於本詩正文末。按，趙本目録中「詩廿」作「二十」，其梁武帝名下均無具體詩題。又，四玉臺本梁武帝以下二人四十八首詩均置於王環詩之後、蕭子顯詩之前。

咏燭〔一〕

堂中綺羅人，席上歌舞兒。待我光泛艷〔二〕，爲君照參差。

【校記】

〔一〕「咏燭」之題，馮抄本置於其前一首詩正文末，趙本置於本詩正文末，翁抄本置於本詩正文前；以下三首格式同，不再分别出校。

〔二〕「艷」，活字本、趙本、翁抄本均作「灧」。

咏筆〔一〕

昔聞蘭蕙月，獨是桃李年。春心倘未寫〔二〕，爲君照情筵。

【校記】

〔一〕「咏筆」，活字本目録題作「筆」。

〔二〕「倘」，趙本、翁抄本均作「儻」。

咏笛〔一〕

柯亭有奇材〔二〕，含情復抑揚〔三〕。妙聲發玉指〔四〕，龍音響鳳凰。

【校記】

〔一〕「咏笛」，活字本目録題作「笛」。

〔二〕「材」，四玉臺本均作「竹」。

〔三〕「抑揚」，兩抄本均作「柳楊」。

〔四〕「玉」，活字本、兩抄本均作「五」，其中馮抄本此字已經塗改，原似作「玉」，無「宋本」印。

咏舞〔一〕

腕弱復低舉，身輕由迴縱。可謂寫自歡，方與心期共。

【校記】

〔一〕「咏舞」，活字本目録題作「舞」。

聯句詩〔一〕

傾城非人美，十載難重逢〔二〕。雖懷軒中意，愧無鬢髮容。

【校記】

〔一〕「聯句詩」，兩抄本、趙本均作「連句詩」，其中趙本此題置於本詩正文末。按，兩抄本目録中

「詩」下均有「一首」二字。

〔二〕「十」，兩抄本、趙本均作「千」。「重」，兩抄本、趙本均作「里」。

春歌〔一〕

階上香入懷〔二〕，庭中花照眼。春心一如此〔三〕，情來不可限〔四〕。

蘭葉始滿池〔五〕，梅花已落枝。持此可憐意，摘以寄心知。

朱日光素冰〔六〕，黃花映白雪。折梅寄佳人〔七〕，共迎陽春月〔八〕。

花塢蝶雙飛，柳堤鳥百舌。不見佳人來，徒勞心斷絶。

【校記】

〔一〕此題類聚四三樂部三歌録第一首全篇。樂府詩集四四録前三首全篇，第一、三兩首署名「王金珠」。「春歌」，兩抄本、趙本均作「春歌三首」，其中趙本此題置於其第一首詩正文末；以下兩首格式同，不再分别出校。按，鄭本目録中題下有「四首」二字。又，鄭本此題下第四首，四玉臺本均無。

〔二〕「香」，活字本、趙本、翁抄本均作「歌」，馮抄本原作「香」，經塗改後作「歌」，有「宋本」印。

〔三〕「二」，樂府詩集作「鬱」。

〔四〕「可」，類聚作「自」。

〔五〕「池」，四玉臺本、樂府詩集均作「地」。

〔六〕「冰」，樂府詩集作「水」。

〔七〕「折」，活字本作「拆」。「寄」，馮抄本此字經塗黄而成，又以黑筆圈去，於頁眉寫「待」字，無「宋本」印；趙本、翁抄本、樂府詩集均作「待」。

〔八〕「迎」，兩抄本、趙本均作「道」。

夏歌〔一〕

江南蓮花開〔二〕，紅光照碧水〔三〕。色同心復同〔四〕，藕異心無異〔五〕。

閨中花如綉，簾上露如珠。欲知有所思，停織復踟躕。

玉盤着朱李〔六〕，金杯盛白酒。雖欲持自親〔七〕，復恐不甘口〔八〕。

含桃落花日，黄鳥鶯飛時。君住馬已疲〔九〕，妾去蠶欲饑〔一〇〕。

【校記】

〔一〕此題類聚四三樂部三歌録第一首全篇。樂府詩集四四四首全録，第三首署名「王金珠」。「夏歌」，兩抄本、趙本均作「夏歌四首」。按，鄭本目録中題下有「四首」二字。

〔二〕「開」，類聚作「水」。

〔三〕「照」，活字本、兩抄本、類聚、樂府詩集均作「復」，趙本作「覆」。「水」，類聚無此字。

〔四〕「心復」，類聚作「絲有」。

〔五〕「無異」，類聚作「無異意」。

〔六〕「着」，樂府詩集作「貯」。

〔七〕「雖」，樂府詩集作「本」。「親」，四玉臺本均作「新」。

〔八〕「復」，活字本作「五」。

〔九〕「已」，樂府詩集此字下注「一作欲」。

〔一〇〕「欲」，樂府詩集作「已」。

秋歌〔一〕

綉帶合歡結〔二〕，錦衣連理文。懷情入夜月〔三〕，含笑出朝雲。

七采紫金柱〔四〕，九華白玉梁。但歌雲不去〔五〕，含吐有餘香。

吹漏未可停〔六〕，弦斷更當續〔七〕。俱作雙絲引〔八〕，共奏同心曲。

當信抱梁期，莫聽迴風音。鏡中兩人髾〔九〕，分明無兩心。

【校記】

〔一〕此題類聚四三樂部三歌録第一首全篇。樂府詩集四四録第一、三、四首全篇，第三首題作「春歌」，署名「王金珠」。樂府詩集四五録第二首全篇，題作「子夜變歌」，署名「王金珠」。「秋歌」，兩抄本、趙本均作「秋歌四首」。按，鄭本目録中題下有「四首」二字。

〔二〕「結」，兩抄本、趙本均作「炬」，類聚作「給」。

〔三〕「懷情」，四玉臺本均作「情懷」。

〔四〕「采」，活字本作「米」，趙本作「彩」。「柱」，活字本作「桂」。

〔五〕「雲」，樂府詩集作「繞」。

〔六〕「漏」，兩抄本、趙本均作「蒲」。「未」，樂府詩集作「不」。

〔七〕「弦斷」，樂府詩集作「斷弦」。「更當」，兩抄本、趙本、樂府詩集均作「當更」。

〔八〕「絲」，樂府詩集作「思」。

〔九〕「中」，四玉臺本、樂府詩集均作「上」。「人」，馮抄本作「八」，趙本、翁抄本、樂府詩集均作「入」。

冬歌〔一〕

寒閨動黻帳，密筵重錦席。賣眼拂長袖，含笑留上客。

別時烏啼户，今晨雪滿墀。過此君不返，但恐緑鬢衰。

果欲結金蘭，但看松柏林。經霜不墮地〔二〕，歲寒無異心。

一年漏將盡，萬里人未歸。君志固有在，妾軀乃無依。

【校記】

〔一〕冬歌四首，四玉臺本均無。樂府詩集四四録第一、三首全篇，第三首題「晉宋齊辭」。按，鄭本目録中題下有「四首」二字。

〔二〕「墮」，樂府詩集此字下注「一作墜」。

子夜歌〔一〕

恃愛如欲進〔二〕，含羞未肯前。朱口發艷歌〔三〕，上指弄嬌弦。

朝日照綺牕〔四〕，光風動紈羅〔五〕。巧笑蒨兩犀〔六〕，美目揚雙蛾。

【校記】

〔一〕此題樂府詩集四四兩首全録，題「晉宋齊辭」。「子夜歌」，兩抄本、趙本均作「子夜歌二首」，其中趙本此題置於其第一首詩正文末。按，鄭本目録中題下有「二首」二字。

〔二〕「恃」，活字本作「特」。

〔三〕「朱口」，兩抄本、趙本、樂府詩集均作「口朱」。

〔四〕「牕」，活字本作「牋」，兩抄本、趙本、樂府詩集均作「錢」。

〔五〕「光」，兩抄本均作「先」。「羅」，兩抄本、樂府詩集均作「素」。

〔六〕「蒨」，活字本作「舊」，兩抄本、趙本、樂府詩集均作「蒨」。

上聲歌〔一〕

花色過桃杏，名稱重金瓊。名歌非下里〔二〕，含笑作上聲。

【校記】

〔一〕此首樂府詩集四五録全篇，署名「王金珠」。「上聲歌」，兩抄本、趙本均作「上聲歌一首」，其中趙本此題置於本詩正文末。

〔二〕「歌」，活字本作「垂」。

歡聞歌〔一〕

艷艷金樓女，心知玉池蓮〔二〕。持底報郎恩〔三〕，俱期游梵天〔四〕。

南有相思木，合影復同心〔五〕。游女不可求，誰能息空陰〔六〕？

【校記】

〔一〕此題樂府詩集四四兩首全録，均署名「王金珠」，第二首題作「歡聞變歌」。「歡聞歌」，兩抄本、趙本均作「歡聞歌二首」，其中趙本此題置於其第一首詩正文末。按，鄭本目録中題下有「二首」二字。

〔二〕「知」，四玉臺本均作「如」。

〔三〕「恩」，活字本作「思」。

〔四〕「焚」，四玉臺本均作「梵」。

〔五〕「合影」，活字本作「合清」，兩抄本、趙本均作「含情」。

〔六〕「誰」，活字本作「詎」。「息空陰」，樂府詩集作「識得音」。

團扇歌〔一〕

手中白團扇，净如秋團月〔二〕。清風任動生，嬌香承意發〔三〕。

【校記】

〔一〕此首類聚四三樂部三歌録全篇。樂府詩集四五録全篇，無署名。「團扇歌」，兩抄本、趙本均作「團扇歌一首」，其中趙本此題置於本詩正文末；以下一首格式同，不再出校。

〔二〕「團」，類聚作「圓」。

〔三〕「香」，樂府詩集作「聲」。「承」，類聚作「乘」，樂府詩集作「任」。

碧玉歌〔一〕

杏梁日始照〔二〕，蕙席歡未極。碧玉奉金杯，緑酒助花色〔三〕。

【校記】

〔一〕此首樂府詩集四五録全篇，無署名。「碧玉歌」，兩抄本、趙本均作「碧玉歌一首」。

〔二〕「日」，樂府詩集作「曰」。

〔三〕「緑」，兩抄本、樂府詩集均作「淥」。

襄陽白銅鞮歌〔一〕

陌頭征人去，閨中女下機。含情不能言，送别沾羅衣。

草樹非一香，花葉百種色。寄語故情人〔二〕，知我心相憶〔三〕。

龍頭紫金鞍〔四〕，翠毦白玉羈〔五〕。照耀雙闕下，知是襄陽兒。

【校記】

〔一〕此題類聚四三樂部三歌録第三首全篇，題作「襄陽白銅隄歌」。御覽三五九兵部九十羈録第三首全篇，題作「襄陽銅蹄哥」，無署名。樂府詩集四八三首全録，題作「襄陽蹋銅蹄」。「鞮」，兩抄本均作「堤」。兩抄本、趙本「歌」下均有「三首」二字。趙本此題置於其第一首詩正文末。按，鄭本目録中題下有「三首」二字，活字本目録此題下有「皇太子」署名。

〔二〕「故」，兩抄本、趙本均作「古」。

〔三〕「憶」，活字本作「意」。

〔四〕「頭」，兩抄本、趙本、類聚、御覽均作「馬」，樂府詩集作「門」。

〔五〕「旺」，活字本作「肫」，兩抄本、類聚、樂府詩集均作「毦」，御覽作「毛」。

雜咏

梁簡文帝〔一〕

被空眠數覺，寒重夜風吹。羅幃非海水〔二〕，那得度前知？

【校記】

〔一〕「雜咏　梁簡文帝」，活字本作「皇太予二十一首」，馮抄本作「雜題二十一首皇太子　雜咏四首寒閨」，趙本總題作「皇太子雜題二十一首簡文」，而置「寒閨」之題於本詩正文末，翁抄本總題作「雜題二十一首皇太子　雜咏四首」，其「寒閨」之題置於本詩正文前。按，活字本目録中「予」作「子」，其下無「二十一首」四字，其「皇太子」三字置於梁武帝襄陽白銅鞮歌題下。兩抄本、趙本目録中「雜題」作「聖製」，其皇太子名下均無具體詩題。趙本目録中題下無「簡文」二字。

〔二〕「羅」，活字本作「罷」。

行雨〔一〕

本是巫山來〔二〕，無人睹容色。唯有楚王臣，曾言夢相識。

【校記】

〔一〕「行雨」之題，馮抄本置於其前一首詩正文末，趙本置於本詩正文末，翁抄本置於本詩正文前；以下兩首格式同，不再分别出校。

〔二〕「是」，四玉臺本均作「自」。

梁塵〔一〕

依帷濛重翠〔二〕，帶日聚輕紅。定爲歌聲起，非關團扇風。

【校記】

〔一〕此首類聚六地部塵録全篇，題作「咏梁塵」。

〔二〕「濛重翠」，兩抄本均作「濛重翠」，類聚作「翠濛重」。

華月〔一〕

兔絲生雲夜，蛾影出漢時〔二〕。欲傳千里意，不照十年悲。

【校記】

〔一〕「華月」，趙本於此題下有「已上雜咏四首」六小字注。

〔二〕「影」，兩抄本、趙本均作「形」。

采菱歌〔一〕

菱花落復含，桑女罷新蠶。桂棹浮星艇，徘徊蓮葉南。

【校記】

〔一〕采菱歌一首，四玉臺本均無。類聚八二草部下菱録全篇，題作「采菱」。樂府詩集五一録全篇，題作「采菱曲」。

夜夜曲二首〔一〕

北斗欄干去〔二〕，夜夜心獨傷。月輝横射枕，燈光半隱床。愁人夜獨傷，滅燭卧蘭芳〔三〕。秖恐多情月，旋來照妾房〔四〕。

【校記】

〔一〕此題樂府詩集七〇録第二首全篇，無署名。樂府詩集七六録第一首全篇，署名「沈約」。「夜夜曲二首」，四玉臺本均作「夜夜曲」，其中馮抄本此題置於其前一首詩正文末，趙本置於第一首詩正文末，翁抄本置於第一首詩正文前。按，鄭本此題下之第二首，四玉臺本均無。

〔二〕「欄」，兩抄本、趙本、樂府詩集均作「闌」。

〔三〕「芳」，樂府詩集作「房」。

〔四〕「房」，樂府詩集作「床」。

從頓還城南〔一〕

暫別兩成疑〔二〕，開簾生舊憶。都知未有情〔三〕，更似新相識。

【校記】

〔一〕「從頓還城南」之題，馮抄本置於其前一首詩正文末，趙本置於本詩正文末，翁抄本置於本詩正文前；以下四首格式同，不再分別出校。

〔二〕「疑」，活字本作「凝」。

〔三〕「知」，兩抄本、趙本均作「如」。

春江曲〔一〕

客行秪念路〔二〕，相將度江口〔三〕。誰知堤上人，拭泪空摇手。

【校記】

〔一〕此首樂府詩集七七録全篇，題作「春江行」。

〔二〕「秪」，活字本、兩抄本均作「支」，樂府詩集作「祇」。

〔三〕「將度」，樂府詩集作「争渡」。「江」，樂府詩集作「京」。

新燕〔一〕

新禽應節歸〔二〕，俱向吹樓飛。入簾驚釧響，來窗礙舞衣〔三〕。

【校記】

〔一〕此首類聚九二鳥部下燕録全篇，題作「咏新燕」。

彈箏

彈箏北窗下，夜響清音愁。張高弦易斷，心傷曲不遒。

夜遣内人還後舟〔一〕

錦幔扶船列〔二〕，蘭橈拂浪浮。去燭猶文水，餘香尚滿舟。

【校記】

〔一〕「夜遣内人還後舟」，活字本目録中無「後」字。

〔二〕「列」，活字本作「洌」，兩抄本、趙本均作「烈」。

咏武陵王左右〔一〕

頂分如兩髻，簪長驗上頭。投杯如欲轉〔二〕，疑殘已復留〔三〕。

【校記】

〔一〕「咏武陵王左右」，兩抄本、趙本均作「咏武陵王左右伍暠傳杯」，其中馮抄本此題置於其前一首詩正文末，趙本置於本詩正文末。按，活字本目録中「右」下有「五　傳杯」三字。兩抄本、趙本目録中無「伍暠傳杯」四字。

〔二〕「投」，兩抄本、趙本均作「捉」。

〔三〕「疑」，活字本作「凝」。

有所思〔一〕

可嘆不可思，可思不可見。餘弦斷瑟柱，殘朱染歌扇。寂寂暮檐響，黯黯垂簾色〔二〕。唯有瓴甋苔〔三〕，如見蜘蛛織。入林看碚磥〔四〕，春至定無賒。何時一可見，更得似梅花。

【校記】

〔一〕「有所思」，兩抄本、趙本均作「有所傷三首」，其中趙本此題置於其第一首詩正文末。按，鄭本目録中「思」下有「三首」二字。

〔二〕「簾」，翁抄本作「廉」。

〔三〕「菩」，兩抄本均作「苦」，趙本作「落」。

〔四〕「碚」，兩抄本、趙本均作「碚」。

游人〔一〕

游戲長楊苑，携手雲臺間。歡樂未窮已，白日下西山〔二〕。

【校記】

〔一〕「游人」之題，馮抄本置於其前一首詩正文末，趙本置於本詩正文末，翁抄本置於本詩正文前；以下三首格式同，不再分別出校。

〔二〕「西」，活字本作「洛」。

贈麗人〔一〕

腰肢本猶絶〔二〕，眉眼特驚人〔三〕。判自無相比，還來有洛神。

【校記】

〔一〕「贈麗人」，兩抄本、趙本均作「絶句賜麗人」。

〔二〕「猶」，兩抄本、趙本均作「獨」。

〔三〕「眼」，活字本作「助」。

遥望

散誕垂紅帔，斜柯插玉簪。可憐無有比，恣許直千金〔一〕。

【校記】

〔一〕「恣」，兩抄本、趙本均作「恐」。

愁閨照鏡〔一〕

别來憔悴久，他人怪容色〔二〕。只有匣中鏡，還持自相識。

【校記】

〔一〕「愁閨照鏡」，鄭本目録中「鏡」作「境」。

〔二〕「他」，兩抄本均作「地」。

金閨思〔一〕

游子久不返，妾身當何依？日移孤影動，羞睹燕雙飛。
自君之别矣，不復染膏脂。南風送歸雁，聊以寄相思。

【校記】

〔一〕金閨思一題二首，四玉臺本均無。

浮雲〔一〕

可憐片雲生，暫重復還輕。欲使襄王夢〔二〕，應過白帝城。

【校記】

〔一〕「浮雲」之題，馮抄本置於其前一首詩正文末，趙本置於本詩正文末，翁抄本置於本詩正文前；以下兩首格式同，不再分别出校。

〔二〕「襄」，兩抄本、趙本均作「荆」。

寒閨

緑葉朝朝黄，紅顔日日異。譬喻持相比，那愖不愁思〔一〕！

【校記】

〔一〕「那」，馮抄本作「郍」。「愖」，四玉臺本均作「堪」。

和人渡水

婉娩新上頭，湔裾出樂游〔一〕。帶前結香草，鬟邊揷石榴〔二〕。

【校記】

〔一〕「湔裾」，兩抄本、趙本均作「煎裙」。

〔二〕「捍」，兩抄本、趙本均作「插」。

昭君辭

梁武陵王紀〔一〕

塞外無春色，邊城有風霜。誰堪覽明鏡，持許照紅妝！

【校記】

〔一〕梁武陵王紀昭君辭一首，四玉臺本均無。樂府詩集二九録全篇，題作「明君詞」。按，鄭本目録中「君」作「王」，「王」下無「紀」字。

別詩二首〔一〕

范雲

洛陽城東西，長作經時別。昔去雪如花，今來花如雪〔二〕。

【校記】

〔一〕范雲別詩二首，四玉臺本均無。類聚二九人部十三别上録全篇。按，鄭本目録中題下無「二首」二字，正文亦僅有此一首。

〔二〕「如」，類聚作「似」。

擬自君之出矣〔一〕

自君之出矣，羅帳咽秋風。思君如蔓草，連延不可窮。

【校記】

〔一〕擬自君之出矣一首，四玉臺本均無。類聚三二人部十六閨情録全篇，題作「擬古」。樂府詩集六九録全篇，題作「自君之出矣」。

襄陽白銅鞮歌

沈約〔一〕

分首桃林岸〔二〕，送别峴山頭〔三〕。若欲寄音息〔四〕，漢水向東流。

【校記】

〔一〕此首類聚四三樂部三歌録全篇。樂府詩集四八録全篇，題作「襄陽蹋銅蹄」。「襄陽白銅鞮歌　沈約」，活字本作「襄陽白銅鞮　沈約」；兩抄本均作「沈約詩三首　襄陽白銅鞮」，馮抄本「鞮」之左邊傍及其下一字已經塗改，有「宋本」印；趙本總題作「沈約詩三首」，而置「襄陽白銅鞮」之題於本詩正文末。按，活字本目録中「銅鞮」作「鞮銅」。兩抄本、趙本目録中沈約名下均無具體詩題。又，四玉臺本自沈約至王環十一人三十四首詩均置於虞炎詩之後、梁武帝詩之前。

〔二〕「首」，活字本、類聚、樂府詩集均作「手」。「岸」，活字本作「巖」，類聚作「崖」。

〔三〕「送」，類聚、樂府詩集均作「望」。「峴」，活字本作「硯」。

〔四〕「音」，活字本作「普」。「息」，類聚、樂府詩集均作「信」。

早行逢故人〔一〕

殘朱猶曖曖〔二〕，餘粉尚霏霏〔三〕。昨宵何處宿，今晨拂露歸。

【校記】

〔一〕「早行逢故人」，四玉臺本均作「早行逢故人車中爲贈」，其中馮抄本此題置於其前一首詩正文末，趙本置於本詩正文末；以下一首格式同，不再出校。

〔二〕「曖曖」，四玉臺本均作「曖曖」。

〔三〕「尚」，兩抄本、趙本均作「上」。

爲鄰人有懷不至〔一〕

影逐斜月來，香隨遠風入。言是定知非，欲笑翻成泣。

【校記】

〔一〕「爲鄰人有懷不至」，鄭本目録中「鄰」作「憐」。

咏王昭君

施泰榮〔一〕

垂羅下椒閣〔二〕，舉袖拂胡塵。唧唧撫心嘆〔三〕，蛾眉誤殺人〔四〕。

【校記】

〔一〕此首類聚三〇人部十四怨、樂府詩集二九録全篇，均題作「王昭君」，署名「施榮泰」。「咏王昭君　施泰榮」，活字本作「咏王昭君　施榮泰」；馮抄本作「施榮泰咏王昭君」，置於其前一首詩正文末；趙本作「施榮泰咏王昭君一首」；翁抄本置「咏王照君」四字於本詩正文前，其中「照」字原作「昭」，紅筆添作「照」，「施榮泰」三字置於本詩正文末。按，兩抄本目録中均無「施榮泰」署名，「君」下均有「一首」二字。

〔二〕「閣」，四玉臺本均作「閤」，馮抄本「閤」之「合」部已經塗改，有「宋本」印。

〔三〕「唧唧」，活字本、類聚均作「即即」。

〔四〕「殺」，翁抄本作「煞」。

咏酹酒人

高爽〔一〕

長筵廣未同，上客嬌難逼。還杯了不顧，迴身正顔色。

【校記】

〔一〕「咏酹酒人　高爽」，兩抄本均作「高爽詩一首　咏酹酒人」，趙本作「高爽咏酹酒人一首」。按，鄭本目録中無「人」字，兩抄本目録中無「咏酌酒人」四字，趙本目録中「咏酌酒人」作「詩」。

吴興妖神贈謝府君覽〔一〕

玉釵空中墮〔二〕，金鈿色行歇〔三〕。獨泣謝春風，孤夜傷明月〔四〕。

【校記】

〔一〕此首御覽七一八服用部二十釵録全篇，題作「吴興妖童贈謝府君」。「吴興妖神贈謝府君覽」，兩抄本、趙本於「覽」字下均有「一首」二字。按，活字本目録中「贈謝」作「謝贈」。

〔二〕「墮」，御覽作「墜」。

〔三〕「行」，御覽作「已」。

〔四〕「孤」，御覽作「良」。「傷」，御覽作「辜」。

采菱　江洪〔一〕

風生緑葉聚，波動紫莖開。含花復含實，正待佳人來。

白日和清風，輕雲雜高樹。忽然當此時，采菱復相遇。

【校記】

〔一〕此首類聚八二草部下菱録全篇。樂府詩集五一録全篇，題作「采菱曲二首」。「采菱　江洪」，馮抄本作「江洪詩七首　采菱二首和巴陵王四咏」，趙本總題作「江洪詩七首」，其「采菱二首」之題置於第一首詩正文末；以下二首格式同，不再分别出校。翁抄本作「江洪詩七首　采菱二首　和巴陵王四咏」。按，鄭本目録中題下有「二首」二字，兩抄本、趙本目録江洪名下均無具體詩題及題注。

渌水曲〔一〕

潺湲復皎潔，輕鮮自可悦〔二〕。横使有情禽，照影遂孤絶。

塵容不忍飾〔三〕，臨池思客歸〔四〕。誰能取渌水〔五〕，無處浣羅衣〔六〕。

【校記】

〔一〕此首類聚四二樂部二樂府録全篇，題作「緑水曲」。樂府詩集五九録全篇。「渌水曲」，活字本作「水曲」，兩抄本均作「渌水曲二首」，趙本作「緑水曲二首」。按，鄭本目録中題下有「二首」二字，活字本目録題作「渌水曲」。

〔二〕「自」，類聚作「尚」。

〔三〕「容」，類聚作「客」。

〔四〕「思客」，樂府詩集作「客未」。

〔五〕「能」，類聚作「知」。「取」，樂府詩集作「別」。「渌」，趙本作「緑」。

〔六〕「無處」，兩抄本、趙本、類聚均作「無趣」，樂府詩集作「全取」。

秋風〔一〕

孀居憎四時〔二〕，况在秋閨内。凄葉流晚暉〔三〕，虚庭吐寒采〔四〕。

北牖風摧樹〔五〕，南籬寒蛩吟〔六〕。庭中無限月，思婦夜鳴砧〔七〕。

【校記】

〔一〕此首樂府詩集六〇録全篇。「秋風」，兩抄本、趙本均作「秋風二首」。按，鄭本目録中題下有

「二首」二字。

〔二〕「居」，兩抄本均作「君」，樂府詩集作「婦」；按，馮抄本此字係塗改而成，原似作「居」，有「宋本」印。「憎」，樂府詩集作「悲」。

〔三〕「流晚暉」，樂府詩集作「留晚蟬」。

〔四〕「采」，四玉臺本、樂府詩集均作「菜」。

〔五〕「摧樹」，活字本作「摧樹」，兩抄本、趙本、樂府詩集均作「催樹」。

〔六〕「蛩」，兩抄本、趙本均作「蛬」；按，馮抄本此字係塗改而成，有「宋本」印。

〔七〕趙本此下有「已上六首和巴陵王四咏」十小字注。

咏美人治妝〔一〕

上車畏不妍，顧盼更斜轉〔二〕。大恨畫眉長〔三〕，猶言顏色淺。

【校記】

〔一〕「咏美人治妝」之題，馮抄本置於其前一首詩正文末，趙本置於本詩正文末，翁抄本置於本詩正文前。

〔二〕「眄」，兩抄本、趙本均作「眄」；按，馮抄本此字係塗改而成，有「宋本」印。

〔三〕「大」，兩抄本、趙本均作「太」。

王昭君嘆

范静婦〔一〕

早信丹青巧，重貨洛陽師〔二〕。千金買蟬鬢〔三〕，百萬寫蛾眉〔四〕。

今朝猶漢地，明旦入胡關。高堂歌吹送，游子夢中還〔五〕。

【校記】

〔一〕此題類聚三〇人部十四怨録第一首全篇，署「梁范靖妻沈氏」，題作「昭君嘆」。樂府詩集二九兩首全録，署「范静婦沈氏」，題作「昭君嘆二首」。「王昭君嘆　范静婦」，馮抄本作「范静婦詩三首　王昭君嘆二首」，其中「昭」字係塗改而成，無「宋本」印；趙本總題作「笵静婦詩三首」，其「王昭君嘆二首」之題置於第一首詩正文末；翁抄本作「范静婦詩三首　王照君嘆二首」，其中「照」原作「昭」，紅筆添改作「照」。按，鄭本目録中題下有「二首」二字，兩抄本、趙本目録范静婦（趙本「范」作「笵」）名下均無具體詩題。

〔二〕「貨」，類聚作「賂」。

〔三〕「買」，類聚作「晝」。　「蟬」，類聚作「雲」。

〔四〕「蛾」，類聚作「娥」。

〔五〕「高堂歌吹送游子夢中還」十字，兩抄本、趙本「送」均作「遠」，其「還」字下均有「一本云情寄南雲反思逐北風還」十三小字注，馮抄本此數字上有「宋本」印。樂府詩集作「情寄南雲反思逐北風還」，其下有雙行小字注「一作高堂歌吹少游子夢中還」。

映水曲〔一〕

輕鬟學浮雲，雙蛾擬初月。水澄正落釵〔二〕，萍開理垂髮。

【校記】

〔一〕此首樂府詩集七七録全篇，署「范静妻沈氏」。「映水曲」之題，馮抄本置於其前一首詩正文末，趙本置於本詩正文末，翁抄本置於本詩正文前。

〔二〕「澄」，趙本作「瀓」。

登樓曲〔一〕

憑高川陸近，望遠阡陌多。相思隔重嶺，相憶限長河〔二〕。

【校記】

〔一〕登樓曲一首，四玉臺本均無。樂府詩集七七録全篇，署「范静妻沈氏」。

〔二〕「限」，樂府詩集此字下注「一作恨」。

越城曲〔一〕

别怨凄歌響，離啼濕舞衣。願假烏栖曲，翻從南向飛。

【校記】

〔一〕越城曲一首，四玉臺本均無。樂府詩集七七録全篇，署「范静妻沈氏」。

南苑

何遜〔一〕

苑門闢千扇，苑户開萬扉。樓殿聞珠履〔二〕，竹樹隔羅衣。

【校記】

〔一〕「南苑　何遜」，馮抄本作「何遜詩五首　南苑」，趙本、翁抄本均總題作「何遜詩五首」，其「南苑」之題趙本置於本詩正文末，翁抄本置於本詩正文前。按，活字本目録中「苑」作「院」，趙本目録中「五」作「三」。兩抄本、趙本目録於何遜名下均無具體詩題。

〔二〕「聞」，馮抄本原同，經塗改後作「閒」，無「宋本」印，趙本作「閒」。

閨怨〔一〕

閨閣行人斷〔二〕，房櫳月影斜。誰能北窗下，獨對後園花？

【校記】

〔一〕「閨怨」之題，馮抄本置於其前一首詩正文末，趙本置於本詩正文末，翁抄本置於本詩正文前；以下三首格式同，不再分別出校。

〔二〕「閣」，活字本、趙本、翁抄本均作「閤」，馮抄本原作「閣」，經塗改後作「閤」，有「宋本」印。

爲人妾思

燕戲還檐際〔一〕，花飛落枕前。寸心見不見〔二〕，拭泪坐調弦。

【校記】

〔一〕「燕」，兩抄本、趙本均作「燕子」。「際」，兩抄本、趙本均無此字。

〔二〕「見不見」，兩抄本、趙本均作「君不見」。

咏春風〔一〕

可聞不可見，能重復能輕。鏡前飄落粉，琴上響餘聲。

【校記】

〔一〕此首類聚一天部上風、初學記一風録全篇，均題作「咏風」。

秋閨怨

竹葉響南窗，月光照東璧〔一〕。誰知夜獨覺，枕前雙泪滴！

【校記】

〔一〕「璧」，兩抄本、趙本均作「壁」。

雜句

吴均〔一〕

晝蟬已傷念〔二〕，夜露復沾衣。昔別曾何道〔三〕，今夕螢光飛〔四〕。

錦腰連枝滴，綉領合歡斜〔五〕。夢中誰不見〔六〕，終成亂眼花〔七〕。

蜘蛛檐下挂，絡緯井邊啼。何曾得見子〔八〕，照鏡窗東西。

泣聽離夕歌，悲銜別時酒。自從今日去，當復相思否？

【校記】

〔一〕「雜句　吴均」，兩抄本、趙本均作「吴均雜絶句四首」。按，鄭本目録中題下有「四首」二字，兩抄本、趙本目録中「雜」均作「新」。

〔二〕「晝」，活字本作「畫」。

〔三〕「曾」，兩抄本、趙本均作「昔」。

〔四〕「夕」，兩抄本、趙本均作「令」。「光」，兩抄本、趙本均作「火」。

〔五〕「歡」，活字本作「觀」。

〔六〕「誰不」，活字本作「虽不」，兩抄本、趙本均作「難言」。

〔七〕「眼」，活字本作「眠」。

〔八〕「曾」，兩抄本、趙本均作「當」。

春思〔一〕

雪罷支即青〔二〕，冰開水便緑。復聞黄鳥鳴〔三〕，今作相思曲〔四〕。

【校記】

〔一〕此首類聚三歲時上春録全篇，署名「王僧孺」，題作「春思絶句」。「春思」，活字本作「春思　王僧孺」，馮抄本作「王僧孺詩二首　春思」，趙本、翁抄本總題作「王僧孺詩二首」，其「春思」之題趙本置於本詩正文末，翁抄本置於本詩正文前。按，四玉臺本春思均歸於王僧孺名下。兩抄本、趙本目録王僧孺名下均無具體詩題。

〔二〕「支」，四玉臺本、類聚均作「枝」。

〔三〕「鳴」，活字本作「吟」，兩抄本、趙本均作「思」，類聚作「聲」。

〔四〕「今」，兩抄本、趙本均作「令」，類聚作「全」。

爲徐僕射妓作

王僧孺〔一〕

日晚應歸去，上客强盤桓。稍知玉釵重，漸見羅襦寒〔二〕。

【校記】

〔一〕「爲徐僕射妓作　王僧孺」，四玉臺本均作「爲徐僕射妓作」，其中馮抄本此題置於其前一首詩正文末，趙本置於本詩正文末，翁抄本置於本詩正文前。按，活字本目録中題下署「徐悱婦」。又，兩抄本、趙本此詩均爲王僧孺名下之第二首。

〔二〕「見」，馮抄本原同，經塗改後作「覺」，無「宋本」印，趙本、翁抄本均作「覺」。

光宅寺

徐悱婦〔一〕

長廊欣目送，廣殿悦逢迎。何當曲房裏，幽隱無人聲。

【校記】

〔一〕「光宅寺　徐悱婦」，馮抄本作「徐悱婦詩三首　光宅寺」，趙本、翁抄本總題作「徐悱婦詩三首」，其「光宅寺」之題趙本置於本詩正文末，翁抄本置於本詩正文前。按，鄭本目録中「婦」下有「劉氏」二字。活字本目録中題下無署名。兩抄本、趙本目録徐悱婦名下均無具體詩題。

題甘蕉葉示人〔一〕

夕泣似非疏〔二〕，夢啼太真數〔三〕。唯當夜枕知，過此無人覺。

【校記】

〔一〕「題甘蕉葉示人」之題，馮抄本置於其前一首詩正文末，趙本置於本詩正文末，翁抄本置於本詩正文前。按，活字本目録中「葉」下有「作」字。

〔二〕「似」，兩抄本、趙本均作「以」。

〔三〕「太真」，兩抄本、趙本均作「真太」。

摘同心梔子贈謝娘因附此詩〔一〕

兩葉雖爲贈，交情永未因。同心何處恨〔二〕？梔子最關人〔三〕。

【校記】

〔一〕「梔」，兩抄本、趙本均作「支」。「娘」，趙本作「孃」。按，馮抄本此題置於其前一首詩正文末。活字本目録中無「謝」、「因」二字。

〔二〕「何處恨」，活字本作「處何恨」，馮抄本原作「何處恨」，經塗改後作「處何限」，有「宋本」印，趙本、翁抄本均作「處何限」。

〔三〕「栀」，兩抄本、趙本均作「支」。

代陳慶之美人爲咏〔一〕

臨妝欲含涕，羞畏家人知。還代粉中絮〔二〕，擁泪不聽垂。

【校記】

〔一〕「代陳慶之美人爲咏」，兩抄本均作「姚翻詩三首　代陳慶之美人爲咏」，趙本總題作「姚翻詩三首」，而置「代陳慶之美人爲咏」之題於本詩正文末。按，兩抄本、趙本目録姚翻名下均無具體詩題。

〔二〕「代」，活字本作「待」，兩抄本、趙本均作「持」。

夢見故人〔一〕

覺罷方知恨，人心定不同。誰能對角枕，長夜一邊空？

【校記】

〔一〕「夢見故人」之題，馮抄本置於其前一首詩正文末，趙本置於本詩正文末，翁抄本置於本詩正文前；以下一首格式同，不再出校。

有期不至

黄昏信使斷，銜怨心凄凄。迴燈向下榻，轉面暗中啼。

代西豐侯美人

王環〔一〕

於今辭宴語，方念泣離違。無因從朔雁，一向黄河飛。

【校記】

〔一〕「代西豐侯美人　王環」，兩抄本均作「王環詩代西豐侯美人一首」，其中馮抄本「侯美」二字係塗改而成，原作「美侯」，有「宋本」印，趙本作「王環代西豐侯美人一首」。按，兩抄本目録中無「詩」字，「西」均作「新」。

南征曲

蕭子顯〔一〕

棹歌來楊女，操舟驚越人。圖蛟怯水伯，照鷁竦江神。

【校記】

〔一〕蕭子顯南征曲一首，四玉臺本均無。樂府詩集七四録全篇。按，鄭本目録中「蕭」作「簫」。

陌上桑二首〔一〕

日出秦樓明，條垂露尚盈。蠶飢心自急，開奩妝不成。

今月開和景〔二〕，處處動春心。挂筐須葉滿〔三〕，息倦重枝陰〔四〕。

【校記】

〔一〕陌上桑二首，四玉臺本均無。類聚八八木部上桑録第二首全篇，署「王臺卿」，題作「咏陌上桑」。樂府詩集二八二首全録，第一首署「無名氏」，第二首署「王臺卿」。

〔二〕「令」，類聚、樂府詩集均作「令」。

〔三〕「挂」，類聚作「桂」。

〔四〕「倦」，類聚、樂府詩集均作「惓」。

桃花曲〔一〕

但使桃花艷〔二〕，得百美人簪〔三〕。何須論後實，怨結子瑕心。

【校記】

〔一〕桃花曲一首，四玉臺本均無。樂府詩集七七録全篇，署「梁簡文帝」。

〔二〕「桃」，樂府詩集作「新」。

〔三〕「百」，樂府詩集作「閒」。

樹中草〔一〕

幸有青袍色，聊因翠幄凋。雖間珊瑚蔕，非是合歡條。

【校記】

〔一〕樹中草一首，四玉臺本均無。樂府詩集七七録全篇，署「梁簡文帝」。

春閨思〔一〕

金羈游俠子〔二〕，綺機離思妾。春渡人不歸〔三〕，望花盡成葉。

【校記】

〔一〕「春閨思」，活字本作「春閨思　蕭子顯」，趙本總題作「蕭子顯二首」。「春閨思」之題，馮抄本置於其前一首詩正文末，趙本置於本詩正文末，翁抄本置於本詩正文前；以下一首格式同，不再出校。按，鄭本目録中「思」作「怨」。兩抄本目録有「蕭子顯二首」之題。兩抄本、趙本目録蕭子顯名下均無具體詩題。又，四玉臺本此詩均置於皇太子和人渡水之後。

〔二〕「羃」，活字本作「羃」。

〔三〕「渡」，四玉臺本均作「度」。

咏苑中游人

二月春心動，游望桃花初。迴身隱日扇，却步斂風裾。

遥見美人采荷

劉孝綽〔一〕

菱莖時繞釧，棹水或沾妝。不辭紅袖濕，唯憐緑葉香。

【校記】

〔一〕「遥見美人采荷　劉孝綽」，馮抄本作「劉孝綽詩二首　遥見美人采荷」，趙本、翁抄本總題作「劉孝綽詩二首」，其「遥見美人采荷」之題趙本置於本詩正文末，翁抄本置於本詩正文前。按，兩抄本、趙本目録劉孝綽名下均無具體詩題。

咏小兒采菱〔一〕

采菱非采緑〔二〕，日暮且盈舠〔三〕。踟躕未敢進，畏欲比殘桃〔四〕。

【校記】

〔一〕「咏小兒采菱」，活字本作「咏小兒采」；馮抄本此題置於其前一首詩正文末，趙本置於本詩正文末，翁抄本置於本詩正文前。按，活字本目録中「采」下有「菱」字。

〔二〕「緑」，活字本作「渌」。

〔三〕「舠」，活字本作「舫」。

〔四〕「桃」，馮抄本原同，經塗改後作「挑」，無「宋本」印；翁抄本作「挑」。

咏舞曲應令

庚肩吾〔一〕

歌聲臨畫閣，舞袖出芳林。石城定若遠〔二〕，前溪應幾深。

【校記】

〔一〕此首初學記一五舞樂録全篇，題作「咏舞曲」。「咏舞曲應令　庚肩吾」，活字本作「咏舞曲應令」，馮抄本作「庚肩吾詩四首　咏舞曲應令」，趙本、翁抄本總題作「庚肩吾詩四首」，其「咏舞曲應令」之題趙本置於本詩正文末，翁抄本置於本詩正文前。按，活字本目録中題下有「庚肩吾」署名。兩抄本、趙本目録庚肩吾名下均無具體詩題。

〔二〕「定」，初學記作「聽」。

咏主人少姬應教〔一〕

故年齊總角〔二〕，今春半上頭。那知夫婿好，能降使君留。

【校記】

〔一〕「咏主人少姬應教」之題，馮抄本置於其前一首詩正文末，趙本置於本詩正文末，翁抄本置於本詩正文前；以下二首格式同，不再分别出校。

〔二〕「總」，兩抄本均作「驄」。

咏長信宫中草〔一〕

委翠似知節，含芳如有情。全由履迹少，并欲上階生。

【校記】

〔一〕此首類要一〇母后録「生」一韻，題作「同肖治中十咏」。

石崇金谷妓

蘭堂上客至，綺席清弦撫。自作明君辭，還教緑珠舞〔一〕。

【校記】

〔一〕「教」，活字本作「赦」。

蕩婦高樓月

王臺卿〔一〕

空庭高樓月〔二〕，非復三五圓〔三〕。何須照床裏，終是一人眠。

【校記】

〔一〕「蕩婦高樓月　王臺卿」，兩抄本均總題作「王臺卿詩同蕭治中十咏二首」，趙本總題作「王臺卿同蕭治中十咏二首」，其「蕩婦高樓月」之題，兩抄本置於本詩正文前，趙本置於本詩正文末。按，兩抄本目録中均無「王臺卿詩」四字。趙本目録中「王」作「玉」。另，兩抄本、趙本目録於同蕭治中十咏二首總題下均無具體詩題。

〔二〕「庭」，兩抄本、趙本均作「度」。

〔三〕「三五圓」，兩抄本、趙本均作「五三年」。

南浦别佳人〔一〕

斂容送君别，一斂無開時。只應待相見，還將笑解眉。

【校記】

〔一〕「南浦别佳人」之題，馮抄本置於其前一首詩正文末，趙本置於本詩正文末，翁抄本置於本詩正文前。

陌上桑〔一〕

鬱鬱陌上桑，盈盈道傍女。送君上河梁，拭淚不能語。

鬱鬱陌上桑，遥遥山下蹊。君去戍萬里，妾來守空閨。

鬱鬱陌上桑，皎皎雲間月。非無巧笑姿，皓齒爲誰發？

鬱鬱陌上桑，裊裊機頭絲。君行亦宜返，今夕是何時？

【校記】

〔一〕陌上桑一題四首，四玉臺本均無。

咏織女

劉孝儀〔一〕

金鈿已照曜，白日未蹉跎。欲待黄昏後〔二〕，含嬌淺渡河〔三〕。

【校記】

〔一〕此首類聚四歲時中七月七日録全篇，署名「劉孝威」。初學記四七月七日、御覽三一時序部十六七月七日均録全篇。「咏織女　劉孝儀」，馮抄本作「劉孝儀詩二首　咏織女」，趙本、翁抄本總題作「劉孝儀詩二首」，其「咏織女」之題趙本置於本詩正文末，翁抄本置於本詩正文前。按，兩抄本、趙本目録劉孝儀名下均無具體詩題。

〔二〕「後」，類聚、初學記、御覽均作「至」。

〔三〕「淺渡」，活字本、類聚、初學記、御覽均作「渡淺」，兩抄本、趙本均作「度淺」。

咏石蓮〔一〕

蓮名堪百萬，石姓重千金〔二〕。不解無情物〔三〕，那得解人心！

【校記】

〔一〕「咏石蓮」之題，馮抄本置於其前一首詩正文末，趙本置於本詩正文末，翁抄本置於本詩正文前。按，活字本目録中無「咏」字。

〔二〕「姓」，兩抄本、趙本均作「性」。

〔三〕「解」，兩抄本、趙本均作「似」。

和定襄侯初笄

劉孝威〔一〕

合鬟仍昔髮，略鬢即前絲。從今一梳罷，無復更縈時。

【校記】

〔一〕「和定襄侯初笄　劉孝威」，活字本「侯」作「候」，兩抄本、趙本均作「劉孝威和定襄侯八絶初笄一首」。按，兩抄本目録中「和定襄侯八絶初笄」作「詩」，趙本目録中無「和定襄侯」四字。

古體雜意〔一〕

朝日大風霜，寄事是交傷。葉落枝柯净，常自起棋張〔二〕。

【校記】

〔一〕「古體雜意」，兩抄本均作「劉孝威古體雜意」，其中翁抄本置於本詩正文前；趙本總題作「劉孝威二首」，其「古體雜意」之題置於本詩正文末。按，兩抄本目録中題下有「一首」二字，趙本目録中「威」下無「二首」二字，「意」下有「一首」二字。又，劉孝威名下此詩及詠佳麗一首，兩抄本、趙本均置於本卷戴嵩詩之後。

〔二〕「棋」，活字本作「某」。

咏佳麗〔一〕

可憐將可念，可念直千金。唯言有一恨，恨不遂人心〔二〕。

【校記】

〔一〕「咏佳麗」之題，馮抄本置於其前一首詩正文末，趙本置於本詩正文末，翁抄本置於本詩正文前。按，活字本目録中無「咏」字，兩抄本、趙本目録中題下均有「一首」二字。

〔二〕「遂」，馮抄本、趙本均作「逐」，翁抄本原作「遂」，紅筆描改作「逐」。

和定襄侯楚越衫

江伯瑶〔一〕

裁縫在篋笥，薫鬢帶餘香。開著不忍看〔二〕，一見落千行。

【校記】

〔一〕「和定襄侯楚越衫　江伯瑶」，活字本無「江伯瑶」署名，兩抄本、趙本均作「江伯摇和定襄侯八絶楚越衫一首」。按，活字本目録中「侯」作「候」，題下有「江伯瑶」署名。趙本目録中無「和定襄侯八絶」六字。又，兩抄本、趙本此詩均置於劉孝威和定襄侯八絶初笄一首之後。

〔二〕「著」，四玉臺本均作「看」。「看」，活字本、兩抄本均作「着」，趙本作「著」。

咏殘燈

紀少喻〔一〕

殘燈猶未滅，將盡更揚輝。唯餘一兩焰〔二〕，纔得解羅衣〔三〕。

【校記】

〔一〕此首類聚八〇火部燈録全篇，署名「紀少瑜」，題作「咏殘燈絶句」。「咏殘燈　紀少喻」，兩抄本均作「紀少瑜咏殘燈」，其中翁抄本置於本詩正文前；趙本作「紀少瑜咏殘鐙一首」。按，活字本目録中無「咏」字，兩抄本目録中題下有「一首」二字。又，四玉臺本此詩均置於蕭驎詩之後。

〔二〕「兩焰」，類聚作「雨爛」。

〔三〕「纔」，類聚作「裁」。

暮寒　王叔英婦〔一〕

梅花自爛熳〔二〕，百舌早迎春。逾寒衣逾薄，未肯惜腰身〔三〕。

【校記】

〔一〕「暮寒　王叔英婦」，兩抄本均作「王叔英婦暮寒」，其中翁抄本置於本詩正文前；趙本作「王叔英婦暮寒一首」。按，鄭本目録中「婦」作「妻」。兩抄本目録中「寒」下有「絶句一首」四字，趙本目録中「寒」下有「絶句」二字。

〔二〕「熳」，兩抄本、趙本均作「發」。

〔三〕「惜」，兩抄本、趙本均作「懷」。

咏歌眠

戴嵩〔一〕

拂枕薰紅帊〔二〕，迴燈復解衣。傍邊知夜永〔三〕，不唤定應歸〔四〕。

【校記】

〔一〕「咏歌眠　戴嵩」，兩抄本均作「戴暠咏欲眠詩」，其中翁抄本置於本詩正文前；趙本作「戴暠咏欲眠詩一首」。按，活字本目録題作「歌眼」。兩抄本目録中「詩」下有「一首」二字。

〔二〕「薰」，兩抄本均作「燻」，趙本作「熏」。

〔三〕「永」，兩抄本、趙本均作「久」。

〔四〕活字本此下有劉泓咏繁華詩一首，爲鄭本所無，現據以補録於左，并校以其他各本。

咏繁華　劉泓①

可憐宜出衆，的的最分明。秀眉開雙眼②，風流右語聲③。

①「咏繁華　劉泓」，兩抄本題作「劉泓詩咏繁華」，趙本題作「劉泓咏繁華一首」。按，活字本目録題作「繁華」。又，兩抄本、趙本此詩均置於江伯摇詩之後、何曼才詩之前。

② 「眉」，兩抄本、趙本均作「媚」。

③ 「右」，兩抄本均作「着」，趙本作「著」。

咏袙複

蕭驎〔一〕

的的金弦净〔二〕，離離寶撮分〔三〕。纖腰非學楚，寬帶爲思君。

【校記】

〔一〕此首初學記二六裙録全篇，署名「蕭鄰」，題作「咏袹複詩」。「咏袙複　蕭驎」，兩抄本均作「蕭驎咏袙複」，其中翁抄本置於本詩正文前；趙本題作「蕭驎咏袙複一首」。按，活字本目録中無「咏」字，翁抄本目録中「袙」作「袹」，兩抄本目録中「複」下有「一首」二字。又，四玉臺本此詩均置於何曼才詩之後。

〔二〕「的的」，初學記作「皛皛」。「净」，初學記作「紗」。

〔三〕「撮」，兩抄本、趙本均作「襊」，初學記作「縫」。

爲徐陵傷妾

何曼才〔一〕

遲遲衫掩泪，憫憫恨縈胸〔二〕。無復專房日，猶望下山逢。

【校記】

〔一〕「爲徐陵傷妾　何曼才」，兩抄本、趙本均作「何曼才爲徐陵傷妾詩一首」。按，兩抄本、趙本目録中無「詩」字。又，此詩活字本置於和定襄侯楚越衫詩之後，兩抄本、趙本均置於劉泓詩之後、蕭驎詩之前。

〔二〕「胸」，兩抄本均作「匈」，趙本作「胷」。

刻玉臺新咏後序

徐陵世膺陳爵，恒猷厥酬，乃進新咏十卷，以備宫體。陵没，摛藻之徒取以爲則，播之宫商，散之閭里，幾四百餘年。俗漓風下，靈秘莫珍，予夙悼之。博求世家，幸獲塵几。篇殘簡亂，憑證無由。

嘉靖己亥，方子敬明購諸金陵，歸而畀予。予始删其餘篇，理其落翰，進儷陳隋，演爲十五卷，乃揖敬明，與之校梓。

敬明曰：「先彦緣物而凝情，達士因時而敦尚，時宗唐調，而子獨懌遐音，無乃拘而未通乎？」予曰：「詩本諸民情，始於風雅，大備於李唐。自兹綺篇濤涌，奇迹星稠，誇古絢今，厥制夐矣。惜乎舍中天之璧，而覩耀於螢光；棄未吐之華，而馳情於朝麗。崇古君子，豈媚於兹乎？若陵所録者，開踪漢魏，斷錦梁陳，雖美韻未備夫九歌，清響尚遺乎三百。然漢去古未遠，文獻猶存，而齊宋文人、陳隋才子，大都争崇屈賈，兢法曹王。雲箋積案，不綴朝妍；彩筆盈箱，盡圖晚翠。宣之彤管，尚聞漢水餘聲；奏之朱弦，猶見湘江雅調。誦而繹之，可以頮繪歸玄，滌瑕清慮。故新咏之於風騷，其太羹之餘味乎！太素之餘質乎！古人謂沿波而討源，因岐而迪邑，不在兹與？」

敬明曰：「若是則漢魏盡矣，三祖尚矣。副以潘陸顔謝，益以王鮑江何，亦足揚葩後代。而載之新咏已百五十餘人，子復續以陳隋，意者皆入室耶？且夫物有因標而後貴，人或因名而後彰。子盍析其驪黄，定其鄭雅，俾觀者之弗眩焉？」

予曰：「魏晋以來，蘭臺諸彦，椒閣群英，悉入美談，兹不復逮。若夫晋乘未裁於狐筆，蛇珠徒耀於袁門，予嘗啜華窮似，庶得其一二焉。是故子侯絶唱，僅見嬌嬈，綺密珠旋，覩者忘暮。隴西夫婦，雖多苦思，然哀而不傷，樸而不野，可謂勁木無淒吟，冬林含綉色矣。蘇婦之詞，盤中爲最，逸氣波流，幽情淵蓄，垂芳青史，良非溢稱。傅玄耻兢麗容，殊乖時好，而名垂雙璧，其亦瓊花散馥、素月揚輝者與！楊方刻意慕古，時或陋之，信矣。珠媚大川，誰覩其寶？李充柔詞協鸞韻，密意薄春叢，緣隙流光，當爲納忠良法。劉鑠擬古七篇，便嬛綽約，白紵諸調，刻鳳雕龍。是蓋皓月紅顔，争輝於石室；輕風麗藻，并秀於楊家。惠休裓服姱容，構瓊縷玉，武庫之富，何以加諸？邁遠浚發巧心，詞清意婉，辟之桃含柔露，柳帶輕雲，飛譽當年，或來後誚。令輝冶曲，若未間情，然志逸秋霜，非直朝花飄艷；情鍾春陌，猶懷晚菊孤芳。

「梁武五言純樸，效顰漢廣，而龍笛清歌、朝雲藻韻，則又揚蕤玉牖，作倡江南。昭明妙質夙凝，素而未繪，假之以年，可以踵騷宗雅，奈何秋蘭方茂，冬霰遂零，有才無命，史載餘悲。簡文鋭氣潮生，奇踪山積。文羅珠翠，矜富於鸞宫；碧樹珊瑚，列珍於仙室。名馳江左，詎謂過情？湘東纖弱整媚，勢亦悠然，譬之妖姬鶴舞，尚整輕羅，麗蕊風飄，尤彰逸態，邇承家譽，允矣克夷。柳惲斂精耶溪，千辟萬灌，績徵文縵，匪特終朝。子朗尚絅履夷，擬素秋月，而瑶光飛照，自溢寰區。江左鸞聲，僉曰静婦，意奇詞媚，允協清評。吴筠隱耀含華，卑世遠慕。花蜚太素，不假秦婦窮思；韻奏空濛，未襲齊人幽唱。僧孺麟超虎步，森然甲兵，萬騎縱横，無復寸緑。張率音調玉瑟，餘響凄然，猶夫鶴唳九皋，風吟萬壑。費昶剪鱗規葉，裂錦成蓮，妙殫人能，暗偕天巧。悱妻螭潛山鎮，肅爾閨容，三復雅音，足徵婦德。思澄文逾黼黻，律中絲桐，恨未淫搜，浩資玄覽。子顯飛華逐影，落墨盈臺，迅越何平，宜爾連珠鳳闕。王筠藏琛衡壤，隱蚌漣漪，必值良工，斯彰巨寶。肩吾流音璿室，濯錦江波，啓秀謝披，自我貽範。孝綽和宮叶羽，鏤徵雕商，譬之歌落空潭，簫鳴清漢，聲流韻繞，足以蕩慮新神。孝威委索派尋，百川海納，惜無秋烈，以鑠其衷。君倩學步循繩，揚芬程蠱，姬賢陶富，完璧無瑕。叔英之妻，頗事雕飾，清辭削玉，縟旨飛霞，方之蘇徐，伯仲間耳。鄧鏗月漾寒川，花迎媚日，怡神悦目，盈户晴光。

「後主兔筆星流，游心八極，龍文雲合，瞬目千篇。惜乎忌素貪朱，未可齊芳三祖。正見秀而能實，質而有華，妙迪彬彬，誰譏過譽？江總幽情宛轉，舞瑶雪於迴風；綺調芊眠，熙丹華於春日，伉名後主，足稱雙環。王褒玉潤冰融，龍班鷺序，騈驅庾府，擅美周庭。思道淵意九迴，流連春管，詞鋒千仞，峻鶩玄宮。道衡璧絡珠綿，五都輸采，電奔虹繞，萬里馳光。茲皆積翠堆瓊，流輝新咏者也。若夫蕭慤周南，含英於葦户，碧蘭蟬翼，竊耀於青樓。特峙孤徵，其能殫述乎？是蓋千花聯縟，五色爛熳，春林六律，分宮八音，旋繞玉宇，春殘樂缺，見之忘情。則卞氏之珍，終藏楚麓；毛生之穎，安耀荆庭。苟值賞心，豈不我戾？於是萃明珠於洛納，集丹羽於女床，庶使淄澠異流，蟾烏殊運。游江都者，見萬户之皆春；觀海陵者，駭紅粟之流衍。

「且夫詩有三尚，往哲所欽：情尚雅而淵，事尚簡而備，詞尚典而妍。蘇卿別韻，劉婦離鳴，非閑於情者乎？明君駿烈，八樂清芬，非妙於事者乎？鳳樓麗曲，桂寢瑶篇，非善於詞者乎？三奥咸鑽，酌而益之，柳惲之精練，孝綽之朗暢，肩吾之新奇，鄧鏗之明瀁，王褒之森嚴，道衡之清壯，後主之嫵媚，庾信之奔漲。兼蓄八珍，以偕三奥，則三靈溢目，萬曜縈心，斂古今於須臾，籠天地於一瞬。含毫即雅，不待詞協二南；染墨俱騷，豈必文偕九辯？不斯眈叩，徑涉餘波，則羅綺塞明，遐音益邈。譬之盈溝之水，效勢於朝宗；灼櫝之珠，晞光於午曜：鮮不負矣。吾子以爲何如？」敬明曰：「善。」

乃操觚傍鶩，積貝編珠，爰命梓人，而敬明已爲異物。嗟乎！九京永逝，三篋未忘，撫迹懷人，長悲何極！敬明難言逾萬，未能悉陳，聊述一二，以徵歲月云爾。嘉靖庚子正月十五日徽郡梧野山人鄭玄撫識。

玉臺新咏集後序〔一〕

右玉臺新咏集十卷，幼時至外家李氏，於廢書中得之，舊京本也。宋失一葉，間復多錯繆，版亦時有刻者〔二〕，欲求他本是正，多不獲。嘉定乙亥在會稽，始從人借得豫章刻本，財五卷，蓋至刻者中徙，故弗畢也。又聞有得石氏所藏録本者，復求觀之，以補亡校脱。於是其書復全，可繕寫。

夫詩者，情之發也。征戍之勞苦，室家之怨思，動於中而形於言，先王不能禁也。豈惟不能禁，且逆探其情而著之，東山、杕杜之詩是矣。若其他變風化雅，「豈謂無膏沐〔三〕，誰適爲容」、「終朝采緑，不盈一掬」之類，以此集揆之，語意未大異也。顧其發乎情則同，而止乎禮義者蓋鮮矣〔四〕。然其間僅合者亦一二焉。其措詞托興高古，要非後世樂府所能及。自唐花間集已不足道，而况近代狹邪之説號爲以筆墨動淫者乎〔五〕？又自漢魏以來，作者皆在焉，多蕭統文選所不載，覽者可以睹歷世文章盛衰之變云。

是歲十月旦日書其後，永嘉陳玉父。

〔一〕按，此後序鄭本、兩抄本均無。現據活字本録於此，并校以趙本。「玉臺新咏集後序」，趙本作「後敘」。

〔二〕「刻」，趙本作「刓」。

〔三〕「豈謂」，趙本作「謂豈」。

〔四〕「鮮」，趙本作「以」。

〔五〕「狹」，趙本作「挾」。

《中國古典文學叢書》已出書目

詩經今注	高亨注
楚辭集注	[宋]朱熹撰　黄靈庚點校
楚辭今注	湯炳正、李大明、李誠、熊良智注
司馬相如集校注	[漢]司馬相如著　金國永校注
揚雄集校注	[漢]揚雄著　張震澤校注
張衡詩文集校注	[漢]張衡著　張震澤校注
阮籍集	[魏]阮籍著　李志鈞等校點
陸機集校箋	[晉]陸機著　楊明校箋
陶淵明集校箋(修訂本)	[晉]陶潛著　龔斌校箋
世説新語箋疏(修訂本)	[南朝宋]劉義慶撰　余嘉錫箋疏　周祖謨等整理
世説新語校釋(增訂本)	[南朝宋]劉義慶撰　[南朝梁]劉孝標注　龔斌校釋
鮑參軍集注	[南朝宋]鮑照著　錢仲聯增補集説校
謝宣城集校注	[南朝齊]謝朓著　曹融南校注集説
江文通集校注	[南朝梁]江淹著　丁福林、楊勝朋校注
文心雕龍義證	[南朝梁]劉勰著　詹鍈義證
詩品集注(增訂本)	[梁]鍾嶸著　曹旭集注
文選	[梁]蕭統編　[唐]李善注

蕭繹集校注	[南朝梁]蕭繹著　陳志平、熊清元校注
玉臺新咏彙校	吴冠文、談蓓芳、章培恒彙校
王績集會校	[唐]王績著　韓理洲校點
王梵志詩校注(增訂本)	[唐]王梵志著　項楚校注
盧照鄰集箋注	[唐]盧照鄰著　祝尚書箋注
駱臨海集箋注	[唐]駱賓王著　[清]陳熙晉箋注
王子安集注	[唐]王勃著　[清]蔣清翊注
陳子昂集(修訂本)	[唐]陳子昂撰　徐鵬校點
孟浩然詩集箋注(增訂本)	[唐]孟浩然著　佟培基箋注
王右丞集箋注	[唐]王維著　[清]趙殿成箋注
李白集校注	[唐]李白著　瞿蜕園、朱金城校注
高適集校注(修訂本)	[唐]高適著　孫欽善校注
杜詩趙次公先後解輯校	[唐]杜甫著　[宋]趙次公注　林繼中輯校
新刊校定集注杜詩	[唐]杜甫著　[宋]郭知達輯注　聶巧平點校
新定杜工部草堂詩箋斠證	[唐]杜甫著　[宋]魯訔編　[宋]蔡夢弼會箋　曾祥波新定斠證
杜詩鏡銓	[唐]杜甫著　[清]楊倫箋注
錢注杜詩	[唐]杜甫著　[清]錢謙益箋注
杜甫集校注	[唐]杜甫著　謝思煒校注
岑參集校注	[唐]岑參著　陳鐵民、侯忠義校注
戴叔倫詩集校注	[唐]戴叔倫著　蔣寅校注
韋應物集校注(增訂本)	[唐]韋應物著　陶敏、王友勝校注
權德輿詩文集	[唐]權德輿撰　郭廣偉校點
王建詩集校注	[唐]王建著　尹占華校注
韓昌黎詩繫年集釋	[唐]韓愈著　錢仲聯集釋

韓昌黎文集校注	［唐］韓愈著　馬其昶校注 馬茂元整理
劉禹錫集箋證	［唐］劉禹錫著　瞿蜕園箋證
白居易集箋校	［唐］白居易著　朱金城箋校
柳宗元詩箋釋	［唐］柳宗元著　王國安箋釋
柳河東集	［唐］柳宗元著　［宋］廖瑩中輯注
元稹集校注	［唐］元稹著　周相録校注
長江集新校	［唐］賈島著　李嘉言新校
張祜詩集校注	［唐］張祜著　尹占華校注
三家評注李長吉歌詩	［唐］李賀著　［清］王琦等評注 蔣凡校點
樊川文集	［唐］杜牧著　陳允吉校點
樊川詩集注	［唐］杜牧著　［清］馮集梧注
温飛卿詩集箋注	［唐］温庭筠著　［清］曾益等箋注
玉谿生詩集箋注	［唐］李商隱著　［清］馮浩箋注 蔣凡校點
樊南文集	［唐］李商隱著　［清］馮浩詳注 錢振倫、錢振常箋注
皮子文藪	［唐］皮日休著　蕭滌非、鄭慶篤整理
鄭谷詩集箋注	［唐］鄭谷著 嚴壽澂、黄明、趙昌平箋注
韋莊集箋注	［五代］韋莊著　聶安福箋注
李璟李煜詞校注	［南唐］李璟、李煜著　詹安泰校注
張先集編年校注	［宋］張先著　吴熊和、沈松勤校注
二晏詞箋注	［宋］晏殊、晏幾道著　張草紉箋注
樂章集校箋	［宋］柳永著　陶然、姚逸超校箋
梅堯臣集編年校注	［宋］梅堯臣著　朱東潤編年校注
歐陽修詩文集校箋	［宋］歐陽修著　洪本健校箋

歐陽修詞校注	[宋]歐陽修著　胡可先、徐邁校注
蘇舜欽集	[宋]蘇舜欽著　沈文倬校點
嘉祐集箋注	[宋]蘇洵著　曾棗莊、金成禮箋注
王荆文公詩箋注(修訂版)	[宋]王安石著　[宋]李壁箋注　高克勤點校
王令集	[宋]王令著　沈文倬校點
蘇軾詩集合注	[宋]蘇軾著　[清]馮應榴注　黄任軻、朱懷春校點
東坡樂府箋	[宋]蘇軾著　[清]朱孝臧編年　龍榆生校箋
東坡詞傅幹注校證	[宋]蘇軾著　[宋]傅幹注　劉尚榮校證
欒城集	[宋]蘇轍著　曾棗莊、馬德富校點
山谷詩集注	[宋]黄庭堅著　[宋]任淵、史容、史季温注　黄寶華點校
山谷詩注續補	[宋]黄庭堅著　陳永正、何澤棠注
山谷詞校注	[宋]黄庭堅著　馬興榮、祝振玉校注
淮海集箋注	[宋]秦觀撰　徐培均箋注
淮海居士長短句箋注	[宋]秦觀著　徐培均箋注
清真集箋注	[宋]周邦彦著　羅忼烈箋注
石門文字禪校注	[宋]釋惠洪撰　周裕鍇校注
石林詞箋注	[宋]葉夢得著　蔣哲倫箋注
樵歌校注	[宋]朱敦儒著　鄧子勉校注
李清照集箋注(修訂本)	[宋]李清照著　徐培均箋注
吕本中詩集箋注	[宋]吕本中著　祝尚書箋注
陳與義集校箋	[宋]陳與義著　白敦仁校箋
蘆川詞箋注	[宋]張元幹著　曹濟平箋注
劍南詩稿校注	[宋]陸游著　錢仲聯校注

放翁詞編年箋注(增訂本)	[宋]陸游著　夏承燾、吴熊和箋注　陶然訂補
渭南文集箋校	[宋]陸游著　朱迎平箋校
范石湖集	[宋]范成大撰　富壽蓀標校
范成大集校箋	[宋]范成大撰　吴企明校箋
于湖居士文集	[宋]張孝祥著　徐鵬校點
稼軒詞編年箋注(定本)	[宋]辛棄疾撰　鄧廣銘箋注
辛棄疾詞校箋	[宋]辛棄疾著　吴企明校箋
姜白石詞編年箋校	[宋]姜夔著　夏承燾箋校
後村詞箋注	[宋]劉克莊著　錢仲聯箋注
瀛奎律髓彙評	[元]方回選評　李慶甲集評校點
雁門集	[元]薩都拉著　殷孟倫、朱廣祁校點
揭傒斯全集	[元]揭傒斯著　李夢生標校
高青丘集	[明]高啓著　[清]金檀注　徐澄宇、沈北宗校點
唐寅集	[明]唐寅著　周道振、張月尊輯校
文徵明集(增訂本)	[明]文徵明著　周道振輯校
震川先生集	[明]歸有光著　周本淳校點
海浮山堂詞稿	[明]馮惟敏著　凌景埏、謝伯陽標校
滄溟先生集	[明]李攀龍著　包敬第標校
梁辰魚集	[明]梁辰魚著　吴書蔭編集校點
沈璟集	[明]沈璟著　徐朔方輯校
湯顯祖詩文集	[明]湯顯祖著　徐朔方箋校
湯顯祖戲曲集	[明]湯顯祖著　錢南揚校點
白蘇齋類集	[明]袁宗道著　錢伯城校點

袁宏道集箋校	[明]袁宏道著　錢伯城箋校
珂雪齋集	[明]袁中道著　錢伯城點校
隱秀軒集	[明]鍾惺著　李先耕、崔重慶標校
譚元春集	[明]譚元春著　陳杏珍標校
張岱詩文集(增訂本)	[明]張岱著　夏咸淳輯校
陳子龍詩集	[明]陳子龍著 施蟄存、馬祖熙標校
夏完淳集箋校(修訂本)	[明]夏完淳著　白堅箋校
牧齋初學集	[清]錢謙益著　[清]錢曾箋注 錢仲聯標校
牧齋有學集	[清]錢謙益著　[清]錢曾箋注 錢仲聯標校
牧齋雜著	[清]錢謙益著　[清]錢曾箋注 錢仲聯標校
牧齋初學集詩注彙校	[清]錢謙益著　[清]錢曾箋注 卿朝暉輯校
李玉戲曲集	[清]李玉著 陳古虞、陳多、馬聖貴點校
吴梅村全集	[清]吴偉業著　李學穎集評標校
歸莊集	[清]歸莊著
顧亭林詩集彙注	[清]顧炎武著　王蘧常輯注 吴丕績標校
安雅堂全集	[清]宋琬著　馬祖熙標校
吴嘉紀詩箋校	[清]吴嘉紀著　楊積慶箋校
陳維崧集	[清]陳維崧著　陳振鵬標點 李學穎校補
屈大均詩詞編年校箋	[清]屈大均著　陳永正等校箋

秋笳集	[清]吴兆騫撰　麻守中校點
漁洋精華録集釋	[清]王士禛著 李毓芙、牟通、李茂肅整理
聊齋志異會校會注會評本	[清]蒲松齡著　張友鶴輯校
敬業堂詩集	[清]查慎行著　周劭標點
納蘭詞箋注	[清]納蘭性德著　張草紉箋注
方苞集	[清]方苞著　劉季高校點
樊榭山房集	[清]厲鶚著　[清]董兆熊注 陳九思標校
劉大櫆集	[清]劉大櫆著　吴孟復標點
儒林外史彙校彙評(增訂版)	[清]吴敬梓著　李漢秋輯校
小倉山房詩文集	[清]袁枚著　周本淳標校
忠雅堂集校箋	[清]蔣士銓著　邵海清校 李夢生箋
甌北集	[清]趙翼著　李學穎、曹光甫校點
惜抱軒詩文集	[清]姚鼐著　劉季高標校
兩當軒集	[清]黄景仁著　李國章校點
惲敬集	[清]惲敬著　萬陸、謝珊珊、林振岳 標校　林振岳集評
茗柯文編	[清]張惠言著　黄立新校點
瓶水齋詩集	[清]舒位著　曹光甫點校
龔自珍全集	[清]龔自珍著　王佩諍校點
龔自珍詩集編年校注	[清]龔自珍著　劉逸生、周錫䪖校注
水雲樓詩詞箋注	[清]蔣春霖著　劉勇剛箋注
人境廬詩草箋注	[清]黄遵憲著　錢仲聯箋注
嶺雲海日樓詩鈔	[清]丘逢甲著　丘鑄昌標點

篇　名　索　引

二　畫

三　畫

四　畫

五　　畫

六　　畫

七畫

八　　畫

九　畫

十　畫

十　三　畫

十　四　畫

十　五　畫

〔一〕

〔丨〕

〔丿〕

〔丶〕

〔乛〕

十　六　畫

〔一〕

〔丨〕

〔丿〕

〔丶〕

十　七　畫

〔一〕

十 八 畫

十　九　畫

〔丨〕

二　十　一　畫

〔一〕

〔丿〕

二　十　二　畫

〔一〕

〔丶〕

二　十　四　畫

〔一〕

〔丨〕